LE FANTÔME DE L'OPÉRA

THE PHANTOM OF THE OPERA

GASTON

Double langue : traduction informatique

Cette édition a le texte original côte à côte avec une traduction générée par l'IA. La traduction générée par ordinateur nous permet de fournir des textes abordables et bien qu'ils ne soient pas toujours parfaits, nous pensons qu'ils constituent un excellent outil pour l'apprentissage des langues. Ce qui le rend parfait pour les universitaires, les étudiants en langue ou toute personne curieuse de la langue.

Dual Language: Computer translation

This Edition has the Original text side by side with an AI generated translation. Computer Generated translation allows us to provide
affordable texts and while they may not always be perfect we feel they provide a great tool for language learning. Making it perfect for scholars, students of language or anyone who is curious about language.

© 2021, Spix Press

All rights reserved.
No part of this publication may be reproduced, stored in a retrieval system, stored in a database and / or published in any form or by any means, electronic, mechanical, photocopying, recording or otherwise, without the prior written permission of the publisher.

LE FANTÔME DE L'OPÉRA	THE PHANTOM OF THE OPERA
TABLE DES MATIÈRES	TABLE OF CONTENTS
AVANT-PROPOS. Où l'auteur de ce singulier ouvrage raconte au lecteur comment il fut conduit à acquérir la certitude que le fantôme de l'Opéra a réellement existé	FOREWORD. Where the author of this singular book tells the reader how he was led to acquire the certainty that the ghost of the Opera actually existed
I. Est-ce le fantôme?	I. Is it the ghost?
II. La Marguerite nouvelle	II. The new Marguerite
III. Où, pour la première fois, MM. Debienne et Poligny donnent, en secret aux nouveaux directeurs de l'Opéra, MM. Armand Moncharmin et Firmin Richard, la véritable et mystérieuse raison de leur départ de l'Académie nationale de musique	III. Where, for the first time, MM. Debienne and Poligny give, in secret to the new directors of the Opera, MM. Armand Moncharmin and Firmin Richard, the real and mysterious reason for their departure from the National Academy of Music
IV. La loge n° 5	IV. Lodge n ° 5
V. Suite de la loge n° 5	V. Suite of lodge n ° 5
VI. Le violon enchanté	VI. The enchanted violin
VII. Une visite à la loge n° 5	VII. A visit to Lodge n ° 5
VIII. Où MM. Firmin Richard et Armand Moncharmin ont l'audace de faire représenter «Faust» dans une salle «maudite» et de l'effroyable événement qui en résultera	VIII. Where MM. Firmin Richard and Armand Moncharmin have the audacity to have "Faust" represented in a "cursed" room and the appalling event that will result from it.
IX. Le mystérieux coupé	IX. The mysterious coupe
X. Au bal masqué	X. At the masked ball
XI. Il faut oublier le nom de «la voix d'homme»	XI. We must forget the name of "the voice of man"
XII. Au-dessus des trappes	XII. Above the hatches
XIII. La lyre d'Apollon	XIII. The lyre of Apollo
XIV. Un coup de maître de l'amateur de trappes	XIV. A master stroke from the trap lover

XV. Singulière attitude d'une épingle de nourrice	XV. Singular attitude of a safety pin
XVI. «Christine! Christine!»	XVI. «Christine! Christine!»
XVII. Révélations étonnantes de Mme Giry, relatives à ses relations personnelles avec le fantôme de l'Opéra	XVII. Astonishing revelations from Mme Giry, relating to her personal relations with the Phantom of the Opera
XVIII. Suite de la curieuse attitude d'une épingle de nourrice	XVIII. Continuation of the curious attitude of a safety pin
XIX. Le commissaire de police, le vicomte et le Persan	XIX. The Police Commissioner, the Viscount and the Persian
XX. Le vicomte et le Persan	XX. The Viscount and the Persian
XXI. Dans les dessous de l'Opéra	XXI. Below the Opera
XXII. Intéressantes et instructives tribulations d'un Persan dans les dessous de l'Opéra	XXII. Interesting and instructive tribulations of a Persian in the lower part of the Opera
XXIII. Dans la chambre des supplices	XXIII. In the torture chamber
XXIV. Les supplices commencent	XXIV. The tortures begin
XXV. «Tonneaux, tonneaux, avez-vous des tonneaux à vendre?»	XXV. "Barrels, barrels, do you have barrels for sale?"
XXVI. Faut-il tourner le scorpion! Faut-il tourner la sauterelle?	XXVI. Should we turn the scorpion! Should we turn the grasshopper?
XXVII. La fin des amours du fantôme	XXVII. The end of the ghost's love
ÉPILOGUE	EPILOGUE

AVANT-PROPOS

FOREWORD

OÙ L'AUTEUR DE CE SINGULIER OUVRAGE RACONTE AU LECTEUR COMMENT IL FUT CONDUIT A ACQUÉRIR LA CERTITUDE QUE LE FANTÔME DE L'OPÉRA A RÉELLEMENT EXISTÉ

WHERE THE AUTHOR OF THIS SINGULAR WORK TELLS THE READER HOW HE WAS LEADED TO ACQUIRE THE CERTAINTY THAT THE PHANTOM OF THE OPERA REALLY EXISTED

Le fantôme de l'Opéra a existé. Ce ne fut point, comme on l'a cru longtemps, une inspiration d'artistes, une superstition de directeurs, la création falote des cervelles excitées de ces demoiselles du corps de ballet, de leurs mères, des ouvreuses, des employés du vestiaire et de la concierge.

The Phantom of the Opera did exist. It was not, as we believed for a long time, an inspiration of artists, a superstition of directors, the frivolous creation of the excited brains of these young ladies of the corps de ballet, of their mothers, of the ushers, of the employees of the cloakroom and from the concierge.

Oui, il a existé, en chair et en os, bien qu'il se donnât toutes les apparences d'un vrai fantôme, c'est-à-dire d'une ombre.

Yes, he existed, in flesh and blood, although he gave himself all the appearances of a real ghost, that is to say a shadow.

J'avais été frappé dès l'abord que je commençai de compulser les archives de l'Académie nationale de musique par la coïncidence surprenante des phénomènes attribués au _fantôme_, et du plus mystérieux, du plus fantastique des drames et je devais bientôt être conduit à cette idée que l'on pourrait peut-être rationnellement expliquer celui-ci par celui-là. Les événements ne datent guère que d'une trentaine d'années et il ne serait point difficile de trouver encore aujourd'hui, au foyer même de la danse, des vieillards fort respectables, dont on ne saurait mettre la parole en doute, qui se souviennent comme si la chose datait d'hier, des conditions mystérieuses et tragiques qui accompagnèrent l'enlèvement de Christine Daaé, la disparition du vicomte de Chagny et la mort de son frère aîné le comte Philippe, dont le corps fut trouvé sur la berge du lac qui s'étend dans les dessous de l'Opéra, du côté de la rue Scribe. Mais aucun de ces témoins n'avait cru jusqu'à ce jour devoir mêler à cette affreuse aventure le personnage plutôt légendaire du fantôme de l'Opéra.

I had been struck from the outset that I began to peruse the archives of the National Academy of Music by the surprising coincidence of the phenomena attributed to the _fantom_, and of the most mysterious, the most fantastic of dramas, and I was soon to be led to this idea that one could perhaps rationally explain this one by that one. The events hardly date back more than about thirty years and it would not be difficult to find even today, at the very center of the dance, very respectable old men, whose words cannot be questioned, who stand for themselves. remember as if the thing dated from yesterday, the mysterious and tragic conditions which accompanied the kidnapping of Christine Daaé, the disappearance of the Vicomte de Chagny and the death of his elder brother Count Philippe, whose body was found on the bank of the lake which extends below the Opera, on the side of rue Scribe. But none of these witnesses had believed until this day to involve in this dreadful adventure the rather legendary character of the phantom of the Opera.

La vérité fut lente à pénétrer mon esprit troublé par une enquête qui se heurtait à chaque instant à des événements qu'à première vue on pouvait juger extra-terrestres, et, plus d'une fois, je fus tout près d'abandonner une besogne où je m'exténuais

The truth was slow to enter my mind, troubled by an investigation which constantly encountered events which at first glance could be judged to be extraterrestrial, and, more than once, I was very close to giving up a task. in which I exhausted

à poursuivre,--sans la saisir jamais,--une vaine image. Enfin, j'eus la preuve que mes pressentiments ne m'avaient point trompé et je fus récompensé de tous mes efforts le jour où j'acquis la certitude que le fantôme de l'Opéra avait été plus qu'une ombre.

Ce jour-là, j'avais passé de longues heures en compagnie des «Mémoires d'un directeur», œuvre légère de ce trop sceptique Moncharmin qui ne comprit rien, pendant son passage à l'Opéra, à la conduite ténébreuse du fantôme, et qui s'en gaussa tant qu'il put, dans le moment même qu'il était la première victime de la curieuse opération financière qui se passait à l'intérieur de «l'enveloppe magique».

Désespéré, je venais de quitter la bibliothèque quand je rencontrai le charmant administrateur de notre Académie nationale, qui bavardait sur un palier avec un petit vieillard vif et coquet, auquel il me présenta allègrement. M. l'administrateur était au courant de mes recherches et savait avec quelle impatience j'avais en vain tenté de découvrir la retraite du juge d'instruction de la fameuse affaire Chagny, M. Faure. On ne savait ce qu'il était devenu, mort ou vivant; et voilà que, de retour du Canada, où il venait de passer quinze ans, sa première démarche à Paris avait été pour venir chercher un fauteuil de faveur au secrétariat de l'Opéra. Ce petit vieillard était M. Faure lui-même.

Nous passâmes une bonne partie de la soirée ensemble et il me raconta toute l'affaire Chagny telle qu'il l'avait comprise jadis. Il avait dû conclure, faute de preuves, à la folie du vicomte et à la mort accidentelle du frère aîné, mais il restait persuadé qu'un drame terrible s'était passé entre les deux frères à propos de Christine Daaé. Il ne sut me dire ce qu'était devenue Christine, ni le vicomte. Bien entendu, quand je lui parlai du fantôme, il ne fit qu'en rire. Lui aussi avait été mis au courant des singulières manifestations qui semblaient alors attester l'existence d'un être exceptionnel ayant élu domicile dans un des coins les plus mystérieux de l'Opéra et il avait connu l'histoire de «l'enveloppe», mais il n'avait vu dans tout cela rien qui pût retenir l'attention d'un magistrat chargé d'instruire l'affaire Chagny, et c'est tout juste s'il avait écouté quelques instants la déposition d'un témoin qui s'était spontanément présenté pour affirmer qu'il avait eu l'occasion de rencontrer le fantôme. Ce

myself in pursuing - without ever grasping it - a vain image. Finally, I had the proof that my presentiments had not deceived me and I was rewarded for all my efforts the day I acquired the certainty that the phantom of the Opera had been more than a shadow.

That day, I had spent long hours in the company of "Memoirs of a Director", a light work of this too skeptical Moncharmin who understood nothing, during his time at the Opera, of the shadowy behavior of the phantom, and who laughed at it as much as he could, at the very moment that he was the first victim of the curious financial operation which was taking place inside the "magic envelope".

Desperate, I had just left the library when I met the charming administrator of our National Academy, who was chatting on a landing with a lively and pretty little old man, to whom he blithely introduced me. The administrator was aware of my research and knew how impatiently I had tried in vain to find out about the retirement of the examining magistrate in the famous Chagny affair, M. Faure. No one knew what had become of him, dead or alive; and now, on his return from Canada, where he had just spent fifteen years, his first step in Paris had been to come and find a special chair at the secretariat of the Opera. This little old man was M. Faure himself.

We spent much of the evening together and he told me the whole Chagny affair as he had once understood it. He had to conclude, for lack of evidence, the Viscount's madness and the older brother's accidental death, but he remained convinced that a terrible drama had taken place between the two brothers about Christine Daaé. He could not tell me what Christine had become, nor the Viscount. Of course, when I told him about the ghost, he just laughed. He too had been made aware of the singular manifestations which then seemed to attest to the existence of an exceptional being who had chosen a home in one of the most mysterious corners of the Opera, and he had known the history of the "envelope." but he had seen in all this nothing which could hold the attention of a magistrate charged with instructing the Chagny case, and it was only if he had listened for a few moments to the testimony of a witness who s was spontaneously introduced

personnage--le témoin--n'était autre que celui que le Tout-Paris appelait «le Persan» et qui était bien connu de tous les abonnés de l'Opéra. Le juge l'avait pris pour un illuminé.

Vous pensez si je fus prodigieusement intéressé par cette histoire du Persan. Je voulus retrouver, s'il en était temps encore, ce précieux et original témoin. Ma bonne fortune reprenant le dessus, je parvins à le découvrir dans son petit appartement de la rue de Rivoli, qu'il n'avait point quitté depuis l'époque et où il allait mourir cinq mois après ma visite.

Tout d'abord, je me méfiai; mais quand le Persan m'eut raconté, avec une candeur d'enfant, tout ce qu'il savait personnellement du fantôme et qu'il m'eut remis en toute propriété les preuves de son existence et surtout l'étrange correspondance de Christine Daaé, correspondance qui éclairait d'un jour si éblouissant son effrayant destin, il ne me fut plus possible de douter! Non! non! Le fantôme n'était pas un mythe!

Je sais bien que l'on m'a répondu que toute cette correspondance n'était peut-être point authentique et qu'elle pouvait avoir été fabriquée de toutes pièces par un homme, dont l'imagination avait été certainement nourrie des contes les plus séduisants, mais il m'a été possible, heureusement, de trouver de l'écriture de Christine en dehors du fameux paquet de lettres et, par conséquent, de me livrer à une étude comparative qui a levé toutes mes hésitations.

Je me suis également documenté sur le Persan et ainsi j'ai apprécié en lui un honnête homme incapable d'inventer une machination qui eût pu égarer la justice.

C'est l'avis du reste des plus grandes personnalités qui ont été mêlées de près ou de loin à l'affaire Chagny, qui ont été les amis de la famille et auxquelles j'ai exposé tous mes documents et devant lesquelles j'ai déroulé toutes mes déductions. J'ai reçu de ce côté les plus nobles encouragements et je me permettrai de reproduire à ce sujet quelques lignes qui m'ont été adressées par le général D...

to claim that he had had the opportunity to meet the ghost. This character - the witness - was none other than the one whom the All-Paris called "the Persian" and who was well known to all the subscribers of the Opera. The judge had taken him for an enlightened man.

You can imagine if I was prodigiously interested in this story of the Persian. I wanted to find, if there was still time, this precious and original witness. My good fortune regaining the upper hand, I succeeded in discovering him in his little apartment in the rue de Rivoli, which he had not left since the time and where he was to die five months after my visit.

First of all, I was suspicious; but when the Persian had told me, with childish candor, all that he personally knew about the ghost and that he had given me in full ownership the proofs of his existence and especially the strange correspondence of Christine Daaé, a correspondence which shed such dazzling light on her frightful destiny, it was no longer possible for me to doubt! No! no! The ghost was not a myth!

I am well aware that I was told that all this correspondence was perhaps not authentic and that it could have been fabricated from scratch by a man, whose imagination had certainly been nourished by the most attractive, but it was fortunately possible for me to find Christine's handwriting outside the famous bundle of letters and, consequently, to engage in a comparative study which removed all my hesitation.

I also documented myself on the Persian and thus I appreciated in him an honest man incapable of inventing a plot which could have misled justice.

This is the opinion of the rest of the greatest personalities who were directly or indirectly involved in the Chagny affair, who were friends of the family and to whom I exposed all my documents and in front of whom I unrolled all my deductions. I have received from this side the noblest encouragement and I will take the liberty of reproducing on this subject a few lines which were addressed to me by General D...

«Monsieur,	"Sir,
«Je ne saurais trop vous inciter à publier les résultats de votre enquête. Je me rappelle parfaitement que quelques semaines avant la disparition de la grande cantatrice Christine Daaé et le drame qui a mis en deuil tout le faubourg Saint-Germain, on parlait beaucoup, au foyer de la danse, du _fantôme_, et je crois bien que l'on n'a cessé de s'en entretenir qu'à la suite de cette affaire qui occupait tous les esprits; mais s'il est possible, comme je le pense après vous avoir entendu, d'expliquer le drame par le fantôme, je vous en prie, Monsieur, reparlez-nous du fantôme. Si mystérieux que celui-ci puisse tout d'abord apparaître, il sera toujours plus explicable que cette sombre histoire où des gens malintentionnés ont voulu voir se déchirer jusqu'à la mort deux frères qui s'adorèrent toute leur vie...	"I cannot urge you enough to publish the results of your investigation. I remember perfectly that a few weeks before the disappearance of the great singer Christine Daaé and the drama which mourned the whole of the Faubourg Saint-Germain, there was a lot of talk at the foyer de la danse about the _fantôme_, and I believe that the 'we did not stop talking about it until after this affair which occupied all minds; but if it is possible, as I think after having heard you, to explain the drama by the phantom, please, sir, tell us again about the phantom. As mysterious as it may first appear, it will always be more explicable than this dark story where malicious people wanted to see two brothers torn to death who adored each other all their lives ...
«Croyez bien, etc...»	"Believe it, etc ..."
Enfin, mon dossier en mains, j'avais parcouru à nouveau le vaste domaine du fantôme, le formidable monument dont il avait fait son empire, et tout ce que mes yeux avaient vu, tout ce que mon esprit avait découvert corroborait admirablement les documents du Persan, quand une trouvaille merveilleuse vint couronner d'une façon définitive mes travaux.	Finally, my file in hand, I had walked again through the vast domain of the ghost, the formidable monument of which he had made his empire, and all that my eyes had seen, all that my mind had discovered admirably corroborated the documents of the Persian, when a marvelous discovery came to crown my work in a definitive way.
On se rappelle que dernièrement, en creusant le sous-sol de l'Opéra, pour y enterrer les voix phonographiées des artistes, le pic des ouvriers a mis à nu un cadavre; or, j'ai eu tout de suite la preuve que ce cadavre était celui du Fantôme de l'Opéra! J'ai fait toucher cette preuve, de la main, à l'administrateur lui-même, et maintenant, il m'est indifférent que les journaux racontent qu'on a trouvé là une victime de la Commune.	We remember that recently, while digging the basement of the Opera, to bury the phonographed voices of the artists, the peak of the workers laid bare a corpse; however, I immediately had proof that this corpse was that of the Phantom of the Opera! I made the administrator himself touch this proof with my hand, and now it does not matter to me that the newspapers tell that a victim of the Commune was found there.
Les malheureux qui ont été massacrés, lors de la Commune, dans les caves de l'Opéra, ne sont point enterrés de ce côté; je dirai où l'on peut retrouver leurs squelettes, bien loin de cette crypte immense où l'on avait accumulé, pendant le siège, toutes sortes de provisions de bouche. J'ai été mis sur cette trace en recherchant justement les restes du	The unfortunate people who were massacred, during the Commune, in the cellars of the Opera, are not buried on this side; I will say where we can find their skeletons, far from this immense crypt where we had accumulated, during the siege, all kinds of food provisions. I was put on this trail by searching for the remains of the phantom of the

Opera, which I would not have found without this incredible chance of the burial of living voices!

But we'll talk about this corpse and what to do with it; now, it is important for me to end this very necessary foreword by thanking the too modest accomplices who, such as the police superintendent Mifroid (formerly called to the first observations during the disappearance of Christine Daaé), such again Mr. l 'former secretary Rémy, the former administrator Mercier, the former singing conductor Gabriel, and more particularly the baroness de Castelot-Barbezac, who was once "little Meg" (and who did not blush.), the most charming star of our admirable corps de ballet, the eldest daughter of the honorable Mme Giry - the deceased former opener of the phantom lodge - were of the most useful help to me and thanks to which I will be able, with the reader , relive, in their smallest details, those hours of pure love and dread [1].

[Note 1: I would be ungrateful if I did not also thank on the threshold of this appalling and true story, the current direction of the Opera, which lent itself so kindly to all my investigations, and in particular M. Messager; also the very sympathetic administrator M. Gabion and the very amiable architect attached to the good conservation of the monument, who did not hesitate to lend me the works of Charles Garnier, although he was almost sure that I did not have them for him. would return point. Finally, it remains for me to publicly acknowledge the generosity of my friend and former collaborator Mr. J.-L. Croze, who allowed me to draw on his admirable theatrical library and borrow from him unique editions to which he was very fond .-- G. THE.]

I

EST-CE LE FANTÔME?

Ce soir-là, qui était celui où MM. Debienne et Poligny, les directeurs démissionnaires de l'Opéra, donnaient leur dernière soirée de gala, à l'occasion de leur départ, la loge de la Sorelli, un des premiers sujets de la danse, était subitement envahie par une demi-douzaine de ces demoiselles du corps de ballet qui remontaient de scène après avoir «dansé» _Polyeucte._ Elles s'y précipitèrent dans une grande confusion, les unes faisant entendre des rires excessifs et peu naturels, et les autres des cris de terreur.

La Sorelli, qui désirait être seule un instant pour «repasser» le compliment qu'elle devait prononcer tout à l'heure au foyer devant MM. Debienne et Poligny, avait vu avec méchante humeur toute cette foule étourdie se ruer derrière elle. Elle se retourna vers ses camarades et s'inquiéta d'un aussi tumultueux émoi. Ce fut la petite Jammes,--le nez cher à Grévin, des yeux de myosotis, des joues de roses, une gorge de lys,--qui en donna la raison en trois mots, d'une voix tremblante qu'étouffait l'angoisse:

--C'est le fantôme!

Et elle ferma la porte à clef. La loge de la Sorelli était d'une élégance officielle et banale. Une psyché, un divan, une toilette et des armoires en formaient le mobilier nécessaire. Quelques gravures sur les murs, souvenirs de la mère, qui avait connu les beaux jours de l'ancien Opéra de la rue Le Peletier. Des portraits de Vestris, de Gardel, de Dupont, de Bigottini. Cette loge paraissait un palais aux gamines du corps de ballet, qui étaient logées dans des chambres communes, où elles passaient leur temps à chanter, à se disputer, à battre les coiffeurs et les habilleuses et à se payer des petits verres de cassis ou de bière ou même de rhum jusqu'au coup de cloche de l'avertisseur.

La Sorelli était très superstitieuse. En entendant la petite Jammes parler du fantôme, elle frissonna et dit:

--Petite bête!

I

IS IT THE GHOST?

That evening, which was the one where MM. Debienne and Poligny, the directors who had resigned from the Opera, were giving their last gala evening, on the occasion of their departure, the Loge de la Sorelli, one of the first subjects of the dance, was suddenly invaded by half a dozen these young ladies from the corps de ballet who came back from the stage after having "danced" _Polyeucte._ They rushed there in great confusion, some uttering excessive and unnatural laughter, and others cries of terror.

Sorelli, who wanted to be alone for a moment to "iron" the compliment she had to say earlier at home in front of MM. Debienne and Poligny, had seen with wicked humor all this dizzy crowd rushing behind her. She turned to her comrades and worried about such a tumultuous commotion. It was little Jammes, - Grevin's dear nose, myosotis eyes, rose cheeks, a lily throat, - who gave the reason in three words, in a trembling voice that suffocated the anxiety:

--It's the ghost!

And she locked the door. The Sorelli's lodge was of an official and banal elegance. A psyche, a divan, a toilet and cupboards formed the necessary furniture. Some engravings on the walls, memories of the mother, who had known the heyday of the old Opera on rue Le Peletier. Portraits of Vestris, Gardel, Dupont, Bigottini. This box seemed like a palace to the girls of the corps de ballet, who were housed in common rooms, where they spent their time singing, arguing, beating the hairdressers and dressers and buying small glasses of blackcurrant or beer or even rum until the alarm bell rings.

The Sorelli was very superstitious. Hearing little Jammes talk about the ghost, she shuddered and said:

--Tiny beast!

Et comme elle était la première, à croire aux fantômes en général et à celui de l'Opéra en particulier, elle voulut tout de suite être renseignée.	And since she was the first, believing in ghosts in general and in that of the Opera in particular, she wanted to be informed immediately.
--Vous l'avez vu? interrogea-t-elle.	--You saw him? she asked.
--Comme je vous vois! répliqua en gémissant la petite Jammes, qui, ne tenant plus sur ses jambes, se laissa tomber sur une chaise.	- As I see you! replied, moaning little Jammes, who, no longer holding on to her legs, sank into a chair.
Et aussitôt la petite Giry,--des jeux pruneaux, des cheveux d'encre, un teint de bistre, sa pauvre petite peau sur ses pauvres petits os,--ajouta:	And at once little Giry, - prune games, ink hair, a bistre complexion, her poor little skin on her poor little bones, - added:
--Si c'est lui, il est bien laid!	--If it is he, he is very ugly!
--Oh! oui, fit le chœur des danseuses.	--Oh! yes, said the choir of dancers.
Et elles parlèrent toutes ensemble. Le fantôme leur était apparu sous les espèces d'un monsieur en habit noir qui s'était dressé tout à coup devant elles, dans le couloir, sans qu'on pût savoir d'où il venait. Son apparition avait été si subite qu'on eût pu croire qu'il sortait de la muraille.	And they all spoke together. The ghost had appeared to them in the guise of a gentleman in a black coat who had suddenly risen up in front of them, in the corridor, without anyone knowing where he came from. His appearance had been so sudden that one might have thought he was emerging from the wall.
--Bah! fit l'une d'elles qui avait à peu près conservé son sang-froid, vous voyez le fantôme partout.	--Bah! said one of them who had pretty much kept her cool, you see the ghost everywhere.
Et c'est vrai que, depuis quelques mois, il n'était question à l'Opéra que de ce fantôme en habit noir qui se promenait comme une ombre, du haut en bas du bâtiment, qui n'adressait la parole à personne, à qui personne n'osait parler et qui s'évanouissait, du reste, aussitôt qu'on l'avait vu, sans qu'on pût savoir par où ni comment. Il ne faisait pas de bruit en marchant, ainsi qu'il sied à un vrai fantôme. On avait commencé par en rire et par se moquer de ce revenant habillé comme un homme du monde ou comme un croque-mort, mais la légende du fantôme avait bientôt pris des proportions colossales dans le corps de ballet. Toutes prétendaient avoir rencontré plus ou moins cet être extra-naturel et avoir été victimes de ses maléfices. Et celles qui en riaient le plus fort n'étaient point les plus rassurées. Quand il ne se laissait point voir, il signalait sa présence ou son passage par des événements drolatiques ou funestes dont la	And it is true that, for several months, the only question at the Opera was about this ghost in a black coat who walked like a shadow, from the top to the bottom of the building, who spoke to no one, to whom no one dared to speak and who fainted, moreover, as soon as they had seen him, without knowing where or how. He made no noise while walking, as befits a real ghost. We had started by laughing about it and by making fun of this ghost dressed as a man of the world or as an undertaker, but the legend of the ghost had soon taken colossal proportions in the corps de ballet. All claimed to have met more or less this extra-natural being and to have been victims of his evil spells. And those who laughed the loudest were not the most reassured. When he did not let himself be seen, he signaled his presence or his passage by funny or fatal events for which almost general superstition made him

superstition quasi générale le rendait responsable. Avait-on à déplorer un accident, une camarade avait-elle fait une niche à l'une de ces demoiselles du corps du ballet, une houppette à poudre de riz était-elle perdue? Tout était de la faute du fantôme, du fantôme de l'Opéra!

Au fond, qui l'avait vu? On peut rencontrer tant d'habits noirs à l'Opéra qui ne sont pas des fantômes. Mais celui-là avait une spécialité que n'ont point tous les habits noirs. Il habillait un squelette.

Du moins, ces demoiselles le disaient.

Et il avait, naturellement, une tête de mort.

Tout cela était-il sérieux? La vérité est que l'imagination du squelette était née de la description qu'avait faite du fantôme, Joseph Buquet, chef machiniste, qui, lui, l'avait réellement vu. Il s'était heurté,--on ne saurait dire «nez à nez», car le fantôme n'en avait pas,--avec le mystérieux personnage dans le petit escalier qui, près de la rampe, descend directement aux «dessous». Il avait eu le temps de l'apercevoir une seconde,--car le fantôme s'était enfui,--et avait conservé un souvenir ineffaçable de cette vision.

Et voici ce que Joseph Buquet a dit du fantôme à qui voulait l'entendre:

«Il est d'une prodigieuse maigreur et son habit noir flotte sur une charpente squelettique. Ses yeux sont si profonds qu'on ne distingue pas bien les prunelles immobiles. On ne voit, en somme, que deux grands trous noirs comme aux crânes des morts. Sa peau, qui est tendue sur l'ossature comme une peau de tambour, n'est point blanche, mais vilainement jaune; son nez est si peu de chose qu'il est invisible de profil, et _l'absence_ de ce nez est une chose horrible _à voir._ Trois ou quatre longues mèches brunes sur le front et derrière les oreilles font office de chevelure.»

En vain Joseph Buquet avait-il poursuivi cette étrange apparition. Elle avait disparu comme par magie et il n'avait pu retrouver sa trace.

responsible. Did we have to deplore an accident, had a comrade made a niche for one of these young ladies from the corps du ballet, was a powder puff of rice lost? It was all the ghost's fault, the phantom of the Opera!

After all, who had seen him? You can meet so many black clothes at the Opera that are not ghosts. But this one had a specialty that not all black clothes have. He was dressing a skeleton.

At least, these young ladies said it.

And he had, of course, a skull.

Was it all serious? The truth is that the imagination of the skeleton was born from the description which had made of the ghost, Joseph Buquet, chief machinist, who, him, had really seen it. He had come up against - one could not say "nose to nose", because the ghost did not have one, - with the mysterious personage in the small staircase which, near the banister, descends directly to "below" . He had had time to see it for a second - for the ghost had fled - and had retained an indelible memory of that sight.

And here is what Joseph Buquet said about the ghost to whoever wanted to hear it:

"He is extraordinarily thin and his black coat floats on a skeletal frame. Her eyes are so deep that you can't make out the motionless eyes. In short, we only see two large black holes as in the skulls of the dead. His skin, which is stretched over the frame like a drum skin, is not white, but ugly yellow; his nose is so small that it is invisible in profile, and _the absence_ of that nose is a horrible thing _ to be seen. _ Three or four long brown strands on the forehead and behind the ears act as hair. "

In vain Joseph Buquet had continued this strange apparition. She had disappeared as if by magic and he had not been able to find her trace.

Ce chef machiniste était un homme sérieux, rangé, d'une imagination lente, et il était sobre. Sa parole fut écoutée avec stupeur et intérêt, et aussitôt il se trouva des gens pour raconter qu'eux aussi avaient rencontré un habit noir avec une tête de mort.	This chief machinist was a serious man, orderly, of a slow imagination, and he was sober. His words were listened to with amazement and interest, and immediately people were found to tell that they too had encountered a black coat with a skull.
Les personnes sensées qui eurent vent de cette histoire affirmèrent d'abord que Joseph Buquet avait été victime d'une plaisanterie d'un de ses subordonnés. Et puis, il se produisit coup sur coup des incidents si curieux et si inexplicables que les plus malins commencèrent à se tourmenter.	Sensible people who heard of this story first asserted that Joseph Buquet had been the victim of a joke from one of his subordinates. And then, one after the other, incidents so curious and so inexplicable occurred that the cleverest began to be tormented.
Un lieutenant de pompiers, c'est brave! Ça ne craint rien, ça ne craint surtout pas le feu!	A fire brigade lieutenant is brave! It does not fear anything, it does not especially fear fire!
Eh bien! le lieutenant de pompiers en question[2], qui s'en était allé faire un tour de surveillance dans les dessous et qui s'était aventuré, paraît-il, un peu plus loin que de coutume, était soudain réapparu sur le plateau, pâle, effaré, tremblant, les yeux hors des orbites, et s'était quasi évanoui dans les bras de la noble mère de la petite Jammes. Et pourquoi? Parce qu'il avait vu s'avancer vers lui, _à hauteur de tête, mais sans corps, une tête de feu!_ Et je le répète, un lieutenant de pompiers, ça ne craint pas le feu.	Well! the fire-brigade lieutenant in question [2], who had gone for a surveillance tour in the basement and who had ventured, it seems, a little further than usual, suddenly reappeared on the set, pale, bewildered, trembling, his eyes out of their sockets, and had almost fainted in the arms of the noble mother of little Jammes. And why? Because he had seen advancing towards him, _at head height, but without a body, a head of fire! _ And I repeat, a lieutenant in the fire brigade does not fear fire.
Ce lieutenant de pompiers s'appelait Papin.	This firefighter's lieutenant was called Papin.
Le corps de ballet fut consterné. D'abord cette tête de feu ne répondait nullement à la description qu'avait donnée du fantôme Joseph Buquet. On questionna bien le pompier, on interrogea à nouveau le chef machiniste, à la suite de quoi ces demoiselles furent persuadées que le fantôme avait plusieurs têtes dont il changeait comme il voulait? Naturellement, elles imaginèrent aussitôt qu'elles couraient les plus grands dangers. Du moment qu'un lieutenant de pompiers n'hésitait pas à s'évanouir, coryphées et rats pouvaient invoquer bien des excuses à la terreur qui les faisait se sauver de toutes leurs petites pattes quand elles passaient devant quelque trou obscur d'un corridor mal éclairé.	The corps de ballet was dismayed. First of all, this fiery head did not correspond at all to the description given of the ghost Joseph Buquet. We questioned the firefighter, we questioned the chief machinist again, after which these young ladies were persuaded that the ghost had several heads which he changed as he wanted? Naturally, they immediately imagined that they were in the greatest danger. As long as a lieutenant of firefighters did not hesitate to faint, coryphae and rats could make many excuses for the terror which made them run away with all their little paws when they passed in front of some dark hole in a bad corridor. enlightened.
Si bien que, pour protéger dans la mesure du possible le monument voué à d'aussi horribles maléfices, la Sorelli elle-même, entourée de toutes	So much so that, in order to protect as far as possible the monument doomed to such horrible curses, Sorelli herself, surrounded by all the

les danseuses et suivie même de toute la marmaille des petites classes en maillot, avait,--au lendemain de l'histoire du lieutenant de pompiers,--sur la table qui se trouve dans le vestibule du concierge, du côté de la cour de l'administration, déposé un fer à cheval que quiconque pénétrant dans l'Opéra, à un autre titre que celui de spectateur, devait toucher avant de mettre le pied sur la première marche de l'escalier. Et cela sous peine de devenir la proie de la puissance occulte qui s'était emparée du bâtiment, des caves au grenier!

Ce fer à cheval comme toute cette histoire, du reste,--hélas!--je ne l'ai point inventé, et l'on peut encore aujourd'hui le voir sur la table du vestibule, devant la loge du concierge, quand on entre dans l'Opéra par la cour de l'administration.

Voilà qui donne assez rapidement un aperçu de l'état d'âme de ces demoiselles, le soir où nous pénétrons avec elles dans la loge de la Sorelli.

--C'est le fantôme! s'était donc écriée la petite Jammes.

Et l'inquiétude des danseuses n'avait fait que grandir. Maintenant, un angoissant silence régnait dans la loge. On n'entendait plus que le bruit des respirations haletantes. Enfin, Jammes s'étant jetée avec les marques d'un sincère effroi jusque dans le coin le plus reculé de la muraille, murmura ce seul mot:

--Écoutez!

Il semblait, en effet, à tout le monde qu'un frôlement se faisait entendre derrière la porte. Aucun bruit de pas. On eût dit d'une soie légère qui glissait sur le panneau. Puis, plus rien. La Sorelli tenta de se montrer moins pusillanime que ses compagnes. Elle s'avança vers la porte, et demanda d'une voix blanche:

--Qui est là?

Mais personne ne lui répondit.

Alors, sentant sur elle tous les yeux qui épiaient ses moindres gestes, elle se força à être brave et dit très

dancers and even followed by all the marmalade of the small classes in jerseys, had, at the the day after the story of the lieutenant of firemen, - on the table in the vestibule of the concierge, on the side of the courtyard of the administration, laid a horseshoe that anyone entering the Opera, to another title than that of spectator, had to touch before setting foot on the first step of the stairs. And that under pain of becoming the prey of the occult power that had seized the building, from the cellars to the attic!

This horseshoe, like all this story, besides - alas! - I did not invent it, and you can still see it today on the table in the hall, in front of the concierge's lodge, when you enter the Opera through the administration courtyard.

This quickly gives an overview of the state of mind of these young ladies, the evening when we enter with them in the dressing room of Sorelli.

--It's the ghost! cried little Jammes.

And the anxiety of the dancers had only grown. Now an agonizing silence reigned in the lodge. We only heard the sound of panting breaths. Finally, Jammes, having thrown herself with marks of sincere fear into the most remote corner of the wall, murmured this single word:

--Listen!

It seemed, in fact, to everyone that a frenzy could be heard behind the door. No footsteps. It was like a light silk slipping on the panel. Then, nothing more. Sorelli tried to be less timid than her companions. She stepped forward to the door, and asked in a white voice:

--Who is here?

But no one answered him.

So, feeling all the eyes on her that watched her every move, she forced herself to be brave and

fort:	said very loudly:

--Il y a quelqu'un derrière la porte?

- Is there someone behind the door?

--Oh! oui! Oui! certainement, il y a quelqu'un derrière la porte! répéta ce petit pruneau sec de Meg Giry, qui retint héroïquement la Sorelli par sa jupe de gaze... Surtout, n'ouvrez pas! Mon Dieu, n'ouvrez pas!

--Oh! Yes! Yes! certainly, there is someone behind the door! repeated this little dry prune from Meg Giry, who heroically held back Sorelli by her gauze skirt ... Above all, do not open! My God, don't open!

Mais la Sorelli, armée d'un stylet qui ne la quittait jamais, osa tourner la clef dans la serrure, et ouvrir la porte, pendant que les danseuses reculaient jusque dans le cabinet de toilette et que Meg Giry soupirait:

But Sorelli, armed with a stylus that never left her, dared to turn the key in the lock, and open the door, while the dancers retreated into the bathroom and Meg Giry sighed:

--Maman! maman!

--Mom! mom!

La Sorelli regarda dans le couloir, courageusement. Il était désert; un papillon de feu, dans sa prison de verre, jetait une lueur rouge et louche au sein des ténèbres ambiantes, sans parvenir à les dissiper. Et la danseuse referma vivement la porte avec un gros soupir.

Sorelli looked down the hall, bravely. It was deserted; a butterfly of fire, in its glass prison, cast a red, shady glow into the ambient darkness, failing to dispel them. And the dancer closed the door briskly with a big sigh.

--Non, dit-elle, il n'y a personne!

- No, she said, there is no one!

--Et pourtant, nous l'avons bien vu! affirma encore Jammes en reprenant à petits pas craintifs sa place auprès de la Sorelli. Il doit être quelque part, par là, à rôder. Moi, je ne retourne point m'habiller. Nous devrions descendre toutes au foyer, ensemble, tout de suite, pour le «compliment», et nous remonterions ensemble.

--And yet we have seen it! Jammes said again, slowly resuming his place beside the Sorelli. He must be out there somewhere, prowling around. I am not going back to dress. We should all go down to the foyer, together, right away, for the "compliment," and we would go up together.

Là-dessus, l'enfant toucha pieusement le petit doigt de corail qui était destiné à la conjurer du mauvais sort. Et la Sorelli dessina, à la dérobée, du bout de l'ongle rose de son pouce droit, une croix de Saint-André sur la bague en bois qui cerclait l'annulaire de sa main gauche.

On top of that, the child piously touched the little coral finger that was meant to ward off bad luck. And Sorelli secretly drew from the tip of the pink nail of her right thumb a cross of St. Andrew on the wooden ring that encircled the ring finger of her left hand.

«La Sorelli, a écrit un chroniqueur célèbre, est une danseuse grande, belle, au visage grave et voluptueux, à la taille aussi souple qu'une branche de saule; on dit communément d'elle que c'est «une belle créature». Ses cheveux blonds et purs comme l'or couronnent un front mat au-dessous duquel s'enchâssent deux yeux d'émeraude. Sa tête se

"La Sorelli," wrote a famous chronicler, "is a tall, beautiful dancer, with a serious and voluptuous face, with a waist as supple as a willow branch; it is commonly said of her that she is "a beautiful creature". Her blonde hair, pure as gold, crowns a dull forehead below which are set two emerald eyes. His head sways limply like an egret on a

balance mollement comme une aigrette sur un cou long, élégant et fier. Quand elle danse, elle a un certain mouvement de hanches indescriptible, qui donne à tout son corps un frissonnement d'ineffable langueur. Quand elle lève les bras et se penche pour commencer une pirouette, accusant ainsi tout le dessin du corsage, et que l'inclinaison du corps fait saillir la hanche de cette délicieuse femme, il paraît que c'est un tableau à se brûler la cervelle.»

En fait de cervelle, il paraît avéré qu'elle n'en eut guère. On ne le lui reprochait point.

Elle dit encore aux petites danseuses:

--Mes enfants, il faut vous «remettre»!... Le fantôme? Personne ne l'a peut-être-jamais vu!...

--Si! si! Nous l'avons vu!... nous l'avons vu tout à l'heure! reprirent les petites. Il avait la tête de mort et son habit, comme le soir où il est apparu à Joseph Buquet!

--Et Gabriel aussi l'a vu! fit Jammes... pas plus tard qu'hier! hier dans l'après-midi... en plein jour...

--Gabriel, le maître de chant?

--Mais oui... Comment! vous ne savez pas ça?

--Et il avait son habit, en plein jour?

--Qui ça? Gabriel?

--Mais non! Le fantôme?

--Bien sûr, qu'il avait son habit! affirma Jammes. C'est Gabriel lui-même qui me l'a dit... C'est même à ça qu'il l'a reconnu. Et voici comment ça s'est passé. Gabriel se trouvait dans le bureau du régisseur. Tout à coup, la porte s'est ouverte. C'était le Persan qui entrait. Vous savez si le Persan a le «mauvais œil».

--Oh! oui! répondirent en chœur les petites danseuses qui, aussitôt qu'elles eurent évoqué l'image du Persan, firent des cornes au Destin avec

long, elegant and proud neck. When she dances, she has a certain indescribable movement of the hips, which gives her whole body a shiver of ineffable languor. When she raises her arms and bends down to start a pirouette, thus accusing the whole design of the bodice, and the tilt of the body makes the hip of this delicious woman protrude, it seems that it is a picture to burn the brains out. . "

In fact, it seems proven that she had little. He was not blamed.

She said to the little dancers again:

- My children, you must "get over"! ... The ghost? Perhaps no one has ever seen him! ...

--Yes! if! We saw it! ... we saw it earlier! resumed the little ones. He had the skull and his coat, like the night he appeared to Joseph Buquet!

--And Gabriel saw it too! Jammes said ... just yesterday! yesterday afternoon ... in broad daylight ...

--Gabriel, the singing master?

- But yes ... How! don't you know that?

"And he had his coat on, in broad daylight?"

--Who is that? Gabriel?

--But no! The ghost?

- Of course, he had his coat on! Jammes asserted. It was Gabriel himself who told me ... That's even how he recognized it. And here's how it went. Gabriel was in the manager's office. Suddenly the door opened. It was the Persian who entered. You know if the Persian has the "evil eye".

--Oh! Yes! answered the little dancers in chorus who, as soon as they had evoked the image of the Persian, made horns to Destiny with their

leur index et leur auriculaire allongés, cependant que le médium et l'annulaire étaient repliés sur la paume et retenus par le pouce.

--... Et si Gabriel est superstitieux! continua Jammes, cependant il est toujours poli et quand il voit le Persan, il se contente de mettre tranquillement sa main dans sa poche et de toucher ses clefs... Eh bien! aussitôt que la porte s'est ouverte devant le Persan, Gabriel ne fit qu'un bond du fauteuil où il était assis jusqu'à la serrure de l'armoire, pour toucher du fer! Dans ce mouvement, il déchira à un clou tout un pan de son paletot. En se pressant pour sortir, il alla donner du front contre une patère et se fit une bosse énorme; puis, en reculant brusquement, il s'écorcha le bras au paravent, près du piano; il voulut s'appuyer au piano, mais si malheureusement que le couvercle lui retomba sur les mains et lui écrasa les doigts; il bondit comme un fou hors du bureau et enfin prit si mal son temps en descendant l'escalier qu'il dégringola sur les reins toutes les marches du premier étage. Je passais justement à ce moment-là avec maman. Nous nous sommes précipitées pour le relever. Il était tout meurtri et avait du sang plein la figure, que ça nous en faisait peur. Mais tout de suite il s'est mis à nous sourire et à s'écrier: «Merci, mon Dieu! d'en être quitte pour si peu!» Alors, nous l'avons interrogé et il nous a raconté toute sa peur. Elle lui était venue de ce qu'il avait aperçu, derrière le Persan, le fantôme! _le fantôme avec la tête de mort_, comme l'a décrit Joseph Buquet.

Un murmure effaré salua la fin de cette histoire au bout de laquelle Jammes arriva tout essoufflée, tant elle l'avait narrée vite, vite, comme si elle était poursuivie par le fantôme. Et puis, il y eut encore un silence qu'interrompit, à mi-voix, la petite Giry, pendant que, très émue, la Sorelli se polissait les ongles.

--Joseph Buquet ferait mieux de se taire, énonça le pruneau.

--Pourquoi donc qu'il se tairait? lui demanda-t-on.

--C'est l'avis de m'man... répliqua Meg, tout à fait à voix basse, cette fois-ci, et en regardant autour d'elle comme si elle avait peur d'être entendue d'autres oreilles que de celles qui se trouvaient là.

--... And if Gabriel is superstitious! Jammes continued, however he is always polite and when he sees the Persian he is content to quietly put his hand in his pocket and touch his keys ... Well! As soon as the door opened in front of the Persian, Gabriel only jumped from the armchair where he was sitting to the lock of the cupboard, to touch some iron! In this movement, he tore a whole side of his overcoat with a nail. As he hurried to go out, he went to give his forehead against a hook and made an enormous hump; then, stepping back suddenly, he scratched his arm on the screen, near the piano; he wanted to lean on the piano, but so unfortunately that the cover fell back on his hands and crushed his fingers; he jumped like a madman out of the office and finally took his time so badly going down the stairs that he tumbled down all the steps of the first floor. I was just spending that time with mom. We rushed to pick him up. He was all bruised and had blood on his face, which frightened us. But immediately he began to smile at us and exclaim: "Thank you, my God! to be off for so little! " So we questioned him and he told us all about his fear. It had come to him from what he had seen, behind the Persian, the ghost! _the ghost with the skull_, as described by Joseph Buquet.

A frightened murmur greeted the end of this story, at the end of which Jammes arrived all out of breath, she had narrated it so quickly, quickly, as if she were being pursued by the ghost. And then there was another silence interrupted, in a low voice, little Giry, while, very moved, Sorelli polished her nails.

"Joseph Buquet had better be quiet," said the prune.

"Why then should he be silent?" we asked him.

`` That's my opinion ... '' Meg replied, quite in a low voice this time, and looking around as if she was afraid of being heard from other ears. than those that were there.

--Et pourquoi que c'est l'avis de ta mère?	--And why is that your mother's opinion?
--Chut! M'man dit que le fantôme n'aime pas qu'on l'ennuie!	- Hush! Mom says the ghost doesn't like to be bored!
--Et pourquoi qu'elle dit ça, ta mère?	- And why is she saying that, your mother?
--Parce que... Parce que... rien...	--Because ... Because ... nothing ...
Cette réticence savante eut le don d'exaspérer la curiosité de ces demoiselles, qui se pressèrent autour de la petite Giry et la supplièrent de s'expliquer. Elles étaient là, coude à coude, penchées dans un même mouvement de prière et d'effroi. Elles se communiquaient leur peur, y prenant un plaisir aigu qui les glaçait.	This learned reluctance had the gift of exasperating the curiosity of these young ladies, who crowded around little Giry and begged her to explain herself. They were there, shoulder to shoulder, leaning in the same movement of prayer and fear. They communicated their fear to each other, taking an acute pleasure that froze them.
--J'ai juré de ne rien dire! fit encore Meg, dans un souffle.	--I have sworn not to say anything! Meg said again, under her breath.
Mais elles ne lui laissèrent point de repos et elles promirent si bien le secret que Meg, qui brûlait de désir de raconter ce qu'elle savait, commença, les yeux fixés sur la porte:	But they gave her no rest and they promised secrecy so well that Meg, who was burning with desire to tell what she knew, began, her eyes fixed on the door:
--Voilà... c'est à cause de la loge...	`` There you go ... it's because of the lodge ...
--Quelle loge?	--What lodge?
--La loge du fantôme!	--The phantom's lodge!
--Le fantôme a une loge?	- Does the ghost have a dressing room?
À cette idée que le fantôme avait sa loge, les danseuses ne purent contenir la joie funeste de leur stupéfaction. Elles poussèrent de petits soupirs. Elles dirent:	At the idea that the ghost had his box, the dancers could not contain the fatal joy of their amazement. They let out little sighs. They said:
--Oh! mon Dieu! raconte... raconte...	--Oh! my God! tell ... tell ...
--Plus bas! commanda Meg. C'est la première loge, numéro 5, vous savez bien, la première loge à côté de l'avant-scène de gauche.	--Lower! Meg commanded. It's the first box, number 5, you know, the first box next to the left proscenium.

--Pas possible!

--C'est comme je vous le dis... C'est m'man qui en est l'ouvreuse... Mais vous me jurez bien de ne rien raconter?

--Mais oui, va!...

--Eh bien! c'est la loge du fantôme... Personne n'y est venu depuis plus d'un mois, excepté le fantôme, bien entendu, et on a donné l'ordre à l'administration de ne plus jamais la louer...

--Et c'est vrai que le fantôme y vient?

--Mais oui...

--Il y vient donc quelqu'un?

--Mais non!... _Le fantôme y vient et il n'y a personne._

Les petites danseuses se regardèrent. Si le fantôme venait dans la loge, on devait le voir, puisqu'il avait un habit noir et une tête de mort. C'est ce qu'elles firent comprendre à Meg, mais celle-ci leur répliqua:

--Justement! On ne voit pas le fantôme! Et il n'a ni habit ni tête!... Tout ce qu'on a raconté sur sa tête de mort et sur sa tête de feu, c'est des blagues! Il n'a rien du tout... On l'entend seulement quand il est dans la loge. M'man ne l'a jamais vu, mais elle l'a entendu. M'man le sait bien, puisque c'est elle qui lui donne le programme!

La Sorelli crut devoir intervenir:

--Petite Giry, tu te moques de nous.

Alors, la petite Giry se prit à pleurer.

--J'aurais mieux fait de me taire... si m'man savait jamais ça!... mais pour sûr que Joseph Buquet a tort de s'occuper de choses qui ne le regardent pas... ça lui portera malheur... m'man le disait encore hier soir...

--Not possible!

- It's as I tell you ... It's M'man who is the opener ... But you swear to me not to tell?

`` But yes, go! ...

--Well! it's the phantom's lodge ... No one has been there for more than a month, except the phantom, of course, and the administration has been ordered never to rent it again ...

--And it is true that the ghost comes there?

--But yes...

- So does someone come there?

- But no! ... _The ghost comes there and there is no one ._

The little dancers looked at each other. If the ghost came into the lodge, he was to be seen, since he had a black coat and a skull. That's what they made Meg understand, but she replied:

--Exactly! We can't see the ghost! And he has neither coat nor head! ... All that has been said about his skull and his fiery head are jokes! He has nothing at all ... You can only hear him when he is in the dressing room. Mom never saw it, but she heard it. Mom knows it well, since it is she who gives him the program!

Sorelli thought it necessary to intervene:

--Petite Giry, you are laughing at us.

Then, little Giry began to cry.

--I would have done better to shut up ... if M'man ever knew that! ... but for sure that Joseph Buquet is wrong to take care of things that do not concern him ... it will bring him bad luck ... Mom said it again last night ...

À ce moment, on entendit des pas puissants et pressés dans le couloir et une voix essoufflée qui criait:	At that moment, powerful, hurried footsteps were heard in the hallway and a breathless voice crying:
--Cécile! Cécile! es-tu là?	- Cecile! Cecile! are you here?
--C'est la voix de maman! fit Jammes. Qu'y a-t-il?	- It's mom's voice! Jammes said. What is it?
Et elle ouvrit la porte. Une honorable dame, taillée comme un grenadier poméranien, s'engouffra dans la loge et se laissa tomber en gémissant dans un fauteuil. Ses yeux roulaient, affolés, éclairant lugubrement sa face de brique cuite.	And she opened the door. An honorable lady, cut like a Pomeranian pomegranate, rushed into the lodge and sank moaning into an armchair. Her eyes rolled in panic, gloomily lighting up her baked brick face.
--Quel malheur! fit-elle!... Quel malheur!	--What a pity! she said! ... What a pity!
--Quoi? Quoi?	--What? What?
--Joseph Buquet...	--Joseph Buquet...
--Eh bien! Joseph Buquet...	--Well! Joseph Buquet ...
--Joseph Buquet est mort!	--Joseph Buquet is dead!
La loge s'emplit d'exclamations, de protestations étonnées, de demandes d'explications effarées...	The lodge is filled with exclamations, astonished protests, bewildered requests for explanations ...
--Oui... on vient de le trouver pendu dans le troisième dessous!... _Mais le plus terrible, continua haletante, la pauvre honorable dame, le plus terrible est que les machinistes qui ont trouvé son corps, prétendent que l'on entendait autour du cadavre comme un bruit qui ressemblait au chant des morts!_	--Yes ... we have just found him hanged in the third underwear! ... one heard around the corpse like a noise which resembled the song of the dead! _
--C'est le fantôme! laissa échapper, comme malgré elle, la petite Giry, mais elle se reprit immédiatement, ses poings à la bouche: non!... non!... je n'ai rien dit!... je n'ai rien dit!...	--It's the ghost! let little Giry escape, as if in spite of herself, but she recovered immediately, her fists in her mouth: no! ... no! ... I said nothing! ... I said nothing! ...
Autour d'elle, toutes ses compagnes, terrorisées, répétaient à voix basse:	Around her, all her terrorized companions repeated in low voices:
--Pour sûr! C'est le fantôme!...	--For sure! It's the ghost! ...

La Sorelli était pâle...	The Sorelli was pale ...
--Jamais je ne pourrai dire mon compliment, fit-elle.	"I will never be able to say my compliment," she said.
La maman de Jammes donna son avis en vidant un petit verre de liqueur qui traînait sur une table: il devait y avoir du fantôme là-dessous...	Jammes' mother gave her opinion by emptying a small glass of liquor lying on a table: there must be a ghost underneath ...
La vérité est qu'on n'a jamais bien su comment était mort Joseph Buquet. L'enquête, sommaire, ne donna aucun résultat, en dehors du _suicide naturel._ Dans les _Mémoires d'un Directeur_, M. Moncharmin, qui était l'un des deux directeurs, succédant à MM. Debienne et Poligny, rapporte ainsi l'incident du pendu:	The truth is that we never really knew how Joseph Buquet died. The summary investigation produced no results, apart from the _natural suicide._ In the _Memoires d'un Directeur_, M. Moncharmin, who was one of the two directors, succeeding MM. Debienne and Poligny, thus report the hanged man incident:
«Un fâcheux accident vint troubler la petite fête que MM. Debienne et Poligny se donnaient pour célébrer leur départ. J'étais dans le bureau de la direction quand je vis entrer tout à coup Mercier--l'administrateur.--Il était affolé en m'apprenant qu'on venait de découvrir, pendu dans le troisième dessous de la scène, entre une ferme et un décor du _Roi de Lahore_, le corps d'un machiniste. Je m'écriai: Allons le décrocher! Le temps que je mis à dégringoler l'escalier et à descendre l'échelle du portant, le pendu n'avait déjà plus sa corde!»	"An unfortunate accident disturbed the little party that MM. Debienne and Poligny gave themselves to celebrate their departure. I was in the management office when I suddenly saw Mercier - the administrator. farmhouse and decor of the _King of Lahore_, the body of a machinist. I cried: Let's go pick it up! By the time it took me to tumble down the stairs and climb down the ladder, the hanged man no longer had his rope! "
Voilà donc un événement que M. Moncharmin trouve naturel. Un homme est pendu au bout d'une corde, on va le décrocher, la corde a disparu. Oh! M. Moncharmin a trouvé une explication bien simple. Écoutez-le: _C'était l'heure de la danse, et coryphées et rats avaient bien vite pris leurs précautions contre le mauvais œil._ Un point, c'est tout. Vous voyez d'ici le corps de ballet descendant l'échelle du portant et se partageant la corde de pendu en moins de temps qu'il ne faut pour l'écrire. Ce n'est pas sérieux. Quand je songe, au contraire, à l'endroit exact où le corps a été retrouvé--dans le troisième dessous de la scène--j'imagine qu'il pouvait y avoir _quelque part_ un intérêt à ce que cette corde disparût après qu'elle eut fait sa besogne et nous verrons plus tard si j'ai tort d'avoir cette imagination-là.	So this is an event that M. Moncharmin finds natural. A man is hanged at the end of a rope, we are going to unhook him, the rope has disappeared. Oh! M. Moncharmin found a very simple explanation. Listen to him: _It was dancing time, and coryphae and rats had quickly taken their precautions against the evil eye._ One point, that's all. You see from here the corps de ballet descending the ladder of the rack and sharing the hangman's rope in less time than it takes to write it. This is not serious. When I think, on the contrary, of the exact place where the body was found - in the third underside of the stage - I imagine that there could be _some part_ an interest in this rope disappearing after it 'she had done her job and we'll see later if I'm wrong to have that imagination.
La sinistre nouvelle s'était vite répandue du haut en bas de l'Opéra, où Joseph Buquet était très aimé. Les loges se vidèrent, et les petites danseuses,	The sinister news had quickly spread from the top to the bottom of the Opera, where Joseph Buquet was much loved. The lodges emptied, and

groupées autour de la Sorelli comme des moutons peureux autour du pâtre, prirent le chemin du foyer, à travers les corridors et les escaliers mal éclairés, trottinant de toute la hâte de leurs petites pattes roses.	the little dancers, grouped around the Sorelli like frightened sheep around the shepherd, made their way home, through the dimly lit corridors and stairs, trotting with all their haste on their little pink legs.
[Note 2: Je tiens l'anecdote très authentique également, de M. Pedro Gailliard lui-même, ancien directeur de l'Opéra.]	[Note 2: I have the very authentic anecdote also, of Mr. Pedro Gailliard himself, former director of the Opera.]

II

LA MARGUERITE NOUVELLE

Au premier palier, la Sorelli se heurta au comte de Chagny qui montait. Le comte, ordinairement si calme, montrait une grande exaltation.

--J'allais chez vous, fit le comte en saluant la jeune femme de façon fort galante. Ah! Sorelli, quelle belle soirée! Et Christine Daaé: quel triomphe!

--Pas possible! protesta Meg Giry. Il y a six mois, elle chantait comme un clou! Mais laissez-nous passer _mon cher comte_, fit la gamine avec une révérence mutine, nous allons aux nouvelles d'un pauvre homme que l'on a trouvé pendu.

À ce moment passait, affairé, l'administrateur, qui s'arrêta brusquement en entendant le propos.

--Comment! Vous savez déjà cela, mesdemoiselles? fit-il d'un ton assez rude... Eh bien! n'en parlez point... et surtout que MM. Debienne et Poligny n'en soient pas informés! ça leur ferait trop de peine pour leur dernier jour.

Tout le monde s'en fut vers le foyer de la danse, qui était déjà envahi.

Le comte de Chagny avait raison; jamais gala ne fut comparable à celui-là; les privilégiés qui y assistèrent en parlent encore à leurs enfants et petits-enfants avec un souvenir ému. Songez donc que Gounod, Reyer, Saint-Saëns, Massenet, Guiraud, Delibes, montèrent à tour de rôle au pupitre du chef d'orchestre et dirigèrent eux-mêmes l'exécution de leurs œuvres. Ils eurent, entre autres interprètes, Faure et la Krauss, et c'est ce soir-là que se révéla au Tout-Paris stupéfait et enivré cette Christine Daaé dont je veux, dans cet ouvrage, faire connaître le mystérieux destin.

Gounod avait fait exécuter _La marche funèbre d'une Marionnette_; Reyer, sa belle ouverture de _Sigurd_; Saint-Saëns, _La Danse macabre_ et une _Rêverie orientale_; Massenet, une _Marche

II

THE NEW DAISY

At the first level, the Sorelli collided with the Count de Chagny who was ascending. The count, ordinarily so calm, showed great exaltation.

"I was going to your house," said the count, greeting the young woman gallantly. Ah! Sorelli, what a beautiful evening! And Christine Daaé: what a triumph!

--Not possible! protested Meg Giry. Six months ago, she sang like a nail! But let us pass _mon dear comte_, said the girl with a mischievous reverence, we are going to hear from a poor man who has been found hanged.

At this moment the administrator passed, busy, who stopped abruptly when he heard the words.

--How?' 'Or' What! Do you already know that, ladies? he said in a rather harsh tone ... Well! do not speak of it ... and especially that MM. Debienne and Poligny are not informed! it would hurt them too much on their last day.

Everyone went to the center of the dance, which was already invaded.

The Comte de Chagny was right; never was a gala comparable to this one; the privileged people who attended still speak of it to their children and grandchildren with fond memories. Consider, then, that Gounod, Reyer, Saint-Saëns, Massenet, Guiraud, Delibes, took turns going up to the conductor's desk and themselves directed the performance of their works. They had, among other performers, Faure and the Krauss, and it was that evening that astonished and intoxicated All-Paris revealed herself to this Christine Daaé whose mysterious destiny I want to make known in this work.

Gounod had performed _La funeral march of a Marionnette_; Reyer, his beautiful overture to _Sigurd_; Saint-Saëns, _La Danse macabre_ and a _Rêverie Orientale_; Massenet, an unpublished

hongroise_ inédite; Guiraud, son _Carnaval_; Delibes, _La valse lente de Sylvia_ et des _pyzzicati_ de _Coppélia._ Mlles Krauss et Denise Bloch avaient chanté: la première, le boléro des _Vêpres siciliennes_; la seconde, le brindisi de _Lucrèce Borgia._

Mais tout le triomphe avait été pour Christine Daaé, qui s'était fait entendre d'abord dans quelques passages de _Roméo et Juliette._ C'était la première fois que la jeune artiste chantait cette œuvre de Gounod, qui, du reste, n'avait pas encore été transportée à l'Opéra et que l'Opéra-Comique venait de reprendre longtemps après qu'elle eut été créée à l'ancien Théâtre-Lyrique par Mme Carvalho. Ah! il faut plaindre ceux qui n'ont point entendu Christine Daaé dans ce rôle de Juliette, qui n'ont point connu sa grâce naïve, qui n'ont point tressailli aux accents de sa voix séraphique, qui n'ont point senti s'envoler leur âme avec son âme au-dessus des tombeaux des amants de Vérone: «_Seigneur! Seigneur! Seigneur! pardonnez-nous!_»

Eh bien, tout cela n'était encore rien à côté des accents surhumains qu'elle fit entendre dans l'acte de la prison et le trio final de Faust, qu'elle chanta en remplacement de la Carlotta, indisposée. On n'avait jamais entendu, jamais vu ça!

Ça, c'était «la Marguerite nouvelle» que révélait la Daaé, une Marguerite d'une splendeur, d'un rayonnement encore insoupçonnés.

La salle tout entière, avait salué des mille clameurs de son inénarrable émoi, Christine qui sanglotait et qui défaillait entre les bras de ses camarades. On dut la transporter dans sa loge. Elle semblait avoir rendu l'âme. Le grand critique P. de St-V. fixa le souvenir inoubliable de cette minute merveilleuse, dans une chronique qu'il intitula justement _La Marguerite nouvelle._ Comme un grand artiste qu'il était, il découvrait simplement que cette belle et douce enfant avait apporté ce soir-là, sur les planches de l'Opéra, un peu plus que son art, c'est-à-dire son cœur. Aucun des amis de l'Opéra n'ignorait que le cœur de Christine était resté pur comme à quinze ans, et P. de St-V. déclarait «que pour comprendre ce qui venait d'arriver à Daaé, _il était dans la nécessité d'imaginer qu'elle venait d'aimer pour la première fois!_» Je suis peut-être indiscret, ajoutait-il, mais l'amour seul est capable

Hungarian March; Guiraud, his _Carnaval_; Delibes, _The slow waltz of Sylvia_ and the _pyzzicati_ of _Coppélia._ Miss Krauss and Denise Bloch had sung: the first, the bolero of the _Vespers siciliennes_; the second, the brindisi of _Lucrèce Borgia._

But the whole triumph had been for Christine Daaé, who first made herself heard in a few passages of _Roméo et Juliette._ It was the first time that the young artist had sung this work by Gounod, which, moreover, no had not yet been transported to the Opera and which the Opera-Comique had just taken over long after it had been premiered at the old Théâtre-Lyrique by Mme Carvalho. Ah! we must pity those who have not heard Christine Daaé in this role of Juliette, who have not known her naive grace, who have not quivered at the accents of her seraphic voice, who have not felt the flight their soul with its soul above the tombs of the lovers of Verona: "_Lord! Lord! Lord! forgive us! _ »

Well, all this was still nothing compared to the superhuman accents she made heard in the prison act and the final trio of Faust, which she sang in place of the indisposed Carlotta. We had never heard, never seen that!

That was "the new Marguerite" revealed by Daaé, a Marguerite of yet unsuspected splendor and radiance.

The whole room had greeted with a thousand clamors of its inenarable emotion, Christine who sobbed and who was fainting in the arms of her comrades. They had to transport her to her box. She seemed to have passed away. The great critic P. de St-V. stared at the unforgettable memory of that wonderful moment, in a chronicle which he rightly entitled _The new Marguerite._ Like a great artist that he was, he was simply discovering that this beautiful and sweet child had brought that evening, on the boards of the Opera, a little more than his art, that is to say his heart. None of the friends of the Opera was unaware that Christine's heart had remained pure as at fifteen, and P. de St-V. declared "that in order to understand what had just happened to Daaé, _ he had to imagine that she had just loved for the first time! _" I am perhaps indiscreet, he

d'accomplir un pareil miracle, une aussi foudroyante transformation. Nous avons entendu, il y a deux ans, Christine Daaé dans son concours du Conservatoire, et elle nous avait donné un espoir charmant. _D'où vient le sublime d'aujourd'hui? S'il ne descend point du ciel sur les ailes de l'amour, il me faudra penser qu'il monte de l'enfer et que Christine, comme le maître chanteur Ofterdingen, a passé un pacte avec le Diable!_ Qui n'a pas entendu Christine chanter le trio final de _Faust_ ne connaît pas _Faust_: l'exaltation de la voix et l'ivresse sacrée d'une âme pure ne sauraient aller au delà!»

Cependant, quelques abonnés protestaient. Comment avait-on pu leur dissimuler si longtemps un pareil trésor? Christine Daaé avait été jusqu'alors un Siebel convenable auprès, de cette Marguerite un peu trop splendidement matérielle qu'était la Carlotta. Et il avait fallu l'absence incompréhensible et inexcusable de la Carlotta, à cette soirée de gala, pour qu'au pied levé la petite Daaé pût donner toute sa mesure dans une partie du programme réservé à la diva espagnole! Enfin, comment, privés de Carlotta, MM. Debienne et Poligny s'étaient-ils adressés à la Daaé? Ils connaissaient donc son génie caché? Et s'ils le connaissaient, pourquoi le cachaient-ils? Et elle, pourquoi le cachait-elle? Chose bizarre, on ne lui connaissait point de professeur actuel. Elle avait déclaré à plusieurs reprises que, désormais elle travaillerait toute seule. Tout cela était bien inexplicable.

Le comte de Chagny avait assisté, debout dans sa loge, à ce délire et s'y était mêlé par ses bravos éclatants.

Le comte de Chagny (Philippe-Georges-Marie) avait alors exactement quarante et un ans. C'était un grand seigneur et un bel homme. D'une taille au-dessus de la moyenne, d'un visage agréable, malgré le front dur et des yeux un peu froids, il était d'une politesse raffinée avec les femmes et un peu hautain avec les hommes, qui ne lui pardonnaient pas toujours ses succès dans le monde. Il avait un cœur excellent et une honnête conscience. Par la mort du vieux comte Philibert, il était devenu le chef d'une des plus illustres et des plus antiques familles de France, dont les quartiers de noblesse remontaient à Louis le Hutin. La fortune des Chagny était considérable, et quand le vieux comte, qui

added, but the love alone is capable of accomplishing such a miracle, such a devastating transformation. We heard, two years ago, Christine Daaé in her Conservatory competition, and she had given us a charming hope. _Where does today's sublime come from? If he does not descend from heaven on the wings of love, I will have to think that he ascends from hell and that Christine, like the blackmailer Ofterdingen, has made a pact with the Devil! has not heard Christine sing the final trio of _Faust_ does not know _Faust_: the exaltation of the voice and the sacred intoxication of a pure soul could not go beyond! "

However, a few subscribers protested. How could they have concealed such a treasure from them for so long? Christine Daaé had hitherto been a suitable Siebel with the a little too splendidly material Marguerite that was the Carlotta. And it had taken the incomprehensible and inexcusable absence of the Carlotta, at this gala evening, so that at short notice little Daaé could give her full potential in a part of the program reserved for the Spanish diva! Finally, how, deprived of Carlotta, MM. Did Debienne and Poligny address themselves to Daaé? So they knew his hidden genius? And if they knew it, why were they hiding it? And her, why was she hiding it? Strangely enough, no current teacher was known to him. She had said several times that from now on she would work on her own. It was all quite inexplicable.

The Comte de Chagny had witnessed this delirium standing in his box and had joined in with his brilliant bravos.

The Comte de Chagny (Philippe-Georges-Marie) was then exactly forty-one years old. He was a great lord and a handsome man. Of a height above average, of a pleasant face, in spite of the hard forehead and the eyes a little cold, he was of a refined politeness towards the women and a little haughty towards the men, who did not forgive him. not always his success in the world. He had an excellent heart and an honest conscience. By the death of old Count Philibert, he had become the head of one of the most illustrious and ancient families in France, whose noble quarters dated back to Louis le Hutin. The Chagnys' fortune was considerable, and when the

était veuf, mourut, ce ne fut point une mince besogne pour Philippe, que celle qu'il dut accepter de gérer un aussi lourd patrimoine. Ses deux sœurs et son frère Raoul ne voulurent point entendre parler de partage, et ils restèrent dans l'indivision, s'en remettant de tout à Philippe, comme si le droit d'aînesse n'avait point cessé d'exister. Quand les deux sœurs se marièrent,--le même jour,--elles reprirent leurs parts des mains de leur frère, non point comme une chose leur appartenant, mais comme une dot dont, elles lui exprimèrent leur reconnaissance.

La comtesse de Chagny--née de Moerogis de la Martynière--était morte en donnant le jour à Raoul, né vingt ans après son frère aîné. Quand le vieux comte était mort, Raoul avait douze ans. Philippe s'occupa activement de l'éducation de l'enfant. Il fut admirablement secondé dans cette tâche par ses sœurs d'abord et puis par une vieille tante, veuve du marin, qui habitait Brest, et qui donna au jeune Raoul le goût des choses de la mer. Le jeune homme entra au _Borda_, en sortit dans les premiers numéros et accomplit tranquillement son tour du monde. Grâce à de puissants appuis, il venait d'être désigné pour faire partie de l'expédition officielle du _Requin_, qui avait mission de rechercher dans les glaces du pôle les survivants de l'expédition du _d'Artois_, dont on n'avait pas de nouvelles depuis trois ans. En attendant, il jouissait d'un long congé qui ne devait prendre fin que dans six mois, et les douairières du noble faubourg, en voyant cet enfant joli, qui paraissait si fragile, le plaignaient déjà des rudes travaux qui l'attendaient.

La timidité de ce marin, je serais presque tenté de dire, son innocence, était remarquable. Il semblait être sorti la veille de la main des femmes. De fait, choyé par ses deux sœurs et par sa vieille tante, il avait gardé de cette éducation purement féminine des manières presque candides, empreintes d'un charme que rien, jusqu'alors, n'avait pu ternir. À cette époque, il avait un peu plus de vingt et un ans et en paraissait dix-huit. Il avait une petite moustache blonde, de beaux yeux bleus et un teint de fille.

Philippe gâtait beaucoup Raoul. D'abord, il en était très fier et prévoyait avec joie une carrière glorieuse pour son cadet dans cette marine où l'un de leurs ancêtres, le fameux Chagny de La Roche, avait tenu

old count, who was a widower, died, it was no small task for Philippe, than that which he had to accept to manage such a heavy patrimony. His two sisters and his brother Raoul did not want to hear about sharing, and they remained in joint possession, leaving everything to Philippe, as if the birthright had not ceased to exist. When the two sisters got married - on the same day - they took back their shares from their brother's hands, not as a thing belonging to them, but as a dowry for which they expressed their gratitude to him.

The Countess of Chagny - born of Moerogis de la Martynière - had died giving birth to Raoul, born twenty years after his elder brother. When the old count died, Raoul was twelve years old. Philippe actively took care of the child's education. He was admirably assisted in this task by his sisters first and then by an old aunt, widow of the sailor, who lived in Brest, and who gave the young Raoul a taste for things of the sea. The young man entered the _Borda_, in went out in the first issues and quietly went around the world. Thanks to powerful support, he had just been designated to be part of the official expedition of the _Requin_, which had the mission of searching in the ice of the pole for the survivors of the expedition of the _d'Artois_, which we did not have. news for three years. In the meantime, he was enjoying a long leave which was not to end for another six months, and the dowagers of the noble suburb, seeing this pretty child, who seemed so fragile, already pitied him for the hard work that awaited him.

The shyness of this sailor, I would almost be tempted to say, his innocence, was remarkable. It seemed to have come out of the hand of women the day before. In fact, pampered by his two sisters and by his old aunt, he had retained from this purely feminine upbringing almost candid manners, imbued with a charm that nothing, until then, had been able to tarnish. At that time, he was a little over twenty-one and looked eighteen. He had a small blonde mustache, beautiful blue eyes, and a girlish complexion.

Philippe spoiled Raoul a lot. First of all, he was very proud of it and was looking forward to a glorious career for his younger brother in this navy where one of their ancestors, the famous

rang d'amiral. Il profitait du congé du jeune homme pour lui montrer Paris, que celui-ci ignorait à peu près dans ce qu'il peut offrir de joie luxueuse et de plaisir artistique.

Le comte estimait qu'à l'âge de Raoul trop de sagesse n'est plus tout à fait sage. C'était un caractère fort bien équilibré, que celui de Philippe, pondéré dans ses travaux, comme dans ses plaisirs, toujours d'une tenue parfaite, incapable de montrer à son frère un méchant exemple. Il l'emmena partout avec lui. Il lui fit même connaître le foyer de la danse. Je sais bien que l'on racontait que le comte était du «dernier bien» avec la Sorelli. Mais quoi! pouvait-on faire un crime à ce gentilhomme, resté célibataire, et qui, par conséquent, avait bien des loisirs devant lui, surtout depuis que ses sœurs étaient établies, de venir passer une heure ou deux, après son dîner, dans la compagnie d'une danseuse qui, évidemment, n'était point très, très spirituelle, mais qui avait les plus jolis yeux du monde? Et puis, il y a des endroits où un vrai Parisien, quand il tient le rang du comte de Chagny, doit se montrer, et, à cette époque, le foyer de la danse de l'Opéra était un de ces endroits-là.

Enfin, peut-être Philippe n'eût-il pas conduit son frère dans les coulisses de l'Académie nationale de musique, si celui-ci n'avait été le premier, à plusieurs reprises, à le lui demander avec une douce obstination dont le comte devait se soutenir plus tard.

Philippe, après avoir applaudi ce soir-là la Daaé, s'était tourné du côté de Raoul, et l'avait vu si pâle qu'il en avait été effrayé.

--Vous ne voyez donc point, avait dit Raoul, que cette femme se trouve mal?

En effet, sur la scène, on devait soutenir Christine Daaé.

--C'est toi qui vas défaillir..., fit le comte en se penchant vers Raoul. Qu'as-tu donc?

Mais Raoul était déjà debout.

Chagny de La Roche, had held the rank of admiral. He took advantage of the young man's leave to show him Paris, which he was almost ignorant of in terms of luxurious joy and artistic pleasure.

The count believed that at Raoul's age too much wisdom was no longer quite wise. Philippe's was a very well-balanced character, balanced in his work, as in his pleasures, always perfectly dressed, incapable of showing his brother a bad example. He took her everywhere with him. He even introduced her to the home of dance. I know well that people said that the count was "last good" with the Sorelli. But what! Could it be a crime for this gentleman, who remained celibate, and who, consequently, had plenty of leisure ahead of him, especially since his sisters had been established, to come and spend an hour or two, after his dinner, in the company of 'a dancer who, of course, was not very, very spiritual, but who had the prettiest eyes in the world? And then, there are places where a true Parisian, when he holds the rank of the Comte de Chagny, must show himself, and, at that time, the center of the Opera dance was one of those places.

Finally, perhaps Philippe would not have led his brother behind the scenes of the National Academy of Music, if he had not been the first, on several occasions, to ask him with a gentle obstinacy which the count was to support himself later.

Philippe, after having applauded the Daaé that evening, had turned to Raoul's side, and had seen him so pale that he had been frightened.

"So you don't see," Raoul had said, "that this woman is ill?"

Indeed, on the stage, we had to support Christine Daaé.

"It's you who will faint ..." said the count, leaning towards Raoul. What have you got?

But Raoul was already up.

--Allons, dit-il, la voix frémissante.

--Où veux-tu aller, Raoul? interrogea le comte, étonné de l'émotion dans laquelle il trouvait son cadet.

--Mais allons voir! C'est la première fois qu'elle chante comme ça!

Le comte fixa curieusement son frère et un léger sourire vint s'inscrire au coin de sa lèvre amusée.

--Bah!... Et il ajouta tout de suite: Allons! Allons!

Il avait l'air enchanté.

Ils furent bientôt à l'entrée des abandonnés, qui était fort encombrée. En attendant qu'il pût pénétrer sur la scène, Raoul déchirait ses gants d'un geste inconscient. Philippe, qui était bon, ne se moqua point de son impatience. Mais il était renseigné. Il savait maintenant pourquoi Raoul était distrait quand il lui parlait et aussi pourquoi il semblait prendre un si vif plaisir à ramener tous les sujets de conversation sur l'Opéra.

Ils pénétrèrent sur le plateau.

Une foule d'habits noirs se pressaient vers le foyer de la danse ou se dirigeaient vers les loges des artistes. Aux cris des machinistes se mêlaient les allocutions véhémentes des chefs de service. Les figurants du dernier tableau qui s'en vont, les «marcheuses» qui vous bousculent, un portant qui passe, une toile de fond qui descend du cintre, un praticable qu'on assujettit à grands coups de marteau, l'éternel «place au théâtre» qui retentit à vos oreilles comme la menace de quelque catastrophe nouvelle pour votre huit-reflets ou d'un renfoncement solide pour vos reins, tel est l'événement habituel des entr'actes qui ne manque jamais de troubler un novice comme le jeune homme à la petite moustache blonde, aux yeux bleus et au teint de fille qui traversait, aussi vite que l'encombrement le lui permettait, cette scène sur

"Come on," he said, his voice quivering.

- Where do you want to go, Raoul? asked the count, astonished at the emotion in which he found his younger brother.

--But let's see! This is the first time she sings like this!

The count stared curiously at his brother and a slight smile crept into the corner of his amused lip.

--Bah! ... And he added immediately: Come on! Let's go!

He looked delighted.

They were soon at the entrance of the abandoned, which was very crowded. While waiting for him to be able to enter the stage, Raoul tore his gloves with an unconscious gesture. Philippe, who was kind, did not laugh at his impatience. But he was informed. He now knew why Raoul was distracted when he spoke to him and also why he seemed to take such great pleasure in bringing all subjects of conversation to the Opera.

They entered the plateau.

A crowd of black clothes flocked to the dance hall or made their way to the artists' boxes. The shouts of the machinists were mingled with the vehement speeches of the heads of service. The extras of the last painting who leave, the "walkers" who jostle you, a clothes rack that passes, a backdrop that descends from the hanger, a floor that is subjected to heavy hammer blows, the eternal "place to the theater "which resounds in your ears like the threat of some new catastrophe for your eight-reflector or of a solid recess for your loins, such is the usual event of the intermissions which never fails to disturb a novice like the young man with a small blond mustache, blue eyes and the complexion of a girl who crossed, as fast as the crowding allowed him, this scene on which Christine Daaé had just

laquelle Christine Daaé venait de triompher et sous laquelle Joseph Buquet venait de mourir.

Ce soir-là, la confusion n'avait jamais été plus complète, mais Raoul n'avait jamais été moins timide. Il écartait d'une épaule solide tout ce qui lui faisait obstacle, ne s'occupant point de ce qui se disait autour de lui, n'essayant point de comprendre les propos effarés des machinistes. Il était uniquement préoccupé du désir de voir celle dont la voix magique lui avait arraché le cœur. Oui, il sentait bien que son pauvre cœur tout neuf ne lui appartenait plus. Il avait bien essayé de le défendre depuis le jour où Christine, qu'il avait connue toute petite, lui était réapparue. Il avait ressenti en face d'elle une émotion très douce qu'il avait voulu chasser, à la réflexion, car il s'était juré, tant il avait le respect de lui-même et de sa foi, de n'aimer que celle qui serait sa femme, et il ne pouvait, une seconde, naturellement, songer à épouser une chanteuse; mais voilà qu'à l'émotion très douce avait succédé une sensation atroce. Sensation? Sentiment? Il y avait là-dedans du physique et du moral. Sa poitrine lui faisait mal, comme, si on la lui avait ouverte pour lui prendre le cœur. Il sentait là un creux affreux, un vide réel qui ne pourrait jamais plus être rempli que par le cœur de l'autre! Ce sont là des événements d'une psychologie particulière qui, paraît-il, ne peuvent être compris que de ceux qui ont été frappés, par l'amour, de ce coup étrange appelé, dans le langage courant, «coup de foudre».

Le comte Philippe avait peine à le suivre. Il continuait de sourire.

Au fond de la scène, passé la double porte qui s'ouvre sur les degrés qui conduisent au foyer et sur ceux qui mènent aux loges de gauche du rez-de-chaussée, Raoul dut s'arrêter devant la petite troupe de rats qui, descendus à l'instant de leur grenier, encombraient le passage dans lequel il voulait s'engager. Plus d'un mot plaisant lui fut décoché par de petites lèvres fardées auxquelles il ne répondit point; enfin, il put passer et s'enfonça dans l'ombre d'un corridor tout bruyant des exclamations que faisaient entendre d'enthousiastes admirateurs. Un nom couvrait toutes les rumeurs: Daaé! Daaé! Le comte, derrière Raoul, se disait: «Le coquin connaît le chemin», et il se demandait comment il l'avait appris. Jamais il n'avait conduit lui-même Raoul chez Christine. Il

triumphed and under which Joseph Buquet had just died.

That evening, the confusion had never been more complete, but Raoul had never been less timid. He pushed aside anything that stood in his way with a solid shoulder, ignoring what was being said around him, not trying to understand the frightened words of the stagehands. He was only preoccupied with the desire to see the one whose magical voice had torn his heart out. Yes, he felt that his poor brand new heart no longer belonged to him. He had tried to defend him since the day Christine, whom he had known when she was very young, had reappeared to him. He had felt in front of her a very sweet emotion that he had wanted to drive away, on reflection, for he had sworn to himself, so much respect for himself and for his faith, was to love only that. who would be his wife, and he could not, for a second, naturally, think of marrying a singer; but now the very gentle emotion had succeeded an atrocious sensation. Sensation? Feeling? There was physical and moral in there. Her chest ached, as if it had been opened to take her heart. There he felt a dreadful hollow, a real void that could never be filled except by the heart of the other! These are events of a peculiar psychology which, it seems, can only be understood by those who have been struck, by love, by that strange stroke called, in common parlance, "love at first sight".

Count Philippe found it difficult to follow him. He continued to smile.

At the back of the stage, past the double door that opens onto the steps leading to the hearth and those leading to the left lodges on the ground floor, Raoul had to stop in front of the small troop of rats that, descending at once from their attic, cluttered the passage in which he wished to engage. More than one pleasant word was uttered to him by small puffy lips to which he did not answer; at last he could pass, and plunged into the shadow of a corridor noisy with the exclamations of enthusiastic admirers. One name covered all the rumors: Daaé! Daaé! The count, behind Raoul, said to himself, "The naughty man knows the way," and he wondered how he had learned it. He had never taken Raoul to Christine's house himself. It must be believed that

faut croire que celui-ci y était allé tout seul pendant que le comte restait à l'ordinaire à bavarder au foyer avec la Sorelli, qui le priait souvent de demeurer près d'elle jusqu'au moment où elle entrait en scène, et qui avait parfois cette manie tyrannique de lui donner à garder les petites guêtres avec lesquelles elle descendait de sa loge et dont elle garantissait le lustre de ses souliers de satin et la netteté de son maillot chair. La Sorelli avait une excuse: elle avait perdu sa mère.

Le comte, remettant à quelques minutes la visite qu'il devait à la Sorelli, suivait donc la galerie qui conduisait chez la Daaé, et constatait que ce corridor n'avait jamais été aussi fréquenté que ce soir, où tout le théâtre semblait bouleversé du succès de l'artiste et aussi de son évanouissement. Car la belle enfant n'avait pas encore repris connaissance, et on était allé chercher le docteur du théâtre, qui arriva sur ces entrefaites, bousculant les groupes et suivi de près par Raoul, qui lui marchait sur les talons.

Ainsi, le médecin et l'amoureux se trouvèrent dans le même moment aux côtés de Christine, qui reçut les premiers soins de l'un et ouvrit les yeux dans les bras de l'autre. Le comte était resté, avec beaucoup d'autres, sur le seuil de la porte devant laquelle on s'étouffait.

--Ne trouvez-vous point, docteur, que ces messieurs devraient «dégager» un peu la loge? demanda Raoul avec une incroyable audace. On ne peut plus respirer ici.

--Mais vous avez parfaitement raison, acquiesça le docteur, et il mit tout le monde à la porte, à l'exception de Raoul et de la femme de chambre.

Celle-ci regardait Raoul avec des yeux agrandis par le plus sincère ahurissement. Elle ne l'avait jamais vu.

Elle n'osa pas toutefois le questionner.

Et le docteur s'imagina que si le jeune homme agissait ainsi, c'était évidemment parce qu'il en avait le droit. Si bien que le vicomte resta dans cette loge à contempler la Daaé renaissant à la vie, pendant que les deux directeurs, MM. Debienne et Poligny

he had gone there alone while the count remained ordinarily chatting at home with Sorelli, who often begged him to remain near her until the moment she entered the scene, and who sometimes had this tyrannical mania of giving her to keep the little gaiters with which she descended from her lodge, and of which she guaranteed the luster of her satin shoes and the sharpness of her flesh-shirt. Sorelli had an excuse: she had lost her mother.

The count, postponing to a few minutes his visit to the Sorelli, therefore followed the gallery which led to the Daae, and found that this corridor had never been so frequented as to-night, where the whole theater seemed upset by the success of the artist and also of his fainting. For the beautiful child had not yet regained consciousness, and we had gone to look for the doctor of the theater, who arrived in the meantime, pushing the groups and followed closely by Raoul, who was walking on his heels.

So at the same time the doctor and the lover were at the side of Christine, who received first aid from one and opened her eyes in the arms of the other. The count had remained, with many others, on the threshold of the door in front of which one was suffocating.

- Don't you think, doctor, that these gentlemen should "clear" the box a little? Raoul asked with incredible audacity. We can't breathe here.

"But you're absolutely right," agreed the doctor, and he kicked everyone out, except Raoul and the maid.

This one looked at Raoul with eyes widened by the most sincere bewilderment. She had never seen him.

She did not dare to question him, however.

And the doctor imagined that if the young man did so, it was obviously because he was entitled to it. So much so that the Viscount remained in this lodge contemplating the Daae reborn to life, while the two directors, MM. Debienne and

eux-mêmes, qui étaient venus pouf exprimer leur admiration à leur pensionnaire, étaient refoulés dans le couloir, avec des habits noirs. Le comte de Chagny, rejeté comme les autres dans le corridor, riait aux éclats.

--Ah! le coquin! Ah! le coquin!

Et il ajoutait, _in petto_: Fiez-vous donc à ces jouvenceaux qui prennent des airs de petites filles!

Il était radieux. Il conclut: «C'est un Chagny!» et il se dirigea vers la loge de la Sorelli; mais celle-ci descendait au foyer avec son petit troupeau tremblant de peur, et le comte la rencontra en chemin, comme il a été dit.

Dans la loge, Christine Daaé avait poussé un profond soupir auquel avait répondu un gémissement. Elle tourna la tête et vit Raoul et tressaillit. Elle regarda le docteur auquel elle sourit, puis sa femme de chambre, puis encore Raoul.

--Monsieur! demanda-t-elle à ce dernier, d'une voix qui n'était encore qu'un souffle... qui êtes-vous?

--Mademoiselle, répondit le jeune homme qui mit un genou en terre et déposa un ardent baiser sur la main de la diva, mademoiselle, _je suis le petit enfant qui est allé ramasser votre écharpe dans la mer._

Christine regarda encore le docteur et la femme de chambre et tous trois se mirent à rire. Raoul se releva très rouge.

--Mademoiselle, puisqu'il vous plaît de ne point me reconnaître, je voudrais vous dire quelque chose en particulier, quelque chose de très important.

--Quand j'irai mieux, monsieur, voulez-vous?...--et sa voix tremblait.--Vous êtes très gentil...

--Mais il faut vous en aller..., ajouta le docteur avec son plus aimable sourire. Laissez-moi soigner mademoiselle.

--Je ne suis pas malade, fit tout à coup Christine

Poligny themselves, who had come to express their admiration to their boarder, were pushed back into the corridor, in black clothes. The Count de Chagny, rejected like the others in the corridor, laughed out loud.

--Ah! the rascal! Ah! the rascal!

And he added, _in petto_: So trust these young people who take on the air of little girls!

He was radiant. He concludes: "It's a Chagny!" and he went to the lodge of the Sorelli; but she was coming down to the house with her little flock trembling with fear, and the count met her on the way, as has been said.

In the dressing room, Christine Daaé had heaved a deep sigh to which a moan was answered. She turned her head and saw Raoul and started. She looked at the doctor at whom she smiled, then her maid, then Raoul again.

--Sir! she asked the latter, in a voice that was still only a breath ... who are you?

--Mademoiselle, answered the young man who knelt on the ground and placed a fiery kiss on the hand of the diva, miss, _I am the little child who went to pick up your scarf in the sea.

Christine looked at the doctor and the maid again and all three laughed. Raoul got up very red.

"Mademoiselle, since it pleases you not to recognize me, I would like to tell you something in particular, something very important."

- When I get better, sir, will you? ... - and his voice trembled. - You are very nice ...

"But you must go ..." added the doctor with his most amiable smile. Let me take care of, miss.

"I'm not sick," Christine said suddenly with an

avec une énergie aussi étrange qu'inattendue.

Et elle se leva en se passant d'un geste rapide une main sur les paupières.

--Je vous remercie, docteur!... J'ai besoin de rester seule... Allez-vous-en tous! je vous en prie... laissez-moi... Je suis très nerveuse ce soir...

Le médecin voulut faire entendre quelques protestations, mais devant l'agitation de la jeune femme, il estima que le meilleur remède à un pareil état consistait à ne point la contrarier. Et il s'en, alla avec Raoul, qui se trouva dans le couloir, très désemparé. Le docteur lui dit:

--Je ne la reconnais plus ce soir... elle, ordinairement si douce...

Et il le quitta.

Raoul restait seul. Toute cette partie du théâtre était déserte maintenant. On devait procéder à la cérémonie d'adieux, au foyer de la danse. Raoul pensa que la Daaé s'y rendrait peut-être et il attendit dans la solitude et le silence. Il se dissimula même dans l'ombre propice d'un coin de porte. Il avait toujours cette affreuse douleur à la place du cœur. Et c'était de cela qu'il voulait parler à la Daaé, sans retard. Soudain la loge s'ouvrit et il vit la soubrette qui s'en allait toute seule, emportant des paquets. Il l'arrêta au passage et lui demanda des nouvelles de sa maîtresse. Elle lui répondit en riant que celle-ci allait tout à fait bien, mais qu'il ne fallait point la déranger parce qu'elle désirait rester seule. Et elle se sauva. Une idée traversa la cervelle embrasée de Raoul: Évidemment la Daaé voulait rester seule _pour lui!_... Ne lui avait-il point dit qu'il désirait l'entretenir particulièrement et n'était-ce point là la raison pour laquelle elle avait fait le vide autour d'elle? Respirant à peine, il se rapprocha de sa loge et l'oreille penchée contre la porte pour entendre ce qu'on allait lui répondre, et il se disposa à frapper. Mais sa main retomba. Il venait de percevoir, dans la loge, _une voix d'homme_, qui disait sur une intonation singulièrement autoritaire:

--Christine, il faut m'aimer!

energy as strange as it was unexpected.

And she got up, passing with a quick gesture a hand on her eyelids.

- Thank you, doctor! ... I need to be left alone ... Go away, all of you! please ... let me ... I'm very nervous tonight ...

The doctor wanted to make some protests heard, but faced with the agitation of the young woman, he considered that the best remedy for such a state was not to upset her. And he left, went with Raoul, who found himself in the corridor, very distraught. The doctor said to him:

- I no longer recognize her this evening ... her, usually so sweet ...

And he left him.

Raoul was left alone. This whole part of the theater was deserted now. We were to proceed to the farewell ceremony at the dance hall. Raoul thought that the Daaé might go there and he waited in solitude and silence. He even hid himself in the auspicious shade of a door corner. He still had that awful pain in place of the heart. And that was what he wanted to talk to Daaé about, without delay. Suddenly the box opened and he saw the maid who was going away on her own, carrying some packages. He stopped her in passing and asked her for news of his mistress. She replied, laughing, that she was quite well, but that she should not be disturbed because she wanted to be alone. And she ran away. An idea crossed Raoul's brains ablaze: Obviously the Daaé wanted to stay alone _for him!_... Had he not told her that he wanted to maintain her in particular and was not that why she had created a vacuum around her? Barely breathing, he moved closer to his dressing room and with his ear leaning against the door to hear what was going to be answered, and he prepared to knock. But his hand fell. He had just heard, in the dressing room, _a man's voice_, which said in a singularly authoritarian intonation:

--Christine, you must love me!

Et la voix de Christine, douloureuse, que l'on devinait accompagnée de larmes, une voix tremblante, répondait:

--Comment pouvez-vous me dire cela? _Moi qui ne chante que pour vous!_

Raoul s'appuya au panneau, tant il souffrait. Son cœur, qu'il croyait parti pour toujours, était revenu dans sa poitrine et lui donnait des coups retentissants. Tout le couloir en résonnait et les oreilles de Raoul en étaient comme assourdies. Sûrement, si son cœur continuait à faire autant de tapage, on allait l'entendre, on allait ouvrir la porte et le jeune homme serait honteusement chassé. Quelle position pour un Chagny! Écouter derrière une porte! Il prit son cœur à deux mains pour le faire taire. Mais un cœur, ce n'est point la gueule d'un chien, et même quand on tient la gueule d'un chien à deux mains,--un chien qui aboie insupportablement,--on l'entend gronder toujours.

La voix d'homme reprit:

--Vous devez être bien fatiguée?

--Oh! ce soir, je vous ai donné mon âme et je suis morte.

--Ton âme est bien belle, mon enfant, reprit la voix grave d'homme et je te remercie. Il n'y a point d'empereur qui ait reçu un pareil cadeau! _Les anges ont pleuré ce soir._

Après ces mots: _les anges ont pleuré ce soir_, le vicomte n'entendit plus rien.

Cependant, il ne s'en alla point, mais, comme il craignait d'être surpris, il se rejeta dans son coin d'ombre, décidé à attendre là que l'homme quittât la loge. À la même heure il venait d'apprendre l'amour et la haine. Il savait qu'il aimait. Il voulait connaître qui il haïssait. À sa grande stupéfaction la porte s'ouvrit, et Christine Daaé, enveloppée de fourrures et la figure cachée sous une dentelle, sortit seule. Elle referma la porte, mais Raoul observa qu'elle ne la refermait point à clef. Elle passa. Il ne la suivit même point des yeux, car ses

And Christine's voice, painful, which one guessed accompanied by tears, a trembling voice, answered:

--How can you tell me that? _I who only sings for you! _

Raoul leaned against the panel, he was in so much pain. His heart, which he believed to be gone forever, had returned to his chest and was pounding him resoundingly. The whole hall echoed with it and Raoul's ears were as if deafened by it. Surely, if his heart continued to make so much noise, we would hear it, we would open the door and the young man would be shamefully driven out. What a position for a Chagny! Listen behind a door! He took his heart in both hands to silence it. But a heart is not the mouth of a dog, and even when one holds the mouth of a dog with both hands - a dog which barks unbearably - one always hears it scolding.

The man's voice resumed:

- You must be very tired?

--Oh! tonight I gave you my soul and I am dead.

"Your soul is very beautiful, my child," resumed the grave man's voice, and I thank you. There is no emperor who has received such a gift! _The angels cried tonight._

After these words: _the angels cried this evening_, the viscount heard nothing more.

However, he did not go away, but, as he was afraid of being surprised, he threw himself back into his dark corner, determined to wait there for the man to leave the lodge. At the same time he had just learned about love and hate. He knew he loved. He wanted to know who he hated. To her amazement the door opened, and Christine Daaé, wrapped in furs and her face hidden under lace, went out alone. She closed the door, but Raoul observed that she did not lock it. She passed. He did not even follow her with his eyes, for his eyes

yeux étaient sur la porte qui ne se rouvrait pas. Alors, le couloir étant à nouveau désert, il le traversa. Il ouvrit la porte de la loge et la referma aussitôt derrière lui. Il se trouvait dans la plus opaque obscurité. On avait éteint le gaz.	were on the door which did not open. So, the corridor being deserted again, he crossed it. He opened the door to the lodge and immediately closed it behind him. He was in the most opaque darkness. We had turned off the gas.
--Il y a quelqu'un ici! fit Raoul d'une voix vibrante. Pourquoi se cache-t-il?	--There is someone here! Raoul said in a vibrant voice. Why is he hiding?
Et ce disant, il s'appuyait toujours du dos à la porte close.	So saying, he was still leaning with his back against the closed door.
La nuit et le silence. Raoul n'entendait que le bruit de sa propre respiration. Il ne se rendait certainement point compte que l'indiscrétion de sa conduite dépassait tout ce que l'on pouvait imaginer.	Night and silence. Raoul only heard the sound of his own breathing. He certainly did not realize that the indiscretion of his conduct exceeded anything one could imagine.
--Vous ne sortirez d'ici que lorsque je le permettrai! s'écria le jeune homme. Si vous ne me répondez pas, vous êtes un lâche! Mais je saurai bien vous démasquer!	"You won't get out of here until I allow it!" cried the young man. If you don't answer me, you're a coward! But I will know how to unmask you!
Et il fit craquer son allumette. La flamme éclaira la loge. Il n'y avait personne dans la loge! Raoul, après avoir pris soin de fermer la porte à clef, alluma les globes, les lampes. Il pénétra dans le cabinet de toilette, ouvrit les armoires, chercha, tâta de ses mains moites les murs. Rien!	And he cracked his match. The flame lit up the lodge. There was no one in the lodge! Raoul, after having taken care to lock the door with the key, lit the globes and the lamps. He went into the bathroom, opened the cupboards, searched, felt the walls with his sweaty hands. Nothing!
--Ah! çà, dit-il tout haut, est-ce que je deviens fou?	--Ah! this, he said aloud, am I going mad?
Il resta ainsi dix minutes, à écouter le sifflement du gaz dans la paix de cette loge abandonnée; amoureux, il ne songea même point à dérober un ruban, qui lui eût apporté le parfum de celle qu'il aimait. Il sortit, ne sachant plus ce qu'il faisait ni où il allait. À un moment de son incohérente déambulation, un air glacé vint le frapper au visage. Il se trouvait au bas d'un étroit escalier que descendait, derrière lui, un cortège d'ouvriers penchés sur une espèce de brancard que recouvrait un linge blanc.	He remained for ten minutes, listening to the whistling of the gas in the peace of this abandoned lodge; in love, he did not even think of stealing a ribbon, which would have brought him the scent of the one he loved. He went out, no longer knowing what he was doing or where he was going. At one point in his inconsistent stroll, icy air hit him in the face. He was at the bottom of a narrow staircase descended, behind him, by a procession of workmen leaning on a kind of stretcher covered with a white linen.
--La sortie, s'il vous plaît? fit-il à l'un de ces hommes.	--The exit, please? he said to one of these men.
--Vous voyez bien! en face de vous, lui fut-il répondu. La porte est ouverte. Mais laissez-nous passer.	--You see! in front of you, he was answered. The door is open. But let us pass.

Il demanda machinalement en montrant le brancard:	He asked mechanically, pointing to the stretcher:
--Qu'est-ce que c'est que ça?	--What is that?
L'ouvrier répondit:	The worker replied:
--Ça, c'est Joseph Buquet que l'on a trouvé pendu dans le troisième dessous, entre un portant et un décor du _Roi de Lahore._	--That is Joseph Buquet who was found hanged in the third underside, between a clothes rack and a decoration of the _Roi de Lahore._
Il s'effaça devant le cortège, salua et sortit.	He stood aside in front of the procession, bowed and left.

III

OÙ, POUR LA PREMIÈRE FOIS, MM. DEBIENNE ET POLIGNY DONNENT, EN SECRET, AUX NOUVEAUX DIRECTEURS DE L'OPÉRA, MM. ARMAND MONCHARMIN ET FIRMIN RICHARD, LA VÉRITABLE ET MYSTÉRIEUSE RAISON DE LEUR DÉPART DE L'ACADÉMIE NATIONALE DE MUSIQUE	WHERE, FOR THE FIRST TIME, MM. DEBIENNE AND POLIGNY GIVE, IN SECRET, TO THE NEW DIRECTORS OF THE OPERA, MM. ARMAND MONCHARMIN AND FIRMIN RICHARD, THE TRUE AND MYSTERIOUS REASON FOR THEIR DEPARTURE FROM THE NATIONAL ACADEMY OF MUSIC
Pendant ce temps avait lieu la cérémonie des adieux.	During this time the farewell ceremony took place.
J'ai dit que cette fête magnifique avait été donnée, à l'occasion de leur départ de l'Opéra, par MM. Debienne et Poligny qui avaient voulu mourir comme nous disons aujourd'hui: en beauté.	I have said that this magnificent feast was given, on the occasion of their departure from the Opera, by MM. Debienne and Poligny who wanted to die as we say today: in style.
Ils avaient été aidés dans la réalisation de ce programme idéal et funèbre, par tout ce qui comptait alors à Paris dans la société et dans les arts.	They had been helped in the realization of this ideal and funeral program, by all that counted then in Paris in society and in the arts.
Tout ce monde s'était donné rendez-vous au foyer de la danse, où la Sorelli attendait, une coupe de champagne à la main et un petit discours préparé au bout de la langue, les directeurs démissionnaires. Derrière elle, ses jeunes et vieilles camarades du corps de ballet se pressaient, les unes s'entretenant à voix basse des événements du jour, les autres adressant discrètement des signes d'intelligence à leurs amis, dont la foule bavarde entourait déjà le buffet, qui avait été dressé sur le plancher en pente, entre la _danse guerrière_ et la _danse champêtre_ de M. Boulenger.	Everyone had met at the dance hall, where Sorelli was waiting, a glass of champagne in her hand and a little speech prepared at the tip of their tongue, the directors having resigned. Behind her, her young and old comrades from the corps de ballet thronged, some conversing in low voices on the events of the day, others discreetly sending signs of intelligence to their friends, whose chattering crowd already surrounded the buffet, which had been erected on the sloping floor, between the _danse guerrière_ and the _danse champêtre_ of M. Boulenger.
Quelques danseuses avaient déjà revêtu leurs toilettes de ville; la plupart avaient encore leur jupe de gaze légère; mais toutes avaient cru devoir prendre des figures de circonstance. Seule, la petite Jammes dont les quinze printemps semblaient déjà avoir oublié dans leur insouciance--heureux âge--le fantôme et la mort de Joseph Buquet, n'arrêtait point de caqueter, babiller, sautiller, faire des niches, si bien que, MM. Debienne et Poligny apparaissant sur les marches du foyer de la danse, elle fut rappelée sévèrement à l'ordre par la Sorelli, impatiente.	Some dancers had already put on their town dress; most still had their light gauze skirts; but all had thought it necessary to take appropriate faces. Alone, little Jammes, whose fifteen springs seemed to have already forgotten in their carefree - happy age - the ghost and death of Joseph Buquet, did not stop cackling, babbling, hopping, making niches, so that, MM. Debienne and Poligny appearing on the steps of the dance hall, she was called to order severely by the Sorelli, impatient.
Tout le monde remarqua que MM. les directeurs	Everyone noticed that MM. the directors who

démissionnaires avaient l'air gai, ce qui, en province, n'eût paru naturel à personne, mais ce qui, à Paris, fut trouvé de fort bon goût. Celui-là ne sera jamais Parisien qui n'aura point appris à mettre un masque de joie sur ses douleurs et le «loup» de la tristesse, de l'ennui ou de l'indifférence sur son intime allégresse. Vous savez qu'un de vos amis est dans la peine, n'essayez point de le consoler; il vous dira qu'il l'est déjà; mais s'il lui est arrivé quelque événement heureux, gardez-vous de l'en féliciter; il trouve sa bonne fortune si naturelle qu'il s'étonnera qu'on lui en parle. À Paris, on est, toujours au bal masqué et ce n'est point au foyer de la danse que des personnages aussi «avertis» que MM. Debienne et Poligny eussent commis la faute de montrer leur chagrin qui était réel. Et ils souriaient déjà trop à la Sorelli, qui commençait à débiter son compliment quand une réclamation de cette petite folle de Jammes vint briser le sourire de MM. les directeurs d'une façon si brutale que la figure de désolation et d'effroi qui était dessous, apparut aux yeux de tous:

--Le fantôme de l'Opéra!

Jammes avait jeté cette phrase sur un ton d'indicible terreur et son doigt désignait dans la foule des habits noirs un visage si blême, si lugubre et si laid, avec les trous noirs des arcades sourcilières si profonds, que cette tête de mort ainsi désignée remporta immédiatement un succès fou.

--Le fantôme de l'Opéra! Le fantôme de l'Opéra!

Et l'on riait, et l'on se bousculait, et l'on voulait offrir à boire au fantôme de l'Opéra; mais il avait disparu! Il s'était glissé dans la foule et on le rechercha en vain, cependant que deux vieux messieurs essayaient de calmer la petite Jammes et que la petite Giry poussait des cris de paon.

La Sorelli était furieuse; elle n'avait pas pu achever son discours; MM. Debienne et Poligny l'avaient embrassée, remerciée et s'étaient sauvés aussi rapides que le fantôme lui-même. Nul ne s'en étonna, car on savait qu'ils devaient subir la même cérémonie à l'étage supérieur, au foyer du chant, et qu'enfin leurs amis intimes seraient reçus une dernière fois par eux dans le grand vestibule du

had resigned looked cheerful, which in the provinces would not have seemed natural to anyone, but which in Paris was found in very good taste. He will never be a Parisian who has not learned to put a mask of joy on his pains and the "wolf" of sadness, boredom or indifference on his intimate joy. You know that a friend of yours is in pain, don't try to console him; he will tell you that he is already; but if some happy event has happened to him, take care not to congratulate him; he finds his good fortune so natural that he will be surprised to be told about it. In Paris, we are always at the masked ball and it is not at the center of the dance that characters as "informed" as MM. Debienne and Poligny would have made the mistake of showing their sorrow, which was real. And they were already smiling too much at la Sorelli, who was beginning to utter her compliment when a complaint from this crazy little Jammes girl broke MM's smile. the directors in such a brutal way that the figure of desolation and dread which was underneath appeared in the eyes of all:

--The Phantom of the Opera!

Jammes had uttered this sentence in a tone of indescribable terror and his finger pointed out in the crowd of black clothes a face so pale, so dismal and so ugly, with the black holes of the eyebrow arches so deep, that this skull so designated was immediately a success.

--The Phantom of the Opera! The Phantom of the Opera!

And they laughed, and they scrambled, and they wanted to offer a drink to the ghost of the Opera; but he was gone! He had slipped into the crowd and was searched in vain, however, as two old gentlemen tried to calm little Jammes and little Giry let out peacock cries.

Sorelli was furious; she had not been able to complete her speech; MM. Debienne and Poligny had kissed her, thanked her, and escaped as fast as the ghost himself. No one was surprised, for it was known that they were to undergo the same ceremony on the upper floor, in the hearth of the song, and that at last their close friends would be received one last time by them in the

cabinet directorial, où un véritable souper les attendait.

Et c'est là que nous les retrouverons avec les nouveaux directeurs MM. Armand Moncharmin et Firmin Richard. Les premiers connaissaient à peine les seconds, mais ils se répandirent en grandes protestations d'amitié et ceux-ci leur répondirent par mille compliments; de telle sorte que ceux des invités qui avaient redouté une soirée un peu maussade montrèrent immédiatement des mines réjouies. Le souper fut presque gai et l'occasion s'étant présentée de plusieurs toasts, M. le commissaire du gouvernement y fut si particulièrement habile, mêlant la gloire du passé aux succès de l'avenir, que la plus grande cordialité régna bientôt parmi les convives. La transmission des pouvoirs directoriaux s'était faite la veille, le plus simplement possible, et les questions qui restaient à régler entre l'ancienne et la nouvelle direction y avaient été résolues sous la présidence du commissaire du gouvernement dans un si grand désir d'entente de part et d'autre, qu'en vérité on ne pouvait s'étonner, dans cette soirée mémorable, de trouver quatre visages de directeurs aussi souriants.

MM. Debienne et Poligny avaient déjà remis à MM. Armand Moncharmin et Firmin Richard les deux clefs minuscules, les passe-partout qui ouvraient toutes les portes de l'Académie nationale de musique,-- plusieurs milliers.--Et prestement ces petites clefs, objet de la curiosité générale, passaient de mains en mains quand l'attention de quelques-uns fut détournée par la découverte qu'ils venaient de faire, au bout de la table, de cette étrange et blême et fantastique figure aux yeux caves qui était déjà apparue au foyer de la danse et qui avait été saluée par la petite Jammes de cette apostrophe: «Le fantôme de l'Opéra!»

Il était là, comme le plus naturel des convives, sauf qu'il ne mangeait ni ne buvait.

Ceux qui avaient commencé à le regarder en souriant, avaient fini par détourner la tête, tant cette vision portait immédiatement l'esprit aux penseurs les plus funèbres. Nul ne recommença la plaisanterie du foyer, nul ne s'écria: «Voilà le fantôme de l'Opéra!»

great vestibule of the director's office. , where a real supper awaited them.

And this is where we will find them with the new directors MM. Armand Moncharmin and Firmin Richard. The former hardly knew the latter, but they spread out in great protestations of friendship and the latter replied with a thousand compliments; so that those of the guests who had dreaded a somewhat gloomy evening immediately showed a happy face. The supper was almost cheerful and the occasion having presented itself of several toasts, the government commissioner was so particularly skilful, mingling the glory of the past with the successes of the future, that the greatest cordiality soon reigned among the people. guests. The transfer of managerial powers had been made the day before, as simply as possible, and the questions which remained to be settled between the old and the new management had been resolved there under the chairmanship of the government commissioner in such a great desire to agreement on both sides, that in truth one could not be surprised, on this memorable evening, to find four faces of directors so smiling.

MM. Debienne and Poligny had already handed over to MM. Armand Moncharmin and Firmin Richard the two tiny keys, the master keys which opened all the doors of the National Academy of Music, - several thousand - And quickly these small keys, object of general curiosity, passed from hand to hand. hands when the attention of a few was diverted by the discovery they had just made, at the end of the table, of that strange and pale and fantastic figure with cave eyes which had already appeared in the hearth of the dance and which had was greeted by little Jammes with this apostrophe: "The Phantom of the Opera!"

He was there, like the most natural of guests, except that he neither ate nor drank.

Those who had begun to look at him smiling, had ended up turning their heads, so much did this vision immediately carry the mind to the most funereal thinkers. No one repeated the hearth joke, no one exclaimed: "There is the phantom of the Opera!"

Il n'avait pas prononcé un mot, et ses voisins eux-mêmes n'eussent pu dire à quel moment précis il était venu s'asseoir là, mais chacun pensa que si les morts revenaient parfois s'asseoir à la table des vivants, ils ne pouvaient montrer de plus macabre visage. Les amis de MM. Firmin Richard et Armand Moncharmin crurent que ce convive décharné était un intime de MM. Debienne et Poligny, tandis que les amis de MM. Debienne et Poligny pensèrent que ce cadavre appartenait à la clientèle de MM. Richard et Moncharmin. De telle sorte qu'aucune demande d'explication, aucune réflexion déplaisante, aucune facétie de mauvais goût ne risqua de froisser cet hôte d'outre-tombe. Quelques convives qui étaient au courant de la légende du fantôme et qui connaissaient la description qu'en avait faite le chef machiniste,--ils ignoraient la mort de Joseph Buquet,--trouvaient _in petto_ que l'homme du bout de la table aurait très bien pu passer pour la réalisation vivante du personnage créé, selon eux, par l'indécrottable superstition du personnel de l'Opéra; et cependant, selon la légende, le fantôme n'avait pas de nez et ce personnage en avait un, mais M. Moncharmin affirme dans ses «mémoires» que le nez du convive était transparent.--Son nez, dit-il, était long, fin, et transparent,--et j'ajouterai que cela pouvait être un faux nez. M. Moncharmin a pu prendre pour de la transparence ce qui n'était que luisant. Tout le monde sait que la science fait d'admirables faux nez pour ceux qui en ont été privés par la nature ou par quelqu'opération. En réalité, le fantôme est-il venu s'asseoir, cette nuit-là, an banquet des directeurs sans y avoir été invité? Et pouvons-nous être sûrs que cette figure était celle du fantôme de l'Opéra lui-même? Qui oserait le dire? Si je parle de cet incident ici, ce n'est point que je veuille une seconde faire croire ou tenter de faire croire au lecteur que le fantôme ait été capable d'une aussi superbe audace, mais parce qu'en somme la chose est très possible.

Et en voici, semble-t-il, une raison suffisante. M. Armand Moncharmin, toujours dans ses «mémoires», dit textuellement:--Chapitre XI.--«Quand je songe à cette première soirée, je ne puis séparer la confidence qui nous fut faite, dans leur cabinet, par MM. Debienne et Poligny de la présence à notre souper de ce fantomatique personnage que nul de nous ne connaissait.»

He had not uttered a word, and his neighbors themselves could not have said exactly when he had come to sit there, but everyone thought that if the dead sometimes returned to sit at the table of the living, they couldn't show a more macabre face. Friends of MM. Firmin Richard and Armand Moncharmin believed that this gaunt guest was a close friend of MM. Debienne and Poligny, while the friends of MM. Debienne and Poligny thought that this corpse belonged to the customers of MM. Richard and Moncharmin. So that no request for an explanation, no unpleasant reflection, no joke in bad taste risked offending this guest from beyond the grave. Some of the guests who were aware of the legend of the ghost and who knew the description of it by the chief machinist - they did not know the death of Joseph Buquet - found _in petto_ that the man at the end of the table would have. very well could pass for the living realization of the character created, according to them, by the indecrottable superstition of the personnel of the Opera; and yet, according to legend, the ghost did not have a nose and this character had one, but M. Moncharmin asserts in his "memoirs" that the guest's nose was transparent. - His nose, he said, was long, thin, and transparent, - and I will add that it could be a false nose. Mr. Moncharmin could have taken for transparency what was only shiny. Everyone knows that science makes admirable false noses for those who have been deprived of them by nature or by some operation. In fact, did the ghost come and sit that night at the directors' banquet without being invited? And can we be sure that this figure was that of the phantom of the Opera itself? Who would dare say it? If I am speaking of this incident here, it is not that I want for a second to make the reader believe or try to make the reader believe that the ghost was capable of such superb audacity, but because, in short, the thing is very possible.

And here, it seems, is a sufficient reason. Mr. Armand Moncharmin, always in his "memoirs", says verbatim: - Chapter XI .-- "When I think of that first evening, I cannot separate the confidence which was made to us, in their cabinet, by MM. Debienne and Poligny about the presence at our supper of this ghostly character that none of us knew. "

Voici exactement ce qui se passa:	Here is exactly what happened:
MM. Debienne et Poligny, placés au milieu de la table, n'avaient pas encore aperçu l'homme à la tête de mort, quand celui-ci se mit tout à coup à parler.	MM. Debienne and Poligny, seated in the middle of the table, had not yet seen the man with the death's head, when the latter suddenly began to speak.
--Les _rats_ ont raison, dit-il. La mort de ce pauvre Buquet n'est peut-être point si naturelle qu'on le croît.	"The _rats_ are right," he said. The death of poor Buquet is perhaps not so natural as we think.
Debienne et Poligny sursautèrent.	Debienne and Poligny jumped.
--Buquet est mort? s'écrièrent-ils.	--Buquet is dead? they cried.
--Oui, répliqua tranquillement l'homme ou l'ombre d'homme... Il a été trouvé pendu, ce soir, dans le troisième dessous, entre une ferme et un décor du _Roi de Lahore._	`` Yes, '' replied the man or the shadow of a man quietly ... He was found hanged this evening in the third below, between a farmhouse and a setting of the _King of Lahore._
Les deux directeurs, ou plutôt ex-directeurs, se levèrent aussitôt, en fixant étrangement leur interlocuteur. Ils étaient agités plus que de raison, c'est-à-dire plus qu'on a raison de l'être par l'annonce de la pendaison d'un chef machiniste. Ils se regardèrent tous deux. Ils étaient devenus plus pâles que la nappe. Enfin, Debienne fit signe à MM. Richard et Moncharmin: Poligny prononça quelques paroles d'excuse à l'adresse des convives, et tous quatre passèrent dans le bureau directorial. Je laisse la parole à M. Moncharmin.	The two directors, or rather ex-directors, got up immediately, staring strangely at their interlocutor. They were more agitated than reason, that is to say, more than one is right to be by the announcement of the hanging of a chief machinist. They both looked at each other. They had grown paler than the tablecloth. Finally, Debienne made a sign to MM. Richard and Moncharmin: Poligny spoke a few words of apology to the guests, and all four went into the directorial office. I give the floor to Mr. Moncharmin.
«MM. Debienne et Poligny semblaient de plus en plus agités, raconte-t-il dans ses mémoires, et il nous parut qu'ils avaient quelque chose à nous dire qui les embarrassait fort. D'abord, ils nous demandèrent si nous connaissions l'individu, assis au bout de la table, qui leur avait appris la mort de Joseph Buquet, et, sur notre réponse négative, ils se montrèrent encore plus troublés. Ils nous prirent les passe-partout des mains, les considérèrent un instant, hochèrent la tête, puis nous donnèrent le conseil de faire faire de nouvelles serrures, dans le plus grand secret, pour les appartements, cabinets et objets dont nous pouvions désirer la fermeture hermétique. Ils étaient si drôles en disant cela, que nous nous prîmes à rire en leur demandant s'il y avait des voleurs à l'Opéra? Ils nous répondirent qu'il y avait quelque chose de pire qui était le _fantôme._	"MM. Debienne and Poligny seemed more and more agitated, he recounts in his memoirs, and it seemed to us that they had something to tell us which greatly embarrassed them. First, they asked us if we knew the individual, seated at the end of the table, who had informed them of the death of Joseph Buquet, and, on our negative answer, they were even more troubled. They took the master keys from our hands, considered them for a moment, nodded, then gave us the advice to have new locks made, in the greatest secrecy, for the apartments, closets and objects which we might wish to be closed. hermetic. They were so funny saying that, that we laughed as we asked them if there were any thieves at the Opera? They replied that there was something worse which was the _phantom._ We

Nous recommençâmes à rire, persuadés qu'ils se livraient à quelque plaisanterie qui devait être comme le couronnement de cette petite fête intime. Et puis, sur leur prière, nous reprîmes notre «sérieux», décidés à entrer, pour leur faire plaisir, dans cette sorte de jeu. Ils nous dirent que jamais ils ne nous auraient parlé du fantôme, s'ils n'avaient reçu l'ordre formel du fantôme lui-même de nous engager à nous montrer aimables avec celui-ci et à lui accorder tout ce qu'il nous demanderait. Cependant, trop heureux de quitter un domaine où régnait en maîtresse cette ombre tyrannique et d'en être débarrassés du coup, ils avaient hésité jusqu'au dernier moment à nous faire part d'une aussi curieuse aventure à laquelle certainement nos esprits sceptiques n'étaient point préparés, quand l'annonce de la mort de Joseph Buquet leur avait brutalement rappelé que, chaque fois qu'ils n'avaient point obéi aux désirs du fantôme, quelqu'événement fantasque ou funeste avait vite fait de les ramener au sentiment de leur dépendance.

Pendant ces discours inattendus prononcés sur le ton de la confidence la plus secrète et la plus importante, je regardais Richard. Richard, au temps qu'il était étudiant, avait eu une réputation de farceur, c'est-à-dire qu'il n'ignorait aucune des mille et une manières que l'on a de se moquer les uns des autres, et les concierges du boulevard Saint-Michel en ont su quelque chose. Aussi semblait-il goûter fort le plat qu'on lui servait à son tour. Il n'en perdait pas une bouchée, bien que le condiment fût un peu macabre à cause de la mort de Buquet. Il hochait la tête avec tristesse, et sa mine, au fur et à mesure que les autres parlaient, devenait lamentable comme celle d'un homme qui regrettait amèrement cette affaire de l'Opéra maintenant qu'il apprenait qu'il y avait un fantôme dedans. Je ne pouvais faire mieux que de copier servilement cette attitude désespérée. Cependant, malgré tous nos efforts, nous ne pûmes, à la fin, nous empêcher de «pouffer» à la barbe de MM. Debienne et Poligny qui, nous voyant passer sans transition de l'état d'esprit le plus sombre à la gaîté la plus insolente, firent comme s'ils croyaient que nous étions devenus fous.

La farce se prolongeant un peu trop, Richard demanda, moitié figue moitié raisin: «Mais enfin qu'est-ce qu'il veut ce fantôme-là?»

laughed again, convinced that they were indulging in some joke which was to be like the crowning of this intimate little party. And then, at their request, we resumed our "seriousness", determined to enter, to please them, in this sort of game. They told us that they would never have spoken to us about the ghost if they had not received it. formal order from the ghost himself to commit us to be kind to him and to grant him whatever he asks of us. However, too happy to leave a domain where this tyrannical shadow reigned supreme and to be rid of it at once, they had hesitated until the last moment to share with us such a curious adventure to which our skeptical minds certainly did not. were not prepared, when the news of Joseph Buquet's death had brutally reminded them that, each time they had not obeyed the phantom's wishes, some fantastic or fatal event had quickly brought them back to the feeling of their addiction.

During these unexpected speeches, delivered in the tone of the most secret and important confidence, I looked at Richard. Richard, when he was a student, had a reputation for being a joker, that is to say he was not unaware of any of the thousand and one ways that we have to make fun of each other, and the concierges of the boulevard Saint-Michel knew something about it. So he seemed to taste very much the dish that was being served to him in his turn. He didn't miss a bite, although the condiment was a little macabre because of Buquet's death. He nodded sadly, and his face, as the others spoke, grew pitiful like that of a man who bitterly regretted this Opera business now that he learned there was a ghost. inside. I couldn't do better than slavishly copy this desperate attitude. However, in spite of all our efforts, we could not, in the end, prevent ourselves from "giggling" at the beard of MM. Debienne and Poligny, who, seeing us pass without transition from the darkest state of mind to the most insolent gaiety, acted as if they thought we had gone mad.

The stuffing going on a little too long, Richard asked, half fig, half grape: "But what does that ghost want?"

M. Poligny se dirigea vers son bureau et en revint avec une copie du cahier des charges.	M. Poligny walked to his office and returned with a copy of the specifications.
Le cahier des charges commence par ces mots: «La direction de l'Opéra sera tenue de donner aux représentations de l'Académie nationale de musique la splendeur qui convient à la première scène lyrique française», et se termine par l'article 98 ainsi conçu:	The specifications begin with these words: "The management of the Opera will be required to give the performances of the National Academy of Music the splendor that suits the first French lyric scene", and ends with article 98 as well. designed:
«Le présent privilège pourra être retiré:	"This privilege may be withdrawn:
1° Si le directeur contrevient aux dispositions stipulées dans le cahier des charges.»	1° If the director contravenes the provisions stipulated in the specifications."
Suivent ces dispositions.	These provisions follow.
Cette copie, dit M. Moncharmin, était à, l'encre noire et entièrement conforme à celle que nous possédions.	This copy, says M. Moncharmin, was in black ink and entirely conforms to the one we possessed.
Cependant nous vîmes que le cahier des charges que nous soumettait M. Poligny comportait _in fine_ un alinéa, écrit à l'encre rouge,--écriture bizarre et tourmentée, comme si elle eût été tracée à coups de bout d'allumettes, écriture d'enfant qui n'aurait pas cessé de faire des bâtons et qui ne saurait pas encore relier ses lettres. Et cet alinéa qui allongeait si étrangement l'article 98,--disait textuellement:	However, we saw that the specifications submitted to us by M. Poligny included _in fine_ a paragraph, written in red ink, - bizarre and tormented writing, as if it had been drawn with the ends of matches, writing of child who would not have stopped making sticks and who could not yet bind his letters. And this paragraph, which so strangely lengthened Article 98, - said verbatim:
5° _Si le directeur retarde de plus de quinze jours la mensualité qu'il doit au fantôme de l'Opéra, mensualité fixée jusqu'à nouvel ordre à 20,000 francs--240,000 francs par an._	5° _If the director delays by more than fifteen days the monthly payment which he owes to the phantom of the Opera, monthly payment fixed until further notice at 20,000 francs - 240,000 francs per year._
M. de Poligny, d'un doigt hésitant, nous montrait cette clause suprême, à laquelle nous ne nous attendions certainement pas.	M. de Poligny, with a hesitant finger, showed us this supreme clause, which we certainly did not expect.
--C'est tout? _Il_ ne veut pas autre chose? demanda Richard avec le plus grand sang-froid.	--That's all? _He_ doesn't want something else? Richard asked with the utmost coolness.
--Si, répliqua Poligny.	"Yes," replied Poligny.
Et il feuilleta encore le cahier des charges et lut:	And he leafed through the specifications again and read:

«Art. 63.--La grande avant-scène de droite des premières n° 1, sera réservée à toutes les représentations pour le chef de l'État.

La baignoire n° 20, le lundi, et la première loge n° 30, les mercredis et vendredis seront mises à la disposition du ministre.

La deuxième loge n° 27 sera réservée chaque jour pour l'usage des préfets de la Seine et de police.»

Et encore, en fin de cet article, M. Poligny nous montra une ligne à l'encre rouge qui y avait été ajoutée.

La première loge n°5 sera mise à toutes les représentations à la disposition du fantôme de l'Opéra.

Sur ce dernier coup, nous ne pûmes que nous lever et serrer chaleureusement les mains de nos deux prédécesseurs en les félicitant d'avoir imaginé cette charmante plaisanterie, qui prouvait que la vieille gaieté française ne perdait jamais ses droits. Richard crut même devoir ajouter qu'il comprenait maintenant pourquoi MM. Debienne et Poligny quittaient la direction de l'Académie nationale de musique. Les affaires n'étaient plus possibles avec un fantôme aussi exigeant.

--Évidemment, répliqua sans sourciller M. Poligny: 240,000 francs ne se trouvent pas sous le fer d'un cheval. Et avez-vous compté ce que peut nous coûter la non-location de la première loge n° 5 réservée au fantôme à toutes les représentations? Sans compter que nous avons été obligés d'en rembourser l'abonnement, c'est effrayant! Vraiment, nous ne travaillons pas pour entretenir des fantômes!... Nous préférons nous en aller!

--Oui, répéta M. Debienne, nous préférons nous en aller! Allons-nous-en!

Et il se leva.

Richard dit:

"Art. 63 .-- The large right-hand proscenium of the premieres n ° 1 will be reserved for all performances for the Head of State.

The bathtub n ° 20, on Monday, and the first box n ° 30, on Wednesdays and Fridays will be made available to the Minister.

The second box n ° 27 will be reserved each day for the use of the prefects of the Seine and the police. "

And again, at the end of this article, Mr. Poligny showed us a line in red ink which had been added to it.

The first box n ° 5 will be made available to the phantom of the Opera for all performances .

On this last blow, we could only get up and warmly shake the hands of our two predecessors, congratulating them for having imagined this charming joke, which proved that old French gaiety never lost its rights. Richard even thought it his duty to add that he now understood why MM. Debienne and Poligny left the management of the National Academy of Music. Business was no longer possible with such a demanding ghost.

"Obviously," replied M. Poligny without batting an eyelid, "240,000 francs are not under the shoe of a horse." And have you counted the cost of not hiring the first box n ° 5 reserved for the ghost at all performances? Not to mention that we had to refund the subscription, it's scary! Really, we don't work to support ghosts! ... We prefer to go away!

"Yes," repeated M. Debienne, "we prefer to go away!" Let's move on!

And he got up.

Richard says:

--Mais enfin, il me semble que vous êtes bien bons avec ce fantôme. Si j'avais un fantôme aussi gênant que ça, je n'hésiterais pas à le faire arrêter.

--Mais où? Mais comment? s'écrièrent-ils en chœur; nous ne l'avons jamais vu!

--Mais quand il vient dans sa loge?

--_Nous ne l'avons jamais vu dans sa loge._

--Alors, louez-la.

--Louer la loge du fantôme de l'Opéra! Eh bien! messieurs, essayez!

Sur quoi, nous sortîmes tous quatre du cabinet directorial. Richard et moi nous n'avions jamais «tant ri».

--But anyway, it seems to me that you are very good with this ghost. If I had such a troublesome ghost, I wouldn't hesitate to have it arrested.

--But where? But how? they cried in chorus; we've never seen it!

- But when does he come to his dressing room?

--_ We never saw him in his dressing room.

--So praise her.

--Rent the phantom's box at the Opera! Well! gentlemen, try!

Whereupon the four of us left the directorial office. Richard and I had never "laughed so much".

IV

LA LOGE N°5

Armand Moncharmin a écrit de si volumineux mémoires qu'en ce qui concerne particulièrement la période assez longue de sa co-direction, on est en droit de se demander s'il trouva jamais le temps de s'occuper de l'Opéra autrement qu'en racontant ce qui s'y passait. M. Moncharmin ne connaissait pas une note de musique, mais il tutoyait le ministre de l'Instruction publique et des Beaux-Arts, avait fait un peu de journalisme sur le boulevard et jouissait d'une assez grosse fortune. Enfin, c'était un charmant garçon et qui ne manquait point d'intelligence puisque, décidé à commanditer l'Opéra, il avait su choisir celui qui en serait l'utile directeur et était allé tout droit à Firmin Richard.

Firmin Richard était un musicien distingué et un galant homme. Voici le portrait qu'en trace, au moment de sa prise de possession, la _Revue des théâtres_ : «M. Firmin Richard est âgé de cinquante ans environ, de haute taille, de robuste encolure, sans embonpoint. Il a de la prestance et de la distinction, haut en couleur, les cheveux plantés drus, un peu bas et taillés en brosse, la barbe à l'unisson des cheveux, l'aspect de sa physionomie a quelque chose d'un peu triste que tempère aussitôt un regard franc et droit joint à un sourire charmant.

«M. Firmin Richard est un musicien très distingué. Harmoniste habile, contrepointiste savant, la grandeur est le principal caractère de sa composition. Il a publié de la musique de chambre très appréciée des amateurs, de la musique pour piano, sonates ou pièces fugitives remplies d'originalité, un recueil de mélodies. Enfin, _La Mort d'Hercule_, exécutée aux concerts du Conservatoire, respire un souffle épique qui fait songer à Gluck, un des maîtres vénérés de M. Firmin Richard. Toutefois, s'il adore Gluck, il n'en aime pas moins Piccini; M. Richard, prend son plaisir où il le trouve. Plein d'admiration pour Piccini, il s'incline devant Meyerbeer, il se délecte de Cimarosa et nul n'apprécie mieux que lui l'inimitable génie de Weber. Enfin, en ce qui concerne Wagner. M. Richard n'est pas loin de prétendre qu'il est, lui, Richard, le premier en

IV

THE LODGE N ° 5

Armand Moncharmin wrote such voluminous memoirs that, particularly as regards the rather long period of his co-direction, one is entitled to wonder if he ever found the time to take care of the Opera other than by telling what was happening there. M. Moncharmin did not know a musical note, but he was familiar with the Minister of Public Instruction and Fine Arts, had done a little journalism on the boulevard and enjoyed a fairly large fortune. Finally, he was a charming fellow who was not lacking in intelligence since, determined to sponsor the Opera, he had known how to choose the one who would be the useful director and had gone straight to Firmin Richard.

Firmin Richard was a distinguished musician and a gallant man. Here is the portrait drawn by the _Revue des theaters_ when it took possession: "Mr. Firmin Richard is about fifty years old, tall, with a robust neckline, not overweight. He has presence and distinction, colorful, hair planted thick, a little low and cut in a brush, the beard in unison with the hair, the aspect of his physiognomy has something a little sad immediately tempered by a frank and straight look joined with a charming smile.

"Mr. Firmin Richard is a very distinguished musician. Skillful harmonist, learned counterpointist, grandeur is the main character of his composition. He has published chamber music much appreciated by amateurs, music for piano, sonatas or fugitive pieces full of originality, a collection of melodies. Finally, _The Death of Hercules_, performed at the concerts of the Conservatory, breathes an epic breath that brings to mind Gluck, one of the revered masters of Mr. Firmin Richard. However, if he adores Gluck, he loves Piccini none the less; Mr. Richard, take his pleasure wherever he finds it. Full of admiration for Piccini, he bowed to Meyerbeer, he reveled in Cimarosa and no one appreciates Weber's inimitable genius better than him. Finally, with regard to Wagner. Mr. Richard is not far from claiming that he, himself, Richard, is the first in

France et peut-être le seul à l'avoir compris.»

J'arrête ici ma citation, d'où il me semble résulter assez clairement que si M. Firmin Richard aimait à peu près toute la musique et tous les musiciens, il était du devoir de tous les musiciens d'aimer M. Firmin Richard. Disons en terminant ce rapide portrait que M. Richard était ce qu'on est convenu d'appeler un autoritaire, c'est-à-dire qu'il avait un fort mauvais caractère.

Les premiers jours que les deux associés passèrent à l'Opéra furent tout à la joie de se sentir les maîtres d'une aussi vaste et belle entreprise et ils avaient certainement oublié cette curieuse et bizarre histoire du fantôme, quand se produisit un incident qui leur prouva que--s'il y avait farce--la farce n'était point terminée.

M. Firmin Richard arriva ce matin-là à onze heures à son bureau. Son secrétaire, M. Rémy, lui montra une demi-douzaine de lettres qu'il n'avait point décachetées parce qu'elles portaient la mention «personnelle». L'une de ces lettres attira tout de suite l'attention de Richard non seulement parce que la suscription de l'enveloppe était à l'encre rouge, mais encore parce qu'il lui sembla avoir vu déjà quelque part cette écriture. Il ne chercha point longtemps: c'était l'écriture rouge avec laquelle on avait complété si étrangement le cahier des charges. Il en reconnut l'allure bâtonnante et enfantine. Il la décacheta et lut:

«Mon cher directeur, je vous demande pardon de venir vous troubler en ces moments si précieux où vous décidez du sort des meilleurs artistes de l'Opéra, où vous renouvelez d'importants engagements et où vous en concluez de nouveaux; et cela avec une sûreté de vue, une entente du théâtre, une science du public et de ses goûts, une autorité qui a été bien près de stupéfier ma vieille expérience. Je suis au courant de ce que vous venez de faire pour la Carlotta, la Sorelli et la petite Jammes, et pour quelques autres dont vous avez deviné les admirables qualités, le talent ou le génie.--(Vous savez bien de qui je parle quand j'écris ces mots-là; ce n'est évidemment point pour la Carlotta, qui chante comme une seringue et qui n'aurait jamais dû quitter les Ambassadeurs ni le café Jacquin; ni pour la Sorelli, qui a surtout du

France and perhaps the only one to have understood it. "

I will stop my quotation here, from which it seems to me to follow quite clearly that if Mr. Firmin Richard loved almost all music and all musicians, it was the duty of all musicians to love Mr. Firmin Richard. Let us say in closing this brief portrait that Mr. Richard was what we have come to call an authoritarian, that is to say, he had a very bad temper.

The first days that the two associates spent at the Opera were delighted to feel that they were masters of such a vast and beautiful enterprise, and they had certainly forgotten this curious and bizarre story of the ghost, when an incident occurred which occurred to them. proved that - if there was a farce - the farce was not over.

Mr. Firmin Richard arrived that morning at eleven o'clock at his office. His secretary, M. Rémy, showed him half a dozen letters which he had not opened because they were marked "personal". One of these letters immediately caught Richard's attention, not only because the address on the envelope was in red ink, but also because he seemed to have seen this writing somewhere already. He did not look for long: it was the red writing with which the specifications had been completed so strangely. He recognized its sticky and childish appearance. He unsealed it and read:

"My dear director, I ask your forgiveness for coming to disturb you in these precious moments when you decide the fate of the best artists of the Opera, where you renew important engagements and when you conclude new ones; and that with a certainty of sight, an understanding of the theater, a science of the public and its tastes, an authority which has come very close to astonishing my old experience. I am aware of what you have just done for Carlotta, Sorelli and little Jammes, and for a few others whose admirable qualities, talent or genius you have guessed. when I write these words; it is obviously not for La Carlotta, who sings like a syringe and who should never have left the Ambassadors or the Café Jacquin; nor for La Sorelli, who is especially successful in the bodywork, nor for the little Jammes, who dances like a calf in the

succès dans la carrosserie; ni pour la petite Jammes, qui danse comme un veau dans la prairie. Ce n'est point non plus pour Christine Daaé, dont le génie est certain, mais que vous laissez avec un soin jaloux à l'écart de toute importante création.)--Enfin, vous êtes libres d'administrer votre petite affaire comme bon vous semble, n'est-ce pas? Tout de même, je désirerais profiter de ce que vous n'avez pas encore jeté Christine Daaé à la porte pour l'entendre ce soir dans le rôle de Siebel, puisque celui de Marguerite, depuis son triomphe de l'autre jour, lui est interdit, et je vous prierai de ne point disposer de ma loge aujourd'hui ni les _jours suivants_; car je ne terminerai pas cette lettre sans vous avouer combien j'ai été désagréablement surpris, ces temps derniers, en arrivant à l'Opéra, d'apprendre que ma loge avait été louée,--au bureau de location,--_sur vos ordres._

meadow. It is not either for Christine Daaé, whose genius is certain, but whom you leave with jealous care away from all important creation.) - Finally, you are free to run your little business as you see fit, aren't you? All the same, I would like to take advantage of what you have not yet thrown Christine Daaé at the door to hear her tonight in the role of Siebel, since that of Marguerite, since her triumph the other day, has been for her. forbidden, and I would ask you not to dispose of my lodge today nor on the following days; because I will not finish this letter without confessing to you how unpleasantly surprised I have recently been, on arriving at the Opera, to learn that my box had been rented, - at the rental office, --_ on your orders._

Je n'ai point protesté, d'abord parce que je suis l'ennemi du scandale, ensuite parce que je m'imaginais que vos prédécesseurs, MM. Debienne et Poligny, qui ont toujours été charmants pour moi, avaient négligé avant leur départ de vous parler de mes petites manies. Or, je viens de recevoir la réponse de MM. Debienne et Poligny à ma demande d'explications, réponse qui me prouve que vous êtes au courant de _mon cahier des charges_ et par conséquent que vous vous moquez outrageusement de moi. _Si vous voulez que nous vivions en paix, il ne faut pas commencer par m'enlever ma loge!_ Sous le bénéfice de ces petites observations, veuillez me considérer, mon cher directeur, comme votre très humble et très obéissant serviteur.

I did not protest, first because I am the enemy of scandal, then because I imagined that your predecessors, MM. Debienne and Poligny, who have always been charming to me, had neglected before their departure to tell you about my little quirks. However, I have just received the reply from MM. Debienne and Poligny at my request for explanations, a response which proves to me that you are aware of _my specifications_ and consequently that you are making fun of me outrageously. _If you want us to live in peace, we must not begin by taking my lodge away! _ Under the benefit of these little observations, please consider me, my dear director, as your very humble and very obedient servant.

Signé: F. de l'Opéra.

Signed: F. de l'Opéra.

Cette lettre était accompagnée d'un extrait de la petite correspondance de la _Revue théâtrale_, où on lisait ceci: «_F. de l'O: R et M sont inexcusables. Nous les avons prévenus et nous leur avons laissé entre les mains votre cahier des charges. Salutations!_»

This letter was accompanied by an excerpt from the small correspondence of the _Revue théâtrale_, in which it read: "_F. of O: R and M are inexcusable. We warned them and we left your specifications in their hands. Greetings!_"

M. Firmin Richard avait à peine terminé cette lecture que la porte de son cabinet s'ouvrait et que M. Armand Moncharmin venait au-devant de lui, une lettre à la main, absolument semblable à celle que son collègue avait reçue. Ils se regardèrent en

Mr. Firmin Richard had hardly finished reading this when the door of his office opened and Mr. Armand Moncharmin came to meet him, a letter in hand, absolutely similar to the one his colleague had received. They looked at each other, bursting

éclatant de rire.	into laughter.
--La plaisanterie continue, fit M. Richard; mais elle n'est pas drôle!	"The joke continues," said Mr. Richard; but she is not funny!
--Qu'est-ce que ça signifie? demanda M. Moncharmin. Pensent-_ils_ que parce qu'ils ont été directeurs de l'Opéra nous allons leur concéder une loge à perpétuité?	--What does it mean? asked M. Moncharmin. Do _they_ think that because they were directors of the Opera we are going to grant them a box in perpetuity?
Car, pour le premier comme pour le second, il ne faisait point de doute que la double missive ne fût le fruit de la collaboration facétieuse de leurs prédécesseurs.	Because, for the first as for the second, there was no doubt that the double missive was the fruit of the facetious collaboration of their predecessors.
--Je ne suis point d'humeur à me laisser longtemps berner! déclara Firmin Richard.	- I am not in the mood to let myself be fooled for long! declared Firmin Richard.
--C'est inoffensif! observa Armand Moncharmin.	--It's harmless! observed Armand Moncharmin.
Au fait, qu'est-ce qu'ils veulent? Une loge pour ce soir?	By the way, what do they want? A box for tonight?
M. Firmin Richard donna l'ordre à son secrétaire d'envoyer la première loge n° 5 à MM. Debienne et Poligny, si elle n'était pas louée.	Mr. Firmin Richard ordered his secretary to send the first box n° 5 to MM. Debienne and Poligny, if it was not rented.
Elle ne l'était pas. Elle leur fut expédiée sur-le-champ. MM. Debienne et Poligny habitaient: le premier, au coin de la rue Scribe et du boulevard des Capucines; le second, rue Auber. Les deux lettres du fantôme F. de l'Opéra avaient été mises au bureau de poste du boulevard des Capucines. C'est Moncharmin qui le remarqua en examinant les enveloppes.	She wasn't. It was sent to them on the spot. MM. Debienne and Poligny lived: the first, at the corner of rue Scribe and boulevard des Capucines; the second, rue Auber. The two letters from the phantom F. de l'Opéra had been sent to the post office on Boulevard des Capucines. It was Moncharmin who noticed it when he examined the envelopes.
--Tu vois bien! fit Richard.	--You clearly see! Richard said.
Ils haussèrent les épaules et regrettèrent que des gens de cet âge s'amusassent encore à des jeux aussi innocents.	They shrugged their shoulders and wished that people of that age still had fun at such innocent games.
--Tout de même, ils auraient pu être polis! fit observer Moncharmin. As-tu vu comme ils nous traitent à propos de la Carlotta, de la Sorelli et de la petite Jammes?	"Still, they could have been polite!" Moncharmin observed. Did you see how they treat us about Carlotta, Sorelli and little Jammes?

--Eh bien! cher, ces gens-là sont malades de jalousie!... Quand je pense qu'ils sont allés jusqu'à payer une petite correspondance à la _Revue théâtrale!_... Ils n'ont donc plus rien à faire?

--Well! dear, these people are sick of jealousy! ... When I think that they went so far as to pay for a small correspondence at the _Revue theatrale! _... So they have nothing more to do?

--À propos! dit encore Moncharmin, ils ont l'air de s'intéresser beaucoup à la petite Christine Daaé...

--In regards to! Said Moncharmin again, they seem to be very interested in little Christine Daaé ...

--Tu sais aussi bien que moi qu'elle a la réputation d'être sage! répondit Richard.

--You know as well as I do that she has a reputation for being wise! Richard replied.

--On vole si souvent sa réputation, répliqua Moncharmin. Est-ce que je n'ai pas, moi, la réputation de me connaître en musique, et j'ignore la différence qu'il y a entre la clef de _sol_ et la clef de _fa._

"People steal their reputation so often," replied Moncharmin. Don't I have the reputation of knowing myself in music, and I don't know the difference between the key of _sol_ and the key of _fa._

--Tu n'as jamais eu cette réputation-là, déclara Richard, rassure-toi.

- You never had that reputation, declared Richard, reassure yourself.

Là-dessus, Firmin Richard donna l'ordre à l'huissier de faire entrer les artistes qui, depuis deux heures, se promenaient dans le grand couloir de l'administration en attendant que la porte directoriale s'ouvrît, cette porte derrière laquelle les attendaient la gloire et l'argent... ou le congé.

Thereupon, Firmin Richard gave the order to the usher to bring in the artists who, for two hours, had been walking in the large corridor of the administration while waiting for the directorial door to open, this door behind which the were waiting for fame and money ... or leave.

Toute cette journée se passa en discussions, pourparlers, signatures ou ruptures de contrats; aussi je vous prie de croire que ce soir-là--le soir du 25 janvier--nos deux directeurs, fatigués par une âpre journée de colères, d'intrigues, de recommandations, de menaces, de protestations d'amour ou de haine, se couchèrent de bonne heure, sans avoir même la curiosité d'aller jeter un coup d'œil dans la loge numéro 5, pour savoir si MM. Debienne et Poligny trouvaient le spectacle à leur goût. L'Opéra n'avait point chômé depuis le départ de l'ancienne direction, et M. Richard avait fait procéder aux quelques travaux nécessaires, sans interrompre le cours des représentations.

The whole day was spent in discussions, negotiations, signatures or breaches of contracts; also I beg you to believe that that evening - the evening of January 25 - our two directors, tired by a bitter day of anger, intrigue, recommendations, threats, protests of love or hatred , went to bed early, without even having the curiosity to go and have a look in box number 5, to find out whether MM. Debienne and Poligny found the show to their liking. The Opera had not been idle since the departure of the old direction, and M. Richard had had the necessary work carried out without interrupting the performance.

Le lendemain matin, MM. Richard et Moncharmin trouvèrent dans leur courrier, d'une part, une carte de remerciement du fantôme, ainsi conçue:

The next morning, MM. Richard and Moncharmin found in their mail, on the one hand, a thank-you card from the ghost, as follows:

«Mon cher Directeur.

"My dear Director.

»Merci. Charmante soirée. Daaé exquise. Soignez

"Thank you. Lovely evening. Daaé exquisite. Take

care of the choirs. The Carlotta, a magnificent and ordinary instrument. Will write to you soon for the 240,000 francs, - exactly 233,424. Fr. 70; MM. Debienne and Poligny having sent me the 6,575 fr. 30, representing the first ten days of my pension this year, - their privileges ending on the evening of the 10th.

"Servant.

«F. de l'O. »

On the other hand, a letter from MM. Debienne and Poligny:

"Gentlemen,

"We thank you for your kind attention, but you will easily understand that the prospect of hearing _Faust_ again, however sweet it may be to former directors of the Opera, cannot make us forget that we have no right to occupy the theater. first box number 5, which belongs exclusively to the one we had the opportunity to talk to you about, by rereading with you, one last time, the specifications, - last paragraph of article 63.

"Please accept, gentlemen, etc."

--Ah! but, they are starting to annoy me, these people! declared Firmin Richard violently, tearing up the letter from MM. Debienne and Poligny.

That evening, the first box number 5 was rented.

The next day, arriving in their office, MM. Richard and Moncharmin found an inspector's report relating to the events which had taken place the previous evening in the first box n ° 5. Here is the essential passage of the report, which is brief:

"I was in the need," wrote the inspector, "to request, this evening - the inspector had written his report the evening before - a municipal guard to evacuate twice, at the beginning and in the middle of the second act, the first box n ° 5. The

Les occupants--ils étaient arrivés au commencement du second acte--y causaient un véritable scandale par leurs rires et leurs réflexions saugrenues. De toutes parts autour d'eux, des chut! se faisaient entendre et la salle commençait à protester quand l'ouvreuse est venue me trouver; je suis entré dans la loge et je fis entendre les observations nécessaires. Ces gens ne paraissaient point jouir de tout leur bon sens et me tinrent des propos stupides. Je les avertis que si un pareil scandale se renouvelait je me verrais forcé de faire évacuer la loge. Je n'étais pas plutôt parti que j'entendis de nouveau leurs rires et les protestations de la salle. Je revins avec un garde municipal qui les fit sortir. Ils réclamèrent, toujours en riant, déclarant qu'ils ne s'en iraient point si on ne leur rendait pas leur argent. Enfin, ils se calmèrent, et je les laissai rentrer dans la loge; aussitôt les rires recommencèrent, et, cette fois, je les fis expulser définitivement.

occupants - they had arrived at the beginning of the second act - caused a real scandal there by their laughter and their absurd reflections. From all around them, shhhs! were heard and the audience began to protest when the opener came to find me; I entered the lodge and made the necessary observations. These people did not seem to enjoy all their common sense and spoke stupid words to me. I warned them that if such a scandal happened again I would be forced to evacuate the lodge. No sooner had I left than I heard their laughter and protests from the room again. I returned with a municipal guard who took them out. They demanded, still laughing, declaring that they would not leave if their money was not returned to them. Finally, they calmed down, and I let them return to the lodge; The laughter immediately began again, and this time I had them kicked out for good.

--Qu'on fasse venir l'inspecteur, cria Richard à son secrétaire, qui avait lu, le premier, ce rapport et qui l'avait déjà annoté au crayon bleu.

"Get the inspector to come," cried Richard to his secretary, who had read this report first and had already written it down in blue pencil.

Le secrétaire, M. Rémy--vingt-quatre ans, fine moustache, élégant, distingué, grande tenue--dans ce temps-là redingote obligatoire dans la journée, intelligent et timide devant le directeur, 2.400 d'appointements par an, payé par le directeur, compulse les journaux, répond aux lettres, distribue des loges et des billets de faveur, règle les rendez-vous, cause avec ceux qui font antichambre, court chez les artistes malades, cherche les doublures, correspond avec les chefs de service, mais avant tout est le verrou du cabinet directorial, peut être sans compensation aucune jeté à la porte du jour au lendemain, car il n'est pas reconnu par l'administration--le secrétaire, qui avait fait déjà chercher l'inspecteur, donna l'ordre de le faire entrer.

The secretary, Mr. Rémy - twenty-four years old, thin mustache, elegant, distinguished, full dress - at that time frock coat compulsory during the day, intelligent and shy in front of the director, 2,400 salaries per year, paid by the director, compiles newspapers, responds to letters, distributes boxes and freebies, arranges appointments, talks with those who are anteroom, runs to sick artists, looks for liners, corresponds with department heads, but above all is the lock of the directorial cabinet, can be without compensation any thrown at the door overnight, because it is not recognized by the administration - the secretary, who had already made look for the inspector, gave the order to let him in.

L'inspecteur entra, un peu inquiet.

The inspector entered, a little worried.

--Racontez-nous ce qui s'est passé, fit brusquement Richard.

"Tell us what happened," said Richard abruptly.

L'inspecteur bredouilla tout de suite et fit allusion au rapport.

The inspector immediately sputtered and alluded to the report.

<table>
<tr><td>

--Enfin! ces gens-là, pourquoi riaient-ils? demanda Moncharmin.

--Monsieur le directeur, ils devaient avoir bien dîné et paraissaient plus préparés à faire des farces qu'à écouter de la bonne musique. Déjà, en arrivant, ils n'étaient pas plutôt entrés dans la loge qu'ils en étaient ressortis et avaient appelé l'ouvreuse qui leur a demandé ce qu'ils avaient. Ils ont dit à l'ouvreuse: «Regardez dans la loge, il n'y a personne, n'est-ce pas?...--Non, a répondu l'ouvreuse.--Eh bien, ont-ils affirmé, quand nous sommes entrés nous avons entendu une voix qui disait _qu'il y avait quelqu'un._

M. Moncharmin ne put regarder M. Richard sans sourire, mais M. Richard, lui, ne souriait point. Il avait jadis trop «travaillé» dans le genre pour ne point reconnaître dans le récit que lui faisait, le plus naïvement du monde, l'inspecteur, toutes les marques d'une de ces méchantes plaisanteries qui amusent d'abord ceux qui en sont victimes puis qui finissent par les rendre enragés.

M. l'inspecteur, pour faire sa cour à M. Moncharmin, qui souriait, avait cru devoir sourire, lui aussi. Malheureux sourire! Le regard de M. Richard foudroya l'employé, qui s'occupa aussitôt de montrer un visage effroyablement consterné.

--Enfin, quand ces gens-là sont arrivés, demanda en grondant le terrible Richard, il n'y avait personne dans la loge?

--Personne, monsieur le directeur! personne! Ni dans la loge de droite, ni dans la loge de gauche, personne, je vous le jure! j'en mets la main au feu! et c'est ce qui prouve bien que tout cela n'est qu'une plaisanterie.

--Et l'ouvreuse, qu'est-ce qu'elle a dit?

--Oh! pour l'ouvreuse, c'est bien simple, elle dit que c'est le fantôme de l'Opéra. Alors!

Et l'inspecteur ricana. Mais encore il comprit qu'il avait eu tort de ricaner, car il n'avait point plutôt prononcé ces mots: elle dit que c'est le _fantôme de l'Opéra!_ que la physionomie de M. Richard, de

</td><td>

--At last! these people, why were they laughing? asked Moncharmin.

--Mr. Director, they must have had a good dinner and seemed more prepared to play pranks than to listen to good music. Already, when they arrived, they had no sooner entered the lodge than they had come out and called the opener who asked them what they had. They said to the opener: "Look in the dressing room, there is nobody, is there? ... - No, replied the opener." Well, they said. , when we entered we heard a voice saying _there was someone ._

M. Moncharmin could not look at M. Richard without smiling, but M. Richard himself was not smiling. He had formerly "worked" too much in the genre not to recognize in the account given to him, most naively in the world, the inspector, all the marks of one of those wicked jokes which first amuse those who are in it. victims then which end up making them enraged.

The Inspector, to pay his court to M. Moncharmin, who was smiling, thought it his duty to smile, too. Unhappy smile! Mr. Richard's gaze stunned the employee, who immediately took care to show a face of frightful dismay.

"Finally, when these people arrived," asked the terrible Richard, scolding, "was there no one in the lodge?"

--No one, Mr. Director! anybody! Neither in the box on the right, nor in the box on the left, no one, I swear it to you! I put my hand in the fire! and that is what proves that it is all a joke.

--And the opener, what did she say?

--Oh! for the opener, it's very simple, she says it's the phantom of the Opera. Then!

And the inspector chuckled. But still he understood that he had been wrong to sneer, for he had rather not uttered these words: she says that it is the _phantom of the Opera! _ Than the countenance

</td></tr>
</table>

sombre qu'elle était, devint farouche.	of M. Richard, gloomy than she was, grew fierce.
--Qu'on aille me chercher l'ouvreuse! commanda-t-il... Tout de suite! Et que l'on me la ramène! Et que l'on me mette tout ce monde-là à la porte!	- Get me the opener! he ordered ... Immediately! And bring it back to me! And that everyone put me out there!
L'inspecteur voulut protester, mais Richard lui ferma la bouche d'un redoutable: «Taisez-vous!» Puis, quand les lèvres du malheureux subordonné semblèrent closes pour toujours, M. le directeur ordonna qu'elles se rouvrissent à nouveau.	The inspector wanted to protest, but Richard shut his mouth with a dreadful: "Shut up!" Then, when the hapless subordinate's lips seemed to be closed forever, the Headmaster ordered them to open again.
--Qu'est-ce que le «fantôme de l'Opéra»? se décida-t-il à demander avec un grognement.	--What is the "Phantom of the Opera"? he decided to ask with a growl.
Mais l'inspecteur était maintenant incapable de dire un mot. Il fit entendre par une mimique désespérée qu'il n'en savait rien ou plutôt qu'il n'en voulait rien savoir.	But the inspector was now unable to say a word. He made it sound with a desperate mimicry that he knew nothing about it, or rather that he wanted to know nothing about it.
--Vous l'avez vu, vous, le fantôme de l'Opéra?	"Have you seen him, the phantom of the Opera?"
Par un geste énergique de la tête, l'inspecteur nia l'avoir jamais vu.	With an energetic nod of the head, the inspector denied ever having seen him.
--Tant pis! déclara froidement M. Richard.	--Too bad! said Mr. Richard coldly.
L'inspecteur ouvrit des yeux énormes, des yeux qui sortaient de leurs orbites, pour demander pourquoi M. le directeur avait prononcé ce sinistre: tant pis!	The inspector opened huge eyes, eyes which protruded from their sockets, to ask why the director had pronounced this sinister: too bad!
--Parce que je vais faire régler leur compte à tous ceux qui ne l'ont pas vu! expliqua M. le directeur. Puisqu'il est partout, il n'est pas admissible qu'on ne l'aperçoive nulle part. J'aime qu'on fasse son service, moi!	--Because I am going to make all those who have not seen it settle their account! explained the director. Since it is everywhere, it is not admissible that it is not seen anywhere. I love that we do his service, me!

V

SUITE DE «LA LOGE N° 5»

Ayant dit, M. Richard ne s'occupa plus du tout de l'inspecteur et traita de diverses affaires avec son administrateur qui venait d'entrer. L'inspecteur avait pensé qu'il pouvait s'en aller et tout doucement, tout doucement, oh! mon Dieu! si doucement!... à reculons, il s'était rapproché de la porte, quand M. Richard, s'apercevant de la manœuvre, cloua l'homme sur place d'un tonitruant: «Bougez pas!»

Par les soins de M. Rémy, on était allé chercher l'ouvreuse, qui était concierge rue de Provence, à deux pas de l'Opéra. Elle fit bientôt son entrée.

--Comment vous appelez-vous?

--Mame Giry. Vous me connaissez bien, monsieur le directeur; c'est moi la mère de la petite Giry, la petite Meg, quoi!

Ceci fut dit d'un ton rude et solennel qui impressionna un instant M. Richard. Il regarda Mame Giry (châle déteint, souliers usés, vieille robe de taffetas, chapeau couleur de suie). Il était de toute évidence, à l'attitude de M. le directeur, que celui-ci rie connaissait nullement ou ne se rappelait point avoir connu Mame Giry, ni même la petite Giry, «ni même la petite Meg!» Mais l'orgueil de Mame Giry était tel que cette célèbre ouvreuse (je crois bien que c'est de son nom que l'on a fait le mot bien connu dans l'argot des coulisses: «giries». Exemple: une artiste reproche à une camarade ses potins, ses papotages; elle lui dira: «Tout ça, c'est des giries»), que cette ouvreuse, disons-nous, s'imaginait être connue de tout le monde.

--Connais pas! finit par proclamer M. le directeur... Mais, mame Giry, il n'empêche que je voudrais bien savoir ce qui vous est arrivé hier soir, pour que vous ayez été forcée, vous et M. l'inspecteur, d'avoir recours à un garde municipal...

--J'voulais justement vous voir pour vous en parler, m'sieur le directeur, à seule fin qu'il ne vous arrive

V

SUITE OF "THE LODGE N ° 5"

Having said this, Mr. Richard no longer bothered with the inspector at all and dealt with various affairs with his administrator who had just entered. The inspector had thought he could go and very slowly, very slowly, oh! my God! so gently! ... backwards, he had approached the door, when Mr. Richard, noticing the maneuver, nailed the man to the spot with a thunderous voice: "Don't move!"

Through the care of M. Rémy, we had gone to fetch the usher, who was a concierge in the rue de Provence, a stone's throw from the Opera. She soon made her entrance.

--What is your name?

--Mame Giry. You know me well, Mr. Director; I'm the mother of little Giry, little Meg, what!

This was said in a harsh and solemn tone which impressed Mr. Richard for a moment. He looked at Mame Giry (faded shawl, worn shoes, old taffeta dress, soot-colored hat). It was evident from the attitude of the director that he did not know or remember having known Mame Giry, not even little Giry, "or even little Meg!" But the pride of Mame Giry was such that this famous usher (I believe that it is from her name that one made the well-known word in the slang of the scenes: "giries". Example: an artist reproaches to a comrade her gossip, her gossip; she will tell him: "All that is giries"), which this usher, we say, imagined to be known to everyone.

--Not know! finally proclaimed the director ... But, mame Giry, all the same I would like to know what happened to you last night, so that you and the inspector were forced to have use of a municipal guard ...

- I just wanted to see you to talk to you about it, M'sieur the Director, for the sole purpose that

pas les mêmes désagréments qu'à MM. Debienne et Poligny... Eux, non plus, au commencement, ils ne voulaient pas m'écouter...	you do not have the same inconveniences as MM. Debienne and Poligny ... They didn't want to listen to me either ...
--Je ne vous demande pas tout ça. Je vous demande ce qui vous est arrivé hier soir!	- I'm not asking you all that. I ask you what happened to you last night!
Mame Giry devint rouge d'indignation. On ne lui avait jamais parlé sur un ton pareil. Elle se leva comme pour partir, ramassant déjà les plis de sa jupe et agitant avec dignité les plumes de son chapeau couleur de suie; mais, se ravisant, elle se rassit et dit d'une voix rogue:	Mame Giry turned red with indignation. No one had ever spoken to him in such a tone. She got up as if to leave, already picking up the folds of her skirt and waving with dignity the feathers of her soot-colored hat; but, changing her mind, she sat down again and said in a harsh voice:
--Il est arrivé qu'on a encore embêté le fantôme!	--It happened that we annoyed the ghost again!
Là-dessus, comme M. Richard allait éclater, M. Moncharmin intervint et dirigea l'interrogatoire, d'où il résulta que mame Giry trouvait tout naturel qu'une voix se fît entendre pour proclamer qu'il y avait du monde dans une loge où il n'y avait personne. Elle ne pouvait s'expliquer ce phénomène, qui n'était point nouveau pour elle, que par l'intervention du fantôme. Ce fantôme, personne ne le voyait dans la loge, mais tout le monde pouvait l'entendre. Elle l'avait entendu souvent, elle, et on pouvait l'en croire, car elle ne mentait jamais. On pouvait demander à MM. Debienne et Poligny et à tous ceux qui la connaissaient, et aussi à M. Isidore Saack, à qui le fantôme avait cassé la jambe!	Thereupon, as Mr. Richard was about to burst, Mr. Moncharmin intervened and conducted the interrogation, from which it resulted that Ms. Giry found it quite natural that a voice was heard proclaiming that there were people in a room. lodge where there was no one. She could not explain this phenomenon, which was not new to her, except by the intervention of the phantom. This ghost, no one saw it in the lodge, but everyone could hear it. She had heard it often, and you could believe it, for she never lied. You could ask MM. Debienne and Poligny and to all those who knew her, and also to Mr. Isidore Saack, whose phantom had broken his leg!
--Oui-dà? interrompit Moncharmin. Le fantôme a cassé la jambe à ce pauvre Isidore Saack?	--Yes Da? interrupted Moncharmin. The ghost broke poor Isidore Saack's leg?
Mame Giry ouvrit de grands yeux où se peignait l'étonnement qu'elle ressentait devant tant d'ignorance. Enfin, elle consentit à instruire ces deux malheureux innocents. La chose s'était passée du temps de MM. Debienne et Poligny, toujours dans la loge n° 5 et aussi pendant une représentation de _Faust._	Mame Giry opened her eyes wide, showing the astonishment she felt in front of so much ignorance. Finally, she consented to instruct these two unfortunate innocents. The thing had happened in the time of MM. Debienne and Poligny, still in box 5 and also during a performance of _Faust._
Mame Giry tousse, assure sa voix... elle commence... on dirait qu'elle se prépare à chanter toute la partition de Gounod.	Mame Giry coughs, assures her voice ... she begins ... it looks like she is preparing to sing the whole score of Gounod.
--Voilà, monsieur. Il y avait, ce soir-là, au premier rang M. Maniera et sa dame, les lapidaires de la rue	--Here Mr. That evening there was M. Maniera and his lady, the lapidaries of the rue Mogador, in

the first row, and behind Mme Maniera, their close friend, M. Isidore Saack. Méphistophélès sang (_Mame Giry chante_): "You who make the sleeper", and then Mr. Maniera hears in his right ear (his wife was on his left) a voice which says to him: "Ah! ah! it is not Julie who makes the sleeper! " (His lady is called precisely Julie). M. Maniera turns to the right to see who was speaking to him thus. Anybody! He rubs his ear and says to himself: "Am I dreaming?" Thereupon, Méphistophélès continued his song ... But perhaps I annoy the directors?

--No! no! continue ...

- Gentlemen the directors are too good!

(_A grimace from Mame Giry._) So Méphistophélès continued his song (_Mame Giry chante_): "Catherine whom I adore - why refuse - to the lover who implores you - such a sweet kiss?" and immediately M. Maniera heard, still in his right ear, the voice which said to him: "Ah! ah! Isn't Julie the one who would refuse a kiss to Isidore? " Thereupon he turns round, but this time towards his lady and Isidore, and what does he see? Isidore, who had taken his lady's hand from behind and covered it with kisses in the small hollow of the glove ... like that, my good gentlemen. (_Mame Giry covers the corner of flesh left bare by her filoselle glove with kisses ._) So, you can imagine that it did not happen lightly! Click! Clack! Mr. Maniera, who was tall and strong like you, Mr. Richard; handed a pair of slaps to Mr. Isidore Saack, who was thin and weak like Mr. Moncharmin, with all due respect. It was a scandal. In the hall, people were shouting: "Enough! Quite! He is going to kill him! ... »Finally, Mr. Isidore Saack was able to escape ...

"Didn't the ghost break his leg?" asks Mr. Moncharmin, a little annoyed that his physique has made such a small impression on Mame Giry.

--He broke it, mossieu, replies Mame Giry haughtily (because she understood the hurtful intention). He snapped it for him in _the great_ staircase, which he was going down too quickly, mossieu! and so well, my faith, that the poor will

not come up again soon! ...

--C'est le fantôme qui vous a raconté les propos qu'il avait glissés dans l'oreille droite de M. Maniera? questionne toujours avec un sérieux qu'il croit du plus haut comique, le juge d'instruction Moncharmin.

"Was it the ghost who told you the words he had slipped into M. Maniera's right ear?" always questions with a seriousness that he believes to be the highest comic, the examining magistrate Moncharmin.

--Non! mossieu, c'est mossieu Maniera lui-même. Ainsi...

--No! mossieu is mossieu Maniera himself. So ...

--Mais vous, vous avez parlé déjà au fantôme, ma brave dame?

"But you, have you already spoken to the ghost, my good lady?"

--Comme je vous parle, mon brav'mossieu...

`` As I speak to you, my brav'mossieu ...

--Et quand il vous parle, le fantôme, qu'est-ce qu'il vous dit?

--And when he talks to you, the ghost, what does he say to you?

--Eh bien! il me dit de lui apporter un p'tit banc!

--Well! he tells me to bring him a little bench!

À ces mots prononcés solennellement, la figure de Mame Giry devint de marbre, de marbre jaune, veiné de raies rouges, comme celui des colonnes qui soutiennent le grand escalier et que l'on appelle marbre sarrancolin.

At these solemnly pronounced words, Mame Giry's face became marble, yellow marble, veined with red stripes, like that of the columns which support the grand staircase and which we call sarrancolin marble.

Cette fois, Richard était reparti à rire de compagnie avec Moncharmin et le secrétaire Rémy; mais instruit par l'expérience, l'inspecteur ne riait plus. Appuyé au mur, il se demandait, en remuant fébrilement ses clefs dans sa poche, comment cette histoire allait finir. Et plus Mame Giry le prenait sur un ton «rogue», plus il craignait le retour de la colère de M. le directeur! Et maintenant, voilà que devant l'hilarité directoriale, Mame Giry osait devenir menaçante! menaçante en vérité!

This time, Richard had gone back to laughing in company with Moncharmin and the secretary Rémy; but instructed by experience, the inspector no longer laughed. Leaning against the wall, he wondered, feverishly shaking his keys in his pocket, how this story was going to end. And the more Mame Giry took him on a "rogue" tone, the more he feared the return of the anger of the director! And now, in front of the directorial hilarity, Mame Giry dared to become threatening! threatening indeed!

--Au lieu de rire du fantôme, s'écria-t-elle indignée, vous feriez mieux de faire comme M. Poligny, qui, lui, s'est rendu compte par lui-même...

`` Instead of laughing at the phantom, '' she cried indignantly, `` you had better behave like M. Poligny, who himself realized ...

--Rendu compte de quoi? interroge Moncharmin, qui ne s'est jamais tant amusé.

--Accounted for what? asks Moncharmin, who has never had so much fun.

--Du fantôme!... Puisque je vous le dis... Tenez!... (_Elle se calme subitement, car elle juge que l'heure

--From the ghost! ... Since I'm telling you ... Here! ... (_She suddenly calms down, because she

est grave._) _Tenez!_... Je m'en rappelle comme si c'était d'hier. Cette fois, on jouait la _Juive._ M. Poligny avait voulu assister, tout seul, dans la loge du fantôme, à la représentation. Mme Krauss avait obtenu un succès fou. Elle venait de chanter, vous savez bien, la machine du second acte (_Mame Giry chante à mi-voix_):

Près de celui que j'aime Je veux vivre et mourir, Et la mort, elle-même, Ne peut nous désunir.

--Bien! Bien! j'y suis... fait observer avec un sourire décourageant M. Moncharmin.

Mais Mame Giry continue à mi-voix, en balançant la plume de son chapeau couleur de suie:

Partons! partons! Ici-bas, dans les deux, Même sort désormais nous attend tous les deux.

--Oui! Oui! nous y sommes? répète Richard, à nouveau impatienté... et alors? et alors?

--Et alors, c'est à ce moment-là que Léopold s'écrie: «Fuyons!» n'est-ce pas? et qu'Eléazar les arrête, en leur demandant: «Où courez-vous?» Eh bien, juste à ce moment-là, M. Poligny, que j'observais du fond d'une loge à côté, qui était restée vide, M. Poligny s'est levé tout droit, et est parti raide comme une statue, et je n'ai eu que le temps de lui demander, comme Eléazar: «Où allez-vous?» Mais il ne m'a pas répondu et il était plus pâle qu'un mort! Je l'ai regardé descendre l'escalier, mais il ne s'est pas cassé la jambe... Pourtant, il marchait comme dans un rêve, comme dans un mauvais rêve, et il ne retrouvait seulement pas son chemin... lui qui était payé pour bien connaître l'Opéra!

Ainsi s'exprima Mame Giry, et elle se tut pour juger de l'effet qu'elle avait produit. L'histoire de Poligny avait fait hocher la tête à Moncharmin.

--Tout cela ne me dit pas dans quelles circonstances, ni comment le fantôme de l'Opéra vous a demandé un petit banc? insista-t-il, en regardant fixement la mère Giry, comme on dit, entre «quatre-z-yeux».

judges that the hour is serious ._) _Hold! _... I remember it like it was yesterday. This time, they were playing the _Juive._ M. Poligny had wanted to attend, all alone, in the phantom's box, the performance. Mrs. Krauss had achieved tremendous success. She had just sung, you know well, the machine of the second act (_Mame Giry sings in a low voice_):

Close to the one I love I want to live and die, And death itself Cannot tear us apart.

--Well! Well! I am ... observed with a discouraging smile M. Moncharmin.

But Mame Giry continues in a low voice, swinging the feather of her soot-colored hat:

Let's go! let's go! Here below, in both, Even fate now awaits both of us.

--Yes! Yes! here we are? Richard repeats, impatient again ... so what? so what?

--And then, that's when Leopold exclaims: "Let's run away!" is not it? and that Eleazar stop them, asking them: "Where are you running?" Well, just then, M. Poligny, whom I was observing from the back of a box beside, which had remained empty, M. Poligny stood up straight, and walked away as stiff as a statue, and I only had time to ask him, like Eleazar: "Where are you going?" But he didn't answer me and he was paler than a dead man! I watched him go down the stairs, but he didn't break his leg ... Yet he walked like a dream, like a bad dream, and he just couldn't find his way back ... him who was paid to know the Opera well!

So expressed Mame Giry, and she was silent to judge the effect she had produced. The story of Poligny had made Moncharmin nod his head.

"Doesn't all of this tell me under what circumstances, or how the phantom of the Opera asked you for a little bench?" he insisted, staring fixedly at Mother Giry, as they say, between "four-eyes".

--Eh bien, mais, c'est depuis ce soir-là... car, à partir de ce soir-là, on l'a laissé tranquille not' fantôme... on n'a plus essayé de lui disputer sa loge. MM. Debienne et Poligny ont donné des ordres pour qu'on la lui laisse à toutes les représentations. Alors, quand il venait, il me demandait son petit banc...

`` Well, but, it's been since that evening ... because, from that evening, we left him alone as a ghost ... we no longer tried to argue with him for his lodge. MM. Debienne and Poligny gave orders that it be left to him at all performances. So, when he came, he would ask me for his little bench ...

--Euh! euh! un fantôme qui demande un petit banc? C'est donc une femme, votre fantôme? interrogea Moncharmin.

--Uh! uh! a ghost asking for a small bench? So is it a woman, your ghost? asked Moncharmin.

--Non, le fantôme est un homme.

- No, the ghost is a man.

--Comment le savez-vous?

--How do you know?

Il a une voix d'homme, oh! une douce voix d'homme! Voilà comment ça se passe: Quand il vient à l'Opéra, il arrive d'ordinaire vers le milieu du premier acte, il frappe trois petits coups secs à la porte de la loge n° 5. La première fois que j'ai entendu ces trois coups-là, alors que je savais très bien qu'il n'y avait encore personne dans la loge, vous pensez si j'ai été intriguée! J'ouvre la porte, j'écoute, je regarde: personne! et puis voilà-t-il pas que j'entends une voix qui me dit: «Mame Jules» (c'est le nom de défunt mon mari), un petit «banc, s.v.p.?» Sauf vot'respect, m'sieur le directeur, j'en étais comme une tomate... Mais la voix continua: « Vous effrayez pas, Mame Jules, c'est moi le fantôme de l'Opéra!!!» Je regardai du côté d'où venait la voix qui était, du reste si bonne, et si «accueillante», qu'elle ne me faisait presque plus peur. La voix, m'sieur le directeur, _était assise sur le premier fauteuil du premier rang, à droite._ Sauf que je ne voyais personne sur le fauteuil, on aurait juré qu'il y avait quelqu'un dessus, qui parlait, et quelqu'un de bien poli, ma foi.

He has a man's voice, oh! a gentle human voice! This is how it goes: When he comes to the Opera, he usually arrives in the middle of the first act, he knocks three quick taps on the door of box number 5. The first time I heard those three shots, when I knew very well that there was still no one in the dressing room, you can imagine if I was intrigued! I open the door, I listen, I look: no one! and then don't I hear a voice saying to me: "Mame Jules" (that's the name of my late husband), a little "bench, please?" Except for your respect, m'sieur the director, I was like a tomato ... But the voice continued: "You are not frightened, Mame Jules, I am the phantom of the Opera !!!" I looked where the voice was coming from, which was, moreover, so good, and so "welcoming" that it hardly scared me anymore. The voice, m'sieur the director, _ was seated on the first armchair in the first row, to the right. someone very polite, my gosh.

--La loge à droite de la loge n° 5, demanda Moncharmin, était-elle occupée?

"The box to the right of box 5," asked Moncharmin, "was it occupied?"

--Non; la loge n° 7 comme la loge n° 3 à gauche n'étaient pas encore occupées. On n'était qu'au commencement du spectacle.

--No; lodge n ° 7 and lodge n ° 3 on the left were not yet occupied. We were only at the beginning of the show.

--Et qu'est-ce que vous avez fait?

--And what did you do?

--Eh bien, j'ai apporté le petit banc. Évidemment, ça

--Well, I brought the little bench. Obviously, it

n'était pas pour lui qu'il demandait un petit banc, c'était pour sa dame! Mais elle, je ne l'ai jamais entendue ni vue...	was not for him that he asked for a small bench, it was for his lady! But I have never heard or seen her ...
Hein? Quoi? le fantôme avait une femme maintenant! De Mame Giry, le double regard de MM. Moncharmin et Richard monta jusqu'à l'inspecteur, qui, derrière l'ouvreuse, agitait les bras dans le dessein d'attirer sur lui l'attention de ses chefs. Il se frappait le front d'un index désolé pour faire comprendre aux directeurs que la mère Jules était bien certainement folle, pantomime qui engagea définitivement M. Richard à se séparer d'un inspecteur qui gardait dans son service une hallucinée. La bonne femme continuait, toute à son fantôme, vantant maintenant sa générosité.	Eh? What? the ghost had a wife now! From Mame Giry, the double gaze of MM. Moncharmin and Richard went up to the inspector, who, behind the opener, was waving his arms in order to draw the attention of his superiors to him. He hit his forehead with a sorry index finger to make the directors understand that Mother Jules was certainly mad, a pantomime which definitely urged Mr. Richard to part with an inspector who kept a hallucinated woman in his service. The good woman continued, all in her ghost, now extolling her generosity.
--À la fin du spectacle, il me donne toujours une pièce de quarante sous, quelquefois cent sous, quelquefois même dix francs, quand il a été plusieurs jours sans venir. Seulement, depuis qu'on a recommencé à l'ennuyer, il ne me donne plus rien du tout...	--At the end of the show, he always gives me a forty-sous piece, sometimes a hundred sous, sometimes even ten francs, when it has been several days without coming. Only, since we started to bother him again, he doesn't give me anything at all ...
--Pardon, ma brave femme... (Révolte nouvelle de la plume du chapeau couleur de suie, devant une aussi persistante familiarité) pardon!... Mais comment le fantôme fait-il pour vous remettre vos quarante sous? interroge Moncharmin, né curieux.	"Pardon me, my brave wife ... (New revolt from the feather of the sooty hat, in the face of such persistent familiarity) Pardon! ... But how does the ghost manage to give you your forty sous?" asks Moncharmin, born curious.
--Bah! il les laisse sur la tablette de la loge. Je les trouve là avec le programme que je lui apporte toujours; des soirs je retrouve même des fleurs dans ma loge, une rose qui sera tombée du corsage de sa dame... car, sûr, il doit venir quelquefois avec une dame, pour qu'un jour, ils aient oublié un éventail.	--Bah! he leaves them on the lodge shelf. I find them there with the program that I always bring him; in the evenings I even find flowers in my dressing room, a rose which will have fallen from his lady's bodice ... because, sure, he must come sometimes with a lady, so that one day they will have forgotten a fan.
--Ah! ah! le fantôme a oublié un éventail? Et qu'en avez-vous fait?	--Ah! ah! the ghost forgot a fan? And what did you do with it?
--Eh bien! je le lui ai rapporté la fois suivante.	--Well! I reported it to him the next time.
Ici, la voix de l'inspecteur se fit entendre:	Here the inspector's voice was heard:
--Vous n'avez pas observé le règlement, Mame Giry, je vous mets à l'amende.	- You have not observed the rules, Mame Giry, I am fining you.
--Taisez-vous, imbécile! (_Voix de basse de M.	- Shut up, fool! (_Bass voice of Mr. Firmin

Firmin Richard._)	Richard._)
--Vous avez rapporté l'éventail! Et alors?	--You brought back the fan! So what?
--Et alors, ils l'ont remporté, m'sieur le directeur; je ne l'ai plus retrouvé à la fin du spectacle, à preuve qu'ils ont laissé à la place une boîte de bonbons anglais que j'aime tant, m'sieur le directeur. C'est une des gentillesses du fantôme...	--And then they won it, m'sieur the director; I didn't find it again at the end of the show, as proof that they left instead a box of English sweets that I love so much, M'sieur the Director. It is one of the kindnesses of the ghost ...
--C'est bien, Mame Giry... Vous pouvez vous retirer.	- That's good, Mame Giry ... You can go away.
Quand Mame Giry eut salué respectueusement, non sans une certaine dignité qui ne l'abandonnait jamais, ses deux directeurs, ceux-ci déclarèrent à M. l'inspecteur qu'ils étaient décidés à se priver des services de cette vieille folle. Et ils congédièrent M. l'inspecteur.	When Mame Giry had respectfully greeted, not without a certain dignity which never abandoned her, her two directors, they declared to the inspector that they were determined to deprive themselves of the services of this mad old woman. And they dismissed the inspector.
Quand M. l'inspecteur se fut retiré à son tour, après avoir protesté de son dévouement à la maison, MM. les directeurs avertirent M. l'administrateur qu'il eût à faire régler le compte de M. l'inspecteur. Quand ils furent seuls, MM. les directeurs se communiquèrent une même pensée, qui leur était venue en même temps à tous deux, celle d'aller faire un petit tour du côté de la loge n° 5.	When the inspector had retired in his turn, after having protested his devotion to the house, MM. the directors informed the administrator that he had to have the inspector's account settled. When they were alone, MM. the directors communicated to each other the same thought, which had occurred to both of them at the same time, that of going for a little walk around lodge n° 5.
Nous les y suivrons bientôt.	We will follow them there soon.

VI

LE VIOLON ENCHANTÉ

Christine Daaé, victime d'intrigues sur lesquelles nous reviendrons plus tard, ne retrouva point tout de suite à l'Opéra le triomphe de la fameuse soirée de gala. Depuis, cependant, elle avait eu l'occasion de se faire entendre en ville, chez la duchesse de Zurich, où elle chanta les plus beaux morceaux de son répertoire; et voici comment le grand critique X. Y. Z., qui se trouvait parmi les invités de marque, s'exprime sur son compte:

«Quand on l'entend dans _Hamlet_, on se demande si Shakespeare est venu des Champs-Élysées lui faire répéter _Ophélie_... Il est vrai que, quand elle ceint le diadème d'étoiles de la reine de la nuit, Mozart, de son côté, doit quitter les demeures éternelles pour venir l'entendre. Mais non, il n'a pas à se déranger, car la voix aiguë et vibrante de l'interprète magique de sa _Flûte enchantée_ vient le trouver dans le Ciel, qu'elle escalade avec aisance, exactement comme elle a su, sans effort, passer de sa chaumière du village de Skotelof au palais d'or et de marbre bâti par M. Garnier.»

Mais après la soirée de la duchesse de Zurich, Christine ne chante plus dans le monde. Le fait est qu'à cette époque, elle refuse toute invitation, tout cachet. Sans donner de prétexte plausible, elle renonce à paraître dans une fête de charité, pour laquelle elle avait précédemment promis son concours. Elle agit comme si elle n'était plus la maîtresse de sa destinée, comme si elle avait peur d'un nouveau triomphe.

Elle sut que le comte de Chagny, pour faire plaisir à son frère, avait fait des démarches très actives en sa faveur auprès de M. Richard; elle lui écrivit pour le remercier et aussi pour le prier de ne plus parler d'elle à ses directeurs. Quelles pouvaient bien être alors les raisons d'une aussi étrange attitude? Les uns ont prétendu qu'il y avait là un incommensurable orgueil, d'autres ont crié à une divine modestie. On n'est point si modeste que cela quand on est au théâtre; en vérité, je ne sais si je ne devrais point écrire simplement ce mot: effroi. Oui, je crois bien que Christine Daaé avait alors peur de ce qui venait

VI

THE ENCHANTED VIOLIN

Christine Daaé, victim of intrigues to which we will return later, did not immediately find at the Opera the triumph of the famous gala evening. Since then, however, she had had the opportunity to be heard in town, with the Duchess of Zurich, where she sang the most beautiful pieces of her repertoire; and here is how the great critic X. Y. Z., who was among the distinguished guests, expresses himself on his account:

"When we hear her in _Hamlet_, we wonder if Shakespeare came from the Champs-Élysées to make him repeat _Ophelia _... It is true that, when she girds the diadem of stars of the queen of the night, Mozart, of his side must leave eternal homes to come and hear him. But no, he doesn't have to be disturbed, because the shrill and vibrating voice of the magical interpreter of her _Flute enchanted_ comes to find him in Heaven, which she climbs with ease, exactly as she knew, without effort, go from his cottage in the village of Skotelof to the palace of gold and marble built by Mr. Garnier. "

But after the Duchess of Zurich's party, Christine no longer sings in the world. The fact is that at this time she refuses any invitation, any cachet. Without giving any plausible pretext, she gives up appearing at a charity party, for which she had previously promised her assistance. She acts as if she is no longer the mistress of her destiny, as if she is afraid of another triumph.

She knew that the Comte de Chagny, to please his brother, had taken very active steps in her favor with M. Richard; she wrote to him to thank him and also to ask him not to speak about her again to his directors. What then could be the reasons for such a strange attitude? Some claimed that there was immeasurable pride there, others cried out for divine modesty. We are not so modest when we are at the theater; in truth, I do not know if I should not simply write this word: dread. Yes, I believe that Christine Daaé was then afraid of

de lui arriver et qu'elle en était aussi stupéfaite que tout le monde autour d'elle. Stupéfaite? Allons donc! J'ai là une lettre de Christine (collection du Persan) qui se rapporte aux événements de cette époque. Eh bien, après l'avoir relue, je n'écrirai point que Christine était stupéfaite ou même effrayée de son triomphe, mais bien _épouvantée._ Oui, oui... épouvantée! «Je ne me reconnais plus quand je chante!» dit-elle.

La pauvre, la pure, la douce enfant!

Elle ne se montrait nulle part, et le vicomte de Chagny essaya en vain de se trouver sur son chemin. Il lui écrivit, pour lui demander la permission de se présenter chez elle, et il désespérait d'avoir une réponse, quand un matin, elle lui fit parvenir le billet suivant:

«Monsieur, je n'ai point oublié le petit enfant qui est allé me chercher mon écharpe dans la mer. Je ne puis m'empêcher de vous écrire cela, aujourd'hui où je pars pour Perros, conduite par un devoir sacré. C'est demain l'anniversaire de la mort de mon pauvre papa, que vous avez connu, et qui vous aimait bien. Il est enterré là-bas, avec son violon, dans le cimetière qui entoure la petite église, au pied du coteau où, tous petits, nous avons tant joué; au bord de cette route où, un peu plus grands nous nous sommes dit adieu pour la dernière fois.»

Quand il reçut ce billet de Christine Daaé, le vicomte de Chagny se précipita sur un indicateur de chemin de fer, s'habilla à la hâte, écrivit quelques lignes que son valet de chambre devait remettre à son frère et se jeta dans une voiture, qui d'ailleurs le déposa trop tard sur le quai de la gare de Montparnasse pour lui permettre de prendre le train du matin sur lequel il comptait.

Raoul passa une journée maussade et ne reprit goût à la vie que vers le soir quand il fut installé dans son wagon. Tout le long du voyage, il relut le billet de Christine, il en respira le parfum; il ressuscita la douce image de ses jeunes ans. Il passa toute cette abominable nuit de chemin de fer dans un rêve fiévreux qui avait pour commencement et fin Christine Daaé. Le jour commençait à poindre quand il débarqua à Lannion. Il courut à la diligence de Perros-Guirec. Il était le seul voyageur. Il interrogea le cocher. Il sut que la veille au soir une jeune femme

what had just happened to her and that she was as amazed as everyone around her. Stunned? Come on! I have there a letter from Christine (collection of the Persian) which relates to the events of that time. Well, after having reread it, I will not write that Christine was stupefied or even frightened by her triumph, but indeed _trusted._ Yes, yes ... terrified! "I no longer recognize myself when I sing!" she says.

The poor, the pure, the sweet child!

She didn't show up anywhere, and the Vicomte de Chagny tried in vain to get in her way. He wrote to her, asking her permission to come to her house, and he was desperate to have an answer, when one morning she sent him the following note:

"Sir, I have not forgotten the little child who went to fetch my scarf from the sea. I cannot help writing this to you today when I am leaving for Perros, led by a sacred duty. It is tomorrow the anniversary of the death of my poor dad, whom you knew, and who loved you very much. He is buried over there, with his violin, in the cemetery which surrounds the small church, at the foot of the hill where, as children, we played so much; at the edge of this road where, a little older, we said goodbye for the last time."

When he received this note from Christine Daaé, the Vicomte de Chagny rushed on a railway indicator, dressed hastily, wrote a few lines that his valet was to give to his brother and threw himself in a car, who, moreover, deposited him too late on the platform of the Montparnasse station to allow him to take the morning train on which he was counting.

Raoul spent a gloomy day and did not regain a taste for life until towards evening when he was installed in his wagon. Throughout the journey, he reread Christine's note, he breathed in its scent; he resuscitated the sweet image of his young years. He spent all that abominable night on the railroad in a feverish dream which had Christine Daaé for beginning and end. Day was beginning to dawn when he landed at Lannion. He ran to Perros-Guirec's diligence. He was the only traveler. He questioned the driver. He

qui avait tout l'air d'une parisienne s'était fait conduire à Perros et était descendue à l'auberge du Soleil-Couchant. Ce ne pouvait être que Christine. Elle était venue seule. Raoul laissa échapper un profond soupir. Il allait pouvoir en toute paix, parler à Christine, dans cette solitude. Il l'aimait à en étouffer. Ce grand garçon, qui avait fait le tour du monde, était pur comme une vierge qui n'a jamais quitté la maison de sa mère.

Au fur et à mesure qu'il se rapprochait d'elle il se rappelait dévotement l'histoire de la petite chanteuse suédoise. Bien des détails en sont encore ignorés de la foule.

Il y avait une fois, dans un petit bourg, aux environs d'Upsal, un paysan qui vivait là, avec sa famille, cultivant la terre pendant la semaine et chantant au lutrin, le dimanche. Ce paysan avait une petite fille à laquelle, bien avant qu'elle sût lire, il apprit à déchiffrer l'alphabet musical. Le père de Daaé, était, sans qu'il s'en doutât peut-être, un grand musicien. Il jouait du violon et était considéré comme le meilleur ménétrier de toute la Scandinavie. Sa réputation s'étendait à la ronde et on s'adressait toujours à lui pour faire danser les couples dans les noces et les festins. La mère Daaé, impotente, mourut alors que Christine entrait dans sa sixième année. Aussitôt le père, qui n'aimait que sa fille et sa musique, vendit son lopin de terre et s'en fut chercher la gloire à Upsal. Il n'y trouva que la misère.

Alors, il retourna dans les campagnes, allant de foire en foire, raclant ses mélodies Scandinaves, cependant que son enfant, qui ne le quittait jamais, l'écoutait avec extase ou l'accompagnait en chantant. Un jour, à la foire de Limby, le professeur Valérius les entendit tous deux et les emmena à Gothenburg. Il prétendait que le père était le premier violoneux du monde et que sa fille avait l'étoffe d'une grande artiste. On pourvut à l'éducation et à l'instruction de l'enfant. Partout elle émerveillait un chacun par sa beauté, sa grâce et sa soif de bien dire et bien faire. Ses progrès étaient rapides. Le professeur Valérius et sa femme durent sur ces entrefaites, venir s'installer en France. Ils emmenèrent Daaé et Christine. La maman Valérius traitait Christine comme sa fille. Quant au bonhomme, il commençait à dépérir, pris du mal du pays. À Paris il ne sortait jamais. Il vivait dans une espèce de rêve qu'il entretenait avec son violon. Des heures entières, il s'enfermait dans sa chambre avec

knew that the night before a young woman who looked like a Parisian had been driven to Perros and had stayed at the Auberge du Soleil-Couchant. It could only be Christine. She had come alone. Raoul let out a deep sigh. He was going to be able to talk to Christine in peace, in this solitude. He loved her to suffocate. This big boy, who had been around the world, was pure as a virgin who never left his mother's house.

As he got closer to her he devoutly remembered the story of the little Swedish singer. Many details are still unknown to the crowd.

There was once, in a small town, near Upsal, a peasant who lived there with his family, cultivating the land during the week and singing at the lectern on Sundays. This peasant had a little daughter to whom, long before she could read, he learned to decipher the musical alphabet. Daaé's father was, without perhaps suspecting it, a great musician. He played the violin and was considered the best fiddler in all of Scandinavia. His reputation spread all over the world and he was always called upon to make couples dance at weddings and feasts. Mother Daaé, helpless, died as Christine entered her sixth year. Immediately the father, who loved only his daughter and her music, sold his piece of land and went to seek glory in Upsal. He found nothing but misery.

So he returned to the countryside, going from fair to fair, scraping his Scandinavian melodies, while his child, who never left him, listened to him with ecstasy or accompanied him by singing. One day at the Limby Fair, Professor Valerius overheard them both and took them to Gothenburg. He claimed that the father was the first fiddler in the world and that his daughter had the makings of a great artist. Provision was made for the education and instruction of the child. Everywhere she amazed everyone with her beauty, her grace and her thirst for saying well and doing well. His progress was rapid. Professor Valérius and his wife had to come and settle in France in the meantime. They took Daaé and Christine. Mum Valérius treated Christine like her daughter. As for the good man, he was beginning to waste away, homesick. In Paris he never went out. He lived in

sa fille, et on l'entendait violoner et chanter tout doux, tout doux. Parfois, la maman Valérius venait les écouter derrière la porte, poussait un gros soupir, essuyait une larme et s'en retournait sur la pointe des pieds. Elle aussi avait la nostalgie de son ciel Scandinave.

Le père Daaé ne semblait reprendre des forces que l'été, quand toute la famille s'en allait villégiaturer à Perros-Guirec, dans un coin de Bretagne qui était alors à peu près inconnu des Parisiens. Il aimait beaucoup la mer de ce pays, lui trouvant disait-il, la même couleur que là-bas et, souvent, sur la plage, il lui jouait ses airs les plus dolents, et il prétendait que la mer se taisait pour les écouter. Et puis, il avait si bien supplié la maman Valérius, que celle-ci avait consenti à une nouvelle lubie de l'ancien ménétrier.

À l'époque des «pardons», des fêtes de villages, des danses et des «dérobées», il partit comme autrefois, avec son violon, et il avait le droit d'emmener sa fille pendant huit jours. On ne se lassait point de les écouter. Ils versaient pour toute l'année de l'harmonie dans les moindres hameaux, et couchaient la nuit dans des granges, refusant le lit de l'auberge, se serrant sur la paille l'un contre l'autre, comme au temps où ils étaient si pauvres en Suède.

Or, ils étaient habillés fort convenablement, refusaient les sous qu'on leur offrait, ne faisaient point de quête, et les gens, autour d'eux, ne comprenaient rien à la conduite de ce violoneux qui courait les chemins avec cette belle enfant qui chantait si bien qu'on croyait entendre un ange du paradis. On les suivait de village en village.

Un jour, un jeune garçon de la ville, qui était avec sa gouvernante, fit faire à celle-ci un long chemin, car il ne se décidait point à quitter la petite fille dont la voix si douce et si pure semblait l'avoir enchaîné. Ils arrivèrent ainsi au bord d'une crique que l'on appelle encore Trestraou. En ce temps-là, il n'y avait en ce lieu que le ciel et la mer et le rivage doré. Et, par-dessus tout, il y avait un grand vent qui emporta l'écharpe de Christine dans la mer. Christine poussa un cri et tendit les bras, mais le voile était déjà loin sur les flots. Christine entendit une voix qui lui disait:

a kind of dream that he entertained with his violin. For hours on end, he shut himself up in his room with his daughter, and we could hear him violin and sing very soft, very soft. Sometimes, Mama Valérius would come and listen to them behind the door, heave a big sigh, wipe away a tear and go back on her tiptoes. She too longed for her Scandinavian sky.

Father Daaé only seemed to regain his strength in the summer, when the whole family went to vacation in Perros-Guirec, in a corner of Brittany which was then almost unknown to Parisians. He loved the sea of this country very much, finding it, he said, the same color as there and, often, on the beach, he played his most sad tunes, and he pretended that the sea was silent to listen to them. . And then, he had begged Mama Valérius so well that she had consented to a new whim of the old fiddler.

At the time of "pardons," village festivals, dances, and "steals," he left as before, with his violin, and had the right to take his daughter with him for eight days. We never got tired of listening to them. They poured harmony in the smallest hamlets for the whole year, and slept in barns at night, refusing the inn's bed, huddled on the straw against each other, as at the time when they were so poor in Sweden.

However, they were dressed very suitably, refused the money offered to them, did not go out collecting, and the people around them did not understand the behavior of this fiddler who ran the roads with this beautiful child who sang so well that you thought you heard an angel from paradise. We followed them from village to village.

One day, a young boy from the town, who was with his governess, took her a long way, for he could not make up his mind to leave the little girl whose voice so soft and so pure seemed to have chained him. . They thus arrived at the edge of a cove that is still called Trestraou. At that time there was only sky and sea and the golden shore in that place. And, above all, there was a great wind which carried Christine's scarf into the sea. Christine cried out and stretched out her arms, but the veil was already far over

the waves. Christine heard a voice saying to her:

--Ne vous dérangez pas, mademoiselle, je vais vous ramasser votre écharpe dans la mer.	- Do not disturb yourself, mademoiselle, I will pick up your scarf for you in the sea.
Et elle vit un petit garçon qui courait, qui courait, malgré les cris et les protestations indignées d'une brave dame, toute en noir. Le petit garçon entra dans la mer tout habillé et lui rapporta son écharpe. Le petit garçon et l'écharpe étaient dans un bel état! La dame en noir ne parvenait pas à se calmer, mais Christine riait de tout son cœur, et elle embrassa le petit garçon. C'était le vicomte Raoul de Chagny. Il habitait, dans le moment, avec sa tante, à Lannion. Pendant la saison ils se revirent presque tous les jours et ils jouèrent ensemble. Sur la demande de la tante et par l'entremise du professeur Valérius, le bonhomme Daaé consentit à donner des leçons de violon au jeune vicomte. Ainsi, Raoul apprit-il à aimer les mêmes airs que ceux qui avaient enchanté l'enfance de Christine.	And she saw a little boy running, running, despite the cries and indignant protests of a good lady, all in black. The little boy entered the sea fully dressed and brought him his scarf. The little boy and the scarf were in great condition! The lady in black couldn't calm down, but Christine was laughing heartily, and she kissed the little boy. It was Viscount Raoul de Chagny. He was currently living with his aunt in Lannion. During the season they saw each other almost every day and they played together. At the aunt's request and through Professor Valérius, good man Daaé agreed to give violin lessons to the young viscount. Thus, Raoul learned to like the same tunes as those which had enchanted the childhood of Christine.
Ils avaient à peu près la même petite âme rêveuse et calme. Ils ne se plaisaient qu'aux histoires, aux vieux contes bretons, et leur principal jeu était d'aller les chercher au seuil des portes, comme des mendiants. «Madame ou mon bon monsieur, avez-vous une petite histoire à nous raconter, s'il vous plaît?» Il était rare qu'on ne leur «donnât» point. Quelle est la vieille grand'mère bretonne qui n'a point vu, au moins une fois dans sa vie danser les korrigans, sur la bruyère, au clair de lune?	They had pretty much the same dreamy, calm little soul. They only liked stories, old Breton tales, and their main game was to go and find them at the doorsteps, like beggars. "Madam or my good sir, do you have a little story to tell us, please?" It was rare that they were not "given" to them. Who is the old Breton grandmother who has never seen the korrigans dance, at least once in her life, on the heather, in the moonlight?
Mais leur grande fête était lorsqu'au crépuscule, dans la grande paix du soir, après que le soleil s'était couché dans la mer, le père Daaé venait s'asseoir à côté d'eux sur le bord de la route, et leur contait à voix basse, comme s'il craignait de faire peur aux fantômes qu'il évoquait, les belles, douces ou terribles légendes du pays du Nord. Tantôt, c'était beau comme les contes d'Andersen, tantôt c'était triste, comme les chants du grand poète Runeberg. Quand il se taisait, les deux enfants disaient: «Encore!»	But their great feast was when at dusk, in the great peace of the evening, after the sun had set in the sea, Father Daaé came to sit next to them on the side of the road, and their he was telling in a low voice, as if he was afraid of scaring the ghosts he conjured up, the beautiful, sweet or terrible legends of the land of the North. Sometimes it was beautiful like Andersen's tales, sometimes it was sad, like the songs of the great poet Runeberg. When he was silent, the two children would say: "Again!"
Il y avait une histoire qui commençait ainsi:	There was a story that began like this:
«Un roi s'était assis dans une petite nacelle, sur une de ces eaux tranquilles et profondes qui s'ouvrent comme un œil brillant au milieu des monts de la	"A king was seated in a little boat, on one of those calm and deep waters which open like a shining eye in the middle of the mountains of

Norvège...»

Et une autre:

«La petite Lotte pensait à tout et ne pensait à rien. Oiseau d'été, elle planait dans les rayons d'or du soleil, portant sur ses boucles blondes sa couronne printanière. Son âme était aussi claire, aussi bleue que son regard. Elle câlinait sa mère, elle était fidèle à sa poupée, avait grand soin de sa robe, de ses souliers rouges et de son violon, mais elle aimait, par-dessus toutes choses, entendre en s'endormant l'Ange de la musique.»

Pendant que le bonhomme disait ces choses, Raoul regardait les yeux bleus et la chevelure dorée de Christine. Et Christine pensait que la petite Lotte était bienheureuse d'entendre en s'endormant l'Ange de la musique. Il n'était guère d'histoire du père Daaé où n'intervînt l'Ange de la musique, et les enfants lui demandaient des explications sur cet Ange, à n'en plus finir. Le père Daaé prétendait que tous les grands musiciens, tous les grands artistes reçoivent au moins une fois dans leur vie la visite de l'Ange de la musique. Cet Ange s'est penché quelquefois sur leur berceau, comme il est arrivé à la petite Lotte, et c'est ainsi qu'il y a de petits prodiges qui jouent du violon à six ans mieux que des hommes de cinquante, ce qui, vous l'avouerez, est tout à fait extraordinaire. Quelquefois, l'Ange vient beaucoup plus tard, parce que les enfants ne sont pas sages et ne veulent pas apprendre leur méthode et négligent leurs gammes. Quelquefois, l'Ange ne vient jamais, parce qu'on n'a pas le cœur pur ni une conscience tranquille. On ne voit jamais l'Ange, mais il se fait entendre aux âmes prédestinées. C'est souvent dans les moments qu'elles s'y attendent le moins, quand elles sont tristes et découragées. Alors, l'oreille perçoit tout à coup des harmonies célestes, une voix divine, et s'en souvient toute la vie. Les personnes qui sont visitées par l'Ange en restent comme enflammées. Elles vibrent d'un frisson que ne connaît point le reste des mortels. Et elles ont ce privilège de ne plus pouvoir toucher un instrument ou ouvrir la bouche pour chanter, sans faire entendre des sons qui font honte par leur beauté à tous les autres sons humains. Les gens qui ne savent pas que l'Ange a visité ces personnes disent qu'elles ont du génie.

La petite Christine demandait à son papa s'il avait entendu l'Ange. Mais le père Daaé secouait la tête

Norway ..."

And another:

"Little Lotte thought of everything and thought of nothing. A summer bird, she hovered in the golden rays of the sun, wearing her spring crown on her blond curls. Her soul was as clear, as blue as her gaze. She cuddled her mother, she was faithful to her doll, took great care of her dress, her red shoes and her violin, but above all she loved to hear the Angel of music while falling asleep. "

While the good man was saying these things, Raoul looked at Christine's blue eyes and golden hair. And Christine thought that little Lotte was blessed to hear the Angel of music while falling asleep. There was hardly any history of Father Daaé in which the Angel of Music did not intervene, and the children asked him endlessly for explanations on this Angel. Father Daaé claimed that all great musicians, all great artists receive at least once in their life a visit from the Angel of Music. This Angel has leaned over their cradle sometimes, as happened to little Lotte, and so there are little wonders who play the violin at six better than men of fifty, which, you will admit, is quite extraordinary. Sometimes the Angel comes much later, because the children are not wise and don't want to learn their method and neglect their scales. Sometimes the Angel never comes, because you don't have a pure heart and a clear conscience. We never see the Angel, but he makes himself heard by predestined souls. It is often in the times that they least expect it, when they are sad and discouraged. Then the ear suddenly perceives celestial harmonies, a divine voice, and remembers it all life. The people who are visited by the Angel remain as inflamed. They vibrate with a thrill unknown to the rest of mortals. And they have the privilege of no longer being able to touch an instrument or open their mouth to sing, without making sounds that shame all other human sounds by their beauty. People who do not know that the Angel visited these people say that they have genius.

Little Christine was asking her papa if he had heard the Angel. But Father Daaé shook his

tristement, puis son regard brillait en regardant son enfant et lui disait :	head sadly, then his gaze shone as he looked at his child and said:
«Toi, mon enfant, tu l'entendras un jour! Quand je serai au Ciel, je te l'enverrai, je te le promets!»	"You, my child, will hear it one day! When I am in Heaven, I will send it to you, I promise you!"
Le père Daaé commençait à tousser à cette époque.	Father Daaé began to cough at this time.
L'automne vint qui sépara Raoul et Christine.	Autumn came which separated Raoul and Christine.
Ils se revirent trois ans plus tard; c'étaient des jeunes gens. Ceci se passa à Perros encore et Raoul en conserva une telle impression qu'elle le poursuivit toute sa vie. Le professeur Valérius était mort, mais la maman Valérius était restée en France, où ses intérêts la retenaient avec le bonhomme Daaé et sa fille, ceux-ci toujours chantant et jouant du violon, entraînant dans leur rêve harmonieux leur chère protectrice, qui semblait ne plus vivre que de musique. Le jeune homme était venu à tout hasard à Perros et, de même, il pénétra dans la maison habitée autrefois par sa petite amie. Il vit d'abord le vieillard Daaé, qui se leva de son siège les larmes aux yeux et qui l'embrassa, en lui disant qu'ils avaient conservé de lui un fidèle souvenir. De fait, il ne s'était guère passé de jour sans que Christine ne parlât de Raoul. Le vieillard parlait encore quand la porte s'ouvrit et, charmante, empressée, la jeune fille entra, portant sur un plateau le thé fumant. Elle reconnut Raoul et déposa son fardeau. Une flamme légère se répandit sur son charmant visage. Elle demeurait hésitante, se taisait. Le papa les regardait tous deux. Raoul s'approcha de la jeune fille et l'embrassa d'un baiser qu'elle n'évita point. Elle lui posa quelques questions, s'acquitta joliment de son devoir d'hôtesse, reprit le plateau et quitta la chambre. Puis elle alla se réfugier sur un banc dans la solitude du jardin. Elle éprouvait des sentiments qui s'agitaient dans son cœur adolescent pour la première fois. Raoul vint la rejoindre et ils causèrent jusqu'au soir, dans un grand embarras. Ils étaient tout à fait changés, ne reconnaissaient point leurs personnages, qui semblaient avoir acquis une importance considérable. Ils étaient prudents comme des diplomates et ils se racontaient des choses qui n'avaient point affaire avec leurs sentiments naissants. Quand ils se quittèrent, au bord de la route, Raoul dit à Christine, en déposant un baiser correct sur sa main tremblante: «Mademoiselle, je ne vous oublierai jamais!» Et il s'en alla en regrettant	They saw each other again three years later; they were young people. This happened in Perros again and Raoul retained such an impression that she pursued it all her life. Professor Valérius was dead, but mum Valérius had remained in France, where her interests kept her with the good man Daaé and her daughter, the latter still singing and playing the violin, dragging their dear protector into their harmonious dream, who seemed never to be. more live than music. The young man had come to Perros by chance and, likewise, he entered the house formerly inhabited by his girlfriend. He first saw the old man Daaé, who rose from his seat with tears in his eyes and kissed him, telling him that they had kept a faithful memory of him. In fact, hardly a day had passed without Christine talking about Raoul. The old man was still speaking when the door opened and, charming and eager, the young girl entered, carrying the steaming tea on a tray. She recognized Raoul and put down her burden. A light flame spread over her charming face. She remained hesitant, was silent. Dad looked at them both. Raoul approached the young girl and kissed her with a kiss that she did not avoid. She asked him a few questions, performed her hostess duty nicely, picked up the tray and left the room. Then she took refuge on a bench in the solitude of the garden. She was experiencing feelings that stirred in her teenage heart for the first time. Raoul came to join her and they chatted until the evening, in great embarrassment. They were completely changed, did not recognize their characters, who seemed to have acquired considerable importance. They were as prudent as diplomats and they told each other things that had nothing to do with their emerging feelings. When they parted, by the side of the road, Raoul said to

cette parole hardie, car il savait bien que Christine Daaé ne pouvait pas être la femme du vicomte de Chagny.

Quant à Christine, elle alla retrouver son père et lui dit: «Tu ne trouves pas que Raoul n'est plus aussi gentil qu'autrefois? Je ne l'aime plus!» Et elle essaya de ne plus penser à lui. Elle y arrivait assez difficilement et se rejeta sur son art qui lui prit tous ses instants. Ses progrès devenaient merveilleux. Ceux qui l'écoutaient lui prédisaient qu'elle serait la première artiste du monde. Mais son père, sur ces entrefaites, mourut, et, du coup, elle sembla avoir perdu avec lui sa voix, son âme et son génie. Il lui resta suffisamment de tout cela pour entrer au Conservatoire, mais tout juste. Elle ne se distingua en aucune façon, suivit les classes sans enthousiasme et remporta un prix pour faire plaisir à la vieille maman Valérius, avec laquelle elle continuait de vivre. La première fois que Raoul avait revu Christine à l'Opéra, il avait été charmé par la beauté de la jeune fille et par révocation des douces images d'autrefois, mais il avait été plutôt étonné du côté négatif de son art. Elle semblait détachée de tout. Il revint l'écouter. Il la suivait dans les coulisses. Il l'attendit derrière un portant. Il essaya d'attirer son attention. Plus d'une fois, il l'accompagna jusque vers le seuil de sa loge, mais elle ne le voyait pas. Elle semblait du reste ne voir personne. C'était l'indifférence qui passait. Raoul en souffrit, car elle était belle; il était timide et n'osait s'avouer à lui-même qu'il l'aimait. Et puis, ça avait été le coup de tonnerre de la soirée de gala: les cieux déchirés, une voix d'ange se faisant entendre sur la terre pour le ravissement des hommes et la consommation de son cœur...

Et puis, et puis, il y avait eu cette voix d'homme derrière la porte: «Il faut m'aimer!» et personne dans la loge...

Pourquoi avait-elle ri quand il lui avait dit, dans le moment qu'elle rouvrait les yeux: «Je suis le petit enfant qui a ramassé votre écharpe dans la mer»? Pourquoi ne l'avait-elle pas reconnu? Et pourquoi lui avait-elle écrit?

Christine, placing a correct kiss on her trembling hand: "Miss, I will never forget you!" And he went away regretting this bold word, for he knew very well that Christine Daaé could not be the wife of Viscount de Chagny.

As for Christine, she went to find her father and said to him: "Don't you think that Raoul is no longer as nice as he used to be?" I do not love him anymore!" And she tried not to think about him anymore. She was getting there quite difficultly and fell back on her art which took her every moment. His progress was becoming marvelous. Those who listened to her predicted that she would be the first artist in the world. But her father, meanwhile, died, and suddenly she seemed to have lost her voice, her soul and her genius with him. He had enough of all this left to enter the Conservatory, but only barely. She did not distinguish herself in any way, attended classes without enthusiasm and won a prize to please old mother Valerius, with whom she continued to live. The first time Raoul had seen Christine at the Opera, he had been charmed by the beauty of the young girl and by the revocation of the sweet images of the past, but he had been rather surprised at the negative side of his art. She seemed detached from everything. He came back to listen to her. He followed her backstage. He waited for her behind a rack. He tried to get her attention. More than once he accompanied her to the threshold of her dressing room, but she did not see him. Besides, she seemed to see no one. It was the indifference that passed. Raoul suffered from it, for she was beautiful; he was shy and dared not admit to himself that he loved her. And then, it had been the thunderclap of the gala evening: the skies torn apart, an angel's voice being heard on the earth for the rapture of men and the consumption of his heart ...

And then, and then, there was that man's voice behind the door: "You must love me!" and no one in the lodge ...

Why had she laughed when he said to her, when she opened her eyes: "I am the little child who picked up your scarf in the sea"? Why hadn't she recognized him? And why had she written to him?

Oh! cette côte est longue... longue... Voici le crucifix des trois chemins... Voici la lande déserte, la bruyère glacée, le paysage immobile sous le ciel blanc. Les vitres tintinnabulent, lui brisent leurs carreaux dans les oreilles... Que de bruit fait cette diligence qui avance si peu! Il reconnaît les chaumières... les enclos, les talus, les arbres du chemin... Voici le dernier détour de la route, et puis on dévalera et ce sera la mer... la grande baie de Perros...	Oh! this coast is long ... long ... Here is the crucifix of the three paths ... Here is the deserted moor, the frozen heather, the still landscape under the white sky. The windows jingle, break their panes in his ears ... What noise is making this diligence which advances so little! He recognizes the cottages ... the enclosures, the embankments, the trees on the road ... Here is the last bend in the road, and then we will descend and it will be the sea ... the large bay of Perros ...
Alors, elle est descendue à l'auberge du Soleil couchant. Dame! Il n'y en a pas d'autre. Et puis, on y est très bien. Il se rappelle que dans le temps, on y racontait de belles histoires! Comme son cœur bat! Qu'est-ce qu'elle va dire en le voyant?	So she went down to the Inn of the Setting Sun. Lady! There's no other. And then, we are there very well. He remembers that in the past, we used to tell great stories there! How his heart beats! What will she say when she sees him?
La première personne qu'il aperçoit en entrant dans la vieille salle enfumée de l'auberge est la maman Tricard. Elle le reconnaît. Elle lui fait des compliments. Elle lui demande ce qui l'amène. Il rougit. Il dit que, venu pour affaire à Lannion, il a tenu à «pousser jusque-là pour lui dire bonjour». Elle veut lui servir à déjeuner, mais il dit: «Tout à l'heure.» Il semble attendre quelque chose ou quelqu'un. La porte s'ouvre. Il est debout. Il ne s'est pas trompé: c'est elle! Il veut parler, il retombe. Elle reste devant lui souriante, nullement étonnée. Sa figure est fraîche et rose comme une fraise venue à l'ombre. Sans doute, la jeune fille est-elle émue par une marche rapide. Son sein qui renferme un cœur sincère se soulève doucement. Ses yeux, clairs miroirs d'azur pâle, de la couleur des lacs qui rêvent, immobiles, tout là-haut vers le nord du monde, ses yeux lui apportent tranquillement le reflet de son âme candide. Le vêtement de fourrure est entr'ouvert sur une taille souple, sur la ligne harmonieuse de son jeune corps plein de grâce. Raoul et Christine se regardent longuement. La maman Tricard sourit et, discrète, s'esquive. Enfin Christine parle:	The first person he sees upon entering the old smoky room of the inn is Mama Tricard. She recognizes him. She pays him compliments. She asks him what brings him. He's blushing. He says that, having come to Lannion for business, he insisted on "pushing up to there to say hello". She wants to serve him lunch, but he says, "Later." He seems to be waiting for something or someone. The door opens. He's standing. He was not mistaken: it is she! He wants to speak, he falls back. She remains in front of him smiling, not at all surprised. Her face is fresh and pink like a strawberry in the shade. No doubt the young girl is moved by a brisk walk. Her breast, which contains a sincere heart, lifts slowly. Her eyes, clear mirrors of pale azure, the color of dreaming lakes, motionless, up there towards the north of the world, her eyes calmly bring her the reflection of her candid soul. The fur garment is ajar on a supple waist, on the harmonious line of her young body full of grace. Raoul and Christine look at each other for a long time. Mother Tricard smiles and, discreetly, slips away. Finally Christine speaks:
--Vous êtes venu et cela ne m'étonne point. J'avais le pressentiment que je vous retrouverais ici, dans cette auberge, en revenant de la messe. _Quelqu'un_ me l'a dit, là-bas. Oui, on m'avait annoncé votre arrivée.	--You have come and that does not surprise me. I had a presentiment that I would meet you here, in this inn, on my return from mass. _Someone_ told me over there. Yes, I was informed of your arrival.
--Qui donc? demande Raoul, en prenant dans ses	--Who? Raoul asks, taking Christine's little hand

mains la petite main de Christine que celle-ci ne lui retire pas.

--Mais, mon pauvre papa qui est mort.

Il y a un silence entre les deux jeunes gens.

Puis, Raoul reprend:

--Est-ce que votre papa vous a dit que je vous aimais Christine, et que je ne puis vivre sans vous?

Christine rougit jusqu'aux cheveux et détourne la tête. Elle dit, la voix tremblante:

--Moi? Vous êtes fou, mon ami.

Et elle éclate de rire pour se donner, comme on dit, une contenance.

--Ne riez pas Christine, c'est très sérieux.

Et elle réplique, grave:

--Je ne vous ai point fait venir pour que vous me disiez des choses pareilles.

--Vous m'avez «fait venir» Christine; vous avez deviné que votre lettre ne me laisserait point indifférent et que j'accourrais à Perros. Comment avez-vous pu penser cela, si vous n'avez pas pensé que je vous aimais?

--J'ai pensé que vous vous souviendriez des jeux de notre enfance auxquels mon père se mêlait si souvent. Au fond, je ne sais pas bien ce que j'ai pensé... J'ai peut-être eu tort de vous écrire... Votre apparition si subite l'autre soir dans ma loge, m'avait reporté loin, bien loin dans le passé, et je vous ai écrit comme une petite fille que j'étais alors, qui serait heureuse de revoir, dans un moment de tristesse et de solitude, son petit camarade à côté d'elle...

Un instant, ils gardent le silence. Il y a dans l'attitude de Christine quelque chose que Raoul ne trouve point

in his hands, which she does not withdraw.

--But, my poor daddy who is dead.

There is a silence between the two young people.

Then, Raoul resumes:

"Did your papa tell you that I love you Christine, and that I cannot live without you?"

Christine blushes to her hair and looks away. She said, her voice trembling:

--Me? You are crazy, my friend.

And she bursts out laughing to give herself, as they say, a countenance.

- Do not laugh Christine, it is very serious.

And she replies, gravely:

`` I didn't send for you to tell me such things.

- You "brought" Christine to me; you guessed that your letter would not leave me indifferent and that I would hasten to Perros. How could you have thought that, if you did not think that I loved you?

--I thought you would remember the games from our childhood that my father used to so often. Deep down, I don't quite know what I thought ... I may have been wrong to write to you ... Your appearance so sudden the other night in my dressing room, had carried me away, well far in the past, and I wrote to you like a little girl that I was then, who would be happy to see again, in a moment of sadness and loneliness, her little friend next to her ...

They are silent for a moment. There is something in Christine's attitude that Raoul

naturel sans qu'il lui soit possible de préciser sa pensée. Cependant, il ne la sent pas hostile; loin de là... la tendresse désolée de ses yeux le renseigne suffisamment. Mais pourquoi cette tendresse est-elle désolée?... Voilà peut-être ce qu'il faut savoir et ce qui irrite déjà le jeune homme...

--Quand vous m'avez vu dans votre loge, c'était la première fois que vous m'aperceviez, Christine?

Celle-ci ne sait pas mentir. Elle dit:

--Non! je vous avais déjà aperçu plusieurs fois dans la loge de votre frère. Et puis aussi sur le plateau.

--Je m'en doutais! fait Raoul en se pinçant les lèvres. Mais pourquoi donc alors, quand vous m'avez vu dans votre loge, à vos genoux, et vous faisant souvenir que j'avais ramassé votre écharpe dans la mer, pourquoi avez-vous répondu comme si vous ne me connaissiez point et aussi avez-vous ri?

Le ton de ces questions est si rude que Christine regarde Raoul, étonnée, et ne lui répond pas. Le jeune homme est stupéfait lui-même de cette querelle subite, qu'il ose dans le moment même où il s'était promis de faire entendre à Christine des paroles de douceur, d'amour et de soumission. Un mari, un amant qui a tous les droits, ne parlerait pas autrement à sa femme ou à sa maîtresse qui l'aurait offensé. Mais il s'irrite lui-même de ses torts, et se jugeant stupide, il ne trouve d'autre issue à cette ridicule situation que dans la décision farouche qu'il prend de se montrer odieux.

--Vous ne me répondez pas! fait-il rageur et malheureux. Eh bien, je vais répondre pour vous, moi! C'est qu'il y avait quelqu'un dans cette loge qui vous gênait, Christine! quelqu'un à qui vous ne vouliez point montrer que vous pouviez vous intéresser à une autre personne qu'à lui!...

--Si quelqu'un me gênait, mon ami! interrompt Christine sur un ton glacé... si quelqu'un me gênait, ce soir-là, ce devait être vous, puisque c'est vous que j'ai mis à la porte!...

does not find natural without being able to clarify his thoughts. However, he does not feel her hostile; far from it ... the desolate tenderness of his eyes tells him enough. But why is this tenderness sorry? ... This is perhaps what you need to know and what already irritates the young man ...

"When you saw me in your dressing room, was that the first time you saw me, Christine?"

This one does not know how to lie. She says:

--No! I had already seen you several times in your brother's dressing room. And then also on the set.

- I suspected it! Raoul says, pursing his lips. But why then, when you saw me in your lodge, on your knees, and remembering that I had picked up your scarf in the sea, why did you answer as if you did not know me and also have- are you laughing?

The tone of these questions is so harsh that Christine looks at Raoul, astonished, and does not answer him. The young man is himself amazed by this sudden quarrel, which he dares at the very moment when he had promised himself to make Christine hear words of gentleness, love and submission. A husband, a lover who has all the rights, would not speak otherwise to his wife or his mistress who would have offended him. But he irritates himself at his faults, and deeming himself stupid, he finds no other way out of this ridiculous situation than in the fierce decision he takes to be odious.

- You are not answering me! he is angry and unhappy. Well, I'll answer for you, me! It is because there was someone in this lodge who bothered you, Christine! someone to whom you did not want to show that you could be interested in someone other than him! ...

--If someone bothered me, my friend! interrupted Christine in an icy tone ... if someone bothered me that evening, it must have been you, since it was you I kicked out! ...

--Oui!... pour rester avec l'autre!...	--Yes! ... to stay with the other! ...
--Que dites-vous, monsieur? fait la jeune femme haletante... et de quel autre s'agit-il ici?	--What do you say, sir? said the young woman panting ... and what else is it here?
--De celui à qui vous avez dit: _Je ne chante que pour vous! Je vous ai donné mon âme ce soir, et je suis morte!_	- Of the one to whom you said: _I sing only for you! I gave you my soul tonight, and I'm dead! _
Christine a saisi le bras de Raoul: elle le lui étreint avec une force que l'on ne soupçonnerait point chez cet être fragile.	Christine seized Raoul's arm: she embraced it with a force that one would not suspect in this fragile being.
--Vous écoutiez donc derrière la porte?	"So you were listening behind the door?"
--Oui! parce que je vous aime... Et j'ai tout entendu...	--Yes! because I love you ... And I heard it all ...
--Vous avez entendu quoi? Et la jeune fille, redevenue étrangement calme, laisse le bras de Raoul.	- What did you hear? And the young girl, who has become strangely calm again, leaves Raoul's arm.
--Il vous a dit: _Il faut m'aimer!_	--He said to you: _You must love me! _
À ces mots, une pâleur cadavérique se répand sur le visage de Christine, ses yeux se cernent... Elle chancelle, elle va tomber. Raoul se précipite, tend les bras, mais déjà Christine a surmonté cette défaillance passagère, et, d'une voix basse, presque expirante:	At these words, a corpse-like pallor spreads on Christine's face, her eyes close ... She staggers, she will fall. Raoul rushes, stretches out his arms, but Christine has already overcome this temporary failure, and, in a low voice, almost expiring:
--Dites! dites encore! dites tout ce que vous avez entendu!	- Say! say again! say everything you heard!
Raoul la regarde, hésite, ne comprend rien à ce qui se passe.	Raoul looks at her, hesitates, does not understand what is happening.
--Mais, dites donc! Vous voyez bien que vous me faites mourir!...	- But say so! You can see that you are killing me! ...
--J'ai entendu encore qu'il vous a répondu, quand vous lui eûtes dit que vous lui aviez donné votre âme: _Ton âme est bien belle, mon enfant, et je te remercie. Il n'y a point d'empereur qui ait reçu un pareil cadeau! Les anges ont pleuré ce soir!_	- I heard again that he answered you, when you had told him that you had given him your soul: _Your soul is very beautiful, my child, and I thank you. There is no emperor who has received such a gift! The angels cried tonight! _

Christine a porté la main sur son cœur. Elle fixe Raoul dans une émotion indescriptible. Son regard est tellement aigu, tellement fixe, qu'il paraît celui d'une insensée. Raoul est épouvanté. Mais voilà que les yeux de Christine deviennent humides et sur ses joues d'ivoire glissent deux perles, deux lourdes larmes...	Christine put her hand on her heart. She fixes Raoul in an indescribable emotion. Her gaze is so sharp, so fixed, that it seems that of a fool. Raoul is appalled. But now Christine's eyes become wet and her ivory cheeks slide two pearls, two heavy tears ...
--Christine!...	--Christine!...
--Raoul!...	--Raoul!...
Le jeune homme veut la saisir, mais elle lui glisse dans les mains et elle se sauve dans un grand désordre.	The young man wants to grab it, but it slips into his hands and it runs away in a big mess.
Pendant que Christine restait enfermée dans sa chambre, Raoul se faisait mille reproches de sa brutalité; mais, d'autre part, la jalousie reprenait son galop dans ses veines en feu. Pour que la jeune fille eût montré une pareille émotion en apprenant que l'on avait surpris son secret, il fallait que celui-ci fût d'importance! Certes, Raoul, en dépit de ce qu'il avait entendu, ne doutait point de la pureté de Christine. Il savait qu'elle avait une grande réputation de sagesse et il n'était point si novice qu'il ne comprît la nécessité où se trouve acculée parfois une artiste d'entendre des propos d'amour. Elle y avait bien répondu en affirmant qu'elle avait donné son âme, mais de toute évidence, il ne s'agissait en tout ceci que de chant et de musique. De toute évidence? Alors, pourquoi cet émoi tout à l'heure? Mon Dieu, que Raoul était malheureux! Et, s'il avait tenu l'homme, _la voix d'homme_, il lui aurait demandé des explications précises.	While Christine remained locked in her room, Raoul made a thousand reproaches for his brutality; but, on the other hand, jealousy resumed its gallop in his fiery veins. For the young girl to have shown such emotion on learning that someone had discovered her secret, it had to be important! Of course, Raoul, despite what he had heard, had no doubts about Christine's purity. He knew that she had a great reputation for wisdom and he was not so novice that he did not understand the necessity which sometimes finds herself cornered in an artist to hear words of love. She answered it well by asserting that she had given her soul, but obviously it was all about song and music. Obviously? So, why this commotion earlier? My God, how unhappy Raoul was! And, if he had held the man, _the man's voice_, he would have asked him for precise explanations.
Pourquoi Christine s'est-elle enfuie? Pourquoi ne descendait-elle point?	Why did Christine run away? Why was she not coming down?
Il refusa de déjeuner. Il était tout à fait marri et sa douleur était grande de voir s'écouler loin de la jeune Suédoise, ces heures qu'il avait espérées si douces? Que ne venait-elle avec lui parcourir le pays où tant de souvenirs leur étaient communs? Et pourquoi, puisqu'elle semblait ne plus rien avoir à faire à Perros et, qu'en fait, elle n'y faisait rien, ne reprenait-elle point aussitôt le chemin de Paris? Il avait appris que le matin, elle avait fait dire une messe pour le repos de l'âme du père Daaé et qu'elle avait passé de longues heures en prière dans la petite église et sur la tombe du ménétrier.	He refused to eat lunch. He was quite married and his pain was great to see the hours that he had hoped so sweet pass away from the young Swedish woman? Why did she not come with him to travel the country where so many memories were common to them? And why, since she seemed to have nothing more to do in Perros and, in fact, she was doing nothing there, did she not immediately return to Paris? He had learned that in the morning, she had had a mass said for the repose of Father Daaé's soul and that she had spent long hours in prayer in the

small church and on the tomb of the fiddler.

Triste, découragé, Raoul s'en fut vers le cimetière qui entourait l'église. Il en poussa la porte. Il erra solitaire parmi les tombes, déchiffrant les inscriptions, mais comme il arrivait derrière l'abside, il fut tout de suite renseigné par la note éclatante des fleurs qui soupiraient sur le granit tombal et débordaient jusque sur la terre blanche. Elles embaumaient tout ce coin glacé de l'hiver breton. C'étaient de miraculeuses roses rouges qui paraissent écloses du matin, dans la neige. C'était un peu de vie chez les morts, car la mort, là, était partout. Elle aussi débordait de la terre qui avait rejeté son trop plein de cadavres. Des squelettes et des crânes par centaines étaient entassés contre le mur de l'église, retenus simplement par un léger réseau de fils de fer qui laissait à découvert tout le macabre édifice. Les têtes de morts, empilées, alignées comme des briques, consolidées dans les intervalles, par des os fort proprement blanchis, semblaient former la première assise sur laquelle on avait maçonné les murs de la sacristie. La porte de cette sacristie s'ouvrait au milieu de cet ossuaire, tel qu'on en voit beaucoup au long des vieilles églises bretonnes.

Sad, discouraged, Raoul went to the cemetery which surrounded the church. He pushed open the door. He wandered solitary among the tombs, deciphering the inscriptions, but as he arrived behind the apse, he was immediately informed by the dazzling note of the flowers which sighed on the tomb granite and overflowed onto the white earth. They perfumed all this frozen corner of the Breton winter. They were miraculous red roses that seem to bloom in the morning, in the snow. It was a bit of life among the dead, because death was everywhere. It too was overflowing with the earth that had thrown away its excess of corpses. Hundreds of skeletons and skulls were piled up against the wall of the church, held back simply by a light network of wire which left the entire macabre edifice exposed. The skulls, piled up, aligned like bricks, consolidated in the intervals by very cleanly whitened bones, seemed to form the first foundation on which the walls of the sacristy had been built. The door of this sacristy opened in the middle of this ossuary, such as one sees many in old Breton churches.

Raoul pria pour Daaé, puis, lamentablement impressionné par ces sourires éternels qu'ont les bouches des têtes de morts, il sortit du cimetière, remonta le coteau et s'assit au bord de la lande qui domine la mer. Le vent courait méchamment sur les grèves, aboyant après la pauvre et timide clarté du jour. Celle-ci céda, s'enfuit et ne fut plus qu'une raie livide à l'horizon. Alors, le vent se tut. C'était le soir. Raoul était enveloppé d'ombres glacées, mais il ne sentait pas le froid. Toute sa pensée errait sur la lande déserte et désolée, tout son souvenir. C'était là, à cette place, qu'il était venu souvent, à la tombée du jour, avec la petite Christine, pour voir danser les korrigans, juste au moment où la lune se lève. Pour son compte, il n'en avait jamais aperçu, et cependant il avait de bons yeux. Christine, au contraire, qui était un peu myope, prétendait en avoir vu beaucoup. Il sourit à cette idée, et puis, tout à coup, il tressaillit. Une forme, une forme précise, mais qui était venue là sans qu'il sût comment, sans que le moindre bruit l'eût averti, une forme debout à ses côtés, disait:

Raoul prayed for Daaé, then, lamentably impressed by the eternal smiles that the mouths of the heads of the dead have, he left the cemetery, went up the hill and sat down on the edge of the moor which overlooks the sea. the strikes, barking at the poor and timid daylight. It gave way, fled and was nothing more than a livid ray on the horizon. So the wind ceased. It was the evening. Raoul was enveloped in icy shadows, but he did not feel the cold. All his thoughts wandered over the deserted and desolate moor, all his memory. It was there, in this place, that he had often come, at nightfall, with little Christine, to see the korrigans dance, just as the moon rises. He himself had never seen one, and yet he had good eyes. Christine, on the contrary, who was a little short-sighted, claimed to have seen a lot of them. He smiled at the idea, and then suddenly he winced. A form, a precise form, but which had come there without his knowing how, without the slightest sound having warned him, a form standing at his side, said:

--Croyez-vous que les korrigans viendront ce soir?	- Do you think the korrigans will come tonight?
C'était Christine. Il voulut parler. Elle lui ferma la bouche de sa main gantée.	It was Christine. He wanted to speak. She closed his mouth with her gloved hand.
--Écoutez-moi, Raoul, je suis résolue à vous dire quelque chose de grave, de très grave!	- Listen to me, Raoul, I am determined to tell you something serious, very serious!
Sa voix tremblait. Il attendit.	Her voice was shaking. He waited.
Elle reprit, oppressée.	She resumed, oppressed.
--Vous rappelez-vous, Raoul, la légende de l'Ange de la musique?	- Do you remember, Raoul, the legend of the Angel of music?
--Si je m'en souviens! fit-il, je crois bien que c'est ici que votre père nous l'a contée pour la première fois.	--If I remember! he said, 'I think it was here that your father told it to us for the first time.
--C'est ici aussi qu'il m'a dit: «Quand je serai au ciel, mon enfant, je te l'enverrai.» Eh bien! Raoul, mon père est au ciel et j'ai reçu la visite de l'Ange de la musique.	--It is also here that he said to me: "When I am in heaven, my child, I will send him to you." Well! Raoul, my father is in heaven and I received a visit from the Angel of Music.
--Je n'en doute pas, répliqua le jeune homme gravement, car il croyait comprendre que dans une pensée pieuse, son amie mêlait le souvenir de son père à l'éclat de son dernier triomphe.	"I have no doubt of it," replied the young man gravely, for he thought he understood that in a pious thought his friend was mingling the memory of her father with the splendor of his last triumph.
Christine parut légèrement étonnée du sang-froid avec lequel le vicomte de Chagny apprenait qu'elle avait reçu la visite de l'Ange de la musique.	Christine seemed slightly surprised at the coolness with which the Vicomte de Chagny learned that she had received a visit from the Angel of Music.
--Comment l'entendez-vous, Raoul? fit-elle, en penchant sa figure pâle si près du visage du jeune homme que celui-ci put croire que Christine allait lui donner un baiser, mais elle ne voulait que lire, malgré les ténèbres, dans ses yeux.	--How do you understand it, Raoul? she said, leaning her pale face so close to the young man's face that he could believe Christine was going to give him a kiss, but she only wanted to read, despite the darkness, in his eyes.
--J'entends, répliqua-t-il, qu'une créature humaine ne chante, point comme vous avez chanté l'autre soir, sans qu'intervienne quelque miracle, sans que le ciel y soit pour quelque chose. Il n'est point de professeur sur la terre qui puisse vous apprendre des accents pareils. Vous avez entendu l'Ange de la musique, Christine.	`` I hear, " he replied, `` that a human creature does not sing, as you sang the other night, without some miracle taking place, without Heaven having something to do with it. There is no teacher on earth who can teach you such accents. You heard the Angel of Music, Christine.

--Oui, fit-elle solennellement, _dans ma loge._ C'est là qu'il vient me donner ses leçons quotidiennes.	"Yes," she said solemnly, "in my dressing room." It is there that he comes to give me his daily lessons.
Le ton dont elle dit cela était si pénétrant et si singulier que Raoul la regarda inquiet, comme on regarde une personne qui dit une énormité ou affirme quelque vision folle à laquelle elle croit de toutes les forces de son pauvre cerveau malade. Mais elle s'était reculée et elle n'était plus, immobile, qu'un peu d'ombre dans la nuit.	The tone in which she said this was so penetrating and so singular that Raoul looked at her worried, as one looks at a person who says an enormity or affirms some crazy vision in which she believes with all the strength of her poor sick brain. But she had stepped back and there was nothing more, motionless, than a little shade in the night.
--Dans votre loge? répéta-t-il comme un écho stupide.	- In your dressing room? he repeated like a stupid echo.
--Oui, c'est là que je l'ai entendu et je n'ai pas été seule à l'entendre...	--Yes, that's where I heard it and I was not the only one to hear it ...
--Qui donc l'a entendu encore, Christine?	"So who heard it again, Christine?"
--Vous, mon ami.	- You, my friend.
--Moi? j'ai entendu l'Ange de la musique?	--Me? I heard the Angel of music?
--Oui, l'autre soir, c'est lui qui parlait quand vous écoutiez derrière la porte de ma loge. C'est lui qui m'a dit: «Il faut m'aimer.» Mais je croyais bien être la seule à percevoir sa voix. Aussi, jugez de mon étonnement quand j'ai appris, ce matin, que vous pouviez l'entendre, vous aussi...	--Yes, the other night, he was the one talking when you were listening behind the door of my dressing room. It was he who told me: "You must love me." But I thought I was the only one to hear her voice. Also, judge my astonishment when I learned, this morning, that you could hear it, too ...
Raoul éclata de rire. Et aussitôt, la nuit se dissipa sur la lande déserte et les premiers rayons de la lune vinrent envelopper les jeunes gens. Christine s'était retournée, hostile, vers Raoul. Ses yeux, ordinairement si doux, lançaient des éclairs.	Raoul burst out laughing. And immediately, the night dissipated on the deserted moor and the first rays of the moon came to envelop the young people. Christine had turned hostile towards Raoul. His eyes, usually so gentle, flashed lightning.
--Pourquoi riez-vous? Vous croyez peut-être avoir entendu une voix d'homme?	--Why are you laughing? Maybe you thought you heard a man's voice?
--Dame! répondit le jeune homme, dont les idées commençaient à se brouiller devant l'attitude de bataille de Christine.	--Lady! replied the young man, whose ideas began to blur in front of Christine's battle attitude.

--C'est vous, Raoul! vous qui me dites cela! un ancien petit compagnon à moi! un ami de mon père! Je ne vous reconnais plus! Mais que croyez-vous donc? Je suis une honnête fille, moi, monsieur le vicomte de Chagny, et je ne m'enferme point avec des voix d'homme, dans ma loge. Si vous aviez ouvert la porte, vous auriez vu qu'il n'y avait personne!

--C'est vrai! Quand vous avez été partie, j'ai ouvert cette porte et je n'ai trouvé personne dans la loge...

--Vous voyez bien... alors?

Le comte fit appel à tout son courage.

--Alors, Christine, je pense qu'on se moque de vous!

Elle poussa un cri et s'enfuit. Il courut derrière elle, mais elle lui jeta, dans une irritation farouche:

--Laissez-moi! laissez-moi!

Et elle disparut. Raoul rentra à l'auberge très las, très découragé et très triste.

Il apprit que Christine venait de monter dans sa chambre et qu'elle avait annoncé qu'elle ne descendrait pas pour dîner. Le jeune homme demanda si elle n'était point malade. La brave aubergiste lui répondit d'une façon ambiguë que, si elle était souffrante, ce devait être d'un mal qui n'était point bien grave, et, comme elle croyait à la fâcherie de deux amoureux, elle s'éloigna en haussant les épaules et en exprimant sournoisement la pitié qu'elle avait pour des jeunes gens, qui gaspillaient en vaines querelles les heures que le bon Dieu leur a permis de passer sur la terre. Raoul dîna tout seul, au coin de l'âtre et, comme vous pensez bien, de façon fort maussade. Puis, dans sa chambre, il essaya de lire, puis, dans son lit, il essaya dé dormir. Aucun bruit ne se faisait entendre dans l'appartement à côté. Que faisait Christine? Dormait-elle? Et si elle ne dormait point, à quoi pensait-elle? Et lui, à quoi pensait-il? Eût-il été seulement capable de le dire? La conversation étrange qu'il avait eue avec Christine l'avait tout à fait troublé!... Il pensait moins à Christine qu'_autour_ de Christine, et cet

--It's you, Raoul! you who tell me that! a former little companion of mine! a friend of my father! I don't recognize you anymore! But what do you think so? I am an honest girl, Monsieur le Vicomte de Chagny, and I do not shut myself up with the voices of a man in my box. If you had opened the door, you would have seen that there was no one there!

--It's true! When you were gone I opened that door and found no one in the lodge ...

--You see ... then?

The count appealed to all his courage.

--So, Christine, I think we are laughing at you!

She cried out and fled. He ran behind her, but she threw him, in fierce irritation:

- Leave me! leave me!

And she disappeared. Raoul returned to the inn very tired, very discouraged and very sad.

He learned that Christine had just gone up to her room and that she had announced that she was not going down to dinner. The young man asked if she was not ill. The brave innkeeper replied ambiguously that if she was in pain it must have been from an illness which was not very serious, and, as she believed in the annoyance of two lovers, she walked away shrugging her shoulders and slyly expressing the pity she had for young people, who wasted in vain quarrels the hours that God allowed them to spend on earth. Raoul dined all alone, at the corner of the hearth and, as you can imagine, in a very sullen manner. Then in his room he tried to read, then in his bed he tried to sleep. No noise was heard in the apartment next door. What was Christine doing? Was she asleep? And if she wasn't sleeping, what was she thinking? And him, what was he thinking? Would he even have been able to say it? The strange conversation he had had with Christine had completely disturbed him! ... He was thinking

«autour» était si diffus, si nébuleux, si insaisissable, qu'il en éprouvait un très curieux et très angoissant malaise.

Ainsi les heures passaient très lentes; il pouvait être onze heures et demie de la nuit quand il entendit distinctement marcher dans la chambre voisine de la sienne. C'était un pas léger, furtif. Christine ne s'était donc pas couchée? Sans raisonner ses gestes, le jeune homme s'habilla à la hâte, en prenant garde de faire le moindre bruit. Et, prêt à tout, il attendit. Prêt à quoi? Est-ce qu'il savait? Son cœur bondit quand il entendit la porte de Christine tourner lentement sur ses gonds. Où allait-elle à cette heure où tout reposait dans Perros? Il entr'ouvrit tout doucement sa porte et put voir, dans un rayon de lune, la forme blanche de Christine qui glissait précautionneusement dans le corridor. Elle atteignit l'escalier; elle descendit et, lui, au-dessus d'elle, se pencha sur la rampe. Soudain, il entendit deux voix qui s'entretenaient rapidement. Une phrase lui arriva: «Ne perdez pas la clef.» C'était la voix de l'hôtesse. En bas, on ouvrit la porte qui donnait sur la rade. On la referma. Et tout rentra dans le calme. Raoul revint aussitôt dans sa chambre et courut à sa fenêtre qu'il ouvrit. La forme blanche de Christine se dressait sur le quai désert.

Ce premier étage de l'auberge du Soleil-Couchant n'était guère élevé et un arbre en espalier qui tendait ses branches aux bras impatients de Raoul permit à celui-ci d'être dehors sans que l'hôtesse pût soupçonner son absence. Aussi, quelle ne fut pas la stupéfaction de la brave dame, le lendemain matin, quand on lui apporta le jeune homme quasi glacé, plus mort que vif, et qu'elle apprit qu'on l'avait trouvé étendu tout de son long sur les marches du maître-autel de la petite église de Perros. Elle courut apprendre presto la nouvelle à Christine, qui descendit en hâte et prodigua, aidée de l'aubergiste, ses soins inquiets au jeune homme qui ne tarda point à ouvrir les yeux et revint tout à fait à la vie en apercevant au-dessus de lui le charmant visage de son amie.

Que s'était-il donc passé? M. le commissaire Mifroid eut l'occasion, quelques semaines plus tard, quand le drame de l'Opéra entraîna l'action du ministère public, d'interroger le vicomte de Chagny sur les événements de la nuit de Perros, et voici de quelle

less of Christine than of_around_ of Christine, and this "around" was so diffuse, so nebulous, so elusive, that he felt a very curious and very distressing uneasiness.

So the hours passed very slowly; it might have been half past eleven at night when he distinctly heard walking in the room next to his. It was a light, stealthy step. Christine hadn't gone to bed? Without reasoning his actions, the young man dressed hastily, taking care not to make the slightest noise. And, ready for anything, he waited. Ready for what? Did he know? His heart leaped when he heard Christine's door turn slowly on its hinges. Where was she going at this hour when everything was at rest in Perros? He opened his door very slowly and could see, in a ray of moonlight, the white form of Christine sliding cautiously in the corridor. She reached the stairs; she got down and he, above her, leaned over the banister. Suddenly he heard two voices talking quickly. A phrase came to him: "Do not lose the key." It was the voice of the hostess. Below, we opened the door which gave onto the roadstead. We closed it. And everything returned to calm. Raoul immediately returned to his room and ran to his window, which he opened. Christine's white form stood on the deserted quay.

This first floor of the Auberge du Soleil-Couchant was not very high and an espalier tree stretching out its branches to Raoul's impatient arms allowed him to be outside without the hostess suspecting his absence. So what was the amazement of the brave lady the next morning when the almost frozen young man was brought to her, more dead than alive, and she learned that he had been found lying full length on the steps of the high altar of the small church of Perros. She ran to tell Christine the news, who hurried down and, with the help of the innkeeper, lavished her uneasy care on the young man, who wasted no time in opening his eyes and came back to life when he saw above. him the charming face of his friend.

What had happened then? Commissioner Mifroid had the opportunity, a few weeks later, when the opera drama led to the action of the public prosecutor, to question the Vicomte de Chagny on the events of the night in Perros, and

sorte ceux-ci furent transcrits sur les feuilles du dossier d'enquête. (Cote 150.)

Demande.--Mlle Daaé ne vous avait pas vu descendre de votre chambre par le singulier chemin que vous aviez choisi?

Réponse.--Non, monsieur, non, non. Cependant, j'arrivai derrière elle en négligeant d'étouffer le bruit de mes pas. Je ne demandais alors qu'une chose, c'est qu'elle se retournât, qu'elle me vît et qu'elle me reconnut. Je venais de me dire, en effet, que ma poursuite était tout à fait incorrecte et que la façon d'espionnage à laquelle je me livrais était indigne de moi. Mais elle ne sembla point m'entendre et, de fait, elle agit comme si je n'avais pas été là. Elle quitta tranquillement le quai et puis, tout à coup, remonta rapidement le chemin. L'horloge de l'église venait de sonner minuit moins un quart, et il me parut que le son de l'heure avait déterminé la hâte de sa course, car elle se prit presque à courir. Ainsi arriva-t-elle à la porte du cimetière.

D. La porte du cimetière était-elle ouverte?

R. Oui, monsieur, et cela me surprit, mais ne parut nullement étonner Mlle Daaé.

D. Il n'y avait personne dans le cimetière?

R. Je ne vis personne. S'il y avait eu quelqu'un, je l'aurais vu. La lumière de la lune était éblouissante et la neige qui couvrait la terre, en nous renvoyant ses rayons, faisait la nuit plus claire encore.

D. On ne pouvait pas se cacher derrière les tombes?

R. Non, monsieur. Ce sont de pauvres pierres tombales qui disparaissaient sous la couche de neige et qui alignaient leurs croix au ras du sol. Les seules ombres étaient celles de ces croix et les deux nôtres. L'église était toute éblouissante de clarté. Je n'ai jamais vu une pareille lumière nocturne. C'était très beau, très transparent et très froid. Je n'étais jamais allé la nuit dans les cimetières, et j'ignorais qu'on pût y trouver une semblable lumière, «une lumière qui ne pèse rien».

here is what so these were transcribed on the sheets of the investigation file. (Rating 150.)

Demande .-- Miss Daaé hadn't seen you come down from your room by the odd path you had chosen?

Respond .-- No, sir, no, no. However, I got behind her,_ neglecting to muffle the sound of my footsteps. I asked only one thing then, and that was for her to turn around, to see me and to recognize me. I had just told myself, in fact, that my pursuit was quite incorrect and that the manner of espionage in which I was indulging myself was unworthy of me. But she didn't seem to hear me and, in fact, she acts as if I hadn't been there. She quietly left the platform and then, suddenly, quickly walked up the path. The church clock had struck a quarter to twelve, and it seemed to me that the sound of the hour had determined the haste of her race, for she almost began to run. So she arrived at the cemetery gate.

D. Was the gate to the cemetery open?

A. Yes, sir, and that surprised me, but did not appear to surprise Mlle Daaé.

D. Was there no one in the cemetery?

A. I did not see anyone. If there had been anyone, I would have seen him. The moonlight was dazzling, and the snow that covered the earth, reflecting back at us, made the night even clearer.

D. Couldn't we hide behind the graves?

A. No, sir. They are poor tombstones which disappeared under the layer of snow and which aligned their crosses at ground level. The only shadows were those of those crosses and our two. The church was dazzling with light. I have never seen such a night light. It was very beautiful, very transparent and very cold. I had never been to cemeteries at night, and I did not know that one could find such a light there, "a light that weighs nothing".

D. Vous êtes superstitieux?	D. Are you superstitious?
R. Non, monsieur, je suis croyant.	A. No, sir, I am a believer.
D. Dans quel état d'esprit étiez-vous?	D. What state of mind were you in?
R. Très sain et très tranquille, ma foi. Certes, la sortie insolite de Mlle Daaé m'avait tout d'abord profondément troublé; mais aussitôt que je vis la jeune fille pénétrer dans le cimetière, je me dis qu'elle y venait accomplir quelque vœu sur la tombe paternelle, et je trouvai la chose si naturelle que je reconquis tout mon calme. J'étais simplement étonné qu'elle ne m'eût pas encore entendu marcher derrière elle, car la neige craquait sous mes pas. Mais sans doute était-elle toute absorbée par sa pensée pieuse. Je résolus du reste de ne la point troubler et, quand elle fut parvenue à la tombe de son père, je restai à quelques pas derrière elle. Elle s'agenouilla dans la neige, fit le signe de la croix et commença de prier. À ce moment, minuit sonna. Le douzième coup tintait encore à mon oreille quand, soudain, je vis la jeune fille relever la tête; son regard fixa la voûte céleste, ses bras se tendirent vers l'astre des nuits; elle me parut en extase et je me demandais encore quelle avait été la raison subite et déterminante de cette extase quand moi-même je relevai la tête, je jetai autour de moi un regard éperdu et tout mon être se tendit vers l'Invisible, _l'invisible qui nous jouait de la musique._ Et quelle musique! Nous la connaissions déjà! Christine et moi l'avions déjà entendue en notre jeunesse. Mais jamais sur le violon du père Daaé, elle ne s'était exprimée avec un art aussi divin. Je ne pus mieux faire, en cet instant, que de me rappeler tout ce que Christine venait de me dire de range de la musique, et je ne sus trop que penser de ces sons inoubliables qui, s'ils ne descendaient pas du ciel, laissaient ignorer leur origine sur terre. Il n'y avait point là d'instrument ni de main pour conduire l'archet. Oh! je me rappelai l'admirable mélodie. C'était la _Résurrection de Lazare_, que le père Daaé nous jouait dans ses heures de tristesse et de foi. L'ange de Christine aurait existé qu'il n'aurait pas mieux joué cette nuit-là avec le violon du défunt ménétrier. L'invocation de Jésus nous ravissait à la terre, et, ma foi, je m'attendais presque à voir se soulever la pierre du tombeau du père de Christine. L'idée me vint aussi que Daaé avait été enterré avec son violon et, en vérité, je ne sais point jusqu'où, dans cette minute funèbre et	A. Very healthy and very quiet, my faith. Of course, Mlle Daaé's unusual outing had deeply troubled me at first; but as soon as I saw the young girl enter the cemetery, I told myself that she was coming there to fulfill some wish on the paternal grave, and I found it so natural that I regained all my calm. I was just amazed that she hadn't heard me walk behind her yet, for the snow was crunching under my feet. But no doubt she was completely absorbed by his pious thoughts. I resolved, however, not to disturb her, and when she reached her father's grave I remained a few paces behind her. She knelt in the snow, made the sign of the cross and began to pray. At that moment, midnight struck. The twelfth knock was still ringing in my ear when suddenly I saw the young girl raise her head; his gaze fixed on the celestial vault, his arms stretched out towards the night star; she seemed to me in ecstasy and I was still wondering what had been the sudden and determining reason for this ecstasy when I myself raised my head, I threw around me a bewildered look and my whole being stretched out towards the Invisible, _I invisible who played music to us. And what music! We already knew her! Christine and I had already heard it in our youth. But never on Father Daaé's violin, had she expressed herself with such divine art. I could not do better, at this moment, than to remember everything Christine had just told me about music, and I did not know what to think of those unforgettable sounds which, if they did not descend from the sky, ignored their origin on earth. There was no instrument or hand there to lead the bow. OH! I remembered the wonderful melody. It was the _Resurrection of Lazarus_, that Father Daaé played to us in his hours of sadness and faith. Christine's angel would have existed that he would not have played better that night with the violin of the late minstrel. The invocation of Jesus delighted us to the earth, and, my faith, I almost expected to see the stone rise from the tomb of the

rayonnante, au fond de ce petit dérobé cimetière de province, à côté de ces têtes de morts qui nous riaient de toutes leurs mâchoires immobiles, non je ne sais point jusqu'où s'en fut mon imagination, ni où elle s'arrêta.

Mais la musique c'était tue et je retrouvai mes sens. Il me sembla entendre du bruit du côté des têtes de morts de l'ossuaire.

D.--Ah! ah! vous avez entendu du bruit du côté de l'ossuaire?

R. Oui, il m'a paru que les têtes de morts ricanaient maintenant et je n'ai pu m'empêcher de frissonner.

D. Vous n'avez point pensé tout de suite que derrière l'ossuaire pouvait se cacher justement le musicien céleste qui venait de tant vous charmer?

R. J'ai si bien pensé cela, que je n'ai plus pensé qu'à cela, monsieur le commissaire, et que j'en oubliai de suivre Mlle Daaé qui venait de se relever et gagnait tranquillement la porte du cimetière. Quant à elle, elle était tellement absorbée, qu'il n'est point étonnant qu'elle, ne m'ait pas aperçu. Je ne bougeai point, les yeux fixés vers l'ossuaire, décidé à aller jusqu'au bout de cette incroyable aventure et d'en connaître le fin mot.

D. Et alors, qu'arriva-t-il pour qu'on vous ait retrouvé au matin, étendu à demi mort, sur les marches du maître-autel?

R. Oh! ce fut rapide... Une tête de mort roula à mes pieds... puis une autre... puis une autre... On eût dit que j'étais le but de ce funèbre jeu de boules. Et j'eus cette imagination qu'un faux mouvement avait dû détruire l'harmonie de l'échafaudage derrière lequel se dissimulait notre musicien. Cette hypothèse m'apparut d'autant plus raisonnable qu'une ombre glissa tout à coup sur le mur éclatant de la sacristie.

Je me précipitai. L'ombre avait déjà, poussant la

father of Christine. The idea also occurred to me that Daaé had been buried with his violin and, in truth, I do not know how far, in this funeral and radiant moment, at the bottom of this little hidden provincial cemetery, next to these heads of dead who laughed at us with all their motionless jaws, no I do not know how far my imagination went, nor where it stopped.

But the music was dead and I found my senses. I thought I heard a noise from the side of the skulls of the ossuary.

D. - Ah! ah! did you hear any noise near the ossuary?

A. Yes, it seemed to me that the skulls were laughing now and I couldn't help shivering.

D. You did not immediately think that behind the ossuary could be hiding precisely the celestial musician who had just charmed you so much?

A. I thought about that so well that I thought only of that, Mr. Superintendent, and I forgot to follow Miss Daaé, who had just got up and was quietly going to the cemetery door. As for her, she was so absorbed that it is not surprising that she did not see me. I did not move, my eyes fixed on the ossuary, determined to go to the end of this incredible adventure and to know the end of it.

Q. So what happened to you being found in the morning, lying half dead, on the steps of the high altar?

A. Oh! It was quick ... A skull rolled at my feet ... then another ... then another ... It seemed like I was the goal of this funereal game of bowls. And I had this imagination that a false movement must have destroyed the harmony of the scaffolding behind which our musician was hiding. This hypothesis seemed all the more reasonable to me since a shadow suddenly slipped over the glowing wall of the sacristy.

I rushed forward. The shadow had already,

porte, pénétré dans l'église. J'avais des ailes, l'ombre avait un manteau. Je fus assez rapide pour saisir un coin du manteau de l'ombre. À ce moment, nous étions, l'ombre et moi, juste devant le maître-autel et les rayons de la lune, à travers le grand vitrail de l'abside, tombaient droit devant nous. Comme je ne lâchai point le manteau, l'ombre se retourna et, le manteau dont elle était enveloppée s'étant entr'ouvert, je vis, monsieur le juge, comme je vous vois, une effroyable tête de mort qui dardait sur moi un regard où brûlaient les feux de l'enfer. Je crus avoir affaire à Satan lui-même et, devant cette apparition d'outre-tombe, mon cœur, malgré tout son courage, défaillit, et je n'ai plus souvenir de rien jusqu'au moment où je me réveillai dans ma petite chambre de l'auberge du Soleil-Couchant.

pushing open the door, entered the church. I had wings, the shadow had a cloak. I was quick enough to grab a corner of the shadow mantle. At that moment we were, the shadow and I, right in front of the high altar and the rays of the moon, through the large stained glass window of the apse, fell straight in front of us. As I did not let go of the cloak, the shadow turned and, the cloak in which it was wrapped having been opened, I saw, Judge, as I see you, a frightful death's-head which darted on me a gaze where the fires of hell were burning. I thought I was dealing with Satan himself and, before this apparition from beyond the grave, my heart, despite all its courage, faltered, and I remembered nothing until the moment when I woke up in my little one. room of the Auberge du Soleil-Couchant.

VII

UNE VISITE À LA LOGE N° 5

Nous avons quitté MM. Firmin Richard et Armand Moncharmin dans le moment qu'ils se décidaient à aller faire une petite visite à la première loge n° 5.

Ils ont laissé derrière eux le large escalier qui conduit du vestibule de l'administration à la scène et ses dépendances; ils ont traversé la scène (le plateau), ils sont entrés dans le théâtre par l'entrée des abonnés, puis, dans la salle, par le premier couloir à gauche. Ils se sont alors glissés entre les premiers rangs des fauteuils d'orchestre et ont regardé la première loge n° 5. Ils la virent mal à cause qu'elle était plongée dans une demi-obscurité et que d'immenses housses étaient jetées sur le velours rouge des appuis-mains.

À ce moment, ils étaient presque seuls dans l'immense vaisseau ténébreux et un grand silence les entourait. C'était l'heure tranquille où les machinistes vont boire.

L'équipe avait momentanément vidé le plateau, laissant un décor moitié planté; quelques rais de lumière (une lumière blafarde, sinistre, qui semblait volée à un astre moribond), s'étaient insinués par on ne sait quelle ouverture, jusqu'à une vieille tour qui dressait ses créneaux en carton sur la scène; les choses, dans cette nuit factice, ou plutôt dans ce jour menteur, prenaient d'étranges formes. Sur les fauteuils de l'orchestre, la toile qui les recouvrait avait l'apparence d'une mer en furie, dont les vagues glauques avaient été instantanément immobilisées sur l'ordre secret du géant des tempêtes, qui, comme chacun sait, s'appelle Adamastor. MM. Moncharmin et Richard étaient les naufragés de ce bouleversement immobile d'une mer de toile peinte. Ils avançaient vers les loges de gauche, à grandes brassées, comme des marins qui ont abandonné leur barque et cherchent à gagner le rivage. Les huit grandes colonnes en échaillon poli se dressaient dans l'ombre comme autant de prodigieux pilotis destinés à soutenir la falaise menaçante, croulante et ventrue, dont les assises étaient figurées par les lignes circulaires, parallèles et fléchissantes des balcons des premières, deuxièmes et troisièmes loges. Du haut, tout en haut de la falaise, perdues dans le ciel de cuivre de

VII

A VISIT TO LODGE N ° 5

We left MM. Firmin Richard and Armand Moncharmin when they decided to pay a visit to the first box n ° 5.

They left behind them the wide staircase which leads from the vestibule of the administration to the stage and its outbuildings; they crossed the stage (the stage), they entered the theater by the entrance of the subscribers, then, in the room, by the first corridor on the left. They then slipped between the first rows of the orchestra chairs and looked at the first box n ° 5. They saw it badly because it was plunged in a semi-darkness and that huge covers were thrown on the floor. red velvet handrests.

At that moment, they were almost alone in the immense dark vessel and a great silence surrounded them. It was the quiet hour when the machinists go to drink.

The team had momentarily emptied the stage, leaving a half-planted scene; a few rays of light (a pale, sinister light which seemed to have been stolen from a dying star), had crept in through some unknown opening, to an old tower which raised its cardboard battlements on the stage; things, in this artificial night, or rather in this lying day, took strange forms. On the orchestra's chairs, the canvas covering them had the appearance of a raging sea, whose murky waves had been instantly immobilized on the secret order of the storm giant, who, as everyone knows, s' calls Adamastor. MM. Moncharmin and Richard were the castaways of this motionless upheaval of a sea of painted canvas. They were advancing towards the lodges on the left, in large armfuls, like sailors who have abandoned their boats and are trying to reach the shore. The eight large polished scallop columns rose up in the shadows like so many prodigious pilings intended to support the threatening, crumbling and bulging cliff, whose foundations were represented by the circular, parallel and bending lines of the balconies of the first, second and third lodges. From the top, at the very top of the cliff, lost in the copper sky of M. Lenepveu,

M. Lenepveu, des figures grimaçaient, ricanaient, se moquaient, se gaussaient de l'inquiétude de MM. Moncharmin et Richard. C'étaient pourtant des figures fort sérieuses à l'ordinaire. Elles s'appelaient: Isis, Amphitrite, Hébé, Flore, Pandore, Psyché, Thétis, Pomone, Daphné, Clythie, Galathée, Aréthuse. Oui, Aréthuse elle-même et Pandore que tout le monde connaît à cause de sa boîte, regardaient les deux nouveaux directeurs de l'Opéra qui avaient fini par s'accrocher à quelque épave, et qui, de là, contemplaient en silence la première loge n° 5. J'ai dit qu'ils étaient inquiets. Du moins, je le présume. M. Moncharmin, en tout cas, avoue qu'il était impressionné. Il dit textuellement: «Cette «balançoire» (quel style!) du fantôme de l'Opéra, sur laquelle on nous avait si gentiment fait monter, depuis que nous avions pris la succession de MM. Poligny et Debienne, avait fini sans doute par troubler l'équilibre de mes facultés imaginatives, et, à tout prendre, visuelles, car (était-ce le décor exceptionnel dans lequel nous nous mouvions, au centre d'un incroyable silence qui nous impressionna à ce point?... fûmes-nous le jouet d'une sorte d'hallucination rendue possible par la quasi-obscurité de la salle et la pénombre qui baignait la loge n° 5?) car j'ai vu et Richard aussi a vu, dans le même moment, une forme dans la loge n° 5. Richard n'a rien dit; moi, non plus, du reste. Mais nous nous sommes pris la main d'un même geste. Puis, nous avons attendu quelques minutes ainsi, sans bouger, les yeux toujours fixés sur le même point: mais la forme avait disparu. Alors, nous sommes sortis et, dans le couloir, nous nous sommes fait part de nos impressions et nous avons parlé de _la forme._ Le malheur est que ma forme, à moi, n'était pas du tout la forme de Richard. Moi, j'avais vu comme une tête de mort qui était posée sur le rebord de la loge, tandis que Richard avait aperçu une forme de vieille femme qui ressemblait à la mère Giry. Si bien que nous vîmes que nous avions été réellement le jouet d'une illusion et que nous courûmes sans plus tarder et en riant comme des fous à la première loge n° 5, dans laquelle nous entrâmes et dans laquelle nous ne trouvâmes plus aucune forme.»

Et maintenant nous voici dans la loge n° 5.

C'est une loge comme toutes les autres premières loges. En vérité, rien ne distingue cette loge de ses voisines.

figures grimaced, sneered, laughed at, laughed at MM's anxiety. Moncharmin and Richard. Usually, however, they were very serious figures. They were called: Isis, Amphitrite, Hebe, Flora, Pandora, Psyche, Thetis, Pomona, Daphne, Clythie, Galathée, Aréthuse. Yes, Arethuse herself and Pandora, whom everyone knows because of her box, looked at the two new directors of the Opera who had ended by clinging to some wreckage, and who, from there, contemplated in silence the first one. Lodge # 5. I said they were worried. At least, I guess. Mr. Moncharmin, in any case, admits that he was impressed. He said verbatim: "This" swing "(what a style!) Of the phantom of the Opera, on which we had been so kindly made to climb, since we had taken over from MM. Poligny and Debienne, had undoubtedly ended up disturbing the balance of my imaginative faculties, and, on the whole, visual, because (was it the exceptional setting in which we were moving, in the center of an incredible silence that impressed us? at this point? ... were we the plaything of a sort of hallucination made possible by the near darkness of the room and the half-light which bathed lodge n ° 5?) because I saw and Richard also saw, at the same time, a form in the box n ° 5. Richard did not say anything; me, either, for the rest. But we took each other's hand with the same gesture. Then, we waited a few minutes like this, without moving, our eyes still fixed on the same point: but the shape had disappeared. So we went out and in the hallway we shared our impressions and talked about _the form._ The unfortunate thing is that my form, to me, was not Richard's form at all. Me, I had seen like a skull which was posed on the edge of the lodge, while Richard had seen a form of old woman who resembled the mother Giry. So that we saw that we had really been the plaything of an illusion and that we ran without further delay and laughing like crazy to the first box n ° 5, in which we entered and in which we no longer found any form. . "

And now we are in Lodge # 5.

It is a lodge like all the other front lodges. In truth, nothing distinguishes this lodge from its neighbors.

| MM. Moncharmin et Richard, s'amusant ostensiblement et riant l'un de l'autre, remuaient les meubles de la loge, soulevaient les housses et les fauteuils et examinaient en particulier celui sur lequel _la voix avait l'habitude de s'asseoir._ Mais ils constatèrent que c'était un honnête fauteuil, qui n'avait rien de magique. En somme, la loge était la plus ordinaire des loges, avec sa tapisserie rouge, ses fauteuils, sa carpette et son appui-mains en velours rouge. Après avoir tâté le plus sérieusement du monde la carpette et n'avoir, de ce côté comme des autres, rien découvert de spécial, ils descendirent dans la baignoire du dessous, qui correspondait à la loge n° 5. Dans la baignoire n°5, qui est juste au coin de la première sortie de gauche des fauteuils d'orchestre, ils ne trouvèrent rien non plus qui méritât d'être signalé. | MM. Moncharmin and Richard, ostensibly having fun and laughing at each other, moved the furniture in the lodge, lifted the slipcovers and armchairs, and particularly examined the one on which _the voice used to sit ._ But they found that it was an honest chair, which was nothing magical. In short, the lodge was the most ordinary of lodges, with its red tapestry, its armchairs, its rug and its red velvet hand-rests. After having tested the rug as seriously as possible and not having discovered anything special on this side or any other, they went down into the bathtub below, which corresponded to lodge n ° 5. In the bathtub n ° 5 , which is just around the corner from the first left exit of the orchestra chairs, they also couldn't find anything worth noting. |

--Tous ces gens-là se moquent de nous, finit par s'écrier Firmin Richard; samedi, on joue _Faust_, nous assisterons à la représentation tous les deux dans la première loge n°5!

"All these people are laughing at us," said Firmin Richard at last; Saturday, we play _Faust_, we will attend the performance both in the first box n ° 5!

VIII

WHERE MM. FIRMIN RICHARD, AND ARMAND MONCHARMIN HAVE THE DARING TO REPRESENT "FAUST" IN A "CURSED" ROOM AND THE FRAGRING EVENT THAT RESULTED FROM IT

But on Saturday morning, when they arrived in their office, the directors found a double letter from F. de l'O. thus conceived:

"My dear directors,

"So is it war?"

"If you still care about peace, here is my ultimatum.

"It is on the following four conditions:

"1 ° Give me back my box - and I want it to be at my free disposal from now on;

"2 ° The role of" Marguerite "will be sung this evening by Christine Daaé. Don't worry about Carlotta, who will be sick;

"3 ° I absolutely value the good and loyal services of Madame Giry, my usher, whom you will immediately reinstate in her functions;

"4 ° Let me know by a letter delivered to Mme Giry, who will send it to me, that you accept, like your predecessors, the conditions of my specifications relating to my monthly allowance. I will let you know later in what form you will have to pay it to me.

"_Otherwise, you will give_ Faust, _this evening, in a cursed room._

"Good to hear, hi!

«F. DE L'O. »

--Eh bien! il m'embête, moi!... Il m'embête! hurla Richard, en dressant ses poings vengeurs et en les laissant retomber avec fracas sur la table de son bureau.

Sur ces entrefaites, Mercier, l'administrateur entra.

--Lachenal voudrait voir l'un de ces messieurs, dit-il. Il paraît que l'affaire est urgente, et le bonhomme me paraît tout bouleversé.

--Qui est-ce Lachenal? interrogea Richard.

--C'est votre écuyer en chef.

--Comment! mon écuyer en chef?

--Mais oui, monsieur, expliqua Mercier... il y a à l'Opéra plusieurs écuyers, et M. Lachenal est leur chef.

--Et qu'est-ce qu'il fait, cet écuyer?

--Il a la haute direction de l'écurie.

--Quelle écurie?

--Mais la vôtre, monsieur, l'écurie, de l'Opéra.

--Il y a une écurie à l'Opéra? Ma foi, je n'en savais rien! Et où se trouve-t-elle?

--Dans les dessous, du côté de la Rotonde. C'est un service très important, nous avons douze chevaux.

--Douze chevaux! Et pourquoi faire, grand Dieu?

--Mais pour les défilés de la _Juive_, du _Prophète_, etc., il faut des chevaux dressés et qui «connaissent les planches». Les écuyers sont chargés de les leur apprendre. M. Lachenal y est fort habile. C'est l'ancien directeur des écuries de Franconi.

--Well! he annoys me! ... he annoys me! Richard yelled, raising his vengeful fists and letting them crash onto his office table.

In the meantime, Mercier, the administrator, entered.

"Lachenal would like to see one of these gentlemen," he said. It seems that the matter is urgent, and the good man seems to me quite upset.

--Who is this Lachenal? Richard asked.

--He is your chief squire.

--How? 'Or' What! my chief squire?

"Yes, sir," explained Mercier. "There are several squires at the Opera, and M. Lachenal is their chief."

"And what is that squire doing?"

--He has the top management of the team.

--What stable?

"But yours, sir, the stable at the Opera."

- Is there a stable at the Opera? Well, I didn't know! And where is it?

--In the lower part, on the side of the Rotunda. It's a very important service, we have twelve horses.

--Twelve horses! And what for, great God?

--But for the parades of the _Juive_, the _Prophète_, etc., you need horses trained and who "know the boards." The squires are responsible for teaching them to them. Mr. Lachenal is very good at it. He is the former

	manager of the Franconi stables.
--Très bien..., mais, qu'est-ce qu'il me veut?	- Very well ..., but, what does he want from me?
--Je n'en sais rien... je ne l'ai jamais vu dans un état pareil.	--I don't know ... I've never seen him in such a state.
--Faites le entrer!...	`` Let him in! ...
M. Lachenal entre. Il a une cravache à la main et en cingle nerveusement l'une de ses bottes.	M. Lachenal enters. He has a whip in his hand and nervously lashes one of his boots.
--Bonjour, monsieur Lachenal, fit Richard impressionné. Qu'est-ce qui nous vaut l'honneur de votre visite?	"Good morning, Mr. Lachenal," said Richard, impressed. What gives us the honor of your visit?
--Monsieur le directeur, je viens vous demander de mettre toute l'écurie à la porte.	--Mr. Director, I have come to ask you to dismiss the whole stable.
--Comment! vous voulez mettre à la porte nos chevaux?	--How? 'Or' What! you want to kick our horses out?
--Il ne s'agit pas des chevaux, mais des palefreniers!	--It is not a question of the horses, but of the grooms!
--Combien avez-vous de palefreniers, monsieur Lachenal?	"How many grooms do you have, Monsieur Lachenal?"
--Six!	--Six!
--Six palefreniers! C'est au moins trop de deux!	--Six grooms! It's at least too many two!
--Ce sont là des «places», interrompit Mercier, qui ont été créées et qui nous ont été imposées par le sous-secrétariat des Beaux-Arts. Elles sont occupées par des protégés du gouvernement, et si j'ose me permettre...	- These are "places", interrupted Mercier, which were created and which were imposed on us by the under-secretary of the Beaux-Arts. They are occupied by government charges, and if I may ...
--Le gouvernement, je m'en fiche!... affirma Richard avec énergie. Nous n'avons pas besoin de plus de quatre palefreniers pour douze chevaux.	"The government, I don't care!" Said Richard energetically. We don't need more than four grooms for twelve horses.
--Onze! rectifia M. l'écuyer un chef.	--Eleven! corrected the squire, a chief.
--Douze! répéta Richard.	--Twelve! Richard repeated.

--Eleven! Lachenal repeats.

--Ah! it was the administrator who told me that you had twelve horses!

"I had twelve, but I only have eleven since Caesar was stolen from us!"

And Mr. Lachenal gives himself a big blow with the whip on the boot.

"Caesar has been stolen from us," cried the administrator; Caesar, the white horse of _Prophet._

- There are not two Caesars! declared the chief squire dryly. I spent ten years with Franconi and saw some horses! Well! there are not two Caesars! And it was stolen from us.

--What do you mean?

--He! I do not know! Nobody knows anything about it! That's why I come to ask you to kick the whole team out.

--What are they saying, your grooms?

- Nonsense ... some accuse extras ... others claim that it is the concierge of the administration.

--The administration concierge? I answer as for myself! protested Mercier.

`` But after all, Monsieur the First Squire, '' cried Richard, `` you must have an idea! ...

--Well! Yes, I've got one! I have one! Suddenly declared M. Lachenal, and I will tell it to you. For me, there is no doubt.--_ Mr. the first squire approached MM. the directors and whispered in their ears: --_ It was the ghost that did it! _

Richard jumped.

--Ah! Vous aussi! Vous aussi!	--Ah! You too! You too!
--Comment? moi aussi? C'est bien la chose la plus naturelle...	--How? 'Or' What? me too? This is the most natural thing ...
--Mais comment donc! monsieur Lachenal! mais comment donc, monsieur le premier écuyer...	--But how so! Mr. Lachenal! but how then, Monsieur the first squire ...
--... Que je vous dise ce que je pense, après ce que j'ai vu...	--... Let me tell you what I think, after what I saw ...
--Et qu'avez-vous vu, monsieur Lachenal?	"And what did you see, Monsieur Lachenal?"
--J'ai vu, comme je vous vois, une ombre noire qui montait un cheval blanc qui ressemblait comme deux gouttes d'eau à César!	--I saw, as I see you, a black shadow riding a white horse that looked like two drops of water like Caesar!
--Et vous n'avez pas couru après ce cheval blanc et cette ombre noire?	--And you didn't run after that white horse and that black shadow?
--J'ai couru et j'ai appelé, monsieur le directeur, mais ils se sont enfuis avec une rapidité déconcertante et ont disparu dans la nuit de la galerie...	`` I ran and called, Mr. Director, but they fled with disconcerting rapidity and disappeared into the night of the gallery ...
M. Richard se leva:	M. Richard left:
--C'est bien, monsieur Lachenal. Vous pouvez vous retirer... nous allons déposer une plainte contre le _fantôme_...	- That's good, Monsieur Lachenal. You can opt out ... we will file a complaint against the _phantom _...
--Et vous allez fiche mon écurie à la porte!	"And you're going to leave my stable at the door!"
--C'est entendu! Au revoir, monsieur!	--It's heard! Good bye, sir!
M. Lachenal salua et sortit.	Mr. Lachenal bowed and left.
Richard écumait.	Richard was foaming.
--Vous allez régler le compte de cet imbécile!	--You are going to settle the account of that fool!
--C'est un ami de M. le commissaire du gouvernement! osa Mercier...	"He's a friend of the government commissioner!" dared Mercier ...

--Et il prend son apéritif à Tortoni avec Lagréné, Scholl et Pertuiset, le tueur de lions, ajouta Moncharmin. Nous allons nous mettre toute la presse à dos! Il racontera l'histoire du fantôme et tout le monde s'amusera à nos dépens! Si nous sommes ridicules, nous sommes morts!	"And he's having his aperitif at Tortoni with Lagréné, Scholl and Pertuiset, the lion killer," added Moncharmin. We are going to put all the press on us! He will tell the story of the ghost and everyone will have fun at our expense! If we are ridiculous, we are dead!
--C'est bien, n'en parlons plus... concéda Richard, qui déjà songeait à autre chose.	"That's good, let's not talk about it any more ..." conceded Richard, who was already thinking of something else.
À ce moment la porte s'ouvrit et, sans doute, cette porte n'était-elle point alors défendue par son cerbère ordinaire, car on vit mame Giry entrer tout de go, une lettre à la main, et dire précipitamment:	At that moment the door opened and, no doubt, this door was not then defended by her ordinary guardian, for Mame Giry was seen entering straight in, a letter in her hand, and hastily saying:
--Pardon, excuse, messieurs, mais j'ai reçu ce matin une lettre du fantôme de l'Opéra. Il me dit de passer chez vous, que vous avez censément quelque chose à me...	- Sorry, sorry, gentlemen, but this morning I received a letter from the Phantom of the Opera. He tells me to come over to your place, that you supposedly have something of mine ...
Elle n'acheva pas sa phrase. Elle vit la figure de Firmin Richard, et c'était terrible. L'honorable directeur de l'Opéra était prêt à éclater. La fureur dont il était agité ne se traduisait encore à l'extérieur que par la couleur écarlate de sa face furibonde et par l'éclair de ses yeux fulgurants. Il ne dit rien. Il ne pouvait pas parler. Mais, tout à coup, son geste partit. Ce fut d'abord le bras gauche qui entreprit la falote personne de mame Giry et lui fit décrire un demi-tour si inattendu, une pirouette si rapide que celle-ci en poussa une clameur désespérée, et puis, ce fut le pied droit, le pied droit du même honorable directeur qui alla imprimer sa semelle sur le taffetas noir d'une jupe qui, certainement, n'avait pas encore, en pareil endroit, subi un pareil outrage.	She didn't finish her sentence. She saw the face of Firmin Richard, and it was terrible. The honorable director of the Opera was ready to explode. The fury with which he was agitated was still reflected on the outside only by the scarlet color of his furious face and the flash of his dazzling eyes. He says nothing. He couldn't speak. But, suddenly, his gesture left. It was first the left arm that undertook Madame Giry's falote person and made her describe such an unexpected turn, a pirouette so fast that it gave a desperate cry, and then, it was the right foot, the right foot of the same honorable director who went to print his sole on the black taffeta of a skirt which, certainly, had not yet, in such a place, suffered such contempt.
L'événement avait été si précipité que mame Giry, quand elle se retrouva dans la galerie, en était comme étourdie encore et semblait ne pas comprendre. Mais, soudain, elle comprit, et l'Opéra retentit de ses cris indignés, de ses protestations farouches, de ses menaces de mort. Il fallut trois garçons pour la descendre dans la cour de l'administration et deux agents pour la porter dans la rue.	The event had been so precipitated that Mame Giry, when she found herself in the gallery, was still dizzy and seemed not to understand. But suddenly she understood, and the Opera resounded with its indignant cries, its fierce protests, its death threats. It took three boys to take her down to the administration yard and two officers to carry her to the street.
À peu près à la même heure, la Carlotta, qui habitait	At about the same time, la Carlotta, who lived in

un petit hôtel de la rue du Faubourg-Saint-Honoré, sonnait sa femme de chambre et se faisait apporter au lit son courrier. Dans ce courrier, elle trouvait une lettre anonyme où on lui disait:

«Si vous chantez ce soir, craignez qu'il ne vous arrive un grand malheur au moment même où vous chanterez... un malheur pire que la mort.»

Cette menace était tracée à l'encre rouge, d'une écriture hésitante et bâtonnante.

Ayant lu cette lettre, la Carlotta n'eut plus d'appétit pour déjeuner. Elle repoussa le plateau sur lequel la camériste lui présentait le chocolat fumant. Elle s'assit sur son lit et réfléchit profondément. Ce n'était point la première lettre de ce genre qu'elle recevait, mais jamais encore elle n'en avait lu d'aussi menaçante.

Elle se croyait en butte, à ce moment, aux mille entreprises de la jalousie et racontait couramment qu'elle avait un ennemi secret qui avait juré sa perte. Elle prétendait qu'il se tramait contre elle quelque méchant complot, quelque cabale qui éclaterait un de ces jours; mais elle n'était point femme à se laisser intimider, ajoutait-elle.

La vérité était que, si cabale il y avait, celle-ci était menée par la Carlotta elle-même contre la pauvre Christine, qui ne s'en doutait guère. La Carlotta n'avait point pardonné à Christine le triomphe que celle-ci avait remporté en la remplaçant au pied levé.

Quand on lui avait appris l'accueil extraordinaire qui avait été fait à sa remplaçante, la Carlotta s'était sentie instantanément guérie d'un commencement de bronchite et d'un accès de bouderie contre l'administration, et elle n'avait plus montré la moindre velléité de quitter son emploi. Depuis, elle avait travaillé de toutes ses forces à «étouffer» sa rivale, faisant agir des amis puissants auprès des directeurs pour qu'ils ne donnassent plus à Christine l'occasion d'un nouveau triomphe. Certains journaux qui avaient commencé à chanter le talent de Christine ne s'occupèrent plus que de la gloire de la Carlotta. Enfin, au théâtre même, la célèbre diva tenait sur Christine les propos les plus outrageants et essayait de lui causer mille petits désagréments.

a small hotel in the rue du Faubourg-Saint-Honoré, rang her maid and had her mail brought to bed. In this letter, she found an anonymous letter in which she was told:

"If you sing tonight, fear that a great misfortune will happen to you the very moment you sing ... a calamity worse than death."

This threat was drawn in red ink, in a hesitant and sticky handwriting.

Having read this letter, Carlotta lost her appetite for lunch. She pushed away the tray on which the cameraman was presenting her the steaming chocolate. She sat down on her bed and thought deeply. It was not the first letter of this kind she had received, but never before had she read one so threatening.

She believed herself to be the butt, at that moment, of a thousand enterprises of jealousy and often said that she had a secret enemy who had sworn her downfall. She claimed that some nasty plot was hatching against her, some cabal that would break out one of these days; but she was not the woman to be intimidated, she added.

The truth was that, if there was a cabal, it was led by Carlotta herself against poor Christine, who had little idea of it. Carlotta had not forgiven Christine for the triumph she had won by replacing her with her foot raised.

When she had been told of the extraordinary welcome that had been given to her replacement, Carlotta had instantly felt cured of an onset of bronchitis and a fit of sulking against the administration, and she had no longer shown the slightest inclination to quit his job. Since then, she had worked with all her might to "stifle" her rival, making powerful friends act with the directors so that they no longer gave Christine the opportunity of a new triumph. Certain newspapers which had begun to sing about the talent of Christine only concerned themselves with the glory of the Carlotta. Finally, in the theater itself, the famous diva made the most outrageous remarks about Christine and tried to

cause her a thousand minor inconveniences.

La Carlotta n'avait ni cœur ni âme. Ce n'était qu'un instrument! Certes, un merveilleux instrument. Son répertoire comprenait tout ce qui peut tenter l'ambition d'une grande artiste, aussi bien chez les maîtres allemands que chez les Italiens ou les Français. Jamais, jusqu'à ce jour, on n'avait entendu la Carlotta chanter faux, ni manquer du volume de voix nécessaire à la traduction d'aucun passage de son répertoire immense. Bref, l'instrument était étendu, puissant et d'une justesse admirable. Mais nul n'aurait pu dire à Carlotta ce que Rossini disait à la Krauss, après qu'elle eût chanté pour lui en allemand «Sombres forêts?...»: «Vous chantez avec votre âme, ma fille, et votre âme est belle!»

La Carlotta had neither heart nor soul. It was only an instrument! Certainly a wonderful instrument. Her repertoire included everything that could tempt the ambition of a great artist, from German masters as well as from Italians or French. Until this day, we had never heard the Carlotta sing out of tune, nor lack the volume of voice necessary for the translation of any passage from her immense repertoire. In short, the instrument was large, powerful and admirably accurate. But no one could have told Carlotta what Rossini was saying to the Krauss, after she had sung for him in German "Dark forests? ...": "You sing with your soul, my daughter, and your soul is beautiful!"

Où était ton âme, ô Carlotta, quand tu dansais dans les bouges de Barcelone? Où était-elle, quand plus tard, à Paris, tu as chanté sur de tristes tréteaux tes couplets cyniques de bacchante de music-hall? Où ton âme, quand, devant les maîtres assemblés chez un de tes amants, tu faisais résonner cet instrument docile, dont le merveilleux était qu'il chantait avec la même perfection indifférente le sublime amour et la plus basse orgie? Ô Carlotta, si jamais tu avais eu une âme et que tu l'eusse, perdue alors, tu l'aurais retrouvée quand tu devins Juliette, quand tu fus Elvire, et Ophélie, et Marguerite! Car d'autres sont montées de plus bas que toi et que l'art, aidé de l'amour, a purifiées!

Where was your soul, O Carlotta, when you danced in the outskirts of Barcelona? Where was she when later in Paris you sang your cynical bacchante music-hall couplets on sad trestles? Where did your soul, when, in front of the masters assembled at one of your lovers, you made this docile instrument resound, the marvel of which was that it sang with the same indifferent perfection the sublime love and the lowest orgy? O Carlotta, if ever you had had a soul and had it, then lost, you would have found it when you became Juliet, when you were Elvira, and Ophelia, and Marguerite! Because others have ascended from lower than you and whom art, aided by love, has purified!

En vérité, quand je songe à toutes les petitesses, les vilenies dont Christine Daaé eut à souffrir, à cette époque, de la part de cette Carlotta, je ne puis retenir mon courroux, et il ne m'étonne point que mon indignation se traduise par des aperçus un peu vastes sur l'art en général, et celui du chant en particulier, où les admirateurs de la Carlotta ne trouveront certainement point leur compte.

In truth, when I think of all the little things, the vileness of which Christine Daaé had to suffer, at that time, on the part of this Carlotta, I cannot restrain my wrath, and it does not surprise me that my indignation translates by somewhat extensive insights into art in general, and that of singing in particular, where admirers of the Carlotta will certainly not find their account.

Quand la Carlotta eut fini de réfléchir à la menace de la lettre étrange qu'elle venait de recevoir, elle se leva.

When Carlotta had finished thinking about the threat of the strange letter she had just received, she stood up.

--On verra bien, dit-elle... Et elle prononça, en espagnol, quelques serments, d'un air fort résolu.

"We'll see," she said ... And she pronounced a few oaths in Spanish with a very resolute air.

La première chose qu'elle vit en mettant son nez à la fenêtre, fut un corbillard. Le corbillard et la lettre la persuadèrent qu'elle courait, ce soir-là, les plus sérieux dangers. Elle réunit chez elle le ban et l'arrière-ban de ses amis, leur apprit qu'elle était menacée, à la représentation du soir, d'une cabale organisée par Christine Daaé, et déclara qu'il fallait faire pièce à cette petite en remplissant la salle de ses propres admirateurs, à elle, la Carlotta. Elle n'en manquait pas, n'est-ce pas? Elle comptait sur eux pour se tenir prêts à toute éventualité et faire taire les perturbateurs, si, comme elle le craignait, ils déchaînaient le scandale.

Le secrétaire particulier de M. Richard étant venu prendre des nouvelles de la santé de la diva, s'en retourna avec l'assurance qu'elle se portait à merveille et que, «fût-elle à l'agonie», elle chanterait le soir même le rôle de Marguerite. Comme le secrétaire avait, de la part de son chef, recommandé fortement à la diva de ne commettre aucune imprudence, de ne point sortir de chez elle, et de se garer des courants d'air, la Carlotta ne put s'empêcher, après son départ, de rapprocher ces recommandations exceptionnelles et inattendues des menaces inscrites dans la lettre.

Il était cinq heures, quand elle reçut par le courrier une nouvelle lettre anonyme de la même écriture que la première. Elle était brève. Elle disait simplement: «Vous êtes enrhumée; si vous étiez raisonnable, vous comprendriez que c'est folie de vouloir chanter ce soir.»

La Carlotta ricana, haussa ses épaules, qui étaient magnifiques, et lança deux ou trois notes qui la rassurèrent.

Ses amis furent fidèles à leur promesse. Ils étaient tous, ce soir-là, à l'Opéra, mais c'est en vain qu'ils cherchèrent autour d'eux ces féroces conspirateurs qu'ils avaient mission de combattre. Si l'on en exceptait quelques profanes, quelques honnêtes bourgeois dont la figure placide ne reflétait d'autre dessein que celui de réentendre une musique qui, depuis longtemps déjà, avait conquis leurs suffrages, il n'y avait là que des habitués dont les mœurs élégantes, pacifiques et correctes, écartaient toute idée de manifestation. La seule chose qui paraissait anormale était la présence de

The first thing she saw when she put her nose to the window was a hearse. The hearse and the letter persuaded her that she was in grave danger that evening. She brought together the ban and backbench of her friends at home, told them that she was threatened, at the evening performance, with a cabal organized by Christine Daaé, and declared that this little girl had to be dealt with. filling the room with her own admirers, hers, the Carlotta. She had no shortage of it, was she? She counted on them to be ready for any eventuality and to silence the disturbers, if, as she feared, they unleashed the scandal.

Mr. Richard's private secretary having come to inquire about the diva's health, returned with the assurance that she was in perfect health and that, "were she in agony," she would sing the song. the same evening the role of Marguerite. As the secretary had, on behalf of her boss, strongly recommended to the diva not to commit any imprudence, not to leave her house, and to stay away from drafts, the Carlotta could not help herself, afterwards. his departure, to reconcile these exceptional and unexpected recommendations with the threats inscribed in the letter.

It was five o'clock when she received a new anonymous letter in the mail in the same handwriting as the first. It was brief. She would simply say: "You have a cold; if you were reasonable, you would understand that it is foolishness to want to sing this evening. "

La Carlotta chuckled, shrugged her shoulders, which were beautiful, and threw a couple of notes that reassured her.

His friends were true to their promise. They were all at the Opera that evening, but it was in vain that they looked around for those fierce conspirators whom they had the mission to fight. If we except a few laymen, a few honest bourgeois whose placid faces reflected no other design than that of hearing again a music which, for a long time already, had won their votes, there were only regulars whose Elegant, peaceful and correct manners ruled out any idea of demonstration. The only thing that seemed abnormal was the presence of MM. Richard and

MM. Richard et Moncharmin dans la loge n° 5. Les amis de la Carlotta pensèrent que, peut-être, messieurs les directeurs avaient eu, de leur côté, vent du scandale projeté et qu'ils avaient tenu à se rendre dans la salle pour l'arrêter sitôt qu'il éclaterait, mais c'était là une hypothèse injustifiée, comme vous le savez; MM. Richard et Moncharmin ne pensaient qu'à leur fantôme.	Moncharmin in box n° 5. The friends of the Carlotta thought that, perhaps, the directors had, for their part, had wind of the projected scandal and that they had made a point of going to the room for it. 'stop as soon as it burst, but that was an unwarranted assumption, as you know; MM. Richard and Moncharmin thought only of their ghost.
Rien?... En vain j'interroge en une ardente veille La Nature et le Créateur. Pas une voix, ne glisse à mon oreille Un mot consolateur!...	Nothing? ... In vain I question Nature and the Creator in a fiery vigil. Not a voice, do not slip in my ear A word of comfort! ...
Le célèbre baryton Carolus Fonta venait à peine de lancer le premier appel du docteur Faust aux puissances de l'enfer, que M. Firmin Richard, qui s'était assis sur la chaise même du fantôme--la chaise de droite, au premier rang--se penchait, de la meilleure humeur du monde, vers son associé, et lui disait:	The famous baritone Carolus Fonta had scarcely made Doctor Faust's first appeal to the powers of hell, than Mr. Firmin Richard, who had sat in the very chair of the ghost - the chair on the right, in the front row - leaned, in the best mood in the world, towards his partner, and said to him:
--Et toi, est-ce qu'une voix a déjà glissé un mot à ton oreille?	--And you, has a voice ever slipped a word in your ear?
--Attendons! ne soyons pas trop pressés, répondait sur le même ton plaisant M. Armand Moncharmin. La représentation ne fait que commencer et tu sais bien que le fantôme n'arrive ordinairement que vers le milieu du premier acte.	- Wait! let's not be in too much of a hurry, replied Mr. Armand Moncharmin in the same joking tone. The performance is only just beginning and you know very well that the phantom usually does not arrive until the middle of the first act.
Le premier acte se passa sans incident, ce qui n'étonna point les amis de Carlotta, puisque Marguerite, à cet acte, ne chante point. Quant aux deux directeurs, au baisser du rideau, ils se regardèrent en souriant:	The first act passed without incident, which did not surprise Carlotta's friends, since Marguerite, at this act, did not sing. As for the two directors, as they lowered the curtain, they looked at each other with a smile:
--Et d'un! fit Montcharmin.	--And a! said Montcharmin.
--Oui, le fantôme est en retard, déclara Firmin Richard.	--Yes, the ghost is late, declared Firmin Richard.
Moncharmin, toujours badinant, reprit:	Moncharmin, still bantering, continued:
--En somme, la salle n'est pas trop mal composée ce soir _pour une salle maudite._	- In short, the room is not too badly put together this evening _for a cursed room._
M. Richard daigna sourire. Il désigna à son collaborateur une bonne grosse dame assez vulgaire	M. Richard deigned to smile. He pointed out to his collaborator a good fat, rather vulgar lady

vêtue de noir qui était assise dans un fauteuil au milieu de la salle et qui était flanquée de deux hommes, d'allure fruste dans leurs redingotes en drap d'habit.	dressed in black who was seated in an armchair in the middle of the room and who was flanked by two men, rough looking in their frock coats of cloth.
--Qu'est-ce que c'est que ce «monde-là»? demanda Montcharmin.	--What is this "world"? asked Montcharmin.
--Ce monde-là, mon cher, c'est ma concierge, son frère et son mari.	--These people, my dear fellow, are my concierge, her brother and her husband.
--Tu leur as donné des billets?	- Did you give them tickets?
--Ma foi oui... Ma concierge n'était jamais allée à l'Opéra... c'est la première fois... et comme, maintenant, elle doit y venir tous les soirs, j'ai voulu qu'elle fût bien placée avant de passer son temps à placer les autres.	- My faith yes ... My concierge had never been to the Opera ... it's the first time ... and since now she has to come there every evening, I wanted she was well placed before spending her time placing others.
Moncharmin demanda des explications et Richard lui apprit qu'il avait décidé, pour quelque temps, sa concierge, en laquelle il avait la plus grande confiance, à venir prendre la place de mam' Giry.	Moncharmin asked for explanations and Richard informed him that he had decided, for some time, his concierge, in whom he had the greatest confidence, to come and take Mam 'Giry's place.
--À propos de la mère Giry, fit Moncharmin, tu sais qu'elle va porter plainte contre toi.	--About Mother Giry, said Moncharmin, you know she is going to file a complaint against you.
--Auprès de qui? Auprès du fantôme?	--From whom? Near the ghost?
Le fantôme! Moncharmin l'avait presque oublié.	The ghost! Moncharmin had almost forgotten it.
Du reste, le mystérieux personnage ne faisait rien pour se rappeler au souvenir de MM. les directeurs.	Moreover, the mysterious personage did nothing to recall the memory of MM. the directors.
Soudain, la porte de leur loge s'ouvrit brusquement devant le régisseur effaré.	Suddenly, the door of their dressing room swung open in front of the frightened manager.
--Qu'y a-t-il? demandèrent-ils tous deux, stupéfaits de voir celui-ci en pareil endroit, en ce moment.	--What is it? they both asked, amazed to see this one in such a place right now.
--Il y a, dit le régisseur, qu'une cabale est montée par les amis de Christine Daaé contre la Carlotta. Celle-ci est furieuse.	"There is," said the manager, "a cabal has been set up by the friends of Christine Daaé against the Carlotta." This one is furious.
--Qu'est-ce que c'est encore que cette histoire-là? fit Richard en fronçant les sourcils.	--What is that story again? Richard said, frowning.

Mais le rideau se levait sur la Kermesse et le directeur fit signe au régisseur de se retirer.	But the curtain rose on the Kermesse and the director motioned for the manager to retire.
Quand le régisseur eut vidé la place, Moncharmin se pencha à l'oreille de Richard:	When the manager had emptied the square, Moncharmin leaned into Richard's ear:
--Daaé a donc des amis? demanda-t-il.	--Daaé has friends? he asked.
--Oui, fait Richard, elle en a.	--Yes, says Richard, she does.
--Qui?	--Who?
Richard désigna du regard une première loge dans laquelle il n'y avait que deux hommes.	Richard pointed to a first box in which there were only two men.
--Le comte de Chagny?	--The Comte de Chagny?
--Oui, il me l'a recommandée... si chaleureusement, que si je ne le savais pas l'ami de la Sorelli...	"Yes, he recommended it to me ... so warmly, that if I didn't know Sorelli's friend ..."
--Tiens! tiens!... murmura Moncharmin.	--Take! here! ... murmured Moncharmin.
Et qui donc est ce jeune homme si pâle, assis à côté de lui?	And who is this young man so pale, sitting next to him?
--C'est son frère, le vicomte.	"It's her brother, the viscount."
--Il ferait mieux d'aller se coucher. Il a l'air malade.	- He better go to bed. He looks sick.
La scène résonnait de chants joyeux. L'ivresse en musique. Triomphe du gobelet.	The scene echoed with happy songs. Intoxication in music. Triumph of the goblet.
Vin ou bière, Bière ou vin, Que mon verre Soit plein!	Wine or beer, Beer or wine, Let my glass Be full!
Étudiants, bourgeois, soldats, jeunes filles et matrones, le cœur allègre, tourbillonnaient devant le cabaret à l'enseigne du dieu Bacchus. Siebel fit son entrée.	Students, bourgeois, soldiers, young girls and matrons, with happy hearts, swirled in front of the cabaret under the sign of the god Bacchus. Siebel entered.
Christine Daaé était charmante en travesti. Sa fraîche jeunesse, sa grâce mélancolique séduisaient à première vue. Aussitôt, les partisans de la Carlotta s'imaginèrent qu'elle allait être saluée d'une ovation qui les renseignerait sur les intentions de ses amis.	Christine Daaé was charming in disguise. His fresh youth, his melancholy grace seduced at first sight. Immediately, Carlotta's supporters imagined that she would be greeted with a standing ovation that would inform them of her friends' intentions.

Cette ovation indiscrète eût été, du reste, d'une maladresse insigne. Elle ne se produisit pas.	This indiscreet ovation would have been, after all, an insignificant awkwardness. It didn't happen.
Au contraire, quand Marguerite traversa la scène et qu'elle eut chanté les deux seuls vers de son rôle à cet acte deuxième:	On the contrary, when Marguerite crossed the stage and had sung the only two lines of her role in this second act:
Non messieurs, je ne suis demoiselle ni belle, Et je n'ai pas besoin qu'on me donne la main!	No gentlemen, I'm neither a young lady nor a pretty girl, And I don't need someone to give me your hand!
des bravos éclatants accueillirent la Carlotta. C'était si imprévu et si inutile que ceux qui n'étaient au courant de rien se regardaient en se demandant ce qui se passait, et l'acte encore s'acheva sans aucun incident. Tout le monde se disait alors: «Ça va être pour l'acte suivant, évidemment.» Quelques-uns, qui étaient, paraît-il, mieux renseignés que les autres, affirmèrent que le «boucan» devait commencer à la «Coupe du roi de Thulé», et ils se précipitèrent vers rentrée des abonnés pour aller avertir la Carlotta.	bright applause greeted the Carlotta. It was so unexpected and so useless that those who knew nothing looked at each other wondering what was going on, and the act still ended without incident. Everyone was saying to themselves then, "It's going to be for the next act, obviously." Some, who seemed to be better informed than others, claimed that the "boucan" was to begin at the "King of Thule's Cup," and they rushed to the return of the subscribers to warn Carlotta.
Les directeurs quittèrent la loge pendant cet entr'acte pour se renseigner sur cette histoire de cabale dont leur avait parlé le régisseur, mais ils revinrent bientôt à leur place en haussant les épaules et en traitant toute cette affaire de niaiserie. La première chose qu'ils virent en entrant fut, sur la tablette de l'appui-main, une boîte de bonbons anglais. Qui l'avait apportée là? Ils questionnèrent les ouvreuses. Mais personne ne put les renseigner. S'étant alors retournés à nouveau du côté de l'appui-main ils aperçurent, cette fois, à côté de la boîte de bonbons anglais, une lorgnette. Ils se regardèrent. Ils n'avaient pas envie de rire. Tout ce que leur avait dit Mme Giry leur revenait à la mémoire... et puis... il leur semblait qu'il y avait autour d'eux comme un étrange courant d'air... Ils s'assirent en silence, réellement impressionnés.	The managers left the lodge during this intermission to inquire about this cabal story the manager had told them about, but they soon returned to their seats, shrugging their shoulders and treating the whole thing as silliness. The first thing they saw on entering was a box of English sweets on the shelf of the hand-rest. Who had brought it there? They questioned the openers. But no one could tell them. Having then turned back to the side of the hand-rest, they saw, this time, next to the box of English sweets, a telescope. They looked at each other. They didn't want to laugh. Everything that Mme Giry had told them came back to their minds ... and then ... it seemed to them that there was around them like a strange draft ... They sat down in silence, really impressed.
La scène représentait le jardin de Marguerite...	The scene represented Marguerite's garden ...
Faites lui mes aveux, Portez mes vœux...	Make him my confession, Take my vows ...
Comme elle chantait ces deux premiers vers, son bouquet de roses et de lilas à la main, Christine, en relevant la tête, aperçut dans sa loge le vicomte de Chagny et dès lors, il sembla à tous que sa voix était moins assurée, moins pure, moins cristalline qu'à	As she was singing these first two lines, her bouquet of roses and lilac in her hand, Christine, raising her head, saw the Vicomte de Chagny in his box and from then on, it seemed to everyone that her voice was less assured, less pure, less

l'ordinaire. Quelque chose qu'on ne savait pas, assourdissait, alourdissait son chant... Il y avait, là-dessous, du tremblement et de la crainte.

--Drôle de fille, fit remarquer presque tout haut un ami de la Carlotta placé à l'orchestre... L'autre soir, elle était divine et aujourd'hui, la voilà qui chevrote. Pas d'expérience, pas de méthode!

C'est en vous que j'ai foi, Parlez pour moi.

Le vicomte se mit la tête dans les mains. Il pleurait. Le comte, derrière lui, mordait violemment la pointe de sa moustache, haussait les épaules et fronçait les sourcils. Pour qu'il traduisît par autant de signes extérieurs ses sentiments intimes, le comte ordinairement si correct et si froid, devait être furieux. Il l'était. Il avait vu son frère revenir d'un rapide et mystérieux voyage dans un état de santé alarmant. Les explications qui s'en étaient suivies n'avaient sans doute point eu la vertu de tranquilliser le comte qui, désireux de savoir à quoi s'en tenir, avait demandé un rendez-vous à Christine Daaé. Celle-ci avait eu l'audace de lui répondre qu'elle ne pouvait le recevoir, ni lui, ni son frère. Il crut à un abominable calcul. Il ne pardonnait point à Christine de faire souffrir Raoul, mais surtout il ne pardonnait point à Raoul de souffrir pour Christine. Ah! il avait eu bien tort de s'intéresser un instant à cette petite, dont le triomphe d'un soir restait pour tous incompréhensible.

Que la fleur sur sa bouche Sache au moins déposer Un doux baiser.

--Petite rouée, va, gronda le comte.

Et il se demanda ce qu'elle voulait... ce qu'elle pouvait bien espérer... Elle était pure, oh la disait sans ami, sans protecteur d'aucune sorte... cet ange du Nord devait être roublard!

Raoul, lui, derrière ses mains, rideau qui cachait ses larmes d'enfant, ne songeait qu'à la lettre qu'il avait reçue, dès son retour à Paris où Christine était arrivée avant lui, s'étant sauvée de Perros comme une voleuse: «Mon cher ancien petit ami, il faut avoir le courage de ne plus me revoir, de ne plus me parler... si vous m'aimez un peu, faites cela pour

crystalline than usual. Something that we did not know, deafened, weighed down his song ... There was, underneath, trembling and fear.

- Funny girl, remarked almost aloud a friend of the Carlotta placed in the orchestra. No experience, no method!

It is in you that I have faith, Speak for me.

The viscount put his head in his hands. He was crying. The count behind him was biting the tip of his mustache violently, shrugging his shoulders and frowning. For him to translate his intimate feelings by so many external signs, the count, usually so correct and so cold, must have been furious. He was. He had seen his brother return from a rapid and mysterious journey in an alarming state of health. The explanations which followed had no doubt not had the virtue of reassuring the count who, wanting to know what to expect, had asked Christine Daaé for a meeting. She had had the audacity to tell him that she could not receive him, neither him nor his brother. He believed in an abominable calculation. He did not forgive Christine for making Raoul suffer, but above all he did not forgive Raoul for suffering for Christine. Ah! he had been wrong to take an interest for a moment in this little one, whose triumph of one evening was incomprehensible to all.

May the flower on her mouth Know at least drop A sweet kiss.

"Little wheel, go," growled the count.

And he wondered what she wanted ... what she could hope for ... She was pure, oh said without friend, without protector of any kind ... this angel of the North must be cunning!

Raoul, himself, behind his hands, a curtain which hid his child's tears, thought only of the letter he had received on his return to Paris, where Christine had arrived before him, having fled from Perros like a woman. thief: "My dear old boyfriend, you have to have the courage not to see me again, not to talk to me any more ... if you

moi, pour moi qui ne vous oublierai jamais... mon cher Raoul. Surtout, ne pénétrez plus jamais dans ma loge. Il y va de ma vie. Il y va de la vôtre. Votre petite Christine.»	love me a little, do this for me, for me who will never forget you. my dear Raoul. Above all, never enter my dressing room again. It is about my life. It is yours. Your little Christine. "
Un tonnerre d'applaudissements... C'est la Carlotta qui fait son entrée.	A thunderous applause ... It's the Carlotta that makes its entrance.
L'acte du jardin se déroulait avec ses péripéties accoutumées.	The act of the garden unfolded with its accustomed adventures.
Quand Marguerite eut fini de chanter l'air du Roi de Thulé, elle fut acclamée; elle le fut encore quand elle eut terminé l'air des bijoux:	When Marguerite had finished singing the aria of the King of Thule, she was acclaimed; it was still so when she had finished the air of the jewels:
Ah! je ris de me voir Si belle en ce miroir...	Ah! I laugh to see myself So beautiful in this mirror ...
Désormais, sûre d'elle, sûre de ses amis dans la salle, sûre de sa voix et de son succès, ne craignant plus rien, Carlotta se donna tout entière, avec ardeur, avec enthousiasme, avec ivresse. Son jeu n'eut plus aucune retenue ni aucune pudeur... Ce n'était plus Marguerite, c'était Carmen. On ne l'applaudit que davantage, et son duo avec Faust semblait lui préparer un nouveau succès, quand survint tout à coup... quelque chose d'effroyable.	From now on, sure of herself, sure of her friends in the room, sure of her voice and of her success, no longer fearing anything, Carlotta gave herself entirely, ardently, with enthusiasm, with drunkenness. Her game no longer had any restraint or modesty ... It was no longer Marguerite, it was Carmen. We applaud him all the more, and his duet with Faust seemed to be preparing him another success, when suddenly ... something terrible happened.
Faust s'était agenouillé:	Faust knelt down:
Laisse-moi, laisse-moi contempler ton visage Sous la pâle clarté Dont l'astre de la nuit, comme dans un nuage, Caresse ta beauté.	Leave me, let me contemplate your face Under the pale light Whose star of the night, as in a cloud, Caress your beauty.
Et Marguerite répondait:	And Marguerite replied:
Ô silence! Ô bonheur! ineffable mystère! Enivrante langueur! J'écoute!... Et je comprends cette voix solitaire Qui chante dans mon cœur!	O silence! O happiness! ineffable mystery! Intoxicating languor! I'm listening! ... And I understand this lonely voice Which sings in my heart!
À ce moment donc... à ce moment juste... se produisit quelque chose... j'ai dit quelque chose d'effroyable...	So then ... just that moment ... something happened ... I said something terrible ...
... La salle, d'un seul mouvement, s'est levée... Dans leur loge, les deux directeurs ne peuvent retenir une	... The room, in a single movement, rose ... In their dressing room, the two directors could not

exclamation d'horreur... Spectateurs et spectatrices se regardent comme pour se demander les uns aux autres l'explication d'un aussi inattendu phénomène... Le visage de la Carlotta exprime la plus atroce douleur, ses yeux semblent hantés par la folie. La pauvre femme s'est redressée, la bouche encore entr'ouverte, ayant fini de laisser passer «cette voix solitaire qui chantait dans son cœur...» Mais cette bouche ne chantait plus... _elle n'osait plus une parole, plus un son_...

Car cette bouche créée pour l'harmonie, cet instrument agile qui n'avait jamais failli, organe magnifique, générateur des plus belles sonorités, des plus difficiles accords, des plus molles modulations, des rythmes les plus ardents, sublime mécanique humaine à laquelle il ne manquait, pour être divine, que le feu du ciel qui, seul, donne la véritable émotion et soulève les âmes... cette bouche avait laissé passer...

De cette bouche s'était échappé...

... _Un crapaud!_

Ah! l'affreux, le hideux, le squameux, venimeux, écumeux, écumant, glapissant crapaud!...

Par où était-il entré? Comment s'était-il accroupi sur la langue? Les pattes de derrière repliées, pour bondir plus haut et plus loin, sournoisement, il était sorti du larynx, et... couac!

Couac! Couac!... Ah! le terrible couac!

Car vous pensez bien qu'il ne faut parler du crapaud qu'au figuré. On ne le voyait pas mais, par l'enfer! on l'entendait. Couac!

La salle en fut comme éclaboussée. Jamais batracien, au bord des mares retentissantes, n'avait déchiré la nuit d'un plus affreux couac.

Et certes, il était bien inattendu de tout le monde. La Carlotta n'en croyait encore ni sa gorge ni ses oreilles. La foudre, en tombant à ses pieds, l'eût moins étonnée que ce crapaud couaquant qui venait de sortir de sa bouche...

restrain an exclamation of horror ... Spectators and spectators look at each other as if to ask each other the explanation of such an unexpected phenomenon ... Carlotta's face expresses the most excruciating pain, her eyes seem haunted by madness. The poor woman straightened up, her mouth still half open, having finished letting "that lonely voice singing in her heart ..." but that mouth no longer sang ... _ she no longer dared to say a word, more a sound _...

Because this mouth created for harmony, this agile instrument that had never failed, a magnificent organ, generator of the most beautiful tones, the most difficult chords, the softest modulations, the most ardent rhythms, sublime human mechanics to which he To be divine, all that was lacking was the fire of heaven which alone gives true emotion and lifts souls ... that mouth had let through ...

From that mouth had escaped ...

... _A toad!_

Ah! the awful, the hideous, the scaly, the venomous, the frothy, the frothy, the glistening toad! ...

How had he entered? How had he squatted on his tongue? The back legs folded, to leap higher and further, slyly, he had come out of the larynx, and ... quack!

Quack! Quack! ... Ah! the terrible quack!

Because you can imagine that we should only speak of the toad figuratively. We did not see him but, by hell! we could hear it. Quack!

The room was splashed with it. Never had a batrachian on the shores of resounding ponds torn the night with a more dreadful quack.

And certainly, it was quite unexpected from everyone. La Carlotta still couldn't believe her throat and ears. The lightning, falling at her feet, would have surprised her less than that squealing toad which had just come out of her mouth ...

Et elle ne l'eût pas déshonorée. Tandis qu'il est bien entendu qu'un crapaud blotti sur la langue, déshonore toujours une chanteuse. Il y en a qui en sont mortes.

Mon Dieu! qui eût cru cela?... Elle chantait si tranquillement: «Et je comprends cette voix solitaire qui chante dans mon cœur!» Elle chantait sans effort, comme toujours, avec la même facilité, que vous, dites: «Bonjour, madame, comment vous portez-vous?

On ne saurait nier qu'il existe des chanteuses présomptueuses, qui ont le grand tort de ne point mesurer leurs forces, et qui, dans leur orgueil, veulent atteindre, avec la faible voix que le ciel leur départit, à des effets exceptionnels et lancer des notes qui leur ont été défendues en venant au monde. C'est alors que le ciel pour les punir, leur envoie, sans qu'elles le sachent, dans la bouche, un crapaud, un crapaud qui fait couac! Tout le monde sait cela. Mais personne ne pouvait admettre qu'une Carlotta, qui avait au moins deux octaves dans la voix, y eût encore un crapaud.

On ne pouvait, avoir oublié ses _contre-fa_ stridents, ses _staccati_ inouïs dans _La flûte enchantée._ On se souvenait de _Don Juan_, où elle était Elvire et où elle remporta le plus retentissant triomphe, certain soir, en donnant elle-même le _si_ bémol que ne pouvait donner sa camarade dona Anna. Alors, vraiment, que signifiait ce couac, au bout de cette tranquille, paisible, toute petite «voix solitaire qui chantait dans son cœur»?

Ça n'était pas naturel. Il y avait là-dessous du sortilège. Ce crapaud sentait le roussi. Pauvre, misérable, désespérée, anéantie Carlotta!...

Dans la salle, la rumeur grandissait. C'eût été une autre que la Carlotta à qui serait survenue semblable aventure, on l'eût huée! Mais avec celle-là, dont on connaissait le parfait instrument, on ne montrait point de colère, mais de la consternation et de l'effroi. Ainsi les hommes ont-ils dû subir cette sorte d'épouvante s'il en est qui ont assisté à la catastrophe qui brisa les bras de la Vénus de Milo!... et encore ont-ils pu voirie coup qui frappait... et comprendre...

And she would not have dishonored her. While it is understood that a toad huddled on the tongue always dishonours a singer. There are some who died of it.

My God! Who would have believed that? ... She sang so quietly: "And I understand that lonely voice that sings in my heart!" She sang effortlessly, as always, with the same ease, as you say, "Hello, ma'am, how are you doing?"

It cannot be denied that there are presumptuous singers, who make the great mistake of not measuring their strength, and who, in their pride, want to achieve, with the feeble voice that Heaven has given them, to exceptional effects and to launch notes that were forbidden to them when they came into the world. It is then that the sky to punish them, sends them, without their knowing it, in the mouth, a toad, a toad which makes quack! Everybody knows that. But no one could admit that a Carlotta, who had at least two octaves in her voice, still had a toad there.

One could not have forgotten her strident _contre-fa_, his unheard-of _staccati_ in _The Magic Flute._ We remembered _Don Juan_, where she was Elvire and where she won the most resounding triumph, certain evening, by giving herself the _si_ flat that could not give his comrade Dona Anna. So, really, what did that quack mean at the end of that quiet, peaceful, tiny "lonely voice that sang in her heart"?

It wasn't natural. There was a spell underneath. This toad smelled like scorch. Poor, miserable, desperate, annihilated Carlotta! ...

In the room, the rumor grew. It would have been someone other than Carlotta to have such an adventure, she would have been booed! But with this one, of which we knew the perfect instrument, we did not show anger, but consternation and fear. So men must have suffered this sort of terror if there were any who witnessed the catastrophe which broke the arms of the Venus de Milo! ... and still they were able to see a blow that struck ... and understand ...

Mais là? Ce crapaud était incompréhensible!...	But the? This toad was incomprehensible! ...
Si bien qu'après quelques secondes passées à se demander si vraiment elle avait entendu elle-même, sortir de sa bouche même, cette note,--était-ce une note, ce son?--pouvait-on appeler cela un son? Un son, c'est encore de la musique--ce bruit infernal, elle voulut se persuader qu'il n'en avait rien été; qu'il y avait eu là, un instant, une illusion de son oreille, et non point une criminelle trahison de l'organe vocal...	So much so that after a few seconds spent wondering if she had really heard herself, coming out of her very mouth, this note - was it a note, this sound? - could you call it a sound? A sound is still music - this infernal noise, she wanted to convince herself that it had not been; that there had been there, for a moment, an illusion of his ear, and not a criminal betrayal of the vocal organ ...
Elle jeta, éperdue, les yeux autour d'elle comme pour chercher un refuge, une protection, ou plutôt l'assurance spontanée de l'innocence de sa voix. Ses doigts crispés s'étaient portés à sa gorge en un geste de défense et de protestation. Non! non! ce couac n'était pas à elle! Et il semblait bien que Carolus Fonta lui-même fût de cet avis, qui la regardait avec une expression inénarrable de stupéfaction enfantine et gigantesque. Car enfin, il était près d'elle, lui. Il ne l'avait pas quittée. Peut-être pourrait-il lui dire comment une pareille chose était arrivée! Non, il ne le pouvait pas! Ses yeux étaient stupidement rivés à la bouche de la Carlotta comme les yeux des tout petits considérant le chapeau inépuisable du prestidigitateur. Comment une si petite bouche avait-elle pu contenir un si grand couac?	She threw her eyes around her, bewildered, as if to seek refuge, protection, or rather the spontaneous assurance of the innocence of her voice. His clenched fingers had come to his throat in a gesture of defense and protest. No! no! that quack was not hers! And it seemed that Carolus Fonta himself was of that opinion, who looked at her with an unspeakable expression of childish and gigantic amazement. Because after all, he was near her, him. He hadn't left her. Maybe he could tell her how such a thing had happened! No, he couldn't! Her eyes were stupidly riveted on Carlotta's mouth like the eyes of toddlers gazing at the conjurer's inexhaustible hat. How could such a small mouth have contained such a big quack?
Tout cela, crapaud, couac, émotion, terreur-rumeur de la salle, confusion de la scène, des coulisses,--quelques comparses montraient des têtes effarées,--tout cela que je vous décris dans le détail dura quelques secondes.	All this, toad, quack, emotion, terror-rumor of the room, confusion of the stage, backstage, - a few accomplices showed frightened heads, - all that I am describing to you in detail lasted a few seconds.
Quelques secondes affreuses qui parurent surtout interminables aux deux directeurs là-haut, dans la loge n° 5. Moncharmin et Richard étaient très pâles. Cet épisode inouï et qui restait inexplicable les remplissait d'une angoisse d'autant plus mystérieuse qu'ils étaient depuis un instant sous l'influence directe du fantôme.	A few frightful seconds which seemed especially interminable to the two directors up there, in box number 5. Moncharmin and Richard were very pale. This unheard-of episode, which remained inexplicable, filled them with an anguish all the more mysterious since they had been for a moment under the direct influence of the ghost.
Ils avaient senti son souffle. Quelques cheveux de Moncharmin s'étaient dressés sous ce souffle-là... Et Richard avait passé son mouchoir sur son front en sueur... Oui, il était là... autour d'eux... derrière eux, à côté d'eux, ils le sentaient sans le voir!... Ils	They had felt his breath. Some of Moncharmin's hair had stood on end under that breath ... And Richard had passed his handkerchief over his sweaty forehead ... Yes, he was there ... around them ... behind them, beside them them, they

entendaient sa respiration... et si près d'eux, si près d'eux!... _On sait quand quelqu'un est présent_... Eh bien, ils savaient maintenant!... _ils étaient sûrs d'être trois dans la loge_... Ils en tremblaient... Ils avaient l'idée de fuir... Ils n'osaient pas... Ils n'osaient pas faire un mouvement, échanger une parole qui eût pu apprendre au fantôme qu'ils savaient qu'il était là!... Qu'allait-il arriver? Qu'allait-il se produire?

Se produisit le couac! Au-dessus de tous les bruits de la salle on entendit leur double exclamation d'horreur. _Ils se sentaient sous les coups du fantôme._ Penchés au-dessus de leur loge, ils regardaient la Carlotta comme s'ils ne la reconnaissaient plus. Cette fille de l'enfer devait avoir donné avec son couac le signal de quelque catastrophe. Ah! la catastrophe, ils l'attendaient! Le fantôme la leur avait promise! La salle était maudite! Leur double poitrine directoriale haletait déjà sous le poids de la catastrophe. On entendit la voix étranglée de Richard qui criait à la Carlotta:

--Eh bien! continuez!

Non! La Carlotta ne continua pas... Elle recommença bravement, héroïquement, le vers fatal au bout duquel était apparu le crapaud.

Un silence effrayant succède à tous les bruits. Seule la voix de la Carlotta emplit à nouveau lie vaisseau sonore.

J'écoute!...

--La salle aussi écoute--

... Et je comprends cette voix solitaire (couac!) Couac!... qui chante dans mon... couac!

Le crapaud lui aussi a recommencé.

La salle éclate en un prodigieux tumulte. Retombés sur leurs sièges, les deux directeurs n'osent même pas se retourner; ils n'en ont pas la force. Le fantôme leur rit dans le cou! Et enfin ils entendent distinctement dans l'oreille droite sa voix,

felt it without seeing it! ... They heard his breathing ... and so close to them, so close to them! ... _We know when someone is present _... Well , they knew now! ... _they were sure there were three in the dressing room _... They trembled ... They had the idea of fleeing ... They did not dare ... They did not dare make a movement, exchange a word that could have taught the ghost that they knew he was there! ... What was going to happen? What was going to happen?

The quack occurred! Above all the sounds of the hall was heard their double exclamations of horror. _They felt under the blows of the ghost._ Leaning over their dressing room, they looked at Carlotta as if they no longer recognized her. This hell girl must have given with her quack the signal of some catastrophe. Ah! the catastrophe, they awaited it! The ghost had promised it to them! The room was cursed! Their directorial double breasts were already panting under the weight of the catastrophe. Richard's strangled voice was heard crying Carlotta:

--Well! keep going!

No! La Carlotta did not continue ... She began again bravely, heroically, the fatal line at the end of which the toad had appeared.

A terrifying silence follows all the noises. Only the voice of Carlotta once again filled the sonorous vessel.

I listen!...

--The room also listens--

... And I understand that lonely voice (quack!) Quack! ... singing in my ... quack!

The toad has also started again.

The room bursts into a tremendous tumult. Having fallen back on their seats, the two directors do not even dare to turn around; they don't have the strength. The ghost laughs in their necks! And finally they distinctly hear in the right

l'impossible voix, la voix sans bouche, la voix qui dit:

--_Elle chante ce soir à décrocher le lustre!_

D'un commun mouvement, ils levèrent la tête au plafond et poussèrent un cri terrible. Le lustre, l'immense masse du lustre glissait, venait à eux, à l'appel de cette voix satanique. Décroché, le lustre plongeait des hauteurs de la salle et s'abîmait au milieu de l'orchestre, parmi mille clameurs. Ce fut une épouvante, un sauve-qui-peut général. Mon dessein n'est point de faire revivre ici une heure historique. Les curieux n'ont qu'à ouvrir les journaux de l'époque. Il y eut de nombreux blessés et une morte.

Le lustre s'était écrasé sur la tête de la malheureuse qui était venue ce soir-là, à l'Opéra, pour la première fois de sa vie, sur celle que M. Richard avait désignée comme devant remplacer dans ses fonctions d'ouvreuse Mame Giry, l'ouvreuse du fantôme! Elle était morte sur le coup et le lendemain, un journal paraissait avec cette manchette: _Deux cent mille kilos sur la tête d'une concierge!_ Ce fut toute son oraison funèbre.

ear his voice, the impossible voice, the voice without a mouth, the voice that says:

--_ She sings tonight to take down the chandelier! _

With a common movement, they raised their heads to the ceiling and let out a terrible cry. The chandelier, the immense mass of the chandelier slipped, came to them, at the call of that satanic voice. Unhooked, the chandelier plunged from the heights of the hall and sank into the middle of the orchestra, amidst a thousand clamors. It was a terror, a general save-who-can. My plan is not to bring back a historic hour here. The curious only have to open the newspapers of the time. There were many injured and one dead.

The chandelier had crashed on the head of the unfortunate woman who had come that evening to the Opera, for the first time in her life, on the one whom M. Richard had designated as having to replace in her functions of opener. Mame Giry, the phantom opener! She died instantly and the next day a newspaper appeared with this headline: _Two hundred thousand kilos on the head of a janitor! _ It was all her funeral oration.

IX

LE MYSTÉRIEUX COUPÉ

Cette soirée tragique fut mauvaise pour tout le monde. La Carlotta était tombée malade. Quant à Christine Daaé, elle avait disparu après la représentation. Quinze jours s'étaient écoulés sans qu'on l'eût revue au théâtre, sans qu'elle se fût montrée hors du théâtre.

Il ne faut pas confondre cette première disparition qui se passa sans scandale, avec le fameux enlèvement qui, à quelque temps de là, devait se produire dans des conditions si inexplicables et si tragiques.

Raoul fut le premier, naturellement, à ne rien comprendre à l'absence de la diva. Il lui avait écrit à l'adresse de Mme Valérius et n'avait pas reçu de réponse. Il n'en avait pas d'abord été autrement étonné, connaissant son état d'esprit et la résolution où elle était de rompre avec lui toute relation sans que, du reste, il en eût pu encore deviner la raison.

Sa douleur n'en avait fait que grandir, et il finit par s'inquiéter de ne voir la chanteuse sur aucun programme. On donna _Faust_ sans elle. Un après-midi, vers cinq heures, il fut s'enquérir auprès de la direction des causes de cette disparition de Christine Daaé. Il trouva des directeurs fort préoccupés. Leurs amis eux-mêmes ne les reconnaissaient plus: ils avaient perdu toute joie et tout entrain. On les voyait traverser le théâtre, tête basse, le front soucieux, et les joues pâles comme s'ils étaient poursuivis par quelque abominable pensée, ou en proie à quelque malice du destin qui vous prend son homme et ne le lâche plus.

La chute du lustre avait entraîné bien des responsabilités, mais il était difficile de faire s'expliquer MM. les directeurs à ce sujet.

L'enquête avait conclu à un accident, survenu pour cause d'usure des moyens de suspension, mais encore aurait-il été du devoir des anciens directeurs ainsi que des nouveaux de constater cette usure et d'y remédier avant qu'elle ne

THE MYSTERIOUS CUT

This tragic evening was bad for everyone. La Carlotta had fallen ill. As for Christine Daaé, she had disappeared after the performance. Fifteen days had passed without her having been seen at the theater, without her appearing outside the theater.

This first disappearance, which took place without scandal, should not be confused with the famous kidnapping which, some time later, was to take place under such inexplicable and tragic conditions.

Raoul was the first, naturally, to understand nothing about the diva's absence. He had written to her at Mme Valérius' address and had received no reply. He had not at first been otherwise astonished, knowing her state of mind and the resolution in which she was to sever all relation with him without, moreover, having been able to guess the reason.

His pain had only increased, and he ended up worrying about not seeing the singer on any program. We gave _Faust_ without her. One afternoon, around five o'clock, he went to the management to inquire about the causes of Christine Daaé's disappearance. He found the directors very preoccupied. Their friends themselves no longer recognized them: they had lost all joy and all enthusiasm. We saw them cross the theater, heads bowed, foreheads worried, and pale cheeks as if they were pursued by some abominable thought, or prey to some mischief of fate which takes its man from you and never lets go of him.

The fall of the chandelier had entailed many responsibilities, but it was difficult to explain MM. directors about it.

The investigation had concluded that an accident occurred due to wear of the means of suspension, but it would still have been the duty of the former directors as well as the new ones to note this wear and to remedy it before it determined the

déterminât la catastrophe.

Et il me faut bien dire que MM. Richard et Moncharmin apparurent à cette époque si changés, si lointains... si mystérieux... si incompréhensibles, qu'il y eut beaucoup d'abonnés pour imaginer que quelque événement plus affreux encore que la chute du lustre, avait modifié l'état d'âme de MM. les directeurs.

Dans leurs relations quotidiennes, ils se montraient fort impatients, excepté cependant avec Mme Giry qui avait été réintégrée dans ses fonctions. On se doute de la façon dont ils reçurent le vicomte de Chagny quand celui-ci vint leur demander des nouvelles de Christine. Ils se bornèrent à lui répondre qu'elle était en congé. Il demanda combien de temps devait durer ce congé; il lui fut répliqué assez sèchement qu'il était illimité, Christine Daaé l'ayant demandé pour cause de santé.

--Elle est donc malade! s'écria-t-il, qu'est-ce qu'elle a?

--Nous n'en savons rien!

--Vous ne lui avez donc pas envoyé le médecin du théâtre?

--Non! elle ne l'a point réclamé et, comme nous avons confiance en elle, nous l'avons crue sur parole.

L'affaire ne parut point naturelle à Raoul, qui quitta l'Opéra en proie aux plus sombres pensées. Il résolut, quoi qu'il pût arriver, d'aller aux nouvelles chez la maman Valérius. Sans doute se rappelait-il les termes énergiques de la lettre de Christine, qui lui défendait de tenter quoi que ce fût pour la voir. Mais ce qu'il avait vu à Perros, ce qu'il avait entendu derrière la porte de la loge, la conversation qu'il avait eue avec Christine au bord de la lande, lui faisait pressentir quelque machination qui, pour être tant soit peu diabolique, n'en restait pas moins humaine. L'imagination exaltée de la jeune fille, son âme tendre et crédule, l'éducation primitive qui avait entouré ses jeunes années d'un cercle de légendes, la continuelle pensée de son père mort, et surtout l'état de

catastrophe.

And I must say that MM. Richard and Moncharmin appeared at that time so changed, so distant ... so mysterious ... so incomprehensible, that there were many subscribers to imagine that some event even more dreadful than the fall of the chandelier, had modified the state of mind of MM. the directors.

In their daily relations, they were very impatient, except however with Mme Giry who had been reinstated in her functions. We can imagine how they received the Vicomte de Chagny when the latter came to ask them for news of Christine. They just told her that she was on leave. He asked how long this leave was to last; it was replied rather curtly that it was unlimited, Christine Daaé having requested it for health reasons.

--She is ill then! he cried, what's wrong with her?

--We don't know!

"So you didn't send him the theater doctor?"

--No! she did not ask for it and, as we have confidence in her, we took her at her word.

The affair did not seem natural to Raoul, who left the Opera in the grip of the darkest thoughts. He resolved, whatever might happen, to go to the news at Mama Valérius' house. No doubt he remembered the forceful words of Christine's letter, which forbade him to try anything to see her. But what he had seen in Perros, what he had heard behind the door of the lodge, the conversation he had had with Christine at the edge of the moor, made him sense some plot which, to be ever so slightly diabolical, was nonetheless human. The young girl's exalted imagination, her tender and credulous soul, the primitive education which had surrounded her young years with a circle of legends, the continual thought of her dead father, and above all the state

sublime extase où la musique la plongeait dès que cet art se manifestait à elle dans certaines conditions exceptionnelles--n'avait-il point été à même d'en juger ainsi lors de la scène du cimetière?--tout cela lui apparaissait comme devant constituer un terrain moral propice aux entreprises malfaisantes de quelque personnage mystérieux et sans scrupules. De qui Christine Daaé était-elle la victime? Voilà la question fort sensée que Raoul se posait en se rendant en toute hâte chez la maman Valérius.

Car le vicomte avait un esprit des plus sains. Sans doute, il était poète et aimait la musique dans ce qu'elle a de plus ailé, et il était grand amateur des vieux contes bretons où dansent les korrigans, et par-dessus tout il était amoureux de cette petite fée du Nord qu'était Christine Daaé; il n'empêche qu'il ne croyait au surnaturel qu'en matière de religion et que l'histoire la plus fantastique du monde n'était pas capable de lui faire oublier que deux et deux font quatre.

Qu'allait-il apprendre chez la maman Valérius? Il en tremblait en sonnant à la porte d'un petit appartement de la rue Notre-Dame-des-Victoires.

La soubrette qui, un soir, était sortie devant lui de la loge de Christine, vint lui ouvrir. Il demanda, si Mme Valérius était visible. On lui répondit qu'elle était souffrante, dans son lit, et incapable de «recevoir».

--Faites passer ma carte, dit-il.

Il n'attendit point longtemps. La soubrette revint et l'introduisit dans un petit salon assez sombre et sommairement meublé où les deux portraits du professeur Valérius et du père Daaé se faisaient vis-à-vis.

--Madame s'excuse auprès de monsieur le vicomte, dit la domestique. Elle ne pourra le recevoir que dans sa chambre, car ses pauvres jambes ne la soutiennent plus.

Cinq minutes plus tard, Raoul était introduit dans une chambre quasi obscure, où il distingua tout de suite, dans la pénombre d'une alcôve, la bonne figure de la bienfaitrice de Christine. Maintenant,

of sublime ecstasy in which music plunged her as soon as this art manifested itself to her under certain exceptional conditions - had he not been able to judge thus during the scene in the cemetery? - all this seemed to her to constitute moral ground conducive to the evil undertakings of some mysterious and unscrupulous character. Who was Christine Daaé the victim of? This is the very sensible question that Raoul asked himself by going in all haste to mum Valérius.

For the viscount had a very healthy mind. Without doubt, he was a poet and loved music in its most winged way, and he was a great fan of old Breton tales in which the korrigans dance, and above all he was in love with this little fairy from the North who was Christine Daaé; Nevertheless, he only believed in the supernatural in matters of religion and that the most fantastic history in the world was not capable of making him forget that two and two make four.

What was he going to learn from mother Valérius? He trembled as he rang the doorbell of a small apartment in the rue Notre-Dame-des-Victoires.

The maid who, one evening, had come out of Christine's box in front of him, opened the door for him. He asked, if Mme Valérius was visible. She was told that she was in pain, in bed, and unable to "receive".

"Pass my card," he said.

He did not wait long. The maid returned and ushered him into a small rather dark and summarily furnished living room where the two portraits of Professor Valérius and Father Daaé were facing each other.

"Madame apologizes to Monsieur le Vicomte," said the servant. She will only be able to receive him in her room, because her poor legs no longer support her.

Five minutes later, Raoul was ushered into an almost dark room, where he immediately distinguished, in the half-light of an alcove, the good figure of Christine's benefactress. Now,

les cheveux de la maman Valérius étaient tout blancs, mais ses yeux n'avaient pas vieilli: jamais, au contraire, son regard n'avait été aussi clair, ni aussi pur, ni aussi enfantin.	mother Valérius' hair was all white, but her eyes had not aged: on the contrary, her gaze had never been so clear, nor so pure, nor so childish.
--M. de Chagny! fit-elle joyeusement en tendant les deux mains au visiteur... Ah! c'est le ciel qui vous envoie!... nous allons pouvoir parler d'_elle._	--Mr. by Chagny! she said happily, holding out both hands to the visitor ... Ah! Heaven sends you! ... we will be able to talk about_ her._
Cette dernière phrase sonna aux oreilles du jeune homme bien lugubrement. Il demanda tout de suite:	This last sentence rang in the ears of the young man very gloomily. He immediately asked:
--Madame... où est Christine?	- Madam ... where is Christine?
Et la vieille dame lui répondit tranquillement:	And the old lady replied quietly:
--Mais, elle est avec son «bon génie»!	--But, she is with her "good genius"!
Quel bon génie? s'écria le pauvre Raoul.	What a good genius? cried poor Raoul.
--Mais _l'ange de la musique!_	--But _the angel of music! _
Le vicomte de Chagny, consterné, tomba sur un siège. Vraiment, Christine était avec _l'ange de la musique!_ Et la maman Valérius, dans son lit, lui souriait en mettant un doigt sur sa bouche, pour lui recommander le silence. Elle ajouta:	The Viscount de Chagny, dismayed, fell on a seat. Really, Christine was with _the angel of music! _ And mum Valérius, in her bed, smiled at her, putting a finger to her mouth, to recommend silence. She added:
--Il ne faut le répéter à personne!	--Not to repeat it to anyone!
--Vous pouvez compter sur moi! répliqua Raoul sans savoir bien ce qu'il disait, car ses idées sur Christine, déjà fort troubles, s'embrouillaient de plus en plus et il semblait que tout commençait à tourner autour de lui, autour de la chambre, autour de cette extraordinaire brave dame en cheveux blancs, aux yeux de ciel bleu pâle, aux yeux de ciel vide... Vous pouvez compter sur moi...»	--You can count on me! Raoul replied without knowing what he was saying, because his ideas about Christine, already very troubled, were becoming more and more confused and it seemed that everything was starting to revolve around him, around the room, around this extraordinary brave man. lady with white hair, eyes of pale blue sky, eyes of empty sky ... You can count on me ... "
--Je sais! je sais! fit-elle avec un bon rire heureux. Mais approchez-vous donc de moi, comme lorsque vous étiez tout petit. Donnez-moi vos mains comme lorsque vous me rapportiez l'histoire de la petite Lotte que vous avait contée le père Daaé. Je vous aime bien, vous savez, monsieur Raoul. Et Christine aussi vous aime bien!	--I know! I know! she said with a good, happy laugh. But come near to me now, as when you were very little. Give me your hands as when you were telling me the story of little Lotte that Father Daaé told you. I like you, you know, Mr. Raoul. And Christine also likes you!

--... Elle m'aime bien... soupira le jeune homme, qui rassemblait difficilement sa pensée autour du _génie_ de la maman Valérius, de l'_ange_ dont lui avait parlé si étrangement Christine, de la tête _de mort_ qu'il avait entrevue dans une sorte de cauchemar sur les marches du maître-autel de Perros et aussi du _fantôme de l'Opéra_, dont la renommée était venue jusqu'à son oreille, un soir qu'il s'était attardé sur le plateau, à deux pas d'un groupe de machinistes qui rappelaient la description cadavérique qu'en avait faite avant sa mystérieuse fin le pendu Joseph Buquet...	--... She likes me ... sighed the young man, who found it difficult to gather his thoughts around the _génie_ of mum Valérius, the_ange_ of whom Christine had spoken to him so strangely, the _ skull_ that ' he had caught a glimpse in a sort of nightmare on the steps of the main altar of Perros and also of the _fantôme de l'Opéra_, whose fame had come to his ear, one evening when he had lingered on the stage, close to a group of machinists who recalled the cadaverous description given by the hanged man Joseph Buquet before his mysterious end ...
Il demanda à voix basse:	He asked in a low voice:
--Qu'est-ce qui vous fait croire, madame, que Christine m'aime bien?	"What makes you believe, madame, that Christine likes me?"
--Elle me parlait de vous tous les jours!	--She spoke to me about you every day!
--Vraiment?... Et qu'est-ce qu'elle vous disait?...	`` Really? ... And what was she telling you? ...
--Elle m'a dit que vous lui aviez fait une déclaration?...	`` Did she tell me that you made a statement to her? ...
Et la bonne vieille se prit à rire avec éclat, en montrant toutes ses dents, qu'elle avait jalousement conservées. Raoul se leva, le rouge au front, souffrant atrocement.	And the good old woman laughed out loud, showing all her teeth, which she had jealously preserved. Raoul stood up, red on his forehead, in excruciating pain.
--Eh bien! où allez-vous?... Voulez-vous bien vous asseoir?... Vous croyez que vous allez me quitter comme ça?... Vous êtes fâché parce que j'ai ri, je vous en demande pardon... Après tout, ce n'est point de votre faute, ce qui est arrivé... Vous ne saviez pas... Vous êtes jeune... et vous croyiez que Christine était libre...	--Well! where are you going? ... will you sit down? ... do you think you are going to leave me like that? ... you are angry because i laughed, i beg your pardon ... then everything, it is not your fault, what happened ... You did not know ... You are young ... and you believed that Christine was free ...
--Christine est fiancée? demanda d'une voix étranglée le malheureux Raoul.	--Christine is engaged? asked the unfortunate Raoul in a strangled voice.
--Mais non! mais non!... Vous savez bien que Christine,--le voudrait-elle--ne peut pas se marier!...	--But no! but no! ... You know very well that Christine - would she like it - cannot get married! ...
--Quoi! mais je ne sais rien!... Et pourquoi Christine ne peut-elle pas se marier?	--What! but I don't know anything! ... And why can't Christine get married?

--Mais à cause du _génie de la musique!_...	--But because of the _genius of music!_...
--Encore...	--Still...
--Oui, il le lui défend!...	``Yes, he forbids him!`` ...
--Il le lui défend!... Le génie de la musique lui défend de se marier!...	--He forbids her!... The genius of music forbids her to marry!...
Raoul se penchait sur la maman Valérius, la mâchoire avancée, comme pour la mordre. Il eût eu envie de la dévorer qu'il ne l'eût point regardée avec des yeux plus féroces. Il y a des moments où la trop grande innocence d'esprit apparaît tellement monstrueuse qu'elle en devient haïssable. Raoul trouvait Mme Valérius par trop innocente.	Raoul leaned over mum Valérius, jaw protruding, as if to bite her. He would have wanted to devour her if he had not looked at her with more ferocious eyes. There are times when too great an innocence of mind appears so monstrous that it becomes hateful. Raoul found Mme Valérius far too innocent.
Elle ne se douta point du regard affreux qui pesait sur elle. Elle reprit de l'air le plus naturel:	She had no idea of the dreadful look which weighed on her. She resumed the most natural air:
--Oh! il le lui défend... sans le lui défendre. ... Il lui dit simplement que si elle se mariait, elle ne l'entendrait plus! Voilà tout!... et qu'il partirait pour toujours!... Alors, vous comprenez, elle ne veut pas laisser partir _le Génie de la musique._ C'est bien naturel.	--Oh! he defends it ... without defending it. ... He simply told her that if she got married, she wouldn't hear him anymore! That is all! ... and that he would go away forever! ... So, you understand, she does not want to let _the Genius of music go ._ It is quite natural.
--Oui, oui, obtempéra Raoul dans un souffle, c'est bien naturel.	- Yes, yes, Raoul obeyed in a whisper, it is quite natural.
--Du reste, je croyais que Christine vous avait dit tout cela, quand elle vous a trouvé à Perros où elle était allée avec son «bon génie».	- Besides, I thought Christine had told you all this when she found you in Perros, where she had gone with her "good genius".
--Ah! ah! elle était allée à Perros avec le «bon génie»?	--Ah! ah! had she gone to Perros with the "good genius"?
--C'est-à-dire qu'il lui avait donné rendez-vous là-bas dans le cimetière de Perros sur la tombe de Daaé! Il lui avait promis de jouer la _Résurrection de Lazare_ sur le violon de son père!	- That is to say, he had arranged to meet her over there in the cemetery of Perros at Daaé's grave! He had promised to play the _Resurrection of Lazarus_ on his father's violin!
Raoul de Chagny se leva et prononça ces mots décisifs avec une grande autorité:	Raoul de Chagny stood up and spoke these decisive words with great authority:

--Madame, vous allez me dire où il demeure, ce génie-là!

La vieille dame ne parut point autrement surprise de cette question indiscrète. Elle leva les yeux et répondit:

--Au ciel!

Tant de candeur le dérouta. Une aussi simple et parfaite foi dans un génie qui, tous les soirs descendait du ciel pour fréquenter les loges d'artistes à l'Opéra, le laissa stupide.

Il se rendait compte maintenant de l'état d'esprit dans lequel pouvait se trouver une jeune fille élevée entre un ménétrier superstitieux et une bonne dame «illuminée», et il frémit en songeant aux conséquences de tout cela.

--Christine est-elle toujours une honnête fille? ne put-il s'empêcher de demander tout à coup.

--Sur ma part de paradis, je le jure! s'exclama la vieille qui, cette fois, parut outrée... et si vous en doutez, monsieur, je ne sais pas ce que vous êtes venu faire ici!...

Raoul arrachait ses gants.

--Il y a combien de temps qu'elle a fait la connaissance de ce «génie»?

--Environ trois mois!... Oui, il y a bien trois mois qu'il a commencé à lui donner des leçons!

Le vicomte étendit les bras dans un geste immense et désespéré et il les laissa retomber avec accablement.

--Le génie lui donne des leçons!... Et où ça?

--Maintenant qu'elle est partie avec lui, je ne pourrais vous le dire, mais il y a quinze jours, cela se passait dans la loge de Christine. Ici, ce serait impossible dans ce petit appartement. Toute la

"Madam, you are going to tell me where he lives, that genius!"

The old lady did not appear otherwise surprised at this indiscreet question. She looked up and replied:

--To the sky!

So much candor baffled him. Such a simple and perfect faith in a genius who descended from heaven every evening to frequent the artists' boxes at the Opera, left him stupid.

He now realized the state of mind in which a young girl raised between a superstitious minstrel and a good "enlightened" lady might find herself, and he shuddered as he thought of the consequences of it all.

--Is Christine still an honest girl? he couldn't help but suddenly ask.

--On my part of paradise, I swear it! exclaimed the old woman, who this time seemed outraged ... and if you doubt it, sir, I do not know what you have come here to do! ...

Raoul tore off his gloves.

--How long has it been since she met this "genius"?

- About three months! ... Yes, it has been three months since he started giving her lessons!

The viscount stretched out his arms in an immense and desperate gesture and let them fall in despair.

--The genius gives him lessons! ... And where?

"Now that she's gone with him, I couldn't tell you, but a fortnight ago it was in Christine's box." Here it would be impossible in this small apartment. The whole house would hear them. While at the

maison les entendrait. Tandis qu'à l'Opéra, à huit heures du matin, il n'y a personne. On ne les dérange pas!... Vous comprenez?...

--Je comprends! je comprends! s'écria le vicomte, et il prit congé avec précipitation de la vieille maman qui se demandait en _a parte_ si le vicomte n'était pas un peu toqué.

En traversant le salon, Raoul se retrouva en face de la soubrette et, un instant, il eut l'intention de l'interroger, mais il crut surprendre sur ses lèvres un léger sourire. Il pensa qu'elle se moquait de lui. Il s'enfuit. N'en savait-il pas assez?... Il avait voulu être renseigné, que pouvait-il désirer de plus?... Il regagna le domicile de son frère à pied, dans un état à faire pitié...

Il eût voulu se châtier, se heurter le front contre les murs! Avoir cru à tant d'innocence, à tant de pureté! Avoir essayé, un instant, de tout expliquer avec de la naïveté, de la simplicité d'esprit, de la candeur immaculée! Le génie de la musique! Il le connaissait maintenant! Il le voyait! C'était à n'en plus douter quelque affreux ténor, joli garçon, et qui chantait la bouche en cœur! Il se trouvait ridicule et malheureux à souhait! Ah! le misérable, petit, insignifiant et niais jeune homme que M. le vicomte de Chagny! pensait rageusement Raoul, Et elle, quelle audacieuse et sataniquement rouée créature!

Tout de même, cette course dans les rues lui avait fait du bien, rafraîchi un peu la flamme de son cerveau. Quand il pénétra dans sa chambre, il ne pensait plus qu'à se jeter sur son lit pour y étouffer ses sanglots. Mais son frère était là et Raoul se laissa tomber dans ses bras, comme un bébé. Le comte, paternellement, le consola, sans lui demander d'explications; du reste, Raoul eût hésité à lui narrer l'histoire du _génie de la musique._ S'il y a des choses dont on ne se vante pas, il en est d'autres pour lesquelles il y a trop d'humiliation à être plaint.

Le comte emmena son frère dîner au cabaret. Avec un aussi frais désespoir, il est probable que Raoul eût décliné, ce soir-là, toute invitation si, pour le décider, le comte ne lui avait appris que la veille au soir, dans une allée du Bois, la dame de ses pensées avait été rencontrée en galante

Opera, at eight o'clock in the morning, there is nobody. We don't disturb them! ... Do you understand? ...

--I understand! I understand! cried the viscount, and hastily took leave of the old mother, who was wondering _a parte_ if the viscount was not a little crazy.

Crossing the living room, Raoul found himself in front of the maid and, for a moment, he intended to question her, but he thought he caught a slight smile on her lips. He thought she was laughing at him. He runs away. Didn't he know enough? ... He had wanted to be informed, what more could he want? ... He returned to his brother's home on foot, in a state of pity ...

He would have liked to chastise himself, to run his forehead against the walls! To have believed in so much innocence, in so much purity! To have tried, for a moment, to explain everything with naivety, simplicity of mind, immaculate candor! The genius of music! He knew him now! He saw it! Without a doubt, it was some dreadful tenor, a pretty fellow, who sang heart to heart! He found himself ridiculous and unhappy at will! Ah! what a wretched, small, insignificant and silly young man M. le Vicomte de Chagny! thought Raoul angrily, And she, what a daring and satanically cunning creature!

All the same, this race in the streets had done him good, refreshed a little the flame of his brain. When he entered his room, all he could think of was to throw himself on his bed to stifle his sobs. But his brother was there and Raoul let himself fall into his arms, like a baby. The count consoled him paternally, without asking him for explanations; besides, Raoul would have hesitated to tell him the story of the _genius of music. complained.

The count took his brother to dinner at the cabaret. With such fresh despair, it is probable that Raoul would have declined, that evening, any invitation if, to decide it, the count had taught him only the night before, in an alley of the Bois, the lady of his thoughts. had been met in gallant

compagnie. D'abord, le vicomte n'y voulut point croire et puis il lui fut donné des détails si précis qu'il ne protesta plus. Enfin, n'était-ce point là l'aventure la plus banale? On l'avait vue dans un coupé dont la vitre était baissée. Elle semblait aspirer longuement l'air glacé de la nuit. Il faisait un clair de lune superbe. On l'avait parfaitement reconnue. Quant à son compagnon, on n'en avait distingué qu'une vague silhouette, dans l'ombre. La voiture allait «au pas», dans une allée déserte, derrière les tribunes de Longchamp.

Raoul s'habilla avec frénésie, déjà prêt, pour oublier sa détresse, à se jeter, comme on dit, dans le «tourbillon du plaisir». Hélas! il fut un triste convive et ayant quitté le comte de bonne heure, il se trouva, vers dix heures du soir, dans une voiture de cercle, derrière les tribunes de Longchamp.

Il faisait un froid de loup. La route apparaissait déserte et très éclairée sous la lune. Il donna l'ordre au cocher de l'attendre patiemment au coin d'une petite allée adjacente et, se dissimulant autant que possible, il commença de battre la semelle.

Il n'y avait pas une demi-heure qu'il se livrait à cet hygiénique exercice, quand une voiture, venant de Paris, tourna au coin de la route et, tranquillement, au pas de son cheval, se dirigea de son côté.

Il pensa tout de suite: c'est elle! Et son cœur se prit à frapper à grand coups sourds, comme ceux qu'il avait déjà entendus dans sa poitrine quand il écoutait la voix d'homme derrière la porte de la loge... Mon Dieu! comme il l'aimait!

La voiture avançait toujours. Quant à lui, il n'avait pas bougé. Il attendait!... Si c'était elle, il était bien résolu à sauter à la tête des chevaux!... Coûte que coûte, il voulait avoir une explication avec l'ange de la musique!...

Quelques pas encore et le coupé allait être à sa hauteur. Il ne doutait point que ce fût elle... Une femme, en effet, penchait sa tête à la portière.

Et, tout à coup, la lune l'illumina d'une pâle auréole.

company. At first the viscount refused to believe it, and then he was given such precise details that he no longer protested. Finally, wasn't that the most mundane adventure? She had been seen in a coupe with the glass down. She seemed to suck in the icy air of the night for a long time. It was a beautiful moonlight. She had been perfectly recognized. As for his companion, only a vague figure could be seen in the shadows. The car was going "in step", in a deserted alley, behind the stands of Longchamp.

Raoul dressed frantically, already ready, to forget his distress, to throw himself, as they say, into the "whirlwind of pleasure". Alas! he was a sad guest, and having left the count early, he found himself, around ten in the evening, in a carriage, behind the stands of Longchamp.

It was a wolf cold. The road appeared deserted and brightly lit under the moon. He ordered the coachman to wait patiently for him at the corner of a small adjacent driveway, and, hiding as much as he could, he began to beat the sole.

He had not been engaged in this hygienic exercise for half an hour, when a carriage coming from Paris turned around the corner of the road and, quietly, at the pace of its horse, turned towards its side.

He immediately thought: it's her! And his heart began to thump with great muffled blows, like those he had already heard in his chest when he listened to the voice of a man behind the door of the lodge ... My God! how he loved her!

The car was still moving. As for him, he had not moved. He was waiting! ... If it was her, he was determined to jump at the head of the horses! ... No matter what, he wanted to have an explanation with the angel of music! ...

A few more steps and the coupe would be up to it. He had no doubt that it was her. A woman, indeed, leaned her head in the doorway.

And suddenly the moon illuminated it with a pale halo.

--Christine!

Le nom sacré de son amour lui jaillit des lèvres et du cœur. Il ne put le retenir!... Il bondit pour le rattraper, car ce nom jeté à la face de la nuit, avait été comme le signal attendu d'une ruée furieuse de tout l'équipage, qui passa devant lui sans qu'il eût pris le temps de mettre son projet à exécution. La glace de la portière s'était relevée. La figure de la jeune femme avait disparu. Et le coupé, derrière lequel il courait, n'était déjà plus qu'un point noir sur la route blanche.

Il appela encore: Christine!... Rien ne lui répondit. Il s'arrêta, au milieu du silence.

Il jeta un regard désespéré au ciel, aux étoiles; il heurta du poing sa poitrine en feu; il aimait et il n'était pas aimé!

D'un œil morne, il considéra cette route désolée et froide, la nuit pâle et morte. Rien n'était plus froid, rien n'était plus mort que son cœur: il avait aimé un ange et il méprisait une femme!

Raoul, comme elle s'est jouée de toi, la petite fée du Nord! N'est-ce pas, n'est-ce pas qu'il est inutile d'avoir une joue aussi fraîche, un front aussi timide et toujours prêt à se couvrir du voile rose de la pudeur pour passer dans la nuit solitaire, au fond d'un coupé de luxe, en compagnie d'un mystérieux amant? N'est-ce pas qu'il devrait y avoir des limites sacrées à l'hypocrisie et au mensonge?... Et qu'on ne devrait pas avoir les yeux clairs de l'enfance quand on a l'âme des courtisanes?

... Elle avait passé sans répondre à son appel...

Aussi, pourquoi était-il venu au travers de sa route?

De quel droit a-t-il dressé soudain devant elle, qui ne lui demande que son oubli, le reproche de sa présence?...

«Va-t-en!... disparais!... Tu ne comptes pas!...»

Il songeait à mourir et il avait vingt ans!... Son

--Christine!

The sacred name of his love sprang from his lips and from his heart. He could not hold it back! he would have taken the time to put his project into execution. The window in the door had risen. The young woman's face was gone. And the coupe, behind which he was running, was already just a black dot on the white road.

He called again: Christine! ... Nothing answered him. He stopped, in the middle of the silence.

He cast a desperate glance at the sky, at the stars; he struck his fiery breast with his fist; he loved and he was not loved!

Gloomily he gazed at that desolate, cold road, the pale, dead night. Nothing was colder, nothing was more dead than his heart: he had loved an angel and he despised a woman!

Raoul, how she played with you, the little fairy of the North! Isn't it, isn't it that it is useless to have such a fresh cheek, such a timid forehead and always ready to cover oneself with the pink veil of modesty to pass through the lonely night, to the bottom of a luxury coupe, in the company of a mysterious lover? Shouldn't there be sacred limits to hypocrisy and lies? ... And that one should not have the clear eyes of childhood when one has the soul of courtesans?

... She had passed without answering his call ...

Also, why had he come in his way?

By what right has he suddenly raised up in front of her, who asks only for his forgetfulness, to reproach him with his presence? ...

"Go away! ... disappear! ... You don't count! ..."

He was thinking of dying and he was twenty! ... His

domestique le surprit, au matin, assis sur son lit. Il ne s'était pas déshabillé et le valet eut peur de quelque malheur en le voyant, tant il avait une figure de désastre. Raoul lui arracha des mains le courrier qu'il lui apportait. Il avait reconnu une lettre, un papier, une écriture. Christine lui disait:

«Mon ami, soyez, après-demain, au bal masqué de l'Opéra, à minuit, dans le petit salon qui est derrière la cheminée du grand foyer; tenez-vous debout auprès de la porte qui conduit vers la Rotonde. Ne parlez de ce rendez-vous à personne au monde. Mettez-vous en domino blanc, bien masqué. Sur ma vie, qu'on ne vous reconnaisse pas. Christine.»

servant surprised him in the morning, sitting on his bed. He had not undressed and the valet was afraid of some misfortune when he saw him, his face was such a disaster. Raoul snatched the mail he was bringing from his hands. He had recognized a letter, a piece of paper, a handwriting. Christine said to him:

"My friend, the day after tomorrow, be at the masked ball at the Opera, at midnight, in the little drawing-room behind the fireplace in the large foyer; stand by the door that leads to the Rotunda. Do not tell anyone in the world about this meeting. Put yourself in a white domino, well masked. On my life, that you do not recognize. Christine. "

X

AU BAL MASQUÉ

L'enveloppe, toute maculée de boue, ne portait aucun timbre. «Pour remettre à M. le vicomte Raoul de Chagny» et l'adresse au crayon. Ceci avait été certainement jeté dans l'espoir qu'un passant ramasserait le billet et l'apporterait à domicile; ce qui était arrivé. Le billet avait été trouvé sur un trottoir de la place de l'Opéra. Raoul le relut avec fièvre.

Il ne lui en fallait pas davantage pour renaître à l'espoir. La sombre image qu'il s'était faite un instant d'une Christine oublieuse de ses devoirs envers elle-même, fit place à la première imagination qu'il avait eue d'une malheureuse enfant innocente, victime d'une imprudence et de sa trop grande sensibilité. Jusqu'à quel point, à cette heure, était-elle vraiment victime? De qui était-elle prisonnière? Dans quel gouffre l'avait-on entraînée? Il se demandait avec une bien cruelle angoisse; mais cette douleur même lui paraissait supportable à côté du délire où le mettait l'idée d'une Christine hypocrite et menteuse! Que s'était-il passé? Quelle influence avait-elle subie! Quel monstre l'avait ravie, et avec quelles armes?...

... Avec quelles armes donc, si ce n'étaient celles de la musique? Oui, oui, plus il y songeait, plus il se persuadait que c'était de ce côté qu'il découvrirait la vérité. Avait-il oublié le ton dont, à Perros, elle lui avait appris qu'elle avait reçu la visite de l'envoyé céleste? Et l'histoire même de Christine, dans ces derniers temps, ne devait-elle point l'aider à éclairer les ténèbres où il se débattait? Avait-il ignoré le désespoir qui s'était emparé d'elle après la mort de son père et le dégoût qu'elle avait eu alors de toutes les choses de la vie, même de son art? Au Conservatoire, elle avait passé comme une pauvre machine chantante, dépourvue d'âme. Et, tout à coup, elle s'était réveillée, comme sous le souffle d'une intervention divine. L'ange de la musique était venu! Elle chante Marguerite de _Faust_ et triomphe!... L'Ange de la musique!... Qui donc, qui donc se fait passer à ses yeux pour ce merveilleux génie?... Qui donc, renseigné sur la légende chère au vieux Daaé, en use à ce point que la jeune fille n'est plus entre ses mains qu'un instrument sans défense

X

AT THE MASKED BALL

The envelope, all stained with mud, bore no stamp. "To give to M. le Vicomte Raoul de Chagny" and the address in pencil. This had certainly been thrown in the hope that a passer-by would pick up the ticket and bring it home; what had happened. The ticket had been found on a sidewalk in the Place de l'Opéra. Raoul reread it feverishly.

It did not take more for him to be reborn to hope. The gloomy image he had formed for a moment of Christine, forgetful of her duties to herself, gave way to the first imagination he had had of an unhappy innocent child, victim of recklessness and recklessness. his too great sensitivity. Up to what point, at this hour, was she really a victim? Who was she a prisoner of? What abyss had she been drawn into? He wondered it with very cruel anguish; but this very pain seemed to him bearable compared to the delirium into which the idea of a hypocritical and lying Christine put him! What had happened? What influence had she undergone! What monster had delighted her, and with what weapons? ...

... With what weapons then, if not those of music? Yes, yes, the more he thought about it, the more he convinced himself that it was on this side that he would find the truth. Had he forgotten the tone in which, in Perros, she had informed him that she had received the visit of the heavenly envoy? And shouldn't Christine's very story, in recent times, help him light up the darkness in which he was struggling? Had he ignored the despair that had gripped her after the death of her father and the disgust she had then had for all things in life, even for her art? At the Conservatory, she had passed like a poor singing machine, devoid of soul. And, suddenly, she had awakened, as under the breath of divine intervention. The angel of music had come! She sings Marguerite of _Faust_ and triumphs! ... The Angel of music! ... Who then, who passes himself off in her eyes as this marvelous genius? ... Who then, informed about the legend dear to the old man Daaé, uses it to such an extent that the

qu'il fait vibrer à son gré?

Et Raoul réfléchissait qu'une telle aventure n'était point exceptionnelle. Il se rappelait ce qui était arrivé à la princesse Belmonte, qui venait de perdre son mari et dont le désespoir était devenu de la stupeur... Depuis un mois, la princesse ne pouvait ni parler ni pleurer. Cette inertie physique et morale allait s'aggravant tous les jours et l'affaiblissement de la raison amenait peu à peu l'anéantissement de la vie. On portait tous les soirs la malade dans ses jardins; mais elle ne semblait même pas comprendre où elle se trouvait. Raff, le plus grand chanteur de l'Allemagne, qui passait à Naples, voulut visiter ces jardins, renommés pour leur beauté. Une des femmes de la princesse pria le grand artiste de chanter, sans se montrer, près du bosquet où elle se trouvait étendue. Raff y consentit et chanta un air simple que la princesse avait entendu dans la bouche de son mari aux premiers jours de leur hymen. Cet air était expressif et touchant. La mélodie, les paroles, la voix admirable de l'artiste, tout se réunit pour remuer profondément l'âme de la princesse. Les larmes lui jaillirent des yeux... elle pleura, fut sauvée et resta persuadée que son époux, ce soir-là, était descendu du ciel pour lui chanter l'air d'autrefois!

--Oui... ce soir là!... Un soir, pensait maintenant Raoul, un unique soir... Mais cette belle imagination n'eût point tenu devant une expérience répétée...

Elle eût bien fini par découvrir Raff, derrière son bosquet, l'idéale et dolente princesse de Belmonte, si elle y était revenue tous les soirs, pendant trois mois...

L'ange de la musique, pendant trois mois, avait donné des leçons à Christine... Ah! c'était un professeur ponctuel!... Et maintenant, il la promenait au Bois!...

De ses doigts crispés, glissés sur sa poitrine, où battait son cœur jaloux, Raoul se déchirait la chair. Inexpérimenté, il se demandait maintenant avec terreur à quel jeu la demoiselle le conviait pour une prochaine mascarade? Et jusqu'à quel point une fille d'Opéra peut se moquer d'un bon jeune homme

young girl is no longer in his hands a defenseless instrument that he vibrates at will?

And Raoul reflected that such an adventure was not exceptional. He remembered what had happened to Princess Belmonte, who had just lost her husband and whose despair had turned to amazement ... For a month the princess could neither speak nor cry. This physical and moral inertia was worsening every day and the weakening of reason brought little by little the annihilation of life. The patient was carried into her gardens every evening; but she didn't even seem to understand where she was. Raff, the greatest singer of Germany, who was passing through Naples, wanted to visit these gardens, renowned for their beauty. One of the princess's wives begged the great artist to sing, without showing himself, near the grove where she was lying. Raff consented and sang a simple tune the princess had heard from her husband's mouth in the early days of their marriage. This air was expressive and touching. The melody, the words, the admirable voice of the artist, everything comes together to deeply stir the soul of the princess. Tears sprang from her eyes ... she cried, was saved and remained convinced that her husband, that evening, had come down from heaven to sing him the old tune!

--Yes ... that evening! ... One evening, Raoul now thought, a single evening ... But this beautiful imagination would not have held up in the face of a repeated experience ...

She would have ended up discovering Raff, behind his grove, the ideal and mournful Princess of Belmonte, if she had returned there every evening, for three months ...

The angel of music, for three months, had given lessons to Christine ... Ah! he was a punctual teacher! ... And now he took her for a walk in the Bois! ...

With his clenched fingers, slipped over his chest, where his jealous heart was beating, Raoul tore his flesh. Inexperienced, he now wondered with terror to what game the young lady was inviting him for a next masquerade? And how much can an Opera girl make fun of a good young man

tout neuf à l'amour? Quelle misère!...

Ainsi la pensée de Raoul allait-elle aux extrêmes. Il ne savait plus s'il devait plaindre Christine ou la maudire et, tour à tour, il la plaignait et la maudissait. À tout hasard, cependant, il se munit d'un domino blanc.

Enfin, l'heure du rendez-vous arriva. Le visage couvert d'un loup garni d'une longue et épaisse dentelle, tout empierroté de blanc, le vicomte se prouva bien ridicule d'avoir endossé ce costume des mascarades romantiques. Un homme du monde ne se déguisait pas pour aller au bal de l'Opéra. Il eût fait sourire. Une pensée consolait le vicomte: c'était qu'on ne le reconnaîtrait certes pas! Et puis, ce costume et ce loup avaient un autre avantage: Raoul allait pouvoir se promener là-dedans «comme chez lui», tout seul, avec le désarroi de son âme et la tristesse de son cœur. Il n'aurait point besoin de feindre; il lui serait superflu de composer un masque pour son visage: il l'avait!

Ce bal était une fête exceptionnelle, donnée avant les jours gras, en l'honneur de l'anniversaire de la naissance d'un illustre dessinateur des liesses d'antan, d'un émule de Gavarni, dont le crayon avait immortalisé les «chicards» et la descente de la Courtille. Aussi devait-il avoir un aspect beaucoup plus gai, plus bruyant, plus bohème que l'ordinaire des bals masqués. De nombreux artistes s'y étaient donné rendez-vous, suivis de toute une clientèle de modèles et de rapins qui, vers minuit, commençaient de mener grand tapage.

Raoul monta le grand escalier à minuit, moins cinq, ne s'attarda en aucune sorte à considérer autour de lui le spectacle des costumes multicolores s'étalant au long des degrés de marbre, dans l'un des plus somptueux décors du monde, ne se laissa entreprendre par aucun masque facétieux, ne répondit à aucune plaisanterie, et secoua la familiarité entreprenante de plusieurs couples déjà trop gais. Ayant traversé le grand foyer et échappé à une farandole qui, un moment, l'avait emprisonné, il pénétra enfin dans le salon que le billet de Christine lui avait indiqué. Là, dans ce petit espace, il y avait un monde fou; car c'était là le carrefour où se rencontraient tous ceux qui allaient souper à la

brand new to love? What misery!...

So Raoul's thought went to extremes. He no longer knew whether he should pity Christine or curse her and, in turn, he pitied and cursed her. On the off chance, however, he armed himself with a white domino.

Finally, the hour of the meeting arrived. His face covered with a wolf adorned with long and thick lace, all encased in white, the viscount proved himself very ridiculous to have donned this costume of romantic masquerades. A man of the world did not disguise himself to go to the Opera ball. He would have made people smile. One thought consoled the viscount: it was that we would certainly not recognize him! And then, this costume and this wolf had another advantage: Raoul was going to be able to walk there "at home", all alone, with the confusion of his soul and the sadness of his heart. He would not need to pretend; it would be superfluous for him to compose a mask for his face: he had it!

This ball was an exceptional celebration, given before the Shrove Days, in honor of the anniversary of the birth of an illustrious draftsman of the liesses of yesteryear, of an emulator of Gavarni, whose pencil had immortalized the "chicards". »And the descent of the Courtille. So it must have looked much more cheerful, noisier, more bohemian than the usual masked balls. Many artists had made an appointment there, followed by a whole clientele of models and rapins who, around midnight, began to make a great uproar.

Raoul climbed the grand staircase at midnight, minus five, did not linger in any way to consider around him the spectacle of multicolored costumes spread out along the marble steps, in one of the most sumptuous settings in the world, let himself be taken in by no facetious mask, made no reply to any joke, and shook off the enterprising familiarity of several couples already too gay. Having crossed the large foyer and escaped a farandole which, for a moment, had imprisoned him, he finally entered the living room that Christine's note had indicated to him. There, in this small space, there was a mad world; for this was the crossroads where all those

Rotonde ou qui revenaient de prendre une coupe de champagne. Le tumulte y était ardent et joyeux. Raoul pensa que Christine avait, pour leur mystérieux rendez-vous, préféré cette cohue à quelque coin isolé: on y était, sous le masque, plus dissimulé.	who went to supper at the Rotonde or who returned from a glass of champagne met. The tumult was fiery and joyful there. Raoul thought that Christine had, for their mysterious meeting, preferred this crowd to some isolated corner: it was there, under the mask, more concealed.
Il s'accota à la porte et attendit. Il n'attendit point longtemps. Un domino noir passa, qui lui serra rapidement le bout des doigts. Il comprit que c'était elle.	He leaned against the door and waited. He did not wait long. A black domino passed by, which quickly squeezed his fingertips. He realized it was her.
Il suivit.	He followed.
--C'est vous, Christine? demanda-t-il entre ses dents.	--Is that you, Christine? he asked between his teeth.
Le domino se retourna vivement et leva le doigt jusqu'à la hauteur de ses lèvres pour lui recommander sans doute de ne plus répéter son nom.	The domino turned around quickly and raised his finger to his lips, no doubt urging him not to repeat his name.
Raoul continua de suivre en silence.	Raoul continued to follow in silence.
Il avait peur de la perdre, après l'avoir si étrangement retrouvée. Il ne sentait plus de haine contre elle. Il ne doutait même plus qu'elle dût «n'avoir rien à se reprocher», si bizarre et inexplicable qu'apparût sa conduite. Il était prêt à toutes les mansuétudes, à tous les pardons, à toutes les lâchetés. Il aimait. Et, certainement, on allait lui expliquer très naturellement, tout à l'heure, la raison d'une absence aussi singulière...	He was afraid of losing her, after finding her so strangely. He no longer felt hatred for her. He no longer even doubted that she must "have nothing to blame," so bizarre and inexplicable that her conduct appeared. He was ready for all meekness, all forgiveness, all cowardice. He loved. And, certainly, we were going to explain to him very naturally, earlier, the reason for such a singular absence ...
Le domino noir, de temps en temps, se retournait pour voir s'il était toujours suivi du domino blanc.	The black domino, from time to time, would turn around to see if he was still followed by the white domino.
Comme Raoul retraversait ainsi, derrière son guide, le grand foyer du public, il ne put faire autrement que de remarquer parmi toutes les cohues, une cohue... parmi tous les groupes s'essayant aux plus folles extravagances, un groupe qui se pressait autour d'un personnage dont le déguisement, l'allure originale, l'aspect macabre faisait sensation...	As Raoul was thus retracing, behind his guide, the main foyer of the public, he could not help but notice among all the crowds, a crowd ... among all the groups trying their hand at the craziest extravagances, a group that was thronging around a character whose disguise, original allure, macabre aspect caused a sensation ...
Ce personnage était vêtu tout d'écarlate avec un immense chapeau à plumes sur une tête de mort. Ah! la belle imitation de tête de mort que c'était là!	This character was dressed all in scarlet with a huge feathered hat on a skull. Ah! the beautiful imitation of a skull that it was there! The rapins

Les rapins autour de lui, lui faisaient un grand succès, le félicitaient... lui demandaient chez quel maître, dans quel atelier, fréquenté de Pluton, on lui avait fait, dessiné, maquillé une aussi belle tête de mort! La «Camarde» elle-même avait dû poser.

L'homme à la tête de mort, au chapeau à plumes et au vêtement écarlate traînait derrière lui un immense manteau de velours rouge dont la flamme s'allongeait royalement sur le parquet; et sur ce manteau on avait brodé en lettres d'or une phrase que chacun lisait et répétait tout haut: «Ne me touchez pas! Je suis la Mort rouge qui passe!...»

Et quelqu'un voulut le toucher... mais une main de squelette, sortie d'une manche de pourpre, saisit brutalement le poignet de l'imprudent et celui-ci, ayant senti l'emprise des osselets, l'étreinte forcenée de la Mort qui semblait ne devoir plus le lâcher jamais, poussa un cri de douleur et d'épouvante. La Mort rouge lui ayant enfin rendu la liberté, il s'enfuit, comme un fou, au milieu des quolibets. C'est à ce moment que Raoul croisa le funèbre personnage qui, justement, venait de se tourner de son côté. Et il fut sur le point de laisser échapper un cri: «La tête de mort de Perros-Guirec!» Il l'avait reconnue!... Il voulut se précipiter, oubliant Christine; mais le domino noir, qui paraissait en proie, lui aussi, à un étrange émoi, lui avait pris le bras et l'entraînait... l'entraînait loin du foyer, hors de cette foule démoniaque où passait la Mort rouge...

À chaque instant, le domino noir se retournait et il lui sembla sans doute, par deux fois, apercevoir quelque chose qui l'épouvantait, car il précipita encore sa marche et celle de Raoul comme s'ils étaient poursuivis.

Ainsi, montèrent-ils deux étages. Là, les escaliers, les couloirs étaient à peu près déserts. Le domino noir poussa la porte d'une loge et fit signe au domino blanc d'y pénétrer derrière lui. Christine (car c'était bien elle, il put encore la reconnaître à sa voix), Christine ferma aussitôt sur lui la porte die la loge en lui recommandant à voix basse de rester dans la partie arrière de cette loge et de ne se point montrer. Raoul retira son masque. Christine garda le sien. Et comme le jeune homme allait prier la chanteuse de s'en défaire, il fut tout à fait étonné de la voir se pencher contre la cloison et écouter

around him made him a great success, congratulated him ... asked him in which master, in which workshop, frequented by Pluto, he had been made, drawn, made up such a beautiful skull! The "Camarde" herself must have posed.

The man with the skull, feathered hat and scarlet garment dragged behind him an immense red velvet cloak, the flame of which stretched out regally on the floor; and on this coat a phrase had been embroidered in gold letters which everyone read and repeated aloud: "Do not touch me!" I am the passing Red Death! ... "

And someone wanted to touch him ... but a skeleton hand, coming out of a purple sleeve, brutally grabbed the reckless man's wrist and he, having felt the grip of the bones, the frantic embrace of Death, who seemed never to let go again, let out a cry of pain and dread. The Red Death having finally set him free, he flees, like a madman, into the midst of the quibbles. It was at this moment that Raoul came across the funeral character who, precisely, had just turned on his side. And he was about to let out a cry: "The skull of Perros-Guirec!" He had recognized her! ... He wanted to rush, forgetting Christine; but the black domino, who also seemed plagued by a strange emotion, had taken her arm and dragged her ... dragged her away from home, out of that demonic crowd where Red Death passed ...

At every moment, the black domino turned around, and it seemed to him, no doubt, twice that he saw something that terrified him, for he was still rushing his walk and Raoul's as if they were being pursued.

So they went up two floors. There, the stairs, the corridors were almost deserted. The black domino pushed open the door of a dressing room and motioned for the white domino to come in behind him. Christine (because it was really her, he could still recognize her by her voice), Christine immediately closed the door of the box on him, recommending him in a low voice to stay in the back part of this box and not to show himself. . Raoul took off his mask. Christine kept hers. And as the young man was going to beg the singer to get rid of it, he was

attentivement ce qui se passait à côté. Puis elle entr'ouvrit la porte et regarda dans le couloir en disant à voix basse: «Il doit être monté au-dessus, dans la «loge des Aveugles!»... Soudain elle s'écria: Il redescend!

Elle voulut refermer la porte mais Raoul s'y opposa, car il avait vu sur la marche la plus élevée de l'escalier qui montait à l'étage supérieur se poser _un pied rouge_, et puis un autre... et lentement, majestueusement, descendit tout le vêtement écarlate de la Mort rouge. Et il revit la tête de mort de Perros-Guirec.

--C'est lui! s'écria-t-il... Cette fois, il ne m'échappera pas!...

Mais Christine avait refermé la porte, dans le moment que Raoul s'élançait. Il voulut l'écarter de son chemin...

--Qui donc, lui? demanda-t-elle d'une voix toute changée... qui donc ne vous échappera pas?...

Brutalement, Raoul essaya de vaincre la résistance de la jeune fille, mais elle le repoussait avec une force inattendue... Il comprit ou crut comprendre et devint furieux tout de suite.

--Qui donc? fit-il avec rage... Mais lui? l'homme qui se dissimule sous cette hideuse image mortuaire!... le mauvais génie du cimetière de Perros!... la Mort rouge!... Enfin, votre ami, madame... _Votre Ange de la musique!_ Mais je lui arracherai son masque du visage, comme j'arracherai le mien, et nous nous regarderons, cette fois face à face, sans voile et sans mensonge, et je saurai qui vous aimez et qui vous aime!

Il éclata d'un rire insensé, pendant que Christine, derrière son loup, faisait entendre un douloureux gémissement.

Elle étendit d'un geste tragique ses deux bras, qui mirent une barrière de chair blanche sur la porte.

quite astonished to see her lean against the partition and listen attentively to what was happening nearby. Then she opened the door a crack and looked down the hall, saying in a low voice: "He must have climbed above, in the 'lodge for the blind!' ... Suddenly she cried: He's coming down!

She wanted to close the door but Raoul opposed it, because he had seen on the highest step of the staircase which went up to the upper floor to put _a red foot_, and then another ... and slowly, majestically , descended all the scarlet garment of the Red Death. And he saw Perros-Guirec's skull again.

--It's him! he cried ... This time he will not escape me! ...

But Christine had closed the door, just as Raoul was rushing forward. He wanted to get her out of his way ...

--Who is he? she asked in a changed voice ... who will not escape you? ...

Suddenly, Raoul tried to overcome the resistance of the young girl, but she pushed him away with an unexpected force ... He understood or thought he understood and became furious immediately.

--Who? he said with rage ... But him? the man who hides himself under this hideous mortuary image! ... the evil genius of the Perros cemetery! ... the Red Death! ... Finally, your friend, madam ... _Your Angel of music!_ But I will tear off his mask from his face, as I will tear mine off, and we will look at each other, this time face to face, without veil and without lies, and I will know who you love and who loves you!

He burst into an insane laugh, while Christine, behind her wolf, let out a painful moan.

She tragically extended her two arms, which put a barrier of white flesh on the door.

--Au nom de notre amour, Raoul, vous ne passerez pas!...	- In the name of our love, Raoul, you will not pass! ...
Il s'arrêta. Qu'avait-elle dit?... Au nom de leur amour?... Mais jamais, jamais encore elle ne lui avait dit qu'elle l'aimait. Et cependant, les occasions ne lui avaient pas manqué!... Elle l'avait vu déjà assez malheureux, en larmes devant elle, implorant une bonne parole d'espoir qui n'était pas venue!... Elle l'avait vu malade, quasi mort de terreur et de froid après la nuit du cimetière de Perros? Était-elle seulement restée à ses côtés dans le moment qu'il avait le plus besoin de ses soins? Non! Elle s'était enfuie!... Et elle disait qu'elle l'aimait! Elle parlait «au nom de leur amour». Allons donc! Elle n'avait d'autre but que de le retarder quelques secondes... Il fallait laisser le temps à la Mort rouge de s'échapper... Leur amour? Elle mentait!...	He stopped himself. What had she said? ... In the name of their love? ... But never, never again had she told him that she loved him. And yet, the opportunities had not failed her! ... She had seen him already rather unhappy, in tears in front of her, imploring a good word of hope which had not come! ... She had seen him ill, almost death of terror and cold after the night in the Perros cemetery? Had she only stayed by his side when he needed her care the most? No! She had run away! ... And she said that she loved him! She spoke "in the name of their love". Come on! She had no other goal than to delay him for a few seconds ... The Red Death had to be allowed time to escape ... Their love? She was lying! ...
Et il le lui dit, avec un accent de haine enfantine.	And he told her so, with an accent of childish hatred.
--Vous mentez, madame! car vous ne m'aimez pas, et vous ne m'avez jamais aimé! Il faut être un pauvre malheureux petit jeune homme comme moi pour se laisser jouer, pour se laisser berner comme je l'ai été! Pourquoi donc par votre attitude, par la joie de votre regard, par votre silence même, m'avoir, lors de notre première entrevue à Perros, permis tous les espoirs?--tous les honnêtes espoirs, madame, car je suis un honnête homme et je vous croyais une honnête femme, quand vous n'aviez que l'intention de vous moquer de moi! Hélas! vous vous êtes moquée de tout le monde! Vous avez honteusement abusé du cœur candide de votre bienfaitrice elle-même, qui continue cependant de croire à votre sincérité quand vous vous promenez au bal de l'Opéra, avec la Mort rouge!... Je vous méprise!...	--You are lying, madame! for you do not love me, and you have never loved me! You have to be a poor unhappy little young man like me to let yourself be played, to be fooled as I have been! Why, then, by your attitude, by the joy of your gaze, by your very silence, have allowed me, during our first meeting at Perros, to allow all the hopes? - all the honest hopes, madame, for I am an honest man and I thought you were an honest woman, when you only meant to laugh at me! Alas! you made fun of everyone! You have shamefully abused the candid heart of your benefactress herself, who nevertheless continues to believe in your sincerity when you walk to the Opera ball, with the Red Death! ... I despise you! ...
Et il pleura. Elle le laissait l'injurier. Elle ne pensait qu'à une chose: le retenir.	And he wept. She let him curse her. She only thought of one thing: to hold him back.
--Vous me demanderez un jour pardon de toutes ces vilaines paroles, Raoul, et je vous pardonnerai!...	- One day you will ask me for forgiveness for all these nasty words, Raoul, and I will forgive you! ...
Il secoua la tête.	He shook his head.
--Non! non! vous m'aviez rendu fou!... quand je pense que moi, je n'avais plus qu'un but dans la vie:	--No! no! you had driven me mad! ... when I think that I had only one goal in life: to give my name

donner mon nom à une fille d'Opéra!...	to an Opera girl! ...
--Raoul!... malheureux!...	--Raoul! ... unhappy! ...
--J'en mourrai de honte!	--I will die of shame!
--Vivez, mon ami, fit la voix grave et altérée de Christine... et adieu!	"Live, my friend," said Christine's deep and altered voice ... and farewell!
--Adieu, Raoul!...	- Farewell, Raoul! ...
Le jeune homme s'avança, d'un pas chancelant. Il osa encore un sarcasme:	The young man stepped forward with a staggering step. He dared another sarcasm:
--Oh! vous me permettrez bien de venir encore vous applaudir de temps en temps.	--Oh! you will allow me to come again and applaud you from time to time.
--Je ne chanterai plus, Raoul!...	- I will not sing any more, Raoul! ...
--Vraiment, ajouta-t-il avec plus d'ironie encore... On vous crée des loisirs: mes compliments!... Mais on se reverra au Bois un de ces soirs!	- Really, he added with even more irony. You create leisure for you: my compliments! ... But we will meet again at the Bois one of these evenings!
--Ni au bois, ni ailleurs, Raoul, vous ne me verrez plus...	--Neither in the woods, nor elsewhere, Raoul, you will not see me anymore ...
--Pourrait-on savoir au moins à quelles ténèbres vous retournerez?... Pour quel enfer repartez-vous, mystérieuse madame?... ou pour quel paradis?...	- Could we at least know what darkness you will return to? ... For what hell are you going again, mysterious madam? ... or for what paradise? ...
--J'étais venue pour vous le dire... mon ami... mais je ne peux plus rien vous dire...	--I came to tell you ... my friend ... but I can't tell you anything ...
... Vous ne me croiriez pas! Vous avez perdu foi en moi, Raoul, c'est fini!...	... You wouldn't believe me! You have lost faith in me, Raoul, it's over! ...
Elle dit ce «C'est fini!» sur un ton si désespéré que le jeune homme en tressaillit et que le remords de sa cruauté commença de lui troubler l'âme...	She says this "It's over!" in a tone so desperate that the young man shuddered and remorse for his cruelty began to trouble his soul ...
--Mais enfin, s'écria-t-il... Nous direz-vous ce que signifie tout ceci!... Vous êtes libre, sans entrave... Vous vous promenez dans la ville... vous revêtez un domino pour courir le bal... Pourquoi ne rentrez-vous pas chez vous?... Qu'avez-vous fait depuis quinze jours?... Qu'est-ce que c'est que cette	--But anyway, he cried ... Can you tell us what all this means! ... You are free, unhindered ... You walk in the city ... you put on a domino to run the ball ... Why don't you go home? ... What have you been doing for two weeks? ... What is this story about the angel of the music that you told

histoire de l'ange de la musique que vous avez racontée à la maman Valérius? quelqu'un a pu vous tromper, abuser de votre crédulité... J'en ai été moi-même, le témoin à Perros... mais, maintenant vous savez à quoi vous en tenir!... Vous m'apparaissez fort sensée, Christine... Vous savez ce que vous faites!... et cependant la maman Valérius continue à vous attendre, en invoquant votre «bon génie»!... Expliquez-vous, Christine, je vous en prie!... D'autres y seraient trompés!... qu'est-ce que c'est que cette comédie?...

Christine, simplement, ôta son masque et dit:

--C'est une tragédie! mon ami...

Raoul vit alors son visage et ne put retenir une exclamation de surprise et d'effroi. Les fraîches couleurs d'autrefois avaient disparu. Une pâleur mortelle s'étendait sur ces traits qu'il avait connus si charmants et si doux, reflets de la grâce paisible et de la conscience sans combat. Comme ils étaient tourmentés maintenant! Le sillon de la douleur les avait impitoyablement creusés et les beaux yeux clairs de Christine, autrefois limpides comme les lacs qui servaient d'yeux à la petite Lotte, apparaissaient ce soir d'une profondeur obscure, mystérieuse et insondable, et tout cernés d'une ombre effroyablement triste.

--Mon amie! mon amie! gémit-il en tendant les bras... vous m'avez promis de me pardonner...

--Peut-être!... peut-être un jour... fit-elle en remettant son masque et elle s'en alla, lui défendant de la suivre d'un geste qui le chassait...

Il voulut s'élancer derrière elle, mais elle se retourna et répéta avec une telle autorité souveraine son geste d'adieu qu'il n'osa plus faire un pas.

Il la regarda s'éloigner... Et puis il descendit à son tour dans la foule, ne sachant point précisément ce qu'il faisait, les tempes battantes, le cœur déchiré, et il demanda, dans la salle qu'il traversait, si l'on n'avait point vu passer la Mort rouge. On lui disait: «Qui est cette Mort rouge?» Il répondait: «C'est un monsieur déguisé avec une tête de mort et en grand manteau rouge.» On lui dit partout qu'elle venait de passer, la Mort rouge, traînant son royal manteau,

the mother Valérius? someone could have deceived you, abused your credulity ... I was myself, the witness in Perros ... but, now you know what to expect! ... You appear to me to be strong sensible, Christine ... You know what you are doing! ... and yet mum Valérius continues to wait for you, invoking your "good genius"! ... Explain yourself, Christine, please! .. Others would be deceived! ... what is this comedy? ...

Christine, simply, took off her mask and said:

--It's a tragedy! my friend...

Raoul then saw his face and could not restrain an exclamation of surprise and fear. The cool colors of yesteryear were gone. A mortal pallor spread over those features he had known so charming and so sweet, reflections of peaceful grace and of conscience without a fight. How tormented they were now! The furrows of pain had pitilessly hollowed them out and Christine's beautiful clear eyes, once limpid as the lakes which served as eyes for little Lotte, appeared tonight from a dark, mysterious and unfathomable depth, and completely surrounded by an appallingly sad shadow.

--My friend! my friend! he moaned, stretching out his arms ... you promised to forgive me ...

`` Perhaps! ... perhaps one day ... '' she said, putting on her mask and left, forbidding him to follow her with a gesture that chased him away ...

He wanted to rush behind her, but she turned and repeated her farewell gesture with such sovereign authority that he dared not take a step.

He watched her walk away ... And then he in turn went down into the crowd, not knowing exactly what he was doing, his temples beating, his heart torn, and he asked, in the room he was crossing, if the Red Death had not been seen to pass. He was told, "Who is this Red Death?" He replied, "He is a gentleman in disguise with a skull and a large red cloak." Everywhere she was told she had just passed, the Red Death, dragging her

mais il ne la rencontra nulle part, et il retourna, vers deux heures du matin, dans le couloir qui, derrière la scène, conduisait à la loge de Christine Daaé.

Ses pas l'avaient conduit dans ce lieu où il avait commencé de souffrir. Il heurta à la porte. On ne lui répondit pas. Il entra comme il était entré alors qu'il cherchait partout _la voix d'homme._ La loge était déserte. Un bec de gaz brûlait, en veilleuse. Sur un petit bureau, il y avait du papier à lettres. Il pensa à écrire à Christine, mais des pas se firent entendre dans le corridor... Il n'eut que le temps de se cacher dans le boudoir qui était séparé de la loge par un simple rideau. Une main poussait la porte de la loge. C'était Christine!

Il retint sa respiration. Il voulait voir! Il voulait savoir!... Quelque chose lui disait qu'il allait assister à une partie du mystère et qu'il allait commencer à comprendre peut-être...

Christine entra, retira son masque d'un geste las et le jeta sur la table. Elle soupira, laissa tomber sa belle tête entre ses mains... À quoi pensait-elle?... À Raoul?... Non! car Raoul l'entendit murmurer: «Pauvre Erik!»

Il crut d'abord avoir mal entendu. D'abord, il était persuadé que si quelqu'un était à plaindre, c'était lui, Raoul. Quoi de plus naturel, après ce qui venait de se passer entre eux, qu'elle dît dans un soupir: «Pauvre Raoul!» Mais elle répéta en secouant la tête: «Pauvre Erik?» Qu'est-ce que cet Erik venait faire dans les soupirs de Christine et pourquoi la petite fée du Nord plaignait-elle, Erik quand Raoul était si malheureux?

Christine se mit à écrire, posément, tranquillement, si pacifiquement, que Raoul, qui tremblait encore du drame qui les séparait, en fut singulièrement et fâcheusement impressionné. «Que de sang-froid!» se dit-il... Elle écrivit ainsi, remplissant deux, trois, quatre feuillets. Tout à coup, elle dressa la tête et cacha les feuillets dans son corsage... Elle semblait écouter... Raoul aussi écouta... D'où venait ce bruit bizarre, ce rythme lointain?... Un chant sourd semblait sortir des murailles... Oui, on eût dit que les murs chantaient!... Le chant devenait plus clair... les paroles étaient intelligibles... on distingua une voix...

royal cloak, but he met her nowhere, and he returned, about two o'clock in the morning, to the corridor which, behind the stage, led to the Christine Daaé's lodge.

His footsteps had led him to this place where he had begun to suffer. He knocked on the door. No one answered him. He entered as he had entered as he searched everywhere for _the voice of a man._ The lodge was deserted. A gas burner was on the back burner. On a small desk there was notepaper. He thought about writing to Christine, but footsteps were heard in the corridor ... He only had time to hide in the boudoir which was separated from the box by a simple curtain. A hand pushed open the door of the lodge. It was Christine!

He held his breath. He wanted to see! He wanted to know! ... Something told him that he was going to witness part of the mystery and that he was going to begin to understand perhaps ...

Christine came in, took off her mask wearily and threw it on the table. She sighed, let her beautiful head fall between her hands ... What was she thinking? ... Of Raoul? ... No! because Raoul heard him murmur: "Poor Erik!"

At first he thought he had misheard. First, he was convinced that if anyone was to be pitied, it was he, Raoul. What could be more natural, after what had just happened between them, that she said with a sigh: "Poor Raoul!" But she repeated, shaking her head: "Poor Erik?" What was this Erik doing in Christine's sighs and why did the little fairy of the North complain, Erik when Raoul was so unhappy?

Christine began to write, calmly, calmly, so peacefully, that Raoul, who was still trembling at the drama which separated them, was singularly and annoyingly impressed by it. "What coolness!" he said to himself ... She wrote thus, filling out two, three, four pages. Suddenly she raised her head and hid the leaves in her blouse ... She seemed to be listening ... Raoul also listened ... Where did this strange noise come from, this distant rhythm? ... A muffled song seemed to come out walls ... Yes, one would have said that the walls were singing! ... The song became

une très belle et très douce et très captivante voix... mais tant de douceur restait cependant mâle et ainsi pouvait-on juger que cette voix n'appartenait point à une femme... La voix s'approchait toujours... elle dépassa la muraille... elle arriva... et la voix maintenant _était dans la pièce_, devant Christine. Christine se leva et parla à la voix comme si elle eût parlé à quelqu'un qui se fût tenu à ses côtés.

clearer ... the words were intelligible ... a voice was distinguished ... a very beautiful and very soft and very captivating voice ... but so much gentleness was still male and so one could judge that this voice did not belong to a woman ... The voice was still approaching ... it went beyond the wall ... it arrived ... and the voice now _was in the room_, in front of Christine. Christine stood up and spoke to the voice as if she had spoken to someone who had stood by her side.

--Me voici, Erik, dit-elle, je suis prête. C'est vous qui êtes en retard, mon ami.

'Here I am, Erik,' she said, 'I'm ready. It's you who are late, my friend.

Raoul qui regardait prudemment, derrière son rideau, n'en pouvait croire ses yeux qui ne lui montraient rien.

Raoul, who was watching cautiously behind his curtain, could not believe his eyes which showed him nothing.

La physionomie de Christine s'éclaira. Un bon sourire vint se poser sur ses lèvres exsangues, un sourire comme en ont les convalescents quand ils commencent à espérer que le mal qui les a frappés ne les emportera pas.

Christine's face lit up. A good smile came to rest on his bloodless lips, a smile like convalescents do when they begin to hope that the illness that has struck them will not take them away.

La voix sans corps se reprit à chanter et certainement Raoul n'avait encore rien entendu au monde--comme voix unissant, dans le même temps, avec le même souffle, les extrêmes--de plus largement et héroïquement suave, de plus victorieusement insidieux, de plus délicat dans la force, de plus fort dans la délicatesse, enfin de plus irrésistiblement triomphant. Il y avait là des accents définitifs qui chantaient en maîtres et qui devaient certainement, par la seule vertu de leur audition, faire naître des accents élevés chez les mortels qui sentent, aiment et traduisent la musique. Il y avait là une source tranquille et pure d'harmonie à laquelle les fidèles pouvaient en toute sûreté dévotement boire, certains qu'ils étaient d'y boire la grâce musicienne. Et leur art, du coup, ayant touché le divin, en était transfiguré. Raoul écoutait cette voix avec fièvre et il commençait à comprendre comment Christine Daaé avait pu apparaître un soir au public stupéfait, avec des accents d'une beauté inconnue, d'une exaltation surhumaine, sans doute encore sous l'influence du mystérieux et invisible maître! Et il comprenait d'autant plus un si considérable événement en écoutant l'exceptionnelle voix que celle-ci ne chantait rien justement d'exceptionnel: avec du limon, elle avait fait de l'azur. La banalité du vers et la facilité et la

The voice without a body began to sing again and certainly Raoul had not yet heard anything in the world - as a unifying voice, at the same time, with the same breath, the extremes - more broadly and heroically suave, more victoriously insidious. , more delicate in strength, stronger in delicacy, finally more irresistibly triumphant. There were definitive accents there which sang like masters and which were certainly, by the sole virtue of their hearing, to give rise to lofty accents in mortals who feel, love and translate music. There was there a quiet and pure source of harmony from which the faithful could devoutly drink in safety, certain that they were to drink from it musical grace. And their art, suddenly, having touched the divine, was transfigured by it. Raoul listened to this voice feverishly and he began to understand how Christine Daaé had been able to appear one evening to the astonished public, with accents of an unknown beauty, of a superhuman exaltation, undoubtedly still under the influence of the mysterious and invisible master ! And he understood all the more such a considerable event by listening to the exceptional voice that it did not sing anything exceptional: with silt, it had made azure. The banality of the verse and the ease and almost popular vulgarity

presque vulgarité populaire de la mélodie n'en apparaissaient que transformées davantage en beauté par un souffle qui les soulevait et les emportait en plein ciel sur les ailes de la passion. Car cette voix angélique glorifiait un hymne païen.	of the melody only appeared transformed more into beauty by a breath which lifted them up and carried them into the sky on the wings of passion. For that angelic voice glorified a pagan hymn.
Cette voix chantait «la nuit d'hyménée» de _Roméo et Juliette._	This voice sang "la nuit d'hyménée" by _Roméo et Juliette._
Raoul vit Christine tendre les bras vers la voix, comme elle avait fait dans le cimetière de Perros, vers le violon invisible qui jouait _La Résurrection de Lazare_...	Raoul saw Christine stretch out her arms towards the voice, as she had done in the Perros cemetery, towards the invisible violin which played _La Résurrection de Lazare _...
Rien ne pourrait rendre la passion dont la voix dit:	Nothing could return the passion whose voice says:
La destinée t'enchaîne à moi sans retour!...	Destiny chains you to me without turning back! ...
Raoul en eut le cœur transpercé et, luttant contre le charme qui semblait lui ôter toute volonté et toute énergie, et presque toute lucidité dans le moment qu'il lui en fallait le plus, il parvint à tirer le rideau qui le cachait et il marcha vers Christine. Celle-ci, qui s'avançait vers le fond de la loge dont tout le pan était occupé par une grande glace qui lui renvoyait son image, ne pouvait pas le voir, car il était tout à fait derrière elle et entièrement masqué par elle.	Raoul had his heart pierced and, struggling against the charm that seemed to take away all his will and energy, and almost all his lucidity when he needed it most, he managed to pull the curtain that hid him and he walked to Christine. She, advancing to the bottom of the lodge, the whole part of which was occupied by a large mirror which returned her image to her, could not see it, for he was quite behind it, and entirely masked by it.
La destinée t'enchaîne à moi sans retour!...	Destiny chains you to me without turning back! ...
Christine marchait toujours vers son image et son image descendait vers elle. Les deux Christine--le corps, et l'image--finirent par se toucher, se confondre, et Raoul étendit le bras pour les saisir d'un coup toutes les deux.	Christine was still walking towards her image and her image was descending towards her. The two Christine - the body, and the image - ended up touching, merging, and Raoul stretched out his arm to suddenly grab them both.
Mais par une sorte de miracle éblouissant qui le fit chanceler, Raoul fut tout à coup rejeté en arrière, pendant qu'un vent glacé lui balayait le visage; il vit non plus deux, mais quatre, huit, vingt Christine, qui tournèrent autour de lui avec une telle légèreté, qui se moquaient et qui, si rapidement s'enfuyaient, que sa main n'en put toucher aucune. Enfin, tout redevint immobile et il se vit, lui, dans la glace. Mais Christine avait disparu.	But by a sort of dazzling miracle which made him stagger, Raoul was suddenly thrown back, while an icy wind swept over his face; he no longer saw two, but four, eight, twenty Christine, who circled around him with such lightness, who laughed and who, so quickly fled, that his hand could not touch any of them. Finally, everything became still and he saw himself in the mirror. But Christine had disappeared.
Il se précipita sur la glace. Il se heurta aux murs.	He rushed onto the ice. He bumped into the

Personne! Et cependant la loge résonnait encore d'un rythme lointain, passionné:

La destinée, t'en chaîne à moi sans retour!...

Ses mains pressèrent son front en sueur, tâtèrent sa chair éveillée, tâtonnèrent la pénombre, rendirent à la flamme du bec de gaz toute sa force. Il était sûr qu'il ne rêvait point. Il se trouvait au centre d'un jeu formidable, physique et moral, dont il n'avait point la clef et qui peut-être allait le broyer. Il se faisait vaguement l'effet d'un prince aventureux qui a franchi la limite défendue d'un conte de fée et qui ne doit plus s'étonner d'être la proie des phénomènes magiques qu'il a inconsidérément bravés et déchaînés par amour...

Par où? Par où Christine était-elle partie?...

Par où reviendrait-elle?...

Reviendrait-elle?... Hélas! ne lui avait-elle point affirmé que tout était fini!... et la muraille ne répétait-elle point: _La destinée t'enchaîne à moi sans retour?_ À moi? À qui?

Alors, exténué, vaincu, le cerveau vague, il s'assit à la place même qu'occupait tout à l'heure Christine. Comme elle, il laissa sa tête tomber dans ses mains. Quand il la releva, des larmes coulaient abondantes au long de son jeune visage, de vraies et lourdes larmes, comme en ont les enfants jaloux, des larmes qui pleuraient sur un malheur nullement fantastique, mais commun à tous les amants de la terre et qu'il précisa tout haut:

--Qui est cet Erik? dit-il.

walls. Anybody! And yet the lodge still echoed with a distant, passionate rhythm:

Destiny, you chain it to me without return! ...

His hands pressed against his sweaty forehead, groped for his awake flesh, groped for the dimness, returned all his strength to the flame of the gas nozzle. He was sure he was not dreaming. He was at the center of a formidable game, physical and moral, of which he had no key, and which might have crushed him. He was vaguely the effect of an adventurous prince who has crossed the boundaries of a fairy tale and is no longer surprised to be the prey of magical phenomena that he has inconsiderately braved and unleashed out of love. ...

From where? Where did Christine go? ...

Where would she return? ...

Would she come back? ... Alas! Had she not told him that it was all over! ... and the wall was not repeating: _The destiny chains you to me without return? _ To me? Whose?

Then, exhausted, defeated, his brain vague, he sat down in the very place Christine occupied earlier. Like her, he let his head fall into her hands. When he picked her up, tears flowed abundantly down her young face, real and heavy tears, as jealous children have, tears that wept over a misfortune not at all fantastic, but common to all lovers of the earth and which 'he specified aloud:

--Who is this Erik? he said.

XI

IL FAUT OUBLIER LE NOM DE «LA VOIX D'HOMME»

Le lendemain du jour où Christine avait disparu à ses yeux dans une espèce d'éblouissement qui le faisait encore douter de ses sens, M. le vicomte de Chagny se rendit aux nouvelles chez la maman Valérius. Il tomba sur un tableau charmant.

Au chevet de la vieille dame qui, assise dans son lit, tricotait, Christine faisait de la dentelle. Jamais ovale plus charmant, jamais front plus pur, jamais regard plus doux ne se penchèrent sur un ouvrage de vierge. De fraîches couleurs étaient revenues aux joues de la jeune fille. Le cerne bleuâtre de ses yeux clairs avait disparu. Raoul ne reconnut plus le visage tragique de la veille. Si le voile de la mélancolie répandu sur ces traits adorables n'était apparu au jeune homme comme le dernier vestige du drame inouï où se débattait cette mystérieuse enfant, il eût pu penser que Christine n'en était point l'incompréhensible héroïne.

Elle se leva à son approche sans émotion apparente et lui tendit la main. Mais la stupéfaction de Raoul était telle qu'il restait là, anéanti, sans un geste, sans un mot.

--Eh bien, monsieur de Chagny, s'exclama la maman Valérius. Vous ne connaissez donc plus notre Christine? Son «bon génie» nous l'a rendue!

--Maman! interrompit la jeune fille sur un ton bref, cependant qu'une vive rougeur lui montait jusqu'aux yeux, maman, je croyais qu'il ne serait jamais plus question de cela!... Vous savez bien qu'il n'y a pas de génie de la musique!

--Ma fille, il t'a pourtant donné des leçons pendant trois mois!

--Maman, je vous ai promis de tout vous expliquer un jour prochain; je l'espère... mais, jusqu'à ce jour-là, vous m'avez promis le silence et de ne plus m'interroger jamais!

--Si tu me promettais, toi, de ne plus me quitter!

XI

YOU MUST FORGET THE NAME OF "THE MAN'S VOICE"

The day after Christine had disappeared from his eyes in a kind of dazzlement which still made him doubt his senses, the Vicomte de Chagny went to the news at Mama Valérius' house. He came across a charming picture.

At the bedside of the old lady who, sitting in her bed, was knitting, Christine was making lace. Never a more charming oval, never a purer brow, never a sweeter gaze, leaned over a virgin's work. Fresh colors had returned to the young girl's cheeks. The bluish ring of his pale eyes was gone. Raoul no longer recognized the tragic face of the day before. If the veil of melancholy spread over these adorable features had not appeared to the young man as the last vestige of the incredible drama in which this mysterious child was struggling, he might have thought that Christine was not its incomprehensible heroine.

She stood up at his approach without apparent emotion and held out her hand. But Raoul's amazement was such that he remained there, devastated, without a gesture, without a word.

"Well, Monsieur de Chagny," exclaimed Mama Valérius. So you no longer know our Christine? Her "good genius" gave her back to us!

--Mom! interrupted the young girl in a brief tone, while a sharp blush rose to her eyes, Mum, I thought there would never be any more question of that! ... You know very well that there is no no genius of music!

- My daughter, he gave you lessons for three months!

- Mom, I promised to explain everything to you one day soon; I hope so ... but, until that day, you promised me silence and never to question me again!

- If you would promise me not to leave me! but

mais m'as-tu promis cela, Christine?	did you promise me that, Christine?
--Maman, tout ceci ne saurait intéresser M. de Chagny...	``Mother, all this could not interest M. de Chagny ...
--C'est ce qui vous trompe, mademoiselle, interrompit le jeune homme d'une voix qu'il voulait rendre ferme et brave et qui n'était encore que tremblante; tout ce qui vous touche m'intéresse à un point que vous finirez peut-être par comprendre. Je ne vous cacherai pas que mon étonnement égale ma joie en vous retrouvant aux côtés de votre tolère adoptive et que ce qui s'est passé hier entre nous, ce que vous avez pu me dire, ce que j'ai pu deviner, rien ne me faisait prévoir un aussi prompt retour. Je serais le premier à m'en réjouir si vous ne vous obstiniez point à conserver sur tout ceci un secret qui peut vous être fatal..., et je suis votre ami depuis trop longtemps pour ne point m'inquiéter, avec Mme Valérius, d'une funeste aventure qui restera dangereuse tant que nous n'en aurons point démêlé la trame et dont vous finirez bien par être victime, Christine.	"That is what deceives you, mademoiselle," interrupted the young man in a voice which he wanted to make firm and brave, and which was still only trembling; everything that touches you interests me to a point that you may come to understand. I will not hide from you that my astonishment equals my joy at finding you alongside your adoptive tolerates and that what happened yesterday between us, what you may have told me, what I have been able to guess, nothing made me foresee such a speedy return. I would be the first to rejoice if you did not persist in keeping a secret about all this which may be fatal to you ..., and I have been your friend for too long not to worry, with Mme Valérius, of a fatal adventure which will remain dangerous as long as we have not unraveled the plot and of which you will end up being the victim, Christine.
À ces mots, la maman Valérius s'agita dans son lit.	At these words, mum Valérius stirred in her bed.
--Qu'est-ce que cela veut dire? s'écria-t-elle... Christine est donc en danger?	--What does that mean? she cried ... Christine is therefore in danger?
--Oui, madame..., déclara courageusement Raoul, malgré les signes de Christine.	--Yes, madame ..., declared Raoul courageously, in spite of the signs of Christine.
--Mon Dieu! s'exclama, haletante, la bonne et naïve vieille. Il faut tout me dire, Christine! Pourquoi me rassurais-tu? Et de quel danger s'agit-il, monsieur de Chagny?	--My God! the good, naive old woman exclaimed, panting. You have to tell me everything, Christine! Why were you reassuring me? And what is the danger, Monsieur de Chagny?
--Un imposteur est en train d'abuser de sa bonne foi!	--An impostor is abusing his good faith!
--L'ange de la musique est un imposteur?	--The angel of music is an impostor?
--Elle vous a dit elle-même qu'il n'y a pas d'ange de la musique!	--She told you herself that there is no angel of music!
--Eh! qu'y a-t-il donc, au nom du Ciel? supplia l'impotente! Vous me ferez mourir!	--He! what is it then, in the name of Heaven? begged the helpless! You will kill me!

--Il y a, madame, autour de nous, autour de vous, autour de Christine, un mystère terrestre beaucoup plus à craindre que tous les fantômes et tous les génies!

La maman Valérius tourna vers Christine un visage terrifié, mais celle-ci s'était déjà précipitée vers sa mère adoptive et la serrait dans ses bras:

--Ne le crois pas! bonne maman..., ne le crois pas, répétait-elle... et elle essayait, par ses caresses, de la consoler, car la vieille dame poussait des soupirs à fendre l'âme.

--Alors, dis-moi que tu ne me quitteras plus! implora la veuve du professeur.

Christine se taisait et Raoul reprit:

--Voilà ce qu'il faut promettre, Christine... C'est la seule chose qui puisse nous rassurer, votre mère et moi! Nous nous engageons à ne plus vous poser une seule question sur le passé, si vous nous promettez de rester sous notre sauvegarde à l'avenir...

--C'est un engagement que je ne vous demande point, et c'est une promesse que je ne vous ferai pas! prononça la jeune fille avec fierté. Je suis libre de mes actions, monsieur de Chagny; vous n'avez aucun droit à les contrôler et je vous prierai de vous en dispenser désormais. Quant à ce que j'ai fait depuis quinze jours, il n'y a qu'un homme au monde qui aurait le droit d'exiger que je lui en fasse le récit: mon mari! Or, je n'ai pas de mari, et je ne marierai jamais!

Disant cela avec force, elle étendit la main du côté de Raoul, comme pour rendre ses paroles plus solennelles, et Raoul pâlit, non point seulement à cause des paroles mêmes qu'il venait d'entendre, mais parce qu'il venait d'apercevoir, au doigt de Christine, un anneau d'or.

--Vous n'avez pas de mari, et, cependant, vous portez une «alliance».

Et il voulut saisir sa main, mais, prestement, Christine la lui avait retirée.

--There is, madam, around us, around you, around Christine, a terrestrial mystery much more to be feared than all the ghosts and all the geniuses!

Mum Valérius turned a terrified face to Christine, but she had already rushed to her adoptive mother and hugged her:

--Do not believe it! good mother ... don't think so, she repeated ... and she tried, by her caresses, to console her, for the old lady was heaving heart-breaking sighs.

--So tell me that you will never leave me! implored the professor's widow.

Christine was silent and Raoul continued:

--That's what to promise, Christine ... It's the only thing that can reassure us, your mother and me! We promise not to ask you a single question about the past, if you promise to remain under our safeguard in the future ...

"It is a promise that I am not asking of you, and it is a promise that I will not make to you!" the young girl said with pride. I am free in my actions, Monsieur de Chagny; you have no right to control them and I would ask you to dispense with them from now on. As for what I have been doing for a fortnight, there is only one man in the world who would have the right to demand that I tell him about it: my husband! However, I do not have a husband, and I will never marry!

Saying this forcefully, she extended her hand to Raoul's side, as if to make his words more solemn, and Raoul turned pale, not only because of the very words he had just heard, but because he had just heard him. perceive, on Christine's finger, a gold ring.

--You have no husband, and yet you wear a "wedding ring."

And he tried to grab her hand, but Christine had quickly withdrawn it from him.

--C'est un cadeau! fit-elle en rougissant encore et en s'efforçant vainement de cacher son embarras.

--Christine! puisque vous n'avez point de mari, cet anneau ne peut vous avoir été donné que par celui qui espère le devenir! Pourquoi nous tromper plus avant? Pourquoi me torturer davantage? Cet anneau est une promesse! et cette promesse a été acceptée!

--C'est ce que je lui ai dit! s'exclama la vieille dame.

--Et que vous a-t-elle répondu, madame?

--Ce que j'ai voulu, s'écria Christine exaspérée. Ne trouvez-vous point, monsieur, que cet interrogatoire a trop duré?... Quant à moi...

Raoul, très ému, craignit de lui laisser prononcer les paroles d'une rupture définitive. Il l'interrompit:

--Pardon de vous avoir parlé ainsi, mademoiselle... Vous savez bien quel honnête sentiment me fait me mêler, en ce moment, de choses qui, sans doute, ne me regardent pas! Mais laissez-moi vous dire ce que j'ai vu... et j'en ai vu plus que vous ne pensez, Christine... ou ce que j'ai cru voir, car, en vérité, c'est bien le moins qu'en une telle aventure, on doute du témoignage de ses yeux...

--Qu'avez-vous donc vu, monsieur, ou cru voir?

--J'ai vu votre extase _au son de la voix_, Christine! de la voix qui sortait du mur, ou d'une loge, ou d'un appartement à côté... oui, _votre extase!_... Et c'est cela qui, pour vous, m'épouvante!... Vous êtes sous le plus dangereux des charmes!... Et il paraît, cependant, que vous vous êtes rendu compte de l'imposture, puisque vous dites aujourd'hui qu'_il n'y a pas de génie de la musique_... Alors, Christine, pourquoi l'avez-vous suivi cette fois encore? Pourquoi vous êtes-vous levée, la figure rayonnante, comme si vous entendiez réellement les anges?... Ah! cette voix est bien dangereuse, Christine, puisque moi-même, pendant que je l'entendais, j'en étais tellement ravi, que vous êtes disparue à mes yeux, sans que je puisse dire par où vous êtes passée!... Christine! Christine! au nom du

--It's a gift! she said, blushing again and vainly trying to hide her embarrassment.

--Christine! since you have no husband, this ring can only have been given to you by the one who hopes to become one! Why deceive us further? Why torture me more? This ring is a promise! and this promise was accepted!

--That's what I told him! exclaimed the old lady.

"And what did she answer you, madame?"

"What I wanted," cried Christine in exasperation. Don't you think, sir, that this interrogation has lasted too long? ... As for me ...

Raoul, very moved, was afraid to let him say the words of a final break. He interrupted her:

"Pardon me for having spoken to you thus, mademoiselle. You know very well what honest feeling makes me meddle, at this moment, in things which, doubtless, do not concern me!" But let me tell you what I saw ... and I saw more than you think, Christine ... or what I thought I saw, for, in truth, it is. less than in such an adventure, one doubts the testimony of his eyes ...

"What did you see, sir, or think you saw?"

--I saw your ecstasy _at the sound of your voice_, Christine! of the voice which came out of the wall, or of a lodge, or of an apartment next door ... yes, _your ecstasy! _... And that is what, for you, terrifies me! ... You are under the most dangerous of charms! ... And it seems, however, that you have realized the imposture, since you say today that_there is no genius in music_ .. So, Christine, why did you follow him this time again? Why did you get up, your face radiant, as if you really heard the angels? ... Ah! this voice is very dangerous, Christine, since myself, while I heard it, I was so delighted, that you disappeared from my eyes, without my being able to say where you went! ... Christine ! Christine! in the name of heaven, in the name of your father who is in heaven and who

ciel, au nom de votre père qui est au ciel et qui vous a tant aimée, et qui m'a aimé, Christine, vous allez nous dire, à votre bienfaitrice et à moi, à qui appartient cette voix! Et malgré vous, nous vous sauverons!... Allons! le nom de cet homme, Christine?... De cet homme qui a eu l'audace de passer à votre doigt un anneau d'or!

--Monsieur de Chagny, déclara froidement la jeune fille, vous ne le saurez jamais!...

Sur quoi on entendit la voix aigre de la maman Valérius qui, tout à coup, prenait le parti de Christine, en voyant avec quelle hostilité sa pupille venait de s'adresser au vicomte.

--Et si elle l'aime, monsieur le vicomte, cet homme-là, cela ne vous regarde pas encore!

--Hélas! madame, reprit humblement Raoul, qui ne put retenir ses larmes... Hélas! Je crois, en effet, que Christine l'aime... Tout me le prouve, mais ce n'est point là seulement ce qui fait mon désespoir, car ce dont je ne suis point sûr, madame, c'est que celui qui est aimé de Christine soit digne de cet amour!

--C'est à moi seule d'en juger, monsieur! fit Christine en regardant Raoul bien en face et en lui montrant un visage en proie à une irritation souveraine.

--Quand on prend, continua Raoul, qui sentait ses forces l'abandonner, pour séduire une jeune fille, des moyens aussi romantiques...

--Il faut, n'est-ce pas, que l'homme soit misérable ou que la jeune fille soit bien sotte?

--Christine!

--Raoul, pourquoi condamnez-vous ainsi un homme que vous n'avez jamais vu, que personne ne connaît et dont vous-même vous ne savez rien?...

--Si, Christine... Si... Je sais au moins ce nom que vous prétendez me cacher pour toujours... Votre ange de la musique, mademoiselle, s'appelle Erik!...

loved you so much, and who loved me, Christine, you are going to tell us, to your benefactress and to me, to whom this voice belongs! And in spite of you, we will save you! ... Come on! the name of this man, Christine? ... Of this man who had the audacity to put a gold ring on your finger!

`` Monsieur de Chagny, '' declared the young girl coldly, `` you will never know! ...

On which we heard the shrill voice of Mama Valérius who, suddenly, sided with Christine, seeing with what hostility her ward had just addressed the viscount.

"And if she loves him, Monsieur le Vicomte, that man, that doesn't concern you yet!"

--Alas! Madame, replied Raoul humbly, who could not restrain his tears. Alas! I believe, in fact, that Christine loves him ... Everything proves it to me, but this is not only what makes my despair, because what I am not sure, madame, is that the one who is loved by Christine be worthy of this love!

"That is for me alone to judge, sir!" Christine said, looking Raoul in the face and showing him a face in the grip of sovereign irritation.

--When one takes, continued Raoul, who felt his strength abandon him, to seduce a young girl, such romantic means ...

`` The man must be miserable, or the young girl must be very foolish, is it not?

--Christine!

`` Raoul, why do you thus condemn a man whom you have never seen, whom no one knows and of whom you yourself know nothing? ...

- Yes, Christine ... Yes ... I at least know this name that you claim to hide from me forever ... Your music angel, mademoiselle, is called Erik! ...

Christine, se trahit aussitôt. Elle devint, cette fois, blanche comme une nappe d'autel. Elle balbutia:	Christine immediately betrayed herself. This time it became as white as an altar cloth. She stammered:
--Qui est-ce qui vous l'a dit?	--Who told you?
--Vous-même!	--Yourself!
--Comment cela?	--What do you mean?
--En le plaignant, l'autre soir, le soir du bal masqué. En arrivant dans votre loge, n'avez-vous point dit: «_Pauvre Erik!_» Eh bien! Christine, il y avait, quelque part, un pauvre Raoul qui vous a entendu.	"By pitying him the other night, the night of the masked ball." When you got to your lodge, didn't you say: "_Poor Erik! _" Well! Christine, there was, somewhere, a poor Raoul who heard you.
--C'est la seconde fois que vous écoutez aux portes, monsieur de Chagny!	"This is the second time you've been listening at the doors, Monsieur de Chagny!"
--Je n'étais point derrière la porte!... J'étais dans la loge!... dans votre boudoir, mademoiselle.	"I was not behind the door! ... I was in the box! ... in your boudoir, mademoiselle."
--Malheureux! gémit la jeune fille, qui montra toutes les marques d'un indicible effroi... Malheureux! Vous voulez donc qu'on vous tue?	--Unfortunate! moaned the young girl, who showed all the marks of unspeakable fear. Unhappy! So you want to be killed?
--Peut-être!	--May be!
Raoul prononça ce «peut-être» avec tant d'amour et de désespoir que Christine ne put retenir un sanglot.	Raoul pronounced this "maybe" with so much love and despair that Christine could not restrain a sob.
Elle lui prit alors les mains et le regarda avec toute la pure tendresse dont elle était capable, et le jeune homme, sous ces yeux-là, sentit que sa peine était déjà apaisée.	She then took his hands and looked at him with all the pure tenderness of which she was capable, and the young man, before those eyes, felt that his pain was already appeased.
--Raoul, dit-elle. Il faut oublier la _voix d'homme_ et ne plus vous souvenir même de son nom... et ne plus tenter jamais de pénétrer le mystère de la _voix d'homme._	"Raoul," she said. You must forget the _voix d'homme_ and no longer even remember his name ... and never again try to penetrate the mystery of the _voix d'homme._
Ce mystère est donc bien terrible?	So is this mystery very terrible?
--Il n'en est point de plus affreux sur la terre!	`` There is none more dreadful on earth!

Un silence sépara les jeunes gens. Raoul était, accablé.	A silence separated the young people. Raoul was overwhelmed.
--Jurez-moi que vous ne ferez rien pour «savoir», insista-t-elle... Jurez-moi que vous n'entrerez plus dans ma loge si je ne vous y appelle pas.	- Swear to me that you will do nothing to "find out", she insisted. Swear to me that you will not enter my dressing room again if I do not call you there.
--Vous me promettez de m'y appeler quelquefois, Christine?	"Do you promise to call me there sometimes, Christine?"
--Je vous le promets.	--I promise you.
--Quand?	--When?
--Demain.	--Tomorrow.
--Alors, je vous jure cela!	--So, I swear that!
Ce furent leurs derniers mots ce jour-là.	These were their last words that day.
Il lui baisa les mains et s'en alla en maudissant Erik et en se promettant d'être patient.	He kissed her hands and walked away cursing Erik and promising himself to be patient.

XII

AU-DESSUS DES TRAPPES

Le lendemain, il la revit à l'Opéra. Elle avait toujours au doigt l'anneau d'or. Elle fut douce et bonne. Elle l'entretint des projets qu'il formait, de son avenir, de sa carrière.

Il lui apprit que le départ de l'expédition polaire avait été avancé et que, dans trois semaines, dans un mois au plus tard, il quitterait la France.

Elle l'engagea presque gaiement à considérer ce voyage avec joie, comme une étape de sa gloire future. Et comme il lui répondait que la gloire sans l'amour n'offrait à ses yeux aucun charme, elle le traita en enfant dont les chagrins doivent être passagers.

Il lui dit:

--Comment pouvez-vous, Christine, parler aussi légèrement de choses aussi graves? Nous ne nous reverrons peut-être jamais plus!... Je puis mourir pendant cette expédition!...

--Et moi aussi, fit-elle simplement...

Elle ne souriait plus, elle ne plaisantait plus, Elle paraissait songer à une chose nouvelle qui lui entrait pour la première fois dans l'esprit. Son regard en était illuminé.

--À quoi pensez-vous, Christine?

--Je pense que nous ne nous reverrons plus.

--Et c'est ce qui vous fait si rayonnante?

--Et que, dans un mois, il faudra nous dire adieu... pour toujours!...

--À moins, Christine, que nous nous engagions notre foi et que nous nous attendions pour toujours.

XII

ABOVE THE HATCHES

The next day he saw her again at the Opera. She still had the golden ring on her finger. She was gentle and good. She told him about the projects he was forming, about his future, about his career.

He informed him that the departure of the polar expedition had been brought forward and that in three weeks, in a month at the latest, he would leave France.

She almost cheerfully urged him to consider this trip with joy, as a step in his future glory. And as he replied that glory without love offered no charm to his eyes, she treated him as a child whose sorrows must be fleeting.

He tells him:

"How can you, Christine, speak so lightly about such serious matters?" We may never see each other again! ... I can die during this expedition! ...

`` And me too, '' she said simply ...

She no longer smiled, she no longer joked. She seemed to be thinking of something new which was entering her mind for the first time. His gaze was illuminated by it.

- What are you thinking, Christine?

--I don't think we'll see each other again.

--And that's what makes you so radiant?

`` And that, in a month's time, we will have to say goodbye ... forever! ...

--Unless, Christine, we pledge our faith and expect each other forever.

Elle lui mit la main sur la bouche:	She put her hand over his mouth:
--Taisez-vous, Raoul!... Il ne s'agit point de cela, vous le savez bien!... Et nous ne nous marierons jamais! C'est entendu!	- Shut up, Raoul! ... It is not about that, you know it well! ... And we will never get married! It's heard!
Elle semblait avoir peine à contenir tout à coup une joie débordante. Elle tapa dans ses mains avec une allégresse enfantine... Raoul la regardait, inquiet, sans comprendre.	Suddenly she seemed to have trouble containing an overwhelming joy. She clapped her hands with childish joy ... Raoul looked at her, worried, without understanding.
--Mais... mais..., fit-elle encore, entendant ses deux mains au jeune homme, ou plutôt en les lui donnant, comme si, soudain, elle avait résolu de lui en faire cadeau. Mais si nous ne pouvons nous marier, nous pouvons... nous pouvons nous fiancer!... Personne ne le saura que nous, Raoul!... Il y a eu des mariages secrets!.. Il peut bien y avoir des fiançailles secrètes!... Nous sommes fiancés, mon ami, pour un mois!... Dans un mois, vous partirez, et je pourrai être heureuse, avec le souvenir de ce mois-là, toute ma vie!	"But ... but ..." she said again, hearing her two hands to the young man, or rather giving them to him, as if, suddenly, she had resolved to give them to him as a present. But if we can't get married, we can ... we can get engaged! ... No one will know that we, Raoul! ... There have been secret marriages! .. There may well be an engagement secret! ... We are engaged, my friend, for a month! ... In a month, you will be leaving, and I will be able to be happy, with the memory of that month, all my life!
Elle était ravie de son idée... Et elle redevint grave.	She was delighted with his idea ... And she became serious again.
--Ceci, dit-elle, _est un bonheur qui ne fera de mal à personne._	`` This, '' she said, `` is a happiness that will hurt no one.
Raoul avait compris. Il se rua sur cette inspiration. Il voulut en faire toute de suite une réalité. Il s'inclina devant Christine avec une humilité sans pareille et dit:	Raoul understood. He rushed at this inspiration. He wanted to make it a reality right away. He bowed to Christine with unparalleled humility and said:
--Mademoiselle, j'ai l'honneur de vous demander votre main!	- Mademoiselle, I have the honor to ask for your hand!
--Mais vous les avez déjà toutes les deux, mon cher fiancé!... Oh! Raoul, comme nous allons être heureux!... Nous allons jouer au futur petit mari et à la future petite femme!...	--But you already have them both, my dear fiance! ... Oh! Raoul, how happy we are! ... We are going to play the future little husband and the future little wife! ...
Raoul se disait: l'imprudente! d'ici un mois, j'aurai eu le temps de lui faire oublier ou de percer et de détruire «le mystère de la voix d'homme», et dans un mois Christine consentira à devenir ma femme. En attendant, jouons!	Raoul said to himself: the reckless! within a month, I will have had time to make her forget or to pierce and destroy "the mystery of the voice of a man", and in a month Christine will consent to become my wife. In the meantime, let's play!

Ce fut le jeu le plus joli du monde, et auquel ils se plurent comme de purs enfants qu'ils étaient. Ah! qu'ils se dirent de merveilleuses choses! et que de serments éternels furent échangés! L'idée qu'il n'y aurait plus personne pour tenir ces serments-là le mois écoulé les laissait dans un trouble qu'ils goûtaient avec d'affreuses délices, entre le rire et les larmes. Ils jouaient «au cœur» comme d'autres jouent «à la balle»; seulement, comme c'étaient bien leurs deux cœurs qu'ils se renvoyaient, il leur fallait être très, très adroits, pour le recevoir sans leur faire mal. Un jour--c'était le huitième du jeu--le cœur de Raoul eut très mal et le jeune homme arrêta la partie par ces mots extravagants: «Je ne pars plus pour le pôle Nord.»	It was the prettiest game in the world, and they enjoyed themselves like the pure children they were. Ah! how wonderful things they said to each other! and how many eternal oaths were exchanged! The idea that there would be no one left to keep those oaths the past month left them in a state of confusion which they tasted with horrible delight, between laughter and tears. They played "to the heart" like others play "ball"; only, as it was indeed their two hearts that they were turning away, they had to be very, very skilful, to receive it without hurting them. One day - it was the eighth of the game - Raoul's heart ached a lot and the young man ended the game with these extravagant words: "I'm not leaving for the North Pole anymore."
Christine, qui, dans son innocence, n'avait pas songé à la possibilité de cela, découvrit tout à coup le danger du jeu et se le reprocha amèrement. Elle ne répondit pas un mot à Raoul et rentra à la maison.	Christine, who in her innocence had not thought of the possibility of this, suddenly discovered the danger of gambling and bitterly reproached herself for it. She didn't answer Raoul a word and went home.
Ceci se passait l'après-midi, dans la loge de la chanteuse où elle lui donnait tous ses rendez-vous et où ils s'amusaient à de véritables dînettes autour de trois biscuits, de deux verres de porto, et d'un bouquet de violettes.	This took place in the afternoon, in the singer's dressing room where she gave her all her appointments and where they had fun at real dinettes around three cookies, two glasses of port, and a bouquet. of violets.
Le soir, elle ne chantait pas. Et il ne reçut pas la lettre coutumière, bien qu'ils se fussent donné la permission de s'écrire tous les jours de ce mois-là. Le lendemain matin, il courut chez la maman Valérius, qui lui apprit que Christine était absente pour deux jours. Elle était partie la veille au soir, à cinq heures, en disant qu'elle ne serait pas de retour avant le surlendemain. Raoul était bouleversé. Il détestait la maman Valérius, qui lui faisait part d'une pareille nouvelle avec une stupéfiante tranquillité. Il essaya d'en «tirer quelque chose», mais, de toute évidence, la bonne dame ne savait rien. Elle consentit simplement à répondre aux questions affolées du jeune homme:	In the evening, she did not sing. And he did not receive the customary letter, although they had given each other permission to write to each other every day of that month. The next morning, he ran to mum Valérius, who told him that Christine was away for two days. She had left the night before, at five o'clock, saying she wouldn't be back until two days later. Raoul was upset. He hated Mama Valérius, who told him such news with astonishing peace of mind. He tried to "get something out of it," but obviously the good lady didn't know anything. She simply agreed to answer the young man's frantic questions:
--C'est le secret de Christine!	--That's Christine's secret!
Et elle levait le doigt, disant cela avec une onction touchante qui recommandait la discrétion et qui, en même temps, avait la prétention de rassurer.	And she raised her finger, saying this with a touching anointing which recommended discretion and which, at the same time, pretended

	to be reassuring.
--Ah! bien, s'exclamait méchamment Raoul, en descendant l'escalier comme un fou, ah! bien! les jeunes filles sont bien gardées avec cette maman Valérius-là!...	--Ah! well, Raoul exclaimed maliciously, going down the stairs like a madman, ah! good! the young girls are well looked after with this mother, Valérius! ...
Où pouvait être Christine?... Deux jours ...Deux jours de moins dans leur bonheur si court! Et ceci était de sa faute!... N'était-il point entendu qu'il devait partir?... Et si sa ferme intention était de ne point partir, pourquoi avait-il parlé si tôt? Il s'accusait de maladresse et fut le plus malheureux des hommes pendant quarante-huit heures, au bout desquelles Christine réapparut.	Where could Christine be? ... Two days ... Two days less in their short happiness! And this was his fault! ... Was it not understood that he had to leave? ... And if his firm intention was not to leave, why had he spoken so soon? He accused himself of clumsiness and was the most unhappy of men for forty-eight hours, after which Christine reappeared.
Elle réapparut dans un triomphe. Elle retrouva enfin le succès inouï de la soirée de gala. Depuis l'aventure du «crapaud», la Carlotta n'avait pu se produire en scène. La terreur d'un nouveaux «couac» habitait son cœur et lui enlevait tous ses moyens; et les lieux, témoins de son incompréhensible défaite, lui étaient devenus odieux. Elle trouva le moyen de rompre son traité. Daaé, momentanément, fut priée de tenir l'emploi vacant. Un véritable délire l'accueillit dans _la Juive._	She reappeared in triumph. She finally rediscovered the incredible success of the gala evening. Since the adventure of the "toad", the Carlotta had not been able to perform on stage. The terror of a new "quack" inhabited his heart and deprived him of all his means; and the places, witnesses of his incomprehensible defeat, had become odious to him. She found a way to break her treaty. Daaé, momentarily, was asked to hold the vacant post. A real delirium greeted him in _la Juive._
Le vicomte, présent à cette soirée, naturellement, fut le seul à souffrir en écoutant les mille échos de ce nouveau triomphe; car il vit que Christine avait toujours son anneau d'or: Une voix lointaine murmurait à l'oreille du jeune homme: «Ce soir, elle a encore l'anneau d'or, et ce n'est point toi qui le lui as donné. Ce soir, elle a encore donné son âme, et ce n'était pas à toi.»	The viscount, present at this evening, naturally, was the only one to suffer while listening to the thousand echoes of this new triumph; for he saw that Christine still had her golden ring: A distant voice whispered in the young man's ear: "Tonight, she still has the gold ring, and it is not you who have it for her." given. Tonight, she gave her soul again, and it wasn't yours. "
Et encore la voix le poursuivait: «Si elle ne veut point te dire ce qu'elle a fait, depuis deux jours..., si elle te cache le lieu de sa retraite, il faut l'aller demander à Erik!»	And again the voice pursued him: "If she does not want to tell you what she has been doing for two days ..., if she hides the place of her retirement from you, you must go and ask Erik!"
Il courut sur le plateau. Il se mit sur son passage. Elle le vit, car ses yeux le cherchaient. Elle lui dit: «Vite! Vite! Venez! Et elle l'entraîna dans la loge, sans plus se préoccuper de tous les courtisans de sa jeune gloire qui murmuraient devant sa porte fermée: «C'est un scandale!»	He ran onto the set. He got in his way. She saw him, for her eyes sought him. She said to him: "Quick! Quick! Come! And she led him into the lodge, no longer worrying about all the courtiers of her young glory who murmured in front of her closed door: "It's a scandal!"
Raoul tomba tout de suite à ses genoux. Il lui jura	Raoul immediately fell to his knees. He swore to

qu'il partirait et la supplia de ne plus désormais retrancher une heure du bonheur idéal qu'elle lui avait promis. Elle laissa couler ses larmes. Ils s'embrassaient comme un frère et une sœur désespérés qui viennent d'être frappés par un deuil commun et qui se retrouvent pour pleurer un mort.

Soudain, elle s'arracha à la douce et timide étreinte du jeune homme, sembla écouter quelque chose que l'on ne savait pas... et, d'un geste bref, elle montra la porte à Raoul. Quand il fut sur le seuil, elle lui dit, si bas que le vicomte devina ses paroles plus qu'il ne les entendit:

--Demain, mon cher fiancé! Et soyez heureux, Raoul..., c'est pour vous que j'ai chanté ce soir!...

Il revint donc.

Mais, hélas! ces deux jours d'absence avaient rompu le charme de leur aimable mensonge. Ils se regardaient, dans la loge, sans plus se rien dire, avec leurs tristes yeux. Raoul se retenait pour ne point crier: «Je suis jaloux! Je suis jaloux! Je suis jaloux! Mais elle l'entendait tout de même.

Alors elle dit: «Allons nous promener, mon ami, l'air nous fera du bien».

Raoul crut qu'elle allait lui proposer quelque partie de campagne, loin de ce monument, qu'il détestait comme une prison et dont il sentait rageusement le geôlier se promener dans les murs... le geôlier Erik... Mais elle le conduisit sur la scène, et le fit asseoir sur la margelle de bois d'une fontaine, dans la paix et la fraîcheur douteuse d'un premier décor planté pour le prochain spectacle; un autre jour, elle erra avec lui, le tenant par la main, dans les allées abandonnées d'un jardin dont les plantes grimpantes avaient été découpées par les mains habiles d'un décorateur, comme si les vrais cieux, les vraies fleurs, la vraie terre lui étaient à jamais défendus et qu'elle fût condamnée à ne plus respirer d'autre atmosphère que celle du théâtre! Le jeune homme hésitait à lui poser la moindre question, car, comme il lui apparaissait tout de suite qu'elle n'y pouvait répondre, il redoutait de la faire inutilement souffrir. De temps en temps un

her that he would leave and begged her not to take away an hour from the ideal happiness she had promised him. She let down her tears. They were kissing like a desperate brother and sister who have just been grieved by common mourning and come together to mourn a dead person.

Suddenly, she tore herself from the young man's gentle and timid embrace, seemed to be listening to something that one did not know ... and, with a brief gesture, she showed the door to Raoul. When he was on the threshold, she said to him, so quietly that the viscount guessed his words more than he heard them:

--Tomorrow, my dear fiance! And be happy, Raoul ..., it is for you that I sang this evening! ...

So he came back.

But unfortunately! these two days of absence had broken the spell of their amiable lie. They looked at each other in the dressing room, saying nothing more, with their sad eyes. Raoul restrained himself from shouting: "I am jealous!" I'm jealous! I'm jealous! But she heard him all the same.

So she said: "Let's go for a walk, my friend, the air will do us good".

Raoul thought she was going to offer him some part of the countryside, far from this monument, which he hated like a prison and whose jailer he angrily felt walking around the walls ... the jailer Erik ... But she led him. on the stage, and made him sit down on the wooden edge of a fountain, in the peace and the doubtful freshness of a first decoration set for the next spectacle; another day, she wandered with him, holding him by the hand, in the abandoned paths of a garden whose climbing plants had been carved by the skillful hands of a decorator, as if the real heavens, the real flowers, the true land were forbidden to her forever and that she was condemned to no longer breathe any atmosphere other than that of the theater! The young man hesitated to ask her the slightest question, because, as it immediately appeared to him that she could not answer, he was afraid of making her suffer unnecessarily.

pompier passait, qui veillait de loin sur leur idylle mélancolique. Parfois, elle essayait courageusement de se tromper et de le tromper sur la beauté mensongère de ce cadre inventé pour l'illusion des hommes. Son imagination toujours vive le parait des plus éclatantes couleurs et telles, disait-elle, que la nature n'en pouvait fournir de comparables. Elle s'exaltait, cependant que Raoul, lentement, pressait sa main fiévreuse. Elle disait: «Voyez, Raoul, ces murailles, ces bois, ces berceaux, ces images de toile peinte, tout cela a vu les plus sublimes amours, car ici elles ont été inventées par les poètes, qui dépassent de cent coudées la taille des hommes. Dites-moi donc que notre amour se trouve bien là, mon Raoul, puisque lui aussi a été inventé, et qu'il n'est, lui aussi, hélas! qu'une illusion!

From time to time a fireman would pass by, watching from afar over their melancholy romance. Sometimes she bravely tried to deceive herself and deceive him about the deceptive beauty of this framework invented for the illusion of men. Her imagination, ever vivid, appears to her in the most brilliant colors and such, she said, that nature could not furnish comparable. She was excited, while Raoul slowly squeezed her feverish hand. She said: "See, Raoul, these walls, these woods, these cradles, these painted canvas images, all this has seen the most sublime loves, for here they were invented by the poets, who exceed the size of a hundred cubits. men. Tell me, then, that our love is indeed there, my Raoul, since it too was invented, and it too is not, alas! what an illusion!

Désolé, il ne répondait pas. Alors:

Sorry, he wasn't responding. Then:

--Notre amour est trop triste sur la terre, promenons-le dans le ciel!... Voyez comme c'est facile ici!

--Our love is too sad on earth, let us take it for a walk in heaven! ... See how easy it is here!

Et elle l'entraînait plus haut que les nuages, dans le désordre magnifique du gril, et elle se plaisait à lui donner le vertige en courant devant lui sur les ponts fragiles du cintre, parmi les milliers de cordages qui se rattachaient aux poulies, aux treuils, aux tambours, au milieu d'une véritable forêt aérienne de vergues et de mâts. S'il hésitait, elle lui disait avec une moue adorable: «Vous, un marin!»

And she dragged him higher than the clouds, in the beautiful clutter of the grill, and she was pleased to make him dizzy by running in front of him on the fragile bridges of the hanger, among the thousands of ropes that clung to the pulleys, the winches, with drums, in the middle of a veritable aerial forest of yards and masts. If he hesitated, she would say with an adorable pout, "You sailor!"

Et puis, ils redescendaient sur la terre ferme, c'est-à-dire dans quelque corridor bien solide qui les conduisait à des rires, à des danses, à de la jeunesse grondée par une voix sévère: «Assouplissez, mesdemoiselles!... Surveillez vos pointes!»... C'est la classe des gamines, de celles qui viennent de n'avoir plus six ans ou qui vont en avoir neuf ou dix... et elles ont déjà le corsage décolleté, le tutu léger, le pantalon blanc et les bas roses, et elles travaillent, elles travaillent de tous leurs petits pieds douloureux dans l'espoir de devenir élèves des quadrilles, compilées, petits sujets, premières danseuses, avec beaucoup de diamants autour... En attendant, Christine leur distribue des bonbons.

And then they went back down to dry land, that is to say in some very solid corridor which led them to laughter, to dances, to youth scolded by a severe voice: "Soften, ladies! . . . Watch your pointe shoes! "... This is the class of girls, of those who have just turned six or who are going to be nine or ten ... and they already have the low-cut bodice, the light tutu. , the white pants and the pink stockings, and they work, they work with all their painful little feet in the hope of becoming pupils of the quadrilles, compiled, small subjects, first dancers, with a lot of diamonds around ... In the meantime, Christine distributes candies to them.

Un autre jour, elle le faisait entrer dans une vaste

Another day, she took him into a large room in her

salle de son palais, toute pleine d'oripeaux, de défroques de chevaliers, de lances, d'écus et de panaches, et elle passait en revue tous les fantômes de guerriers immobiles et couverts de poussière. Elle leur adressait de bonnes paroles, leur promettant qu'ils reverraient les soirs éclatants de lumière, et les défilés en musique devant la rampe retentissante.	palace, full of tinsel, knights' defrocks, spears, shields and plumes, and she passed in review all the ghosts of motionless and covered warriors. of dust. She spoke kind words to them, promising them that they would see the evenings dazzling with light, and the parades to music in front of the resounding ramp.
Elle le promena ainsi dans tout son empire, qui était factice, mais immense, s'étendant sur dix-sept étages du rez-de-chaussée jusqu'au faîte et habité par une armée de sujets. Elle passait au milieu d'eux comme une reine populaire, encourageant les travaux, s'asseyant dans les magasins, donnant de sages conseils aux ouvrières dont les mains hésitaient à tailler dans les riches étoffes qui devaient habiller des héros. Des habitants de ce pays faisaient tous les métiers. Il y avait des savetiers et des orfèvres. Tous avaient appris à l'aimer, car elle s'intéressait aux peines et aux petites manies de chacun. Elle savait des coins inconnus habités en secret par de vieux ménages.	She walked him thus throughout his empire, which was artificial, but immense, extending over seventeen floors from the ground floor to the ridge and inhabited by an army of subjects. She passed among them like a popular queen, encouraging work, sitting in the shops, giving wise advice to the workers whose hands hesitated to cut in the rich fabrics which were to dress heroes. Residents of this country did all trades. There were cobblers and goldsmiths. Everyone had learned to love her, because she was interested in the pains and petty quirks of each. She knew unknown corners inhabited in secret by old households.
Elle frappait à leur porte et leur présentait Raoul comme un prince charmant qui avait demandé sa main, et tous deux assis sur quelque accessoire vermoulu écoutaient les légendes de l'Opéra comme autrefois ils avaient, dans leur enfance, écouté les vieux contes bretons. Ces vieillards ne se rappelaient rien d'autre que l'Opéra. Ils habitaient là depuis des années innombrables. Les administrations disparues les y avaient oubliées; les révolutions de palais les avaient ignorés; au dehors, l'histoire de France avait passé sans qu'ils s'en fussent aperçus, et nul ne se souvenait d'eux.	She knocked on their door and introduced them to Raoul like a prince charming who had asked for her hand, and both seated on some worm-eaten accessory listened to the legends of the Opera as in the past they had, in their childhood, listened to the old Breton tales. These old men remembered nothing other than the Opera. They had lived there for countless years. The departed administrations had forgotten them there; the palace revolutions had ignored them; outside, the history of France had passed without their realizing it, and no one remembered them.
Ainsi les journées précieuses s'écoulaient et Raoul et Christine, par l'intérêt excessif qu'ils semblaient apporter aux choses extérieures, s'efforçaient malhabilement de se cacher l'un à l'autre l'unique pensée de leur cœur. Un fait certain était que Christine, qui s'était montrée jusqu'alors la plus forte, devint tout à coup nerveuse au-delà de toute expression. Dans leurs expéditions, elle se prenait à courir sans raison ou bien s'arrêtait brusquement, et sa main, devenue glacée en un instant, retenait le jeune homme. Ses yeux semblaient parfois poursuivre des ombres imaginaires. Elle criait: «Par ici», puis «par ici», puis «par ici», en riant, d'un rire haletant qui se terminait souvent par des larmes. Raoul alors voulait parler, interroger malgré ses	Thus the precious days passed and Raoul and Christine, by the excessive interest which they seemed to bring to external things, struggled to hide from each other the only thought of their hearts. A certain fact was that Christine, who had been the strongest until then, suddenly became nervous beyond expression. In their expeditions, she found herself running for no reason or else stopped abruptly, and her hand, which had become frozen in an instant, held the young man back. His eyes sometimes seemed to pursue imaginary shadows. She cried, "This way", then "this way", then "this way", laughing, with a panting laugh that often ended in tears. Raoul then wanted to speak, to question despite his

promesses, ses engagements. Mais, avant même qu'il eût formulé une question, elle répondait fébrilement: «Rien!... je vous jure qu'il n'y a rien».

Une fois que, sur la scène, ils passaient devant une trappe entr'ouverte, Raoul se pencha sur le gouffre obscur et dit: «Vous m'avez fait visiter les dessus de votre empire, Christine... mais on raconte d'étranges histoires sur les dessous... Voulez-vous que nous y descendions?» En entendant cela, elle le prit dans ses bras, comme si elle craignait de le voir disparaître dans le trou noir, et elle lui dit tout bas en tremblant: «Jamais!... Je vous défends d'aller là!... Et puis, ce n'est pas à moi!... _Tout ce qui est sous la terre lui appartient!_»

Raoul plongea ses yeux dans les siens et lui dit d'une voix rude:

--Il habite donc là-dessous?

--Je ne vous ai pas dit cela!... Qui est-ce qui vous a dit une chose pareille? Allons! venez! Il y a des moments, Raoul, où je me demande si vous n'êtes pas fou?... Vous entendez toujours des choses impossibles!... Venez! Venez!

Et elle le traînait littéralement, car il voulait rester obstinément près de la trappe, et ce trou l'attirait.

La trappe tout d'un coup fut fermée, et si subitement, sans qu'ils aient même aperçu la main qui la faisait agir, qu'ils en restèrent tout étourdis.

--C'est peut-être _lui_ qui était là? finit-il par dire.

Elle haussa les épaules, mais elle ne paraissait nullement rassurée.

--Non! non! ce sont les «fermeurs de trappes». Il faut bien que les «fermeurs de trappes» fassent quelque chose... Ils ouvrent et ils ferment les trappes sans raison... C'est comme les «fermeurs de portes»; il faut bien qu'ils «passent le temps».

promises, his commitments. But, even before he had formulated a question, she answered feverishly: "Nothing! ... I swear to you that there is nothing".

Once, on the stage, they passed in front of a half-open trap door, Raoul leaned over the dark abyss and said: "You showed me the tops of your empire, Christine ... but there are some strange stories. stories about the underside ... Do you want us to go down there? " Hearing this, she took him in her arms, as if she feared seeing him disappear into the black hole, and she whispered to him, trembling: "Never! ... I forbid you to go there! ..." And then, it is not mine! ... _All that is under the earth belongs to him! _ »

Raoul plunged his eyes into hers and said to her in a harsh voice:

"So he lives down there?"

"I didn't tell you that! ... Who told you such a thing?" Let's go! come! There are times, Raoul, when I wonder if you are not crazy? ... You always hear impossible things! ... Come! Come!

And she was literally dragging him, for he wanted to stay stubbornly near the trapdoor, and this hole attracted him.

The trap door was suddenly closed, and so suddenly, without their even seeing the hand which made it act, that they were left quite stunned.

- Perhaps it was _him_ who was there? he finally said.

She shrugged, but she didn't look reassured.

--No! no! they are the "hatch closers". The "hatch closers" have to do something ... They open and close the hatches for no reason ... It's like the "door closers"; they must "pass the time".

--Et si c'était _lui_, Christine?	--And if it was _him_, Christine?
--Mais non! Mais non! _Il_ s'est enfermé! _il_ travaille.	--But no! But no! _He_ locked himself! _he works.
--Ah! vraiment, _il_ travaille?	--Ah! really, does it work?
--Oui, _il_ ne peut pas ouvrir et fermer les trappes et travailler. Nous sommes bien tranquilles.	--Yes, _he_ can't open and close the hatches and work. We are very quiet.
Disant cela, elle frissonnait.	Saying that, she shuddered.
--À quoi donc travaille-t-_il_?	--What is he working on?
--Oh! à quelque chose de terrible!... Aussi nous sommes bien tranquilles!... Quand _il_ travaille à cela, _il_ ne voit rien; _il_ ne mange, ni ne boit, ni ne respire... pendant des jours et des nuits... c'est un mort vivant et _il_ n'a pas le temps de s'amuser avec les trappes!	--Oh! to something terrible! ... So we are very quiet! ... When _il_ is working on that, _il_ sees nothing; _he_ does not eat, drink, or breathe ... for days and nights ... he is a living dead and _he_ has no time to play with the traps!
Elle frissonna encore, elle se pencha en écoutant du côté de la trappe... Raoul la laissait faire et dire. Il se tut. Il redoutait maintenant que le son de sa voix la fît soudain réfléchir, l'arrêtant dans le cours si fragile encore de ses confidences.	She shivered again, she leaned over, listening to the side of the trapdoor ... Raoul let her do it and say it. He fell silent. He now dreaded that the sound of her voice would suddenly make her think, stopping her in the still fragile course of her confidences.
Elle ne l'avait pas quitté... elle le tenait toujours dans ses bras... elle soupira à son tour:	She hadn't left him ... she still held him in her arms ... she sighed in turn:
--Si c'était _lui!_	--If it was _he! _
Raoul, timide, demanda:	Raoul, shy, asked:
--Vous avez peur de _lui?_	--Are you afraid of _him?_
Elle fit:	She made:
--Mais non! mais non!	--But no! But no!
Le jeune homme se donna, bien involontairement, l'attitude de la prendre en pitié, comme on fait avec un être impressionnable qui est encore en proie à un songe récent. Il avait l'air de dire: «parce	The young man, quite involuntarily, adopted the attitude of taking pity on her, as one does with an impressionable being who is still in the grip of a recent dream. He seemed to be saying: "because

que vous savez, moi, je suis là!» Et son geste fut, presque involontairement, menaçant; alors, Christine le regarda avec étonnement, tel un phénomène de courage et de vertu, et elle eut l'air, dans sa pensée, de mesurer à sa juste valeur tant d'inutile et audacieuse chevalerie. Elle embrassa le pauvre Raoul comme une sœur qui le récompenserait, par un accès de tendresse, d'avoir fermé son petit poing fraternel pour la défendre contre les dangers toujours possibles de la vie.

Raoul comprit et rougit de honte. Il se trouvait aussi faible qu'elle. Il se disait: «Elle prétend qu'elle n'a pas peur, mais elle nous éloigne de la trappe en tremblant.» C'était la vérité. Le lendemain et les jours suivants, ils allèrent loger leurs curieuses et chastes amours, quasi dans les combles, bien loin des trappes. L'agitation de Christine ne faisait qu'augmenter au fur et à mesure que s'écoulaient les heures. Enfin, une après-midi, elle arriva très en retard, la figure si pâle et les yeux si rougis par un désespoir certain, que Raoul se résolut à toutes les extrémités, à celle, par exemple, qu'il lui exprima tout de go, «_de ne partir pour le Pôle Nord: que si elle lui confiait le secret de la Voix d'homme_».

--Taisez-vous! Au nom du ciel, taisez-vous. S'_il_ vous entendait, malheureux Raoul!

Et les yeux hagards de la jeune fille faisaient autour d'eux le tour des choses.

--Je vous enlèverai à sa puissance, Christine, je le jure! Et vous ne penserez même plus à lui, ce qui est nécessaire.

--Est-ce possible?

Elle se permit ce doute qui était un encouragement, en entraînant le jeune homme jusqu'au dernier étage du théâtre, «à l'altitude», là où l'on est très loin, très loin des trappes.

--Je vous cacherai dans un coin inconnu du monde, où il ne viendra pas vous chercher. Vous serez sauvée, et alors je partirai puisque vous avez juré de ne pas vous marier jamais.

you know, I'm here!" And his gesture was, almost involuntarily, threatening; then Christine looked at him with astonishment, like a phenomenon of courage and virtue, and she seemed, in her mind, to measure at its true value so much useless and daring chivalry. She embraced poor Raoul like a sister who would reward him, with a fit of tenderness, for having closed her little fraternal fist to defend her against the always possible dangers of life.

Raoul understood and blushed with shame. He found himself as weak as she was. He said to himself: "She claims she's not afraid, but she shakes us away from the trap." It was the truth. The next day and the following days, they went to lodge their curious and chaste loves, almost in the attic, far from the trapdoors. Christine's restlessness only increased as the hours passed. Finally, one afternoon, she arrived very late, her face so pale and her eyes so red with a certain despair, that Raoul resolved to all extremes, to that, for example, that he expressed to her outright. , "_To leave for the North Pole: only if she confided in him the secret of the Man's Voice_".

--Shut up! In the name of heaven, shut up. If_he_ heard you, unhappy Raoul!

And the haggard eyes of the young girl circled around them.

"I will take you away from her power, Christine, I swear it!" And you won't even think about him anymore, which is necessary.

--Is it possible?

She allowed herself this doubt, which was an encouragement, by leading the young man to the top floor of the theater, "at altitude", where one is very far, very far from the trap doors.

--I will hide you in an unknown corner of the world, where he will not come looking for you. You will be saved, and then I will go since you have sworn never to marry.

Christine se jeta sur les mains de Raoul et les lui serra avec un transport incroyable. Mais, inquiète à nouveau, elle tournait la tête.	Christine threw herself on Raoul's hands and squeezed them with incredible transport. But, worried again, she turned her head.
--Plus haut! dit-elle seulement... encore plus haut!... Et elle l'entraîna vers les sommets.	--Upper! she said only ... even higher! ... And she dragged him towards the summits.
Il avait peine à la suivre. Ils furent bientôt sous les toits, dans le labyrinthe des charpentes. Ils glissaient entre les arcs-boutants, les chevrons, les jambes de force, les pans, les versants et les rampants; ils couraient de poutre en poutre comme, dans une forêt, ils eussent couru d'arbre en arbre, aux troncs formidables...	He could hardly follow her. They were soon under the roofs, in the labyrinth of frames. They slipped between the flying buttresses, rafters, struts, sides, slopes and ramps; they ran from beam to beam as, in a forest, they would have run from tree to tree, with formidable trunks ...
Et, malgré la précaution qu'elle avait de regarder à chaque instant, derrière elle, elle ne vit point une ombre qui la suivait comme son ombre, qui s'arrêtait avec elle, qui repartait quand elle repayait et qui ne faisait pas plus de bruit que n'en doit faire une ombre. Raoul, lui, ne s'aperçut de rien, car, quand il avait Christine devant lui, rien ne l'intéressait de ce qui se passait derrière.	And, in spite of the precaution she had to look at every moment, behind her, she did not see a shadow which followed her like her shadow, which stopped with her, which started again when she repaid and which made no more. noise that a shadow must not make. Raoul, he noticed nothing, because, when he had Christine in front of him, nothing interested him of what was happening behind.

XIII

LA LYRE D'APOLLON

Ainsi, ils arrivèrent aux toits. Elle glissait sur eux, légère et familière, comme une hirondelle. Leur regard, entre les trois dômes et le fronton triangulaire, parcourut l'espace désert. Elle respira avec force, au-dessus de Paris dont on découvrait toute la vallée en travail. Elle regarda Raoul avec confiance. Elle l'appela tout près d'elle, et côte à côte ils marchèrent, tout là-haut, sur les rues de zinc, dans les avenues en fonte; ils mirèrent leur forme jumelle dans les vastes réservoirs pleins d'une eau immobile où, dans la bonne saison, les gamins de la danse, une vingtaine de petits garçons plongent et apprennent à nager. L'ombre derrière eux, toujours fidèle à leurs pas, avait surgi, s'aplatissant sur les toits, s'allongeant avec des mouvements d'ailes noires, aux carrefours des ruelles de fer, tournant autour des bassins, contournant, silencieuse, les dômes; et les malheureux enfants ne se doutèrent point de sa présence, quand ils s'assirent enfin, confiants, sous la haute protection d'Apollon, qui dressait de son geste de bronze, sa prodigieuse lyre, au cœur d'un ciel en feu.

Un soir enflammé de printemps les entourait. Des nuages, qui venaient de recevoir du couchant leur robe légère d'or et de pourpre, passaient lentement en la laissant traîner au-dessus des jeunes gens; et Christine dit à Raoul: «Bientôt, nous irons plus loin et plus vite que les nuages, au bout du monde, et puis vous m'abandonnerez, Raoul. Mais si, le moment venu pour vous de m'enlever, je ne consentais plus à vous suivre, eh bien! Raoul, vous m'emporteriez!»

Avec quelle force, qui semblait dirigée contre elle-même, elle lui dit cela, pendant qu'elle se serrait nerveusement contre lui. Le jeune homme en fut frappé.

--Vous craignez donc de changer d'avis, Christine?

--Je ne sais pas, fit-elle en secouant bizarrement la tête. C'est un démon!

XIII

APOLLO'S LYRE

So they came to the roofs. It glided over them, light and familiar, like a swallow. Their gaze, between the three domes and the triangular pediment, roamed the deserted space. She took a deep breath, above Paris, the whole valley of which could be seen in labor. She looked at Raoul with confidence. She called him very close to her, and side by side they walked, up there, on the zinc streets, in the cast iron avenues; they put their twin form in the vast reservoirs full of still water where, in the right season, the dancing kids, a score of little boys dive and learn to swim. The shadow behind them, always faithful to their footsteps, had arisen, flattening itself on the roofs, stretching out with movements of black wings, at the crossroads of iron lanes, circling the pools, silently bypassing them. domes; and the unfortunate children did not suspect his presence, when they finally sat down, confident, under the high protection of Apollo, who raised with his bronze gesture, his prodigious lyre, in the heart of a sky on fire.

A fiery spring evening surrounded them. Clouds, which had just received from the setting sun their light dress of gold and purple, passed slowly, leaving it dragging above the young people; and Christine said to Raoul: "Soon, we will go further and faster than the clouds, to the end of the world, and then you will abandon me, Raoul." But if, when the time came for you to kidnap me, I no longer consented to follow you, well! Raoul, you would take me away! "

With what force, which seemed to be directed against herself, she said this to him, as she hugged him nervously. The young man was struck by it.

"So you are afraid of changing your mind, Christine?"

"I don't know," she said, shaking her head oddly. He's a demon!

Et elle frissonna. Elle se blottit dans ses bras avec un gémissement.	And she shuddered. She snuggled into his arms with a moan.
--Maintenant, j'ai peur de retourner habiter avec lui: dans la terre!	--Now, I'm afraid to go back to live with him: in the earth!
--Qu'est-ce qui vous force à y retourner Christine?	--What is it that forces you to go back there Christine?
--Si je ne retourne pas auprès de lui, il peut arriver de grands malheurs!... Mais je ne peux plus!... Je ne peux plus!... Je sais bien qu'il faut avoir pitié des gens qui habitent «sous la terre...» Mais celui-là est trop horrible! Et cependant, le moment approche; je n'ai plus qu'un jour? et si je ne viens pas, c'est lui qui viendra me chercher avec sa voix. Il m'entraînera avec lui, chez lui, sous la terre, et il se mettra à genoux devant moi, avec sa tête de mort! Et il me dira qu'il m'aime! Et il pleurera! Ah! ces larmes! Raoul! ces larmes dans les deux trous noirs de la tête de mort! Je ne peux plus voir couler ces larmes!	--If I do not return to him, great misfortunes can happen! ... But I can no longer! ... I can no longer! ... I know very well that we must have pity on people who live "underground ..." But this one is too horrible! And yet, the time is approaching; I only have one day? and if I don't come, he's the one who'll pick me up with his voice. He will drag me with him, to his home, underground, and he will kneel in front of me, with his skull! And he will tell me that he loves me! And he will cry! Ah! those tears! Raoul! those tears in the two black holes of the skull! I can no longer see these tears flow!
Elle se tordit affreusement les mains, pendant que Raoul, pris lui-même à ce désespoir contagieux, la pressait contre son cœur: «Non! non! Vous ne l'entendrez plus dire qu'il vous aime! Vous ne verrez plus couler ses larmes! Fuyons!... Tout de suite, Christine, fuyons!» Et déjà il voulait l'entraîner.	She wrung her hands horribly, while Raoul, seized with this contagious despair himself, pressed her to his heart: "No! no! You will no longer hear him say that he loves you! You will no longer see her tears flow! Let's run away! ... Right away, Christine, let's run away! " And already he wanted to train her.
Mais elle l'arrêta.	But she stopped him.
--Non, non, fit-elle, en hochant douloureusement la tête, pas maintenant!... Ce serait trop cruel... Laissez-le m'entendre chanter encore demain soir, une dernière fois... et puis, nous nous en irons. À minuit, vous viendrez me chercher dans ma loge; à minuit exactement. À ce moment, il m'attendra dans la salle à manger du lac... nous serons libres et vous m'emporterez!... Même si je refuse, il faut me jurer cela, Raoul... car je sens bien que, cette fois, si j'y retourne, je n'en reviendrai peut-être jamais...	- No, no, she said, nodding her head painfully, not now! ... It would be too cruel ... Let him hear me sing again tomorrow night, one last time ... and then we we will go. At midnight, you will come and fetch me from my lodge; at exactly midnight. At that moment, he will wait for me in the dining room by the lake ... we will be free and you will take me away! ... Even if I refuse, you have to swear that to me, Raoul ... because I feel that , this time, if I go back, I may never come back ...
Elle ajouta:	She added:
--Vous ne pouvez pas comprendre!...	--You cannot understand! ...
Et elle poussa un soupir auquel il lui sembla que,	And she let out a sigh to which it seemed to her

derrière elle, un autre soupir avait répondu.	that behind her another sigh had answered.
--Vous n'avez pas entendu?	- You haven't heard?
Elle claquait des dents.	Her teeth were chattering.
--Non, assura Raoul, je n'ai rien entendu...	`` No, '' said Raoul, `` I didn't hear anything ...
--C'est trop affreux, avoua-t-elle, de trembler tout le temps comme cela!... Et cependant, ici, nous ne courons aucun danger; nous sommes chez nous, chez moi, dans le ciel, en plein air, en plein jour. Le soleil est en flammes, et les oiseaux de nuit n'aiment pas à regarder le soleil! Je ne _l_'ai jamais vu à la lumière du jour... Ce doit être horrible!... balbutia-t-elle, en tournant vers Raoul des yeux égarés. Ah! la première fois que je _l_'ai vu!... J'ai cru qu'_il_ allait mourir!	"It is too dreadful," she confessed, "to tremble all the time like that! ... And yet, here, we are in no danger; we are at home, at home, in the sky, in the open air, in broad daylight. The sun is in flames, and night owls don't like to look at the sun! I have never seen him in the light of day ... It must be horrible! ... she stammered, turning her gaze towards Raoul. Ah! the first time I _l_ saw him! ... I thought_he_ was going to die!
--Pourquoi? demanda Raoul, réellement effrayé du ton que prenait cette étrange et formidable confidence... pourquoi avez-vous cru qu'il allait mourir?	--Why? asked Raoul, really frightened by the tone of this strange and formidable confidence ... why did you think he was going to die?
--PARCE QUE JE L'AVAIS VU!!!	--BECAUSE I HAD SEEN IT !!!
. . . .	. . . .
Cette fois Raoul et Christine se retournèrent en même temps.	This time Raoul and Christine turned around at the same time.
--Il y a quelqu'un ici qui souffre! fit Raoul... peut-être un blessé... Vous avez entendu?	- There is someone here who is suffering! said Raoul ... perhaps a wounded ... Did you hear?
--Moi, je ne pourrais vous dire, avoua Christine, _même quand il n'est pas là, mes oreilles sont pleines de ses soupirs_... Cependant, si vous avez entendu...	- Me, I could not tell you, confessed Christine, _even when he is not there, my ears are full of his sighs _... However, if you have heard ...
Ils se levèrent, regardèrent autour d'eux... Ils étaient bien tout seuls sur l'immense toit de plomb. Ils se rassirent. Raoul demanda:	They got up, looked around ... They were quite alone on the huge leaden roof. They sat down. Raoul asked:
--Comment l'avez-vous vu pour la première fois?	--How did you see him for the first time?
--Il y avait trois-mois que je l'entendais sans le voir. La première fois que je l'ai «entendu», j'ai cru,	--I had heard him for three months without seeing him. The first time that I "heard" it, I

comme vous, que cette voix adorable, qui s'était mise tout à coup à chanter _à mes côtés_, chantait dans une loge prochaine. Je sortis, et je la cherchai partout; mais ma loge est très isolée, Raoul, comme vous le savez, et il me fut impossible de trouver la voix hors de ma loge, tandis qu'elle restait fidèlement dans ma loge. Et non seulement, elle chantait, mais elle me parlait, elle répondait à mes questions comme une véritable voix d'homme, avec cette différence qu'elle était belle comme la voix d'un ange. Comment expliquer un aussi incroyable phénomène? Je n'avais jamais cessé de songer à l'«ange de la musique» que mon pauvre papa m'avait promis de m'envoyer aussitôt qu'il serait mort. J'ose vous parler d'un semblable enfantillage, Raoul, parce que vous avez connu mon père, et qu'il vous a aimé et que vous avez cru, en même temps que moi, lorsque vous étiez tout petit, à l'«ange de la musique», et que je suis bien sûre que vous ne sourirez pas, ni que vous vous moquerez. J'avais conservé, mon ami, l'âme tendre et crédule de la petite Lotte et ce n'est point la compagnie de la maman Valérius qui me l'eût ôtée. Je portai cette petite âme toute blanche entre mes mains naïves et naïvement je la tendis, je l'offris à la voix d'homme, croyant l'offrir à l'ange. La faute en fut certainement, pour un peu, à ma mère adoptive, à qui je ne cachais rien de l'inexplicable phénomène. Elle fut la première à me dire: «Ce doit être l'ange; en tout cas, tu peux toujours le lui demander.» C'est ce que je fis et la voix d'homme me répondit qu'en effet elle était la voix d'ange que j'attendais et que mon père m'avait promise en mourant. À partir de ce moment, une grande intimité s'établit entre la voix et moi, et j'eus en elle une confiance absolue. Elle me dit qu'elle était descendue sur la terre pour me faire goûter aux joies suprêmes de l'art éternel, et elle me demanda la permission de me donner des leçons de musique, tous les jours. J'y consentis avec une ardeur fervente et ne manquai aucun des rendez-vous qu'elle me donnait, dès la première heure, dans ma loge, quand ce coin d'Opéra était tout à fait désert. Vous dire quelles furent ces leçons! Vous-même, qui avez entendu la voix, ne pouvez vous en faire une idée.

--Évidemment, non! je ne puis m'en faire une idée, affirma le jeune homme. Avec quoi vous accompagniez-vous?

--Avec une musique que j'ignore, qui était derrière

believed, like you, that this adorable voice, which had suddenly started to sing _ by my side_, was singing in a nearby box. I went out, and looked for her everywhere; but my box is very isolated, Raoul, as you know, and it was impossible for me to find the voice outside my box, while it remained faithfully in my box. And not only did she sing, but she spoke to me, she answered my questions like a real man's voice, with the difference that she was beautiful like the voice of an angel. How to explain such an incredible phenomenon? I had never ceased to think of the "music angel" that my poor daddy had promised to send me as soon as he was dead. I dare to speak to you about such childishness, Raoul, because you knew my father, and he loved you and because you believed, at the same time as me, when you were very little, in the " angel of music ", and that I'm sure you won't smile or laugh at you. I had preserved, my friend, the tender and credulous soul of little Lotte and it was not the company of Mama Valérius that would have taken it away from me. I carried this little white soul in my naive hands and naively I held it out, I offered it to the voice of a man, believing it was being offered to the angel. The fault was certainly, for a little, with my adoptive mother, from whom I hid nothing of the inexplicable phenomenon. She was the first to tell me, "It must be the angel; in any case, you can always ask him. " That's what I did and the man's voice answered me that it was indeed the angel's voice that I was waiting for and that my father had promised me when he died. From that moment, a great intimacy was established between the voice and me, and I had absolute confidence in her. She told me that she had come down to earth to give me a taste of the supreme joys of eternal art, and she asked my permission to give me music lessons every day. I consented to it with fervent ardor and never missed any of the appointments she gave me from the first hour in my box, when this corner of the Opera was completely deserted. Tell you what those lessons were! You yourself, who have heard the voice, cannot imagine it.

- Obviously, no! I cannot get an idea of it, affirmed the young man. What were you accompanying yourself with?

--With music that I do not know, which was

le mur et qui était d'une justesse incomparable. Et puis on eût dit, mon ami, que la Voix savait exactement à quel point mon père, en mourant, m'avait laissé de mes travaux et de quelle simple méthode aussi il avait usé; et ainsi, me rappelant ou, plutôt, mon organe se rappelant toutes les leçons passées et en bénéficiant du coup, avec les présentes, je fis des progrès prodigieux et tels que, dans d'autres conditions, ils eussent demandé des années! Songez que je suis assez délicate, mon ami, et que ma voix était d'abord peu caractérisée; les cordes basses s'en trouvaient naturellement peu développées; les tons aigus étaient assez durs et le médium voilé. C'est contre tous ces défauts que mon père avait combattu et triomphé un instant; ce sont ces défauts que la Voix vainquit définitivement. Peu à peu, j'augmentai le volume des sons dans des proportions que ma faiblesse passée ne me permettait pas d'espérer: j'appris à donner à ma respiration la plus large portée. Mais surtout la Voix me confia le secret de développer les sons de poitrine dans une voix de soprano. Enfin elle enveloppa tout cela du feu sacré de l'inspiration, elle éveilla en moi une vie ardente, dévorante, sublime. La Voix avait la vertu, en se faisant entendre, de m'élever jusqu'à elle. Elle me mettait à l'unisson de son envolée superbe. L'âme de la Voix habitait ma bouche et y soufflait l'harmonie!

Au bout de quelques semaines, je ne me reconnaissais plus quand je chantais!... J'en étais même épouvantée... j'eus peur, un instant, qu'il y eût là-dessous quelque sortilège; mais la maman Valérius me rassura. Elle me savait trop simple fille, disait-elle, pour donner prise au démon.

Mes progrès étaient restés secrets, entre la Voix, la maman Valérius et moi, sur l'ordre même de la Voix. Chose curieuse, hors de la loge, je chantais avec ma voix de tous les jours, et personne ne s'apercevait de rien. Je faisais tout ce que voulait la Voix. Elle me disait: «Il faut attendre... vous verrez! nous étonnerons Paris!» Et j'attendais. Je vivais dans une espèce de rêve extatique où commandait la Voix. Sur ces entrefaites, Raoul, je vous aperçus, un soir, dans la salle. Ma joie fut telle que je ne pensai même point à la cacher en rentrant dans ma loge. Pour notre malheur, la Voix y était déjà et elle vit bien, à mon air, qu'il y avait quelque chose de nouveau. Elle me demanda «ce que j'avais» et je ne

behind the wall and which was incomparably correct. And then one would have said, my friend, that the Voice knew exactly to what extent my father, in dying, had left me with my labors and what a simple method he had also used; and thus, remembering myself or, rather, my organ remembering all the past lessons and benefiting from the blow, with the presents, I made prodigious progress and such as, under other conditions, they would have taken years! Consider that I am rather delicate, my friend, and that my voice was at first not very characterized; the bass strings were naturally underdeveloped; the high tones were quite harsh and the mids hazy. It was against all these faults that my father had fought and triumphed for a moment; it is these faults that the Voice definitively conquered. Little by little, I increased the volume of the sounds in proportions that my past weakness did not allow me to hope: I learned to give my breathing the widest range. But above all, the Voice confided to me the secret of developing chest sounds in a soprano voice. Finally she enveloped all this in the sacred fire of inspiration, she awakened in me a fiery, devouring, sublime life. The Voice had the virtue, by making itself heard, to lift me up to it. She put me in unison with her superb flight. The soul of the Voice inhabited my mouth and breathed harmony there!

At the end of a few weeks, I no longer recognized myself when I was singing! ... I was even terrified ... I was afraid, for a moment, that there was some spell below; but mum Valérius reassured me. She knew I was too simple a girl, she said, to give the demon a hold.

My progress had remained secret, between the Voice, mum Valérius and me, at the very order of the Voice. Oddly enough, outside the lodge, I sang in my everyday voice, and no one noticed a thing. I did whatever the Voice wanted. She said to me: "We must wait ... you will see!" we will amaze Paris! " And I was waiting. I lived in a kind of ecstatic dream where the Voice commanded. In the meantime, Raoul, I saw you one evening in the room. My joy was such that I did not even think of hiding it when I returned to my box. To our misfortune, the Voice was already there and she saw, to my tune, that there was something new. She asked me "what I had" and I saw no

vis aucun inconvénient à lui raconter notre douce histoire, ni à lui dissimuler la place que vous teniez dans mon cœur. Alors, la Voix se tut: je l'appelai, elle ne me répondit point; je la suppliai, ce fut en vain. J'eus une terreur folle qu'elle fût partie pour toujours! Plût à Dieu, mon ami!... Je rentrai chez moi; ce soir-là, dans un état désespéré. Je me jetai au cou de maman Valérius en lui disant: «Tu sais, la Voix est partie! Elle ne reviendra peut-être jamais plus!» Et elle fut aussi effrayée que moi et me demanda des explications. Je lui racontai tout. Elle me dit: «Parbleu! la Voix est jalouse!» Ceci, mon ami, me fit réfléchir que je vous aimais...

Ici, Christine s'arrêta un instant. Elle pencha la tête sur le sein de Raoul et ils restèrent un moment silencieux, dans les bras l'un de l'autre. L'émotion qui les étreignait était telle qu'ils ne virent point, ou plutôt qu'ils ne sentirent point se déplacer, à quelques pas d'eux, l'ombre rampante de deux grandes ailes noires qui se rapprocha, au ras des toits, si près, si près d'eux, qu'elle eût pu, en se refermant sur eux, les étouffer...

--Le lendemain, reprit Christine avec un profond soupir, je revins dans ma loge toute pensive. La Voix y était. Ô mon ami! Elle me parla avec une grande tristesse. Elle me déclara tout net que, si je devais donner mon cœur sur la terre, elle n'avait plus, elle, la Voix, qu'à remonter au ciel. Et elle me dit cela avec un tel accent de douleur _humaine_ que j'aurais dû, dès ce jour-là, me méfier et commencer à comprendre que j'avais été étrangement victime de mes sens abusés. Mais ma foi dans cette apparition de Voix, à laquelle était mêlée si intimement la pensée de mon père, était encore entière. Je ne craignais rien tant que de ne la plus entendre; d'autre part, j'avais réfléchi sur le sentiment qui me portait vers vous; j'en avais mesuré tout l'inutile danger; j'ignorais même si vous vous souveniez de moi. Quoi qu'il arrivât, votre situation dans le monde m'interdisait à jamais la pensée d'une honnête union; je jurai à la Voix que vous n'étiez rien pour moi qu'un frère et que vous ne seriez jamais rien d'autre et que mon cœur était vide de tout amour terrestre... Et voici la raison, mon ami, pour laquelle je détournais mes yeux quand, sur le plateau ou dans les corridors, vous cherchiez à attirer mon attention, la raison pour laquelle je ne vous reconnaissais pas... pour laquelle je ne vous voyais pas!... Pendant ce temps, les heures de leçons, entre la Voix et moi, se passaient

problem in telling her our sweet story, nor in concealing from her the place you held in my heart. Then the Voice was silent: I called her, she did not answer me; I begged her, it was in vain. I was terrified that she was gone forever! Would to God, my friend! ... I returned home that evening in a desperate state. I threw myself on Mama Valérius's neck, telling her: "You know, the Voice is gone!" She may never come back! " And she was as scared as I was and asked me for an explanation. I told him everything. She said to me: "Parbleu! the Voice is jealous! " This, my friend, made me think that I loved you ...

Here Christine stopped for a moment. She leaned her head on Raoul's breast and they remained silent for a moment, in each other's arms. The emotion that gripped them was such that they did not see, or rather did not feel, a few steps away from them, the creeping shadow of two large black wings approaching, flush with the roofs. , so close, so close to them, that she could have, by closing in on them, suffocated them ...

`` The next day, '' Christine continued with a deep sigh, `` I returned to my box very thoughtful. The Voice was there. O my friend! She spoke to me with great sadness. She told me plainly that if I had to give my heart to earth, she had only the Voice to ascend to heaven. And she said this to me with such an accent of _human_ pain that I should, from that day, have been wary and started to understand that I had been strangely victim of my misused senses. But my faith in this appearance of the Voice, with which my father's thoughts were so intimately mingled, was still whole. I feared nothing so much as not to hear her anymore; on the other hand, I had reflected on the feeling which carried me towards you; I had realized all the useless danger; I didn't even know if you remembered me. Whatever happened, your situation in the world forbade me forever the thought of an honest union; I swore to the Voice that you were nothing to me but a brother and that you would never be anything else and that my heart was empty of all earthly love ... And here is the reason, my friend, why I would look away when, on the set or in the hallways, you were trying to get my attention, the reason I didn't recognize you ... why I didn't see you! ... Meanwhile, the hours of lessons, between the Voice and me, passed in a divine delirium. The

dans un divin délire. Jamais la beauté des sons ne m'avait possédée à ce point et un jour la Voix me dit: «Va maintenant, Christine Daaé, tu peux apporter aux hommes un peu de la musique du ciel!»

Comment, ce soir-là, qui était le soir de gala, la Carlotta ne vint-elle pas au théâtre? Comment ai-je été appelée à la remplacer? Je ne sais; mais je chantai... je chantai avec un transport inconnu; j'étais légère comme si l'on, m'avait donné des ailes; je crus un instant que mon âme embrasée avait quitté son corps!

--Ô Christine! fit Raoul, dont les yeux, étaient humides à ce souvenir, ce soir-là, mon cœur a vibré à chaque accent de votre voix. J'ai vu vos larmes couler sur vos joues pâles, et j'ai pleuré avec vous. Comment pouviez-vous chanter, chanter en pleurant?

--Mes forces m'abandonnèrent, dit Christine, je fermai les yeux... Quand je les rouvris, vous étiez à mes côtés! Mais la Voix aussi y était, Raoul!... J'eus peur pour vous et encore, cette fois, je ne voulus point vous reconnaître et je me mis à rire quand vous m'avez rappelé que vous aviez ramassé mon écharpe dans la mer!...

Hélas? on ne trompe pas la Voix!... Elle vous avait bien reconnu, elle!... Et la Voix était jalouse!... Les deux jours suivants, elle me fit des scènes atroces... Elle me disait: «Vous l'aimez! si vous ne l'aimiez pas, vous ne le fuiriez pas! C'est un ancien ami à qui vous serreriez la main, comme à tous les autres... Si vous ne l'aimiez pas, vous ne craindriez pas de vous trouver, dans votre loge, seule avec lui et avec moi!... Si vous ne l'aimiez pas, vous ne le chasseriez pas!...

--C'est assez! fis-je à la Voix irritée; demain, je dois aller à Perros, sur la tombe de mon père; je prierai M. Raoul de Chagny de m'y accompagner.

--À votre aise, répondit-elle, mais sachez que moi aussi je serai à Perros, car je suis partout où vous êtes, Christine, et si vous êtes toujours digne de moi, si vous ne m'avez pas menti, je vous jouerai, à minuit sonnant, sur la tombe de votre père, la

beauty of sounds had never possessed me to this point and one day the Voice said to me: "Go now, Christine Daaé, you can bring some music from heaven to men!"

How, that evening, which was the gala evening, did the Carlotta not come to the theater? How was I called to replace her? I do not know; but I sang ... I sang with an unknown transport; I was light as if someone had given me wings; I believed for a moment that my flaming soul had left her body!

--O Christine! said Raoul, whose eyes were wet at this memory, that evening, my heart vibrated with each accent of your voice. I saw your tears roll down your pale cheeks, and I cried with you. How could you sing, sing while crying?

- My strength abandoned me, said Christine, I closed my eyes ... When I opened them again, you were by my side! But the Voice was also there, Raoul! ... I was afraid for you and again, this time, I did not want to recognize you and I started to laugh when you reminded me that you had picked up my scarf in the sea!...

Alas? the Voice is not fooled! ... She recognized you well! ... And the Voice was jealous! ... The following two days, she made horrible scenes to me ... She said to me: "You love it! if you didn't love him, you wouldn't run away from him! He is an old friend to whom you would shake hands, like all the others ... If you did not love him, you would not be afraid to find yourself, in your lodge, alone with him and with me! .. If you didn't love him, you wouldn't chase him! ...

--That's enough! I said to the irritated Voice; tomorrow, I have to go to Perros, to my father's grave; I will ask M. Raoul de Chagny to accompany me there.

`` At your ease, '' she replied, `` but know that I too will be in Perros, for I am wherever you are, Christine, and if you are still worthy of me, if you have not lied to me, I will tell you. will play, at striking midnight, on your father's grave, the

Résurrection de Lazare, avec le violon du mort.

Ainsi, je fus conduite, mon ami, a vous écrire la lettre qui vous amena à Perros. Comment ai-je pu être à ce point trompée? Comment, devant les préoccupations aussi personnelles de la Voix, ne me suis-je point doutée de quelque imposture? Hélas! je ne me possédais plus: j'étais sa chose!... Et les moyens dont disposait la Voix devaient facilement abuser une enfant telle que moi!»

--Mais enfin, s'écria Raoul, à ce point du récit de Christine où elle semblait déplorer avec des larmes la trop parfaite innocence d'un esprit bien peu «avisé»... mais enfin vous avez bientôt su la vérité!... Comment n'êtes-vous point sortie aussitôt de cet abominable cauchemar?

--Apprendre la vérité!... Raoul!... Sortir de ce cauchemar!... Mais je n'y suis entrée, malheureux, dans ce cauchemar, que du jour où j'ai connu cette vérité!... Taisez-vous! Taisez-vous! Je ne vous ai rien dit... et maintenant que nous allons descendre du ciel sur la terre, plaignez-moi, Raoul!... plaignez-moi!... Un soir, soir fatal... tenez... c'était le soir où il devait arriver tant de malheurs... le soir où Carlotta put se croire transformée sur la scène en un hideux crapaud et où elle se prit à pousser des cris comme si elle avait habité toute sa vie au bord des marais... le soir où la salle fut tout à coup plongée dans l'obscurité, sous le coup de tonnerre du lustre qui s'écrasait sur le parquet... Il y eut ce soir-là des morts et des blessés, et tout le théâtre retentissait des plus tristes clameurs.

Ma première pensée, Raoul, dans l'éclat de la catastrophe, fut en même temps pour vous et pour la Voix, car vous étiez, à cette époque, les deux égales moitiés de mon cœur. Je fus tout de suite rassurée en ce qui vous concernait, car je vous avais vu dans la loge de votre frère et je savais que vous ne couriez aucun danger. Quant à la Voix, elle m'avait annoncé qu'elle assisterait à la représentation, et j'eus peur pour elle; oui, réellement peur, comme si elle avait été «une personne ordinaire vivante qui fût capable de mourir». Je me disais: «Mon Dieu! le lustre a peut-être écrasé la Voix.» Je me trouvais alors sur la scène, et affolée à ce point que je me disposais à

Resurrection of Lazarus, with the dead man's violin.

So I was led, my friend, to write you the letter which brought you to Perros. How could I have been so deceived? How, faced with the personal concerns of the Voice, did I not suspect some imposture? Alas! I no longer possessed myself: I was his thing!... And the means at the disposal of the Voice could easily abuse a child like me! "

"But finally," cried Raoul, "at this point in Christine's story where she seemed to deplore with tears the too perfect innocence of a mind that was not very" wise "... but finally you soon knew the truth !. .. How did you not immediately get out of this abominable nightmare?

- Learn the truth! ... Raoul! ... Get out of this nightmare! ... But I did not enter, unhappy, into this nightmare, until the day I knew this truth! ... Shut up! Shut up! I haven't told you ... and now that we are going to descend from heaven to earth, pity me, Raoul! ... pity me! ... One evening, fatal evening ... hold on ... c 'was the night when so many misfortunes were to happen ... the night when Carlotta could believe herself transformed on the stage into a hideous toad and where she began to cry out as if she had lived all her life at the edge of the marshes ... the evening when the room was suddenly plunged into darkness, under the thunderclap of the chandelier which crashed on the floor ... That evening there were dead and wounded, and all the theater resounded with the saddest clamor.

My first thought, Raoul, in the glare of the catastrophe, was at the same time for you and for the Voice, for you were, at that time, the two equal halves of my heart. I was immediately reassured as far as you were concerned, because I had seen you in your brother's lodge and I knew that you were in no danger. As for the Voice, she had told me that she would attend the performance, and I was afraid for her; yes, really scared, as if she had been "an ordinary living person who was capable of dying". I was like, "My God! the chandelier may have crushed the Voice. " I was then on the stage, and distraught to the point that I was about to run into the room to

courir dans la salle chercher la Voix parmi les morts et les blessés, quand cette idée me vint que, s'il ne lui était rien arrivé de fâcheux, elle devait être déjà dans ma loge, où elle aurait hâte de me rassurer. Je ne fis qu'un bond jusqu'à ma loge. La Voix n'y était pas. Je m'enfermai dans ma loge, et les larmes aux yeux, je la suppliai, si elle était encore vivante, de se manifester à moi. La Voix ne me répondit pas, mais, tout à coup, j'entendis un long, un admirable gémissement que je connaissais bien. C'était la plainte de Lazare, quand, à la voix de Jésus, il commence à soulever ses paupières et à revoir la lumière du jour. C'étaient les pleurs du violon de mon père. Je reconnaissais le coup d'archet de Daaé, le même, Raoul, qui nous tenait jadis immobiles sur les chemins de Perros, le même qui avait «enchanté» la nuit du cimetière. Et puis, ce fut encore, sur l'instrument invisible et triomphant, le cri d'allégresse de la Vie, et la Voix, se faisant entendre enfin, se mit à chanter la phrase dominatrice et souveraine: «Viens! et crois en moi! Ceux qui croient en moi revivront! Marche! Ceux qui ont cru en moi ne sauraient mourir!» Je ne saurais vous dire l'impression que je reçus de cette musique, qui chantait la vie éternelle dans le moment qu'à noté de nous, de pauvres malheureux, écrasés par ce lustre fatal, rendaient l'âme... Il me sembla qu'elle me commandait à moi aussi de venir, de me lever, de marcher vers elle. Elle s'éloignait, je la suivis. «Viens! et crois en moi!» Je croyais en elle, je venais... je venais, et, chose extraordinaire, ma loge, devant mes pas, paraissait s'allonger... s'allonger.. Évidemment, il devait y avoir, là un effet de glaces... car j'avais la glace devant moi... Et, tout à coup, je me suis trouvée hors de ma loge, sans savoir comment.

Raoul interrompit ici brusquement la jeune fille:

--Comment! Sans savoir comment? Christine Christine! Il faudrait essayer de ne plus rêver!

--Eh! pauvre ami, je ne rêvais pas! Je me trouvais hors de ma loge sans savoir comment! Vous qui m'avez vue disparaître «de ma loge, un soir, mon ami, vous pourriez peut-être m'expliquer cela, mais moi je ne le puis pas!... Je ne puis vous dire qu'une chose, c'est que, me trouvant devant ma glace, je ne l'ai plus vue tout à coup devant moi et que je l'ai

look for the Voice among the dead and wounded, when the idea occurred to me that, if nothing untoward had happened to her, she must have already been in my dressing room, where she would be eager to reassure me. I only jumped to my dressing room. The Voice was not there. I locked myself in my dressing room, and with tears in my eyes, I begged her, if she was still alive, to come forward to me. The Voice didn't answer me, but suddenly I heard a long, admirable moan that I knew well. It was Lazarus' complaint, when, at the voice of Jesus, he begins to lift his eyelids and see the light of day again. It was the crying of my father's violin. I recognized Daaé's bow stroke, the same one, Raoul, who once held us motionless on the paths of Perros, the same who had "enchanted" the night in the cemetery. And then, on the invisible and triumphant instrument, there was again the cry of joy of Life, and the Voice, finally making itself heard, began to sing the dominating and sovereign phrase: "Come! and believe in me! Those who believe in me will live again! Walk! Those who believed in me cannot die! " I cannot tell you the impression I received from this music, which sang of eternal life in the moment that we noted, poor unfortunates, crushed by this fatal luster, were giving up the ghost ... It seemed to me that she was commanding me too to come, to get up, to walk towards her. She was walking away, I followed her. "Come! and believe in me! " I believed in her, I came ... I came, and, an extraordinary thing, my dressing room, in front of my steps, seemed to stretch out ... to stretch out .. Obviously, there must have been an icy effect there. ... because I had the ice cream in front of me ... And suddenly I found myself outside my dressing room, without knowing how.

Raoul abruptly interrupted the young girl here:

--How? 'Or' What! Without knowing how? Christine Christine! We should try not to dream anymore!

--He! poor friend, I was not dreaming! I was outside my dressing room without knowing how! You who saw me disappear "from my dressing room one evening, my friend, you could perhaps explain that to me, but I can't! ... I can only tell you one thing, this 'is that, finding myself in front of my mirror, I suddenly no longer saw it in front

cherchée derrière... mais il n'y avait plus de glace, plus de loge... J'étais dans un corridor obscur... j'eus peur et je criai!...

Tout était noir autour de moi; au loin, une faible lueur rouge éclairait un angle de muraille, un coin de carrefour. Je criai. Ma voix seule emplissait les murs, car le chant et les violons s'étaient tus. Et voilà que soudain, dans le noir, une main se posait sur la mienne... ou, plutôt, quelque chose d'osseux et de glacé qui m'emprisonna le poignet et ne me lâcha plus. Je criai. Un bras m'emprisonna la taille et je fus soulevée... Je me débattis un instant dans de l'horreur; mes doigts glissèrent au long des pierres humides, où ils ne s'accrochèrent point. Et puis, je ne remuai plus, j'ai cru que j'allais mourir d'épouvante. On m'emportait vers la petite lueur rouge; nous entrâmes dans cette lueur et alors je vis que j'étais entre les mains d'un homme enveloppé d'un grand manteau noir et qui avait un masque qui lui cachait tout le visage... Je tentai un effort suprême: mes membres se raidirent, ma bouche s'ouvrit encore pour hurler mon effroi, mais une main la ferma, une main que je sentis sur mes lèvres, sur ma chair... et qui sentait la mort! Je m'évanouis.

Combien de temps restai-je sans connaissance? Je ne saurais le dire. Quand je rouvris les yeux, nous étions toujours, l'homme noir et moi, au sein des ténèbres. Une lanterne sourde, posée par terre, éclairait le jaillissement d'une fontaine. L'eau, clapotante, sortie de la muraille, disparaissait presque aussitôt sous le sol sur lequel j'étais étendue; ma tête reposait sur le genou de l'homme au manteau et au masque noir et mon silencieux compagnon me rafraîchissait les tempes avec un soin, une attention, une délicatesse qui me parurent plus horribles à supporter que la brutalité de son enlèvement de tout à l'heure. Ses mains, si légères fussent-elles, n'en sentaient pas moins la mort. Je les repoussai, mais sans force. Je demandai dans un souffle: «Qui êtes-vous? où est la Voix?» Seul, un soupir me répondit. Tout à coup, un souffle chaud me passa sur le visage et vaguement, dans les ténèbres, à côté de la forme noire de l'homme, je distinguai une forme blanche. La forme noire me souleva et me déposa sur la forme blanche. Et aussitôt, un joyeux hennissement vint frapper mes oreilles stupéfaites et je murmurai: «César!» La bête tressaillit. Mon ami, j'étais à demi couchée sur une

of me and that I looked for it behind ... but there was no more mirror, no more dressing room ... I was in a dark corridor ... I was afraid and I cried! ...

Everything was dark around me; in the distance, a faint red light lit up a corner of the wall, a corner of a crossroads. I screamed. My voice alone filled the walls, for the song and the violins were silent. And suddenly, in the dark, a hand was placed on mine ... or, rather, something bony and icy which imprisoned my wrist and never let go. I screamed. An arm caught my waist and I was lifted ... I struggled for a moment in horror; my fingers slid along the wet stones, where they did not catch. And then, I didn't move any more, I thought I was going to die of terror. I was carried away towards the little red light; we entered that glow and then I saw that I was in the hands of a man wrapped in a large black cloak and who had a mask that hid his whole face ... I made a supreme effort: my limbs were stiffened, my mouth opened again to scream my fear, but a hand closed it, a hand that I felt on my lips, on my flesh ... and which smelled of death! I faint.

How long was I unconscious? I would not know how to say it. When I opened my eyes, we were still, the black man and I, in the midst of darkness. A deaf lantern, placed on the ground, lit up the gushing of a fountain. The lapping water, emerging from the wall, disappeared almost immediately under the ground on which I was lying; my head rested on the knee of the man in the cloak and the black mask and my silent companion refreshed my temples with a care, an attention, a delicacy which seemed to me more horrible to bear than the brutality of his taking everything away. 'time. His hands, light though they were, nonetheless smelled of death. I pushed them away, but without strength. I asked under my breath, "Who are you?" where is the Voice? " Alone, a sigh answered me. Suddenly, a warm breath passed over my face and vaguely, in the darkness, next to the black form of the man, I could make out a white form. The black shape lifted me up and set me down on the white shape. And immediately, a happy whinny hit my stunned ears and I whispered: "Caesar!" The beast quivered. My friend, I was half reclining on

selle et j'avais reconnu le cheval blanc du _Prophète_, que j'avais gâté si souvent, de friandises. Or, un soir, le bruit s'était répandu dans le théâtre que cette bête avait disparu et qu'elle avait été volée par le fantôme de l'Opéra. Moi, je croyais à la Voix; je n'avais jamais cru au fantôme, et voilà cependant que je me demandai en frissonnant si je n'étais pas la prisonnière du fantôme! J'appelai, du fond du cœur, la Voix à mon secours, car jamais je ne me serais imaginée que la Voix et le fantôme étaient tout un! Vous avez entendu parler du fantôme de l'Opéra, Raoul?

a saddle and I recognized the white horse of the _Prophète_, which I had spoiled so often, with sweets. However, one evening, the rumor had spread in the theater that this beast had disappeared and that it had been stolen by the phantom of the Opera. I believed in the Voice; I had never believed in the ghost, and yet I wondered with a shudder if I was not the ghost's prisoner! I called, from the bottom of my heart, the Voice for my help, because I would never have imagined that the Voice and the ghost were all one! Have you heard of the Phantom of the Opera, Raoul?

--Oui, répondit le jeune homme... Mais dites-moi, Christine, que vous arriva-t-il quand vous fûtes sur le cheval blanc du _Prophète?_

- Yes, answered the young man ... But tell me, Christine, what happened to you when you were on the white horse of _Prophet?_

--Je ne fis aucun mouvement et me laissai conduire... Peu à peu une étrange torpeur succédait à l'état d'angoisse et de terreur où m'avaient jeté cette infernale aventure. La forme noire me soutenait et je ne faisais plus rien pour lui échapper. Une paix singulière était répandue en moi et je pensais que j'étais sous l'influence bienfaisante de quelque élixir. J'avais la pleine disposition de mes sens. Mes yeux se faisaient aux ténèbres qui, du reste, s'éclairaient, ça et là, de lueurs brèves... Je jugeai que nous étions dans une étroite galerie circulaire et j'imaginai que cette galerie faisait le tour de l'Opéra, qui, sous terre, est immense. Une fois, mon ami, une seule fois, j'étais descendue dans ces dessous qui sont prodigieux, mais je m'étais arrêtée au troisième étage, n'osant pas aller plus avant dans la terre. Et, cependant, deux étages encore, où l'on aurait pu loger une ville, s'ouvraient sous mes pieds. Mais les figures qui m'étaient apparues, m'avaient fait fuir. Il y a là des démons, tout noirs devant des chaudières, et ils agitent des pelles, des fourches, excitent des brasiers, allument des flammes, vous menacent, si l'on en approche, en ouvrant tout à coup sur vous la gueule rouge des fours!... Or, pendant que César, tranquillement, dans cette nuit de cauchemar, me portait sur son dos, j'aperçus tout à coup, loin, très loin, et tout petits, tout petits, comme au bout d'une lunette retournée, les démons noirs devant les brasiers rouges de leurs calorifères... Ils apparaissaient... Ils disparaissaient... Ils réapparaissaient au gré bizarre de notre marche... Enfin, ils disparurent tout à fait. La forme d'homme me soutenait toujours, et César marchait sans guide et le pied sûr... Je ne pourrais

- I made no movement and allowed myself to be led ... Little by little a strange torpor succeeded the state of anguish and terror into which this infernal adventure had thrown me. The dark form was supporting me and I was doing nothing to escape it. A singular peace was prevalent in me and I thought I was under the beneficent influence of some elixir. I had the full disposal of my senses. My eyes were gazing at the shadows which, moreover, lit up here and there with brief gleams ... I judged that we were in a narrow circular gallery and I imagined that this gallery went around the Opera, which, underground, is immense. Once, my friend, only once, I had gone down in these below which are prodigious, but I had stopped on the third floor, not daring to go further into the earth. And yet two more floors, where one might have lodged a town, opened up beneath my feet. But the figures that had appeared to me had made me flee. There are demons there, all black in front of boilers, and they shake shovels, pitchforks, stir up braziers, light flames, threaten you, if you approach them, suddenly opening their red mouths on you. ovens! ... Now, while Caesar, calmly, in that night of nightmare, carried me on his back, I suddenly saw, far, very far, and very small, very small, as at the end of a telescope turned upside down, the black demons in front of the red braziers of their heaters ... They appeared ... They disappeared ... They reappeared at the bizarre liking of our walk ... Finally, they completely disappeared. The form of a man still supported me, and Caesar walked without a guide and with a sure foot ... I could not

vous dire, même approximativement combien de temps ce voyage, dans la nuit, dura; j'avais seulement l'idée que nous tournions! que nous tournions! que nous descendions suivant une inflexible spirale jusqu'au cœur même des abîmes de la terre; et encore, n'était-ce point ma tête qui tournait?... Toutefois, je ne le pense pas. Non! J'étais incroyablement lucide. César, un instant, dressa ses narines, huma l'atmosphère et accéléra un peu sa marche. Je sentis l'air humide et puis César s'arrêta. La nuit s'était éclaircie. Une lueur bleuâtre nous entourait. Je regardai où nous nous trouvions. Nous étions au bord d'un lac dont les eaux de plomb se perdaient au loin, dans le noir... mais la lumière bleue éclairait cette rive et j'y vis une petite barque, attachée à un anneau de fer, sur le quai!

tell you, even approximately how long this journey, in the night, lasted; I just had the idea that we were shooting! that we were shooting! that we descend in an inflexible spiral to the very heart of the abysses of the earth; and again, wasn't it my head spinning? ... However, I don't think so. No! I was incredibly lucid. Caesar, for a moment, raised his nostrils, sniffed the atmosphere, and accelerated his walk a little. I felt the damp air and then Caesar stopped. The night had cleared up. A bluish glow surrounded us. I looked at where we were. We were at the edge of a lake whose leaden waters were lost in the distance, in the dark ... but the blue light illuminated this shore and I saw a small boat, attached to an iron ring, on the quay!

Certes, je savais que tout cela existait, et la vision de ce lac et de cette barque sous la terre n'avait rien de surnaturel. Mais songez aux conditions exceptionnelles dans lesquelles j'abordai ce rivage. Les âmes des morts ne devaient point ressentir plus d'inquiétude en abordant le Styx. Caron n'était certainement pas plus lugubre ni plus muet que la forme d'homme qui me transporta dans la barque. L'élixir avait-il épuisé son effet? la fraîcheur de ces lieux suffisait-elle à me rendre complètement à moi-même? Mais ma torpeur s'évanouissait, et je fis quelques mouvements qui dénotaient le recommencement de ma terreur. Mon sinistre compagnon dut s'en apercevoir, car, d'un geste rapide, il congédia César qui s'enfuit dans les ténèbres de la galerie et dont j'entendis les quatre fers battre les marches sonores d'un escalier, puis l'homme se jeta dans la barque qu'il délivra de son lien de fer; il s'empara des rames et rama avec force et promptitude. Ses yeux, sous le masque, ne me quittaient pas; je sentais sur moi le poids de leurs prunelles immobiles. L'eau, autour de nous, ne faisait aucun bruit. Nous glissions dans cette lueur bleuâtre que je vous ai dite et puis nous fûmes à nouveau tout à fait dans la nuit, et nous abordâmes. La barque heurta un corps dur. Et je fus encore emportée dans des bras. J'avais recouvré la force de crier. Je hurlai. Et puis, tout à coup, je me tus, assommée par la lumière. Oui, une lumière éclatante, au milieu de laquelle on m'avait déposée. Je me relevai, d'un bond. J'avais toutes mes forces. Au centre d'un salon qui ne me semblait paré, orné, meublé que de fleurs, de fleurs magnifiques et stupides à cause de rubans de soie qui les liaient à des corbeilles, comme on en vend dans les

Certainly, I knew that all this existed, and the sight of this lake and this boat under the ground was not supernatural. But think of the exceptional conditions in which I approached this shore. The souls of the dead should not have felt more anxiety when they approached the Styx. Caron was certainly no more gloomy or more silent than the form of the man who carried me into the boat. Had the elixir exhausted its effect? Was the freshness of these places enough to make me completely come to myself? But my torpor vanished, and I made a few movements which indicated the resumption of my terror. My sinister companion must have noticed it, for, with a quick gesture, he dismissed Caesar, who fled into the darkness of the gallery and whose four irons beat the sounding steps of a staircase, then the a man threw himself into the boat which he freed from its iron tie; he seized the oars and paddled with force and promptness. His eyes, under the mask, never left me; I felt the weight of their motionless eyes on me. The water around us made no noise. We slipped into that bluish glow that I told you about and then we were quite dark again, and we landed. The boat struck a hard body. And I was carried away again in arms. I had recovered the strength to scream. I screamed. And then, suddenly, I fell silent, stunned by the light. Yes, a dazzling light, in the middle of which I had been deposited. I jumped up. I had all my strength. In the center of a living room that seemed to me adorned, adorned, furnished only with flowers, magnificent and stupid flowers because of silk ribbons that tied them to baskets, as one sells in the shops of the

boutiques des boulevards, de fleurs trop civilisées comme celles que j'avais coutume de trouver dans ma loge après chaque «première»; au centre de cet embaumement très parisien, la forme noire d'homme au masque se tenait debout, les bras croisés... et elle parla:	boulevards, flowers too civilized like those I used to find in my dressing room after each "premiere"; in the center of this very Parisian embalming, the black form of a man with a mask was standing, his arms crossed ... and she spoke:
--Rassurez-vous, Christine, dit-elle; vous ne courez aucun danger.	"Don't worry, Christine," she said; you are in no danger.
C'était la Voix!	_It was the Voice!_
Ma fureur égala ma stupéfaction. Je sautai sur ce masque et voulus l'arracher, pour connaître le visage de la Voix. La forme d'homme me dit:	My fury equaled my amazement. I jumped on this mask and wanted to tear it off, to know the face of the Voice. The form of man tells me:
--Vous ne courez aucun danger, si vous ne touchez pas au masque!	- You are in no danger if you do not touch the mask!
Et m'emprisonnant doucement les poignets, elle me fit asseoir.	And gently imprisoning my wrists, she made me sit down.
Et puis, elle se mit à genoux devant moi, et ne dit plus rien!	And then, she knelt in front of me, and said nothing more!
L'humilité de ce geste me redonna quelque courage; la lumière, en précisant toute chose autour de moi, me rendit à la réalité de la vie. Si extraordinaire qu'elle apparaissait, l'aventure s'entourait maintenant de choses mortelles que je pouvais voir et toucher. Les tapisseries de ces murs, ces meubles, ces flambeaux, ces vases et jusqu'à ces fleurs dont j'eus pu dire presque d'où elles venaient, dans leurs bannettes dorées, et combien elles avaient coûté, enfermaient fatalement mon imagination dans les limites d'un salon aussi banal que bien d'autres qui avaient au moins cette excuse de n'être point situés dans les dessous de l'Opéra. J'avais sans doute affaire à quelque effroyable original qui, mystérieusement, s'était logé dans les caves, comme d'autres, par besoin, et avec la muette complicité de l'administration, avaient trouvé un définitif abri dans les combles de cette tour de Babel moderne, où l'on intriguait, où l'on chantait dans toutes les langues, où l'on aimait dans tous les patois.	The humility of this gesture gave me some courage; the light, clarifying everything around me, brought me back to the reality of life. As extraordinary as it appeared, the adventure was now surrounded by deadly things I could see and touch. The tapestries of these walls, these furniture, these torches, these vases, and even these flowers of which I could almost tell where they came from, in their golden banners, and how much they had cost, fatally locked my imagination in the limits of a salon as mundane as many others who had at least this excuse for not being located in the basement of the Opera. I was no doubt dealing with some frightful original which, mysteriously, had lodged in the cellars, like others, out of necessity, and with the dumb complicity of the administration, had found a final shelter in the attics of this tower of modern Babel, where one intrigued, where one sang in all tongues, where one loved in all patois.
Et alors la _Voix_, la _Voix_ que j'avais reconnue sous le masque, lequel n'avait pas pu me la cacher,	And then the _Voix_, the _Voix_ that I had recognized under the mask, which had not been

c'était cela qui était à genoux devant moi: un homme!	able to hide it from me, _that was what was on his knees in front of me: a man! _
Je ne songeai même plus à l'horrible situation où je me trouvais, je ne demandai même pas ce qu'il allait advenir de moi et quel était le dessein obscur et froidement tyrannique qui m'avait conduit dans ce salon comme on enferme un prisonnier dans une geôle, une esclave au harem. Non! non! non! je médisais: La Voix, c'est cela: un homme! et je me mis à pleurer.	I no longer even thought about the horrible situation I was in, I did not even ask what was going to happen to me and what was the dark and coldly tyrannical design that had led me into this living room like one locks up a prisoner. in a jail, a slave in the harem. No! no! no! I slandered: The Voice, that's it: a man! and I started to cry.
L'homme, toujours à genoux, comprit sans doute le sens de mes larmes, car il dit:	The man, still on his knees, no doubt understood the meaning of my tears, for he said:
--«C'est vrai, Christine!... Je ne suis ni ange, ni génie, ni fantôme... Je suis Erik!»	- "It's true, Christine!... I am neither angel, nor genius, nor ghost ... I am Erik!"
Ici encore, le récit de Christine fut interrompu. Il sembla aux jeunes gens que l'écho avait répété, derrière eux: Erik!... Quel écho?... Ils se retournèrent, et ils s'aperçurent que la nuit était venue. Raoul fit un mouvement comme pour se lever, mais Christine le retint près d'elle: «Restez! Il faut que vous sachiez tout _ici!_	Here again, Christine's story was interrupted. It seemed to the young people who had been echoed behind them: Erik!... What an echo? ... They turned around and saw that night had come. Raoul made a movement as if to get up, but Christine held him back: "Stay! You need to know everything _here! _
--Pourquoi ici, Christine? Je crains pour vous la fraîcheur de la nuit.	--Why here, Christine? I fear the coolness of the night for you.
--Nous ne devons craindre que les trappes, mon ami, et, ici, nous sommes au bout du monde des trappes... et je n'ai point le droit de vous voir hors du théâtre... Ce n'est pas le moment de le contrarier... N'éveillons pas ses soupçons...	`` We should only fear the trap doors, my friend, and here we are at the end of the trapdoor world ... and I have no right to see you outside the theater ... It is not the moment to upset him ... let's not arouse his suspicions ...
--Christine! Christine! quelque chose me dit que nous avons tort d'attendre à demain soir et que nous devrions fuir tout de suite!	--Christine! Christine! something tells me that we are wrong to wait until tomorrow night and that we should flee right away!
--Je vous dis que, s'il ne m'entend pas chanter demain soir, il en aura une peine infinie.	"I tell you that if he does not hear me sing tomorrow night, he will have infinite pain."
--Il est difficile de ne point causer de peine à Erik et de le fuir pour toujours...	--It is difficult not to cause pain to Erik and to flee him forever ...
--Vous avez raison, Raoul, en cela... car, certainement, de ma fuite il mourra...	--You are right, Raoul, in that ... because, certainly, of my flight he will die ...

La jeune fille ajouta d'une voix sourde;

--Mais aussi la partie est égale... car nous risquons qu'il nous tue.

--Il vous aime donc bien?

--Jusqu'au crime!

--Mais sa demeure n'est pas introuvable... On peut l'y aller chercher. Du moment qu'Erik n'est pas un fantôme, on peut lui parler et même le forcer à répondre!

Christine secoua la tête:

--Non! non! On ne peut rien contre Erik!... On ne peut que fuir!

--Et comment, pouvant fuir, êtes-vous retournée près de lui?

--Parce qu'il le fallait... Et vous comprendrez cela quand vous saurez comment je suis sortie de chez lui?...

--Ah! je le hais bien!... s'écria Raoul... et vous, Christine, dites-moi... j'ai besoin que vous me disiez cela pour écouter avec plus de calme la suite de cette extraordinaire histoire d'amour... et vous, le haïssez-vous?

--Non! fit Christine, simplement.

--Eh! pourquoi tant de paroles!... Vous l'aimez certainement! Votre peur, vos terreurs, tout cela c'est encore de l'amour et du plus délicieux! Celui que l'on ne s'avoue pas, expliqua Raoul avec amertume. Celui qui vous donne, quand on y songe, le frisson... Pensez donc, un homme qui habite un palais sous la terre!

Et il ricana...

--Vous voulez donc que j'y retourne! interrompit brutalement la jeune fille... Prenez garde, Raoul, je vous l'ai dit: je n'en reviendrais plus!

The young girl added in a hollow voice;

--But the game is also equal ... because we risk that he will kill us.

--He really loves you?

--To the crime!

- But his home is not nowhere to be found ... We can go and find it. As long as Erik is not a ghost, we can talk to him and even force him to respond!

Christine shook her head:

--No! no! We can do nothing against Erik! ... We can only flee!

"And how, being able to flee, did you return to him?"

--Because he had to ... And you will understand that when you know how I got out of his house? ...

--Ah! I hate him! ... cried Raoul ... and you, Christine, tell me ... I need you to tell me that in order to listen more calmly to the continuation of this extraordinary love story ... and you, do you hate him?

--No! Christine said simply.

--He! why so many words! ... You certainly love him! Your fear, your terrors, all this is still love and the most delicious! The one that we do not admit, explained Raoul bitterly. The one who gives you, when you think about it, the thrill ... Think about it, a man who lives in a palace under the earth!

And he sneered ...

- So you want me to go back! interrupted the young girl brutally ... Take care, Raoul, I told you: I couldn't get over it!

Il y eut un silence effrayant entre eux trois... les deux qui parlaient et l'ombre qui écoutait, derrière...	There was a frightening silence between the three of them ... the two talking and the shadow listening, behind ...
--Avant de vous répondre, fit enfin Raoul d'une voix lente, je désirerais savoir quel sentiment _il_ vous inspire, puisque vous ne le haïssez pas...	`` Before answering you, " said Raoul at last in a slow voice, `` I would like to know what feeling _il_ inspires in you, since you don't hate him ...
--De l'horreur! dit-elle... Et elle jeta ces mots avec une telle force, qu'ils couvrirent les soupirs de la nuit.	--Horror! she said ... And she threw out these words with such force, that they covered the sighs of the night.
--C'est ce qu'il y a de terrible, reprit-elle, dans une fièvre croissante... Je l'ai en horreur et je ne le déteste pas. Comment le haïr, Raoul? Voyez Erik à mes pieds, dans la demeure du lac, sous la terre. Il s'accuse, il se maudit, il implore mon pardon!...	"That is what is terrible," she continued, in a growing fever. I hate him and I do not hate him. How to hate him, Raoul? See Erik at my feet, in the lake house, underground. He accuses himself, he curses himself, he implores my forgiveness! ...
Il avoue son imposture. Il m'aime! Il met à mes pieds un immense et tragique amour!... Il m'a volée par amour!... Il m'a enfermée avec lui, dans la terre, par amour... mais il me respecte, mais il rampe, mais il gémit, mais il pleure!... Et quand je me lève, Raoul, quand je lui dis que je ne puis que le mépriser s'il ne me rend pas sur-le-champ cette liberté, qu'il m'a prise, chose incroyable... il me l'offre... je n'ai qu'à partir... Il est prêt à me montrer le mystérieux chemin;... seulement... seulement il s'est levé, lui aussi, et je suis bien obligée de me souvenir que, s'il n'est ni fantôme, ni ange, ni génie, il est toujours la Voix, car il chante!...	He admits his imposture. He loves me! He places an immense and tragic love at my feet! ... He stole me for love! ... He locked me up with him, in the earth, for love ... but he respects me, but he crawls , but he moans, but he cries! ... And when I get up, Raoul, when I tell him that I can only despise him if he does not immediately give me this freedom, let him 'has taken, incredible thing ... he offers it to me ... I have only to leave ... He is ready to show me the mysterious way; ... only ... only he is raised, too, and I am obliged to remember that, if he is neither a ghost, nor an angel, nor a genius, he is still the Voice, for he sings! ...
Et je l'écoute.., et je reste!...	And I listen to it .., and I stay! ...
Ce soir-là, nous n'échangeâmes plus une parole... Il avait saisi une harpe et il commença de me chanter, lui, voix d'homme, voix d'ange, la romance de Desdémone. Le souvenir que j'en avais de l'avoir chantée moi-même me rendait honteuse. Mon ami, il y a une vertu dans la musique qui fait que rien n'existe plus du monde extérieur en dehors de ces sons qui vous viennent frapper le cœur. Mon extravagante aventure fut oubliée. Seule revivait la voix et je la suivais enivrée dans son voyage harmonieux; je faisais partie du troupeau d'Orphée! Elle me promena dans la douleur, et dans la joie, dans le martyre, dans le désespoir, dans l'allégresse, dans la mort et dans les triomphantes hyménées...	That evening, we did not exchange a word ... He had seized a harp and he began to sing to me, him, the voice of a man, the voice of an angel, the romance of Desdemona. The memory I had of having sung it myself made me ashamed. My friend, there is a virtue in music that nothing exists from the outside world except those sounds that strike your heart. My extravagant adventure was forgotten. Only the voice lived again and I followed it intoxicated on its harmonious journey; I was part of Orpheus' flock! She walked me in pain, and in joy, in martyrdom, in despair, in joy, in death and in triumphant marriage ... I listened ... She sang ... She sang to

J'écoutais... Elle chantait... Elle me chanta des morceaux inconnus... et me fit entendre une musique nouvelle qui me causa une étrange impression de douceur, de langueur, de repos... une musique qui, après avoir soulevé mon âme, l'apaisa peu à peu, et la conduisit jusqu'au seuil du rêve. Je m'endormis.

me unknown pieces ... and made me hear new music which gave me a strange impression of sweetness, languor, rest ... a music which, after lifting my soul, gradually calmed it, and led it to the threshold of the dream. I fell asleep.

Quand je me réveillai, j'étais seule, sur une chaise-longue, dans une petite chambre toute simple, garnie d'un lit banal en acajou, aux murs tendus de toile de Jouy, et éclairée par une lampe posée sur le marbre d'une vieille commode «Louis-Philippe». Quel était ce décor nouveau?... Je me passai la main sur le front, comme pour chasser un mauvais songe... Hélas! je ne fus pas longtemps à m'apercevoir que je n'avais pas rêvé! J'étais prisonnière et je ne pouvais sortir de ma chambre que pour entrer dans une salle de bains des plus confortables; eau chaude et eau froide à volonté. En revenant dans ma chambre, j'aperçus sur ma commode un billet à l'encre rouge qui me renseigna tout à fait sur ma triste situation et qui, si cela avait été encore nécessaire, eût enlevé tous mes doutes sur la réalité des événements: «Ma chère Christine, disait le papier, soyez tout à fait rassurée sur votre sort. Vous n'avez point au monde de meilleur, ni de plus respectueux ami que moi. Vous êtes seule, en ce moment, dans cette demeure qui vous appartient. Je sors pour courir les magasins et vous rapporter tout le linge dont vous pouvez avoir besoin.»

When I woke up, I was alone, on a chaise-longue, in a very simple little room, furnished with an ordinary mahogany bed, the walls hung with toile de Jouy, and lit by a lamp placed on the marble. 'an old "Louis-Philippe" chest of drawers. What was this new setting? ... I passed my hand over my forehead, as if to chase away a bad dream ... Alas! I was not long in realizing that I had not dreamed! I was a prisoner and I could only leave my room to enter a very comfortable bathroom; hot and cold water at will. On returning to my room, I saw on my chest of drawers a note in red ink which gave me complete information on my sad situation and which, if it had been necessary, would have removed all my doubts as to the reality of events: "My dear Christine," said the paper, "rest assured of your fate. You have no better friend in the world, nor a more respectful friend than I. You are alone, at this moment, in this home which belongs to you. I'm going out to run the stores and bring you all the laundry you may need. "

--Décidément! m'écriai-je, je suis tombée entre les mains d'un fou! Que vais-je devenir? Et combien de temps ce misérable pense-t-il donc me tenir enfermée dans sa prison souterraine?

- Definitely! I cried, I have fallen into the hands of a madman! What will I become? And how long does this wretch think he will keep me locked up in his underground prison?

Je courus dans mon petit appartement comme une insensée, cherchant toujours une issue que je ne trouvai point. Je m'accusais amèrement de ma stupide superstition et je pris un plaisir affreux à railler la parfaite innocence avec laquelle j'avais accueilli, à travers les murs, la Voix du génie de la musique... Quand on était aussi sotte, il fallait s'attendre aux plus inouïes catastrophes et on les avait méritées toutes! J'avais envie de me frapper et je me mis à rire de moi et à pleurer sur moi, en même temps. C'est dans cet état qu'Erik me trouva.

I ran into my little apartment like a fool, always looking for a way out that I couldn't find. I bitterly accused myself of my stupid superstition and I took a terrible pleasure in mocking the perfect innocence with which I had welcomed, through the walls, the Voice of the genius of music ... expect the most incredible catastrophes and we had deserved them all! I felt like hitting myself and started laughing at myself and crying over myself at the same time. It was in this state that Erik found me.

Après avoir frappé trois petits coups secs dans le

After knocking three quick taps on the wall, he

mur, il entra tranquillement par une porte que je n'avais pas su découvrir et qu'il laissa ouverte. Il était chargé de cartons et de paquets et il les déposa sans hâte sur mon lit, pendant que je l'abreuvais d'outrages et que je le sommais d'enlever ce masque, s'il avait la prétention d'y dissimuler un visage d'honnête homme.

Il me répondit avec une grande sérénité:

--Vous ne verrez jamais le visage d'Erik.

Et il me fit reproche que je n'avais encore point fait ma toilette à cette heure du jour;--il daigna m'instruire qu'il était deux heures de l'après-midi. Il me laissait une demi-heure pour y procéder,--disant cela, il prenait soin de remonter ma montre et de la mettre à l'heure.--Après quoi, il m'invitait à passer dans la salle à manger, où un excellent déjeuner, m'annonça-t-il, nous attendait. J'avais grand faim, je lui jetai la porte au nez et entrai dans le cabinet de toilette. Je pris un bain après avoir placé près de moi une magnifique paire de ciseaux avec laquelle j'étais bien décidée à me donner la mort, si Erik, après s'être conduit comme un fou, cessait de se conduire comme un honnête homme. La fraîcheur de l'eau me fit le plus grand bien et, quand je réapparus devant Erik, j'avais pris la sage résolution de ne le point heurter ni froisser en quoi que ce fût, de le flatter au besoin pour en obtenir une prompte liberté. Ce fut lui, le premier, qui me parla de ses projets sur moi, et me les précisa, pour me rassurer, disait-il. Il se plaisait trop en ma compagnie pour s'en priver sur-le-champ comme il y avait un moment consenti la veille, devant l'expression indignée de mon effroi. Je devais comprendre maintenant, que je n'avais point lieu d'être épouvantée de le voir, à mes côtés. Il m'aimait, mais il ne me le dirait qu'autant que je le lui permettrais et le reste du temps se passerait en musique.

--Qu'entendez-vous par le reste du temps? lui demandai-je.

Il me répondit avec fermeté:

--Cinq jours.

--Et après, je serai libre?

entered quietly through a door that I had not been able to discover and that he left open. He was loaded with boxes and parcels and he laid them without haste on my bed, while I showered him with outrages and I summoned him to remove this mask, if he had the pretension to conceal a face there. honest man.

He answered me with great serenity:

- You'll never see Erik's face.

And he reproached me that I had not yet done my toilet at this hour of the day; - he deigned to inform me that it was two in the afternoon. He left me half an hour to do it, - saying this, he took care to wind my watch and set it on time - after which he invited me to go into the dining room, where an excellent lunch, he announced, awaited us. I was very hungry, I threw the door in her face and entered the bathroom. I took a bath after placing near me a magnificent pair of scissors with which I was determined to kill myself, if Erik, after behaving like a madman, stopped behaving like an honest man. The coolness of the water did me the greatest good and, when I reappeared in front of Erik, I had made the wise resolution not to hurt or offend him in any way, to flatter him if necessary in order to obtain a quick one. freedom. It was he, the first, who told me about his plans for me, and explained them to me, to reassure me, he said. He enjoyed my company too much to deprive himself of it on the spot as he had agreed for a moment the day before, before the indignant expression of my fear. I had to understand now, that there was no need to be terrified to see him, at my side. He loved me, but he would only tell me as much as I would let him and the rest of the time would be spent in music.

--What do you mean by the rest of the time? I asked him.

He answered me firmly:

--Five days.

--And after that, will I be free?

--Vous serez libre, Christine, car, ces cinq jours-là écoulés, vous aurez appris à ne plus me craindre, et alors vous reviendrez voir, de temps en temps, le pauvre Erik!...	`` You will be free, Christine, for, after these five days have passed, you will have learned not to fear me any longer, and then you will come back to see poor Erik from time to time! ...
Le ton dont il prononça ces derniers mots me remua profondément. Il me sembla y découvrir un si réel, un si pitoyable désespoir que je levai sur le masque un visage attendri. Je ne pouvais voir les yeux derrière le masque et ceci n'était point pour diminuer l'étrange sentiment de malaise que l'on avait à interroger ce mystérieux carré de soie noire; mais sous l'étoffe, à l'extrémité de la barbe du masque, apparurent une, deux, trois, quatre larmes.	The tone in which he spoke those last words moved me deeply. I seemed to discover there such a real, such pitiful despair that I raised a tender face over the mask. I could not see the eyes behind the mask and this was not to lessen the strange feeling of discomfort one had in questioning this mysterious square of black silk; but under the cloth, at the end of the mask's beard, appeared one, two, three, four tears.
Silencieusement, il me désigna une place en face de lui, à un petit guéridon qui occupait le centre de la pièce où, la veille, il m'avait joué de la harpe, et je m'assis, très troublée. Je mangeai cependant de bon appétit quelques écrevisses, une aile de poulet arrosée d'un peu de vin de Tokay qu'il avait apporté lui-même, me disait-il, des caves de Kœnisgberg, fréquentées autrefois par Falstaff. Quant à lui, il ne mangeait pas, il ne buvait pas. Je lui demandai quelle était sa nationalité, et si ce nom d'Erik ne décelait pas une origine Scandinave. Il me répondit qu'il n'avait ni nom, ni patrie, et qu'il avait pris le nom d'Erik par hasard. Je lui demandai pourquoi, puisqu'il m'aimait, il n'avait point trouvé d'autre moyen de me le faire savoir que de m'entraîner avec lui et de m'enfermer dans la terre!	Silently, he pointed to a place in front of him, at a small pedestal table which occupied the center of the room where, the day before, he had played me the harp, and I sat down, very disturbed. However, I ate with a good appetite a few crayfish, a chicken wing drizzled with a little Tokay wine which he himself had brought, he told me, from the cellars of Koenisgberg, formerly frequented by Falstaff. As for him, he did not eat, he did not drink. I asked him what his nationality was, and if this name of Erik did not indicate a Scandinavian origin. He replied that he had no name or country, and that he had taken Erik's name by chance. I asked him why, since he loved me, he had found no other way to let me know than to train me with him and lock me in the earth!
--C'est bien difficile, dis-je, de se faire aimer dans un tombeau.	`` It's very difficult, '' I said, `` to make yourself loved in a tomb.
--On a, répondit-il, sur un ton singulier, les «rendez-vous» qu'on peut.	"We have," he replied, in a singular tone, the "appointments" that we can.
Puis il se leva et me tendit les doigts, car il voulait, disait-il, me faire les honneurs de son appartement, mais je retirai vivement ma main de la sienne en poussant un cri. Ce que j'avais touché là était à la fois moite et osseux, et je me rappelai que ses mains sentaient la mort.	Then he stood up and held out his fingers to me, for he wanted, he said, to do me the honors of his apartment, but I quickly withdrew my hand from his, uttering a cry. What I had touched there was both moist and bony, and I remembered that his hands smelled of death.
--Oh! pardon, gémit-il.	--Oh! sorry, he moaned.

Et il ouvrit devant moi une porte.	And he opened a door in front of me.
--Voici ma chambre, fit-il. Elle est assez curieuse à visiter... si vous voulez la voir?	"This is my room," he said. It is quite curious to visit ... if you want to see it?
Je n'hésitai pas. Ses manières, ses paroles, tout son air me disaient d'avoir confiance... et puis, je sentais qu'il ne fallait pas avoir peur.	I didn't hesitate. His manners, his words, all his air told me to have confidence ... and then, I felt that I should not be afraid.
J'entrai. Il me sembla que je pénétrais dans une chambre mortuaire. Les murs en étaient tout tendus de noir, mais à la place des larmes blanches qui complètent à l'ordinaire ce funèbre ornement, on voyait sur une énorme portée de musique, les notes répétées du _Dies iræ._ Au milieu de cette chambre, il y avait un dais où pendaient des rideaux de brocatelle rouge et, sous ce dais, un cercueil ouvert.	I entered. It seemed to me that I was entering a death chamber. The walls were all hung with black, but instead of the white tears which usually complete this funereal ornament, one could see on an enormous musical stave the repeated notes of the _Dies iræ._ In the middle of this room, there was There was a canopy from which hung red brocatelle curtains and, under this canopy, an open coffin.
À cette vue, je reculai.	At the sight, I stepped back.
--C'est là-dedans que je dors, fit Erik, Il faut s'habituer à tout dans la vie, même à l'éternité.	- This is where I sleep, said Erik, you have to get used to everything in life, even to eternity.
Je détournai la tête, tant j'avais reçu une sinistre impression de ce spectacle. Mes yeux rencontrèrent alors le clavier d'un orgue qui tenait tout un pan de la muraille. Sur le pupitre était un cahier, tout barbouillé dénotés rouges. Je demandai la permission de le regarder et je lus a la première page: _Don Juan triomphant._	I turned my head away, such a sinister impression I had received from this spectacle. My eyes then met the keyboard of an organ which held a whole section of the wall. On the desk was a notebook, all smeared with red marks. I asked permission to look at it and I read on the first page: _Don Juan triumphant._
--Oui, me dit-il, je compose quelquefois. Voilà vingt ans que j'ai commencé ce travail. Quand il sera fini, je l'emporterai avec moi dans ce cercueil et je ne me réveillerai plus.	`` Yes, " he said to me, `` I compose sometimes. It's been twenty years since I started this work. When it is finished, I will take it with me in this coffin and I will not wake up again.
--Il faut y travailler le moins souvent possible, fis-je.	"You have to work on it as little as possible," I said.
--J'y travaille quelquefois quinze jours et quinze nuits de suite, pendant lesquels je ne vis que de musique, et puis je me repose des années.	--I sometimes work there for two weeks and fifteen nights in a row, during which I only live with music, and then I rest for years.
--Voulez-vous me jouer quelque chose de votre _Don Juan triomphant?_ demandai-je, croyant lui faire plaisir et en surmontant la répugnance que j'avais à rester dans cette chambre de la mort.	`` Do you want to play me something of your triumphant _Don Juan? _ I asked, believing to please him and overcoming my reluctance to stay in this chamber of death.

--Ne me demandez jamais cela, répondit-il d'une voix sombre. Ce _Don Juan_-là n'a pas été écrit sur les paroles d'un Lorenzo d'Aponte, inspiré par le vin, les petites amours et le vice, finalement châtié de Dieu. Je vous jouerai Mozart si vous voulez, qui fera couler vos belles larmes et vous inspirera d'honnêtes réflexions. Mais, mon _Don Juan_, à moi, brûle, Christine, et, cependant, il n'est point foudroyé par le feu du ciel!...	"Never ask me that," he replied in a dark voice. This _Don Juan_ was not written on the words of a Lorenzo d'Aponte, inspired by wine, love affairs and vice, finally chastised by God. I will play Mozart for you if you like, which will make your beautiful tears flow and inspire you with honest reflections. But, my _Don Juan_, to me, burns, Christine, and, however, he is not struck down by fire from heaven! ...
Là-dessus, nous rentrâmes dans le salon que nous venions de quitter. Je remarquai que nulle part, dans cet appartement, il n'y avait de glaces. J'allais en faire la réflexion, mais Erik venait de s'asseoir au piano. Il me disait:	With that, we returned to the living room we had just left. I noticed that nowhere in this apartment were there ice creams. I was going to think about it, but Erik had just sat down at the piano. He was telling me:
--Voyez-vous, Christine, il y a une musique si terrible qu'elle consume tous ceux qui l'approchent. Vous n'en êtes pas encore à cette musique-là, heureusement, car vous perdriez vos fraîches couleurs et l'on ne vous reconnaîtrait plus à votre retour à Paris. Chantons l'Opéra, Christine Daaé.	- You see, Christine, there is a music so terrible that it consumes all who approach it. Fortunately, you are not yet at that music, because you would lose your fresh colors and you would no longer be recognized on your return to Paris. Sing the Opera, Christine Daaé.
Il me dit:	He tells me:
--Chantons l'Opéra, Christine Daaé, comme s'il me jetait une injure.	- Let's sing the Opera, Christine Daaé, as if he was insulting me.
Mais je n'eus pas le temps de m'appesantir sur l'air qu'il avait donné à ses paroles. Nous commençâmes tout de suite le duo d'_Othello_, et déjà la catastrophe était sur nos têtes. Cette fois, il m'avait laissé le rôle de Desdémone, que je chantai avec un désespoir, un effroi réels auxquels je n'avais jamais atteint jusqu'à ce jour. Le voisinage d'un pareil partenaire, au lieu de m'annihiler, m'inspirait une terreur magnifique. Les événements dont j'étais la victime me rapprochaient singulièrement de la pensée du poète et je trouvai des accents dont le musicien eût été ébloui. Quant à lui, sa voix était tonnante, son âme vindicative se portait sur chaque son, et en augmentait terriblement la puissance. L'amour, la jalousie, la haine, éclataient autour de nous en cris déchirants. Le masque noir d'Erik me faisait songer au masque naturel du More de Venise. Il était Othello lui-même. Je crus qu'il allait me frapper, que j'allais tomber sous ses coups et cependant, je ne faisais aucun mouvement pour le fuir, pour éviter sa fureur comme la timide	But I didn't have time to dwell on the air he had given to his words. We immediately started the _Othello_ duet, and already the catastrophe was upon our heads. This time he had left me the role of Desdemona, which I sang with a real despair, a dread that I had never reached until this day. The proximity of such a partner, instead of annihilating me, inspired me with magnificent terror. The events of which I was the victim brought me singularly closer to the thought of the poet, and I found accents with which the musician would have been dazzled. As for him, his voice was thunderous, his vindictive soul focused on each sound, and increased its power terribly. Love, jealousy, hatred, broke out around us in heart-rending cries. Erik's black mask reminded me of the natural mask of Le Mor de Venise. He was Othello himself. I thought he was going to hit me, that I was going to fall under his blows and yet I made no movement to flee from him, to avoid his fury like the timid Desdemona. On the

Desdémone. Au contraire, je me rapprochai de lui, attirée, fascinée, trouvant des charmes à la mort au centre d'une pareille passion; mais, avant de mourir, je voulus connaître, pour en emporter l'image sublime dans mon dernier regard, ces traits inconnus que devait transfigurer le feu de l'art éternel. Je voulus voir le _visage_ de la _Voix_ et, instinctivement, par un geste dont je ne fus point la maîtresse, car je ne me possédais plus, mes doigts rapides arrachèrent le masque...

Oh! horreur!... horreur!... horreur!...

Christine s'arrêta, à cette vision qu'elle semblait encore écarter de ses deux mains tremblantes, cependant que les échos de la nuit, comme ils avaient répété le nom d'Erik, répétaient trois fois la clameur: «Horreur! horreur! horreur!» Raoul et Christine, plus étroitement unis encore par la terreur du récit, levèrent les yeux vers les étoiles qui brillaient dans un ciel paisible et pur.

Raoul dit:

--C'est étrange, Christine, comme cette nuit si douce et si calme est pleine de gémissements. On dirait qu'elle se lamente avec nous!

Elle lui répond:

--Maintenant que vous allez connaître le secret, vos oreilles, comme les miennes, vont être pleines de lamentations.

Elle emprisonne les mains protectrices de Raoul dans les siennes et, secouée d'un long frémissement, elle continue:

--Oh! oui, vivrais-je cent ans, j'entendrais toujours la clameur surhumaine qu'il poussa, le cri de sa douleur et de sa rage infernales, pendant que la chose apparaissait à mes yeux immenses d'horreur, comme ma bouche qui ne se refermait pas et qui cependant ne criait plus.

Oh! Raoul, la chose! comment ne plus voir la chose! si mes oreilles sont à jamais pleines de ses cris, mes yeux sont à jamais hantés de son visage! Quelle image! Comment ne plus la voir et comment vous la

contrary, I approached him, attracted, fascinated, finding charms to death at the center of such a passion; but, before dying, I wanted to know, in order to take away the sublime image of them in my last glance, these unknown features which the fire of eternal art was to transfigure. I wanted to see the _face_ of the _Voice_ and, instinctively, by a gesture of which I was not the mistress, for I no longer possessed myself, my quick fingers tore the mask ...

Oh! horror! ... horror! ... horror! ...

Christine stopped at the sight that she still seemed to push away with her two trembling hands, while the echoes of the night, as they had repeated Erik's name, repeated the clamor three times: "Horror!" horror! horror!" Raoul and Christine, even more closely united by the terror of the story, raised their eyes to the stars which shone in a peaceful and pure sky.

Raoul this:

--It's strange, Christine, how this night so sweet and so calm is full of moans. Looks like she's mourning with us!

She answers him:

--Now that you are going to know the secret, your ears, like mine, will be full of lamentations.

She imprisons Raoul's protective hands in hers and, shaken by a long shudder, she continues:

--Oh! yes, would I live a hundred years, I would still hear the superhuman clamor he uttered, the cry of his hellish pain and rage, while the thing appeared to my eyes immense with horror, like my mouth which never did not close and who however did not cry any more.

Oh! Raoul, the thing! how can we no longer see the thing! if my ears are forever full of his cries, my eyes are forever haunted by his face! What picture! How can you no longer see it and how

faire voir?... Raoul, vous avez vu les têtes de mort quand elles ont été desséchées par les siècles et peut-être, si vous n'avez pas été victime d'un affreux cauchemar, avez-vous vu sa tête de mort à lui, dans la nuit de Perros. Encore avez-vous se promener, au dernier bal masqué, «la Mort Rouge»! Mais toutes ces têtes de mort-là étaient immobiles, et leur muette horreur ne vivait pas! Mais imaginez, si vous le pouvez, le masque de la Mort se mettant à vivre tout à coup pour exprimer avec les quatre trous noirs de ses yeux, de son nez et de sa bouche la colère à son dernier degré, la fureur souveraine d'un démon, _et pas de regard dans les trous des yeux_, car, comme je l'ai su plus tard, on n'aperçoit jamais ses yeux de braise que dans la nuit profonde... Je devais être, collée contre le mur, l'image même de l'Épouvante comme il était celle de la Hideur.

Alors, il approcha de moi le grincement affreux de ses dents sans lèvres et, pendant que je tombais sur mes genoux, il me siffla haineusement des choses insensées, des mots sans suite, des malédictions, du délire... Est-ce que je sais!... Est-ce que je sais?...

Penché sur moi: «--Regarde, s'écriait-il! Tu as voulu voir! Vois! Repais tes yeux, soûle ton âme de ma laideur maudite! Regarde le visage d'Erik! Maintenant, tu connais le visage de la Voix! Cela ne te suffisait pas, dis, de m'entendre? Tu as voulu savoir comment j'étais fait. Vous êtes si curieuses, vous autres, les femmes!»

Et il se prenait à rire en répétant: «Vous êtes si curieuses, vous autres, les femmes!...» d'un rire grondant, rauque, écumant, formidable... Il disait encore des choses comme celles-ci:

--Es-tu satisfaite? Je suis beau, hein?... Quand une femme m'a vu, comme toi, elle est à moi. Elle m'aime pour toujours! Moi, je suis un type dans le genre de don Juan.

Et, se dressant de toute sa taille, le poing sur la hanche, dandinant sur ses épaules la chose hideuse qui était sa tête, il tonnait:

--Regarde-moi! _Je suis Don Juan triomphant!_

Et comme je détournais la tête en demandant

can you make you see it? ... Raoul, you have seen the skulls when they have been dried up by the centuries and perhaps, if you have not been the victim of a dreadful nightmare , have you seen his own skull in the night in Perros? Still have you seen walking, at the last masked ball, "the Red Death"! But all those skulls were still, and their silent horror did not live! But imagine, if you can, the mask of Death suddenly coming to life to express with the four black holes of its eyes, nose and mouth the anger to its last degree, the sovereign fury of a demon, _and no look in the eyeholes_, because, as I learned later, you never see his fiery eyes except in the deep night ... I must have been, stuck against the wall, the very image of Terror as it was that of Hideur.

So he approached me with the awful grinding of his lipless teeth and, as I fell on my knees, he hissed hatefully at me insane things, words without follow-up, curses, delirium ... know! ... Do I know? ...

Leaning over me: "Look!" He cried! You wanted to see! See! Satisfy your eyes, get your soul drunk with my accursed ugliness! Look at Erik's face! Now you know the face of the Voice! Was it not enough for you, say, to hear me? You wanted to know how I was made. You women are so curious! "

And he began to laugh, repeating: "You are so curious, you women! ..." with a growling, hoarse, foaming, formidable laugh ... He still said things like these:

--Are you satisfied? I'm handsome, eh? ... When a woman sees me, like you, she is mine. She loves me forever! I'm a don Juan type of guy.

And, rising to his full height, his fist on his hip, waddling the hideous thing that was his head on his shoulders, he thundered:

--Look at me! _I am a triumphant Don Juan!_

And as I turned my head away begging for mercy,

grâce, il me la ramena à lui, ma tête, brutalement, par mes cheveux, dans lesquels ses doigts de mort étaient entrés.	he brought it back to him, my head, brutally, by my hair, in which his death fingers had entered.
--Assez! Assez! interrompit Raoul! je le tuerai! je le tuerai! Au nom du ciel, Christine, dis-moi où se trouve la _salle à manger du lac!_ Il faut que je le tue!	--Quite! Quite! interrupted Raoul! I will kill him! I will kill him! In the name of Heaven, Christine, tell me where the _dining room on the lake is! _ I must kill him!
--Eh! tais-toi donc, Raoul, si tu veux savoir!	--He! shut up, Raoul, if you want to know!
--Ah! oui, je veux savoir comment et pourquoi tu y retournais! C'est cela, le secret, Christine, prends garde! il n'y en a pas d'autre! Mais, de toute façon, je le tuerai!	--Ah! yes, I want to know how and why you were going back! That's the secret, Christine, beware! There is no other! But, anyway, I'll kill him!
--Oh! mon Raoul! écoute donc! puisque tu veux savoir, écoute! Il me traînait par les cheveux, et alors... et alors... Oh! cela est plus horrible encore!	--Oh! my Raoul! listen! since you want to know, listen! He was dragging me by the hair, and then ... and then ... Oh! that is even more horrible!
--Eh bien, dis, maintenant!... s'exclama Raoul, farouche! Dis vite!	- Well, say, now! ... exclaimed Raoul, fierce! Say quickly!
--Alors, il me siffla: «Quoi? je te fais peur? C'est possible!... Tu crois peut-être que j'ai encore un masque, hein? et que ça... ça! ma tête, c'est un masque? Eh bien, mais! se prit-il à hurler. Arrache-le comme l'autre! Allons! allons! encore! encore! je le veux! Tes mains! Tes mains!... Donne tes mains!... si elles ne te suffisent pas, je te prêterai les miennes... et nous nous y mettrons à deux pour arracher le masque.» Je me roulai à ses pieds, mais il me saisit les mains, Raoul... et il les enfonça dans l'horreur de sa face... Avec mes ongles, il se laboura les chairs, ses horribles chairs mortes!	- So he hissed at me: "What?" I scare you? It's possible! ... You think maybe I still have a mask, eh? and that ... that! is my head a mask? Well, but! he began to scream. Tear it off like the other! Let's go! let's go! Again! Again! I want it! Your hands! Your hands! ... Give your hands! ... if they are not enough for you, I will lend you mine ... and we will work together to tear off the mask. " I rolled at his feet, but he grabbed my hands, Raoul ... and he buried them in the horror of his face ... With my nails, he plowed his flesh, his horrible dead flesh!
--Apprends! apprends! clamait-il au fond de sa gorge qui soufflait comme une forge... apprends que je suis fait entièrement avec de la mort!... de la tête aux pieds!... et que c'est un cadavre qui t'aime, qui t'adore et qui ne te quittera plus jamais! jamais!... Je vais faire agrandir le cercueil, Christine, pour plus tard, quand nous serons au bout de nos amours!... Tiens! je ne ris plus, tu vois, je pleure... je pleure sur toi, Christine, qui m'as arraché le masque, et qui, à cause de cela, ne pourra plus me quitter jamais!... Tant que tu pouvais me croire beau, Christine, tu pouvais revenir!... je sais que tu serais revenue... mais maintenant que tu connais ma hideur, tu t'enfuirais pour toujours... Je te	--Learn! learn! he shouted at the back of his throat which was blowing like a forge ... learn that I am made entirely with death! ... from head to toe! ... and that it is a corpse who loves you , who adores you and who will never leave you! never! ... I am going to have the coffin enlarged, Christine, for later, when we are at the end of our loves! ... Here! I no longer laugh, you see, I cry ... I cry over you, Christine, who tore off my mask, and who, because of that, will never be able to leave me! ... As long as you could believe me beautiful, Christine, you could come back! ... I know you would have come back ... but now that you know my hideousness, you would run away

garde!!! Aussi, pourquoi as-tu voulu me voir? Insensée! folle Christine, qui as voulu me voir!... quand mon père, lui, ne m'a jamais vu, et quand ma mère, pour ne plus me voir, m'a fait cadeau en pleurant, de mon premier masque!

Il m'avait enfin lâchée et il se traînait maintenant sur le parquet avec des hoquets affreux. Et puis, comme un reptile, il rampa, se traîna hors de la pièce, pénétra dans sa chambre, dont la porte se referma, et je restai seule, livrée à mon horreur et à mes réflexions, mais débarrassée de la vision de la chose. Un prodigieux silence, le silence de la tombe, avait succédé à cette tempête et je pus réfléchir aux conséquences terribles du geste qui avait arraché le masque. Les dernières paroles du Monstre m'avaient suffisamment renseignée. Je m'étais moi-même emprisonnée pour toujours et ma curiosité allait être la cause de tous mes malheurs. Il m'avait suffisamment avertie... Il m'avait répété que je ne courais aucun danger tant que je ne toucherais pas au masque, et j'y avais touché. Je maudis mon imprudence, mais je constatai en frissonnant que le raisonnement du monstre était logique. Oui, je serais revenue si je n'avais pas vu son visage... Déjà il m'avait suffisamment touchée, intéressée, apitoyée même par ses larmes masquées, pour que je ne restasse point insensible à sa prière. Enfin je n'étais pas une ingrate, et son impossibilité ne pouvait me faire oublier qu'il était la voix et qu'il m'avait réchauffée de son génie. Je serais revenue! Et maintenant, sortie de ces catacombes, je ne reviendrais certes pas! On ne revient pas s'enfermer dans un tombeau avec un cadavre qui vous aime!

À certaines façons forcenées qu'il avait eues, pendant la scène, de me regarder ou plutôt d'approcher de moi les deux trous noirs de son regard invisible, j'avais pu mesurer la sauvagerie de sa passion. Pour ne m'avoir point prise dans ses bras, alors que je ne pouvais lui offrir aucune résistance, il avait fallu que ce monstre fût doublé d'un ange et peut-être, après tout, l'était-il un peu, l'Ange de la musique, et peut-être l'eût-il été tout à fait si Dieu l'avait vêtu de beauté au lieu de l'habiller de pourriture!

Déjà, égarée à la pensée du sort qui m'était réservé, en proie à la terreur de voir se rouvrir la porte de la chambre au cercueil, et de revoir la figure du monstre sans masque, je m'étais glissée dans mon

forever ... I keep you !!! Also, why did you want to see me? Insane! crazy Christine, who wanted to see me! ... when my father never saw me, and when my mother, in order to no longer see me, gave me a present, crying, of my first mask!

He had finally let go and was now dragging himself across the floor with horrible gasps. And then, like a reptile, he crawled, dragged himself out of the room, entered his room, the door of which closed, and I was left alone, given over to my horror and my reflections, but freed from the sight of the thing. . A prodigious silence, the silence of the grave, had followed this storm and I could reflect on the terrible consequences of the gesture which had torn off the mask. The last words of the Monster had informed me enough. I had imprisoned myself forever and my curiosity was going to be the cause of all my misfortunes. He had warned me enough ... He had told me again that I was in no danger until I touched the mask, and I had touched it. I cursed my recklessness, but I saw with a shudder that the monster's reasoning made sense. Yes, I would have come back if I had not seen his face ... He had already touched me enough, interested, pitying me even by his masked tears, so that I would not remain insensitive to his prayer. Finally I was not an ungrateful, and his impossibility could not make me forget that he was the voice and that he had warmed me with his genius. I would have come back! And now, out of these catacombs, I would certainly not come back! We do not come back to shut ourselves up in a tomb with a corpse that loves you!

From certain frenzied ways he had had, during the scene, of looking at me or rather of approaching me the two black holes with his invisible gaze, I had been able to measure the savagery of his passion. In order not to have taken me in his arms, when I could offer him no resistance, it was necessary that this monster was doubled by an angel and perhaps, after all, he was a little. Angel of music, and perhaps he would have been if God had dressed him in beauty instead of in rottenness!

Already, lost at the thought of the fate in store for me, a prey to the terror of seeing the door to the coffin room reopened, and of seeing the face of the monster without a mask again, I had slipped

propre appartement et je m'étais emparée des ciseaux, qui pouvaient mettre un terme à mon épouvantable destinée... quand les sons de l'orgue se firent entendre...	into my own apartment. and I had seized the scissors, which could put an end to my terrible destiny ... when the sounds of the organ were heard ...
C'est alors, mon ami, que je commençai de comprendre les paroles d'Erik sur ce qu'il appelait, avec un mépris qui m'avait stupéfié: la musique d'opéra. Ce que j'entendais n'avait plus rien à faire avec ce qui m'avait charmé jusqu'à ce jour. Son _Don Juan triomphant_, (car il ne faisait point de doute pour moi qu'il ne se fût rué à son chef-d'œuvre pour oublier l'horreur de la minute présente), son _Don Juan triomphant_ ne me parut d'abord qu'un long, affreux et magnifique sanglot où le pauvre Erik avait mis toute sa misère maudite.	It was then, my friend, that I began to understand Erik's words about what he called, with a contempt that had stunned me: opera music. What I heard had nothing to do with what had charmed me to this day. His _Don Juan triomphant_, (for I had no doubt that he had rushed to his masterpiece to forget the horror of the present moment), his _Don Juan triomphant_ did not appear to me at first. than a long, dreadful and magnificent sob in which poor Erik had put all his accursed misery.
Je revoyais le cahier aux notes rouges et j'imaginais facilement que cette musique avait été écrite avec du sang. Elle me promenait dans tout le détail du martyre; elle me faisait entrer dans tous les coins de l'abîme habité par _l'homme laid_; elle me montrait Erik heurtant atrocement sa pauvre hideuse tête aux parois funèbres de cet enfer, et y fuyant, pour ne les point épouvanter, les regards des hommes. J'assistai, anéantie, pantelante, pitoyable et vaincue à l'éclosion de ces accords gigantesques où était divinisée la _Douleur_ et puis les sons qui montaient de l'abîme se groupèrent tout à coup en un vol prodigieux et menaçant, leur troupe tournoyante sembla escalader le ciel comme l'aigle monte au soleil, et une telle symphonie triomphale parut embraser le monde que je compris que l'œuvre était enfin accomplie et que la Laideur, soulevée sur les ailes de l'Amour, avait osé regarder en face la Beauté! J'étais comme ivre; la porte qui me séparait d'Erik céda sous mes efforts. Il s'était levé en m'entendant, _mais il n'osa se retourner._	I saw the notebook with the red notes again and easily imagined that this music had been written in blood. She walked me through all the details of the martyrdom; she made me enter every corner of the abyss, the abyss inhabited by _l'homme ugly_; she showed me Erik bumping his poor hideous head atrociously against the funeral walls of this hell, and fleeing there, so as not to terrify them, the glances of men. I witnessed, overwhelmed, panting, pitiful and vanquished at the blossoming of those gigantic chords in which the _Pain_ was deified and then the sounds which rose from the abyss suddenly gathered in a prodigious and threatening flight, their whirling troop seemed to climb the sky as the eagle soars in the sun, and such a triumphal symphony seemed to set the world ablaze that I understood that the work was finally accomplished and that Ugliness, raised on the wings of Love, had dared to look the Beauty! I was like drunk; the door that separated me from Erik gave way under my efforts. He got up when he heard me, _but he did not dare to turn around ._
«Erik, m'écriai-je, montrez-moi votre visage, sans terreur. Je vous jure que vous êtes le plus douloureux et le plus sublime des hommes, et si Christine Daaé frissonne désormais en vous regardant, c'est qu'elle songera à la splendeur de votre génie!»	"Erik," I cried, "show me your face, without terror. I swear to you that you are the most painful and the most sublime of men, and if Christine Daaé shivers now looking at you, it is because she will think of the splendor of your genius! "
Alors Erik se retourna, car il me crut, et moi aussi, hélas!... j'avais foi en moi... Il leva vers le Destin ses mains déchaînées, et tomba à mes genoux avec des	Then Erik turned, for he believed me, and I too, alas! ... I had faith in me ... He raised his unleashed hands towards Fate, and fell to my

mots d'amour...	knees with words of love .. .
... Avec des mots d'amour dans sa bouche de mort... et la musique s'était tue...	... With words of love in his death mouth ... and the music was silent ...
Il embrassait le bas de ma robe; il ne vit point que je fermais les yeux.	He was kissing the hem of my dress; he did not see that I closed my eyes.
Que vous dirai-je encore, mon ami? Vous connaissez maintenant le drame... Pendant quinze jours, il se renouvela... quinze jours pendant lesquels je lui mentis. Mon mensonge fut aussi affreux que le monstre qui me l'inspirait, et à ce prix j'ai pu acquérir ma liberté. Je brûlai son masque. Et je fis si bien que, même lorsqu'il ne chantait plus, il osait quêter un de mes regards, comme un chien timide qui rôde autour de son maître. Il était ainsi, autour de moi, comme un esclave fidèle, et m'entourait de mille soins. Peu à peu, je lui inspirai une telle confiance, qu'il osa me promener aux rives du _Lac Averne_ et me conduire en barque sur ses eaux de plomb; dans les derniers jours de ma captivité, il me faisait, de nuit, franchir des grilles qui ferment les souterrains de la rue Scribe. Là, un équipage nous attendait, et nous emportait vers les solitudes du Bois.	What will I tell you again, my friend? You now know the drama ... For fifteen days, it was renewed ... fifteen days during which I lied to him. My lie was as awful as the monster that inspired me, and at that price I was able to acquire my freedom. I burned his mask. And I did so well that, even when he was no longer singing, he dared to beg one of my looks, like a shy dog prowling around his master. He was thus, around me, like a faithful slave, and surrounded me with a thousand cares. Little by little, I inspired him with such confidence that he dared to walk along the shores of _Lac Averne_ and take me in a boat on its leaden waters; in the last days of my captivity, he made me, at night, go through the gates which close the underground passages of the rue Scribe. There, a crew was waiting for us, and taking us to the solitudes of the Bois.
La nuit où nous vous rencontrâmes faillit m'être tragique, car il a une jalousie terrible de vous, que je n'ai combattue qu'en lui affirmant votre prochain départ... Enfin, après quinze jours de cette abominable captivité où je fus tour à tour brûlée de pitié, d'enthousiasme, de désespoir et d'horreur, il me crut quand je lui dis: _je reviendrai!_	The night we met you was almost tragic for me, for he has a terrible jealousy of you, which I only combated by assuring him of your next departure ... Finally, after fifteen days of this abominable captivity in which I was alternately burned with pity, enthusiasm, despair and horror, he believed me when I said to him: _I will come back! _
--Et vous êtes revenue, Christine, gémit Raoul.	"And you came back, Christine," groaned Raoul.
--C'est vrai, ami, et je dois dire que ce ne sont point les épouvantables menaces dont il accompagna ma mise en liberté qui m'aidèrent à tenir ma parole; mais le sanglot déchirant qu'il poussa sur le seuil de son tombeau!	"It is true, friend, and I must say that it was not the dreadful threats with which he accompanied my release that helped me to keep my word; but the heart-rending sob he uttered on the threshold of his tomb!
Oui, ce sanglot-là, répéta Christine, en secouant douloureusement la tête, m'enchaîna au malheureux plus que je ne le supposai moi-même dans le moment des adieux. Pauvre Erik! Pauvre Erik!	Yes, that sob, Christine repeated, shaking her head painfully, chained me to the unfortunate man more than I myself supposed in the moment of farewell. Poor Erik! Poor Erik!

--Christine, fit Raoul en se levant, vous dites que vous m'aimez, mais quelques heures à peine s'étaient écoulées, depuis que vous aviez recouvré votre liberté, que déjà vous retourniez auprès d'Erik!... Rappelez-vous le bal masqué!

--Les choses étaient entendues ainsi... rappelez-vous aussi que ces quelques heures-là je les ai passées avec vous, Raoul... pour notre grand péril à tous les deux...

--Pendant ces quelques heures-là, j'ai douté que vous m'aimiez.

--En doutez-vous encore, Raoul?... Apprenez alors que chacun de mes voyages auprès d'Erik a augmenté mon horreur pour lui, car chacun de ces voyages, au lieu de l'apaiser comme je l'espérais, l'a rendu fou d'amour!... et j'ai peur! et j'ai peur!... j'ai peur!...

--Vous avez peur... mais m'aimez-vous?... Si Erik était beau, m'aimeriez-vous, Christine?

--Malheureux! pourquoi tenter le destin?... Pourquoi me demander des choses que je cache au fond de ma conscience comme on cache le péché?

Elle se leva à son tour, entoura la tête du jeune homme de ses beaux bras tremblants et lui dit:

--Ô mon fiancé d'un jour, si je ne vous aimais pas, je ne vous donnerais pas mes lèvres. Pour la première et la dernière fois, les voici.

Il les prit, mais la nuit qui les entourait eut un tel déchirement, qu'ils s'enfuirent comme à l'approche d'une tempête, et leurs yeux, où habitait l'épouvante d'Erik, leur montra, avant qu'ils ne disparussent dans la forêt des combles, tout là-haut, au-dessus d'eux, un immense oiseau de nuit qui les regardait de ses yeux de braise, et qui semblait accroché aux cordes de la lyre d'Apollon!

`` Christine, '' said Raoul, getting up, `` you say you love me, but barely a few hours had passed since you had recovered your freedom, that you were already returning to Erik! ... you masked ball!

--Things were understood thus ... remember also that those few hours I spent with you, Raoul ... for our great peril to both ...

- During those few hours, I doubted that you liked me.

- Do you still doubt it, Raoul? ... Learn then that each of my trips to Erik has increased my horror for him, because each of these trips, instead of appeasing him as I hoped, I 'made mad with love! ... and I'm afraid! and I'm afraid! ... I'm afraid! ...

- You are afraid ... but do you love me? ... If Erik were handsome, would you love me, Christine?

--Unfortunate! why tempt fate? ... Why ask me things that I hide in the depths of my conscience as we hide sin?

She stood up in her turn, wrapped her handsome trembling arms around the young man's head and said:

--O my fiance for a day, if I did not love you, I would not give you my lips. For the first and last time, here they are.

He took them, but the night around them was so heart-wrenching that they fled as if a storm approached, and their eyes, where Erik's terror dwelt, showed them, before they did not disappear into the forest of the attic, up there, above them, an immense night owl which gazed at them with its fiery eyes, and which seemed to be hanging on the strings of Apollo's lyre!

XIV

UN COUP DE MAITRE DE L'AMATEUR DE TRAPPES

Raoul et Christine coururent, coururent. Maintenant, ils fuyaient le toit où il y avait les yeux de braise que l'on n'aperçoit que dans la nuit profonde; et ils ne s'arrêtèrent qu'au huitième étage en descendant vers la terre. Ce soir-là il n'y avait pas représentation, et les couloirs de l'Opéra étaient déserts.

Soudain une silhouette bizarre se dressa devant les jeunes gens, leur barrant le chemin:

--Non! pas par ici!

Et la silhouette leur indiqua un autre couloir par lequel ils devaient gagner les coulisses.

Raoul voulait s'arrêter, demander des explications.

--Allez! allez vite!... commanda cette forme vague, dissimulée dans une sorte de houppelande et coiffée d'un bonnet pointu.

Christine entraînait déjà Raoul, le forçait à courir encore:

--Mais qui est-ce? Mais qui est-ce, celui-ci? demandait le jeune homme.

Et Christine répondait:

--C'est _Le Persan!_...

--Qu'est-ce qu'il fait là...

--On n'en sait rien!... Il est toujours dans l'Opéra!

--Ce que vous me faites faire là est lâche, Christine, dit Raoul, qui était fort ému. Vous me faites fuir, c'est la première fois de ma vie.

--Bah! répondit Christine, qui commençait à se

XIV

A MASTER STROKE FROM THE TRAP LOVER

Raoul and Christine ran, ran. Now they were fleeing the roof, where there were fiery eyes that can only be seen in the deep night; and they did not stop until the eighth floor, going down to the earth. That evening there was no performance, and the corridors of the Opera were deserted.

Suddenly a strange figure rose up in front of the young people, blocking their way:

--No! not around here!

And the figure indicated to them another corridor by which they had to reach the wings.

Raoul wanted to stop, ask for explanations.

--Go on! go quickly! ... ordered this vague shape, hidden in a sort of coat and wearing a pointed cap.

Christine was already training Raoul, forcing him to run again:

--But who is it? But who is this one? asked the young man.

And Christine replied:

--It's _The Persian! _...

--What is he doing here ...

"We don't know! ... He's still in the Opera!"

"What you are making me do is cowardly, Christine," said Raoul, who was greatly moved. You are scaring me away, this is the first time in my life.

--Bah! replied Christine, who was beginning to

calmer, je crois bien que nous avons fui l'ombre de notre imagination!	calm down, I think we have fled the shadow of our imagination!
--Si vraiment nous avons aperçu Erik j'aurais dû le clouer sur la lyre d'Apollon, comme on cloue la chouette sur les murs dans nos fermes bretonnes, et il n'en n'aurait plus été question.	--If we really saw Erik, I should have nailed him to Apollo's lyre, like the owl is nailed to the walls in our Breton farms, and it would have been no more.
--Mon bon Raoul, il vous aurait fallu monter d'abord jusqu'à la lyre d'Apollon; ce n'est pas une ascension facile.	- My good Raoul, you would have had to go up first to the lyre of Apollo; it is not an easy climb.
--Les yeux de braise y étaient bien.	--The fiery eyes were there.
--Eh! vous voilà maintenant comme moi, prêt à le voir partout, mais on réfléchit après et l'on se dit: ce que j'ai pris pour les yeux de braise n'étaient sans doute que les clous d'or de deux étoiles qui regardaient la ville à travers les cordes de la lyre.	--He! here you are now like me, ready to see it everywhere, but we reflect afterwards and we say to ourselves: what I took for ember eyes were undoubtedly only the golden nails of two stars which looked the city through the strings of the lyre.
Et Christine descendit encore un étage. Raoul suivait. Il dit:	And Christine went down another floor. Raoul followed. He says:
--Puisque vous êtes tout à fait décidée à partir, Christine, je vous assure encore qu'il vaudrait mieux fuir tout de suite. Pourquoi attendre demain? Il nous a peut-être entendus ce soir!...	"Since you have made up your mind to go, Christine, I assure you again that it would be better to flee immediately." Why wait until tomorrow? He may have heard us tonight! ...
--Mais non! mais non! Il travaille, je vous le répète à son _Don Juan triomphant_, et il ne s'occupe pas de nous.	--But no! But no! He works, I repeat to his _Don Juan triomphant_, and he does not take care of us.
--Vous en êtes si peu sûre que vous ne cessez de regarder derrière vous.	--You are so uncertain that you keep looking behind you.
--Allons dans ma loge.	- Let's go to my dressing room.
--Prenons plutôt rendez-vous hors de l'Opéra.	`` Let's meet outside the Opera instead.
--Jamais, jusqu'à la minute de notre fuite! Cela nous porterait malheur de ne point tenir ma parole. Je lui ai promis de ne nous voir qu'ici.	"Never, until the minute we fled!" It would be bad luck for us not to keep my word. I promised him that I would only see us here.
--C'est encore heureux pour moi qu'il vous ait encore permis cela. Savez-vous, fit amèrement Raoul, que vous avez été tout à fait audacieuse en	--It is still fortunate for me that he still allowed you that. Do you know, said Raoul bitterly, that you were quite daring in allowing us the

nous permettant le jeu des fiançailles.	engagement game?
--Mais, mon cher, il est au courant. Il m'a dit: «J'ai confiance en vous, Christine. M. Raoul de Chagny est amoureux de vous et doit partir. Avant de partir, qu'il soit aussi malheureux que moi!...»	--But, my dear, he knows. He said to me: "I trust you, Christine. M. Raoul de Chagny is in love with you and must go. Before leaving, let him be as unhappy as I am! ... "
--Et qu'est-ce que cela signifie, s'il vous plaît?	--And what does that mean, please?
--C'est moi qui devrais vous le demander, mon ami. On est donc malheureux, quand on aimé?	`` I should be asking you, my friend. So we are unhappy when we love?
--Oui, Christine, quand on aime et quand on n'est point sûr d'être aimé.	- Yes, Christine, when you love and when you are not sure of being loved.
--C'est pour Erik que vous dites cela?	"Are you saying that for Erik?"
--Pour Erik et pour moi, fit le jeune homme en secouant la tête d'un air pensif et désolé.	"For Erik and for me," said the young man, shaking his head thoughtfully and sorry.
Ils arrivèrent à la loge de Christine.	They arrived at Christine's lodge.
--Comment vous croyez-vous plus en sûreté dans cette loge que dans le théâtre? demanda Raoul. Puisque vous l'entendiez à travers les murs, il peut nous entendre.	"How do you think you are safer in this box than in the theater?" asked Raoul. Since you could hear him through the walls, he can hear us.
--Non! Il m'a donné sa parole de n'être plus derrière les murs de ma loge et je crois à la parole d'Erik. Ma loge et ma chambre, dans l'_appartement du lac_, sont à moi, exclusivement à moi, et sacrées pour lui.	--No! He gave me his word to no longer be behind the walls of my dressing room and I believe in Erik's word. My lodge and my room, in the lake apartment, are mine, exclusively mine, and sacred to him.
--Comment avez-vous pu quitter cette loge pour être transportée dans le couloir obscur, Christine? Si nous essayions de répéter vos gestes, voulez-vous?	--How did you manage to leave this lodge to be transported into the dark corridor, Christine? If we tried to repeat your gestures, would you?
--C'est dangereux, mon ami, car la glace pourrait encore m'emporter et, au lieu de fuir, je serais obligée d'aller au bout du passage secret qui conduit aux rives du lac et là d'appeler Erik.	--It is dangerous, my friend, for the ice could still carry me away and, instead of fleeing, I would have to go to the end of the secret passage which leads to the shores of the lake and there to call Erik.
--Il vous entendrait?	- Would he hear you?
--Partout où j'appellerai Erik, partout Erik	- Wherever I call Erik, everywhere Erik will hear

m'entendra... C'est lui qui me l'a dit, c'est un très curieux génie. Il ne faut pas croire, Raoul, que c'est simplement un homme qui s'est amusé à habiter sous la terre. Il fait des choses qu'aucun autre homme ne pourrait faire; il sait des choses que le monde vivant ignore.	me ... He's the one who told me, he's a very curious genius. You must not believe, Raoul, that it is simply a man who had fun living underground. He does things that no other man could do; he knows things that the living world ignores.
--Prenez garde, Christine, vous allez en refaire un fantôme.	--Be careful, Christine, you are going to make a ghost of it again.
--Non ce n'est pas un fantôme; c'est un homme du ciel et de la terre, voilà tout.	--No it is not a ghost; he is a man of heaven and earth, that is all.
--Un homme du ciel et de la terre... voilà tout!... Comme vous en parlez!... Et vous êtes décidée toujours à le fuir?	--A man of heaven and earth ... that is all! ... As you speak of him! ... And you are still determined to flee him?
--Oui demain.	--Yes, tomorrow.
--Voulez-vous que je vous dise pourquoi je voudrais vous voir fuir ce soir?	- Do you want me to tell you why I would like to see you flee this evening?
--Dites, mon ami.	- Say, my friend.
--Parce que, demain, vous ne serez, plus décidée à rien du tout!	--Because tomorrow you will not be determined on anything at all!
--Alors, Raoul, vous m'emporterez malgré moi!... n'est-ce pas entendu?	"So, Raoul, you will carry me away in spite of myself! ... is it not understood?"
--Ici donc, demain soir! à minuit je serai dans votre loge, fit le jeune homme d'un air sombre; quoi qu'il arrive, je tiendrai ma promesse. Vous dites qu'après avoir assisté à la représentation, il doit aller vous attendre dans _la salle à manger du lac?_	- Here then, tomorrow evening! at midnight I will be in your box, said the young man grimly; no matter what, I will keep my promise. You say that after attending the performance, he must go and wait for you in _the dining room by the lake? _
--C'est en effet là qu'il m'a donné rendez-vous.	- It is indeed there that he made an appointment with me.
--Et comment deviez-vous vous rendre chez lui, Christine, si vous ne savez pas sortir de votre loge «par la glace»?	"And how were you to get to his place, Christine, if you don't know how to get out of your box" by the mirror "?
--Mais en me rendant directement sur le bord du lac.	--But by going directly to the edge of the lake.
--À travers tous les dessous? Par les escaliers et les	--Through all below? By the stairs and corridors

couloirs où passent les machinistes et les gens de service? Comment auriez-vous conservé le secret d'une pareille démarche? Tout le monde aurait suivi Christine Daaé et elle serait arrivée avec une foule sur les bords du lac.	where the machinists and the service people pass? How would you have kept the secret of such an approach? Everyone would have followed Christine Daaé and she would have arrived with a crowd on the shores of the lake.
Christine sortit d'un coffret une énorme clef et la montra à Raoul.	Christine took an enormous key out of a box and showed it to Raoul.
--Qu'est ceci? fit celui-ci.	--What's this? said this one.
--C'est la clef de la grille du souterrain de la rue Scribe.	--This is the key to the underground gate in rue Scribe.
--Je comprends, Christine. Il conduit directement au lac. Donnez-moi cette clef, voulez-vous?	- I understand, Christine. It leads directly to the lake. Give me this key, will you?
--Jamais! répondit-elle avec énergie. Ce serait une trahison!	--Never! she replied energetically. It would be a betrayal!
Soudain, Raoul vit Christine changer de couleur. Une pâleur mortelle se répandit sur ses traits.	Suddenly, Raoul saw Christine change color. A deadly pallor spread over his features.
--Oh! mon Dieu! s'écria-t-elle... Erik! Erik! ayez pitié de moi!	--Oh! my God! she cried ... Erik! Erik! have mercy on me!
--Taisez-vous! ordonna le jeune homme... Ne m'avez-vous pas dit qu'il pouvait vous entendre?	--Shut up! ordered the young man ... Didn't you tell me he could hear you?
Mais l'attitude de la chanteuse devenait de plus en plus inexplicable. Elle se glissait les doigts les uns sur les autres, en répétant d'un air égaré:	But the singer's attitude was becoming more and more inexplicable. She slipped her fingers over each other, repeating in a bewilderment:
--Oh! mon Dieu! Oh! mon Dieu!	--Oh! my God! Oh! my God!
--Mais, qu'y a-t-il? qu'y a-t-il? implora Raoul.	--But what is it? what is it? Raoul implored.
--L'anneau.	--The ring.
--Quoi l'anneau? Je vous en prie, Christine, revenez à vous!	--What's the ring? Please, Christine, come back to yourselves!
--L'anneau d'or qu'il m'avait donné...	--The golden ring he gave me ...
--Ah? c'est Erik qui vous avait donné, l'anneau d'or!	--Ah? it was Erik who gave you the golden ring!

--Vous le savez bien, Raoul! Mais ce que vous ne savez pas, c'est ce qu'il m'a dit en me le donnant: «Je vous rends votre liberté, Christine, mais c'est à la condition que cet anneau sera toujours à votre doigt. Tant que vous le garderez, vous serez préservée de tout danger et Erik restera votre ami. Mais si vous vous en séparez jamais, malheur à vous, Christine, car Erik se vengera!.... Mon ami, mon ami! L'anneau n'est plus à mon doigt!... malheur sur nous!

C'est en vain qu'ils cherchèrent l'anneau autour d'eux. Ils ne le retrouvèrent point. La jeune fille ne se calmait pas.

--C'est pendant que je vous ai accordé ce baiser, là-haut, sous la lyre d'Apollon, tenta-t-elle d'expliquer en tremblant; l'anneau aura glissé de mon doigt et aura glissé sur la ville! Comment le retrouver maintenant? Et de quel malheur, Raoul, sommes-nous menacés! Ah! fuir! fuir! Fuir tout de suite, insista une fois encore Raoul.

Elle hésita. Il crut qu'elle allait dire oui... Et puis ses claires prunelles se troublèrent et elle dit: Non! Demain!

Et elle le quitta précipitamment, dans un désarroi complet, continuant à se glisser les doigts les uns sur les autres, sans doute dans l'espérance que l'anneau allait réapparaître comme cela.

Quant à Raoul, il rentra chez lui, très préoccupé de tout ce qu'il avait entendu.

--Si je ne la sauve point des mains de ce charlatan, dit-il, tout haut dans sa chambre, en se couchant, elle est perdue; mais je la sauverai!

Il éteignit sa lampe, et il éprouva dans les ténèbres, le besoin d'injurier Erik. Il cria par trois fois à haute voix: «Charlatan!... Charlatan!... Charlatan!...»

Mais, tout à coup, il se leva sur un coude; une sueur froide lui coula aux tempes. Deux yeux, brûlants comme des brasiers, venaient de s'allumer au pied de son lit. Ils le regardaient fixement, terriblement, dans la nuit noire.

--You know that, Raoul! But what you don't know is what he told me when he gave it to me: "I give you back your freedom, Christine, but it is on condition that this ring will always be on your finger." As long as you keep him, you will be protected from all danger and Erik will remain your friend. But if you ever part with it, woe to you, Christine, for Erik will take revenge! .... My friend, my friend! The ring is no longer on my finger! ... woe to us!

It was in vain that they looked for the ring around them. They did not find him. The young girl did not calm down.

"It was while I gave you that kiss, up there, under Apollo's lyre," she tried to explain, trembling; the ring will have slipped off my finger and slipped over the city! How to find him now? And what misfortune, Raoul, are we threatened! Ah! to flee! to flee! Run away immediately, Raoul insisted once again.

She hesitated. He thought she was going to say yes ... And then her clear eyes were clouded and she said: No! Tomorrow!

And she hurriedly left him, in complete dismay, continuing to slide her fingers over each other, no doubt in the hope that the ring would reappear like this.

As for Raoul, he returned home, very preoccupied with everything he had heard.

"If I don't save her from the hands of that charlatan," he said aloud in his room as he went to bed, "she is lost; but I will save her!

He put out his lamp, and in the darkness he felt the need to curse Erik. He cried aloud three times: "Charlatan! ... Charlatan! ... Charlatan! ..."

But suddenly he rose on one elbow; a cold sweat ran down his temples. Two eyes, burning like braziers, had just lit up at the foot of his bed. They stared at him, terribly, in the dark night.

Raoul était brave, et cependant il tremblait. Il avança la main, tâtonnante, hésitante, incertaine, sur la table de nuit. Ayant trouvé la boîte d'allumettes, il fit de la lumière. Les yeux disparurent.	Raoul was brave, and yet he trembled. He put his hand, groping, hesitant, uncertain, over the nightstand. Having found the matchbox, he made a light. The eyes disappeared.
Il pensa, nullement rassuré:	He thought, not at all reassured:
--Elle m'a dit que _ses_ yeux ne se voyaient que dans l'obscurité. Ses yeux ont disparu avec la lumière, mais _lui_, il est peut-être encore là.	--She told me that _her_ eyes can only be seen in the dark. His eyes are gone with the light, but _him_, he might still be there.
Et il se leva, chercha, fit prudemment le tour des choses. Il regarda sous son lit, comme un enfant. Alors, il se trouva ridicule. Il dit tout haut:	And he got up, looked around, carefully walked around things. He looked under his bed like a child. So he found himself ridiculous. He said out loud:
--Que croire? Que ne pas croire avec un pareil conte de fées? Où finit le réel, où commence le fantastique? Qu'a-t-elle vu? Qu'a-t-elle cru voir?	--What to believe? What not to believe with such a fairy tale? Where does the real end, where does the fantastic begin? What did she see? What did she think she saw?
Il ajouta, frémissant:	He added, shuddering:
--Et moi-même, qu'ai-je vu? Ai-je bien vu les yeux de braise tout à l'heure? N'ont-ils brillé que dans mon imagination? Voilà que je ne suis plus sûr de rien! Et je ne prêterais point serment sur ces yeux-là.	--And what have I seen myself? Did I see the fiery eyes earlier? Did they only shine in my imagination? Now I am no longer sure of anything! And I wouldn't take an oath on those eyes.
Il se recoucha. De nouveau, il fit l'obscurité.	He lay down again. Again it made darkness.
Les yeux réapparurent.	The eyes reappeared.
--Oh! soupira Raoul.	--Oh! Raoul sighed.
Dressé sur son séant, il les fixait à son tour aussi bravement qu'il pouvait. Après un silence qu'il occupa à ressaisir tout son courage, il cria tout à coup:	Sitting up, he stared at them in his turn as bravely as he could. After a silence which he occupied in regaining all his courage, he suddenly cried:
--Est-ce toi, Erik? Homme! génie ou fantôme! Est-ce toi?	--Is that you, Erik? Man! genius or ghost! Is it you?
Il réfléchit:	He thinks:

--Si c'est lui... il est sur le balcon!	--If it's him ... he's on the balcony!
Alors il courut en chemise, à un petit meuble dans lequel il saisit à tâtons, un revolver. Armé, il ouvrit la porte-fenêtre. La nuit était alors extrêmement fraîche. Raoul ne prit que le temps de jeter un coup d'œil sur le balcon désert et il rentra, refermant la porte. Il se recoucha en frissonnant, le revolver sur la table de nuit, à sa portée.	Then he ran in his shirt, to a small piece of furniture in which he groped, a revolver. Armed, he opened the patio door. The night was then extremely cool. Raoul only took the time to take a look at the deserted balcony and he came back, closing the door. He lay down again, shivering, the gun on the nightstand within reach.
Une fois encore il souffla la bougie.	Once again he blew out the candle.
Les yeux étaient toujours là, au bout du lit. Étaient-ils entre le lit et la glace de la fenêtre, ou derrière la glace de la fenêtre, c'est-à-dire sur le balcon?	The eyes were still there at the end of the bed. Were they between the bed and the glass in the window, or behind the glass in the window, that is to say on the balcony?
Voilà ce que Raoul voulait savoir. Il voulait savoir aussi si ces yeux-là appartenaient à un être humain... il voulait tout savoir...	This is what Raoul wanted to know. He also wanted to know if those eyes belonged to a human being ... he wanted to know everything ...
Alors, patiemment, froidement, _sans déranger_ la nuit qui l'entourait, le jeune homme reprit son revolver et visa.	Then, patiently, coldly, _without disturbing_ the night which surrounded him, the young man took up his revolver and aimed.
Il visa les deux étoiles d'or qui le regardaient toujours avec un si singulier éclat immobile.	He aimed at the two golden stars, which still gazed at him with such a singular, motionless glow.
Il visa un peu au-dessus des deux étoiles. Certes! si ces étoiles étaient des yeux, et si au-dessus de ces yeux, il y avait un front, et si Raoul n'était point trop maladroit...	He aimed a little above the two stars. Certainly! if these stars were eyes, and if above these eyes there was a forehead, and if Raoul was not too clumsy ...
La détonation roula avec un fracas terrible dans la paix de la maison endormie... Et pendant que, dans les corridors, des pas se précipitaient, Raoul, sur son séant, le bras tendu, prêt à tirer encore, regardait...	The detonation rolled with a terrible crash in the peace of the sleeping house ... And while, in the corridors, footsteps rushed, Raoul, on his seat, his arm outstretched, ready to shoot again, watched ...
Les deux étoiles, cette fois, avaient disparu.	The two stars, this time, were gone.
De la lumière, des gens, le comte Philippe, affreusement anxieux.	Light, people, Count Philippe, terribly anxious.
--Qu'y a-t-il, Raoul?	--What is it, Raoul?

--Il y a, que je crois bien que j'ai rêvé, répondit le jeune homme. J'ai tiré sur deux étoiles qui m'empêchaient de dormir.	"There is, that I believe I dreamed," replied the young man. I shot two stars that were preventing me from sleeping.
--Tu divagues?... Tu es souffrant!... je t'en prie, Raoul, que s'est-il passé?... et le comte s'empara du revolver.	"Are you rambling? ... You are unwell! ... please, Raoul, what happened? ... and the count took the revolver."
--Non, non, je ne divague pas!... du reste, nous allons bien savoir...	`` No, no, I'm not rambling! ... anyway, we'll know ...
Il se releva, passa une robe de chambre, chaussa ses pantoufles, prit des mains d'un domestique une lumière, et ouvrant la porte-fenêtre, retourna sur le balcon.	He got up, put on a dressing gown, put on his slippers, took a light from a servant's hands, and opening the French window, returned to the balcony.
Le comte avait constaté que la fenêtre avait été traversée d'une balle à hauteur d'homme. Raoul était penché sur le balcon avec sa bougie.	The count had noticed that the window had been shot through at breast height. Raoul was leaning on the balcony with his candle.
--Oh! oh! fit-il... du sang!... du sang!... Ici... là... encore du sang! Tant mieux!... Un fantôme qui saigne... c'est moins dangereux! ricana-t-il.	--Oh! Oh! he said ... blood! ... blood! ... Here ... there ... blood again! So much the better! ... A bleeding ghost ... it's less dangerous! he sneered.
--Raoul! Raoul! Raoul!	--Raoul! Raoul! Raoul!
Le comte le secouait comme s'il eût voulu faire sortir un somnambule de son dangereux sommeil.	The count shook him as if he wanted to wake a sleepwalker from his dangerous sleep.
--Mais, mon frère, je ne dors pas! protesta Raoul impatienté. Vous pouvez voir ce sang comme tout le monde. J'avais cru rêver et tirer sur deux étoiles. C'étaient les yeux d'Erik... et voici son sang!...	--But, my brother, I am not sleeping! protested Raoul impatiently. You can see this blood like everyone else. I thought I was dreaming and shooting two stars. These were Erik's eyes ... and here is his blood! ...
Il ajouta, subitement inquiet:	He added, suddenly worried:
--Après tout, j'ai peut-être eu tort de tirer, et Christine est bien capable de ne me le point pardonner!... Tout ceci ne serait point arrivé si j'avais eu la précaution de laisser retomber les rideaux de la fenêtre en me couchant.	`` After all, I may have been wrong in pulling, and Christine is quite capable of not forgiving me! ... All this would not have happened if I had been careful to let the curtains fall. the window when I go to bed.
--Raoul! es-tu devenu subitement fou! Réveille-toi!	--Raoul! have you suddenly gone mad! Wake up!
--Encore! Vous feriez mieux, mon frère, de m'aider à	--Still! You better, my brother, help me find Erik ...

chercher Erik... car, enfin, un fantôme qui saigne, ça doit pouvoir se retrouver...	because, well, a bleeding ghost, it must be able to find itself ...
Le valet de chambre du comte dit:	The count's valet says:
--C'est vrai, monsieur, qu'il y a du sang sur le balcon.	`` It is true, sir, that there is blood on the balcony.
Un domestique apporta une lampe à la lueur de laquelle on put examiner toutes choses. La trace du sang suivait la rampe du balcon et allait rejoindre une gouttière et la trace de sang remontait le long de la gouttière.	A servant brought a lamp by the light of which all things could be examined. The blood trail followed the balcony railing and went to join a gutter and the blood trail went up along the gutter.
--Mon ami, dit le comte Philippe, tu as tiré sur un chat.	'My friend,' said Count Philippe, 'you shot a cat.
--Le malheur! fit Raoul avec un nouveau ricanement, qui sonna douloureusement aux oreilles du comte, est que c'est bien possible. Avec Erik, on ne sait jamais! Est-ce Erik? Est-ce le chat? Est-ce le fantôme? Est-ce de la chair ou de l'ombre? Non! non! Avec Erik, on ne sait jamais!	--Unhappiness! Raoul said with a new sneer, which rang painfully in the ears of the count, is that it is quite possible. With Erik, you never know! Is this Erik? Is it the cat? Is it the ghost? Is it flesh or shadow? No! no! With Erik, you never know!
Raoul commençait à tenir cette sorte de propos bizarres qui répondaient si intimement et si logiquement aux préoccupations de son esprit et qui faisaient si bien suite aux confidences étranges, à la fois réelles et d'apparences surnaturelles, de Christine Daaé; et ces propos ne contribuèrent point peu à persuader à beaucoup que le cerveau du jeune homme était dérangé. Le comte lui-même y fut pris et plus tard le juge d'instruction, sur le rapport du commissaire de police, n'eut point de peine à conclure.	Raoul began to make this sort of bizarre remarks which responded so intimately and so logically to the preoccupations of his mind and which followed the strange confidences, both real and supernatural at the same time, of Christine Daaé; and these words contributed little to persuading many that the young man's brain was disturbed. The count himself was taken there and later the examining magistrate, on the report of the commissioner of police, had no difficulty in concluding.
--Qui est Erik? demanda le comte en pressant la main de son frère.	--Who is Erik? asked the count, squeezing his brother's hand.
--C'est mon rival! et s'il n'est pas mort, tant pis!	--He is my rival! and if he is not dead, too bad!
D'un geste il chassa les domestiques.	He waved away the servants.
La porte de la chambre se referma, sur les deux Chagny. Mais les gens ne s'éloignèrent point si vite que le valet de chambre du comte n'entendît Raoul prononcer distinctement et avec force:	The bedroom door closed on the two Chagnys. But the people did not move away so quickly that the count's valet did not hear Raoul pronounce clearly and forcefully:
--Ce soir! j'enlèverai Christine Daaé.	--Tonight! I will remove Christine Daaé.

Cette phrase fut répétée par la suite au juge d'instruction Faure. Mais on ne sut jamais exactement ce qui se dit entre les deux frères pendant cette entrevue.	This sentence was repeated later to the examining magistrate Faure. But we never knew exactly what was said between the two brothers during this interview.
Les domestiques racontèrent que ce n'était point cette nuit-là la première querelle qui les faisait s'enfermer.	The servants related that it was not that night the first quarrel which made them shut up.
À travers les murs on entendait des cris, et il était toujours question d'une comédienne qui s'appelait Christine Daaé.	Screams could be heard through the walls, and there was always talk of an actress called Christine Daaé.
Au déjeuner--au petit déjeuner du matin, que le comte prenait dans son cabinet de travail, Philippe donna l'ordre que l'on allât prier son frère de le venir rejoindre. Raoul arriva, sombre et muet. La scène fut très courte.	At lunch - at breakfast in the morning, which the count took in his study, Philippe gave the order that his brother be asked to come and join him. Raoul arrived, gloomy and silent. The scene was very short.
Le comte:--Lis ceci!	_The Count _: - Read this!
Philippe tend à son frère un journal: «l'Époque». Du doigt, il lui désigne l'écho suivant.	_Philippe hands his brother a newspaper: "Epoque". With his finger, he points to the next echo.
Le vicomte, du bout des lèvres, lisant:	_The viscount, with the tip of his lips, reading_:
«Une grande nouvelle au faubourg: il y a promesse de mariage entre Mlle Christine Daaé, artiste lyrique, et M. le vicomte Raoul de Chagny. S'il faut en croire les potins de coulisses, le comte Philippe aurait juré que pour la première fois les Chagny ne tiendraient point leur promesse. Comme l'amour, à l'Opéra plus qu'ailleurs, est tout-puissant, on se demande de quels moyens peut bien disposer le comte Philippe pour empêcher le vicomte, son frère, de conduire à l'autel la _Marguerite nouvelle._ On dit que les deux frères s'adorent, mais le comte s'abuse étrangement s'il espère que l'amour fraternel le cédera à l'amour tout court!»	"Great news in the suburb: there is a promise of marriage between Miss Christine Daaé, lyric artist, and Mr. Viscount Raoul de Chagny. If backstage gossip is to be believed, Count Philippe would have sworn that for the first time the Chagnys would not keep their promise. As love, at the Opera more than elsewhere, is all-powerful, one wonders what means can be used by Count Philippe to prevent the viscount, his brother, from leading the _Marguerite nouvelle_ to the altar. They say that the two brothers adore each other, but the count is strangely mistaken if he hopes that brotherly love will give way to love itself! "
Le comte (triste).--Tu vois, Raoul, tu nous rends ridicules!... Cette petite t'a complètement tourné la tête avec ses histoires de revenant.	_The Count_ (sad) - You see, Raoul, you are making us ridiculous! ... This little one has completely turned your head with her ghost stories.

(Le vicomte avait donc rapporté le récit de Christine à son frère.)	(The viscount had therefore reported Christine's story to his brother.)
Le vicomte.--Adieu, mon frère!	_Le vicomte ._-- Farewell, my brother!
Le comte.--C'est bien entendu? Tu pars ce soir? (Le vicomte ne répond pas.)... avec elle?... Tu ne feras pas une pareille bêtise? (_Silence du vicomte._) Je saurai bien t'en empêcher!	_The Count ._-- Of course? Are you leaving tonight? (The viscount does not answer.) ... with her? ... You will not do such a stupid thing? (_Silence of the viscount._) I will know how to prevent you!
Le vicomte.--Adieu, mon frère!	_Le vicomte ._-- Farewell, my brother!
(_Il s'en va._)	(_He is leaving._)

Cette scène a été racontée au juge d'instruction par le comte lui-même, qui ne devait plus revoir son frère Raoul que le soir même, à l'Opéra, quelques minutes avant la disparition de Christine.

This scene was told to the investigating judge by the count himself, who was not to see his brother Raoul again until the very evening, at the Opera, a few minutes before Christine's disappearance.

Toute la journée en effet fut consacrée par Raoul aux préparatifs d'enlèvement.

The whole day was in fact devoted by Raoul to the preparations for the kidnapping.

Les chevaux, la voiture, le cocher, les provisions, les bagages, l'argent nécessaire, l'itinéraire,--on ne devait pas prendre le chemin de fer pour dérouter le fantôme,--tout cela l'occupa jusqu'à neuf heures du soir.

The horses, the carriage, the coachman, the provisions, the baggage, the necessary money, the route, - one should not take the railroad to confuse the phantom, - all this occupied him until nine o'clock in the evening.

À neuf heures, une sorte de berline dont les rideaux étaient tirés sur les portières hermétiquement closes vint prendre la file du côté de la Rotonde. Elle était attelée à deux vigoureux chevaux et conduite par un cocher dont il était difficile de distinguer la figure, tant celle-ci était emmitouflée dans les longs plis d'un cache-nez. Devant cette berline se trouvaient trois voitures. L'instruction établit plus tard que c'étaient les coupés de la Carlotta, revenue soudain à Paris, de la Sorelli, et en tête, du comte Philippe de Chagny. De la berline, nul ne descendit. Le cocher resta sur son siège. Les trois autres cochers étaient restés également sur le leur.

At nine o'clock, a sort of sedan, the curtains of which were drawn on the hermetically closed doors, came into line on the side of the Rotunda. She was harnessed to two vigorous horses and led by a coachman whose face it was difficult to distinguish, so much was it wrapped in the long folds of a muffler. In front of this sedan were three cars. The instruction later established that they were the coupes of the Carlotta, suddenly returned to Paris, of the Sorelli, and at the head, of the Count Philippe de Chagny. No one got out of the sedan. The coachman remained in his seat. The other three coachmen had also remained on theirs.

Une ombre, enveloppée d'un grand manteau noir, et coiffée d'un chapeau de feutre mou noir, passa sur le trottoir entre la Rotonde et les équipages. Elle semblait considérer plus attentivement la berline. Elle s'approcha des chevaux, puis du cocher, puis

A shadow, wrapped in a large black cloak, and wearing a black soft felt hat, passed over the sidewalk between the Rotunda and the crews. She seemed to be considering the sedan more closely. She approached the horses, then the

l'ombre s'éloigna sans avoir prononcé un mot. L'instruction crut plus tard que cette ombre était celle du vicomte Raoul de Chagny; quant à moi, je ne le crois pas, attendu que ce soir-là comme les autres soirs, le vicomte de Chagny avait un chapeau haute forme qu'on a, du reste, retrouvé. Je pense plutôt que cette ombre était celle du fantôme qui était au courant de tout comme on va le voir tout de suite.

On jouait _Faust_, comme par hasard. La salle était des plus brillantes. Le faubourg était magnifiquement représenté. À cette époque, les abonnés ne cédaient point, ne louaient ni ne sous-louaient, ni ne partageaient leurs loges avec la finance ou le commerce ou l'étranger. Aujourd'hui, dans la loge du marquis un tel qui conserve toujours ce titre: loge du marquis un tel, puisque le marquis en est, de par contrat, titulaire, dans cette loge, disons-nous, se prélasse tel marchand de porc salé et sa famille,--ce qui est le droit du marchand de porc puisqu'il paie la loge du marquis.--Autrefois, ces mœurs étaient à peu près inconnues. Les loges d'Opéra étaient des salons ou l'on était à peu près sûr de rencontrer ou de voir des gens du monde qui, quelquefois, aimaient la musique.

Toute cette belle compagnie se connaissait, sans pour cela se fréquenter nécessairement. Mais on mettait tous les noms sur les visages et la physionomie du comte de Chagny n'était ignorée de personne.

L'écho paru le matin dans l'_Époque_ avait dû déjà produire son petit effet, car tous les yeux étaient tournés vers la loge où le comte Philippe, d'apparence fort indifférente et de mine insouciante, se trouvait tout seul. L'élément féminin de cette éclatante assemblée paraissait singulièrement intrigué et l'absence du vicomte donnait lieu à cent chuchotements derrière les éventails. Christine Daaé fut accueillie assez froidement. Ce public spécial ne lui pardonnait point d'avoir regardé si haut.

La diva se rendit compte de la mauvaise disposition d'une partie de la salle, et en fut troublée.

Les habitués, qui se prétendaient au courant des amours du vicomte, ne se privèrent pas de sourire à certains passages du rôle de Marguerite. C'est ainsi

coachman, then the shadow moved away without saying a word. The instruction later believed that this shadow was that of Viscount Raoul de Chagny; As for me, I do not think so, since that evening, like other evenings, the Vicomte de Chagny wore a high-cut hat which, moreover, has been found. I rather think that this shadow was that of the ghost who was aware of everything as we will see immediately.

We were playing _Faust_, as if by chance. The room was most brilliant. The suburb was magnificently represented. At that time, subscribers did not give in, rent or sublet, or share their boxes with finance or commerce or abroad. Today, in the lodge of the marquis a so-and-so who still retains this title: lodge of the marquis un such, since the marquis is, by contract, holder, in this lodge, we say, basks such a salt pork merchant and his family - which is the right of the pork merchant since he pays for the marquis's lodge .-- Formerly, these customs were almost unknown. Opera boxes were lounges where one was almost certain to meet or see people of the world who sometimes liked music.

All this beautiful company knew each other, without necessarily seeing each other. But all the names were put on the faces and the count of Chagny's physiognomy was not unknown to anyone.

The echo which appeared in the morning in the Epoque must have already produced its small effect, for all eyes were turned towards the box where Count Philippe, of very indifferent appearance and carefree expression, was all alone. The feminine element of this dazzling assembly seemed singularly intrigued, and the viscount's absence gave rise to a hundred whispers behind the fans. Christine Daaé was received quite coldly. This special audience could not forgive him for having looked so high.

The diva realized the poor layout of part of the room, and was disturbed.

The regulars, who claimed to be aware of the viscount's love affairs, did not hesitate to smile at certain passages in the role of Marguerite. This is

qu'ils se retournèrent ostensiblement vers la loge de Philippe de Chagny quand Christine chanta la phrase: «Je voudrais bien savoir quel était ce jeune homme, si c'est un grand seigneur et comment il se nomme».	how they turned ostensibly towards Philippe de Chagny's lodge when Christine sang the phrase: "I would like to know who this young man was, if he is a great lord and what his name is".
Le menton appuyé sur sa main, le comte ne semblait point prendre garde à ces manifestations. Il fixait la scène; mais la regardait-il? Il paraissait loin de tout...	With his chin resting on his hand, the count did not seem to notice these manifestations. He was staring at the scene; but was he looking at her? He seemed far from everything ...
De plus en plus, Christine perdait toute assurance. Elle tremblait. Elle allait à une catastrophe... Carolus Fonta se demanda si elle n'était pas souffrante, si elle pourrait tenir en scène jusqu'à la fin de l'acte qui était celui du jardin. Dans la salle, on se rappelait le malheur arrivé, à la fin de cet acte, à la Carlotta, et le ce couac» historique qui avait momentanément suspendu sa carrière à Paris.	More and more, Christine was losing all confidence. She was shaking. She was on the verge of a catastrophe ... Carolus Fonta wondered if she was not in pain, if she could stand on stage until the end of the act which was that of the garden. In the room, we remembered the misfortune that had happened at the end of this act, to the Carlotta, and the historic quack which had temporarily suspended his career in Paris.
Justement, la Carlotta fit alors son entrée dans une loge de face, entrée sensationnelle. La pauvre Christine leva les yeux vers ce nouveau sujet d'émoi. Elle reconnut sa rivale. Elle crut la voir ricaner. Ceci la sauva. Elle oublia tout, pour une fois de plus, triompher.	Precisely, the Carlotta then entered a dressing room from the front, a sensational entrance. Poor Christine raised her eyes to this new subject of excitement. She recognized her rival. She thought she saw her snicker. This saved her. She forgot everything, to triumph once more.
À partir de ce moment, elle chanta de toute son âme. Elle essaya de surpasser tout ce qu'elle avait fait jusqu'alors et elle y parvint. Au dernier acte, quand elle commença d'invoquer les anges et de se soulever de terre, elle entraîna dans une nouvelle envolée toute la salle frémissante, et chacun put croire qu'il avait des ailes.	From that moment on she sang with all her soul. She tried to surpass everything she had done so far and she succeeded. In the last act, when she began to summon the angels and rise from the earth, she carried the whole quivering hall into a new flight, and everyone could believe they had wings.
À cet appel surhumain, au centre de l'amphithéâtre, un homme s'était levé et restait debout, face à l'actrice, comme si d'un même mouvement il quittait la terre... C'était Raoul:	At this superhuman call, in the center of the amphitheater, a man had risen and remained standing, facing the actress, as if in the same movement he left the earth ... It was Raoul:
Anges purs! Anges radieux! Anges purs! Anges radieux!	Pure angels! Radiant angels! Pure angels! Radiant angels!
Et Christine, les bras tendus, la gorge embrasée, enveloppée dans la gloire de sa chevelure dénouée sur ses épaules nues, jetait la clameur divine:	And Christine, her arms outstretched, her throat ablaze, enveloped in the glory of her hair loose over her bare shoulders, uttered the divine clamor:

Portez mon âme au sein des deux!	Carry my soul within the two!
. . . .	. . . .
C'est alors que, tout à coup, une brusque obscurité se fit sur le théâtre. Cela fut si rapide que les spectateurs eurent à peine le temps de pousser un cri de stupeur, car la lumière éclaira la scène à nouveau.	It was then that suddenly a sudden darkness fell over the theater. It was so quick that the spectators barely had time to cry out in amazement, as the light shone on the stage again.
... Mais Christine Daaé n'y était plus!... Qu'était-elle devenue?... Quel était ce miracle?... Chacun se regardait sans comprendre et l'émotion fut tout de suite à son comble. L'émoi n'était pas moindre sur le plateau et dans la salle. Des coulisses on se précipitait vers l'endroit où, à l'instant même, Christine chantait. Le spectacle était interrompu au milieu du plus grand désordre.	... But Christine Daaé was no longer there! ... What had become of her? ... What was this miracle? ... Everyone looked at each other without understanding and the emotion was immediately at its height. The excitement was not less on the set and in the room. From the wings we rushed towards the place where, at the same moment, Christine was singing. The show was interrupted in the midst of the greatest disorder.
Où donc? où donc était passée Christine? Quel sortilège l'avait ravie à des milliers de spectateurs enthousiastes et dans les bras mêmes de Carolus Fonta? En vérité, on pouvait se demander si, exauçant sa prière enflammée, les anges ne l'avaient point réellement emportée «au sein des cieux» corps et âme?...	So where? So where had Christine gone? What spell had delighted thousands of enthusiastic spectators and in the very arms of Carolus Fonta? In truth, one might wonder if, in answering his fervent prayer, the angels had not really taken her "into the heavens" body and soul? ...
Raoul, toujours debout à l'amphithéâtre, avait poussé un cri. Le comte Philippe s'était dressé dans sa loge. On regardait la scène, on regardait le comte, on regardait Raoul, et l'on se demandait si ce curieux événement n'avait point affaire avec l'écho paru le matin même dans un journal. Mais Raoul quitta hâtivement sa place, le comte disparut de sa loge, et, pendant que l'on baissait le rideau, les abonnés se précipitèrent vers l'entrée des coulisses. Le public attendait une annonce dans un brouhaha indescriptible. Tout le monde parlait à la fois. Chacun prétendait expliquer comment les choses s'étaient passées. Les uns disaient: «Elle est tombée dans une trappe»; les autres: «Elle a été enlevée dans les frises; la malheureuse est peut-être victime d'un nouveau truc inauguré par la nouvelle direction»; d'autres encore: «C'est un guet-apens. La coïncidence de la disparition et de l'obscurité le prouve suffisamment.»	Raoul, still standing in the amphitheater, had uttered a cry. Count Philippe had stood up in his box. We watched the scene, we looked at the count, we looked at Raoul, and we wondered if this curious event had nothing to do with the echo that appeared that very morning in a newspaper. But Raoul hastily left his place, the count disappeared from his box, and, while the curtain was lowered, the subscribers rushed towards the backstage entrance. The public awaited an announcement in an indescribable hubbub. Everyone was talking at the same time. Each claimed to explain how things happened. Some said: "She fell into a trap"; the others: "She was taken from the friezes; the unfortunate woman is perhaps the victim of a new trick inaugurated by the new management "; still others: "It's an ambush. The coincidence of disappearance and darkness proves this sufficiently. "
Enfin le rideau se leva lentement, et Carolus Fonta	Finally the curtain rose slowly, and Carolus Fonta

s'avançant jusqu'au pupitre du chef d'orchestre, annonça d'une voix grave et triste:

«Mesdames et messieurs, un événement inouï et qui nous laisse dans une profonde inquiétude vient de se produire. Notre camarade, Christine Daaé, a disparu sous nos yeux sans que l'on puisse savoir comment!»

advancing to the conductor's desk, announced in a deep and sad voice:

"Ladies and gentlemen, an incredible event which leaves us in deep concern has just occurred. Our comrade, Christine Daaé, disappeared before our eyes without us being able to know how! "

XV

SINGULIÈRE ATTITUDE D'UNE ÉPINGLE DE NOURRICE

Sur le plateau, c'est une cohue sans nom. Artistes, machinistes, danseuses, marcheuses, figurants, choristes, abonnés, tout le monde interroge, crie, se bouscule.--«Qu'est-elle devenue?»--«Elle s'est fait enlever!»--C'est le vicomte de Chagny qui l'a emportée!»--«Non, c'est le comte!»--«Ah! voilà Carlotta! c'est Carlotta qui a fait le coup!»--Non! c'est le fantôme!»

Et quelques-uns rient, surtout depuis que l'examen attentif des trappes et planchers a fait repousser l'idée d'un accident.

Dans cette foule bruyante, on remarque un groupe de trois personnages qui s'entretiennent à voix basse avec des gestes désespérés. C'est Gabriel, le maître de chant; Mercier, l'administrateur, et le secrétaire Rémy. Ils se sont retirés dans l'angle d'un tambour qui fait communiquer la scène avec le large couloir du foyer de la danse. Là, derrière d'énormes accessoires, ils parlementent:

--J'ai frappé! Ils n'ont pas répondu! Ils ne sont peut-être plus dans le bureau. En tout cas, il est impossible de le savoir, car ils ont emporté les clefs.

Ainsi s'exprime le secrétaire Rémy et il n'est point douteux qu'il ne désigne par ces paroles MM. les directeurs. Ceux-ci ont donné l'ordre au dernier entr'acte de ne venir les déranger sous aucun prétexte, «Ils n'y sont pour personne.»

--Tout de même, s'exclame Gabriel... on n'enlève pas une chanteuse, en pleine scène, tous les jours!...

--Leur avez-vous crié cela? interroge Mercier.

--J'y retourne, fait Rémy, et, courant, il disparaît.

Là-dessus, le régisseur arrive.

XV

SINGULAR ATTITUDE OF A NURSE PIN

On the set, it's a nameless mob. Artists, stagehands, dancers, walkers, extras, choristers, subscribers, everyone asks questions, shouts, jostles each other. - "What has become of her?" - "She was kidnapped!" - C ' is the Vicomte de Chagny who won it! "-" No, it's the count! "-" Ah! here is Carlotta! Carlotta did it! "- No! it's the ghost! "

And a few laugh, especially since the close examination of the hatches and floors has pushed aside the idea of an accident.

In this noisy crowd, we notice a group of three characters conversing in low voices with desperate gestures. It is Gabriel, the singing master; Mercier, the administrator, and the secretary Rémy. They have retired to the angle of a drum which communicates the stage with the wide corridor of the dance hall. There, behind huge props, they parley:

--I hit! They did not respond! They may not be in the office anymore. In any case, it is impossible to know, because they took the keys.

This is how secretary Rémy expresses himself and there is no doubt that he is referring to MM. the directors. They gave the order at the last intermission not to come and disturb them under any circumstances, "They have no responsibility."

`` All the same, '' Gabriel exclaims, `` you don't kidnap a singer, in the middle of the stage, every day! ...

"Did you shout that at them?" asks Mercier.

--I'm going back there, Remy says, and, running, he disappears.

Thereupon, the manager arrives.

--Eh bien? monsieur Mercier, venez-vous? Que faites-vous ici tous les deux? On a besoin de vous, monsieur l'administrateur.	--Well? Monsieur Mercier, are you coming? What are you two doing here? We need you, Mr. Administrator.
--Je ne veux rien faire ni rien savoir avant l'arrivée du commissaire, déclare Mercier! J'ai envoyé chercher Mifroid. Nous verrons quand il sera là!	"I don't want to do or know anything before the commissioner arrives," said Mercier! I sent for Mifroid. We'll see when he gets there!
--Et moi je vous dis qu'il faut descendre tout de suite au jeu d'orgue.	--And I tell you that you must go down immediately to the organ playing.
--Pas avant l'arrivée du commissaire...	--Not before the commissioner arrived ...
--Moi, j'y suis déjà descendu au jeu d'orgue.	--I have already gone down to organ playing.
--Ah! et qu'est-ce que vous avez vu?	--Ah! and what did you see?
--Eh bien! je n'ai vu personne! Entendez-vous bien, personne!	--Well! I saw nobody! Do you hear well, nobody!
--Qu'est-ce que vous voulez que j'y fasse?	- What do you want me to do?
--Évidemment, réplique le régisseur, qui se passe avec frénésie les mains dans une toison rebelle. Évidemment! Mais peut-être que s'il y avait quelqu'un au jeu d'orgue, ce quelqu'un pourrait nous expliquer comment l'obscurité a été faite tout à coup sur la scène. Or, Mauclair n'est nulle part, comprenez-vous?	"Obviously," replied the manager, who was frantically passing his hands in a rebellious fleece. Obviously! But maybe if there was someone playing the organ, that someone could explain to us how darkness was suddenly made on the stage. Now, Mauclair is nowhere, do you understand?
Mauclair était le chef d'éclairage qui dispensait à volonté sur la scène de l'Opéra, le jour et la nuit.	Mauclair was the head of lighting who dispensed at will on the stage of the Opera, day and night.
--Mauclair n'est nulle part, répète Mercier ébranlé. Eh bien! et ses aides?	"Mauclair is nowhere," Mercier repeats, shaken. Well! and his helpers?
--Ni Mauclair ni ses aides! Personne à l'éclairage, je vous dis! Vous pensez bien, hurle le régisseur, que cette petite ne s'est pas enlevée toute seule! Il y avait là «un coup monté» qu'il faut savoir... Et les directeurs qui ne sont pas là?... J'ai défendu qu'on descende à l'éclairage, j'ai mis un pompier devant la niche du jeu d'orgue! J'ai pas bien fait?	--Neither Mauclair nor his helpers! No one in the lighting, I tell you! You can imagine, yells the manager, that this little girl did not take off on her own! There was a "set-up" that you should know ... And the directors who are not there? ... I forbade people to go down to the lights, I put a fireman in front of the organ playing niche! Didn't I do well?
--Si, si, vous avez bien fait... Et maintenant attendons le commissaire.	- Yes, yes, you did well ... And now let's wait for the commissioner.

Le régisseur s'éloigne en haussant les épaules, rageur, mâchant des injures à l'adresse de ces «poules mouillées» qui restent tranquillement blotties dans un coin quand tout le théâtre est «sens dessus dessous».	The stage manager shrugs his shoulders in anger, chewing insults at these "sissies" who remain quietly huddled in a corner when the whole theater is "upside down".
Tranquilles, Gabriel et Mercier ne l'étaient guère. Seulement, ils avaient reçu une consigne qui les paralysait. On ne devait déranger les directeurs pour aucune raison au monde. Rémy avait enfreint cette consigne et cela ne lui avait point réussi.	Quiet, Gabriel and Mercier were hardly calm. Only, they had received an instruction which paralyzed them. The directors were not to be disturbed for any reason in the world. Remy had violated this instruction and it had not succeeded for him.
Justement, le voici qui revient de sa nouvelle expédition. Sa mine est curieusement effarée.	Exactly, here he comes back from his new expedition. His face is curiously bewildered.
--Eh bien! vous leur avez parlé? interroge Mercier?	--Well! did you talk to them? asks Mercier?
Rémy répond:	Remy replies:
--Moncharmin a fini par m'ouvrir la porte. Les yeux lui sortaient de la tête. J'ai cru qu'il allait me frapper. Je n'ai pas pu placer un mot, et savez-vous ce qu'il m'a crié? «Avez-vous une épingle de nourrice?»--Non!--«Eh bien! fichez-moi la paix!...» Je veux lui répliquer qu'il se passe au théâtre un événement inouï... Il clame: «Une épingle de nourrice? Donnez-moi tout de suite une épingle de nourrice!» Un garçon de bureau qui l'avait entendu--il criait comme un sourd--accourt avec une épingle de nourrice, la lui donne et aussitôt, Moncharmin me ferme la porte au nez! Et voilà!	--Moncharmin finally opened the door for me. Eyes were popping out of her head. I thought he was going to hit me. I couldn't place a word, and do you know what he shouted at me? "Do you have a safety pin?" - No! - "Well! leave me alone! ... "I want to tell him that an incredible event is happening at the theater ... He proclaims:" A safety pin? Give me a safety pin right away! " An office boy who had heard him - he was screaming like a deaf man - runs up with a safety pin, gives it to him and immediately, Moncharmin shuts the door in my face! And There you go!
--Et vous n'avez pas pu lui dire: Christine Daaé...	--And you couldn't tell him: Christine Daaé ...
--Eh! j'aurais voulu vous y voir!... Il écumait... Il ne pensait qu'à son épingle de nourrice... Je crois que, si on ne la lui avait pas apportée sur-le-champ, il serait tombé d'une attaque! Certainement, tout ceci n'est pas naturel et nos directeurs sont en train de devenir fous!...	--He! I would have liked to see you there! ... He was foaming ... He was only thinking of his safety pin ... I believe that, if it had not been brought to him on the spot, he would have fallen of an attack! Certainly, all this is not natural and our managers are going crazy! ...
M. le secrétaire Rémy n'est pas content. Il le fait voir.	Secretary Rémy is not happy. He shows it.
--Ça ne peut pas durer comme ça! Je n'ai pas l'habitude d'être traité de la sorte!	--It can't go on like this! I'm not used to being treated like this!

Tout à coup Gabriel souffle:	Suddenly Gabriel breathes:
--C'est encore un coup de _F. de l'O._	--It's another shot from _F. of the O._
Rémy ricane. Mercier soupire, semble prêt à lâcher une confidence... mais ayant regardé Gabriel qui lui fait signe de se taire, il reste muet.	Remy chuckles. Mercier sighs, seems ready to let go of a confidence ... but having looked at Gabriel who signals him to be silent, he remains silent.
Cependant, Mercier, qui sent sa responsabilité grandir au fur et à mesure que les minutes, s'écoulent et que les directeurs ne se montrent pas, n'y tient plus:	However, Mercier, who feels his responsibility growing as the minutes go by and the directors don't show up, can't stand it any longer:
--Eh! je cours moi-même les relancer, décide-t-il.	--He! I run to relaunch them myself, he decides.
Gabriel, subitement très sombre et très grave, l'arrête.	Gabriel, suddenly very dark and very serious, stops her.
--Pensez à ce que vous faites, Mercier!--S'ils restent dans leur bureau, c'est que, peut-être, c'est nécessaire! F. de l'O a plus d'un tour dans son sac!	"Think about what you're doing, Mercier!" "If they stay in their office, maybe it's necessary! F. de l'O has more than one trick up its sleeve!
Mais Mercier secoue la tête.	But Mercier shakes his head.
--Tant pis! J'y vais! Si on m'avait écouté, il y aurait beau temps qu'on aurait tout dit à la police!	--Too bad! I go! If I had been listened to, it would have been a long time that we would have told the police everything!
Et il part.	And he leaves.
--_Tout_ quoi? demande aussitôt Rémy. Qu'est-ce qu'on aurait dit à la police? Ah! vous vous taisez, Gabriel!... Vous aussi, vous êtes dans la confidence! Eh bien! vous ne feriez pas mal de m'y mettre si vous voulez que je ne crie point que vous devenez tous fous!... Oui, fous, en vérité!	--_All_ what? Remy asks immediately. What would we have said to the police? Ah! you are silent, Gabriel!... You too are in the know! Well! you would do no harm to put me there if you want me not to cry out that you are all going mad! ... Yes, mad, in truth!
Gabriel roule des yeux stupides et affecte de ne rien comprendre à cette «sortie» inconvenante de M. le secrétaire particulier.	Gabriel rolls his stupid eyes and affects not to understand anything about this unseemly "exit" from the private secretary.
--Quelle confidence? murmure-t-il. Je ne sais ce que vous voulez dire.	--What confidence? he whispers. I don't know what you mean.
Rémy s'exaspère.	Remy is exasperated.

--Ce soir Richard et Moncharmin, ici-même, dans les entr'actes, avaient des gestes d'aliénés.

--Je n'ai pas remarqué, grogne Gabriel, très ennuyé.

--Vous êtes le seul!... Est-ce que vous croyez que je ne les ai pas vus?... Et que M. Parabise, le directeur du Crédit Central, ne s'est aperçu de rien?... Et que M. l'ambassadeur de la Borderie a les yeux dans sa poche?... Mais, monsieur le maître de chant, tous les abonnés se les montraient du doigt, nos directeurs!

--Qu'est-ce qu'ils ont donc fait, nos directeurs? demande Gabriel de son air le plus niais.

--Ce qu'ils ont fait? Mais vous le savez mieux que personne ce qu'ils ont fait!... Vous étiez là!... Et vous les observiez, vous et Mercier!... Et vous étiez les seuls à ne pas rire...

--Je ne comprends pas!

Très froid, très «renfermé», Gabriel étend les bras et les laisse retomber, geste qui signifie évidemment qu'il se désintéresse de la question... Rémy continue.

--Qu'est-ce que c'est que cette nouvelle manie?... _Ils ne veulent plus qu'on les approche maintenant?_

--Comment? _Ils ne veulent plus qu'on les approche?_

--_Ils ne veulent plus qu'on les touche?_

--Vraiment, vous avez remarqué _qu'ils ne veulent pas qu'on les touche?_ Voilà qui est certainement, bizarre!

--Vous l'accordez! Ce n'est pas trop tôt! _Et ils marchent à reculons!_

--À reculons! Vous avez remarqué que nos directeurs _marchent à reculons!_ Je croyais qu'il

This evening Richard and Moncharmin, here, in the intermissions, were gesturing insane.

--I didn't notice, growls Gabriel, very annoyed.

- You are the only one! ... Do you think that I did not see them? ... and that M. Parabise, the director of Crédit Central, did not notice anything? ... And that the Ambassador of Borderie has his eyes in his pocket? ... But, Mr. Singing Master, all the subscribers pointed them out, our directors!

--What have they done, our directors? Gabriel asks in his silliest manner.

--What they did? But you know better than anyone what they did! ... You were there! ... And you observed them, you and Mercier! ... And you were the only ones not to laugh ...

--I do not understand!

Very cold, very "withdrawn", Gabriel extends his arms and lets them fall, a gesture which obviously means that he is not interested in the question ... Remy continues.

--What is this new craze? ... _They don't want us to approach them now? _

--How? 'Or' What? _Do they no longer want us to approach them? _

--_ They don't want to be touched anymore? _

- Really, did you notice _that they don't want to be touched? _ Certainly, weird!

--You grant it! It's not too soon! _And they walk backwards! _

--Backwards! You noticed that our managers _walking backwards! _ I thought it was only the

crayfish that walked backwards.

--Don't laugh, Gabriel! Do not laugh!

"I'm not laughing," protests Gabriel, who shows himself to be serious "like a pope."

- Could you explain to me, please, Gabriel, you who are the intimate friend of the management, why at the intermission of the "garden", in front of the fireplace, while I extended my hand reaching out towards M. Richard, I heard M. Moncharmin hastily say to me in a low voice: "Get away!" Go away! Above all, do not touch the director? ... "Am I a plague victim?

--Unbelievable!

--And a few moments later, when the ambassador of La Borderie in his turn went towards M. Richard, did you not see M. Moncharmin throw himself between them and did you not? not heard the cry: "Mr. Ambassador, I beg you, do not touch the director!"

"Terrifying! ... And what was Richard doing during that time?"

--What was he doing? You saw it! He turned around, _ saluted in front of him, when there was no one in front of him! _ And retired "backwards".

--Backwards?

--And Moncharmin, behind Richard, had also made a U-turn, that is to say, he had completed a rapid semicircle behind Richard, and he too was withdrawing "backwards"! .. And they went like that up to the administration staircase, backwards! ... backwards! ... Finally! if they are not crazy, will you explain to me what that means?

"Perhaps they were repeating a ballet figure," says Gabriel, half-heartedly!

Mr. Secretary Remy feels outraged by such a

vulgaire plaisanterie dans un moment aussi dramatique Ses yeux se froncent, ses lèvres se pincent. Il se penche à l'oreille de Gabriel.	vulgar joke at such a dramatic moment. His eyes furrow, his lips pursed. He leans into Gabriel's ear.
--Ne faites pas le malin, Gabriel. Il se passe des choses ici dont Mercier et vous pourriez prendre votre part de responsabilité.	--Don't play smart, Gabriel. There are things going on here that you and Mercier could take your share of the responsibility for.
--Quoi donc? interroge Gabriel.	--What? asks Gabriel.
--Christine Daaé n'est point la seule qui ait disparu tout à coup, ce soir.	--Christine Daaé is not the only one who suddenly disappeared this evening.
--Ah! bah!	--Ah! bah!
--Il n'y a pas de «ah! bah!» Pourriez-vous me dire pourquoi, lorsque la mère Giry est descendue tout à l'heure au foyer, Mercier l'a prise par la main et l'a emmenée dare dare avec lui?	- There is no "ah!" Bah!" Could you tell me why, when Mother Giry went down to the foyer earlier, Mercier took her by the hand and took her dare dare with him?
--Tiens! fait Gabriel, je n'ai pas remarqué.	--Take! said Gabriel, I didn't notice.
--Vous l'avez si bien remarqué, Gabriel, que vous avez suivi Mercier et la mère Giry, jusqu'au bureau de Mercier. Depuis ce moment, on vous a vu, vous et Mercier, mais on n'a plus revu la mère Giry...	"You noticed it so well, Gabriel, that you followed Mercier and Mother Giry to Mercier's office." Since that moment, we have seen you and Mercier, but we have never seen Mother Giry again ...
--Croyez-vous donc que nous l'avons mangée?	"Do you think we ate it then?"
--Non! mais vous l'avez enfermée à double tour dans le bureau, et, quand on passe près de la porte du bureau, savez-vous ce qu'on entend? On entend ces mots: «Ah! les bandits! Ah! les bandits!	--No! but you locked her in the office twice, and when you pass by the office door, do you know what you mean? We hear these words: "Ah! the bandits! Ah! the bandits!
À ce moment de cette singulière conversation arrive Mercier, tout essoufflé.	At this moment of this singular conversation, Mercier arrives, quite out of breath.
--Voilà! fait-il d'une voix morne... C'est plus fort que tout!... Je leur ai crié: «C'est très grave! Ouvrez! C'est moi, Mercier.» J'ai entendu des pas. La porte s'est ouverte et Moncharmin est apparu. Il était très pâle. Il me demanda: «Qu'est-ce que vous voulez?» Je lui ai répliqué: «On a enlevé Christine Daaé.» Savez-vous ce qu'il m'a répondu? «Tant mieux pour elle!» Et il a refermé la porte en me déposant ceci dans la main.	--Here is! he says in a gloomy voice ... It's louder than anything! ... I shouted to them: "It's very serious!" Open! It's me, Mercier. " I heard footsteps. The door opened and Moncharmin appeared. He was very pale. He asked me: "What do you want?" I replied: "We kidnapped Christine Daaé." Do you know what he answered me? "Good for her!" And he closed the door, putting this in my hand.

Mercier ouvre la main; Rémy et Gabriel regardent. L'épingle de nourrice! s'écrie Rémy.	Mercier opens his hand; Remy and Gabriel watch. The safety pin! cries Remy.
--Étrange! Étrange! prononce tout bas Gabriel qui ne peut se retenir de frissonner.	--Strange! Strange! whispered Gabriel who could not help shivering.
Soudain une voix les fait se retourner tous les trois.	Suddenly a voice makes the three of them turn around.
--Pardon messieurs, pourriez-vous me dire où est Christine Daaé?	- Sorry gentlemen, could you tell me where Christine Daaé is?
Malgré la gravité des circonstances, une telle question les eût sans doute fait éclater de rire s'ils n'avaient aperçu une figure si douloureuse qu'ils en eurent pitié tout de suite. C'était le vicomte Raoul de Chagny.	Despite the gravity of the circumstances, such a question would no doubt have made them laugh if they had not seen a face so painful that they immediately felt sorry for him. It was Viscount Raoul de Chagny.

XVI

«CHRISTINE! CHRISTINE!»

La première pensée de Raoul, après la disparition fantastique de Christine Daaé, avait été pour accuser Erik. Il ne doutait plus du pouvoir quasi surnaturel de l'Ange de la musique, dans ce domaine de l'Opéra, où celui-ci avait diaboliquement établi son empire.

Et Raoul s'était rué sur la scène, dans une folie de désespoir et d'amour. «Christine! Christine!» gémissait-il, éperdu, l'appelant comme elle devait l'appeler du fond de ce gouffre obscur où le monstre l'avait emportée comme une proie, toute frémissante encore de son exaltation divine, toute vêtue du blanc linceul dans lequel elle s'offrait déjà aux anges du paradis!

--«Christine! Christine!» répétait Raoul... et il lui semblait entendre les cris de la jeune fille à travers ces planches fragiles qui le séparaient d'elle! Il se penchait, il écoutait!... il errait sur le plateau comme un insensé. Ah! descendre! descendre! descendre! dans ce puits de ténèbres dont toutes les issues lui sont fermées!

Ah! cet obstacle fragile qui glisse à l'ordinaire si facilement sur lui-même pour laisser apercevoir le gouffre où tout son désir tend... ces planches que son pas fait craquer et qui sonnent sous son poids le prodigieux vide des «dessous»... ces planches sont plus qu'immobiles ce soir: elles paraissent immuables... Elles se donnent des airs solides de n'avoir jamais remué... et voilà que les escaliers qui permettent de descendre sous la scène sont interdits à tout le monde!...

«Christine! Christine!...» On le repousse en riant... On se moque de lui... On croit qu'il a la cervelle dérangée, le pauvre fiancé!...

Dans quelle course forcenée, parmi les couloirs de nuit et de mystère connus de lui seul, Erik a-t-il entraîné la pure enfant jusqu'à ce repaire affreux de la chambre Louis-Philippe, dont la porte s'ouvre sur ce lac d'Enfer?... «Christine! Christine!» Tu ne réponds pas! Es-tu seulement encore vivante, Christine! N'as-tu point exhalé ton dernier souffle

XVI

«CHRISTINE! CHRISTINE!»

Raoul's first thought, after the fantastic disappearance of Christine Daaé, had been to accuse Erik. He no longer doubted the almost supernatural power of the Angel of Music, in this area of the Opera, where he had diabolically established his empire.

And Raoul had rushed onto the stage, in a madness of despair and love. "Christine! Christine! " he moaned, bewildered, calling her as she had to call him from the bottom of that dark abyss where the monster had carried her like prey, still quivering with her divine exaltation, all dressed in the white shroud in which she was already offered to the angels of paradise!

- «Christine! Christine! " repeated Raoul ... and he seemed to hear the cries of the young girl through these fragile planks which separated him from her! He leaned forward, he listened! ... he wandered about the stage like a fool. Ah! go down! go down! go down! in this pit of darkness, all the exits of which are closed to him!

Ah! this fragile obstacle which usually slides so easily on itself to reveal the abyss where all his desire tends ... these planks that his step cracks and which ring under its weight the prodigious void of the "below". . these boards are more than immobile tonight: they seem immutable ... They give themselves the solid air of never having moved ... and now the stairs that allow you to go down below the stage are forbidden to everyone ! ...

"Christine! Christine! ... "They push him away, laughing ... They make fun of him ... You think he has a disturbed brain, the poor fiancé! ...

In what frenzied race, among the corridors of night and mystery known only to him, has Erik dragged the pure child to this dreadful lair of the Louis-Philippe room, the door of which opens onto this lake Hell? ... "Christine! Christine! " You do not answer! Are you even still alive, Christine! Did you not breathe your last breath in a moment

dans une minute de surhumaine horreur, sous l'haleine embrasée du monstre!

D'affreuses pensées traversent comme de foudroyants éclairs le cerveau congestionné de Raoul.

Évidemment, Erik a dû surprendre leur secret, savoir qu'il était trahi par Christine! Quelle vengeance va être la sienne!

Que n'oserait l'Ange de la musique, précipité du haut de son orgueil? Christine entre les bras tout-puissants du monstre est perdue!

Et Raoul pense encore aux étoiles d'or qui sont venues la nuit dernière errer sur son balcon, que ne les a-t-il foudroyées de son arme impuissante!

Certes! il y a des yeux extraordinaires d'homme qui se dilatent dans les ténèbres et brillent comme des étoiles ou comme les yeux des chats. (Certains hommes albinos, qui paraissent avoir des yeux de lapin le jour ont des yeux de chat la nuit, chacun sait cela!)

Oui, oui, c'était bien sur Erik que Raoul avait tiré! Que ne l'avait-il tué? Le monstre s'était enfui par la gouttière comme les chats ou les forçats qui chacun sait encore cela--escaladeraient le ciel à pic, avec l'appui d'une gouttière.

Sans doute Erik méditait alors quelque entreprise décisive contre le jeune homme, mais il avait été blessé, et il s'était sauvé pour se retourner contre la pauvre Christine.

Ainsi pense cruellement le pauvre Raoul en courant à la loge de la chanteuse...

«Christine!... Christine!...» Des larmes amères brûlent les paupières du jeune homme qui aperçoit épars sur les meubles, les vêtements destinés à vêtir sa belle fiancée à l'heure de leur fuite!... Ah! que n'a-t-elle voulu partir plus tôt! Pourquoi avoir tant tardé?... Pourquoi avoir joué avec la catastrophe menaçante?... avec le cœur du monstre?... Pourquoi avoir voulu, pitié suprême!

of superhuman horror, under the fiery breath of the monster!

Terrible thoughts cross like lightning bolts the congested brain of Raoul.

Obviously, Erik must have caught their secret, knowing that he was betrayed by Christine! What revenge will be his!

What would the Angel of music not dare, thrown down from the height of his pride? Christine in the almighty arms of the monster is lost!

And Raoul still thinks of the golden stars which came to wander on his balcony last night, why did he not strike them down with his helpless weapon!

Certainly! there are extraordinary human eyes which dilate in the darkness and shine like stars or like the eyes of cats. (Some men with albinism, who appear to have rabbit eyes by day have cat eyes by night, everyone knows that!)

Yes, yes, it was Erik who had shot Raoul! What hadn't killed him? The monster had fled through the gutter like cats or convicts who all still know this - would climb the sky to the top, with the support of a gutter.

No doubt Erik was then meditating on some decisive enterprise against the young man, but he had been wounded, and he had escaped to turn against poor Christine.

So cruelly thinks poor Raoul as he runs to the singer's lodge ...

"Christine! ... Christine! ..." Bitter tears burn the eyelids of the young man who sees scattered on the furniture, the clothes intended to clothe his beautiful fiancée at the hour of their flight! ... Ah! why did she not want to leave sooner! Why have you waited so long? ... Why have you played with the threatening catastrophe? ... with the heart of the monster? ... Why have you wanted, supreme

jeter en pâture dernière à cette âme de démon, ce chant céleste:...

Anges purs! Anges radieux! Portez mon âme au sein des deux!...

Raoul dont la gorge roule des sanglots, des serments et des injures, tâte de ses paumes malhabiles la grande glace qui s'est ouverte un soir devant lui pour laisser Christine descendre au ténébreux séjour. Il appuie, il presse, il tâtonne... mais la glace, il paraît, n'obéit qu'à Erik... Peut-être les gestes sont-ils inutiles avec une glace pareille?... Peut-être suffirait-il de prononcer certains mots?... Quand il était tout petit enfant on lui racontait qu'il y avait des objets qui obéissaient ainsi à la parole!

Tout à coup, Raoul se rappelle... «une grille donnant sur la rue Scribe... Un souterrain montant directement du Lac à la rue Scribe...» Oui, Christine lui a bien parlé de cela!... Et après avoir constaté, hélas! que la lourde clef n'est plus dans le coffret, il n'en court pas moins à la rue Scribe.

Le voilà dehors, il promène ses mains tremblantes sur les pierres cyclopéennes, il cherche des issues... il rencontre des barreaux... sont-ce ceux-là?... ou ceux-là?... ou encore n'est-ce point ce soupirail?... Il plonge des regards impuissants entre les barreaux... quelle nuit profonde là-dedans!... Il écoute!... Quel silence!... Il tourne autour du monument!... Ah! voici de vastes barreaux! des grilles prodigieuses!... C'est la porte de la cour de l'administration!

... Raoul court chez la concierge: «Pardon, madame, vous ne pourriez pas m'indiquer une porte grillée, oui une porte faite de barreaux, de barreaux... de fer... qui donne sur la rue Scribe... et qui conduit au Lac! Vous savez bien, le Lac? Oui, le Lac, quoi! Le lac qui est sous la terre... sous la terre de l'Opéra.

--Monsieur, je sais bien qu'il y a un lac sous l'Opéra, mais je ne sais quelle porte y conduit... je n'y suis jamais allée!...

--Et la rue Scribe, madame? La rue Scribe? Y êtes-vous jamais allée dans la rue Scribe?

pity! to throw as last food to this demon's soul, this celestial song: ...

Pure angels! Radiant angels! Carry my soul within both! ...

Raoul, whose throat rolls sobs, oaths and insults, feels with his clumsy palms the large mirror which opened in front of him one evening to let Christine descend to the dark living room. He presses, he presses, he gropes ... but the mirror, it seems, obeys only Erik ... Perhaps the gestures are they useless with such a mirror? ... Perhaps it would be enough. Did he pronounce certain words? ... When he was a very small child, he was told that there were objects which thus obeyed the word!

Suddenly, Raoul remembers ... "a gate giving onto rue Scribe ... An underground passage leading directly from the Lake to rue Scribe ..." Yes, Christine spoke to him about that! ... And afterwards to have noted, alas! that the heavy key is no longer in the box, he nevertheless runs to the rue Scribe.

Here he is outside, he walks his trembling hands over the Cyclopean stones, he looks for exits ... he meets bars ... are they those? ... or those? ... or even n ' is it not this window? ... He gazes helplessly between the bars ... what a deep night in there! ... He listens! ... What silence! ... He turns around the monument !. .. Ah! here are vast bars! prodigious gates! ... It is the door to the administrative courtyard!

... Raoul runs to the concierge: "Pardon me, madam, you could not point me to a grilled door, yes a door made of bars, bars ... of iron ... which overlooks the rue Scribe .. and which leads to the Lake! Do you know, the Lake? Yes, the Lake, what! The lake which is under the earth ... under the earth of the Opera.

`` Sir, I know very well that there is a lake under the Opera, but I do not know which door leads to it ... I have never been there! ...

"And the rue Scribe, madame?" The rue Scribe? Have you ever been to rue Scribe?

Elle rit! Elle éclate de rire! Raoul s'enfuit en mugissant, il bondit, grimpe des escaliers, en descend d'autres, traverse toute l'administration, se retrouve dans la lumière du «plateau».	She laughs! She bursts out laughing! Raoul runs away, roaring, he jumps, climbs the stairs, descends others, crosses the entire administration, finds himself in the light of the "plateau".
Il s'arrête, son cœur bat à se rompre dans sa poitrine haletante: si on avait retrouvé Christine Daaé? Voici un groupe: il interroge:	He stops, his heart pounding in his panting chest: if we had found Christine Daaé? Here is a group: he questions:
--Pardon, messieurs, vous n'avez pas vu Christine Daaé?	- Sorry, gentlemen, you haven't seen Christine Daaé?
Et l'on rit.	And we laugh.
À la même minute, le plateau gronde d'une rumeur nouvelle, et, dans une foule d'habits noirs qui l'entourent de force mouvements de bras explicatifs, apparaît un homme qui, lui, semble fort calme et montre une mine aimable toute rose et toute joufflue, encadrée de cheveux frisés, éclairée par deux yeux bleus d'une sérénité merveilleuse. L'administrateur Mercier désigne le nouvel arrivant au vicomte de Chagny en lui disant:	At the same minute, the stage rumbles with a new rumor, and, in a crowd of black clothes which surround it with forceful explanatory arm movements, a man appears who, for his part, seems very calm and shows a very amiable expression. pink and plump, framed by curly hair, lit by two blue eyes of marvelous serenity. The administrator Mercier designates the new arrival to the Vicomte de Chagny by telling him:
--Voici l'homme, monsieur, à qui il faudra désormais poser votre question. Je vous présente monsieur le commissaire de police Mifroid.	"Here is the man, sir, to whom you must now put your question." I present to you the police commissioner Mifroid.
--Ah! monsieur le vicomte de Chagny! Enchanté de vous voir, monsieur, fait le commissaire. Si vous voulez prendre la peine de me suivre... Et maintenant où sont les directeurs?... où sont les directeurs?...	--Ah! Monsieur le Vicomte de Chagny! Nice to see you, sir, says the commissioner. If you want to take the trouble to follow me ... And now where are the directors? ... where are the directors? ...
Comme l'administrateur se tait, le secrétaire Rémy prend sur lui d'apprendre à M. le commissaire que MM. les directeurs sont enfermés dans leur bureau et qu'ils ne connaissent encore rien de l'événement.	As the administrator is silent, the secretary Rémy takes it upon himself to inform the commissioner that MM. the directors are locked in their office and they do not yet know anything about the event.
--Est-il possible!... Allons à leur bureau!	--Is it possible! ... Let's go to their office!
Et M. Mifroid, suivi d'un cortège toujours grossissant, se dirige vers l'administration. Mercier profite de la cohue pour glisser une clef dans la main de Gabriel:	And Mr. Mifroid, followed by an ever-growing procession, heads towards the administration. Mercier takes advantage of the crowd to slip a key into Gabriel's hand:

--Tout cela tourne mal, lui murmure-t-il... Va donc donner de l'air à la mère Giry...	--All that turns out badly, he murmurs to her ... Go give some air to Mother Giry ...
Et Gabriel s'éloigne.	And Gabriel walks away.
Bientôt on est arrivé devant la porte directoriale. C'est en vain que Mercier fait entendre ses objurgations, la porte ne s'ouvre pas.	Soon we arrived in front of the directorial door. It is in vain that Mercier makes his objurgations heard, the door does not open.
--Ouvrez au nom de la loi! commande la voix claire et un peu inquiète de M. Mifroid.	--Open in the name of the law! commands the clear and somewhat worried voice of Mr. Mifroid.
Enfin la porte s'ouvre. On se précipite dans les bureaux, sur les pas du commissaire.	Finally the door opens. We rush into the offices, in the footsteps of the commissioner.
Raoul est le dernier à entrer. Comme il se dispose à suivre le groupe dans l'appartement, une main se pose sur son épaule et il entend ces mots prononcés à son oreille:	Raoul is the last to enter. As he prepares to follow the group into the apartment, a hand is placed on his shoulder and he hears these words spoken in his ear:
--_Les secrets d'Erik ne regardent personne!_	--_ Erik's secrets are nobody's business! _
Il se retourne en étouffant un cri. La main qui s'était posée sur son épaule est maintenant sur les lèvres d'un personnage au teint d'ébène, aux yeux de jade et coiffé d'un bonnet d'astrakan... Le Persan!	He turns around stifling a cry. The hand that had rested on his shoulder is now on the lips of a character with an ebony complexion, jade eyes and wearing an astrakhan cap ... The Persian!
L'inconnu prolonge le geste, qui recommande la discrétion, et dans le moment que le vicomte, stupéfait, va lui demander la raison de sa mystérieuse intervention, il salue et disparaît.	The stranger continues the gesture, which recommends discretion, and when the viscount, stunned, asks him the reason for his mysterious intervention, he greets and disappears.

XVII

RÉVÉLATIONS ÉTONNANTES DE Mme GIRY, RELATIVES À SES RELATIONS PERSONNELLES AVEC LE FANTÔME DE L'OPÉRA

Avant de suivre M. le commissaire de police Mifroid chez MM. les directeurs, le lecteur me permettra de l'entretenir de certains événements extraordinaires qui venaient de se dérouler dans ce bureau où le secrétaire Rémy et l'administrateur Mercier avaient en vain tenté de pénétrer, et où MM. Richard et Moncharmin s'étaient si hermétiquement enfermés dans un dessein que le lecteur ignore encore, mais qu'il est de mon devoir historique,--je veux dire de mon devoir d'historien,--de ne point lui celer plus longtemps.

J'ai eu l'occasion de dire combien l'humeur de MM. les Directeurs s'était désagréablement modifiée depuis quelque temps, et j'ai fait entendre que cette transformation n'avait pas dû avoir pour unique cause la chute du lustre dans les conditions que l'on sait.

Apprenons donc au lecteur,--malgré tout le désir qu'auraient MM. les directeurs qu'un tel événement restât à jamais caché--que le Fantôme était arrivé à toucher tranquillement ses premiers vingt mille francs. Ah! il y avait eu des pleurs et des grincements de dents! La chose cependant, s'était faite le plus simplement du monde:

Un matin MM. les directeurs avaient trouvé une enveloppe toute préparée sur leur bureau. Cette enveloppe portait comme suscription: _À Monsieur F. de l'O._ (personnelle) et était accompagnée d'un petit mot de F. de l'O. lui-même: «Le moment d'exécuter les clauses du cahier des charges est venu: vous glisserez vingt billets de mille francs dans cette enveloppe que vous cachèterez de votre propre cachet et vous la remettrez à Mme Giry qui fera le nécessaire.»

MM. les Directeurs ne se le firent pas dire deux fois; sans perdre de temps à se demander encore comment ces missions diaboliques pouvaient parvenir dans un cabinet qu'ils prenaient grand soin de fermer à clef, ils trouvaient l'occasion bonne de mettre la main sur le mystérieux maître-chanteur. Et

XVII

AMAZING REVELATIONS OF MRS. GIRY, RELATING TO HER PERSONAL RELATIONSHIP WITH THE PHANTOM OF THE OPERA

Before following the police commissioner Mifroid at MM. directors, the reader will allow me to talk about certain extraordinary events which had just taken place in this office where the secretary Rémy and the administrator Mercier had tried in vain to enter, and where MM. Richard and Moncharmin were so hermetically locked into a design that the reader still ignores, but that it is my historical duty - I mean my duty as a historian - not to conceal it any longer.

I had the opportunity to say how much the mood of MM. The Directors had changed disagreeably for some time, and I have given it to be understood that this transformation must not have had for sole cause the fall of the chandelier in the conditions which one knows.

Let us therefore teach the reader - despite all the desire MM. the directors that such an event remained forever hidden - that the Phantom had quietly managed to collect his first twenty thousand francs. Ah! there had been crying and gnashing of teeth! The thing, however, had been done as simply as possible:

One morning MM. the directors had found a ready-made envelope on their desks. This envelope bore the following inscription: _À Monsieur F. de l'O._ (personal) and was accompanied by a note from F. de l'O. himself: "The moment has come to execute the clauses of the specifications: you will slip twenty thousand-franc notes into this envelope which you will seal with your own seal and you will give it to Mme Giry who will do what is necessary."

MM. the Directors did not have them told twice; without wasting time still wondering how these diabolical missions could reach a cabinet that they took great care to lock, they found the right opportunity to get their hands on the mysterious blackmailer. And after having told everything

après avoir tout raconté sous le sceau du plus grand secret à Gabriel et à Mercier ils mirent les vingt mille francs dans l'enveloppe et confièrent celle-ci sans demander d'explications à Mme Giry, réintégrée dans ses fonctions. L'ouvreuse ne marqua aucun étonnement. Je n'ai point besoin de dire si elle fut surveillée! Du reste, elle se rendit immédiatement dans la loge du fantôme et déposa la précieuse enveloppe sur la tablette de l'appuie-main. Les deux directeurs, ainsi que Gabriel et Mercier étaient cachés de telle sorte que cette enveloppe ne fût point par eux perdue de vue une seconde pendant tout le cours de la représentation et même après, car, comme l'enveloppe n'avait pas bougé, ceux qui la surveillaient ne bougèrent pas davantage et le théâtre se vida et Mme Giry s'en alla cependant que MM. les Directeurs, Gabriel et Mercier étaient toujours là. Enfin ils se lassèrent et l'on ouvrit l'enveloppe après avoir constaté que les cachets n'en avaient point été rompus.

À première vue, Richard et Moncharmin jugèrent que les billets étaient toujours là, mais à la seconde vue ils s'aperçurent que ce n'étaient plus les mêmes. Les vingt vrais billets étaient partis et avaient été remplacés par vingt billets de la «Sainte Farce»! Ce fut de la rage et puis aussi de l'effroi!

--C'est plus fort que chez Robert Houdin! s'écria Gabriel.

--Oui, répliqua Richard, et ça coûte plus cher!

Moncharmin voulait qu'on courût chercher le commissaire; Richard s'y opposa. Il avait sans doute son plan, il dit: «Ne soyons pas ridicules! tout Paris rirait. F. de l'O. a gagné la première manche, nous remporterons la seconde.» Il pensait évidemment à la mensualité suivante.

Tout de même ils avaient été si parfaitement joués, qu'ils ne purent, pendant les semaines qui suivirent, surmonter un certain accablement. Et c'était, ma foi, bien compréhensible. Si le commissaire ne fut point appelé dès lors, c'est qu'il ne faut pas oublier que MM. les directeurs gardaient tout au fond d'eux-mêmes, la pensée qu'une aussi bizarre aventure pouvait n'être qu'une haïssable plaisanterie montée, sans doute, par leurs prédécesseurs et dont il convenait de ne rien divulguer avant d'en connaître «le fin mot». Cette

under the seal of the greatest secrecy to Gabriel and to Mercier they put the twenty thousand francs in the envelope and entrusted it without asking for explanations to Mme Giry, reinstated in her functions. The opener did not show any surprise. I don't need to say if she was watched! Besides, she immediately went to the phantom's lodge and placed the precious envelope on the tablet of the hand-rest. The two directors, as well as Gabriel and Mercier were hidden so that this envelope was not lost sight of them for a second during the whole course of the performance and even after, because, as the envelope had not moved, those who watched her did not move more and the theater was emptied and Mme Giry left however that MM. the Directors, Gabriel and Mercier were still there. Finally they grew weary and the envelope was opened after finding that the seals had not been broken.

At first sight, Richard and Moncharmin judged that the banknotes were still there, but at the second sight they realized that they were not the same. The twenty real tickets were gone and had been replaced by twenty tickets from the "Holy Farce"! It was rage and then also terror!

--It's stronger than at Robert Houdin's! cried Gabriel.

`` Yes, '' replied Richard, `` and it costs more!

Moncharmin wanted people to run and look for the commissioner; Richard opposed it. He probably had his plan, he said: "Let's not be ridiculous! all of Paris would laugh. F. de l'O. won the first round, we will win the second. " He was obviously thinking of the next monthly payment.

All the same, they had been played so perfectly that they could not, during the weeks which followed, overcome a certain depression. And that was, well, quite understandable. If the commissioner was not called from then on, it is because MM. the directors kept deep within themselves the thought that such a bizarre adventure could be nothing but a hateful joke put on, no doubt, by their predecessors and of which it was advisable not to divulge anything before knowing about it. "The end of the word". This

pensée, d'autre part, se troublait par instants chez Moncharmin d'un soupçon qui lui venait relativement à Richard lui-même, lequel avait quelquefois des imaginations burlesques. Et c'est ainsi que, prêts à toutes les éventualités, ils attendirent les événements en surveillant et en faisant surveiller la mère Giry à laquelle Richard voulut qu'on ne parlât de rien. «Si elle est complice, disait-il, il y a beau temps que les billets sont loin. Mais, pour moi, ce n'est qu'une imbécile!»

thought, on the other hand, was troubled at times in Moncharmin by a suspicion which came to him in relation to Richard himself, who sometimes had burlesque imaginations. And so it was that, ready for all eventualities, they awaited events by watching and having Mother Giry watched, to whom Richard wanted nothing to be talked about. "If she is an accomplice," he said, "the tickets have been a long time ago. But, for me, he's just a fool! "

--Il y a beaucoup d'imbéciles dans cette affaire! avait répliqué Moncharmin songeur.

--There are many fools in this business! replied Moncharmin thoughtfully.

--Est-ce qu'on pouvait se douter?... gémit Richard mais n'aie pas peur... la prochaine fois toutes mes précautions seront prises...

- Could we imagine? ... Richard moaned but don't be afraid ... next time all my precautions will be taken ...

Et c'est ainsi que la prochaine fois était arrivée... cela tombait le jour même qui devait voir la disparition de Christine Daaé.

And so the next time had arrived ... it fell on the very day that was to see the disappearance of Christine Daaé.

Le matin, une missive du Fantôme qui leur rappelait l'échéance, «Faites comme la dernière fois, enseignait aimablement F. de l'O. _Ça s'est très bien passé._ Remettez l'enveloppe, dans laquelle vous aurez glissé les vingt mille francs, à cette excellente Mme Giry.»

In the morning, a letter from the Phantom reminding them of the deadline, "Do as last time," F. de l'O taught kindly. _It went very well._ Give the envelope, in which you will have slipped the twenty thousand francs, to this excellent Mme Giry. "

Et la' note était accompagnée de l'enveloppe coutumière. Il n'y avait plus qu'à la remplir.

And the note was accompanied by the customary envelope. There was nothing more than to fill it.

Cette opération devait être accomplie le soir même, une demi-heure avant le spectacle. C'est donc une demi-heure environ avant que le rideau se lève sur cette trop fameuse représentation de _Faust_ que nous pénétrons dans l'antre directorial.

This operation was to be performed the same evening, half an hour before the show. It is therefore about half an hour before the curtain rises on this all too famous performance of _Faust_ that we enter the directorial lair.

Richard montre l'enveloppe à Moncharmin, puis il compte devant lui les vingt mille francs et les glisse dans l'enveloppe, mais sans fermer celle-ci.

Richard shows the envelope to Moncharmin, then counts the twenty thousand francs in front of him and slips them into the envelope, but without closing it.

--Et maintenant, dit-il, appelle-moi la mère Giry.

"And now," he said, "call me Mother Giry."

On alla chercher la vieille. Elle entra en faisant une belle révérence. La dame avait toujours sa robe de taffetas noir dont la teinte tournait à la rouille et au lilas, et son chapeau aux plumes couleur de suie. Elle

We went to fetch the old woman. She entered with a nice curtsey. The lady still wore her black taffeta dress turning rust and lilac in color, and her hat with sooty feathers. She seemed in a

semblait de belle humeur. Elle dit tout de suite:	good mood. She immediately said:
--Bonsoir, messieurs! C'est sans doute encore pour l'enveloppe?	--Good evening sirs! It's probably still for the envelope?
--Oui, madame Giry, dit Richard avec une grande amabilité... C'est pour l'enveloppe... Et pour autre chose aussi.	"Yes, Madame Giry," said Richard with great kindness. "It's for the envelope ... And for something else too."
--À votre service, monsieur le directeur: À votre service!... Et quelle est cette autre chose, je vous prie?	- At your service, Monsieur le Director: At your service! ... And what is this other thing, please?
--D'abord, madame Giry, j'aurais une petite question à vous poser.	- First of all, Madame Giry, I would like to ask you a little question.
--Faites, monsieur le directeur, Mame Giry est là pour vous répondre.	- Make it, Mr. Director, Mame Giry is here to answer you.
--Vous êtes toujours bien avec le fantôme?	- Are you still okay with the ghost?
--On ne peut mieux, monsieur le directeur, on ne peut mieux.	`` We cannot better, Monsieur le Director, we cannot better.
--Ah! vous nous en voyez enchantés... Dites donc, madame Giry, prononça Richard en prenant le ton d'une importante confidence... Entre nous, on peut bien vous le dire... Vous n'êtes pas une bête.	--Ah! you see us delighted ... Say, Madame Giry, pronounced Richard, taking the tone of an important confidence ... Between us, we can tell you ... You are not an animal.
--Mais, monsieur le directeur!... s'exclama l'ouvreuse, en arrêtant le balancement aimable des deux plumes noires de son chapeau couleur de suie, je vous prie de croire que ça n'a jamais fait de doute pour personne!	`` But, sir! ... exclaimed the opener, stopping the amiable sway of the two black feathers of her soot-colored hat, I beg you to believe that no one has ever had any doubts about it. !
--Nous sommes d'accord et nous allons nous entendre. L'histoire du fantôme est une bonne blague, n'est-ce pas?... Eh bien! toujours entre nous... elle a assez duré.	--We agree and we will come to an understanding. The ghost story is a good joke, isn't it? ... Well! always between us ... it has lasted long enough.
Mme Giry regarda les directeurs comme s'ils lui avaient parlé chinois. Elle s'approcha du bureau de Richard et fit, assez inquiète:	Mme Giry looked at the directors as if they had spoken Chinese to her. She approached Richard's desk and said, quite worried:
--Qu'est-ce que vous voulez dire?... Je ne vous comprends pas!	- What do you mean? ... I do not understand you!

--Ah! vous nous comprenez très bien. En tout cas, il faut nous comprendre... Et, d'abord, vous allez nous dire comment il s'appelle.	--Ah! you understand us very well. In any case, you have to understand us ... And, first, you are going to tell us what his name is.
--Qui donc?	--Who?
--Celui dont vous êtes la complice, Mame Giry!	- The one whose accomplice you are, Mame Giry!
--Je suis la complice du fantôme? Moi?... La complice de quoi?	- Am I the ghost's accomplice? Me? ... The accomplice of what?
--Vous faites tout ce qu'il veut.	- You do whatever he wants.
--Oh!... il n'est pas bien encombrant, vous savez.	--Oh! ... it is not very bulky, you know.
--Et il vous donne toujours des pourboires!	--And he always tips you!
--Je ne me plains pas!	--I am not complaining!
--Combien vous donne-t-il pour lui porter cette enveloppe?	"How much does he give you to take this envelope to him?"
--Dix francs.	--Ten francs.
--Mazette! Ce n'est pas cher?	--Mazette! It is cheap?
--Pourquoi donc?	--Why is that?
--Je vous dirai cela tout à l'heure, Mame Giry. En ce moment, nous voudrions savoir pour quelle raison... extraordinaire... vous vous êtes donnée corps et âme à ce fantôme-là plutôt qu'à un autre... Ça n'est pas pour cent sous ou dix francs qu'on peut avoir l'amitié et le dévouement de Mame Giry.	- I will tell you that later, Mame Giry. At this moment, we would like to know why ... extraordinary ... you gave yourself body and soul to this ghost rather than to another ... It is not for a hundred sous or ten francs that 'we can have the friendship and dedication of Mame Giry.
--Ça, c'est vrai!... Et ma foi, cette raison-là je peux vous la dire, monsieur le directeur! Certainement il n'y a pas de déshonneur à ça!... au contraire.	"That is true! ... And my faith, that reason I can tell you, Mr. Director!" Certainly there is no dishonor in that! ... on the contrary.
--Nous n'en doutons pas, Mame Giry!	--We don't doubt it, Mame Giry!
--Eh bien, voilà... le fantôme n'aime pas que je raconte ses histoires.	`` Well, there you go ... the ghost doesn't like me to tell his stories.
--Ah! ah! ricana Richard!	--Ah! ah! Richard sneered!

--Mais, celle-là, elle ne regarde que moi!... reprit la vieille... donc, c'était dans la loge n°5... un soir, j'y trouve une lettre pour moi... une espèce de note écrite à l'encre rouge... C'te note-là, monsieur le directeur, j'aurais pas besoin de vous la lire... je la sais par cœur... et je ne l'oublierai jamais... même si je vivais cent ans!...

Et Mme Giry, toute droite, récite la lettre avec une éloquence touchante:

«Madame.--1825, Mlle Ménétrier, coryphée, est devenue marquise de Cussy.--1832, Mlle Marie Taglioni, danseuse, est faite comtesse Gilbert des Voisins.--1846, la Sota, danseuse, épouse un frère du roi d'Espagne.--1847, Lola Montés, danseuse-, épouse morganatiquement le roi Louis de Bavière et est créée comtesse de Landsfeld.--1848, Mlle Maria, danseuse, devient baronne d'Hermeville.--1870, Thérèse Hessler, danseuse, épouse Don Fernando, frère du roi de Portugal...»

Richard et Moncharmin écoutent la vieille, qui, au fur et à mesure qu'elle avance dans la curieuse énumération de ces glorieuses hyménées, s'anime, se redresse, prend de l'audace, et finalement, inspirée comme une sybille sur son trépied, lance d'une voix éclatante d'orgueil la dernière phrase de la lettre prophétique:

--_1885. Meg Giry, impératrice!_

Épuisée par cet effort suprême, l'ouvreuse retombe sur sa chaise en disant: «Messieurs, ceci était signé: «_Le Fantôme de l'Opéra!_» J'avais déjà entendu parler du fantôme, mais je n'y croyais qu'à moitié. Du jour où il m'a annoncé que ma petite Meg, la chair de ma chair, le fruit de mes entrailles, serait impératrice, j'y ai cru tout à fait.»

En vérité, en vérité, il n'était point besoin de considérer longuement la physionomie exaltée de mam' Giry pour comprendre ce qu'on avait pu obtenir de cette belle intelligence avec ces deux mots: «Fantôme et impératrice.»

"But that one, she's only looking at me! ... resumed the old woman ... so it was in box no. 5 ... one evening, I found a letter there for me ...". a kind of note written in red ink ... That note, Mr. Director, I would not need to read it to you ... I know it by heart ... and I do not will never forget ... even if I lived a hundred years! ...

And Madame Giry, standing straight, recites the letter with touching eloquence:

"Madame .-- 1825, Mlle Ménétrier, coryphée, became Marquise de Cussy. - 1832, Mlle Marie Taglioni, dancer, was made Countess Gilbert des Voisins. - 1846, La Sota, dancer, married a brother of the king of 'Spain - 1847, Lola Montés, dancer-, morganatically marries King Louis of Bavaria and is created Countess of Landsfeld. - 1848, Mlle Maria, dancer, becomes Baroness d'Hermeville - 1870, Thérèse Hessler, dancer , wife Don Fernando, brother of the King of Portugal ... "

Richard and Moncharmin listen to the old woman, who, as she advances in the curious enumeration of these glorious marriages, becomes animated, straightens up, takes courage, and finally, inspired like a sybil on her tripod launches the last sentence of the prophetic letter in a voice bursting with pride:

--_ 1885. Meg Giry, impératrice! _

Exhausted by this supreme effort, the opener falls back on her chair, saying: "Gentlemen, this was signed:" _The Phantom of the Opera! _ "I had already heard of the phantom, but I only believed in it. half. From the day he told me that my little Meg, the flesh of my flesh, the fruit of my womb, would be Empress, I totally believed it. "

In truth, in truth, it was not necessary to consider at length the exalted physiognomy of Mam 'Giry to understand what one had been able to obtain from this beautiful intelligence with these two words: "Phantom and Empress."

Mais qui donc tenait les ficelles de cet extravagant mannequin?... Qui?	But who was holding the strings of this extravagant model? ... Who?
--Vous ne l'avez jamais vu, il vous parle, et vous croyez tout ce qu'il vous dit? demanda Moncharmin.	--You've never seen him, he talks to you, and you believe everything he tells you? asked Moncharmin.
--Oui; d'abord, c'est à lui que je dois que ma petite Meg est passée coryphée. J'avais dit au fantôme: Pour qu'elle soit impératrice en 1885, vous n'avez pas de temps à perdre, il faut qu'elle soit coryphée tout de suite. Il m'a répondu: C'est entendu. Et il n'a eu qu'un mot à dire à M. Poligny, c'était fait...	--Yes; first of all, it is to him that I owe my little Meg a coryphee. I had said to the ghost: In order for her to be empress in 1885, you have no time to waste, she must be coryphée immediately. He replied: It is understood. And he only had one word to say to Mr. Poligny, it was done ...
--Vous voyez bien que M. Poligny l'a vu!	"You can see that M. Poligny has seen him!"
--Pas plus que moi, mais il l'a entendu! Le fantôme lui a dit un mot à l'oreille, vous savez bien! le soir ou il est sorti si pâle de la loge n°5.	--Not more than me, but he heard it! The ghost whispered a word to him, you know! the evening he came out so pale from lodge n ° 5.
Moncharmin pousse un soupir.	Moncharmin sighs.
--Quelle histoire! gémit-il.	--What a story! he moaned.
--Ah! répond mame Giry, j'ai toujours cru qu'il y avait des secrets entre le Fantôme et M. Poligny. Tout ce que le Fantôme demandait à M. Poligny, M. Poligny l'accordait... M. Poligny n'avait rien à refuser au Fantôme.	--Ah! Mame Giry answers, I have always believed that there were secrets between the Phantom and M. Poligny. Whatever the Phantom asked of M. Poligny, M. Poligny granted ... M. Poligny had nothing to refuse the Phantom.
--Tu entends, Richard, Poligny n'avait rien à refuser au Fantôme.	`` You hear, Richard, Poligny had nothing to refuse the Phantom.
--Oui, oui, j'entends bien! déclara Richard. M. Poligny est un ami du Fantôme! et, comme Mme Giry est une amie de M. Poligny, nous y voilà bien, ajouta-t-il sur un ton fort rude. Mais M. Poligny ne me préoccupe pas, moi... La seule personne dont le sort m'intéresse vraiment, je ne le dissimule point, c'est Mme Giry!... Madame Giry, vous savez ce qu'il y a dans cette enveloppe?	--Yes, yes, I hear! Richard said. M. Poligny is a friend of the Phantom! and, as Mme Giry is a friend of M. Poligny, here we are, he added in a very harsh tone. But M. Poligny does not worry me, me ... The only person whose fate really interests me, I will not hide it, is Mme Giry! ... Madame Giry, you know what is going on. in this envelope?
--Mon Dieu, non! fit-elle.	--My God no! she said.
--Eh bien! regardez!	--Well! look!
Mme Giry glisse dans l'enveloppe un regard troublé,	Madame Giry slips a troubled look into the

mais qui retrouve aussitôt son éclat.

--Des billets de mille francs! s'écrie-t-elle!

--Oui, Mme Giry!... oui, des billets de mille!... Et vous le saviez bien!

--Moi, monsieur le directeur... Moi! je vous jure...

--Ne jurez pas, madame Giry!... Et maintenant, je vais vous dire cette autre chose pour laquelle je vous ai fait venir... Madame Giry, je vais vous faire arrêter.

Les deux plumes noires du chapeau couleur de suie, qui affectaient à l'ordinaire la forme de deux points d'interrogation, se muèrent aussitôt en point d'exclamation; quant au chapeau lui-même, il oscilla, menaçant sur son chignon en tempête. La surprise, l'indignation, la protestation et l'effroi se traduisirent encore chez la mère de la petite Meg par une sorte de pirouette extravagante «jeté glissade» de la vertu offensée qui l'apporta d'un bond jusque sous le nez de M. le directeur, lequel ne put se retenir de reculer son fauteuil.

--Me faire arrêter!

La bouche qui disait cela sembla devoir cracher à la figure de M. Richard les trois dents dont elle disposait encore.

M. Richard fut héroïque. Il ne recula plus. Son index menaçant désignait déjà aux magistrats absents l'ouvreuse de la loge n°5.

--Je vais vous faire arrêter, madame Giry, comme une voleuse!

--Répète!

Et Mme Giry gifla à tour de bras M. le directeur Richard avant que M. le directeur Moncharmin n'eût eu le temps de s'interposer. Riposte vengeresse! Ce ne fut point la main desséchée de la colérique vieille qui vint s'abattre sur la joue directoriale, mais l'enveloppe elle-même, cause de tout le scandale,

envelope, but which immediately regains its radiance.

- Thousand-franc notes! she cries!

- Yes, Mme Giry! ... yes, thousand bills! ... And you knew it!

- Me, director ... Me! I swear...

- Do not swear, Madame Giry! ... And now, I am going to tell you this other thing for which I made you come ... Madame Giry, I am going to have you arrested.

The two black feathers of the sooty hat, which usually took the shape of two question marks, immediately turned into an exclamation mark; as for the hat itself, it swayed, threatening on its stormy bun. Surprise, indignation, protest and dread were again expressed in little Meg's mother by a sort of extravagant pirouette "thrown slip" of offended virtue which brought her with a leap right under her nose. Mr. Director, who could not refrain from backing up his chair.

- Get me arrested!

The mouth which said that seemed to have to spit in Mr. Richard's face the three teeth which it still had.

Mr. Richard was heroic. He didn't back down. His threatening index already pointed out to the absent magistrates the opener of lodge n ° 5.

"I am going to have you arrested, Madame Giry, like a thief!"

--Say again!

And Madame Giry slapped the manager Richard before the manager Moncharmin had time to intervene. Vengeful response! It was not the withered hand of the angry old woman that fell on the directorial cheek, but the envelope itself, the cause of all the scandal, the magical envelope

l'enveloppe magique qui s'entr'ouvrit du coup pour laisser échapper les billets qui s'envolèrent dans un tournoiement fantastique de papillons géants.

Les deux directeurs poussèrent un cri, et une même pensée les jeta tous les deux à genoux, ramassant fébrilement et compulsant en hâte les précieuses paperasses.

--_Ils sont toujours vrais?_ Moncharmin.

--_Ils sont toujours vrais?_ Richard.

--Ils sont toujours vrais!!!

Au-dessus d'eux, les trois dents de Mme Giry se heurtent dans une mêlée retentissante, pleine de hideuses interjections. Mais on ne perçoit tout à fait bien que ce «leit motiv»:

--Moi, une voleuse!... Une voleuse, moi?

Elle étouffe.

Elle s'écrie:

--J'en suis ravagée!

Et, tout à coup, elle rebondit sous le nez de Richard.

--En tout cas, glapit-elle, vous, monsieur Richard, _vous devez le savoir mieux que moi où sont passés les vingt mille francs!_

--Moi? interroge Richard stupéfait. Et comment le saurais-je?

Aussitôt, Moncharmin, sévère et inquiet, veut que la bonne femme s'explique.

--Que signifie ceci? interroge-t-il. Et pourquoi, madame Giry, prétendez-vous que M. Richard doit savoir mieux que vous où sont passés les vingt mille francs?

Quant à Richard, qui se sent rougir sous le regard de

---

which suddenly opened to let escape. the banknotes which flew away in a fantastic whirl of giant butterflies.

The two directors let out a shout, and the same thought threw them both to their knees, feverishly picking up and hastily compelling the precious papers.

--_ Are they still true? _ Moncharmin.

--_ Are they still true? _ Richard.

--They are always true !!!

Above them, Madame Giry's three teeth collide in a resounding melee, full of hideous interjections. But we can only clearly see this "leit motiv":

- Me, a thief! ... A thief, me?

She is suffocating.

She exclaims:

--I am devastated!

And, suddenly, it bounces under Richard's nose.

`` In any case, '' she yelped, `` you, Monsieur Richard, _you must know better than I where the twenty thousand francs went! _

--Me? asks a stunned Richard. And how would I know?

Immediately, Moncharmin, severe and worried, wants the good woman to explain herself.

--What does this mean? he asks. And why, Madame Giry, do you claim that M. Richard must know better than you where the twenty thousand francs went?

As for Richard, who feels himself blushing under

Moncharmin, il a pris la main de mame Giry et la lui secoue avec violence. Sa voix imite le tonnerre. Elle gronde, elle roule... elle foudroie...	Moncharmin's gaze, he has taken Mame Giry's hand and shakes it violently. Her voice mimics thunder. She growls, she rolls ... she thunders ...
--Pourquoi saurais-je mieux que vous où sont passés les vingt mille francs? Pourquoi?	"Why should I know better than you where the twenty thousand francs went?" Why?
--Parce qu'ils sont passés dans votre poche!... souffle la vieille en le regardant maintenant comme si elle apercevait le diable.	--Because they went into your pocket! ... breaths the old woman, looking at him now as if she saw the devil.
C'est au tour de M. Richard d'être foudroyé, d'abord par cette réplique inattendue, ensuite par le regard de plus en plus soupçonneux de Moncharmin. Du coup, il perd sa force dont il aurait besoin dans ce moment difficile pour repousser une aussi méprisable accusation.	It is M. Richard's turn to be struck down, first by this unexpected reply, then by Moncharmin's increasingly suspicious look. Suddenly, he loses his strength which he would need in this difficult moment to repel such a contemptible accusation.
Ainsi les plus innocents, surpris dans la paix de leur cœur apparaissent-ils tout à coup, à cause que le coup qui les frappe les fait pâlir, ou rougir, ou chanceler, ou se redresser, ou s'abîmer, ou protester, ou ne rien dire quand il faudrait parler, ou parler quand il ne faudrait rien dire, ou rester secs alors qu'il faudrait s'éponger, ou suer alors qu'il faudrait rester secs, apparaissent-ils tout à coup, dis-je, coupables.	So the most innocent, surprised in the peace of their hearts, suddenly appear, because the blow that strikes them makes them pale, or blush, or stagger, or straighten, or spoil themselves, or protest, or not to say anything when it is necessary to speak, or to speak when it is necessary to say nothing, or to stay dry when it is necessary to mop, or to sweat when it is necessary to stay dry, they appear suddenly, I say, guilty.
Moncharmin a arrêté l'élan vengeur avec lequel Richard qui était innocent allait se précipiter sur Mme Giry et il s'empresse, encourageant, d'interroger celle-ci... avec douceur.	Moncharmin stopped the avenging impulse with which Richard, who was innocent, was going to rush on Mme Giry and he hastens, encouraging, to question her ... gently.
--Comment avez-vous pu soupçonner mon collaborateur Richard de mettre vingt mille francs dans sa poche?	"How could you have suspected my collaborator Richard of putting twenty thousand francs in his pocket?"
--Je n'ai jamais dit cela! déclare mame Giry, attendu que c'était moi-même en personne, qui mettais les vingt mille francs dans la poche de M. Richard.	--I never said that! declares Madam Giry, since it was I myself who put the twenty thousand francs in M. Richard's pocket.
Et elle ajouta à mi-voix:	And she added in a low voice:
--Tant pis! Ça y est!... Que le Fantôme me pardonne!	--Too bad! That's it! ... May the Phantom forgive me!
Et comme Richard se reprend à hurler, Moncharmin	And as Richard resumes screaming, Moncharmin

avec autorité lui ordonne de se taire:

--Pardon! Pardon! Pardon! Laisse cette femme s'expliquer! Laisse-moi l'interroger.

Et il ajoute:

--Il est vraiment étrange que tu le prennes sur un ton pareil!... Nous touchons au moment où tout ce mystère va s'éclaircir! Tu es furieux! Tu as tort... Moi, je m'amuse beaucoup.

Mame Giry, martyre, relève sa tête où rayonne la foi en sa propre innocence.

--Vous me dites qu'il y avait vingt mille francs dans l'enveloppe que je mettais dans la poche de M. Richard, mais, moi je le répète, je n'en savais rien... Ni M. Richard non plus, du reste!

--Ah! ah! fit Richard, en affectant tout à coup un air de bravoure qui déplut à Moncharmin. Je n'en savais rien non plus! Vous mettiez vingt mille francs dans ma poche et je n'en savais rien! J'en suis fort aise, madame Giry.

--Oui, acquiesça la terrible dame... c'est vrai!... Nous n'en savions rien ni l'un ni l'autre!... Mais vous, vous avez bien dû finir par vous en apercevoir.

Richard dévorerait certainement Mme Giry si Moncharmin n'était pas là! Mais Moncharmin la protège. Il précipite l'interrogatoire.

--Quelle sorte d'enveloppe mettiez-vous donc dans la poche de M. Richard? Ce n'était point celle que nous vous donnions, celle que vous portiez, devant nous, dans la loge n°5, et cependant, celle-là seule, contenait les vingt mille francs.

--Pardon! C'était bien celle que me donnait M. le directeur que je glissais dans la poche de monsieur le directeur, explique la mère Giry. Quant à celle que je déposais dans la loge du fantôme, c'était une autre enveloppe exactement pareille, et que j'avais, toute préparée, dans ma manche, et qui m'était donnée par le fantôme!

---

authoritatively orders him to be silent:

--Sorry! Sorry! Sorry! Let this woman explain herself! Let me question him.

And he adds:

--It's really strange that you take it in such a tone! ... We are approaching the moment when all this mystery will be cleared up! You are furious! You are wrong ... I am having a lot of fun.

Mame Giry, martyr, raises her head where the faith in her own innocence radiates.

`` You tell me that there were twenty thousand francs in the envelope that I put in M. Richard's pocket, but, I repeat, I did not know ... Neither did M. Richard. , rest!

--Ah! ah! said Richard, suddenly affecting an air of bravery which displeased Moncharmin. I didn't know either! You put twenty thousand francs in my pocket and I didn't know! I'm very happy about it, Madame Giry.

"Yes," agreed the terrible lady ... it's true! ... Neither of us knew anything about it! ... But you must have noticed it in the end.

Richard would certainly devour Mme Giry if Moncharmin was not there! But Moncharmin protects her. He rushes the questioning.

"What sort of envelope did you put in M. Richard's pocket?" It was not the one we gave you, the one you carried in front of us in box 5, and yet that alone contained the twenty thousand francs.

--Sorry! It was the one given to me by the director that I slipped into the director's pocket, explains Mother Giry. As for the one that I placed in the phantom's lodge, it was another envelope exactly the same, and that I had, all prepared, in my sleeve, and which was given to me by the phantom!

Ce disant, mame Giry sort de sa manche une enveloppe toute préparée et identique avec sa suscription à celle qui contient les vingt mille francs. MM. les directeurs s'en emparent. Ils l'examinent, ils constatent que des cachets cachetés de leur propre cachet directorial, la ferment. Ils l'ouvrent... Elle contient vingt billets de la Sainte Farce, comme ceux qui les ont tant stupéfiés un mois auparavant.

--Comme c'est simple! fait Richard.

--Comme c'est simple! répète plus solennel que jamais Moncharmin.

--Les tours les plus illustres, répond Richard, ont toujours été les plus simples. Il suffit d'un compère...

--Ou d'une commère! ajoute de sa voix blanche, Moncharmin.

Et il continue, les yeux fixés sur Mme Giry, comme s'il voulait l'hypnotiser:

--C'était bien le fantôme qui vous faisait parvenir cette enveloppe, et c'était bien lui qui vous disait de la substituer à celle que nous vous remettions? C'était bien lui qui vous disait de mettre cette dernière dans la poche de M. Richard?

--Oh! c'était bien lui!

--Alors, pourriez-vous nous montrer, madame, un échantillon de vos petits talents?... Voici l'enveloppe. Faites comme si nous ne savions rien.

--À votre service, messieurs!

La mère Giry a repris l'enveloppe chargée de ses vingt billets et se dirige vers la porte. Elle s'apprête à sortir.

Les deux directeurs sont déjà sur elle.

--Ah! non! Ah! non! On ne nous «la fait plus»! Nous en avons assez! Nous n'allons pas recommencer!

--Pardon, messieurs, s'excuse la vieille, pardon... Vous me dites de faire comme si vous ne saviez rien!... Eh bien, si vous ne saviez rien, je m'en irais avec vôtre enveloppe!

--Et alors, comment la glisseriez-vous dans ma poche? argumente Richard que Moncharmin ne quitte pas de l'œil gauche, cependant que son œil droit est fort occupé par Mme Giry,--position difficile pour le regard; mais Moncharmin est décidé à tout pour découvrir la vérité.

--Je dois la glisser dans votre poche au moment où vous vous y attendez le moins, monsieur le directeur. Vous savez que je viens toujours, dans le courant de la soirée, faire un petit tour dans les coulisses, et souvent j'accompagne, comme c'est mon droit de mère, ma fille au foyer de la danse; je lui porte ses chaussons, au moment du divertissement, et même son petit arrosoir... Bref, je vais et je viens à mon aise... Messieurs les abonnés s'en viennent aussi... Vous aussi, monsieur le directeur... Il y a du monde... Je passe derrière vous, et, je glisse l'enveloppe dans la poche de derrière de votre habit... Ça n'est pas sorcier!

--Ça n'est pas sorcier, gronde Richard en roulant des yeux de Jupiter tonnant, ça n'est pas sorcier! Mais je vous prends en flagrant délit de mensonge, vieille sorcière!

L'insulte frappe moins l'honorable dame que le coup que l'on veut porter à sa bonne foi. Elle se redresse, hirsute, les trois dents dehors.

--À cause?

--À cause que ce soir-là je l'ai passé dans la salle à surveiller la loge n° 5 et la fausse enveloppe que vous y aviez déposée. Je ne suis pas descendu au foyer de la danse une seconde...

--Aussi, monsieur le directeur, ce n'est point ce soir-là que je vous ai remis l'enveloppe!... Mais à la représentation suivante... Tenez, c'était le soir où M. le sous-secrétaire d'État aux Beaux-Arts...

À ces mots, M. Richard arrête brusquement Mme

- Pardon, gentlemen, the old woman apologizes, sorry ... You tell me to act as if you knew nothing! ... Well, if you did not know anything, I would go with your envelope!

"So how do you slip it in my pocket?" Richard argues that Moncharmin does not leave his left eye, while his right eye is very much occupied by Mme Giry, - a difficult position for the gaze; but Moncharmin is determined to do anything to discover the truth.

"I have to slip it into your pocket when you least expect it, Director. You know that I always come, in the course of the evening, to take a little tour behind the scenes, and often I accompany, as is my mother's right, my daughter to the dance hall; I wear him his slippers, at the time of entertainment, and even his little watering can ... In short, I go and I come at my ease ... Gentlemen, subscribers are also coming ... You too, Mr. Director. .. There are people ... I go behind you, and I slip the envelope in the back pocket of your coat ... It is not rocket science!

--It's not rocket science, growls Richard, rolling his thundering Jupiter eyes, `` it's not rocket science! But I catch you in the act of lying, old witch!

The insult strikes the honorable lady less than the blow one wants to strike at her good faith. She sits up, shaggy, all three teeth out.

--Because?

`` Because that evening I spent him in the room watching Box No. 5 and the false envelope you had left there. I didn't go down to the dance hall for a second ...

`` Also, Mr. Director, it was not that evening that I gave you the envelope! ... But at the next performance ... Secretary of State for Fine Arts ...

At these words, Mr. Richard suddenly stops Ms.

Giry...	Giry ...
--Eh! c'est vrai, dit-il, songeur, je me rappelle... je me rappelle maintenant! M. le sous-secrétaire d'État est venu dans les coulisses. Il m'a fait demander. Je suis descendu un instant au foyer de la danse. J'étais sur les marches du foyer... M. le sous-secrétaire d'État et son chef de cabinet étaient dans le foyer même... Tout à coup je me suis retourné... C'était vous qui passiez derrière moi... madame Giry... Il me semblait que vous m'aviez frôlé... Il n'y avait que vous derrière moi... Oh! je vous vois encore... je vous vois encore!	--He! it's true, he said thoughtfully, I remember ... I remember now! Mr. Under-Secretary of State came behind the scenes. He made me ask. I went down to the dance hall for a moment. I was on the steps of the foyer ... The Under-Secretary of State and his Chief of Staff were in the very foyer ... Suddenly I turned around ... It was you who were walking behind me ... Madame Giry ... It seemed to me that you had brushed against me ... There was only you behind me ... Oh! I still see you ... I still see you!
--Eh bien, oui, c'est ça, monsieur le directeur! c'est bien ça! Je venais de terminer ma petite affaire dans votre poche! Cette poche-là, monsieur le directeur est bien commode!	--Well, yes, that's it, Mr. Director! That's right! I had just finished my little business in your pocket! This pocket, Mr. Director, is very convenient!
Et Mme Giry joint une fois de plus le geste à la parole. Elle passe derrière M. Richard et si prestement, que Moncharmin lui-même, qui regarde de ses deux yeux, cette fois, en reste impressionné, elle dépose l'enveloppe dans la poche de l'une des basques de l'habit de M. le directeur.	And Ms. Giry once again joins the words. She passes behind M. Richard and so quickly that Moncharmin himself, who looks with both eyes this time, remains impressed, she places the envelope in the pocket of one of the basques in M. . the director.
--Évidemment! s'exclame Richard, un peu pâle... C'est très fort de la part de F. de l'O. Le problème, pour lui, se posait ainsi: supprimer tout intermédiaire dangereux entre celui qui donne les vingt mille francs et celui qui les prend! Il ne pouvait mieux trouver que de venir me les prendre dans ma poche sans que je m'en aperçoive, puisque je ne savais même pas qu'ils s'y trouvaient... C'est admirable?	--Obviously! exclaims Richard, a little pale ... It's very strong from F. de l'O. The problem, for him, arose thus: to eliminate any dangerous intermediary between the one who gives the twenty thousand francs and the one who takes them! He could not find better than to come and take them from my pocket without my noticing it, since I did not even know they were there ... Is that admirable?
--Oh! admirable! sans doute, surenchérit Moncharmin... seulement, tu oublies, Richard, que j'ai donné dix mille francs sur ces vingt mille et qu'on n'a rien mis dans ma poche, à moi!	--Oh! admirable! no doubt, surmises Moncharmin ... only, you forget, Richard, that I gave ten thousand francs out of those twenty thousand and that nothing was put in my pocket, to me!

XVIII

SUITE DE LA CURIEUSE ATTITUDE d'une épingle DE NOURRICE

La dernière phrase de Moncharmin exprimait d'une façon trop évidente le soupçon dans lequel il tenait désormais son collaborateur pour qu'il n'en résultât point sur-le-champ une explication orageuse, au bout de laquelle il fut entendu que Richard allait se plier à toutes les volontés de Moncharmin, dans le but de l'aider à découvrir le misérable qui se jouait d'eux.

Ainsi arrivons-nous à «l'entr'acte du jardin» pendant lequel M. le secrétaire Rémy, à qui rien n'échappe, a si curieusement observé l'étrange conduite de ses directeurs, et dès lors rien ne nous sera plus facile que de trouver une raison à des attitudes aussi exceptionnellement baroques et surtout si peu conformes à l'idée que l'on doit se faire de la dignité directoriale.

La conduite de Richard et Moncharmin était toute tracée par la révélation qui venait de leur être faite: 1° Richard devait répéter exactement, ce soir-là, les gestes qu'il avait accomplis lors de la disparition des premiers vingt mille francs; 2° Moncharmin ne devait pas perdre de vue une seconde la poche de derrière de Richard dans laquelle Mme Giry aurait glissé les seconds vingt mille.

À la place exacte où il s'était trouvé lorsqu'il saluait M. le sous-secrétaire d'État aux Beaux-Arts, vint se placer M. Richard avec, à quelques pas de là, dans son dos, M. Moncharmin.

Mme Giry passe, frôle M. Richard, se débarrasse des vingt mille dans la poche de la basque de son directeur et disparaît...

Ou plutôt on la fait disparaître. Exécutant l'ordre que Moncharmin lui a donné quelques instants auparavant, avant la reconstitution de la scène, Mercier va enfermer la brave dame dans le bureau de l'administration. Ainsi, il sera impossible à la vieille de communiquer avec son fantôme. Et elle se laissa faire, car mame Giry n'est plus qu'une pauvre

CONTINUATION OF THE CURIOUS ATTITUDE of a NOURISHING PIN

Moncharmin's last sentence expressed in a way too evident the suspicion in which he henceforth held his collaborator so that it did not immediately result in a stormy explanation, at the end of which it was understood that Richard was going to leave. to bend to all Moncharmin's wishes, in order to help him discover the wretch who was playing with them.

Thus we arrive at the "intermission of the garden" during which the secretary Rémy, to whom nothing escapes, so curiously observed the strange behavior of his directors, and from then on nothing will be easier for us. than to find a reason for such exceptionally baroque attitudes and above all so little in conformity with the idea that one should have of managerial dignity.

The conduct of Richard and Moncharmin was all traced by the revelation which had just been made to them: 1 ° Richard had to repeat exactly, that evening, the gestures which he had accomplished when the first twenty thousand francs disappeared; 2 ° Moncharmin must not lose sight for a second of Richard's back pocket in which Mme Giry would have slipped the second twenty thousand.

In the exact place where he had been when he greeted the Under-Secretary of State for Fine Arts, M. Richard came to stand with M. Moncharmin a few paces away behind his back.

Mme Giry passes, brushes past M. Richard, gets rid of the twenty thousand in the pocket of her manager's basque and disappears ...

Or rather we make it disappear. Carrying out the order that Moncharmin gave him a few moments before, before the reconstitution of the scene, Mercier will lock the brave lady in the office of the administration. Thus, it will be impossible for the old woman to communicate with her ghost. And she let it go, for Mame Giry is no more than

figure déplumée, effarée d'épouvante, ouvrant des yeux de volaille ahurie sous une crête en désordre, entendant déjà dans le corridor sonore le bruit des pas du commissaire dont elle est menacée, et poussant des soupirs à fendre les colonnes du grand escalier.	a poor plucked figure, terrified with terror, opening the eyes of a bewildered fowl under a disorderly crest, already hearing in the sonorous corridor the sound of the footsteps of the commissioner whose she is threatened, and uttering sighs to split the columns of the grand staircase.
Pendant ce temps, M. Richard se courbe, fait la révérence, salue, marche à reculons comme s'il avait devant lui ce haut et tout-puissant fonctionnaire qu'est M. le sous-secrétaire d'État aux Beaux-Arts.	Meanwhile, M. Richard bends, curtsies, salutes, walks backwards as if he had before him that lofty and all-powerful official who is the Under-Secretary of State for Fine Arts.
Seulement, si de pareilles marques de politesse n'eussent soulevé aucun étonnement dans le cas où devant M. le directeur se fût trouvé M. le sous-secrétaire d'État, elles causèrent aux spectateurs de cette scène si naturelle, mais si inexplicable, une stupéfaction bien compréhensible alors que devant M. le directeur il n y avait personne.	Only, if such marks of politeness would not have aroused any astonishment in the event that the Under-Secretary of State was before the Director, they caused the spectators to experience this scene so natural, but so inexplicable, a quite understandable amazement whereas in front of the director there was nobody.
M. Richard saluait dans le vide... se courbait devant le néant... et reculait--marchait à reculons--devant rien...	M. Richard bowed into the void ... bowed before nothingness ... and backed up - walked backwards - at nothing ...
... Enfin, à quelques pas de là, M. Moncharmin faisait la même chose que lui.	... Finally, a few steps away, M. Moncharmin was doing the same thing as him.
... Et repoussant M. Rémy, suppliait M. l'ambassadeur de Le Borderie et M. le directeur du Crédit central de ne point «toucher à M. le directeur».	... And pushing Mr. Rémy aside, begged the ambassador of Le Borderie and the director of the Crédit central not to "touch the director".
Moncharmin, qui avait son idée, ne tenait point à ce que, tout à l'heure, Richard vînt lui dire, les vingt mille francs disparus: «C'est peut-être M. l'ambassadeur ou M. le directeur du Crédit central, ou même M. le secrétaire Rémy.»	Moncharmin, who had his idea, did not want Richard to come and tell him a little while ago, the twenty thousand francs missing: "It is perhaps the Ambassador or the Director of Credit." central, or even the secretary Rémy. "
D'autant plus que, lors de la première scène, de l'aveu même de Richard, Richard n'avait, après avoir été frôlé par Mme Giry, rencontré personne dans cette partie du théâtre... Pourquoi donc, je vous le demande, puisqu'on devait exactement répéter les mêmes gestes, rencontrerait-il quelqu'un aujourd'hui?	All the more so since, during the first scene, according to Richard's own admission, Richard had not, after having been brushed against by Mme Giry, met anyone in this part of the theater ... Why then, I ask you , since we had to repeat exactly the same gestures, would he meet someone today?
Ayant d'abord marché à reculons pour saluer,	Having first walked backwards to greet, Richard

Richard continua de marcher de cette façon par prudence... jusqu'au couloir de l'administration... Ainsi, il était toujours surveillé par derrière par Moncharmin et lui-même surveillait «ses approches» par devant.	continued to walk in this way as a precaution ... up to the administration corridor ... Thus, he was always watched from behind by Moncharmin and he himself watched over "his approaches "from the front.
Encore une fois, cette façon toute nouvelle de se promener dans les coulisses qu'avaient adoptée MM. les directeurs de l'Académie nationale de musique ne devait évidemment point passer inaperçue.	Once again, this brand new way of walking behind the scenes adopted by MM. the directors of the National Academy of Music should obviously not go unnoticed.
On la remarqua.	We noticed her.
Heureusement pour MM. Richard et Moncharmin qu'au moment de cette tant curieuse scène, les «petits rats» se trouvaient à peu près tous dans les greniers.	Fortunately for MM. Richard and Moncharmin that at the time of this so curious scene, the "little rats" were almost all in the attics.
Car MM. les directeurs auraient eu du succès auprès des jeunes filles.	Because MM. the directors would have had success with the young girls.
... Mais ils ne pensaient qu'à leurs vingt mille francs.	... But they were only thinking of their twenty thousand francs.
Arrivé dans le couloir mi-obscur de l'administration, Richard dit à voix basse à Moncharmin:	Arrived in the semi-dark corridor of the administration, Richard said in a low voice to Moncharmin:
--Je suis sûr que personne ne m'a touché... maintenant, tu vas te tenir assez loin de moi et me surveiller dans l'ombre jusqu'à la porte de mon cabinet... il ne faut donner l'éveil à personne et nous verrons bien ce qui va se passer.	--I'm sure no one touched me ... now you are going to stay far enough from me and watch me in the shadows until the door of my office ... you must not wake up to anyone and we'll see what will happen.
Mais Moncharmin réplique:	But Moncharmin replies:
--Non, Richard! Non!... Marche devant... je marche _immédiatement_ derrière! Je ne te quitte pas d'un pas!	- No, Richard! No! ... Walk in front ... I walk _immediately_ behind! I'm not leaving you with one step!
--Mais, s'écrie Richard, jamais comme cela on ne pourra nous voler nos vingt mille francs!	`` But, " cried Richard, `` we will never be able to steal our twenty thousand francs like that!
--Je l'espère bien! déclare Moncharmin.	--I hope so! declares Moncharmin.
--Alors, ce que nous faisons est absurde!	--So what we are doing is absurd!

--Nous faisons exactement ce que nous avons fait la dernière fois... La dernière fois, je t'ai rejoint à ta sortie du plateau, au coin de ce couloir... et je t'ai suivi _dans le dos._	--We are doing exactly what we did last time ... The last time, I joined you when you left the set, at the corner of this corridor ... and I followed you _in the back._
--C'est pourtant exact! soupire Richard en secouant la tête et en obéissant passivement à Moncharmin.	- Yet it is true! Richard sighs, shaking his head and passively obeying Moncharmin.
Deux minutes plus tard les deux directeurs s'enfermaient dans le cabinet directorial.	Two minutes later the two directors locked themselves in the directorial cabinet.
Ce fut Moncharmin lui-même qui mit la clef dans sa poche.	It was Moncharmin himself who put the key in his pocket.
--Nous sommes restés ainsi enfermés tous deux la dernière fois, fit-il, jusqu'au moment ou tu as quitté l'Opéra pour rentrer chez toi.	"We both remained locked up last time," he said, "until the moment you left the Opera to go home."
--C'est vrai! Et personne n'est venu nous déranger?	--It's true! And nobody came to disturb us?
--Personne.	--Anybody.
--Alors, interrogea Richard qui s'efforçait de rassembler ses souvenirs, alors j'aurai été sûrement volé dans le trajet de l'Opéra à mon domicile...	`` So, '' asked Richard, who was trying to collect his memories, `` then surely I would have been robbed on the way from the Opera to my home ...
--Non! fit sur un ton plus sec que jamais Moncharmin... non... ça n'est pas possible... C'est moi qui t'ai reconduit chez toi dans ma voiture. Les vingt mille francs _ont disparu chez toi_, cela ne fait plus pour moi l'ombre d'un doute.	--No! Moncharmin said in a tone more dry than ever ... no ... that is not possible ... It was I who drove you home in my car. The twenty thousand francs _have disappeared from your house_, that no longer gives me the shadow of a doubt.
C'était là l'idée qu'avait maintenant Moncharmin.	This was the idea that Moncharmin now had.
--Cela est incroyable! protesta Richard... je suis sûr de mes domestiques!... et si l'un d'eux avait fait ce coup-là, il aurait disparu depuis.	--That's incredible! protested Richard ... I am sure of my servants! ... and if one of them had done this, he would have disappeared since.
Moncharmin haussa les épaules, semblant dire qu'il n'entrait pas dans ces détails.	Moncharmin shrugged his shoulders, seeming to say he wasn't going into those details.
Sur quoi Richard commence à trouver que Moncharmin le prend avec lui sur un ton bien insupportable.	On which Richard begins to find that Moncharmin takes him with him in a very unbearable tone.

--Moncharmin, en voilà assez!	--Moncharmin, that's enough!
--Richard, en voilà trop!	--Richard, that's too much!
--Tu oses me soupçonner?	- You dare to suspect me?
--Oui, d'une déplorable plaisanterie!	--Yes, a deplorable joke!
--On ne plaisante pas avec vingt mille francs!	"You don't joke with twenty thousand francs!"
--C'est bien mon avis! déclare Moncharmin, déployant un journal dans la lecture duquel il se plonge avec ostentation.	--That's my opinion! declares Moncharmin, deploying a newspaper in which he reads ostentatiously.
--Qu'est-ce que tu vas Faire? demande Richard. Tu vas lire le journal maintenant!	--What are you going to do? Richard asks. You will read the newspaper now!
--Oui, Richard, jusqu'à l'heure où je te reconduirai chez toi.	`` Yes, Richard, until the hour when I drive you home.
--Comme la dernière fois?	--Like the last time?
--Comme la dernière fois.	--Like the last time.
Richard arrache le journal des mains de Moncharmin. Moncharmin se dresse, plus irrité que jamais. Il trouve devant lui un Richard exaspéré qui lui dit, en se croisant les bras sur la poitrine,--geste d'insolent défi depuis le commencement du monde:	Richard snatches the newspaper from Moncharmin's hands. Moncharmin stands up, more irritated than ever. He finds in front of him an exasperated Richard who says to him, crossing his arms over his chest, - a gesture of insolent defiance since the beginning of the world:
--Voilà, fait Richard, je pense à ceci. _Je pense à ce que je pourrais penser_, si, comme la dernière fois, après avoir passé la soirée en tête-à-tête avec toi, tu me reconduisais chez moi, et si, au moment de nous quitter, je constatais que les vingt mille francs avaient disparu de la poche de mon habit... comme la dernière fois.	- There, said Richard, I am thinking of this. _I think what I might think_, if, like last time, after spending the evening alone with you, you drove me home, and if, when leaving us, I noticed that the twenty a thousand francs had disappeared from my coat pocket ... like the last time.
--Et que pourrais-tu penser? s'exclama Moncharmin cramoisi.	--And what could you think? exclaimed crimson Moncharmin.
--Je pourrais penser que, puisque tu ne m'as pas quitté d'une semelle, et que, selon ton désir, tu as	--I could think that, since you have not left me with one sole, and that, according to your desire,

été le seul à approcher de moi comme la dernière fois, je pourrais penser que si ces vingt mille francs ne sont plus dans ma poche, ils ont bien des chances d'être dans la tienne!

Moncharmin bondit sous l'hypothèse.

--_Oh!_ s'écria-t-il, _une épingle de nourrice!_

--Que veux-tu faire d'une épingle de nourrice?

--T'attacher!... Une épingle de nourrice!... une épingle de nourrice!

--Tu veux m'attacher avec une épingle de nourrice?

--Oui, t'attacher avec les vingt mille francs!... Comme cela, que ce soit ici, ou dans le trajet d'ici à ton domicile ou chez toi, tu sentiras bien la main qui tirera ta poche... et tu verras si c'est la mienne, Richard!... Ah! c'est toi qui me soupçonnes maintenant... Une épingle de nourrice!

Et c'est dans ce moment que Moncharmin ouvrit la porte du couloir en criant:

--Une épingle de nourrice! qui me donnera une épingle de nourrice?

Et nous savons aussi comment, dans le même instant, le secrétaire Rémy, qui n'avait pas d'épingle de nourrice, fut reçu par le directeur Moncharmin, cependant qu'un garçon de bureau procurait à celui-ci l'épingle tant désirée.

Et voici ce qu'il advint:

Moncharmin, après avoir refermé la porte, s'agenouilla dans le dos de Richard.

--J'espère, dit-il, que les vingt mille francs sont toujours là?

--Moi aussi, fit Richard.

--Les vrais? demanda Moncharmin, qui était bien

you were the only one to approach me like the last time, I could think that if these twenty thousand francs are no longer in my pocket, they have a good chance of being in yours!

Moncharmin jumps under the hypothesis.

--_ Oh! _ He cried, _a safety pin! _

--What do you want to do with a safety pin?

- Tie you up! ... A safety pin! ... a safety pin!

- You want to tie me up with a safety pin?

- Yes, tie yourself up with the twenty thousand francs! ... Like that, whether it be here, or on the way from here to your home or to your home, you will feel the hand that will pull your pocket ... and you'll see if it's mine, Richard! ... Ah! it's you who suspects me now ... A safety pin!

And it was at this moment that Moncharmin opened the door to the corridor, shouting:

--A safety pin! who will give me a safety pin?

And we also know how, at the same time, the secretary Rémy, who did not have a safety pin, was received by the director Moncharmin, while an office boy provided him with the much desired pin. .

And this is what happened:

Moncharmin, after closing the door, knelt behind Richard's back.

"I hope," he said, "that the twenty thousand francs are still there?"

"Me too," said Richard.

--The real ones? asked Moncharmin, who was

décidé cette fois à ne pas se laisser «rouler».

--Regarde! Moi je ne veux pas les toucher, déclara Richard.

Moncharmin retira l'enveloppe de la poche de Richard et en tira les billets en tremblant car, cette fois, pour pouvoir constater fréquemment la présence des billets, ils n'avaient ni cacheté l'enveloppe ni même collé celle-ci. Il se rassura en constatant qu'ils étaient tous là, fort authentiques. Il les réunit dans la poche de la basque et les épingla avec grand soin.

Après quoi il s'assit derrière la basque qu'il ne quitta plus du regard, pendant que Richard, assis à son bureau, ne faisait pas un mouvement.

--Un peu de patience, Richard, commanda Moncharmin, nous n'en avons plus que pour quelques minutes... La pendule va bientôt sonner les douze coups de minuit. C'est aux douze coups de minuit que la dernière fois nous sommes partis.

--Oh! j'aurai toute la patience qu'il faudra!

L'heure passait, lente, lourde, mystérieuse, étouffante. Richard essaya de rire.

--Je finirai par croire, fit-il, à la toute-puissance du fantôme. Et en ce moment, particulièrement, ne trouves-tu pas qu'il y a dans l'atmosphère de cette pièce un je ne sais quoi qui inquiète, qui indispose, qui effraie?

--C'est vrai, avoua Moncharmin, qui était réellement impressionné.

--Le fantôme! reprit Richard à voix basse et comme s'il craignait d'être entendu par d'invisibles oreilles... le fantôme! Si tout de même c'était un fantôme qui frappait naguère sur cette table les trois coups secs que nous avons fort bien entendus... qui y dépose les enveloppes magiques... qui parle dans la loge n° 5... qui tue Joseph Buquet... qui décroche le lustre... et qui nous vole! car enfin! car enfin! car enfin! Il n'y a que toi ici et moi!... et si les billets disparaissent

determined this time not to let himself be "sucked".

--Looked! I don't want to touch them, said Richard.

Moncharmin withdrew the envelope from Richard's pocket and took out the notes, trembling because, this time, in order to be able to see frequently the presence of the notes, they had neither sealed the envelope nor even stuck it. He reassured himself when he saw that they were all there, very authentic. He gathered them in the pocket of the basque and pinned them with great care.

After which he sat down behind the basque that he never took his eyes off of, while Richard, seated at his desk, did not move.

"A little patience, Richard," ordered Moncharmin, "we will only have a few more minutes ... The clock will soon strike the twelve strokes of midnight." It was at the stroke of midnight that the last time we left.

--Oh! I will have all the patience it takes!

The hour passed, slow, heavy, mysterious, suffocating. Richard tried to laugh.

"I will end up believing," he said, "in the omnipotence of the ghost. And at this moment, in particular, don't you find that there is in the atmosphere of this room an je ne sais quoi that worries, that annoys, that frightens?

"It is true," confessed Moncharmin, who was genuinely impressed.

--The ghost! said Richard in a low voice and as if he was afraid of being heard by invisible ears ... the ghost! If all the same it was a ghost who once struck on this table the three sharp knocks that we heard very well ... who deposits the magic envelopes there ... who speaks in lodge n ° 5 ... who kills Joseph Buquet ... who takes down the chandelier ... and who steals us! because finally! because finally! because finally! There is only you

sans que nous y soyons pour rien, ni toi, ni moi... il va bien falloir croire au fantôme... au fantôme...	here and me! ... and if the banknotes disappear without our having anything to do with it, neither you nor me ... we are going to have to believe in the ghost ... in the ghost ...
À ce moment, la pendule, sur la cheminée, fit entendre son déclenchement et le premier coup de minuit sonna.	At that moment, the clock on the mantelpiece started to sound and the first stroke of midnight struck.
Les deux directeurs frissonnèrent. Une angoisse les étreignait, dont ils n'eussent pu dire la cause et qu'ils essayaient en vain de combattre. La sueur coulait sur leurs fronts. Et le douzième coup résonna singulièrement à leurs oreilles.	Both directors shuddered. They were gripped by anguish, the cause of which they could not say and which they tried in vain to combat. Sweat was running down their foreheads. And the twelfth blow echoed singularly in their ears.
Quand la pendule se fut tue, ils poussèrent un soupir et se levèrent.	When the clock was silent, they sighed and stood up.
--Je crois que nous pouvons nous en aller, fit Moncharmin.	"I think we can go," said Moncharmin.
--Je le crois, obtempéra Richard.	"I believe so," said Richard.
--Avant de partir, tu permets que je regarde dans ta poche?	- Before leaving, will you allow me to look in your pocket?
--Mais comment donc! Moncharmin! il le faut!	--But how so! Moncharmin! it must!
--Eh bien? demanda Richard à Moncharmin, qui tâtait.	--Well? Richard asked Moncharmin, who was feeling.
--Eh bien! je sens toujours l'épingle.	--Well! I still feel the pin.
--Évidemment, comme tu le disais fort bien, on ne peut plus nous voler sans que je m'en aperçoive.	- Obviously, as you said very well, we can no longer be robbed without my noticing.
Mais Moncharmin, dont les mains étaient toujours occupées autour de la poche, hurla:	But Moncharmin, whose hands were still wrapped around the pocket, yelled:
--_Je sens toujours l'épingle, mais je ne sens plus les billets._	--_ I still feel the pin, but I no longer feel the tickets.
--Non! ne plaisante pas, Moncharmin!... Ça n'est pas le moment.	--No! don't joke, Moncharmin! ... This is not the time.
--Mais, tâte toi-même.	--But feel it yourself.

D'un geste, Richard s'est défait de son habit. Les deux directeurs s'arrachent la poche!... _La poche est vide._	Richard took off his coat with a gesture. The two directors snatch the pocket! ... _The pocket is empty._
Le plus curieux est que l'épingle est restée piquée à la même place.	The curious thing is that the pin remained stuck in the same place.
Richard et Moncharmin pâlissaient. Il n'y avait plus à douter du sortilège.	Richard and Moncharmin turned pale. There was no longer any doubt about the spell.
--Le fantôme, murmure Moncharmin.	"The ghost," Moncharmin murmurs.
Mais Richard bondit soudain sur son collègue.	But Richard suddenly leaps at his colleague.
--Il n'y a que toi qui as touché à ma poche!... Rends-moi mes vingt mille francs!... Rends-moi mes vingt mille francs!...	- You are the only one who touched my pocket! ... Give me back my twenty thousand francs! ... Give me back my twenty thousand francs! ...
--Sur mon âme, soupire Moncharmin qui semble prêt à se pâmer... je te jure que je ne les ai pas...	--On my soul, sighs Moncharmin, who seems ready to swoon ... I swear to you that I don't have them ...
Et comme on frappait encore à la porte, il alla l'ouvrir, marchant d'un pas quasi-automatique, semblant à peine reconnaître l'administrateur Mercier, échangeant avec lui des propos quelconques, ne comprenant rien à ce que l'autre lui disait; et déposant, d'un geste inconscient, dans la main de ce fidèle serviteur complètement ahuri, l'épingle de nourrice qui ne pouvait plus lui servir de rien...	And as there was still a knock on the door, he went to open it, walking with an almost automatic step, hardly seeming to recognize the Mercier administrator, exchanging any words with him, not understanding anything about the other man. said; and depositing, with an unconscious gesture, in the hand of this completely bewildered faithful servant, the safety pin which could no longer be of use to him ...

XIX

LE COMMISSAIRE DE POLICE, LE VICOMTE ET LE PERSAN

La première parole de M. le commissaire de police, en pénétrant dans le bureau directorial, fut pour demander des nouvelles de la chanteuse.

--Christine Daaé n'est pas ici?

Il était suivi, comme je l'ai dit, d'une foule compacte.

--Christine Daaé? Non, répondit Richard, pourquoi?

Quant à Moncharmin, il n'a plus la force de prononcer un mot... Son état d'esprit est beaucoup plus grave que celui de Richard, car Richard peut encore soupçonner Moncharmin, mais Moncharmin, lui, se trouve en face du grand mystère... celui qui fait frissonner l'humanité depuis sa naissance: l'Inconnu.

Richard reprit, car la foule autour des directeurs et du commissaire observait un impressionnant silence:

--Pourquoi me demandez-vous, monsieur le commissaire, si Christine Daaé n'est pas ici?

--Parce qu'il faut qu'on la retrouve, messieurs les directeurs de l'Académie nationale de musique, déclare solennellement M. le commissaire de police.

--Comment! il faut qu'on la retrouve! Elle a donc disparu?

--En pleine représentation!

--En pleine représentation! C'est extraordinaire!

--N'est-ce pas? Et, ce qui est tout aussi extraordinaire que cette disparition, c'est que ce soit moi qui vous l'apprenne!

XIX

THE COMMISSIONER OF POLICE, THE VICOMT AND THE PERSIAN

The first word of the commissioner of police, on entering the directorial office, was to ask for news of the singer.

--Christine Daaé isn't here?

He was followed, as I said, by a tight crowd.

--Christine Daaé? No, replied Richard, why?

As for Moncharmin, he no longer has the strength to utter a word ... His state of mind is much more serious than that of Richard, because Richard can still suspect Moncharmin, but Moncharmin, him, is in front of the big one. mystery ... the one that has made humanity shudder since its birth: the Unknown.

Richard resumed, for the crowd around the directors and the superintendent observed an impressive silence:

- Why are you asking me, Commissioner, if Christine Daaé is not here?

"Because it has to be found, gentlemen of the National Academy of Music," the Commissioner of Police solemnly declares.

--How? 'Or' What! we have to find it! So she disappeared?

- In full performance!

- In full performance! It's extraordinary!

--Is not it? And, what is just as extraordinary as this disappearance, it is that it is me who teaches it to you!

--En effet... acquiesce Richard, qui se prend la tête dans les mains et murmure: Quelle est cette nouvelle histoire? Oh! décidément, il y a de quoi donner sa démission!...	- Indeed ... nods Richard, who puts his head in his hands and whispers: What is this new story? Oh! decidedly, there is enough to resign! ...
Et il s'arrache quelques poils de sa moustache sans même s'en apercevoir:	And he tears a few hairs from his mustache without even noticing it:
--Alors, fait-il comme en un rêve..., elle a disparu en pleine représentation.	--So, he acts as in a dream ..., she disappeared in full performance.
--Oui, elle a été enlevée à l'acte de la prison, dans le moment où elle invoquait l'aide du ciel, mais je doute qu'elle ait été enlevée par les anges.	--Yes, she was taken in the act of the prison, in the moment when she invoked the help of heaven, but I doubt that she was taken by the angels.
--Et moi j'en suis sûr!	--And I am sure of it!
Tout le monde se retourne. Un jeune homme, pâle et tremblant d'émotion, répète:	Everyone turns around. A young man, pale and trembling with emotion, repeats:
--J'en suis sûr!	--I'm sure!
--Vous êtes sûr de quoi? interroge, Mifroid.	--You are sure of what? asks, Mifroid.
--Que Christine Daaé a été enlevée par un ange, monsieur le commissaire, et je pourrais vous dire son nom...	- That Christine Daaé was kidnapped by an angel, Commissioner, and I could tell you her name ...
--Ah! ah! monsieur le vicomte de Chagny, vous prétendez que Mlle Christine Daaé a été enlevée par un ange, par un ange de l'Opéra sans doute?	--Ah! ah! Monsieur le Vicomte de Chagny, you claim that Miss Christine Daaé was kidnapped by an angel, by an angel from the Opera, no doubt?
Raoul regarde autour de lui. Évidemment, il cherche quelqu'un. À cette minute où il lui semble si nécessaire d'appeler à l'aide de sa fiancée le secours de la police, il ne serait pas fâché de revoir ce mystérieux inconnu qui, tout à l'heure, lui recommandait la discrétion. Mais il ne le découvre nulle part. Allons! il faut qu'il parle!... Il ne saurait toutefois s'expliquer devant cette foule qui le dévisage avec une curiosité indiscrète.	Raoul looks around him. Obviously, he's looking for someone. At this moment when it seems to him so necessary to call for the help of his fiancée the help of the police, he would not be sorry to see again this mysterious stranger who, just now, recommended to him discretion. But he doesn't find it anywhere. Let's go! He must speak! ... However, he cannot explain himself to this crowd which is staring at him with indiscreet curiosity.
--Oui, monsieur, par un ange de l'Opéra, répondit-il à M. Mifroid, et je vous dirai où il habite quand nous serons seuls...	`` Yes, sir, by an angel from the Opera, " he replied to M. Mifroid, `` and I will tell you where he lives when we are alone ...

--Vous avez raison, monsieur.	--You are right, sir.

Et le commissaire de police, faisant asseoir Raoul près de lui, met fout le monde à la porte, excepté naturellement les directeurs, qui, cependant, n'eussent point protesté, tant ils paraissaient au-dessus de toutes les contingences.

And the police commissioner, making Raoul sit down next to him, kicks everyone out, except of course the directors, who, however, would not have protested, so much did they seem above all contingencies.

Alors Raoul se décide:

So Raoul decides:

--Monsieur le commissaire, cet ange s'appelle Erik, il habite l'Opéra et c'est _l'Ange de la musique!_

--Mr Commissioner, this angel is called Erik, he lives in the Opera House and he is _the Angel of Music! _

--_L'Ange de la musique!_ En vérité! Voilà qui est fort curieux!... _L'Ange de la musique!_

--_ The Angel of Music! _ In truth! This is very curious! ... _The Angel of music! _

Et, tourné vers les directeurs, M. le commissaire de police Mifroid demande:

And, turned towards the directors, the police commissioner Mifroid asks:

--Messieurs, avez-vous cet ange-là chez vous?

- Gentlemen, do you have that angel with you?

MM. Richard et Moncharmin secouèrent la tête sans même sourire.

MM. Richard and Moncharmin shook their heads without even smiling.

--Oh! fit le vicomte, ces messieurs ont bien entendu parler du Fantôme de l'Opéra. Eh bien! je puis leur affirmer que le Fantôme de l'Opéra et l'Ange de la musique, c'est la même chose. Et son vrai nom est Erik.

--Oh! said the viscount, these gentlemen have heard of the Phantom of the Opera. Well! I can tell them that the Phantom of the Opera and the Angel of music are the same thing. And his real name is Erik.

M. Mifroid s'était levé et regardait Raoul avec attention.

M. Mifroid had stood up and was looking at Raoul with attention.

--Pardon, monsieur, est-ce que vous avez l'intention de vous moquer de la justice?

- Excuse me, sir, do you mean to make fun of justice?

--Moi! protesta Raoul, qui pensa douloureusement: «Encore un qui ne va pas vouloir m'entendre».

--Me! protested Raoul, who thought painfully: "Another one who will not want to hear me."

--Alors, qu'est-ce que vous me chantez avec votre Fantôme de l'Opéra?

"So what are you singing to me with your Phantom of the Opera?"

--Je dis que ces messieurs en ont entendu parler.

--I say these gentlemen have heard of it.

--Messieurs, il paraît que vous connaissez le

"Gentlemen, it seems you know the Phantom of

Fantôme de l'Opéra ?

Richard se leva, les derniers poils de sa moustache dans la main.

--Non ! monsieur le commissaire, non, nous ne le connaissons pas ! mais nous voudrions bien le connaître ! car, pas plus tard que ce soir, il nous a volé vingt mille francs !...

Et Richard tourna vers Moncharmin un regard terrible qui semblait dire : «Rends-moi les vingt mille francs ou je dis tout.» Moncharmin le comprit si bien qu'il fit un geste éperdu : «Ah ! dis tout ! dis tout !...

Quant à Mifroid, il regardait tour à tour les directeurs et Raoul et se demandait s'il ne s'était point égaré dans un asile d'aliénés. Il se passa la main dans les cheveux :

--Un fantôme, dit-il, qui, le même soir, enlève une chanteuse et vole vingt mille francs, est un fantôme bien occupé ! Si vous le voulez bien, nous allons sérier les questions. La chanteuse d'abord, les vingt mille francs ensuite ! Voyons, monsieur de Chagny, tâchons de parler sérieusement. Vous croyez que Mlle Christine Daaé a été enlevée par un individu nommé Erik. Vous le connaissez donc, cet individu ? Vous l'avez vu ?

--Oui, monsieur le commissaire.

--Où cela ?

--Dans un cimetière.

M. Mifroid sursauta, se reprit à contempler Raoul et dit :

--Évidemment !... c'est ordinairement là que l'on rencontre les fantômes. Et que faisiez-vous dans ce cimetière ?

--Monsieur, dit Raoul, je me rends très bien compte de la bizarrerie de mes réponses et de l'effet qu'elles produisent sur vous. Mais je vous supplie de

the Opera?"

Richard stood up, the last hairs of his mustache in his hand.

--No! commissioner, no, we don't know him! but we would like to know him! because, no later than this evening, he stole twenty thousand francs from us! ...

And Richard turned to Moncharmin a terrible look which seemed to say: "Give me back the twenty thousand francs or I'll say it all." Moncharmin understood this so well that he made a desperate gesture: "Ah! say it all! say everything! ...

As for Mifroid, he looked in turn at the directors and Raoul and wondered if he had not lost his way in an insane asylum. He ran his hand through his hair:

"A ghost," he said, "who, that same evening, kidnaps a singer and steals twenty thousand francs," is a very busy ghost! If you don't mind, we'll deal with the questions. The singer first, then the twenty thousand francs! Come, Monsieur de Chagny, let's try to speak seriously. You believe that Miss Christine Daaé was kidnapped by an individual named Erik. So you know this individual? You saw him?

--Yes, commissioner.

--Or this?

--In a cemetery.

M. Mifroid was startled, began to contemplate Raoul and said:

"Obviously! ... this is usually where we meet ghosts." And what were you doing in this cemetery?

- Sir, said Raoul, I realize very well the oddity of my answers and the effect they have on you. But I beg you to believe that I have all my reason. It is

croire que j'ai toute ma raison. Il y va du salut de la personne qui m'est la plus chère au monde avec mon bien-aimé frère Philippe. Je voudrais vous convaincre en quelques mots, car l'heure presse et les minutes sont précieuses. Malheureusement, si je ne vous raconte point la plus étrange histoire qui soit, par le commencement, vous ne me croirez point. Je vais vous dire, monsieur le commissaire, tout ce que je sais sur le Fantôme de l'Opéra. Hélas! monsieur le commissaire, je ne sais pas grand'-chose...

--Dites toujours! Dites toujours! s'exclamèrent Richard et Moncharmin subitement très intéressés; malheureusement pour l'espoir qu'ils avaient conçu un instant d'apprendre quelque détail susceptible de les mettre sur la trace de leur mystificateur, ils durent bientôt se rendre à cette triste évidence que M. Raoul de Chagny avait complètement perdu la tête. Toute cette histoire de Perros Guirec, de têtes de mort, de violon enchanté, ne pouvait avoir pris naissance que dans la cervelle détraquée d'un amoureux.

Il était visible, du reste, que M. le commissaire Mifroid partageait de plus en plus cette manière de voir, et certainement le magistrat eût mis fin à ces propos désordonnés, dont nous avons donné un aperçu dans la première partie de ce récit, si les circonstances, elles-mêmes, ne s'étaient chargées de les interrompre.

La porte venait de s'ouvrir et un individu singulièrement vêtu d'une vaste redingote noire et coiffé d'un chapeau haut de forme à la fois râpé et luisant, qui lui entrait jusqu'aux deux oreilles, fit son entrée. Il courut au commissaire et lui parla à voix basse. C'était quelque agent de la Sûreté sans doute qui venait rendre compte d'une mission pressée.

Pendant ce colloque, M. Mifroid ne quittait point Raoul des yeux.

Et enfin, s'adressant à lui, il dit:

--Monsieur, c'est assez parlé du fantôme. Nous allons parler un peu de vous, si vous n'y voyez aucun inconvénient; vous deviez enlever ce soir Mlle Christine Daaé?

about the salvation of the person who is dearest to me in the world with my beloved brother Philippe. I would like to convince you in a few words, because time is running out and minutes are precious. Unfortunately, if I don't tell you the strangest story ever, from the start, you won't believe me. I will tell you, Commissioner, everything I know about the Phantom of the Opera. Alas! mr commissioner, i don't know much ...

- Say always! Always say! exclaimed Richard and Moncharmin, suddenly very interested; unfortunately for the hope that they had conceived for a moment to learn some detail likely to put them in the track of their mystifier, they were soon obliged to give themselves to this sad evidence that M. Raoul de Chagny had completely lost his head. All this story of Perros Guirec, skulls, enchanted violin, could only have originated in the deranged brain of a lover.

It was evident, moreover, that Commissioner Mifroid more and more shared this view, and the magistrate would certainly have put an end to these disorderly remarks, of which we have given an outline in the first part of this account, if circumstances, themselves, were not responsible for interrupting them.

The door had just opened, and an individual singularly dressed in a vast black frock-coat and wearing a shapely hat, both shaved and shiny, which entered both his ears, made his entrance. He ran to the commissioner and spoke to her in a low voice. It was probably some Security agent who came to report on a hasty mission.

During this conference, Mr. Mifroid never took his eyes off Raoul.

And finally, addressing him, he said:

--Sir, enough is said about the ghost. We'll talk a bit about you, if that's okay with you; you were to remove Miss Christine Daaé tonight?

--Oui, monsieur le commissaire.	--Yes, commissioner.
--À la sortie du théâtre?	- When you leave the theater?
--Oui, monsieur le commissaire.	--Yes, commissioner.
--Toutes vos dispositions étaient prises pour cela?	- All your arrangements were made for that?
--Oui, monsieur le commissaire.	--Yes, commissioner.
--La voiture qui vous a amené devait vous emporter tous les deux. Le cocher était prévenu... son itinéraire était tracé à l'avance... Mieux! Il devait trouver à chaque étape des chevaux tout frais...	--The car that brought you was supposed to take you both. The driver was warned ... his route was plotted in advance ... Better! He had to find fresh horses at each stage ...
--C'est vrai, monsieur le commissaire.	--That's true, Commissioner.
--Et cependant, votre voiture est toujours là, attendant vos ordres, du côté de la Rotonde, n'est-ce pas?	"And yet your carriage is still there, awaiting your orders, near the Rotunda, is it not?"
--Oui, monsieur le commissaire.	--Yes, commissioner.
--Saviez-vous qu'il y avait, à côté de la vôtre, trois autres voitures?	"Did you know that there were three other cars next to yours?"
--Je n'y ai point prêté la moindre attention...	`` I did not pay the slightest attention to it ...
--C'étaient celles de Mlle Sorelli, laquelle n'avait point trouvé de place dans la cour de l'administration; de la Carlotta et de votre frère, M. le comte de Chagny...	--These were those of Miss Sorelli, who had not found a place in the court of administration; de la Carlotta et de votre frère, M. le comte de Chagny ...
--C'est possible...	--It's possible...
--Ce qui est certain, en revanche... c'est que, si votre propre équipage, celui de la Sorelli et celui de la Carlotta sont toujours à leur place, au long du trottoir de la Rotonde... celui de M. le comte de Chagny ne s'y trouve plus...	--What is certain, however ... is that, if your own crew, that of the Sorelli and that of the Carlotta are still in their place, along the sidewalk of the Rotonde ... that of Mr. . the Comte de Chagny is no longer there ...
--Ceci n'a rien à voir, monsieur le commissaire...	--That has nothing to do with it, Commissioner ...
--Pardon! M. le comte n'était-il pas opposé à votre mariage avec Mlle Daaé?	--Sorry! Wasn't Monsieur le Comte opposed to your marriage to Mlle Daaé?

--Ceci ne saurait regarder que la famille.	--This can only concern the family.
--Vous m'avez répondu... il y était opposé... et c'est pourquoi vous enleviez Christine Daaé, loin des entreprises possibles de monsieur votre frère... Eh bien, monsieur de Chagny, permettez-moi de vous apprendre que votre frère a été plus prompt que vous!... C'est lui qui a enlevé Christine Daaé!	--You answered me ... he was opposed to it ... and that is why you removed Christine Daaé, far from the possible undertakings of your brother ... Well, Monsieur de Chagny, allow me to tell you learn that your brother was quicker than you! ... It was he who kidnapped Christine Daaé!
--Oh! gémit Raoul, en portant la main à son cœur, ce n'est pas possible... Vous êtes sûr de cela?	--Oh! groaned Raoul, putting his hand to his heart, it is not possible ... Are you sure of that?
--Aussitôt après la disparition de l'artiste qui a été organisée avec des complicités qui nous resteront à établir, il s'est jeté dans sa voiture qui a fourni une course furibonde à travers Paris.	- Immediately after the disappearance of the artist who was organized with complicity which will remain to be established, he threw himself into his car which provided a furious race through Paris.
--À travers Paris? râle le pauvre Raoul... Qu'entendez-vous par à travers Paris?	--Through Paris? groans poor Raoul ... What do you mean by across Paris?
--Et hors de Paris...	--And outside of Paris ...
--Hors de Paris... quelle route?	--Out of Paris ... which road?
--La route de Bruxelles.	--The road to Brussels.
Un cri rauque s'échappe de la bouche du malheureux jeune homme.	A hoarse cry escapes from the mouth of the unfortunate young man.
--Oh! s'écrie-t-il, je jure bien que je les rattraperai.	--Oh! he cries, I swear I'll catch up to them.
Et, en deux bonds, il fut hors du bureau.	And, in two bounds, he was out of the office.
--Et ramenez-nous là, crie joyeusement le commissaire... Hein? Voilà un tuyau qui vaut bien celui de l'Ange de la musique!	"And bring us back there," shouts the superintendent happily. Huh? Here is a tip that is well worth that of the Angel of Music!
Sur quoi M. Mifroid se retourne sur son auditoire stupéfait et lui administre ce petit cours de police honnête mais nullement puéril:	Thereupon Mr. Mifroid turns to his astonished audience and administers this little honest but in no way childish police course:
--Je ne sais point du tout si c'est réellement M. le comte de Chagny qui a enlevé Christine Daaé... mais j'ai besoin de le savoir, et je ne crois point qu'à cette	- I do not know at all whether it was really M. le Comte de Chagny who kidnapped Christine Daaé ... but I need to know it, and I do not believe that

heure nul mieux que le vicomte son frère ne désire me renseigner... En ce moment, il court, il vole! Il est mon principal auxiliaire! Tel est, messieurs, l'art que l'on croit si compliqué, de la police, et qui apparaît cependant si simple dès que l'on a découvert qu'il doit consister à faire faire cette police surtout par des gens qui n'en sont pas!

at this hour any better than the Viscount his brother does not wish to inform me ... At this moment, he is running, he is flying! He is my main assistant! Such, gentlemen, is the art of the police, which we believe to be so complicated, and which nevertheless appears so simple as soon as we have discovered that it must consist in having this police made especially by people who do not are not!

Mais monsieur le commissaire de police Mifroid n'eût peut-être pas été si content de lui-même, s'il avait su que la course de son rapide messager avait été arrêtée dès l'entrée de celui-ci dans le premier corridor, vide cependant de la foule des curieux que l'on avait dispersée. Le corridor paraissait désert.

But Mr. Police Commissioner Mifroid might not have been so pleased with himself, if he had known that the race of his fast messenger had been stopped as soon as he entered the first corridor, empty, however, of the crowd of the curious who had been scattered. The corridor looked deserted.

Cependant Raoul s'était vu barrer le chemin par une grande ombre.

However, Raoul had seen his way barred by a large shadow.

--Où allez-vous si vite, monsieur de Chagny? avait demandé l'ombre.

"Where are you going so quickly, Monsieur de Chagny?" had asked for the shadow.

Raoul, impatienté, avait levé la tête et reconnu le bonnet d'astrakan de tout à l'heure. Il s'arrêta.

Raoul, impatient, raised his head and recognized the astrakhan cap from earlier. He stopped himself.

--C'est encore vous! s'écria-t-il d'une voix fébrile, vous qui connaissez les secrets d'Erik et qui ne voulez pas que j'en parle. Et qui donc êtes-vous?

--It's you again! he cried feverishly, you who know Erik's secrets and don't want me to talk about them. And who are you?

--Vous le savez bien!... Je suis le Persan! fit l'ombre.

- You know it well! ... I am the Persian! made the shadow.

XX

LE VICOMTE ET LE PERSAN

Raoul se rappela alors que son frère, un soir de spectacle, lui avait montré ce vague personnage dont on ignorait tout, une fois qu'on avait dit de lui qu'il était un Persan, et qu'il habitait un vieux petit appartement dans la rue de Rivoli.

L'homme au teint d'ébène, aux yeux de jade, au bonnet d'astrakan, se pencha sur Raoul.

--J'espère, monsieur de Chagny, que vous n'avez point trahi le secret d'Erik?

--Et pourquoi donc aurais-je hésité à trahir ce monstre, monsieur? repartit Raoul avec hauteur, en essayant de se délivrer de l'importun. Est-il donc votre ami?

--J'espère que vous n'avez rien dit d'Erik, monsieur, parce que le secret d'Erik est celui de Christine Daaé! Et que parler de l'un, c'est parler de l'autre!

--Oh! monsieur! fit Raoul de plus en plus impatient, vous paraissez au courant de bien des choses qui m'intéressent, et cependant je n'ai pas le temps de vous entendre!

--Encore une fois, monsieur de Chagny, où allez-vous si vite?

--Ne le devinez-vous pas? Au secours de Christine Daaé...

--Alors, monsieur, restez ici!... car Christine Daaé est ici!...

--Avec Erik?

--Avec Erik!

--Comment le savez-vous?

--J'étais à la représentation, et il n'y a qu'un Erik au

XX

THE VICOMT AND PERSIAN

Raoul then remembered that his brother, one evening of a show, had shown him this vague character of whom we knew nothing, once we had said of him that he was a Persian, and that he lived in an old small apartment in the rue de Rivoli.

The man with the ebony complexion, the jade eyes, the astrakhan cap, leaned over Raoul.

"I hope, Monsieur de Chagny, that you haven't betrayed Erik's secret?"

"And why should I hesitate to betray this monster, sir?" replied Raoul haughtily, trying to get rid of the intruder. So is he your friend?

- I hope you haven't said anything to Erik, sir, because Erik's secret is Christine Daaé's! And that to speak of one is to speak of the other!

--Oh! Sir! said Raoul more and more impatient, you seem to be aware of many things that interest me, and yet I do not have time to hear from you!

"Once again, Monsieur de Chagny, where are you going so quickly?"

--Don't you guess? Help Christine Daaé ...

--So, sir, stay here! ... because Christine Daaé is here! ...

--With Erik?

--With Erik!

--How do you know?

- I was at the performance, and there is only one

monde pour machiner un pareil enlèvement!... Oh! fit-il avec un profond soupir, j'ai reconnu la main du monstre!...

--Vous le connaissez donc?

Le Persan ne répondit pas, mais Raoul entendit un nouveau soupir.

--Monsieur! dit Raoul, j'ignore quelles sont vos intentions... mais pouvez-vous quelque chose pour moi?... je veux dire pour Christine Daaé?

--Je le crois, monsieur de Chagny, et voilà pourquoi je vous ai abordé.

--Que pouvez-vous?

--Essayer de vous conduire auprès d'elle... et auprès de lui!

--Monsieur! c'est une entreprise que j'ai déjà vainement tentée ce soir... mais si vous me rendez un service pareil, ma vie vous appartient!... Monsieur, encore un mot: le commissaire de police vient de m'apprendre que Christine Daaé avait été enlevée par mon frère, le comte Philippe...

--Oh! monsieur de Chagny, moi je n'en crois rien...

--Cela n'est pas possible, n'est-ce pas?

--Je ne sais pas si cela est possible, mais il y à façon d'enlever et M. le comte Philippe, que Je sache, _n'a jamais travaillé dans la féerie._

--Vos arguments sont frappants, monsieur, et je ne suis qu'un fou!... Oh! monsieur! courons! courons! Je m'en remets entièrement à vous!... Comment ne vous croirais-je pas quand nul autre que vous ne me croit? Quand vous êtes le seul à ne pas sourire quand on prononce le nom d'Erik!

Disant cela, le jeune homme, dont les mains brûlaient de fièvre, avait, dans un geste spontané, pris les mains du Persan. Elles étaient glacées.

Erik in the world to engineer such a kidnapping!... Oh! he said with a deep sigh, I recognized the monster's hand!...

- So you know him?

The Persian did not answer, but Raoul heard another sigh.

--Sir! Said Raoul, I don't know what your intentions are ... but can you do something for me? ... I mean for Christine Daaé?

"I believe so, Monsieur de Chagny, and that is why I approached you."

--What can you?

--Try to lead you to her ... and to him!

--Sir! this is an enterprise that I have already tried in vain this evening ... but if you do me such a service, my life belongs to you! ... Sir, one more word: the police superintendent has just informed me that Christine Daaé had been kidnapped by my brother, Count Philippe ...

--Oh! Monsieur de Chagny, I don't believe it ...

--That's not possible, is it?

--I don't know if that is possible, but there are ways of kidnapping and M. le comte Philippe, that I know of, _n't ever worked in the fairyland.

--Your arguments are striking, sir, and I am only a madman! ... Oh! Sir! let's run! let's run! I am entirely in your hands! ... How could I not believe you when no one else but you believes me? When you're the only one who doesn't smile when you say Erik's name!

Saying this, the young man, whose hands were burning with fever, spontaneously took the Persian's hands. They were frozen.

--Silence! fit le Persan en s'arrêtant et en écoutant les bruits lointains du théâtre et les moindres craquements qui se produisaient dans les murs et dans les couloirs voisins. Ne prononçons plus ce mot-là ici. Disons: _Il_; nous aurons moins de chances d'attirer son attention...

--Vous le croyez donc bien près de nous?

--Tout est possible, monsieur... s'il n'est pas, en ce moment, avec sa victime, _dans la demeure du Lac._

--Ah! vous aussi, vous connaissez cette demeure?

--... S'il n'est pas dans cette demeure, il peut être dans ce mur, dans ce plancher, dans ce plafond! Que sais-je?... L'œil dans cette cette serrure!... L'oreille dans cette poutre!... Et le Persan, en le priant d'assourdir le bruit de ses pas, entraîna Raoul dans des couloirs que le jeune homme n'avait jamais vus, même au temps où Christine le promenait dans ce labyrinthe.

--Pourvu, fit le Persan, pourvu que Darius soit arrivé!

--Qui est-ce, Darius? interrogea encore le jeune homme en courant.

--Darius! c'est mon domestique...

Ils étaient en ce moment au centre d'une véritable place déserte, pièce immense qu'éclairait mal un lumignon. Le Persan arrêta Raoul et, tout bas, si bas que Raoul avait peine à l'entendre, il lui demanda:

--Qu'est-ce que vous avez dit au commissaire?

--Je lui ai dit que le voleur de Christine Daaé était l'ange de la musique, dit le Fantôme de l'Opéra et que son véritable nom était...

--Pshutt!... Et le commissaire vous a cru?

--Non.

--Silence! said the Persian, stopping and listening to the distant noises of the theater and the slightest creaking that occurred in the walls and in the neighboring corridors. Let's not say that word again here. Let's say: _He_; we will be less likely to get his attention ...

"Do you think he is very close to us?"

--Everything is possible, sir ... if he is not, at this moment, with his victim, _in the house of the Lake._

--Ah! do you also know this house?

--... If he is not in this house, he may be in this wall, in this floor, in this ceiling! What do I know? ... The eye in this lock! ... The ear in this beam! ... And the Persian, begging him to muffle the sound of his footsteps, led Raoul into the corridors whom the young man had never seen, even at the time when Christine was walking him through this labyrinth.

"Provided," said the Persian, "provided Darius has arrived!"

--Who is it, Darius? the young man asked again, running.

--Darius! he is my servant ...

They were at this moment in the center of a veritable deserted place, an immense room poorly lit by a candle. The Persian stopped Raoul and, very low, so low that Raoul could hardly hear him, he asked him:

--What did you say to the superintendent?

--I told him that Christine Daaé's thief was the angel of music, said the Phantom of the Opera and that his real name was ...

--Pshutt! ... And the superintendent believed you?

--Do not.

--Il n'a point attaché à ce que vous disiez quelque importance?	"Did he not attach any importance to what you said?"
--Aucune!	--None!
--Il vous a pris un peu pour un fou?	"Did he take you for a fool?"
--Oui.	--Yes.
--Tant mieux! soupira le Persan.	--So much the better! sighed the Persian.
Et la course recommença.	And the race began again.
Après avoir monté et descendu plusieurs escaliers inconnus de Raoul, les deux hommes se trouvèrent en face d'une porte que le Persan ouvrit avec un petit passe-partout qu'il tira d'une poche de son gilet. Le Persan, comme Raoul, était naturellement en habit. Seulement, si Raoul avait un chapeau haute forme, le Persan avait un bonnet d'astrakan, ainsi que je l'ai déjà fait remarquer. C'était un accroc au code d'élégance qui régissait les coulisses où le chapeau haute forme est exigé, mais il est entendu qu'en France on permet tout aux étrangers: la casquette de voyage aux Anglais, le bonnet d'astrakan aux Persans.	After having gone up and down several stairs unknown to Raoul, the two men found themselves in front of a door which the Persian opened with a small master key which he took from a pocket of his waistcoat. The Persian, like Raoul, was naturally dressed. Only, if Raoul had a top hat, the Persian had an astrakhan cap, as I have already pointed out. It was a snag in the code of elegance that governed the backstage where the high-shaped hat is required, but it is understood that in France everything is allowed to foreigners: the travel cap to the English, the astrakhan cap to the Persians. .
--Monsieur, dit le Persan, votre chapeau haute forme va vous gêner pour l'expédition que nous projetons... Vous feriez bien de le laisser dans la loge...	`` Sir, '' said the Persian, `` your tall hat is going to hamper you for the expedition we are planning ... You would do well to leave it in the lodge ...
--Quelle loge? demandé Raoul.	--What lodge? asked Raoul.
--Mais celle de Christine Daaé!	--But that of Christine Daaé!
Et le Persan, ayant fait passer Raoul par la porte qu'il venait d'ouvrir, lui montra, en face, la loge de l'actrice.	And the Persian, having led Raoul through the door he had just opened, showed him the actress's dressing room opposite.
Raoul ignorait qu'on pût venir chez Christine par un autre chemin que celui qu'il suivait ordinairement. Il se trouvait alors à l'extrémité du couloir qu'il avait l'habitude de parcourir en entier avant de frapper à la porte de la loge.	Raoul was unaware that it was possible to come to Christine by another route than the one he usually followed. He was then at the end of the corridor that he used to go through before knocking on the door of the lodge.

--Oh! monsieur, vous connaissez bien l'Opéra!	--Oh! sir, you know the Opera well!
--Moins bien que _lui!_ fit modestement le Persan.	"Less well than _him!_ Said the Persian modestly.
Et il poussa le jeune homme dans la loge de Christine.	And he pushed the young man into Christine's box.
Elle était telle que Raoul l'avait laissée quelques instants auparavant.	It was as Raoul had left it a few moments before.
--Le Persan, après avoir refermé la porte, se dirigea vers le panneau très mince qui séparait la loge d'un vaste cabinet de débarras qui y faisait suite. Il écouta, puis, fortement, toussa.	--The Persian, after having closed the door, walked towards the very thin panel which separated the box from a vast storage room which followed it. He listened, then, loudly, coughed.
Aussitôt on entendit remuer dans le cabinet de débarras et, quelques secondes plus tard, on frappait à la porte de la loge.	Immediately we heard a stir in the storage room and, a few seconds later, there was a knock on the door of the lodge.
--Entre! dit le Persan.	--Between! said the Persian.
Un homme entra, coiffé lui aussi d'un bonnet d'astrakan et vêtu d'une longue houppelande.	A man entered, also wearing an astrakhan cap and wearing a long overcoat.
Il salua et tira de sous son manteau une boîte richement ciselée. Il la déposa sur la table de toilette, resalua et se dirigea vers la porte.	He bowed and pulled a richly crafted box from under his coat. He put it down on the dressing table, looked at it again and headed for the door.
--Personne ne t'a vu entrer, Darius?	"Has anyone seen you come in, Darius?"
--Non, maître.	- No, master.
--Que personne ne te voie sortir.	--No one can see you go out.
Le domestique risqua un coup d'œil dans le corridor, et, prestement, disparut.	The servant risked a glance in the corridor, and quickly disappeared.
--Monsieur, fit Raoul, je pense à une chose, c'est qu'on peut très bien nous surprendre ici, et cela évidemment nous gênerait. Le commissaire ne saurait tarder à venir perquisitionner dans cette loge.	"Monsieur," said Raoul, "I am thinking of one thing, which is that we may very well be surprised here, and that would obviously embarrass us." The commissioner would not be long in coming to search this lodge.
--Bah! ce n'est pas le commissaire qu'il faut craindre.	--Bah! it is not the commissioner that must be feared.

Le Persan avait ouvert la boîte. Il s'y trouvait une paire de longs pistolets, d'un dessin et d'un ornement magnifiques.	The Persian had opened the box. There was a pair of long pistols, beautifully designed and ornamented.
--Aussitôt après l'enlèvement de Christine Daaé, j'ai fait prévenir mon domestique d'avoir à m'apporter ces armes, monsieur. Je les connais depuis longtemps, il n'en est point de plus sûres.	- Immediately after the kidnapping of Christine Daaé, I warned my servant to have to bring me these weapons, sir. I have known them for a long time, there are none more certain.
--Vous voulez vous battre en duel! interrogea le jeune homme, surpris de l'arrivée de cet arsenal.	- You want to duel! asked the young man, surprised at the arrival of this arsenal.
--C'est bien, en effet, à un duel que nous allons, monsieur, répondit l'autre en examinant l'amorce de ses pistolets. Et quel duel!	"It is indeed well that we are going to a duel, sir," replied the other, examining the primer of his pistols. And what a duel!
Sur quoi il tendit un pistolet à Raoul et lui dit encore:	Whereupon he handed a pistol to Raoul and said to him again:
--Dans ce duel, nous serons deux contre un: mais soyez prêt à tout, monsieur, car je ne vous cache pas que nous allons avoir affaire au plus terrible adversaire qu'il soit possible d'imaginer. Mais vous aimez Christine Daaé, n'est-ce pas?	- In this duel, we will be two against one: but be prepared for anything, sir, because I do not hide from you that we are going to be dealing with the most terrible adversary that it is possible to imagine. But you love Christine Daaé, don't you?
--Si je l'aime, monsieur! Mais vous, qui ne l'aimez pas, m'expliquerez-vous pourquoi je vous trouve prêt à risquer votre vie pour elle!... Vous haïssez certainement Erik!	--If I love him, sir! But you, who don't love her, will you explain to me why I find you ready to risk your life for her! ... You certainly hate Erik!
--Non, monsieur, dit tristement le Persan, je ne le hais pas. Si je le haïssais, il y a longtemps qu'il ne ferait plus de mal.	`` No, sir, '' said the Persian sadly, `` I don't hate him. If I hated him, he wouldn't hurt a long time ago.
--Il vous a fait du mal à vous?...	--He hurt you? ...
--Le mal qu'il m'a fait à moi, je le lui ai pardonné.	--The harm he did to me, I forgave him.
--C'est tout à fait extraordinaire, reprit le jeune homme, de vous entendre parler de cet homme! Vous le traitez de monstre, vous parlez de ses crimes, il vous a fait du mal et je retrouve chez vous cette pitié inouïe qui me désespérait chez Christine elle-même!...	`` It is quite extraordinary, '' continued the young man, `` to hear you speak of this man! You call him a monster, you talk about his crimes, he has hurt you and I find in you that incredible pity which despaired me in Christine herself! ...
Le Persan ne répondit pas. Il était allé prendre un tabouret et l'avait apporté contre le mur opposé à la grande glace qui tenait tout le pan d'en face.	The Persian did not answer. He had gone to get a stool and had brought it against the wall opposite the large mirror which held the entire opposite

Puis il était monté sur le tabouret et, le nez sur le papier dont le mur était tapissé, il semblait chercher quelque chose.

--Eh bien! monsieur! fit Raoul, qui bouillait d'impatience. Je vous attends. Allons!

--Allons où? demanda l'autre sans détourner la tête.

--Mais au devant du monstre! Descendons! Ne m'avez-vous point dit que vous en aviez le moyen?

--Je le cherche.

Et le nez du Persan se promena encore tout le long de la muraille.

--Ah! fit tout à coup l'homme au bonnet, c'est là! Et son doigt, au-dessus de sa tête, appuya sur un coin du dessin du papier.

Puis il se retourna et se jeta à bas du tabouret.

--Dans une demi-minute, dit-il, nous serons _sur son chemin!_

Et, traversant toute la loge, il alla tâter la grande glace.

--Non! Elle ne cède pas encore... murmura-t-il.

--Oh! nous allons sortir par la glace, fit Raoul!... Comme Christine!...

--Vous saviez donc que Christine Daaé était sortie par cette glace?

--Devant moi, monsieur!... J'étais caché là sous le rideau du cabinet de toilette et je l'ai vue disparaître, non point par la glace, mais dans la glace!

--Et qu'est-ce que vous avez fait?

--J'ai cru, monsieur, à une aberration de mes sens!

side. Then he climbed onto the stool and, his nose on the paper with the wall lined, he seemed to be looking for something.

--Well! Sir! said Raoul, who was boiling with impatience. I'm waiting for you. Let's go!

- Where are we going? asked the other without looking away.

--But in front of the monster! Let's go down! Did you not tell me that you had the means?

--I'm looking for it.

And the Persian's nose still wandered all along the wall.

--Ah! suddenly said the man in the bonnet, it is there! And his finger, above his head, rested on a corner of the drawing on the paper.

Then he turned and threw himself off the stool.

`` In half a minute, '' he said, `` we'll be _on his way!_

And, crossing the whole box, he went to feel the large mirror.

--No! She's not giving in yet ... he whispered.

--Oh! we are going out by the mirror, said Raoul! ... Like Christine! ...

- So you knew that Christine Daaé had come out through this mirror?

"In front of me, sir! ... I was hidden there under the curtain of the dressing room and I saw her disappear, not through the mirror, but into the mirror!"

--And what did you do?

"I believed, sir, in an aberration of my senses!" to

à la folie! à un rêve!	insanity! to a dream!
--À quelque nouvelle fantaisie du fantôme, ricana le Persan... Ah! monsieur de Chagny, continua-t-il en tenant toujours sa main sur la glace... plût au ciel que nous eussions affaire à un fantôme! Nous pourrions laisser dans leur boîte notre paire de pistolets!... Déposez votre chapeau, je vous prie... là... et maintenant refermez votre habit le plus que vous pourrez sur votre plastron... comme moi... rabaissez les revers... relevez le col... nous devons nous faire aussi invisibles que possible...	"To some new fantasy of the phantom," the Persian sneered. Ah! Monsieur de Chagny, he continued, still holding his hand on the mirror ... would to Heaven that we were dealing with a ghost! We could leave our pair of pistols in their box! ... Put down your hat, please ... there ... and now close your coat as much as you can on your breastplate ... like me ... lower the lapels ... raise the collar ... we have to make ourselves as invisible as possible ...
Il ajouta encore, après un court silence, et en pesant sur la glace:	He added again, after a short silence, and weighing down on the mirror:
--Le déclenchement du contrepoids, quand on agit sur le ressort à l'intérieur de la loge est un peu lent à produire son effet. Il n'en est point de même quand on est derrière le mur et qu'on peut agir directement sur le contrepoids. Alors, la glace tourne, instantanément, et est emportée avec une rapidité folle...	--The triggering of the counterweight, when we act on the spring inside the box, is a little slow to produce its effect. It is not the same when you are behind the wall and can act directly on the counterweight. Then, the ice cream turns, instantly, and is carried away with insane rapidity ...
--Quel contrepoids? demanda Raoul.	--What counterweight? asked Raoul.
--Eh bien! mais, celui qui fait se soulever tout ce pan de mur sur son pivot! Vous pensez bien qu'il ne se déplace pas tout seul, par enchantement!	--Well! but, the one who makes all this section of wall rise on its pivot! You can imagine that it does not move by itself, by magic!
Et le Persan, attirant d'une main Raoul, tout contre lui, appuyait toujours de l'autre (de celle qui tenait le pistolet) contre la glace.	And the Persian, drawing Raoul against him with one hand, still leaning with the other (of the one holding the pistol) against the ice.
--Vous allez voir, tout à l'heure, si vous y faites bien attention, la glace se soulever de quelques millimètres et puis se déplacer de quelques autres millimètres de gauche à droite. Elle sera alors sur un pivot, et elle tournera. On ne saura jamais ce qu'on peut faire avec un contrepoids! Un enfant peut, de son petit doigt, faire tourner une maison... quand un pan de mur, si lourd soit-il, est amené par le contrepoids sur son pivot, bien en équilibre, il ne pèse pas plus qu'une toupie sur sa pointe.	- You will see, in a little while, if you pay attention to it, the ice rises a few millimeters and then moves a few more millimeters from left to right. It will then be on a pivot, and it will rotate. We will never know what we can do with a counterweight! A child can turn a house with his little finger ... when a section of wall, however heavy, is brought by the counterweight on its pivot, well balanced, it does not weigh more than a top on its tip.
--Ça ne tourne pas! fit Raoul, impatient.	--It does not turn! Raoul said impatiently.
--Eh! attendez donc! Vous avez le temps de vous impatienter, monsieur! La mécanique,	--He! wait then! You have time to get impatient, sir! The mechanics, obviously, are rusted or the

évidemment, est rouillée ou le ressort ne marche plus.

Le front du Persan devint soucieux.

--Et puis, dit-il, il peut y avoir autre chose.

--Quoi donc, monsieur!

--Il a peut-être tout simplement coupé la corde du contrepoids et immobilisé tout le système...

--Pourquoi? Il ignore que nous allons descendre par là?

--Il s'en doute peut-être, car il n'ignore pas que je connais le système.

--C'est lui qui vous l'a montré?

--Non! j'ai cherché derrière lui, et derrière ses disparitions mystérieuses, et j'ai trouvé. Oh! c'est le système le plus simple des portes secrètes! c'est une mécanique vieille comme les palais sacrés de Thèbes aux cent portes comme la salle du trône d'Ecbatane, comme la salle du trépied à Delphes.

--Ça ne tourne pas!... Et Christine, monsieur!... Christine!...

Le Persan dit froidement:

--Nous ferons tout ce qu'il est humainement possible de faire!... mais il peut, lui, nous arrêter dès les premiers pas!

--Il est donc le maître de ces murs?

--Il commande aux murs, aux portes, aux trappes. Chez nous, on l'appelait d'un nom qui signifie: l'_amateur de trappes._

--C'est bien ainsi que Christine m'en avait parlé... avec le même mystère et en lui accordant la même redoutable puissance?... Mais tout ceci me paraît

spring does not work.

The Persian's front grew anxious.

`` And then, '' he said, `` there may be something else.

--What, sir!

`` Maybe he just cut the counterweight rope and immobilized the whole system ...

--Why? Does he not know that we are going down that way?

--He suspects it perhaps, because he is aware that I know the system.

"Did he show it to you?"

--No! I looked behind him, and behind his mysterious disappearances, and I found. Oh! it is the simplest system of secret doors! it is an old mechanism like the sacred palaces of Thebes with a hundred doors like the throne room of Ecbatana, like the tripod room at Delphi.

--It does not turn! ... And Christine, sir! ... Christine! ...

The Persian says coldly:

--We will do everything that is humanly possible to do! ... but he can stop us from the very first steps!

"So he is the master of these walls?"

--He commands the walls, the doors, the hatches. With us, we called him by a name which means: the trap lover.

"Is that how Christine told me about it ... with the same mystery and giving her the same formidable power? ... But all this seems very extraordinary to

bien extraordinaire!... Pourquoi ces murs lui obéissent-ils, à lui seul? Il ne les a pas construits?

--Si, monsieur!

Et comme Raoul le regardait, interloqué, le Persan lui fit signe de se taire, puis son geste lui montra la glace... Ce fut comme un tremblant reflet. Leur double image se troubla comme dans une onde frissonnante, et puis tout redevint immobile.

--Vous voyez bien, monsieur, que ça ne tourne pas! Prenons un autre chemin!

--Ce soir, il n'y en a pas d'autres! déclara le Persan, d'une voix singulièrement lugubre... Et maintenant, attention! et tenez-vous prêt à tirer!

Il dressa lui-même son pistolet en face de la glace. Raoul imita son geste. Le Persan attira de son bras resté libre le jeune homme jusque sur sa poitrine, et soudain la glace tourna dans un éblouissement, un croisement de feux aveuglant; elle tourna, telle l'une de ces portes roulantes à compartiments qui s'ouvre maintenant sur les salles publiques... elle tourna, emportant Raoul et le Persan dans son mouvement irrésistible et les jetant brusquement de la pleine lumière à la plus profonde obscurité.

me! ... Why do these walls obey her?" they, alone? Didn't he build them?

- Yes, sir!

And as Raoul looked at him, taken aback, the Persian made a sign to him to be silent, then his gesture showed him the ice ... It was like a trembling reflection. Their double image was disturbed as in a shivering wave, and then everything became still again.

- You see, sir, that it does not turn! Let's take another path!

--This evening, there are no others! declared the Persian, in a singularly dismal voice ... And now, beware! and get ready to shoot!

He himself raised his pistol in front of the mirror. Raoul imitated his gesture. The Persian drew the young man with his arm, which remained free, to his chest, and suddenly the mirror turned in a dazzle, a blinding crossing of lights; it turned, like one of those rolling compartment doors which now opens onto the public rooms ... it turned, carrying Raoul and the Persian in its irresistible movement and throwing them abruptly from full light to the deepest darkness .

XXI

DANS LES DESSOUS DE L'OPÉRA

La main haute, prête à tirer! répéta hâtivement le compagnon de Raoul. Derrière eux, le mur, continuant à faire un tour complet sur lui-même, s'était refermé.

Les deux hommes restèrent quelques instants immobiles, retenant leur respiration.

Dans ces ténèbres régnait un silence que rien ne venait troubler.

Enfin, le Persan se décida à faire un mouvement, et Raoul l'entendit qui glissait à genoux, cherchant quelque chose dans la nuit, de ses mains tâtonnantes.

Soudain, devant le jeune homme, les ténèbres s'éclairèrent prudemment au feu d'une petite lanterne sourde, et Raoul eut un recul instinctif comme pour échapper à l'investigation d'un secret ennemi. Mais il comprit aussitôt que ce feu appartenait au Persan, dont il suivait tous les gestes. Le petit disque rouge se promenait sur les parois, en haut, en bas, tout autour d'eux, méticuleusement. Ces parois étaient formées, à droite d'un mur, à gauche d'une cloison en planches, au-dessus et au-dessous des planchers. Et Raoul se disait que Christine avait passé par là le jour où elle avait suivi la voix de l'_Ange de la musique._ Ce devait être là le chemin accoutumé d'Erik quand il venait à travers les murs surprendre la bonne foi et intriguer l'innocence de Christine. Et Raoul qui se rappelait les propos du Persan, pensa que ce chemin avait été mystérieusement établi par les soins du Fantôme lui-même. Or, il devait apprendre plus tard qu'Erik avait trouvé là, tout préparé pour lui, un corridor secret dont longtemps il était resté le seul à connaître l'existence. Ce corridor avait été créé lors de la Commune de Paris pour permettre aux geôliers de conduire directement leurs prisonniers aux cachots que l'on avait construits dans les caves, car les fédérés avaient occupé le bâtiment aussitôt après le 18 mars et en avaient fait tout en haut un point de départ pour les montgolfières chargées d'aller porter dans les départements leurs proclamations incendiaires, et, tout en bas, une

XXI

BELOW THE OPERA

Hand up, ready to shoot! repeated Raoul's companion hastily. Behind them, the wall, continuing to turn completely around itself, had closed.

The two men stood still for a few moments, holding their breaths.

In this darkness reigned a silence that nothing came to disturb.

Finally, the Persian made up his mind to make a movement, and Raoul heard him slipping on his knees, looking for something in the night, with his groping hands.

Suddenly, in front of the young man, the darkness cautiously lit up with the fire of a small dull lantern, and Raoul instinctively stepped back as if to escape the investigation of an enemy secret. But he immediately understood that this fire belonged to the Persian, whose every gesture he followed. The little red disc was walking along the walls, up, down, all around them, meticulously. These walls were formed, to the right of a wall, to the left of a plank partition, above and below the floors. And Raoul said to himself that Christine had been there the day she had followed the voice of the_Angel of music. the innocence of Christine. And Raoul, who remembered the words of the Persian, thought that this path had been mysteriously established by the care of the Phantom himself. However, he was to learn later that Erik had found there, all prepared for him, a secret corridor of which for a long time he was the only one to know the existence. This corridor had been created during the Paris Commune to allow the jailers to lead their prisoners directly to the dungeons that had been built in the cellars, because the federates had occupied the building immediately after March 18 and had done everything in above, a starting point for the hot-air balloons responsible for carrying their incendiary proclamations to the departments, and, at the very bottom, a state prison.

prison d'État.

Le Persan s'était mis à genoux et avait déposé par terre sa lanterne. Il semblait occupé à une rapide besogne dans le plancher et, tout à coup, il voila sa lumière.

Alors Raoul entendit un léger déclic et aperçut dans le plancher du corridor un carré lumineux très pâle. C'était comme si une fenêtre venait de s'ouvrir sur les dessous encore éclairés de l'Opéra. Raoul ne voyait plus le Persan, mais il le sentit soudain à ses côtés et il entendit son souffle.

--Suivez-moi, et faites tout ce que je ferai.

Raoul fut dirigé vers la lucarne lumineuse. Alors, il vit le Persan qui s'agenouillait encore et qui, se suspendant par les mains à la lucarne, se laissait glisser dans les dessous. Le Persan tenait alors son pistolet entre les dents.

Chose curieuse, le vicomte avait pleinement confiance dans le Persan. Malgré qu'il ignorât tout de lui, et que la plupart de ses propos n'eussent fait qu'augmenter l'obscurité de cette aventure, il n'hésitait point à croire que, dans cette heure décisive, le Persan était avec lui contre Erik. Son émotion lui avait paru sincère quand il lui avait parlé du «monstre»; l'intérêt qu'il lui avait montré ne lui semblait point suspect. Enfin, si le Persan avait nourri quelque sinistre projet contre Raoul, il n'eût pas armé celui-ci de ses propres mains. Et puis, pour tout dire, ne fallait-il point arriver coûte, que coûte, auprès de Christine? Raoul n'avait pas le choix des moyens. S'il avait hésité, même avec des doutes sur les intentions du Persan, le jeune homme se fût considéré comme le dernier des lâches.

Raoul, à son tour, s'agenouilla et se suspendit à la trappe, des deux mains. «Lâchez tout!» entendit-il, et il tomba dans les bras du Persan qui lui ordonna aussitôt de se jeter à plat ventre, referma au-dessus de leurs têtes la trappe, sans que Raoul pût voir par quel stratagème, et vint se coucher aux côtés du vicomte. Celui-ci voulut lui poser une question, mais la main du Persan s'appuya sur sa bouche et aussitôt il entendit une voix qu'il reconnut pour être

The Persian had knelt down and dropped his lantern on the ground. He seemed busy doing a quick job on the floor, and suddenly there was his light.

Then Raoul heard a slight click and saw a very pale bright square in the corridor floor. It was as if a window had just opened on the still-lit basements of the Opera. Raoul could no longer see the Persian, but he suddenly felt him by his side and he heard his breath.

- Follow me, and do whatever I will.

Raoul was directed towards the luminous skylight. Then he saw the Persian who was still kneeling and who, hanging by his hands from the skylight, let himself slide under it. The Persian then held his pistol between his teeth.

Oddly enough, the viscount had full confidence in the Persian. Although he was ignorant of everything about him, and that most of his words would have only increased the obscurity of this adventure, he did not hesitate to believe that, in this decisive hour, the Persian was with him against Erik. His emotion had seemed sincere to him when he had spoken to him about the "monster"; the interest which he had shown her did not seem to him suspect. Finally, if the Persian had fostered some sinister project against Raoul, he would not have armed the latter with his own hands. And then, to be honest, was it not necessary to arrive at whatever cost, at what cost, to Christine? Raoul had no choice of means. If he had hesitated, even with doubts about the Persian's intentions, the young man would have considered himself the last of the cowards.

Raoul, in turn, knelt down and hung from the hatch with both hands. "Drop everything!" he heard, and he fell into the arms of the Persian, who at once ordered him to throw himself flat on his stomach, closed the hatch over their heads, without Raoul being able to see by what stratagem, and came to bed beside the viscount. . He wanted to ask him a question, but the Persian's hand rested on his mouth, and at once

celle du commissaire de police qui tout à l'heure l'avait interrogé.

Raoul et le Persan se trouvaient alors tous deux derrière un cloisonnement qui les dissimulait parfaitement. Près de là, un étroit escalier montait à une petite pièce, dans laquelle le commissaire devait se promener en posant des questions, car on entendait le bruit de ses pas en même temps que celui de sa voix.

La lumière qui entourait les objets était bien faible, mais, en sortant de cette obscurité épaisse qui régnait dans le couloir secret du haut, Raoul n'eut point de peine à distinguer la forme des choses.

Et il ne put retenir une sourde exclamation, car il y avait là trois cadavres.

Le premier était étendu sur l'étroit palier du petit escalier qui montait jusqu'à la porte derrière laquelle on entendait le commissaire; les deux autres avaient roulé au bas de cet escalier, les bras en croix. Raoul, en passant ses doigts à travers le cloisonnement qui le cachait, eût pu toucher la main de l'un de ces malheureux.

--Silence! fit encore le Persan dans un souffle.

Lui aussi avait vu les corps étendus et il eut un mot pour tout expliquer:

--_Lui!_

La voix du commissaire se faisait alors entendre avec plus d'éclat. Il réclamait des explications sur le système d'éclairage, que le régisseur lui donnait. Le commissaire devait donc se trouver dans le «jeu d'orgue» ou dans ses dépendances. Contrairement à ce que l'on pourrait croire, surtout quand il s'agit d'un théâtre d'opéra, le «jeu d'orgue» n'est nullement destiné à faire de la musique.

À cette époque, l'électricité n'était employée que pour certains effets scéniques très restreints et pour les sonneries. L'immense bâtiment et la scène elle-

he heard a voice which he recognized to be that of the police commissioner who had just interrogated him.

Raoul and the Persian were then both behind a partition which concealed them perfectly. Near there, a narrow staircase led to a small room, in which the commissioner had to walk asking questions, for the sound of his footsteps could be heard at the same time as that of his voice.

The light which surrounded the objects was very weak, but, coming out of this thick darkness which reigned in the secret corridor at the top, Raoul had no difficulty in distinguishing the shape of the things.

And he could not restrain a dull exclamation, for there were three corpses there.

The first was stretched out on the narrow landing of the little staircase which led up to the door behind which the commissioner could be heard; the other two had rolled down this staircase with their arms outstretched. Raoul, by passing his fingers through the partition which hid him, could have touched the hand of one of these unfortunates.

--Silence! said the Persian again under his breath.

He too had seen the bodies lying down and he had a note to explain everything:

--_His!_

The voice of the commissioner was then heard with more brilliance. He demanded explanations about the lighting system, which the manager gave him. The commissioner must therefore be in the "organ set" or in its outbuildings. Contrary to what one might think, especially when it comes to an opera theater, the "organ playing" is not intended to make music.

At that time, electricity was only used for certain very limited stage effects and for ringing tones. The immense building and the stage itself were

même étaient encore éclairés au gaz et c'était toujours avec le gaz hydrogène qu'on réglait et modifiait l'éclairage d'un décor, et cela au moyen d'un appareil spécial auquel la multiplicité de ses tuyaux a fait donner le nom de «_jeu d'orgue_».

Une niche était réservée à côté du trou du souffleur, au chef d'éclairage, qui, de là, donnait ses ordres à ses employés et en surveillait l'exécution. C'est dans cette niche que, à toutes les représentations, se tenait Mauclair.

Or, Mauclair n'était point dans sa niche et ses employés m'étaient point à leur place.

--Mauclair! Mauclair!

La voix du régisseur résonnait maintenant dans les dessous comme dans un tambour. Mais Mauclair ne répondait pas:

Nous avons dit qu'une porte ouvrait sur un petit escalier qui montait du deuxième dessous. Le commissaire la poussa, mais elle résista: «Tiens! Tiens! fit-il... Voyez donc, monsieur le régisseur, je ne peux pas ouvrir cette porte... est-elle toujours aussi difficile?»

Le régisseur, d'un vigoureux coup d'épaule, poussa la porte. Il s'aperçut qu'il poussait en même temps un corps humain et ne put retenir une exclamation: ce corps, il le reconnut tout de suite:

--Mauclair!

Tous les personnages qui avaient suivi le commissaire dans cette visite au jeu d'orgue s'avancèrent, inquiets.

--Le malheureux! Il est mort, gémit le régisseur.

Mais M. le commissaire Mifroid, que rien ne surprend, était déjà penché sur ce grand corps.

--Non, fit-il, il est ivre-mort! ça n'est pas la même

still lit by gas and it was always with hydrogen gas that the lighting of a set was regulated and modified, and this by means of a special device to which the multiplicity of his pipes gave the name of "organ game".

A niche was reserved next to the blower's hole, for the lighting manager, who, from there, gave his orders to his employees and supervised their execution. It is in this niche that, at all the performances, Mauclair stood.

However, Mauclair was not in his niche and his employees were not in their place.

--Mauclair! Mauclair!

The manager's voice now echoed below like a drum. But Mauclair did not answer:

We said that a door opened on a small staircase which went up from the second below. The superintendent pushed her away, but she resisted: "Here! Take! he said ... See, sir, I can't open this door ... is it still so difficult? "

The manager pushed open the door with a vigorous nudge. He noticed that he was pushing a human body at the same time and could not restrain an exclamation: this body, he recognized immediately:

--Mauclair!

All the characters who had followed the commissioner on this visit to the organ playing came forward, worried.

--The unfortunate! He's dead, moans the manager.

But Commissioner Mifroid, whom nothing surprises, was already leaning over this large body.

"No," he said, "he's dead drunk!" it is not the

chose.	same thing.
--Ce serait la première fois, déclara le régisseur.	"It would be the first time," declared the manager.
--Alors, on lui a fait prendre un narcotique... C'est bien possible.	--So, we made him take a narcotic ... It is quite possible.
Mifroid se releva, descendit encore quelques marches et s'écria:	Mifroid stood up, went down a few more steps, and exclaimed:
--Regardez!	--Look!
À la lueur d'un petit fanal rouge, au bas de l'escalier, deux autres corps étaient étendus. Le régisseur reconnut les aides de Mauclair... Mifroid descendit, les ausculta.	By the light of a small red lantern, at the bottom of the stairs, two other bodies were stretched out. The manager recognized Mauclair's helpers ... Mifroid went downstairs and auscultated them.
--Ils dorment profondément, dit-il. Très curieuse affaire! Nous ne pouvons plus douter de l'intervention d'un inconnu dans le service de l'éclairage... et cet inconnu travaillait évidemment pour le ravisseur!... Mais quelle drôle d'idée de ravir une artiste en scène!... C'est jouer la difficulté, cela, ou je ne m'y connais pas! Qu'on aille me chercher le médecin du théâtre.	"They sleep soundly," he said. Very curious affair! We can no longer doubt the intervention of a stranger in the lighting service ... and this stranger obviously worked for the kidnapper! ... But what a strange idea to delight an artist on stage! .. It is playing the difficulty, that, or I do not know myself! Get me the theater doctor.
Et M. Mifroid répéta:	And Mr. Mifroid repeated:
--Curieuse! très curieuse affaire!	--Curious! very curious affair!
Puis il se tourna vers l'intérieur de la petite pièce, s'adressant à des personnes que, de l'endroit où ils se trouvaient, ni Raoul ni le Persan ne pouvaient apercevoir.	Then he turned inside the small room, addressing people that neither Raoul nor the Persian could see from where they were.
--Que dites-vous de tout ceci, messieurs? demanda-t-il. Il n'y a que vous qui ne donnez point votre avis. Vous devez bien avoir cependant une petite opinion...	"What do you say about all this, gentlemen?" he asked. It is only you who do not give your opinion. However, you must have a small opinion ...
Alors, au-dessus du palier, Raoul et le Persan virent s'avancer les deux figures effarées de MM. les directeurs,--on ne voyait que leurs figures au-dessus du palier--et ils entendirent la voix émue de Moncharmin:	Then, above the landing, Raoul and the Persian saw the two frightened figures of MM. the directors - only their faces could be seen above the landing - and they heard Moncharmin's moved voice:

--Il se passe ici, monsieur le commissaire, des choses que nous ne pouvons nous expliquer.	"There are things going on here, Commissioner, which we cannot explain to ourselves."
Et les deux figures disparurent.	And the two figures disappeared.
--Merci du renseignement, messieurs, fit Mifroid, goguenard.	"Thanks for the information, gentlemen," Mifroid said mockingly.
--Mais le régisseur, dont le menton reposait alors dans le creux de la main droite, ce qui est le geste de la réflexion profonde, dit:	`` But the manager, whose chin was then resting in the hollow of his right hand, which is the gesture of deep reflection, said:
--Ce n'est point la première fois que Mauclair s'endort au théâtre. Je me rappelle l'avoir trouvé un soir, ronflant dans sa petite niche, à côté de sa tabatière.	--This is not the first time that Mauclair has fallen asleep at the theater. I remember finding him one evening, snoring in his little niche, next to his snuffbox.
--Il y a longtemps de cela? demanda M. Mifroid, en essuyant avec un soin méticuleux les verres de son lorgnon, car, M. le commissaire était myope, ainsi qu'il arrive aux plus beaux yeux du monde.	- Was that a long time ago? asked M. Mifroid, wiping the glasses of his eyeglass with meticulous care, for the commissioner was short-sighted, as happens to the most beautiful eyes in the world.
--Mon Dieu!... fit le régisseur... non, il n'y a pas bien longtemps... Tenez!... C'était le soir... Ma foi oui... c'était le soir où la Carlotta, vous savez bien, monsieur le commissaire, a lancé son fameux couac!...	- My God! ... said the manager ... no, not long ago ... Here! ... It was evening ... Well, yes ... it was the evening when the Carlotta, you know very well, Commissioner, launched her famous quack! ...
--Vraiment, le soir où la Carlotta a lancé son fameux couac?	- Really, the night the Carlotta threw her famous quack?
Et M. Mifroid ayant remis sur son nez le binocle aux glaces transparentes, fixa attentivement le régisseur, comme s'il voulait pénétrer sa pensée.	And M. Mifroid, having put the binoculars with the transparent mirrors back on his nose, stared attentively at the manager, as if he wanted to penetrate his thoughts.
--Mauclair prise donc?... demanda-t-il d'un ton négligent.	`` Mauclair taken then? ... '' he asked in a careless tone.
--Mais oui, monsieur le commissaire... Tenez, voici justement sur cette planchette sa tabatière... Oh! c'est un grand priseur.	"But yes, Mr. Superintendent ... Look, here is his snuffbox on this board ... Oh!" he's a big appraiser.
--Et moi aussi! fit M. Mifroid, et il mit la tabatière dans sa poche.	--And me too! said M. Mifroid, and put the snuffbox in his pocket.
Raoul et le Persan assistèrent, sans que nul ne	Raoul and the Persian attended, without anyone

soupçonnât leur présence, au transport des trois corps que des machinistes vinrent enlever. Le commissaire les suivit et tout le monde derrière lui, remonta. On entendit, quelques instants encore, leurs pas qui résonnaient sur le plateau.

Quand ils furent seuls, le Persan fit signe a Raoul de se soulever. Celui-ci obéit; mais comme, en même temps, il n'avait point replacé la main haute devant les yeux, prête à tirer, ainsi que le Persan ne manquait pas de le faire, celui-ci lui recommanda de prendre à nouveau cette position et de ne point s'en départir, quoi qu'il arrivât.

--Mais cela fatigue la main inutilement! murmura Raoul, et si je tire, je ne serai plus sûr de moi!

--Changez votre arme de main, alors! concéda le Persan.

--Je ne sais pas tirer de la main gauche!

À quoi le Persan répondit par cette déclaration bizarre, qui n'était point faite évidemment pour éclaircir la situation dans le cerveau bouleversé du jeune homme:

--_Il ne s'agit point de tirer de la main gauche ou de la main droite; il s'agit d'avoir l'une de vos mains placée comme si elle allait faire jouer la gâchette d'un pistolet, le bras étant à demi replié; quant au pistolet en lui-même, après tout, vous pouvez le mettre dans votre poche._

Et il ajouta:

--Que ceci soit entendu, ou je ne réponds plus de rien! C'est une question de vie ou de mort. Maintenant, silence et suivez-moi!

Ils se trouvaient alors dans le deuxième dessous; Raoul ne faisait qu'entrevoir à la lueur de quelques lumignons immobiles, ça et là, dans leurs prisons de verre, une infime partie de cet abîme extravagant, sublime et enfantin, amusant comme une boîte de Guignol, effrayant comme un gouffre, que sont les dessous de la scène à l'Opéra.

suspecting their presence, the transport of the three bodies that the machinists came to remove. The commissioner followed them and everyone behind him climbed back up. Their footsteps echoed on the stage for a few moments more.

When they were alone, the Persian made a sign to Raoul to rise up. This one obeys; but as, at the same time, he had not replaced his high hand in front of his eyes, ready to shoot, as the Persian did not fail to do, the latter recommended that he take this position again and not get rid of it, no matter what.

--But that tires the hand unnecessarily! murmured Raoul, and if I shoot, I won't be sure of myself!

- Change your hand weapon, then! conceded the Persian.

--I don't know how to shoot with my left hand!

To which the Persian replied with this bizarre declaration, which was obviously not made to clarify the situation in the young man's upset brain:

--_ It is not a question of shooting with the left hand or the right hand; it is a question of having one of your hands placed as if it were going to trigger the trigger of a pistol, the arm being half folded; as for the gun itself, after all, you can put it in your pocket.

And he added:

- May this be understood, or I will no longer answer for anything! Its a question of life or death. Now silence and follow me!

They were then in the second below; Raoul only glimpsed in the light of a few motionless candles, here and there, in their glass prisons, a tiny part of this extravagant, sublime and childish abyss, amusing like a box of Guignol, frightening like an abyss, which are the underside of the stage at the Opera.

Ils sont formidables et au nombre de cinq. Ils reproduisent tous les plans de la scène, ses trappes et ses trappillons. Les costières seules y sont remplacées par des rails. Des charpentes transversales supportent trappes et trappillons. Des poteaux, reposant sur des dés de fonte ou de pierre, de sablières ou «chapeaux de forme», forment des séries de fermes qui permettent de laisser un libre passage aux «gloires» et autres combinaisons ou trucs. On donne à ces appareils une certaine stabilité en les reliant au moyen de crochets de fer et suivant les besoins du moment. Les treuils, les tambours, les contrepoids sont généreusement distribués dans les dessous. Ils servent à manœuvrer les grands décors, à opérer les changements à vue, à provoquer la disparition subite des personnages de féerie. C'est des dessous, ont dit MM. X., Y., Z., qui ont consacré à l'œuvre de Garnier une étude si intéressante, c'est des dessous qu'on transforme les cacochymes en beaux cavaliers, les sorcières hideuses en fées radieuses de jeunesse. Satan vient des dessous, de même qu'il s'y enfonce. Les lumières de l'enfer s'en échappent, les chœurs des démons y. prennent place.	They are formidable and five in number. They reproduce all the shots of the stage, its hatches and hatches. The curbs alone are replaced by rails. Transverse frames support hatches and hatches. Posts, resting on dice of cast iron or stone, sand pits or "shaped hats", form a series of trusses which allow free passage to "glories" and other combinations or tricks. These devices are given a certain stability by connecting them by means of iron hooks and according to the needs of the moment. Winches, drums, counterweights are generously distributed in the underside. They are used to maneuver large sets, to make changes on sight, to provoke the sudden disappearance of fairy characters. It is underneath, said MM. X., Y., Z., who have devoted such an interesting study to Garnier's work, it is from underwear that the cacochymes are transformed into beautiful horsemen, the hideous witches into radiant fairies of youth. Satan comes from below, just as he sinks into it. The lights of hell escape, the choirs of demons there. take place.
... Et les fantômes s'y promènent comme chez eux...	... And the ghosts wander there like at home ...
Raoul suivait le Persan, obéissant à la lettre à ses recommandations, n'essayant point de comprendre les gestes qu'il lui ordonnait... se disant qu'il n'avait plus d'espoir qu'en lui.	Raoul followed the Persian, obeying the letter to his recommendations, not trying to understand the gestures he was ordering him ... telling himself that he had hope only in him.
... Qu'eût-il fait sans son compagnon dans cet effarant dédale?	... What would he have done without his companion in this frightening maze?
N'eût-il point été arrêté à chaque pas, par l'entrecroisement prodigieux des poutres et des cordages? Ne se serait-il point pris, à ne pouvoir s'en dépêtrer, dans cette toile d'araignée gigantesque?	Would he not have been stopped at every step, by the prodigious intersection of beams and ropes? Would he not have been caught, unable to get rid of it, in this gigantic cobweb?
Et s'il avait pu passer à travers ce réseau de fils et de contrepoids sans cesse renaissant devant lui, ne courait-il point le risque de tomber dans l'un de ces trous qui s'ouvraient par instants sous ses pas et dont l'œil n'apercevait point le fond de ténèbres!	And if he had been able to pass through this network of threads and counterweights constantly reborn before him, was he not running the risk of falling into one of those holes which opened up at times under his feet and whose his eye could not see the depths of darkness!
... Ils descendaient... Ils descendaient encore...	... They were going down ... They were going

	down again ...
Maintenant, ils étaient dans le troisième dessous.	Now they were in the third below.
Et leur marche était toujours éclairée par quelque lumignon lointain.	And their walk was still lit by some distant light.
Plus l'on descendait et plus le Persan semblait prendre de précautions... Il ne cessait de se retourner vers Raoul et de lui recommander de se tenir comme il le fallait, en lui montrant la façon dont il tenait lui-même son poing, maintenant désarmé, mais toujours prêt à tirer comme s'il avait eu un pistolet.	The more we went down, the more the Persian seemed to be taking precautions ... He kept turning to Raoul and recommending that he behave as he should, showing him the way he himself held his fist, now disarmed, but still ready to fire as if he had had a pistol.
Tout à coup une voix retentissante les cloua sur place. Quelqu'un, au-dessus d'eux, hurlait.	Suddenly a resounding voice nailed them to the spot. Someone above them was screaming.
--Sur le plateau tous les «fermeurs de portes!» Le commissaire de police les demande?	--On the plateau all the "door closers!" The police superintendent asks for them?
... On entendit des pas, et des ombres glissèrent dans l'ombre. Le Persan avait attiré Raoul derrière un portant... Ils virent passer près d'eux, au-dessus d'eux, des vieillards courbés par les ans et le fardeau ancien des décors d'opéra. Certains pouvaient à peine se traîner...; d'autres, par habitude, l'échine basse et les mains en avant, cherchaient des portes à fermer.	... Footsteps were heard, and shadows slipped into the shadows. The Persian had drawn Raoul behind a clothes rack ... They saw passing near them, above them, old men bent over by the years and the ancient burden of opera sets. Some could hardly drag themselves ...; others, out of habit, with low spines and outstretched hands, looked for doors to close.
Car c'était les fermeurs de portes... les anciens machinistes épuisés et dont une charitable direction avait eu pitié... Elle les avait faits fermeurs de portes dans les dessous, dans les dessus. Ils allaient et venaient sans cesse du haut en bas de la scène pour fermer les portes--et ils étaient aussi appelés en ce temps-là, car depuis, je crois bien qu'ils sont tous morts: «les chasseurs de courants d'air».	Because they were the door-closers ... the old, exhausted machinists whom a charitable management had taken pity on ... She had made them door-closers in the undersides, in the above. They kept coming and going from the top to the bottom of the stage to close the doors - and they were also called at that time, because since then I believe they are all dead: "the current chasers of air".
Les courants d'air, d'où qu'ils viennent, sont très mauvais pour la voix[3].	Air currents, wherever they come from, are very bad for the voice [3].
Le Persan et Raoul se félicitèrent en _a parte_ de cet incident qui les débarrassait de témoins gênants, car quelques-uns des fermeurs de portes, n'ayant plus rien à faire et n'ayant guère de domicile, restaient par paresse ou par besoin, à l'Opéra, où ils passaient la nuit. On pouvait heurter	The Persian and Raoul congratulated each other _a part_ on this incident which relieved them of embarrassing witnesses, because some of the door-closers, having nothing more to do and hardly having a home, remained out of laziness or out of need, at the Opera, where they spent the

à eux, les réveiller, s'attirer une demande d'explications. L'enquête de M. Mifroid gardait momentanément nos deux compagnons de ces mauvaises rencontres.

Mais ils ne furent point longtemps à jouir de leur solitude... D'autres ombres, maintenant, descendaient le même chemin par où les «fermeurs de portes» avaient monté. Ces ombres avaient chacune devant elle une petite lanterne... qu'elles agitaient fort, la portant en haut, en bas, examinant tout autour d'elles et semblant, de toute évidence, chercher quelque chose ou quelqu'un.

Diable! murmura le Persan... je ne sais pas ce qu'ils cherchent, mais ils pourraient bien nous trouver... fuyons!... vite!... La main en garde, monsieur, toujours prête à tirer!... Ployons le bras, davantage, là!... la main à hauteur de l'œil, comme si vous vous battiez en duel et que vous attendiez le commandant de «feu!...» Laissez donc votre pistolet dans votre poche!... Vite, descendons! (Il entraînait Raoul dans le quatrième dessous)... à hauteur de l'œil question de vie ou de mort!... Là, par ici, cet escalier! (ils arrivaient au cinquième dessous)... Ah! quel duel, monsieur, quel duel!...

Le Persan étant arrivé en bas du cinquième dessous, souffla... Il paraissait jouir d'un peu plus de sécurité qu'il n'en avait montré tout à l'heure quand tous deux s'étaient arrêtés au troisième, mais cependant il ne se départissait pas de l'attitude de la main!...

Raoul eut le temps de s'étonner une fois de plus--sans, du reste, faire aucune nouvelle observation, aucune! car en vérité, ce n'était pas le moment--de s'étonner, dis-je, en silence, de cette extraordinaire conception de la défense personnelle qui consistait à garder son pistolet dans sa poche pendant que la main restait toute prête à s'en servir comme si le pistolet était encore dans la main, à hauteur de l'œil; position d'attente du commandant de «feu!» dans le duel de cette époque.

Et, à ce propos Raoul croyait pouvoir penser encore ceci: «Je me rappelle fort bien qu'il m'a dit: «Ce sont des pistolets dont je suis sûr».

D'où il lui semblait logique de tirer cette conclusion

night. You could run into them, wake them up, call for an explanation. Mr. Mifroid's investigation temporarily kept our two companions from these bad encounters.

But they were not long in enjoying their solitude ... Other shadows, now, descended the same path by which the "door closers" had climbed. These shadows each had a little lantern in front of them ... which they waved loudly, carrying it up, down, examining everything around them and obviously looking for something or someone.

Devil! murmured the Persian. Let us bend our arms, more, there! ... the hand at eye level, as if you were fighting a duel and waiting for the commander of "fire! ..." So leave your pistol in your pocket !. .. Quick, let's go down! (He dragged Raoul into the fourth below) ... at eye level, question of life or death! ... There, over here, that staircase! (they arrived at the fifth below) ... Ah! what a duel, sir, what a duel! ...

The Persian having arrived at the bottom of the fifth below, breathed ... He seemed to enjoy a little more security than he had shown earlier when they had both stopped at the third, but nevertheless he did not depart from the attitude of the hand! ...

Raoul had time to be surprised once again - without, moreover, making any new observations, none! for in truth, this was not the time - to be astonished, I said, silently, at this extraordinary conception of personal defense which consisted of keeping your pistol in your pocket while your hand was ready to go. use it as if the pistol were still in your hand, at eye level; waiting position of the commander of "fire!" in the duel of that time.

And, in this connection Raoul believed he could still think this: "I remember very well that he said to me:" These are pistols of which I am sure ".

From which it seemed logical to him to draw this

interrogative: «Qu'est-ce que ça peut bien lui faire d'être sûr d'un pistolet dont il trouve inutile de se servir?»	questioning conclusion: "What does it matter to him to be sure of a pistol which he finds useless to use?"
Mais le Persan l'arrêta dans ses vagues essais de cogitation. Lui faisant signe de se tenir en place, il remonta de quelques degrés l'escalier qu'ils venaient de quitter. Puis rapidement, il revint auprès de Raoul.	But the Persian stopped him in his vague attempts at cogitation. Beckoning her to sit still, he walked a few degrees up the stairs they had just left. Then quickly, he returned to Raoul.
--Nous sommes stupides, lui souffla-t-il, nous allons être bientôt débarrassés des ombres aux lanternes... Ce sont les pompiers qui font leur ronde[4].	- We are stupid, he whispered to him, we will soon be rid of the shadows in the lanterns ... It is the firefighters who make their rounds [4].
Les deux hommes restèrent alors sur la défensive pendant au moins cinq longues minutes, puis le Persan entraîna à nouveau Raoul vers l'escalier qu'ils venaient de descendre; mais, tout à coup, son geste lui ordonna à nouveau l'immobilité.	The two men then remained on the defensive for at least five long minutes, then the Persian again dragged Raoul towards the stairs they had just descended; but suddenly his gesture again ordered him to stay still.
... Devant eux, la nuit remuait.	... In front of them, the night was stirring.
--À plat ventre! souffla le Persan!	--Prone! breathed the Persian!
--Les deux hommes s'allongèrent sur le sol.	--The two men stretched out on the ground.
Il n'était que temps.	It was just about time.
... Une ombre qui ne portait cette fois aucune lanterne, ...une ombre simplement dans l'ombre passait.	... A shadow which this time did not carry any lantern, ... a shadow simply in the shade passed.
Elle passa près d'eux à les toucher.	She walked past them touching them.
Ils sentirent, sur leurs visages, le souffle chaud de son manteau...	They felt the warm breath of his coat on their faces ...
Car ils purent suffisamment la distinguer pour voir que l'ombre avait un manteau qui l'enveloppait de la tête aux pieds. Sur la tête, un chapeau de feutre mou.	For they could distinguish her enough to see that the shadow had a cloak that enveloped her from head to toe. On his head was a soft felt hat.
... Elle s'éloigna, rasant les murs du pied et quelquefois, donnant, dans les coins, des coups de pied aux murs.	... She walked away, shaving the walls of her foot and sometimes kicking the walls in the corners.

--Ouf! fit le Persan... nous l'avons échappé belle... Cette ombre me connaît et m'a déjà ramené deux fois dans le bureau directorial.	- Phew! said the Persian ... we escaped it beautifully ... This shadow knows me and has already brought me back twice to the directorial office.
--C'est quelqu'un de la police du théâtre? demanda Raoul.	- Is that someone from the theater police? asked Raoul.
--C'est quelqu'un de bien pis! répondit sans autre explication le Persan[5].	--He is a much worse person! replied the Persian without further explanation [5].
--Ce n'est pas.... _lui?_	--It is not him?_
--_Lui?_... s'il n'arrive pas par derrière, nous verrons toujours ses yeux d'or!... C'est un peu notre force dans la nuit. Mais il peut arriver par derrière... à pas de loup... et nous sommes morts si nous ne tenons pas toujours nos mains comme si elles allaient tirer, à hauteur de l'œil, par devant!	--_ Him? _... if he does not come from behind, we will always see his golden eyes! ... It is a little our strength in the night. But it can come from behind ... stealthily ... and we are dead if we don't always hold our hands as if they were going to shoot, at eye level, from the front!
Le Persan n'avait pas fini de formuler à nouveau cette «ligne d'attitude» que, devant les deux hommes, une figure fantastique apparut.	The Persian had not finished formulating this "attitude line" again when, in front of the two men, a fantastic figure appeared.
... Une figure tout entière... un visage; non point seulement deux yeux d'or.	... a whole figure ... a face; not just two golden eyes.
... Mais tout un visage lumineux... toute une figure en feu!	... But a whole luminous face ... a whole figure on fire!
Oui, une figure en feu qui s'avançait à hauteur d'homme, _mais sans corps!_	Yes, a fiery figure advancing to the height of a man, _but without a body! _
Cette figure dégageait du feu.	This figure gave off fire.
Elle paraissait, dans la nuit, comme une flamme à forme de figure d'homme.	She appeared, in the night, like a flame in the form of a man's face.
--Oh! fit le Persan dans ses dents, c'est la première fois que je la vois!... Le lieutenant de pompiers n'était pas fou! Il l'avait bien vue, lui!... Qu'est-ce que c'est que cette flamme-là? Ce n'est pas _lui!_ mais c'est peut-être _lui_ qui nous l'envoie!... Attention!... Attention!... Votre main à hauteur de l'œil, au nom du ciel!... à hauteur de l'œil!	--Oh! said the Persian in his teeth, this is the first time that I see her! ... The lieutenant of firemen was not mad! He had seen her well! ... What is that flame? It is not _him! _ But it is perhaps _him_ who sends it to us! ... Attention! ... Attention! ... Your hand at eye level, in the name of Heaven !. .. at eye level!
La figure en feu, qui paraissait une figure d'enfer--de	The face on fire, which seemed a figure of hell -

démon embrasé--s'avançait toujours à hauteur d'homme, saris corps, au-devant des deux hommes effarés...

--_Il_ nous envoie peut-être cette figure-là par devant, pour mieux nous surprendre par derrière... ou sur les côtés... on ne sait jamais avec lui!... Je connais beaucoup de ses trucs!... mais celui-là!... celui-là!... je ne le connais pas encore!... Fuyons!... par prudence!... n'est-ce pas?... par prudence!... la main à hauteur de l'œil..

Et ils s'enfuirent, tous les deux, tout au long du long corridor souterrain qui s'ouvrait devant eux.

Au bout de quelques secondes de cette course, qui leur parut de longues, longues minutes, ils s'arrêtèrent.

--Pourtant, dit le Persan, _il_ vient rarement par ici! Ce côté-ci ne le regarde pas!... Ce côté-ci ne conduit pas au Lac ni à la demeure du Lac!... Mais il sait peut-être que nous sommes _à ses trousses!_... bien que je lui aie promis de le laisser tranquille désormais et de ne plus m'occuper de ses histoires.

Ce disant, il tourna la tête, et Raoul aussi tourna la tête.

Or, ils aperçurent encore la tête en feu derrière leurs deux têtes. Elle les avait suivis... Et elle avait dû courir aussi et peut-être plus vite qu'eux, car il leur parut qu'elle s'était rapprochée.

En même temps, ils commencèrent à distinguer un certain bruit dont il leur était impossible de deviner la nature; ils se rendirent simplement compte que ce bruit semblait se déplacer et se rapprocher avec la flamme-figure-d'homme. C'étaient des grincements ou plutôt crissements, comme si des milliers d'ongles se fussent éraillés au tableau noir, bruit effroyablement insupportable qui est encore produit quelquefois par une petite pierre à l'intérieur du bâton de craie qui vient grincer contre le tableau noir.

Ils reculèrent encore, mais la figure-flamme avançait, avançait toujours, gagnant sur eux. On

of a fiery demon - always advanced at man's height, without body, in front of the two frightened men ...

--_ He_ perhaps sends us that figure from the front, the better to surprise us from behind ... or on the sides ... you never know with him! ... I know a lot of his tricks! .. ... but that one! ... that one! ... I do not know him yet! ... Let us flee! ... out of prudence! ... is not it? ... out of prudence! ... hand at eye level ..

And they fled, the two of them, down the long underground corridor that opened before them.

After a few seconds of this race, which seemed long, long minutes to them, they stopped.

- Yet, said the Persian, _he_ rarely comes this way! This side is not looking at him! ... This side does not lead to the Lake or to the lake house! ... But he may know that we are _him after him! _... although I promised him to leave him alone now and not to worry about his stories.

So saying, he turned his head, and Raoul also turned his head.

However, they still saw the head on fire behind their two heads. She had followed them ... And she must have run also and perhaps faster than them, because it seemed to them that she had approached.

At the same time, they began to distinguish a certain noise of which it was impossible for them to guess the nature; they just realized that this noise seemed to move and come closer with the flame-figure-man. They were grinding or rather screeching, as if thousands of fingernails had scratched on the blackboard, a terrifyingly unbearable noise which is still sometimes produced by a small stone inside the chalk stick which creaks against the blackboard. .

They backed up again, but the flame figure moved forward, still moved forward, winning

pouvait voir très bien ses traits maintenant, Les yeux étaient tout ronds et fixes, le nez un peu de travers et la bouche grande avec une lèvre inférieure en demi-cercle, pendante; à peu près comme les yeux, le nez et la lèvre de la lune, quand la lune est toute rouge, couleur de sang.

Comment cette lune rouge glissait-elle dans les ténèbres, à hauteur d'homme sans point d'appui, sans corps pour la supporter, du moins apparemment? Et comment allait-elle si vite, tout droit, avec ses yeux fixes, si fixes? Et tout ce grincement, craquement, crissement qu'elle traînait avec elle, d'où venait-il?

À un moment, le Persan et Raoul ne purent plus reculer et ils s'aplatirent contre la muraille, ne sachant ce qu'il allait advenir d'eux à cause de cette figure incompréhensible de feu et surtout, maintenant, du bruit plus, intense, plus grouillant, plus vivant, très «nombreux», car certainement ce bruit était fait de centaines de petits bruits qui remuaient dans les ténèbres, sous la tête-flamme.

Elle avance, la tête-flamme... la voilà!... avec son bruit!... la voilà à hauteur!...

Et les deux compagnons, aplatis contre la muraille, sentent leurs cheveux se dresser d'horreur sur leurs têtes, car il savent maintenant d'où viennent les mille bruits. Ils viennent en troupe, roulés dans l'ombre par d'innombrables petits flots pressés, plus rapides que les flots qui trottent sur le sable, à la marée montante, des petits flots de nuit qui moutonnent sous la lune, sous la lune-tête-flamme.

Et les petits flots leur passent dans les jambes, leur montent dans les jambes, irrésistiblement. Alors, Raoul et le Persan ne peuvent plus retenir leurs cris d'horreur, d'épouvante et de douleur.

Ils ne peuvent plus, non plus, continuer de tenir leurs mains à hauteur de l'œil,--tenue du duel au pistolet à cette époque, avant le commandement de: «Feu!»--Leurs mains descendent à leurs jambes pour repousser les petits îlots luisants, et qui roulent des petites choses aiguës, des flots qui sont

over them. You could see his features very well now. The eyes were all round and fixed, the nose a little askew and the mouth large with a lower lip in a semi-circle, hanging down; about like the eyes, nose, and lip of the moon, when the moon is all red, the color of blood.

How did this red moon glide in the darkness, at a man's height without a point of support, without a body to support it, at least apparently? And how was she going so fast, straight ahead, with her fixed eyes, so fixed? And all that creaking, cracking, screeching she was dragging with her, where was it coming from?

At one point, the Persian and Raoul could no longer retreat and they flattened themselves against the wall, not knowing what was going to happen to them because of this incomprehensible figure of fire and above all, now, more, intense noise. , more swarming, more alive, very "numerous", because certainly this noise was made of hundreds of small noises which stirred in the darkness, under the head flame.

She walks, head-flame ... there she is! ... with her noise! ... there she is at height! ...

And the two companions, flattened against the wall, feel their hair stand up in horror on their heads, for they now know where the thousand noises are coming from. They come in herds, rolled in the shadows by innumerable small hurried waves, faster than the waves which trot on the sand, with the rising tide, small waves of night which billow under the moon, under the moon-head -flame.

And the small waves pass in their legs, rise in their legs, irresistibly. Then, Raoul and the Persian can no longer restrain their cries of horror, terror and pain.

They can no longer, either, continue to hold their hands at eye level, - held the duel with the pistol at this time, before the command to: "Fire!" - Their hands go down to their legs to push back little shining islets, and rolling little sharp things, waves which are full of paws, and nails, and

pleins de pattes, et d'ongles, et de griffes, et de dents.	claws, and teeth.
Oui, oui, Raoul et le Persan sont prêts à s'évanouir comme le lieutenant de pompiers Papin. Mais la tête-feu s'est retournée vers eux à leur hurlement. Et elle leur parle:	Yes, yes, Raoul and the Persian are ready to faint like the fire brigade lieutenant Papin. But the firehead turned to them at their howl. And she talks to them:
--Ne bougez pas! Ne bougez pas!... Surtout, ne me suivez pas!... C'est moi le tueur de rats!... Laissez-moi passer avec mes rats!...	--Do not move! Don't move! ... Above all, don't follow me! ... I'm the rat killer! ... Let me go with my rats! ...
Et brusquement, la tête-feu disparaît, évanouie dans les ténèbres, cependant que devant elle le couloir, au loin s'éclaire, simple résultat de la manœuvre que le tueur de rats vient de faire subir à sa lanterne sourde. Tout à l'heure, pour ne point effaroucher les rats devant lui, il avait tourné sa lanterne sourde sur lui-même, illuminant sa propre tête; maintenant pour hâter sa fuite, il éclaire l'espace noir devant elle... Alors il bondit, entraînant avec lui tous les flots de rats, grimpants, crissants, tous les mille bruits...	Suddenly, the firehead disappears, vanishing into the shadows, while in front of it the corridor, in the distance, lights up, the simple result of the maneuver that the rat killer has just subjected to his deaf lantern. A little while ago, so as not to frighten the rats in front of him, he had turned his dark lantern on himself, lighting up his own head; now to hasten his flight, he lights up the black space in front of her ... Then he leaps, bringing with him all the waves of rats, climbing, screeching, all the thousand noises ...
Le Persan et Raoul, libérés, respirent, quoique tremblants encore.	The Persian and Raoul, freed, breathe, though still trembling.
--J'aurais dû me rappeler qu'Erik m'avait parlé du tueur de rats, fit le Persan, mais il ne m'avait pas dit qu'il se présentait sous cet aspect... et c'est bizarre que je ne l'aie jamais rencontré[6].	`` I should have remembered that Erik told me about the rat killer, '' said the Persian, `` but he didn't tell me he looked like that ... and it's weird that I never met him [6].
Ah! j'ai bien cru que c'était encore là l'un des tours du monstre!... soupira-t-il... Mais non! Il ne vient jamais dans ces parages!	Ah! I thought it was still one of the monster's tricks! ... he sighed ... But no! He never comes to this area!
--Nous sommes donc bien loin du lac? interrogea Raoul. Quand donc arriverons-nous, monsieur?... Allons au lac! Allons au lac!... Quand nous serons au lac nous appellerons, nous secouerons les murs, nous crierons!... Christine nous entendra!... Et _Lui_ aussi nous entendra!... Et puisque vous le connaissez, nous lui parlerons!	"So we are very far from the lake?" asked Raoul. When will we arrive, sir? ... Let's go to the lake! Let's go to the lake! ... When we are at the lake, we will call, we will shake the walls, we will cry! ... Christine will hear us! ... And _He_ will also hear us! ... And since you know him, we will him let's talk!
--Enfant! fit le Persan... Nous n'entrerons jamais dans le demeure du Lac par le Lac!	--Child! said the Persian ... We will never enter the house of the Lake by the Lake!
--Pourquoi cela?	--Why that?

--Parce que c'est là qu'il a accumulé toute sa défense... Moi-même je n'ai jamais pu aborder sur l'autre rive!... sur la rive de la maison!... Il faut traverser le lac d'abord... et il est bien gardé!... Je crains que plus d'un de ceux--anciens machinistes, vieux fermeurs de portes,--que l'on n'a jamais revus, n'aient simplement tenté de traverser le lac... C'est terrible... J'ai failli moi-même y rester... Si le monstre ne m'avait reconnu à temps!.... Un conseil, monsieur, n'approchez jamais du Lac... Et surtout, bouchez-vous les oreilles si vous entendez chanter _la Voix sous Veau_, la voix de la Sirène.

--Mais alors, reprit Raoul dans un transport de fièvre, d'impatience et de rage, que faisons-nous ici?... Si vous ne pouvez rien pour Christine, laissez-moi au moins mourir pour elle.

Le Persan essaya de calmer le jeune homme.

--Nous n'avons qu'un moyen de sauver Christine Daaé, croyez-moi, c'est de pénétrer dans cette demeure sans que le monstre s'en aperçoive.

--Nous pouvons espérer cela, monsieur?

--Eh! si je n'avais pas cet espoir-là, je ne serais pas venu vous chercher!

--Et par où peut-on entrer dans la demeure du Lac, sans passer par le Lac?

--Par le troisième dessous, d'où nous avons été si malencontreusement chassés... monsieur, et où nous allons retourner de ce pas... Je vais vous dire, monsieur, fit le Persan, la voix soudain altérée... je vais vous dire l'endroit exact... Cela se trouve entre une ferme et un décor abandonné du _Roi de Lahore_, exactement, exactement à l'endroit où est mort Joseph Buquet...

--Ah! ce chef machiniste que l'on a trouvé pendu?

--Oui, monsieur, ajouta sur un singulier ton le Persan, et dont on n'a pu retrouver la corde!...

--Because that is where he has accumulated all his defense ... I myself have never been able to land on the other side! ... on the side of the house! ... We must cross the lake first ... and it is well guarded! ... I fear that more than one of those - former machinists, old door-closers - who have never been seen again, will 'just tried to cross the lake ... It's terrible ... I almost stayed there myself ... If the monster had not recognized me in time! .... A piece of advice, sir, never approach the lake ... And above all, cover your ears if you hear _la Voix sous Veau_ singing, the voice of the Siren.

"But then," resumed Raoul in a transport of fever, impatience and rage, what are we doing here? ... If you can do nothing for Christine, at least let me die for her.

The Persian tried to calm the young man.

- We only have one way to save Christine Daaé, believe me, and that is to enter this house without the monster noticing.

"Can we hope for that, sir?"

--He! if I didn't have that hope, I wouldn't have come looking for you!

--And by where can one enter the house of the Lake, without going through the Lake?

`` By the third bottom, from which we have been so inadvertently chased ... sir, and where we are going to return at once ... I will tell you, sir, '' said the Persian, his voice suddenly altered ... I'll tell you the exact place ... It is between a farm and an abandoned setting of the _Roi de Lahore_, exactly, exactly where Joseph Buquet died ...

--Ah! that chief machinist who was found hanged?

`` Yes, sir, '' added the Persian in a singular tone, `` and whose string we have not been able to

Allons! du courage... et en route!... et remettez votre main en garde, monsieur... Mais où sommes-nous donc?	find! ... Come on! courage ... and on the way! ... and put your hand back on guard, sir ... But where are we?
Le Persan dut allumer à nouveau sa lanterne sourde. Il en dirigea le jet lumineux sur deux vastes corridors qui se croisaient à angle droit et dont les voûtes se perdaient à l'infini.	The Persian had to light his dark lantern again. He directed the luminous jet on two vast corridors which crossed at right angles and whose vaults were lost to infinity.
--Nous devons être, dit-il, dans la partie réservée plus particulièrement au service des eaux... Je n'aperçois aucun feu venant des calorifères.	--We must be, he said, in the part reserved more particularly for the water service ... I do not see any fire coming from the heaters.
Il précéda Raoul, cherchant son chemin, s'arrêtant brusquement quand il redoutait le passage de quelque _hydraulicien_, puis ils eurent à se garer de la lueur d'une sorte de forge souterraine que l'on finissait d'éteindre et devant laquelle Raoul reconnut les démons entr'aperçus par Christine lors de son premier voyage au jour de sa première captivité.	He preceded Raoul, looking for his way, stopping abruptly when he feared the passage of some _hydraulicist_, then they had to park in the glow of a sort of underground forge that was finished being extinguished and in front of which Raoul recognized the demons glimpsed by Christine during her first trip to the day of her first captivity.
Ainsi, ils revenaient peu à peu jusque sous les prodigieux dessous de la scène.	Thus, they returned little by little to under the stupendous underside of the stage.
Ils devaient être alors tout au fond de la _cuve_, à une très grande profondeur, si l'on songe que l'on a creusé la terre _à quinze mètres au-dessous des couches d'eau_ qui existaient dans toute cette partie de la capitale; et l'on dut épuiser toute l'eau... On en retira tant que, pour se faire une idée de la masse d'eau expulsée par les pompes, il faudrait se représenter en surface la cour du Louvre et en hauteur une fois et demie les tours de Notre-Dame. Tout de même, il fallut garder un lac.	They must have been then at the bottom of the _cuve_, at a very great depth, if we consider that we dug the earth _ to fifteen meters below the layers of water_ which existed in all this part of the capital ; and we had to use up all the water ... We removed so much that, to get an idea of the mass of water expelled by the pumps, we would have to imagine the courtyard of the Louvre on the surface and in height once and a half the towers of Notre-Dame. All the same, it was necessary to keep a lake.
À ce moment, le Persan toucha une paroi et dit:	At that moment, the Persian touched a wall and said:
--Si je ne me trompe, voici un mur qui pourrait bien appartenir à la demeure du lac!	--If I'm not mistaken, here is a wall that could well belong to the lake house!
Il frappait alors contre une paroi de la cuve. Et peut-être n'est-il point inutile que le lecteur sache comment avaient été construits le fond et les parois de la cuve.	He then knocked against a wall of the tank. And perhaps it is not useless for the reader to know how the bottom and the walls of the tank were constructed.
Afin d'éviter que les eaux qui entourent la	In order to prevent the water which surrounds

construction ne restassent en contact immédiat avec les murs soutenant tout rétablissement de la machinerie théâtrale dont l'ensemble de charpentes, de menuiserie, de serrurerie, de toiles peintes à la détrempe doit être tout spécialement préservé de l'humidité, _l'architecte s'est vu dans la nécessité d'établir partout une double enveloppe._	the construction from remaining in immediate contact with the walls supporting any re-establishment of the theatrical machinery, including all the frames, joinery, locksmiths, and tempera painted canvases must be especially preserved. humidity, _the architect saw the need to establish a double envelope everywhere.
Le travail de cette double enveloppe demanda toute une année. C'est contre le mur de la première enveloppe intérieure que frappait le Persan en parlant à Raoul de la demeure du Lac. Pour quelqu'un qui eût connu l'architecture du monument, le geste du Persan semblait indiquer que _la mystérieuse maison d'Erik avait été construite dans la double enveloppe_, formée d'un gros mur construit en batardeau, puis par un mur de briques, une énorme couche de ciment et un autre mur de plusieurs mètres d'épaisseur.	The work of this double envelope took a whole year. It is against the wall of the first interior envelope that the Persian struck while speaking to Raoul about the residence of the Lake. For someone who had known the architecture of the monument, the Persian's gesture seemed to indicate that _the mysterious house of Erik had been built in the double envelope_, formed of a large wall built as a cofferdam, then by a brick wall. , a huge layer of cement and another wall several meters thick.
Aux paroles du Persan, Raoul s'était jeté contre la paroi, et avidement avait écouté.	At the words of the Persian, Raoul threw himself against the wall, and eagerly listened.
... Mais il n'entendit rien... rien que des pas lointains qui résonnaient sur le plancher dans les parties hautes du théâtre.	... But he heard nothing ... nothing but distant footsteps echoing on the floor in the upper parts of the theater.
Le Persan avait à nouveau éteint sa lanterne.	The Persian had put out his lantern again.
--Attention! fit-il... gare à la main! et maintenant silence! car nous allons essayer encore de pénétrer chez lui.	--Warning! he said ... beware of the hand! and now silence! because we are going to try again to enter his home.
Et il l'entraîna jusqu'au petit escalier que tout à l'heure ils avaient descendu.	And he led her up to the little staircase which they had descended a short while ago.
... Ils remontèrent, s'arrêtant à chaque marche, épiant l'ombre et le silence...	... They went up, stopping at each step, watching the shadow and the silence ...
Ainsi se retrouvèrent-ils au troisième dessous...	So they found themselves on the third floor ...
Le Persan fit alors signe à Raoul de se mettre à genoux, et c'est ainsi, en se traînant sur les genoux et sur une main--l'autre main étant toujours dans la position indiquée--qu'ils arrivèrent contre la paroi du fond.	The Persian then made a sign to Raoul to kneel, and it is thus, by dragging himself on his knees and on one hand - the other hand still being in the position indicated - that they arrived against the wall. the bottom.
Contre cette paroi, il y avait une vaste toile	Against this wall, there was a vast abandoned

abandonnée du décor du _Roi de Lahore._	canvas of the decoration of the _King of Lahore._
... Et, tout près de ce décor, un portant...	... And, very close to this setting, a clothes rack ...
Entre ce décor et ce portant, il y avait tout juste la place d'un corps.	Between this decor and this clothes rack, there was barely enough space for a body.
... Un corps, qu'un jour on avait trouvé pendu... le corps de Joseph Buquet.	... A body that one day we had found hanged ... the body of Joseph Buquet.
Le Persan, toujours sur ses genoux, s'était arrêté. Il écoutait.	The Persian, still on his knees, had stopped. He was listening.
Un moment, il sembla hésiter et regarda Raoul, puis ses yeux se fixèrent au-dessus, vers le deuxième dessous, qui leur envoyait la faible lueur d'une lanterne, dans l'intervalle de deux planches.	For a moment, he seemed to hesitate and looked at Raoul, then his eyes were fixed above, towards the second below, which sent them the weak light of a lantern, in the interval of two boards.
Évidemment, cette lueur gênait le Persan.	Obviously, this gleam bothered the Persian.
Enfin, il hocha la tête et se décida.	Finally, he nodded and made up his mind.
Il se glissa entre le portant et le décor du _Roi de Lahore._	He slipped between the clothes rack and the decor of the _King of Lahore._
Raoul était sur ses talons.	Raoul was on his heels.
La main libre du Persan tâtait la paroi. Raoul le vit un instant appuyer fortement sur la paroi comme il avait appuyé sur le mur de la logé de Christine...	The Persian's free hand was feeling the wall. Raoul saw him for a moment press hard on the wall as he had pressed against the wall of Christine's room ...
... Et une pierre bascula...	... and a stone toppled ...
Il y avait maintenant un trou dans la paroi...	There was now a hole in the wall ...
Le Persan sortit cette fois son pistolet de sa poche et indiqua à Raoul qu'il devait l'imiter. Il arma le pistolet.	This time the Persian took his pistol out of his pocket and indicated to Raoul that he had to imitate him. He cocked the pistol.
Et résolument, toujours à genoux il s'engagea dans le trou que la pierre, en basculant, avait fait dans le mur.	And resolutely, still on his knees, he entered the hole which the stone, by tilting, had made in the wall.
Raoul, qui avait voulu passer le premier, dut se contenter de le suivre.	Raoul, who had wanted to pass first, had to content himself with following him.

Ce trou était fort étroit. Le Persan s'arrêta presque tout de suite. Raoul l'entendait tâter la pierre autour de lui. Et puis, il sortit encore sa lanterne sourde et se pencha en avant, examina quelque, chose sous lui et éteignit aussitôt la lanterne. Raoul l'entendit qui lui disait dans un souffle:	This hole was very narrow. The Persian stopped almost immediately. Raoul heard him feel the stone around him. And then he took out his dark lantern again and leaned forward, examined something, something beneath him, and immediately put out the lantern. Raoul heard him say to him in a whisper:
--Il va falloir nous laisser tomber de quelques mètres, sans bruit; défaites vos bottines.	- We will have to drop a few meters, silently; undo your boots.
Le Persan procédait déjà lui-même à cette opération. Il passa ses chaussures à Raoul.	The Persian was already carrying out this operation himself. He passed his shoes to Raoul.
--Déposez-les, fit-il, au delà du mur... Nous les retrouverons en sortant[7].	"Put them down," he said, "beyond the wall. We will find them on our way out [7]."
Sur ce, le Persan avança un peu. Puis, il se retourna tout à fait, toujours à genoux et se trouva ainsi tête à tête avec Raoul. Il lui dit:	With that, the Persian stepped forward a bit. Then he turned around completely, still on his knees and thus found himself face to face with Raoul. He tells him:
--Je vais me suspendre par les mains à l'extrémité de la pierre et me laisser tomber _dans sa maison._ Ensuite, vous ferez exactement comme moi. N'ayez crainte: je vous recevrai dans mes bras.	--I'm going to hang my hands from the end of the stone and drop _into his house._ Then you will do just like me. Do not worry: I will receive you in my arms.
--Le Persan fit comme il le disait; et, au-dessous de lui, Raoul entendit bientôt un bruit sourd qui était produit évidemment par la chute du Persan. Le jeune homme tressaillit dans la crainte que ce bruit ne révélât leur présence.	--The Persian did as he said; and, below him, Raoul soon heard a thud which was evidently produced by the fall of the Persian. The young man shuddered in fear that the noise might reveal their presence.
Cependant, plus que ce bruit, l'absence de tout autre bruit était pour Raoul un affreux sujet d'angoisse. Comment! d'après le Persan, ils venaient de pénétrer dans les murs mêmes de la demeure du Lac, et l'on n'entendait point Christine!... Pas un cri!... Pas un appel!... Pas un gémissement!... Grands dieux! arriveraient-ils trop tard?...	However, more than this noise, the absence of any other noise was for Raoul a terrible subject of anguish. How? 'Or' What! according to the Persian, they had just entered the very walls of the lake house, and Christine could not be heard! ... Not a cry! ... Not a call! ... Not a moan! ! ... Great gods! would they arrive too late? ...
Raclant, de ses genoux, la muraille, s'accrochant à la pierre de ses doigts nerveux, Raoul, à son tour, se laissa tomber.	Scraping the wall with his knees, clinging to the stone with his nervous fingers, Raoul in his turn let himself fall.
Et aussitôt il sentit une étreinte.	And immediately he felt a hug.

--C'est moi! fit le Persan, silence!	--It's me! said the Persian, silence!
Et ils restèrent immobiles, écoutant...	And they just stood still, listening ...
Jamais, autour d'eux, la nuit n'avait été plus opaque...	The night around them had never been more opaque ...
Jamais le silence plus pesant ni plus terrible...	Never was the silence more burdensome or more terrible ...
Raoul s'enfonçait les ongles dans les lèvres pour ne pas hurler: «Christine! C'est moi!... Réponds-moi si tu n'es pas morte, Christine?»	Raoul dug his nails into his lips so as not to scream: "Christine! It's me! ... Answer me if you're not dead, Christine? "
Enfin, le jeu de la lanterne sourde recommença. Le Persan en dirigea les rayons au-dessus de leurs têtes, contre la muraille, cherchant le trou par lequel ils étaient venus et ne le trouvant plus...	Finally, the deaf lantern game began again. The Persian directed the rays above their heads, against the wall, looking for the hole through which they had come and not finding it ...
--Oh! fit-il... la pierre s'est refermée d'elle-même.	--Oh! he said ... the stone closed by itself.
Et le jet lumineux de la lanterne descendit le long du mur, puis jusqu'au parquet.	And the luminous stream of the lantern descended along the wall, then to the parquet floor.
Le Persan se baissa et ramassa quelque chose, une sorte de fil qu'il examina une seconde et rejeta avec horreur.	The Persian bent down and picked up something, a sort of thread which he examined for a second and threw away in horror.
--_Le fil du Pendjab!_ murmura-t-il.	--_ Punjab thread! _ He whispered.
--Qu'est-ce? demanda Raoul.	--What is that? asked Raoul.
--Ça, répondit le Persan en frissonnant, ça pourrait bien être la corde du pendu que l'on a tant cherchée!...	`` That, '' replied the Persian, shuddering, `` it could very well be the hangman's rope that we have been looking for so much! ...
Et, subitement pris d'une anxiété nouvelle, il promena le petit disque rouge de sa lanterne sur les murs... Ainsi il éclaira, événement bizarre, un tronc d'arbre qui semblait encore tout vivant avec ses feuilles... et les branches de cet arbre montaient tout le long de la muraille et allaient se perdre dans le plafond.	And, suddenly seized with a new anxiety, he carried the little red disk of his lantern around the walls ... Thus he lit, bizarre event, a tree trunk which seemed still quite alive with its leaves ... and the leaves. branches of this tree climbed all along the wall and were lost in the ceiling.
À cause de la petitesse du disque lumineux, il était difficile d'abord de se rendre compte des choses...	Because of the smallness of the luminous disc, it was difficult at first to realize things ... we could

see a corner of branches ... and then a leaf ... and another ... and next to it, we saw nothing at all ... only the luminous jet which seemed to reflect itself ... Raoul slipped his hand over this nothing at all, over this reflection ...

--Take! he said ... the wall is a mirror!

--Yes! an ice cream! said the Persian, in the tone of the deepest emotion. And he added, passing his hand which held the pistol over his sweaty forehead:

--We have fallen into the torture chamber!

[Note 3: Mr. Pedro Gailhard told me himself that he still created positions as door closers for old machinists, whom he did not want to kick out himself.]

[Note 4: At that time, the firefighters still had a mission, apart from performances, to ensure the safety of the Opera; but this service has since been discontinued. As I asked Mr. Pedro Gailhard for the reason, he replied that "it was because it was feared that in their perfect inexperience of the theater, _they do not set fire to it_".]

[Note 5: The author, no more than the Persian, will not give any other explanation for this shadowy appearance. While everything in this historical story will normally be in the course of sometimes seemingly abnormal events, explained, the author will not expressly make the reader understand what the Persian meant by these words: He is someone much worse. ! (someone from the theater police). The reader will have to guess it, because the author has promised the ex-director of the Opera, Mr. Pedro Gailhard, to keep him a secret about the extremely interesting and useful personality of the wandering shadow in the mantle who, everything by condemning himself to live below the theater, has rendered such prodigious services to those who, on gala evenings, for example, dare to risk themselves _in the tops. say more, my word.]

[Note 6: L'ancien directeur de l'Opéra, M. Pedro Gailhard, m'a conté un jour au cap d'Ail, chez Mme Pierre Wolff, toute l'immense déprédation souterraine due au ravage des rats, jusqu'au jour où l'administration traita, pour un prix assez élevé du reste, avec un individu qui se faisait fort de supprimer le fléau en venant faire un tour dans les caves tous les quinze jours.

Depuis, il n'y a plus de rats à l'Opéra, que ceux qui sont admis au foyer de la danse. M. Gailhard pensait que cet homme avait découvert un parfum secret qui attirait à lui les rats comme le «coq-levent» dont certains pêcheurs se garnissent les jambes attire le poisson. Il les entraînait, sur ses pas, dans quelque caveau, où les rats, enivrés, se laissaient noyer. Nous avons vu l'épouvante que l'apparition de cette figure avait déjà causée au lieutenant de pompiers, épouvante qui était allée jusqu'à l'évanouissement--conversation avec M. Gailhard--et, pour moi, il ne fait point de doute que la tête-flamme rencontrée par ce pompier soit la même qui mit dans un si cruel émoi le Persan et le vicomte de Chagny (papiers du Persan).]

[Note 6: The former director of the Opera, Mr. Pedro Gailhard, told me one day at Cap d'Ail, at Mrs. Pierre Wolff's, all the immense underground depredation due to the ravages of rats, until day when the administration dealt, for a rather high price besides, with an individual who made a point of suppressing the plague by coming to make a tour in the cellars every fortnight.

Since then, there have been no more rats at the Opera, other than those admitted to the dance hall. Mr. Gailhard believed that this man had discovered a secret perfume which attracted to him the rats like the "cock-levent" which some fishermen garnish the legs attracts the fish. He was dragging them along in his footsteps into some vault where the rats, intoxicated, allowed themselves to be drowned. We have seen the terror which the appearance of this figure had already caused the lieutenant of the fire brigade, a terror which had gone to the point of fainting - conversation with Mr. Gailhard - and, for me, he does not do anything. doubt that the head-flame encountered by this fireman is the same which put in such a cruel emotion the Persian and the Vicomte de Chagny (papers of the Persian).]

[Note 7: On n'a jamais retrouvé ces deux paires de bottines qui avaient été déposées, d'après les papiers du Persan, juste entre le portant et le décor du _Roi de Lahore_, à l'endroit où l'on avait trouvé Joseph Briquet pendu. Elles ont dû être prises par quelque machiniste ou «fermeur de portes».]

[Note 7: We have never found these two pairs of boots which had been deposited, according to the Persian's papers, just between the clothes rack and the decoration of the _Roi de Lahore_, at the place where we had found Joseph Lighter hanged. They must have been taken by some machinist or "door closer".]

XXII

INTÉRESSANTES ET INSTRUCTIVES TRIBULATIONS D'UN PERSAN DANS LES DESSOUS DE L'OPÉRA

Récit du Persan.

Le Persan a raconté lui-même, comment il avait vainement tenté, jusqu'à cette nuit-là, de pénétrer dans la demeure du Lac par le lac; comment il avait découvert l'entrée du troisième dessous, et comment, finalement, le vicomte de Chagny et lui se trouvèrent aux prises avec l'infernale imagination du fantôme dans la _chambre des supplices._ Voici le récit écrit qu'il nous a laissé (dans des conditions qui seront précisées plus tard) et auquel je n'ai pas changé un mot. Je le donne tel quel, parce que je n'ai pas cru devoir passer sous silence les aventures personnelles du daroga autour de la maison du Lac, avant qu'il n'y tombât de compagnie avec Raoul. Si, pendant quelques instants, ce début fort intéressant semble un peu nous éloigner de la chambre des supplices, ce n'est que pour mieux nous y amener tout de suite, après vous avoir expliqué des choses fort importantes et certaines attitudes et manières de faire du Persan, qui ont pu paraître bien extraordinaires.

«C'était la première fois que je pénétrais dans la maison du Lac, écrit le Persan. En vain avais-je prié _l'amateur de trappes_--c'est ainsi que, chez nous, en Perse, on appelait Erik--de m'en ouvrir les mystérieuses portes. Il s'y était toujours refusé. Moi qui étais payé pour connaître beaucoup de ses secrets et de ses trucs, j'avais en vain essayé, par ruse, de forcer la consigne. Depuis que j'avais retrouvé Erik à l'Opéra, où il semblait avoir élu domicile, souvent, je l'avais épié, tantôt dans les couloirs du dessus, tantôt dans ceux du dessous, tantôt sur la rive même du Lac, alors qu'il se croyait seul, qu'il montait dans la petite barque et qu'il abordait directement au mur d'en face. Mais l'ombre qui l'entourait était toujours trop opaque pour me permettre de voir à quel endroit exact il faisait jouer sa porte dans le mur. La curiosité, et aussi une idée redoutable qui m'était venue en réfléchissant à quelques propos que le monstre m'avait tenu, me poussèrent, un jour que je me croyais seul à mon tour, à me jeter dans la petite barque et à la diriger vers cette partie du mur où j'avais vu disparaître Erik. C'est alors que j'avais eu affaire à la Sirène qui

INTERESTING AND INSTRUCTIVE TRIBULATIONS OF A PERSIAN BELOW THE OPERA

Recit du Persian.

The Persian himself has told how he had tried in vain, until that night, to enter the house of the Lake by the lake; how he had discovered the entrance to the third below, and how, finally, the Vicomte de Chagny and he found themselves grappling with the infernal imagination of the phantom in the _chambre des torture._ Here is the written account he left us (under conditions which will be specified later) and to which I have not changed a word. I give it as it is, because I did not think it necessary to pass over in silence the personal adventures of daroga around the house of the Lake, before it fell in company with Raoul. If, for a few moments, this very interesting beginning seems to take us away from the torture chamber, it is only to get us there better immediately, after having explained to you some very important things and certain attitudes and ways of doing things. Persian, which may have seemed quite extraordinary.

"It was the first time that I entered the house of the Lake," wrote the Persian. In vain had I begged _the trap lover _ - this is what we, in Persia, called Erik - to open the mysterious doors for me. He had always refused to do so. I, who was paid to know many of his secrets and his tricks, had tried in vain, by trickery, to force the deposit. Since I had found Erik at the Opera, where he seemed to have taken up residence, I had often spied on him, sometimes in the corridors above, sometimes in those below, sometimes on the very shore of the Lake, while 'he thought he was alone, that he was getting into the little boat and landing directly on the opposite wall. But the shadow that surrounded him was still too opaque to allow me to see exactly where he was playing his door in the wall. Curiosity, and also a formidable idea which had occurred to me when I reflected on a few words that the monster had said to me, prompted me, one day when I thought I was alone in my turn, to throw myself into the small boat and direct towards that part of the wall

gardait les abords de ces lieux, et dont le charme avait failli m'être fatal, dans les conditions précises que voici. Je n'avais pas plutôt quitté la rive, que le silence parmi lequel je naviguais fut insensiblement troublé par une sorte de souffle chantant qui m'entoura. C'était à la fois une respiration et une musique; cela montait doucement des eaux du Lac et j'en étais enveloppé sans que je pusse découvrir par quel artifice. Cela me suivait, se déplaçait avec moi, et cela était si suave, que cela ne me faisait pas peur. Au contraire, dans le désir de me rapprocher de la source de cette douce et captivante harmonie, je me penchai, au-dessus de ma petite barque, vers les eaux, car il ne faisait point de doute pour moi que ce chant venait des eaux elles-mêmes. J'étais déjà au milieu du Lac et il n'y avait personne d'autre dans la barque que moi; la voix,--car c'était bien maintenant distinctement une voix,--était à côté de moi, sur les eaux. Je me penchai... Je me penchai encore... Le Lac était d'un calme parfait et le rayon de lune qui, après avoir passé par le soupirail de la rue Scribe, venait l'éclairer, ne me montra absolument rien sur sa surface lisse et noire comme de l'encre. Je me secouai un peu les oreilles dans le dessein de me débarrasser d'un bourdonnement possible, mais je dus me rendre à cette évidence qu'il n'y a point de bourdonnement d'oreilles aussi harmonieux que le souffle chantant qui me suivait et qui, maintenant m'attirait.

Si j'avais été un esprit superstitieux ou facilement accessible aux faibles, je n'aurais point manqué de penser que j'avais affaire à quelque sirène chargée de troubler le voyageur assez hardi pour voyager sur les eaux de la maison du Lac, mais, Dieu merci! je suis d'un pays où l'on aime trop le fantastique pour ne point le connaître à fond et je l'avais moi-même trop étudié jadis avec les trucs les plus simples, quelqu'un qui connaît son métier peut faire travailler la pauvre imagination humaine.

Je ne doutai donc point que je me trouvais aux prises avec une nouvelle invention d'Erik, mais encore une fois cette invention était si parfaite que, en me penchant au-dessus de la petite barque, j'étais moins poussé par le désir d'en découvrir la supercherie que de jouir de son charme.

Et je me penchai, je me penchai... à chavirer.

where I had seen Erik disappear. It was then that I had to deal with the Siren who guarded the surroundings of these places, and whose charm had almost been fatal to me, under the precise conditions here. No sooner had I left the shore than the silence among which I was navigating was imperceptibly disturbed by a sort of singing breath which surrounded me. It was both breathing and music; it rose gently from the waters of the Lake and I was enveloped in it without my being able to discover by what artifice. It followed me, moved with me, and it was so sweet that it didn't scare me. On the contrary, in the desire to get closer to the source of this sweet and captivating harmony, I leaned over my small boat towards the waters, for there was no doubt for me that this song came from the waters. themselves. I was already in the middle of the lake and there was no one else in the boat than me; the voice - for it was now distinctly a voice - was beside me, on the waters. ... its surface smooth and black as ink. I shook my ears a bit in order to get rid of a possible hum, but I had to realize that there is no ringing in the ears as harmonious as the singing breath that follows me and which now attracted me.

If I had been a superstitious spirit or easily accessible to the weak, I would not have failed to think that I was dealing with some siren charged with disturbing the traveler bold enough to travel on the waters of the House of the Lake, but, Thank God! I come from a country where we love the fantastic too much not to know it thoroughly and I myself had studied it too much in the past with the simplest things, someone who knows his profession can make the work work. poor human imagination.

So I had no doubt that I was grappling with a new invention from Erik, but once again this invention was so perfect that, as I leaned over the small boat, I was less impelled by the desire to 'to discover the trickery of enjoying its charm.

And I leaned, I leaned ... to capsize.

Tout à coup, deux bras monstrueux sortirent du sein des eaux et m'agrippèrent le cou, m'entraînant dans le gouffre avec une force irrésistible. J'étais certainement perdu si je n'avais eu le temps de jeter un cri auquel Erik me reconnut.	Suddenly, two monstrous arms came out of the bosom of the waters and gripped my neck, dragging me into the abyss with irresistible force. I was certainly lost if I hadn't had time to utter a cry in which Erik recognized me.
Car c'était lui, et au lieu de me noyer comme il en avait eu certainement l'intention, il nagea et me déposa doucement sur la rive.	Because it was him, and instead of drowning me as he had certainly intended, he swam and gently deposited me on the shore.
--Vois comme tu es imprudent, me dit-il en se dressant devant moi tout ruisselant de cette eau d'enfer. Pourquoi tenter d'entrer dans ma demeure! Je ne t'ai pas invité. Je ne veux ni de toi, ni de personne au monde! Ne m'as-tu sauvé la vie que pour me la rendre insupportable? Si grand que soit le service rendu, Erik finira peut-être par l'oublier et tu sais que rien ne peut retenir Erik, pas même Erik lui-même.	"See how reckless you are," he said to me, standing up in front of me all dripping with this hellish water. Why try to enter my home! I didn't invite you. I don't want you or anyone in the world! Did you only save my life to make it unbearable for me? However great the service rendered, Erik may end up forgetting it and you know that nothing can hold Erik back, not even Erik himself.
Il parlait, mais maintenant je n'avais d'autre désir que de connaître ce que j'appelais déjà _le truc de la sirène._ Il voulut bien contenter ma curiosité, car Erik, qui est un vrai monstre--pour moi, c'est ainsi que je le juge, ayant eu, hélas! en Perse, l'occasion de le voir à l'œuvre--est encore par certains côtés un véritable enfant présomptueux et vaniteux, et il n'aime rien tant, après avoir étonné son monde, que de prouver toute l'ingéniosité vraiment miraculeuse de son esprit.	He was talking, but now I had no other desire than to know what I already called _the mermaid thing._ He was willing to satisfy my curiosity, because Erik, who is a real monster - for me, it This is how I judge it, having had, alas! in Persia, the opportunity to see him at work - is still in some ways a real presumptuous and conceited child, and he loves nothing so much, after having astonished his world, as to prove all the truly miraculous ingenuity of his mind.
Il se mit à rire et me montra une longue tige de roseau.	He laughed and showed me a long reed stalk.
--C'est bête comme chou! me dit-il, mais c'est bien commode pour respirer et pour chanter dans l'eau! C'est un truc que j'ai appris aux pirates du Tonkin, qui peuvent ainsi rester cachés des heures entières au fond des rivières[8].	- It's stupid as cabbage! he said to me, but it's very convenient for breathing and for singing in the water! This is something I taught the pirates of Tonkin, who can thus remain hidden for hours on end at the bottom of rivers [8].
Je lui parlai sévèrement.	I spoke to him sternly.
--C'est un truc qui a failli me tuer! fis-je... et il a été peut-être fatal à d'autres!	--That's something that almost killed me! I said ... and it was perhaps fatal to others!
Il ne me répondit pas, mais il se leva devant moi avec cet air de menace enfantine que je lui connais bien.	He didn't answer me, but he stood up in front of me with that look of childish threat that I know him well.

Je ne m'en «laissai pas imposer». Je lui dis très net:	I did not "let myself be imposed". I tell him very clearly:
--Tu sais ce que tu m'as promis, Erik! plus de crimes!	- You know what you promised me, Erik! no more crimes!
--Est-ce que vraiment, demanda-t-il en prenant un air aimable, j'ai commis des crimes?	"Did I really," he asked, assuming an amiable air, "have I committed crimes?"
--Malheureux!... m'écriai-je... Tu as donc oublié _les heures roses de Mazenderan?_	- Unhappy! ... I cried ... So you forgot _the rosy hours of Mazenderan? _
--Oui, répondit-il, triste tout à coup, j'aime mieux les avoir oubliées, mais j'ai bien fait rire la petite sultane.	`` Yes, '' he replied, suddenly sad, `` I prefer to have forgotten them, but I made the little sultana laugh.
--Tout cela, déclarai-je, c'est du passé... mais il y a le présent... et tu me dois compte du présent, puisque, si je l'avais voulu, il n'existerait pas pour toi!... Souviens-toi de cela, Erik: je t'ai sauvé la vie!	`` All that, '' I declared, `` is in the past ... but there is the present ... and you owe me the present, since, if I had wanted it, it would not exist for you. ! ... Remember that, Erik: I saved your life!
Et je profitai du tour qu'avait pris la conversation pour lui parler d'une chose qui, depuis quelque temps, me revenait souvent à l'esprit.	And I took advantage of the turn the conversation had taken to talk to him about something that had been coming to my mind for some time now.
--Erik, demandai-je... Erik, jure-moi...	`` Erik, '' I asked ... Erik, swear ...
--Quoi? fit-il, tu sais bien que je ne tiens pas mes serments. Les serments sont faits pour attraper les nigauds.	--What? he said, you know very well that I do not keep my oaths. Oaths are made to catch boobies.
--Dis-moi... Tu peux bien me dire ça, à moi?	- Tell me ... Can you tell me that?
--Eh bien?	--Well?
--Eh bien!... Le lustre... le lustre? Erik...	--Well! ... The chandelier ... the chandelier? Erik ...
--Quoi, le lustre?	--What, the chandelier?
--Tu sais bien ce que je peux dire?	- Do you know what I can say?
--Ah! ricana-t-il, ça, le lustre... je veux bien te le dire!... _Le lustre, ça n'est pas moi!_... Il était très	--Ah! He sneered, that, the chandelier ... I want to tell you! ... _The chandelier, that's not me! _...

usé, le lustre...	It was very worn, the chandelier ...
Quand il riait, Erik était plus effrayant encore. Il sauta dans la barque en ricanant d'une façon si sinistre que je ne pus m'empêcher de trembler.	When he laughed, Erik was even scarier. He jumped into the boat, sneering so ominously I couldn't help but shake.
--Très usé, cher _Daroga!_[9] Très usé, le lustre!... Il est tombé tout seul... Il a fait boum! Et maintenant, un conseil, Daroga, va te sécher, si tu ne veux pas attraper un rhume de cerveau!... et ne remonte jamais dans ma barque... et surtout n'essaie pas d'entrer dans ma maison... je ne suis pas toujours là... Daroga! Et j'aurais du chagrin à te dédier _ma messe des morts!_	--Very worn, dear _Daroga!_ [9] Very worn, the chandelier! ... It fell by itself ... It went boom! And now, a word of advice, Daroga, go dry yourself off, if you don't want to catch a head cold! ... and never get back in my boat ... and above all don't try to enter my house .. .I'm not always there ... Daroga! And I would be sorry to dedicate _my mass for the dead to you!_
Ce disant et ricanant, il était debout à l'arrière de sa barque et godillait avec un balancement de singe. Il avait bien l'air alors du fatal rocher, avec ses yeux d'or en plus. Et puis, je ne vis bientôt plus que ses yeux et enfin il disparut dans la nuit du lac.	Saying and chuckling, he was standing in the back of his boat and sculling with a monkey sway. He looked like the fatal rock then, with his golden eyes as well. And then, I soon saw only his eyes and finally he disappeared into the night of the lake.
C'est à partir de ce jour que je renonçai à pénétrer dans sa demeure par le lac! Évidemment, cette entrée-là était trop bien gardée, surtout depuis qu'il savait que je la connaissais. Mais je pensais bien qu'il devait s'en trouver une autre, car plus d'une fois j'avais vu disparaître Erik dans le troisième dessous, alors que je le surveillais et sans que je pusse imaginer comment. Je ne saurais trop le répéter, depuis que j'avais retrouvé Erik, installé à l'Opéra, je vivais dans une perpétuelle terreur de ses horribles fantaisies, non point en ce qui pouvait me concerner, certes, mais je redoutais tout de lui pour les autres[10]. Et quand il arrivait quelque accident, quelque événement fatal, je ne manquais point de me dire: «C'est peut-être Erik!...» comme d'autres disaient autour de moi: «C'est le Fantôme!...» Que de fois n'ai-je point entendu prononcer cette phrase par des gens qui souriaient! Les malheureux! s'ils avaient su que ce fantôme existait en chair et en os et était autrement terrible que l'ombre vaine qu'ils évoquaient, je jure bien qu'ils eussent cessé de se moquer!... S'ils avaient su seulement ce dont Erik était capable, surtout dans un champ de manœuvre comme l'Opéra!... Et s'ils avaient connu le fin fond de ma pensée redoutable!...	It is from that day that I gave up entering his home by the lake! Obviously, that entry was too well guarded, especially since he knew I knew her. But I thought there had to be another one, because more than once I had seen Erik disappear in the third below, while I was watching him and without my being able to imagine how. I cannot repeat it enough, since I had found Erik, installed at the Opera, I lived in a perpetual terror of his horrible fantasies, not in what could concern me, of course, but I dreaded everything about him for the others [10]. And when some accident happened, some fatal event, I never failed to say to myself: "It may be Erik! ..." as others were saying around me: "It's the Phantom! .. . "How many times have I not heard this sentence uttered by people who were smiling! Unfortunate! if they had known that this ghost existed in flesh and blood and was more terrible than the vain shadow they evoked, I swear that they would have ceased to laugh! ... If they had only known this of which Erik was capable, especially in a field of maneuver like the Opera! ... And if they had known the depths of my dreadful thought! ...
Pour moi, je ne vivais plus!... Bien qu'Erik m'eût annoncé fort solennellement qu'il avait bien changé et qu'il était devenu le plus vertueux des hommes,	For myself, I was no longer living! ... Although Erik had announced to me very solemnly that he had changed a lot and that he had become the

depuis qu'il était aimé pour lui-même, phrase qui me laissa sur le coup affreusement perplexe, je ne pouvais m'empêcher de frémir en songeant au monstre. Son horrible, unique et repoussante laideur le mettait au ban de l'humanité, et il m'était apparu bien souvent qu'il ne se croyait plus, par cela même, aucun devoir vis-à-vis de la race humaine. La façon dont il m'avait parlé de ses amours n'avait fait qu'augmenter mes transes, car je prévoyais dans cet événement auquel il avait fait allusion sur un ton de hâblerie que je lui connaissais, le cause de drames nouveaux et plus affreux que tout le reste. Je savais jusqu'à quel degré de sublime et désastreux désespoir pouvait aller la douleur d'Erik, et les propos qu'il m'avait tenus--vaguement annonciateurs de la plus horrible catastrophe--ne cessaient point d'habiter ma pensée redoutable.

D'autre part, j'avais découvert le bizarre commerce moral qui s'était établi entre le monstre et Christine Daaé. Caché dans la chambre de débarras qui fait suite à la loge de la jeune diva, j'avais assisté à des séances admirables de musique, qui plongeaient évidemment Christine dans une merveilleuse extase, mais tout de même je n'eus point pensé que la voix d'Erik--qui était retentissante comme le tonnerre ou douce comme celle des anges, à volonté--pût faire oublier sa laideur. Je compris tout quand je découvris que Christine ne l'avait pas encore vu! J'eus l'occasion de pénétrer dans la loge et, me souvenant des leçons qu'autrefois il m'avait données, je n'eus point de peine à trouver le truc qui faisait pivoter le mur qui supportait la glace, et je constatai par quel truchement de briques creuses, de briques porte-voix, il se faisait entendre de Christine comme s'il avait été à ses côtés. Par là aussi je découvris le chemin qui conduit à la fontaine et au cachot--au cachot des communards--et aussi la trappe qui devait permettre à Erik et s'introduire directement dans les dessous de la scène.

Quelques jours plus tard, quelle ne fut pas ma stupéfaction d'apprendre, de mes propres yeux et de mes propres oreilles qu'Erik et Christine Daaé se voyaient, et de surprendre le monstre, penché sur la petite fontaine qui pleure, dans le chemin des communards (tout au bout, sous la terre) et en train de rafraîchir le front de Christine Daaé évanouie. Un cheval blanc, le cheval du _Prophète_, qui avait

most virtuous of men, _since he had been loved for himself_, sentence which left me at once terribly perplexed, I could not help shuddering at the thought of the monster. His horrible, unique and repulsive ugliness put him under the ban of humanity, and it had often occurred to me that he no longer believed himself, by that very fact, to have any duty vis-à-vis the human race. The way in which he had spoken to me of his loves had only increased my trances, for I foresaw in this event to which he had alluded in a tone of wittiness that I knew him, the cause of new and more dreadful tragedies. than all the rest. I knew to what degree of sublime and disastrous despair could reach the pain of Erik, and the words which he had made to me - vaguely announcing of the most horrible catastrophe - did not cease to inhabit my formidable thought. .

On the other hand, I had discovered the bizarre moral trade which had been established between the monster and Christine Daaé. Hidden in the storage room which follows the young diva's dressing room, I had attended admirable music sessions, which evidently plunged Christine into a marvelous ecstasy, but all the same I had not thought that the voice Erik - who was resounding like thunder or soft like that of angels, at will - could make us forget his ugliness. I understood everything when I discovered that Christine had not seen him yet! I had the opportunity to enter the lodge and, remembering the lessons he had given me in the past, I had no difficulty in finding the trick which made the wall which supported the mirror pivot, and I noticed through which hollow bricks, loudspeaker bricks, he made himself heard by Christine as if he had been at her side. Also there I discovered the path which leads to the fountain and the dungeon - to the dungeon of the communards - and also the trap door which was to allow Erik and to enter directly below the stage.

A few days later, what was my amazement to learn, with my own eyes and my own ears that Erik and Christine Daaé saw each other, and to surprise the monster, leaning over the small crying fountain, in the path Communards (at the end, underground) and in the process of refreshing the forehead of the fainted Christine Daaé. A white horse, the _Prophète_'s horse,

disparu des écuries des dessous de l'Opéra, se tenait tranquillement auprès d'eux. Je me montrai. Ce fut terrible. Je vis des étincelles partir de deux yeux d'or et je fus, avant que j'aie pu dire un mot, frappé, en plein front, d'un coup qui m'étourdit. Quand je revins à moi, Erik, Christine et le cheval blanc avaient disparu. Je ne doutais point que la malheureuse ne fût prisonnière dans la demeure du Lac. Sans hésitation, je résolus de retourner sur la rive, malgré le danger certain d'une pareille entreprise. Pendant vingt-quatre heures je guettai, caché près de la berge noire, l'apparition du monstre, car je pensais bien qu'il devait sortir, forcé qu'il était d'aller faire ses provisions. Et à ce propos, je dois dire que, quand il sortait dans Paris ou qu'il osait se montrer en public, il mettait à la place de son horrible trou de nez, un nez de carton pâte garni d'une moustache, ce qui ne lui enlevait point tout à fait son air macabre, puisque, lorsqu'il passait, on disait derrière lui: «Tiens, voilà le père Trompe-la-Mort qui passe», mais ce qui le rendait à peu près--je dis à peu près--supportable à voir.

which had disappeared from the stables below the Opera, stood quietly beside them. I showed myself. It was terrible. I saw sparks coming from two golden eyes and I was, before I could say a word, struck full in the forehead with a blow that made me dizzy. When I came to myself, Erik, Christine and the white horse were gone. I had no doubt that the unfortunate woman was a prisoner in the house at the Lake. Without hesitation, I resolved to return to the shore, in spite of the certain danger of such an enterprise. For twenty-four hours I watched, hidden near the black bank, the appearance of the monster, because I thought he had to go out, forced as he was to go and get his provisions. And in this regard, I must say that, when he went out in Paris or dared to appear in public, instead of his horrible nose hole, he put on a cardboard nose lined with a mustache, which did not completely take away his macabre air, since, when he passed, people said behind him: "Here is Father Trompe-la-Mort passing by", but what made him more or less - I say pretty much - bearable to see.

J'étais donc à le guetter sur la rive du Lac,--du Lac Averne, comme il avait appelé, plusieurs fois, devant moi, en ricanant, son lac--et fatigué de ma longue patience, je me disais encore: Il est passé par une autre porte, celle du «troisième dessous», quand j'entendis un petit clapotis dans le noir, je vis les deux yeux d'or briller comme des fanaux, et bientôt la barque abordait. Erik sautait sur le rivage et venait à moi.

So I was watching him on the shore of the Lake - of Lake Averne, as he had called, several times, in front of me, with a sneer, his lake - and tired of my long patience, I still said to myself: He went through another door, that of the "third below", when I heard a little lapping in the dark, I saw the two golden eyes shining like beacons, and soon the boat was approaching. Erik would jump on the shore and come to me.

--Voilà vingt-quatre heures que tu es là, me dit-il; tu me gênes! je t'annonce que tout cela finira très mal! Et c'est bien toi qui l'auras voulu! car ma patience est prodigieuse pour toi!... Tu crois me suivre, immense niais,--(textuel)--et c'est moi qui te suis, et je sais tout ce que tu sais de moi, ici. Je t'ai épargné hier, dans _mon chemin des communards_; mais je te le dis, en vérité, que je n'y t'y revoie plus! Tout cela est bien imprudent, ma parole! et je me demande si tu sais encore ce que parler veut dire!

"You've been here twenty-four hours," he said to me; you bother me! I tell you that all this will end very badly! And it is you who will have wanted it! because my patience is prodigious for you! ... You think you follow me, immense simpleton, - (textual) - and it is I who follow you, and I know everything that you know about me, here. I spared you yesterday, in _mon chemin des communards_; but I tell you, in truth, that I do not see you there again! All this is very imprudent, my word! and I wonder if you still know what talking means!

Il était si fort en colère que je n'eus garde, dans l'instant, de l'interrompre. Après avoir soufflé comme un phoque, il précisa son horrible pensée--qui correspondait à ma pensée redoutable.

He was so angry that I took care not to interrupt him for the moment. After blowing like a seal, he clarified his horrible thought - which matched my dreadful thought.

--Oui, il faut savoir une fois pour toutes--une fois pour toutes, c'est dit--ce que parler veut dire! Je te dis qu'avec tes imprudences--car tu t'es fait déjà arrêter deux fois par l'ombre au chapeau de feutre, qui ne savait pas ce que tu faisais dans les dessous et qui t'a conduit aux directeurs, lesquels t'ont pris pour un fantasque persan amateur de trucs de féerie et de coulisses de théâtre (j'étais là... oui, j'étais là dans le bureau; tu sais bien que je suis partout)--je te dis donc qu'avec tes imprudences, on finira par se demander ce que tu cherches ici... et on finira par savoir que tu cherches Erik... et on voudra, comme toi, chercher Erik... et on découvrira la maison du Lac... Alors, tant pis, mon vieux! tant pis!... Je ne réponds plus de rien!

Il souffla encore comme un phoque.

--De rien!... Si les secrets d'Erik ne restent par les secrets d'Erik, tant pis pour _beaucoup de ceux de la race humaine!_ C'est tout ce que j'avais à te dire et, à moins que tu ne sois un immense niais--(textuel)-- cela devrait te suffire; à moins que tu ne saches ce que parler veut dire!...

Il s'était assis sur la partie arrière de sa barque et tapait le bois de la petite embarcation avec ses talons, en attendant ce que j'avais à lui répondre; je lui dis simplement:

--Ce n'est pas Erik que je viens chercher ici!...

--Et qui donc?

--Tu le sais bien: c'est Christine Daaé!

Il me répliqua:

--J'ai bien le droit de lui donner rendez-vous chez moi. Je suis aimé pour moi-même.

--Ce n'est pas vrai, fis-je; tu l'as enlevée et tu la retiens prisonnière!

--Écoute, me dit-il, me promets-tu de ne plus t'occuper de mes affaires si je te prouve que je suis

- Yes, you have to know once and for all - once and for all, it is said - what to speak means! I tell you that with your recklessness - because you've already been stopped twice by the shadow in the felt hat, who didn't know what you were doing in the underwear and who led you to the directors, who took you for a whimsical Persian lover of fairyland and backstage stuff (I was there ... yes, I was there in the office; you know I am everywhere) - so I tell you with your imprudence, we will end up wondering what you are looking for here ... and we will end up knowing that you are looking for Erik ... and we will want, like you, to look for Erik ... and we will discover the house of the Lake ... So, too bad, old man! too bad! ... I no longer answer for anything!

He huffed like a seal again.

- You're welcome! ... If Erik's secrets don't remain Erik's secrets, too bad for _much of the human race!_ That's all I had to tell you and, to unless you are a huge fool - (textual) - that should be enough for you; unless you know what talking means! ...

He had sat down on the stern part of his boat and was tapping the wood of the small boat with his heels, waiting for my answer; I simply tell him:

--I'm not looking for Erik here! ...

--And who?

--You know it: it's Christine Daaé!

He replied:

--I have the right to meet him at my place. I am loved for myself.

"It is not true," I said; you kidnapped her and you are keeping her prisoner!

"Listen," he said to me, "do you promise to stop worrying about my business if I prove to you that

aimé pour moi-même?	I am loved for myself?"
--Oui, je te le promets, répondis-je sans hésitation, car je pensais bien que pour un tel monstre, telle preuve était impossible à faire.	--Yes, I promise you, I answered without hesitation, because I thought that for such a monster, such proof was impossible to make.
--Eh bien, voilà! c'est tout à fait simple!... Christine Daaé sortira d'ici comme il lui plaira et y reviendra!... Oui, y reviendra! parce que cela lui plaira... y reviendra d'elle-même, parce qu'elle m'aime pour moi-même!...	--Well, there it is! it's quite simple! ... Christine Daaé will leave here as she pleases and will come back! ... Yes, will come back! because she will like it ... will come back to it on her own, because she loves me for myself! ...
--Oh! je doute qu'elle revienne!... Mais c'est ton devoir de la laisser partir.	--Oh! I doubt she'll come back! ... But it's your duty to let her go.
--Mon devoir, immense niais! (textuel)--C'est ma volonté... ma volonté de la laisser partir, et elle reviendra... car elle m'aime!... Tout cela, je te dis, finira par un mariage... un mariage à la Madeleine, immense niais! (textuel). Me crois-tu, à la fin? Quand je te dis que ma messe de mariage est déjà écrite... tu verras ce _Kyrie_...	--My duty, immense fool! (textual) - It is my will ... my will to let her go, and she will come back ... because she loves me! ... All of this, I tell you, will end in a marriage ... a marriage to the Madeleine, immense fool! (textual). Do you believe me at the end? When I tell you that my wedding mass is already written ... you will see this _Kyrie _...
Il tapota encore ses talons sur le bois de la barque, dans une espèce de rythme qu'il accompagnait à mi-voix en chantant: _Kyrie!... Kyrie!... Kyrie Eleïson!_... Tu verras, tu verras cette messe!	He patted his heels again on the wood of the boat, in a kind of rhythm which he accompanied in a low voice, singing: _Kyrie! ... Kyrie! ... Kyrie Eleïson! _... You will see, you will see this mass!
--Écoute, conclus-je, je te croirai si je vois Christine Daaé sortir de la maison du Lac et y revenir librement!	- Listen, I concluded, I will believe you if I see Christine Daaé leaving the house in the Lake and returning there freely!
--Et tu ne t'occuperas plus de mes affaires?	--And you won't mind my business anymore?
--Eh bien! tu verras cela ce soir... Viens au bal masqué. Christine et moi irons y faire un petit tour... Tu iras ensuite te cacher dans la chambre de débarras et tu verras que Christine, qui aura regagné sa loge, ne demandera pas mieux que de reprendre le chemin des communards.	--Well! you will see that tonight ... Come to the masked ball. Christine and I will take a little tour ... You will then go and hide in the storage room and you will see that Christine, who will have returned to her lodge, will ask for nothing better than to take the path of the Communards.
--C'est entendu!	--It's heard!
Si je voyais cela, en effet, je n'aurais qu'à m'incliner, car une très belle personne a toujours le droit d'aimer le plus horrible monstre, surtout quand, comme celui-ci, il a la séduction de la musique et	If I saw this, in fact, I would only have to bow, because a very beautiful person always has the right to love the most horrible monster, especially when, like this one, he has the

quand cette personne est justement une très distinguée cantatrice.	seduction of the music and when that person is just a very distinguished singer.
--Et maintenant, va-t'en! car il faut que je parte pour aller faire mon marché!...	--And now go! because I must leave to go to my market! ...
Je m'en allai donc, toujours inquiet du côté de Christine Daaé, mais ayant surtout, au fond de moi-même, une pensée redoutable, depuis qu'il l'avait réveillée si formidablement à propos de mes imprudences.	So I went away, still worried about Christine Daaé, but above all having, deep inside myself, a fearful thought, since he had woken her up so formidably about my imprudence.
Je me disais: «Comment tout cela va-t-il finir? «Et, bien que je fusse assez fataliste de tempérament, je ne pouvais me défaire d'une indéfinissable angoisse à cause de l'incroyable responsabilité que j'avais prise un jour, en laissant vivre le monstre qui menaçait aujourd'hui _beaucoup de ceux de la race humaine._	I was like, "How is this all going to end? "And, although I was quite fatalistic by temperament, I could not shake an indefinable anguish because of the incredible responsibility that I had taken one day, in letting live the monster which threatened today _much of those. of the human race.
À mon prodigieux étonnement, les choses se passèrent comme il me l'avait annoncé. Christine Daaé sortit de la maison du Lac et y revint plusieurs fois sans qu'apparemment elle y fût forcée. Mon esprit voulut alors se détacher de cet amoureux mystère, mais il était fort difficile, surtout pour moi-- à cause de la redoutable pensée--de ne point songer à Erik. Toutefois, résigné à une extrême prudence, je ne commis point la faute de retourner sur les bords du Lac ni de reprendre le chemin des communards. Mais la hantise de la porte sécrète du troisième dessous me poursuivant, je me rendis plus d'une fois directement dans cet endroit que je savais désert le plus souvent dans la journée. J'y faisais des stations interminables en me tournant les pouces et caché par un décor du _Roi de Lahore_, qu'on avait laissé là, je ne sais pas pourquoi, car on ne jouait pas souvent le _Roi de Lahore._ Tant de patience devait être récompensée. Un jour, je vis venir à moi, sur ses genoux, le monstre. J'étais certain qu'il ne me voyait pas. Il passa entre le décor qui se trouvait là et un portant, alla jusqu'à la muraille et agit, à un endroit que je précisai de loin, sur un ressort qui fit basculer une pierre, lui ouvrant un passage. Il disparut par ce passage et la pierre se referma derrière lui. J'avais le secret du monstre, secret qui pouvait, à mon heure, me livrer la demeure du Lac.	To my astonishment, things turned out as he had told me. Christine Daaé left the Maison du Lac and returned there several times without apparently being forced to do so. My mind then wanted to detach itself from this mystery lover, but it was very difficult, especially for me - because of the dreaded thought - not to think of Erik. However, resigned to extreme caution, I did not make the mistake of returning to the shores of the Lake or of taking the path of the Communards. But the fear of the door secretes the third below pursuing me, I went more than once directly to this place that I knew was deserted most often during the day. I made endless stops there, twiddling my thumbs and hidden by a setting of the _King of Lahore_, which we had left there, I don't know why, because we did not often play the _King of Lahore._ So much patience. had to be rewarded. One day, I saw the monster come to me on his knees. I was sure he didn't see me. He passed between the decor that was there and a clothes rack, went up to the wall and acted, at a place that I specified from a distance, on a spring which tipped a stone, opening a passage for it. He disappeared through this passage and the stone closed behind him. I had the secret of the monster, a secret which could, at my hour, deliver the abode of the Lake to me.
Pour m'en assurer, j'attendis au moins une demi-	To be sure, I waited at least half an hour and, in

heure et fis, à mon tour, jouer le ressort. Tout se passa comme pour Erik. Mais je n'eus garde de pénétrer moi-même dans le trou, sachant Erik chez lui. D'autre part, l'idée que je pouvais être surpris ici par Erik me rappela soudain la mort de Joseph Buquet, et, ne voulant point compromettre une pareille découverte, qui pouvait être utile à beaucoup de monde, _à beaucoup de ceux de la race humaine_, je quittai les dessous du théâtre, après avoir soigneusement remis la pierre en place, suivant un système qui n'avait point varié depuis la Perse.

Vous pensez bien que j'étais toujours très intéressé par l'intrigue d'Erik et de Christine Daaé, non point que j'obéisse en la circonstance à une maladive curiosité, mais bien à cause, comme je l'ai déjà dit, de cette pensée redoutable qui ne me quittait pas: «Si, pensais-je, Erik découvre qu'il n'est pas aimé pour lui-même, nous pouvons nous attendre à tout.» Et, ne cessant d'errer--prudemment--dans l'Opéra, j'appris bientôt la vérité sur les tristes amours du monstre. Il occupait l'esprit de Christine par la terreur, mais le cœur de la douce enfant appartenait tout entier au vicomte Raoul de Chagny. Pendant que ceux-ci jouaient tous deux, comme deux innocents fiancés, dans les dessus de l'Opéra--fuyant le monstre--ils ne se doutaient pas que quelqu'un veillait sur eux. J'étais décidé à tout: à tuer le monstre s'il le fallait et à donner des explications ensuite à la justice. Mais Erik ne se montra pas--et je n'en étais pas plus rassuré pour cela.

Il faut que je dise tout mon calcul. Je croyais que le monstre, chassé de sa demeure par la jalousie, me permettrait ainsi de pénétrer sans péril dans la maison du Lac, par le passage du troisième dessous. J'avais tout intérêt, pour tout le monde, à savoir exactement ce qu'il pouvait bien y avoir là dedans! Un jour, fatigué d'attendre une occasion, je fis jouer la pierre et aussitôt j'entendis une musique formidable; le monstre travaillait, toutes portes ouvertes chez lui, à son _Don Juan triomphant._ Je savais que c'était là l'œuvre de sa vie. Je n'avais garde de bouger et je restai prudemment dans mon trou obscur. Il s'arrêta un moment de jouer et se prit à marcher à travers sa demeure, comme un fou. Et il dit tout haut, d'une voix retentissante: «Il faut que tout cela soit fini _avant!_ Bien fini!» Cette parole n'était pas encore pour me rassurer et, comme la musique reprenait, je fermai la pierre tout doucement. Or, malgré cette pierre fermée,

my turn, played the spring. Everything happened as for Erik. But I took care not to enter the hole myself, knowing Erik at home. On the other hand, the idea that I could be surprised here by Erik suddenly reminded me of the death of Joseph Buquet and, not wishing to compromise such a discovery, which could be useful to many people, to many of those of the race. human_, I left the underside of the theater, after having carefully put the stone back in place, following a system which had not changed since Persia.

You can imagine that I was always very interested in the intrigue of Erik and Christine Daaé, not that I obeyed in the circumstances a sickly curiosity, but because, as I have already said, of that dreadful thought that never left me: "If, I thought, Erik finds out that he is not loved for himself, we can expect anything." And, ceaselessly wandering - cautiously - in the Opera, I soon learned the truth about the monster's sad loves. He occupied Christine's mind with terror, but the heart of the sweet child belonged entirely to Viscount Raoul de Chagny. While the two of them played, like two innocent fiancés, in the tops of the Opera House - fleeing from the monster - they had no idea that someone was watching over them. I was determined to do everything: to kill the monster if necessary and then to give explanations to justice. But Erik didn't show up - and I couldn't be more reassured for that.

I must tell all my calculation. I believed that the monster, driven from his home by jealousy, would thus allow me to enter without danger into the house of the Lake, by the passage of the third below. I had every interest, for everyone, to know exactly what could be in there! One day, tired of waiting for an opportunity, I made the stone play and immediately I heard wonderful music; the monster was working, with all doors open in his house, on his triumphant _Don Juan._ I knew that this was his life's work. I was careful not to move and I stayed cautiously in my dark hole. He stopped playing for a moment and began to walk through his house, like a madman. And he said aloud, in a resounding voice: "All this must be finished _before!_ Well finished!" These words were not yet to reassure me and, as the music resumed, I closed the stone very gently. Now, despite this closed stone, I could

j'entendais encore un vague chant lointain, lointain, qui montait du fond de la terre, comme j'avais entendu le chant de la sirène monter du fond des eaux. Et je me rappelai les paroles de quelques machinistes dont on avait souri au moment de la mort de Joseph Buquet: «Il y avait autour du corps du pendu comme un bruit qui ressemblait au chant des morts.»

Le jour de l'enlèvement de Christine Daaé, je n'arrivai au théâtre qu'assez tard dans la soirée et tremblant d'apprendre de mauvaises nouvelles. J'avais passé une journée atroce, car je n'avais cessé, depuis la lecture d'un journal du matin annonçant le mariage de Christine et du vicomte de Chagny, de me demander si, après tout, _je ne ferais pas mieux de dénoncer le monstre._ Mais la raison me revint et je restai persuadé qu'une telle attitude ne pouvait que-précipiter la catastrophe possible.

Quand ma voiture me déposa devant l'Opéra, je regardai ce monument comme si j'étais étonné, en vérité, _de le voir encore debout!_

Mais je suis, comme tout bon oriental, un peu fataliste et j'entrai, _m'attendant à tout!_

L'enlèvement de Christine Daaé à l'acte de la prison, qui surprit naturellement tout le monde, me trouva préparé. C'était sûr qu'Erik l'avait escamotée, comme le roi des prestidigitateurs qu'il est, en vérité. Et je pensai bien que cette fois c'était la fin pour Christine _et peut-être pour tout le monde._

Si bien qu'un moment je me demandai si je n'allais pas conseiller à tous ces gens, qui s'attardaient au théâtre, de se sauver. Mais encore je fus arrêté dans cette pensée de dénonciation, par la certitude où j'étais que l'on me prendrait pour un fou. Enfin, je n'ignorais pas que si, par exemple, je criais pour faire sortir tous ces gens: «Au feu!» je pouvais être la cause d'une catastrophe, étouffements dans la fuite, piétinements, luttes sauvages,--pire que la catastrophe elle-même.

Toutefois, je me résolus à agir sans plus tarder, personnellement. Le moment me semblait, du reste, propice. J'avais beaucoup de chances pour qu'Erik ne songeât, à cette heure, qu'à sa captive. Il fallait en

still hear a distant, distant vague song, which rose from the bottom of the earth, as I had heard the song of the siren rise from the bottom of the waters. And I remembered the words of some machinists who had been smiled at the time of Joseph Buquet's death: "There was around the body of the hanged man like a noise which resembled the song of the dead."

The day Christine Daaé was kidnapped, I did not arrive at the theater until quite late in the evening and trembling to hear bad news. I had spent an atrocious day, because I had never stopped, since reading a morning newspaper announcing the marriage of Christine and the Viscount de Chagny, to wonder if, after all, I would not do better to denounce the monster._ But my reason returned to me and I remained convinced that such an attitude could only precipitate the possible catastrophe.

When my car dropped me off in front of the Opera, I looked at this monument as if I was astonished, in truth, _to see it still standing! _

But I am, like any good oriental, a little fatalistic and I entered, _expecting everything! _

The kidnapping of Christine Daaé at the prison act, which naturally surprised everyone, found me prepared. It was sure that Erik had concealed it, like the king of conjurers that he really is. And I thought this time was the end for Christine _and maybe for everyone._

So that for a moment I wondered if I was not going to advise all these people, who were lingering in the theater, to flee. But still I was stopped in this thought of denunciation, by the certainty in which I was that I would be taken for a madman. Finally, I was aware that if, for example, I shouted to get all these people out: "Fire!" I could be the cause of a catastrophe, suffocation in flight, trampling, savage struggles - worse than the catastrophe itself.

However, I resolved to act without further delay, personally. The moment seemed to me, moreover, propitious. I had a good chance that Erik would only think of his captive at this time. It

profiter pour pénétrer dans sa demeure par le troisième dessous et je pensai, pour cette entreprise, à m'adjoindre ce pauvre petit désespéré de vicomte, qui, au premier mot, accepta avec une confiance en moi qui me toucha profondément; j'avais envoyé chercher mes pistolets par mon domestique. Darius nous rejoignit avec la boîte dans la loge de Christine. Je donnai un pistolet au vicomte et lui conseillai d'être prêt à tirer comme moi-même, car, après tout, Erik pouvait nous attendre derrière le mur. Nous devions passer par le chemin des communards et par la trappe.

Le petit vicomte m'avait demandé, en apercevant mes pistolets, si nous allions nous battre en duel? Certes! et je dis: Quel duel! Mais je n'eus le temps, bien entendu, de rien lui expliquer. Le petit vicomte est brave, mais tout de même il ignorait à peu près tout de son adversaire! Et c'était tant mieux!

Qu'est-ce qu'un duel avec le plus terrible des bretteurs à côté d'un combat avec le plus génial des prestidigitateurs? Moi-même, je me faisais difficilement à cette pensée que j'allais entrer en lutte avec un homme qui n'est visible au fond que lorsqu'il le veut et qui, en revanche, voit tout autour de lui, quand toute chose pour vous reste obscure!... Avec un homme dont la science bizarre, la subtilité, l'imagination et l'adresse lui permettent de disposer de toutes les forces naturelles, combinées pour créer à vos yeux ou à vos oreilles l'illusion qui vous perd!... Et cela, dans les dessous de l'Opéra, c'est-à-dire au pays même de la fantasmagorie! Peut-on imaginer cela sans frémir? Peut-on seulement avoir une idée de ce qui pourrait arriver aux yeux ou aux oreilles d'un habitant de l'Opéra, si on avait enfermé dans l'Opéra--dans ses cinq dessous et ses vingt-cinq dessus--un Robert-Houdin féroce et «rigolo», tantôt qui se moque et tantôt qui hait! tantôt qui vide les poches et tantôt qui tue!... Pensez-vous à cela: «Combattre l'amateur de trappes?»--Mon Dieu! en a-t-il fabriqué chez nous, dans tous nos palais, de ces étonnantes trappes pivotantes qui sont les meilleures des trappes!--Combattre l'amateur de trappes au pays des trappes!...

Si mon espoir était qu'il n'avait point quitté Christine Daaé dans cette demeure du Lac où il avait dû la transporter, une fois encore, évanouie, ma terreur

was necessary to take advantage of it to enter his home by the third below and I thought, for this enterprise, of joining me this poor little desperate viscount, who, at the first word, accepted with a confidence in me which touched me deeply; I had sent for my pistols by my servant. Darius joined us with the box in Christine's dressing room. I gave the Viscount a pistol and advised him to be ready to shoot like myself, because, after all, Erik could be waiting for us behind the wall. We had to go through the communards path and through the trap door.

The little viscount asked me, seeing my pistols, if we were going to fight a duel? Certainly! and I say: What a duel! But I didn't have time, of course, to explain anything to him. The little viscount is brave, but all the same he knew almost nothing about his adversary! And it was so much the better!

What is a duel with the most terrible of swordsmen alongside a fight with the most brilliant of conjurers? I myself found it difficult to get used to the thought that I was going to enter into a fight with a man who is only visible at bottom when he wants to and who, on the other hand, sees everything around him, when everything is for him. you remain obscure! ... With a man whose bizarre science, subtlety, imagination and skill allow him to dispose of all the natural forces, combined to create in your eyes or in your ears the illusion which you loses! ... And that, in the lower part of the Opera, that is to say in the very land of phantasmagoria! Can we imagine this without shuddering? Can we only have an idea of what might happen to the eyes or ears of an inhabitant of the Opera, if we had locked up in the Opera - in its five underwear and its twenty-five over - a Robert - Houdin fierce and "funny", sometimes who laughs and sometimes who hates! sometimes who empties their pockets and sometimes who kills! ... Do you think of that: "Fighting the trap lover?" - My God! Has he made any of these astonishing pivoting traps in all our palaces, which are the best traps! - Fight the trap lover in the land of traps! ...

If my hope was that he had not left Christine Daaé in this house on the Lake where he had to transport her, once again, unconscious, my

était qu'il fût déjà quelque part autour de nous, préparant _le lacet du Pendjab._

Nul mieux que lui, ne sait lancer le lacet de Pendjab et il est le prince des étrangleurs comme il est le roi des prestidigitateurs. Quand il avait fini de faire rire la petite sultane, au temps _des heures roses de Mazenderan_, celle-ci demandait elle-même à ce qu'il s'amusât à la faire frissonner. Et il n'avait rien trouvé de mieux que le jeu du lacet du Pendjab. Erik qui avait séjourné dans l'Inde, en était revenu avec une adresse incroyable à étrangler. Il se faisait enfermer dans une cour où l'on amenait un guerrier,--le plus souvent, un condamné à mort-- armé d'une longue pique et d'une large épée. Erik, lui, n'avait que son lacet, et c'était toujours dans le moment que le guerrier croyait abattre Erik d'un coup formidable, que l'on entendait le lacet siffler. D'un coup de poignet, Erik avait serré le mince lasso au col de son ennemi, et il le traînait aussitôt devant la petite sultane et ses femmes qui regardaient à une fenêtre et applaudissaient. La petite sultane apprit, elle aussi, à lancer le lacet du Pendjab et tua ainsi plusieurs de ses femmes et même de ses amies en visite. Mais je préfère quitter ce sujet terrible _des Heures Roses de Mazenderan._ Si j'en ai parlé, c'est que je dus, étant arrivé avec le vicomte de Chagny dans les dessous de l'Opéra, mettre en garde mon compagnon contre une possibilité toujours menaçante autour de nous, d'étranglement. Certes! une fois dans les dessous, mes pistolets ne pouvaient plus nous servir à rien, car j'étais bien sûr que du moment qu'il ne s'était point opposé du premier coup à notre entrée dans le chemin des communards, Erik ne se laisserait plus voir. Mais il pouvait toujours nous étrangler. Je n'eus point le temps d'expliquer tout cela au vicomte et même je ne sais si, ayant disposé de ce temps, j'en aurais usé pour lui raconter qu'il y avait quelque part, dans l'ombre, un lacet du Pendjab prêt à siffler. C'était bien inutile de compliquer la situation et je me bornai à conseiller à M. de Chagny de tenir toujours sa main à hauteur de l'œil, le bras replié dans la position du tireur au pistolet qui attend le commandement de feu. Dans cette position, il est impossible, même au plus adroit étrangleur, de lancer utilement le lacet du Pendjab. En même temps que le cou, il vous prend le bras ou la main et ainsi ce lacet, que l'on peut facilement délacer, devient inoffensif.

terror was that he was already somewhere around us, preparing the lace of the lake. Punjab._

No one better than him knows how to throw the Punjab lace and he is the prince of stranglers as he is the king of conjurers. When he had finished making the little sultana laugh, at the time of _the rosy hours of Mazenderan_, she herself asked him to have fun making her shiver. And he had found nothing better than the Punjab lace game. Erik, who had stayed in India, had returned with an incredible skill to strangle. He had himself shut up in a courtyard where they brought a warrior - most often a condemned man - armed with a long pike and a broad sword. Erik himself only had his shoelace, and it was always at the moment that the warrior thought he had slaughtered Erik with a formidable blow, that the shoelace was heard whistling. With a flick of his wrist, Erik had tightened the slender lasso around his enemy's neck, and he immediately dragged it in front of the little sultana and her women who were looking out a window and applauding. The little sultana also learned to throw the Punjab lace and thus killed several of her wives and even of her visiting friends. But I prefer to leave this terrible subject of the Pink Hours of Mazenderan. If I spoke about it, it is because I had, having arrived with the Viscount de Chagny in the lower part of the Opera, to warn my companion against always threatening possibility around us, of strangulation. Certainly! once in the bottom, my pistols could no longer be of use to us, because I was sure that as long as he had not opposed our entry into the Communards' path at the first attempt, Erik would not let himself be more see. But he could still strangle us. I did not have time to explain all this to the viscount and even I do not know if, having had this time, I would have used it to tell him that there was somewhere, in the shadows, a lace of Punjab ready to whistle. It was quite useless to complicate the situation and I confined myself to advising M. de Chagny to always keep his hand at eye level, the arm folded in the position of the shooter with the pistol awaiting the fire command. In this position, it is impossible, even with the most skilful choker, to launch the Punjab lace usefully. At the same time as the neck, it takes your arm or your hand and thus this lace, which can easily be untied, becomes harmless.

Après avoir évité le commissaire de police et quelques fermeurs de portes, puis les pompiers, et rencontré pour la première fois le tueur de rats et passé inaperçu aux yeux de l'homme au chapeau de feutre, le vicomte et moi nous parvînmes sans encombre dans le troisième dessous, entre le portant et le décor du _Roi de Lahore._ Je fis jouer la pierre et nous sautâmes dans la demeure qu'Erik s'était construite dans la double enveloppe des murs de fondation de l'Opéra (_et cela, le plus tranquillement du monde, puisque Erik a été un des premiers entrepreneurs de maçonnerie de Philippe Garnier, l'architecte de l'Opéra, et qu'il avait continué à travailler, mystérieusement, tout seul, quand les travaux étaient officiellement suspendus, pendant la guerre, le siège de Paris et la Commune_).

Je connaissais assez mon Erik pour caresser la présomption d'arriver à découvrir tous les trucs qu'il avait pu se fabriquer pendant tout ce temps-là: aussi n'étais-je nullement rassuré en sautant dans sa maison. Je savais ce qu'il avait fait de certain palais de Mazenderan. De la plus honnête construction du monde, il avait bientôt fait la maison du diable, où l'on ne pouvait plus prononcer une parole sans qu'elle fut espionnée ou rapportée par l'écho. Que de drames de famille! que de tragédies sanglantes le monstre traînait derrière lui avec ses trappes! Sans compter que l'on ne pouvait jamais, dans les palais qu'il avait «truqués», savoir exactement où l'on se trouvait. Il avait des inventions étonnantes. Certainement, la plus curieuse, la plus horrible et la plus dangereuse de toutes était _la chambre des supplices._ À moins des cas exceptionnels où la petite sultane s'amusait à faire souffrir le bourgeois, on n'y laissait guère entrer que les condamnés à mort. C'était, à mon avis, la plus atroce imagination des _heures roses de Mazenderan._ Aussi, quand le visiteur qui était entré dans la chambre des supplices en «avait assez», il lui était toujours permis d'en finir avec un lacet du Pendjab qu'on laissait à sa disposition au pied de l'arbre de fer!

Or, quel ne fut pas mon émoi, aussitôt après avoir pénétré dans la demeure du monstre, en m'apercevant que la pièce dans laquelle nous venions de sauter, M. le vicomte de Chagny et moi, était justement la reconstitution exacte de la chambre des supplices des _heures roses de Mazenderan._

After avoiding the police superintendent and a few door closers, then the fire department, and meeting the rat killer for the first time and going unnoticed by the man in the felt hat, the viscount and I made it to the house without a hitch. the third below, between the clothes rack and the decoration of the _Roi de Lahore._ I played the stone and we jumped into the house that Erik had built in the double envelope of the foundation walls of the Opera (_and that, most quietly in the world, since Erik was one of the first masonry contractors of Philippe Garnier, the architect of the Opera, and he had continued to work, mysteriously, all alone, when the work was officially suspended, for the war, the siege of Paris and the Commune_).

I knew my Erik enough to cherish the presumption of discovering all the things he had been able to make for himself during this time: so I was not at all reassured by jumping into his house. I knew what he had done with certain palaces in Mazenderan. Of the most honest construction in the world, he had soon made the house of the devil, where one could no longer utter a word without it being spied on or reported by the echo. What family tragedies! what bloody tragedies the monster dragged behind him with his trapdoors! Not to mention that one could never, in the palaces he had "rigged", know exactly where one was. He had amazing inventions. Certainly, the most curious, the most horrible and the most dangerous of all was _the torture chamber. to death. It was, in my opinion, the most atrocious imagination of the _heures roses de Mazenderan._ Also, when the visitor who entered the torture chamber "had had enough", he was always allowed to put an end to a lace of the Punjab which was left at its disposal at the foot of the iron tree!

Now, what was my emotion, immediately after entering the monster's house, realizing that the room into which we had just jumped, M. le Vicomte de Chagny and I, was precisely the exact reconstruction of the room. of the tortures of the _happy roses of Mazenderan._

À nos pieds, je trouvai le lacet du Pendjab que j'avais tant redouté toute la soirée. J'étais convaincu que ce fil avait déjà servi pour Joseph Buquet. Le chef machiniste avait dû, comme moi, surprendre certain soir Erik au moment où il faisait jouer la pierre du troisième dessous. Curieux, il avait à son tour tenté le passage avant que la pierre ne se refermât et il était tombé dans la chambre des supplices, et il n'en était sorti que pendu. J'imaginai très bien Erik traînant le corps dont il voulait se débarrasser jusqu'au décor du _Roi de Lahore_ et l'y suspendant, pour faire un exemple ou pour grossir _la terreur superstitieuse qui devait l'aider à garder les abords de la caverne!_

Mais, après réflexion, Erik revenait chercher le lacet du Pendjab, qui est très singulièrement fait de boyaux de chat et qui aurait pu exciter la curiosité d'un juge d'instruction. Ainsi s'expliquait la disparition de la corde de pendu.

Et voilà que je le découvrais à nos pieds, le lacet, dans la chambre des supplices!... Je ne suis point pusillanime, mais une sueur froide m'inonda le visage.

La lanterne dont je promenais le petit disque rouge sur les parois de la trop fameuse chambre, tremblait dans ma main.

M. de Chagny s'en aperçut et me dit:

--Que se passe-t-il donc, monsieur?

Je lui fis signe violemment de se taire, car je pouvais avoir encore cette suprême espérance que nous étions dans la chambre des supplices, sans que le monstre n'en sût rien!

Et même, cette espérance-là n'était point le salut car je pouvais encore très bien m'imaginer que, du côté du troisième dessous, la chambre des supplices était chargée de garder la _demeure du Lac_, et, cela peut-être, automatiquement.

Oui, les supplices allaient peut-être, commencer

At our feet, I found the Punjab lace that I had dreaded so much all evening. I was convinced that this thread had already been used for Joseph Buquet. The chief stagehand, like me, must have surprised Erik one evening when he was playing the stone from the third below. Curious, he had in turn attempted the passage before the stone closed and he had fallen into the torture chamber, and he had only come out hanged. I imagined very well Erik dragging the body he wanted to get rid of to the setting of the _King of Lahore_ and hanging it there, to make an example or to magnify _the superstitious terror that was to help him guard the approaches to the cave. ! _

But, after reflection, Erik came back to get the Punjab lace, which is very singularly made of cat guts and which could have aroused the curiosity of an examining magistrate. This was the explanation for the disappearance of the hangman's rope.

And now I discovered it at our feet, the lace, in the torture chamber! ... I am not cowardly, but a cold sweat flooded my face.

The lantern, the little red disk of which I was carrying on the walls of the all too famous room, trembled in my hand.

M. de Chagny noticed this and said to me:

--What is going on, sir?

I signaled him violently to be silent, because I could still have this supreme hope that we were in the torture chamber, without the monster knowing anything about it!

And even this hope was not salvation because I could still very well imagine that, on the side of the third below, the torture chamber was responsible for guarding the _demeure du Lac_, and, that perhaps, automatically.

Yes, the tortures would perhaps begin

automatiquement.	_automatically._
Qui aurait pu dire quels gestes de nous ils attendaient pour cela?	Who could have said what gestures from us they were waiting for?
Je recommandai l'immobilité la plus absolue à mon compagnon.	I recommended the most absolute immobility to my companion.
Un écrasant silence pesait sur nous.	An overwhelming silence hung over us.
Et ma lanterne rouge continuait à faire le tour de la chambre des supplices... je la reconnaissais... je la reconnaissais...	And my red lantern continued to circle the torture chamber ... I recognized it ... I recognized it ...
[Note 8: Un rapport administratif, venu du Tonkin et arrivé à Paris fin juillet 1900, raconte comment le célèbre chef de bande le De Tham, traqué avec ses pirates par nos soldats, put leur échapper, ainsi que tous les siens, grâce au jeu des roseaux.]	[Note 8: An administrative report, coming from Tonkin and arriving in Paris at the end of July 1900, tells how the famous leader of the De Tham band, tracked down with his pirates by our soldiers, was able to escape them, as well as all his family, thanks to the game of reeds.]
[Note 9: Daroga, en Perse, commandant général de la police du gouvernement.]	[Note 9: Daroga, in Persia, commanding general of government police.]
[Note 10: Ici le Persan aurait pu avouer que le sort d'Erik l'intéressait également pour lui-même, car il n'ignorait point que si le gouvernement de Téhéran eût appris qu'Erik était encore, vivant, c'en était fait de la modeste pension de l'ancien _Daroga._ Il est juste, du reste, d'ajouter que le Persan avait un cœur noble et généreux et nous ne doutons point que les catastrophes qu'il redoutait pour les autres n'aient occupé fortement son esprit. Sa conduite, du reste, dans toute cette affaire, le prouve suffisamment et est au-dessus de tout éloge.]	[Note 10: Here the Persian could have confessed that Erik's fate was also of interest to him, for he did not know that if the government of Tehran had learned that Erik was still alive, it was was made of the modest pension of the old _Daroga._ It is right, moreover, to add that the Persian had a noble and generous heart, and we have no doubt that the catastrophes which he dreaded for others did not heavily occupied his mind. His conduct, moreover, in all this affair, proves him sufficiently, and is above all praise.]

XXIII

DANS LA CHAMBRE DES SUPPLICES

Suite du récit du Persan.

Nous étions au centre d'une petite salle de forme parfaitement hexagonale... dont les six pans de murs étaient intérieurement garnis de glaces... du haut en bas... Dans les coins, on distinguait très bien les «rajoutis» de glace... les petits secteurs destinés à tourner sur leurs tambours... oui, oui, je les reconnais... et je reconnais l'arbre de fer dans un coin, au fond de l'un de ces petits secteurs... l'arbre de fer, avec sa branche de fer... pour les pendus.

J'avais saisi le bras de mon compagnon. Le vicomte de Chagny était tout frémissant, tout prêt à crier à sa fiancée le secours qu'il lui apportait... Je redoutais qu'il ne pût se contenir.

Tout à coup, nous entendîmes du bruit à notre gauche.

Ce fut d'abord comme une porte qui s'ouvrait et se refermait, dans la pièce à côté puis il y eut un sourd gémissement. Je retins plus fortement encore le bras de M. de Chagny, puis nous entendîmes distinctement ces mots:

--C'est à prendre ou à laisser! _La messe de mariage_ ou _la messe des morts._

Je reconnus la voix du monstre.

Il y eut encore un gémissement.

À la suite de quoi, un long silence.

J'étais persuadé, maintenant, que le monstre ignorait notre présence dans sa demeure, car s'il en eût, été autrement, il se serait bien arrangé pour que nous ne l'entendions point. Il lui eût suffi pour cela de fermer hermétiquement la petite fenêtre invisible par laquelle les amateurs de supplices regardent dans la chambre des supplices.

XXIII

IN THE SUPPLICE ROOM

Continuation of the Persian's story.

We were in the center of a small room with a perfectly hexagonal shape ... whose six sides of the walls were internally lined with mirrors ... from top to bottom ... In the corners, we could clearly see the "additions" of ice ... the small sectors intended to turn on their drums ... yes, yes, I recognize them ... and I recognize the iron tree in a corner, at the bottom of one of these small sectors .. the iron tree, with its iron branch ... for the hanged.

I had grabbed my companion's arm. The Vicomte de Chagny was all shuddering, quite ready to cry out to his fiancée for the help he was bringing her ... I feared he could not contain himself.

Suddenly we heard noise to our left.

It was first like a door opening and closing, in the next room, then there was a low moan. I held back M. de Chagny's arm even more strongly, then we distinctly heard these words:

--Take it or leave it! _The wedding mass_ or _the mass of the dead._

I recognized the monster's voice.

There was another moan.

After which, a long silence.

I was convinced, now, that the monster was unaware of our presence in his home, because if it had been otherwise, he would have managed well so that we did not hear him. It would have been enough for him to hermetically close the small invisible window through which lovers of torture look into the torture chamber.

Et puis, j'étais sûr que s'_il_ avait connu notre présence, les supplices eussent commencé tout de suite.	And then, I was sure if _he_ had known our presence, the torments would have started right away.
Nous avions donc, dès lors, un gros avantage sur Erik: nous étions à ses côtés et il n'en savait rien.	So, from then on, we had a big advantage over Erik: we were at his side and he didn't know anything about it.
L'important était de ne le lui point faire savoir, et je ne redoutais rien tant que l'impulsion du vicomte de Chagny qui voulait se ruer à travers les murs pour rejoindre Christine Daaé, dont nous croyions entendre, par intervalles, le gémissement.	The important thing was not to let him know, and I feared nothing so much as the impulse of Viscount de Chagny who wanted to rush through the walls to join Christine Daaé, whose moan we thought we heard at intervals.
--La messe des morts, ce n'est point gai! reprit la voix d'Erik, tandis que la messe de mariage, parlez-moi de cela! c'est magnifique! Il faut prendre une résolution et savoir ce que l'on veut! Moi, il m'est impossible de continuer à vivre comme ça, au fond de la terre, dans un trou, comme une taupe! _Don Juan triomphant est terminé_, maintenant je veux vivre comme tout le monde. Je veux avoir une femme comme tout le monde et nous irons nous promener le dimanche. J'ai inventé un masque qui me fait la figure de n'importe qui. On ne se retournera même pas. Tu seras la plus heureuse des femmes. Et nous chanterons pour nous tout seuls, à en mourir. Tu pleures! Tu as peur de moi! Je ne suis pourtant pas méchant au fond! Aime-moi et tu verras! _Il ne m'a manqué que d'être aimé pour être bon!_ Si tu m'aimais, je serais doux comme un agneau et tu ferais de moi tout ce que tu voudrais.	- The mass of the dead, it is not gay! resumed Erik's voice, while the wedding mass, tell me about that! that's wonderful! You have to make a resolution and know what you want! Me, it is impossible for me to continue to live like that, at the bottom of the earth, in a hole, like a mole! _Don Juan triumphant is over_, now I want to live like everyone else. I want to have a wife like everyone else and we will go for a walk on Sunday. I invented a mask that makes me look like anyone. We won't even look back. You will be the happiest of women. And we'll sing to ourselves, to death. You cry! You're afraid of me! However, I am not really mean! Love me and you will see! _I only missed being loved in order to be good! _ If you loved me, I would be as gentle as a lamb and you would do whatever you wanted with me.
Bientôt le gémissement qui accompagnait cette sorte de litanie d'amour, grandit, grandit. Je n'ai jamais rien entendu de plus désespéré et M. de Chagny et moi reconnûmes que cette effrayante lamentation appartenait à Erik lui-même. Quant à Christine, elle devait, quelque part, peut-être de l'autre côté du mur que nous avions devant nous, se tenir, muette d'horreur, n'ayant plus la force de crier, avec le monstre à ses genoux.	Soon the moan that accompanied this sort of litany of love grew, grew. I have never heard anything more desperate and M. de Chagny and I recognized that this frightful lament belonged to Erik himself. As for Christine, she must, somewhere, perhaps on the other side of the wall we had in front of us, stand, mute in horror, no longer having the strength to cry out, with the monster at her knees.
Cette lamentation était sonore et grondante et râlante comme la plainte d'un océan. Par trois fois Erik sortit cette plainte du rocher de sa gorge.	This lament was loud and rumbling and moaning like the lament of an ocean. Three times Erik took this wail from the rock in his throat.
--Tu ne m'aimes pas! Tu ne m'aimes pas! Tu ne m'aimes pas!	--You do not love me! You do not love me! You do not love me!

Et puis, il s'adoucit:	And then he softens:
--Pourquoi pleures-tu? Tu sais bien que tu me fais de la peine.	--Why are you crying? You know very well that you are hurting me.
Un silence.	A silence.
Chaque silence pour nous était un espoir, Nous nous disions: «Il a peut-être quitté Christine derrière le mur.»	Every silence for us was a hope, We were like, "Maybe he left Christine behind the wall."
Et nous ne pensions qu'à la possibilité d'avertir Christine Daaé de notre présence sans que le monstre se doutât de rien.	And we only thought of the possibility of warning Christine Daaé of our presence without the monster suspecting anything.
Nous ne pouvions sortir maintenant de la chambre des supplices que si Christine nous en ouvrait la porte; et c'est à cette condition première que nous pouvions lui porter secours, car nous ignorions même où la porte pouvait se trouver autour de nous.	We could only leave the torture chamber now if Christine opened the door for us; and it was on this first condition that we could help him, for we did not even know where the door could be around us.
Tout à coup, le silence d'à côté fut troublé par le bruit d'une sonnerie électrique.	Suddenly, the silence next door was disturbed by the sound of an electric bell.
Il y eut un bondissement de l'autre côté du mur et la voix de tonnerre d'Erik:	There was a bound to the other side of the wall and Erik's thunderous voice:
--On sonne! donnez-vous donc la peine d'entrer!	- We're ringing! so give yourself the trouble to enter!
Un ricanement lugubre.	A dismal sneer.
Qui est-ce qui vient encore nous déranger? Attends-moi un peu ici... _je m'en vais aller dire à la sirène d'ouvrir._	Who is it that still disturbs us? Wait a little here for me ... _I'm going to go and tell the siren to open ._
Et des pas s'éloignèrent, une porte se ferma. Je n'eus point le temps de songer à l'horreur nouvelle qui se préparait; j'oubliai que le monstre ne sortait que pour un crime nouveau peut-être; je ne compris qu'une chose: Christine seule était derrière le mur!	And footsteps moved away, a door closed. I had no time to think about the new horror which was brewing; I forgot that the monster was only going out for a new crime, perhaps; I only understood one thing: Christine alone was behind the wall!
Le vicomte de Chagny l'appelait déjà.	The Vicomte de Chagny was already calling him.

--Christine! Christine!	--Christine! Christine!
Du moment que nous entendions ce qui se disait dans la pièce à côté, il n'y avait aucune raison pour que mon compagnon ne fût pas entendu à son tour. Et, cependant, le vicomte dut répéter plusieurs fois son appel.	As long as we heard what was being said in the next room, there was no reason why my companion should not be heard in his turn. And, however, the viscount had to repeat his call several times.
Enfin une faible voix parvint jusqu'à nous.	Finally a weak voice reached us.
--Je rêve, disait-elle!	"I'm dreaming," she said!
--Christine! Christine! c'est moi, Raoul.	--Christine! Christine! it's me, Raoul.
Silence.	Silence.
--Mais répondez-moi Christine!... si vous êtes seule, au nom du ciel, répondez-moi.	- But answer me Christine! ... if you are alone, in the name of Heaven, answer me.
Alors la voix de Christine murmura le nom de Raoul.	Then Christine's voice whispered Raoul's name.
--Oui! Oui! C'est moi! Ce n'est pas un rêve!... Christine, ayez confiance!... Nous sommes là pour vous sauver... mais pas une imprudence!... Quand vous entendrez le monstre, avertissez-nous.	--Yes! Yes! It's me! It is not a dream! ... Christine, have confidence! ... We are here to save you ... but not imprudence! ... When you hear the monster, warn us.
--Raoul!... Raoul!	--Raoul!... Raoul!
Elle se fit répéter plusieurs fois qu'elle ne rêvait pas et que Raoul de Chagny avait pu venir jusqu'à elle, conduit par un compagnon dévoué qui connaissait le secret de la demeure d'Erik.	She was told several times that she was not dreaming and that Raoul de Chagny had been able to come to her, led by a devoted companion who knew the secret of Erik's home.
Mais aussitôt à la trop rapide joie que nous lui apportions succéda une terreur plus grande. Elle voulait que Raoul s'éloignât sur-le-champ. Elle tremblait qu'Erik ne découvrît sa cachette, car, en ce cas, il n'eût pas hésité à tuer le jeune homme. Elle nous apprit en quelques mots précipités qu'Erik était devenu tout à fait fou d'amour et qu'il était décidé _à tuer tout le monde et lui-même avec le monde_, si elle ne consentait pas à devenir sa femme devant le maire et le curé, le curé de la Madeleine. Il lui avait donné jusqu'au lendemain soir onze heures pour réfléchir. C'était le dernier délai. Il lui faudrait alors choisir, comme il disait, entre la messe de mariage et la messe des morts!	But immediately the too rapid joy which we brought him succeeded a greater terror. She wanted Raoul to go away immediately. She trembled that Erik would discover his hiding place, for, in that case, he would not have hesitated to kill the young man. She told us in a few hasty words that Erik had gone completely mad with love and that he was determined _to kill everyone and himself with the world_, if she did not consent to become his wife in front of the mayor. and the parish priest, the parish priest of Madeleine. He had given her until the next evening eleven o'clock to think it over. It was the last deadline. He would then have to choose, as he said, between the wedding mass and the mass

	for the dead!
Et Erik avait prononcé cette phrase que Christine n'avait pas tout à fait comprise: «Oui ou non; si c'est non, tout le monde est mort et _enterré!_»	And Erik had uttered this sentence that Christine had not quite understood: "Yes or no; if not, everyone is dead and _ buried! _ "
Mais, moi, je comprenais tout à fait cette phrase, car elle répondit d'une façon terrible à ma pensée redoutable.	But I completely understood this sentence, because it answered in a terrible way to my dreadful thought.
--Pourriez-vous nous dire où est Erik? demandai-je.	- Could you tell us where Erik is? I asked.
Elle répondit qu'il devait être sorti de la demeure.	She replied that he must be out of the house.
--Pourriez-vous vous en assurer?	- Could you make sure?
--Non!... Je suis attachée... je ne puis faire un mouvement.	- No! ... I am tied ... I cannot make a movement.
En apprenant cela, M. de Chagny et moi ne pûmes retenir un cri de rage. Notre salut, à tous les trois, dépendait de la liberté de mouvements de la jeune fille.	On hearing this, M. de Chagny and I could not restrain a cry of rage. Our salvation, to all three, depended on the freedom of movement of the young girl.
--Oh! la délivrer! Arriver jusqu'à elle!	--Oh! deliver it! Get to her!
--Mais où êtes-vous donc? demandait encore Christine... Il n'y a que deux portes dans ma chambre: la chambre Louis-Philippe, dont je vous ai parlé, Raoul!... une porte par où entre et sort Erik, et une autre qu'il n'a jamais ouverte devant moi et qu'il m'a défendu de franchir jamais, parce qu'elle est, dit-il, la plus dangereuse des portes... la porte des supplices!...	"But where are you?" Christine asked again ... There are only two doors in my room: the Louis-Philippe room, which I told you about, Raoul! ... a door through which Erik enters and leaves, and another that he never opened in front of me and that he forbade me to ever go through, because it is, he said, the most dangerous of doors ... the door of torture! ...
--Christine, nous sommes derrière cette porte-là!...	--Christine, we are behind that door! ...
--Vous êtes dans la chambre des supplices?	- Are you in the torture chamber?
--Oui, mais nous ne voyons pas la porte.	--Yes, but we can't see the door.
--Ah! si je pouvais seulement me traîner jusque-là!... Je frapperais contre la porte et vous verriez bien l'endroit où est la porte.	--Ah! if I could only drag myself there! ... I would knock on the door and you would see where the door is.
--C'est une porte avec une serrure? demandai-je.	--Is that a door with a lock? I asked.

--Oui, avec une serrure.	--Yes, with a lock.
Je pensai: Elle s'ouvre de l'autre côté avec une clef, comme toutes les portes, mais de notre côté à nous, elle s'ouvre avec le ressort et le contrepoids, et cela ne va pas être facile à découvrir.	I thought: It opens on the other side with a key, like all doors, but on our side, it opens with the spring and the counterweight, and that is not going to be easy to find.
--Mademoiselle! fis-je, il faut absolument que vous nous ouvriez cette porte.	--Miss! I said, you absolutely have to open this door for us.
--Mais comment? répondit la voix éplorée de la malheureuse... Nous entendîmes un corps qui se froissait, qui essayait de toute évidence de se libérer des liens qui l'emprisonnaient...	--But how? replied the weeping voice of the unfortunate ... We heard a crumpled body, obviously trying to free itself from the bonds that imprisoned ...
--Nous ne nous en tirerons qu'avec la ruse, dis-je. Il faut avoir la clef de cette porte...	"We will only get by with cunning," I said. You must have the key to this door ...
--Je sais où elle est, répondit Christine qui paraissait épuisée par l'effort qu'elle venait de faire... Mais je suis bien attachée!... Le misérable!...	"I know where she is," replied Christine, who seemed exhausted by the effort she had just made ... But I am well attached! ... The wretch! ...
Et il y eut un sanglot..	And there was a sob.
--Où est la clef? demandai-je, en ordonnant à M. de Chagny de se taire et de me laisser conduire l'affaire car nous n'avions pas un moment à perdre.	- Where's the key? I asked, ordering M. de Chagny to be silent and to let me run the business because we had not a moment to lose.
--Dans la chambre, à côté de l'orgue, avec une autre petite clef en bronze à laquelle il m'a défendu de toucher également. Elles sont toutes deux dans un petit sac en cuir qu'il appelle: _Le petit sac de la vie et de la mort_... Raoul! Raoul!... fuyez!... tout ici est mystérieux et terrible... et Erik va devenir tout à fait fou... Et vous êtes dans la chambre des supplices!... Allez-vous-en par ou vous êtes venus! Cette chambre-là doit avoir des raisons pour s'appeler d'un nom pareil!	--In the room, next to the organ, with another small bronze key which he also forbade me to touch. They are both in a small leather bag which he calls: _The little bag of life and death _... Raoul! Raoul! ... flee! ... everything here is mysterious and terrible ... and Erik is going to go completely mad ... And you are in the torture chamber! ... Go by where you are have come! This room must have reasons for being called by such a name!
--Christine! fit le jeune homme, nous sortirons d'ici ensemble ou nous mourrons ensemble!	--Christine! said the young man, we will get out of here together or we will die together!
--Il ne tient qu'à nous de sortir d'ici tous sains et saufs soufflai-je, mais il faut garder notre sang-froid. Pourquoi vous a-t-il attachée, mademoiselle? Vous ne pouvez pourtant pas vous sauver de chez lui! Il le sait bien!	"It's up to us to get out of here safe and sound," I whispered, "but we have to keep our cool." Why did he tie you up, miss? However, you cannot escape from his home! He knows it well!

--J'ai voulu me tuer! Le monstre, ce soir, après m'avoir transportée ici évanouie, à demi chloroformée, s'était absenté. Il était, paraît-il,--c'est lui me l'a dit,--_allé chez son banquier!_... Quand il est revenu, il m'a trouvée la figure en sang... j'avais voulu me tuer! je m'étais heurté le front contre les murs.

--Christine! gémit Raoul, et il se prit à sangloter.

--Alors, il m'a attachée... je n'ai le droit de mourir que demain soir à onze heures!...

Toute cette conversation à travers le mur était beaucoup plus «hachée» et beaucoup plus prudente que je ne pourrais en donner l'impression en la transcrivant ici. Souvent nous nous arrêtions au milieu d'une phrase, parce qu'il nous avait semblé entendre un craquement, un pas, un remuement insolite... Elle nous disait: Non! Non! ce n'est pas lui!... Il est sorti! Il est bien sorti! J'ai reconnu le bruit que fait, en se refermant, le mur du Lac.

--Mademoiselle! déclarai-je, c'est le monstre lui-même qui vous a attachée... c'est lui qui vous détachera... Il ne s'agit que de jouer la comédie qu'il faut pour cela!... N'oubliez pas qu'il vous aime!

--Malheureuse! entendîmes-nous, comment ferais-je pour l'oublier jamais!

--Souvenez-vous-en pour lui sourire... suppliez-le... dites-lui que ces liens vous blessent.

Mais Christine Daaé nous fit:

--Chut!... J'entends quelque chose dans le mur du Lac!... C'est lui!... Allez-vous-en!... Allez-vous-en!... Allez-vous-en!...

--Nous ne nous en irions pas, même si nous le voulions! affirmai-je de façon à impressionner la jeune fille. Nous ne pouvons plus partir! Et nous sommes dans la chambre des supplices!

Silence! souffla encore Christine.

- I wanted to kill myself! The monster, this evening, after having transported me here unconscious, half chloroformed, was absent. He was, it seems, - he told me, --_ went to his banker! _... When he came back, he found my face bleeding ... I had wanted to kill me! I had hit my forehead against the walls.

--Christine! Raoul moaned, and he began to sob.

`` So he tied me up ... I don't have the right to die until tomorrow night at eleven o'clock! ...

This whole conversation through the wall was a lot more "choppy" and a lot more careful than I could give the impression of transcribing it here. Often we stopped in the middle of a sentence, because we thought we heard a cracking, a step, an unusual movement ... She would say to us: No! No! it is not him! ... He is out! He came out well! I recognized the noise made by the lake wall as it closed.

--Miss! I declared, it is the monster itself which has attached you ... it is he who will detach you ... It is only a question of playing the comedy which is necessary for that! ... N 'don't forget that he loves you!

- Unhappy! we heard, how could I ever forget it!

- Remember to smile at him ... beg him ... tell him that these bonds hurt you.

But Christine Daaé told us:

- Hush! ... I hear something in the wall of the Lake! ... It's him! ... Go away! ... Go away! ... Go away! -in!...

--We would not go away, even if we wanted to! I said so as to impress the girl. We can't leave! And we are in the torture chamber!

Silence! Christine breathed again.

Nous nous tûmes tous les trois.	The three of us fell silent.
Des pas lourds se traînaient lentement derrière le mur, puis s'arrêtaient et refaisaient à nouveau gémir le parquet.	Heavy footsteps slowly crept behind the wall, then stopped and made the floor moan again.
Puis il y eut un soupir formidable suivi d'un cri d'horreur de Christine et nous entendîmes la voix d'Erik.	Then there was a tremendous sigh followed by a cry of horror from Christine and we heard Erik's voice.
--Je te demande pardon de te montrer un visage pareil! je suis dans un bel état, n'est-ce pas? C'est de la faute de l'_autre?_ Pourquoi a-t-il sonné? Est-ce que je demande à ceux qui passent l'heure qu'il est? Il ne demandera plus l'heure à personne. C'est de la faute de la sirène...	--I beg your pardon for showing you such a face! I'm in good shape, aren't I? Is it somebody else's fault? Why did he ring the bell? Do I ask those who pass what time it is? He will no longer ask anyone for the time. It's the siren's fault ...
Encore un soupir, plus profond, plus formidable, venant du fin fond de l'abîme d'une âme.	Another sigh, deeper, more formidable, coming from the depths of the abyss of a soul.
--Pourquoi as-tu crié, Christine?	--Why did you scream, Christine?
--Parce que je souffre, Erik.	--Because I'm in pain, Erik.
--J'ai cru que je t'avais fait peur...	--I thought I scared you ...
--Erik, desserrez mes liens... ne suis-je pas votre prisonnière?	--Erik, loosen my ties ... am I not your prisoner?
--Tu voudras encore mourir...	--You will want to die again ...
--Vous m'avez donné jusqu'à demain soir, onze heures, Erik...	`` You gave me until eleven o'clock tomorrow night, Erik ...
Les pas se traînent encore sur le plancher.	The footsteps still drag on the floor.
--Après tout, puisque nous devons mourir ensemble... et que je suis aussi pressé que toi... oui, moi aussi, j'en ai assez de cette vie-là, tu comprends!... Attends, ne bouge pas, je vais te délivrer... Tu n'as qu'un mot à dire: _non!_ et ce sera fini tout de suite, _pour tout le monde_... Tu as raison... tu as raison! Pourquoi attendre jusqu'à demain soir onze heures? Ah! oui, parce que ça aurait été plus beau!... j'ai toujours eu la maladie du décorum... du grandiose... c'est enfantin!... Il ne faut	- After all, since we have to die together ... and I am as in a hurry as you ... yes, me too, I have had enough of this life, you understand! ... Wait, don't move not, I will deliver you ... You have only one word to say: _no! _ and it will be over immediately, _for everyone _... You are right ... you are right! Why wait until eleven o'clock tomorrow night? Ah! yes, because it would have been more beautiful! ... I have always had the disease of decorum ... grandiose ... it's childish! ...

songer qu'à soi dans la vie!... à sa propre mort... le reste est du superflu... _Tu regardes comme je suis mouillé?_... Ah! ma chérie, c'est que j'ai eu tort de sortir... Il fait un temps à ne pas mettre un chien dehors!... À part çà, Christine, je crois bien que j'ai des hallucinations... Tu sais, celui qui sonnait tout à l'heure chez la sirène,--va-t-en voir au fond du lac s'il sonne--eh bien, il ressemblait... Là, tourne-toi... es-tu contente? Te voilà délivrée... Mon Dieu! tes poignets, Christine! je leur ai fait mal, dis?... Cela seul mérite la mort..... À propos de mort, _il faut que je lui chante sa messe!_

You should only think of yourself in life! ... to his own death ... the rest is superfluous ... _You look how wet I am? _... Ah! my dear, it is because I was wrong to go out ... It's been a while not to put a dog outside! ... Apart from that, Christine, I think I'm having hallucinations ... You know, the one that was ringing the siren just now, - go and see at the bottom of the lake if it rings - well, it looked like ... There, turn around ... -you happy? Here you are delivered ... My God! your wrists, Christine! I hurt them, say? ... That alone deserves death ..... About death, _I must sing his mass to him! _

En entendant ces terribles propos, je ne pus m'empêcher d'avoir un affreux pressentiment... Moi aussi, j'avais sonné une fois à la porte du monstre... et sans le savoir, certes!... j'avais dû mettre en marche quelque courant avertisseur... Et je me souvenais des deux bras sortis des eaux noires comme de l'encre... Quel était encore le malheureux égaré sur ces rives?

Hearing these terrible words, I could not help but have a terrible presentiment ... I too had rang the doorbell once at the monster's door ... and without knowing it, of course! ... must have set in motion some warning current ... And I remembered the two arms emerging from the waters as black as ink ... Who was the unfortunate man lost on these shores?

La pensée de ce malheureux-là m'empêchait presque de me réjouir du stratagème de Christine, et cependant, le vicomte de Chagny murmurait à mon oreille ce mot magique: délivrée!... Qui donc? Qui donc était _l'autre?_ Celui pour qui nous entendions en ce moment la messe des morts?

The thought of this unfortunate man almost prevented me from rejoicing in Christine's stratagem, and yet the Viscount de Chagny whispered in my ear this magic word: delivered! ... Who then? Who was _the other? _ The one for whom we were currently hearing Mass for the Dead?

Ah! le chant sublime et furieux! Toute la maison du Lac en grondait... toutes les entrailles de la terre en frissonnaient... Nous avions mis nos oreilles contre le mur de glace pour mieux entendre le jeu de Christine Daaé, le jeu qu'elle jouait pour notre délivrance mais nous n'entendions plus rien que le jeu de la messe des morts. Cela était plutôt une messe de damnés... Cela faisait, au fond de la terre, une ronde de démons.

Ah! the sublime and furious song! The whole lake house was scolding ... all the bowels of the earth shuddered ... We put our ears against the wall of ice to better hear Christine Daaé's game, the game she was playing for our deliverance but we no longer heard anything but the playing of the mass for the dead. It was rather a mass for the damned ... It was, deep in the earth, a circle of demons.

Je me rappelle que le _Dies iræ_ qu'_il_ chanta nous enveloppa comme d'un orage. Oui, nous avions de la foudre autour de nous et des éclairs... Certes! je _l_'avais entendu chanter autrefois... Il allait même jusqu'à faire chanter les gueules de pierre de mes taureaux androcéphales, sur les murs du palais de Mazenderan... Mais chanter comme ça, jamais! jamais! Il chantait comme le dieu du tonnerre...

I remember that the _Dies iræ_ he sang enveloped us like a thunderstorm. Yes, we had lightning around us and lightning ... Certainly! I _I_'had heard singing in the past ... He even went so far as to make the stone mouths of my androcephalic bulls sing, on the walls of the palace of Mazenderan ... But sing like that, never! never! He sang like the god of thunder ...

Tout à coup, l'orgue et la voix s'arrêtèrent si

Suddenly, the organ and the voice stopped so

brusquement que M. de Chagny et moi reculâmes derrière le mur, tant nous fûmes saisis... Et la voix subitement changée, transformée, grinça distinctement toutes ces syllabes métalliques.

--_Qu'est-ce gîte tu as fait de mon sac?_

abruptly that M. de Chagny and I retreated behind the wall, we were so overcome ... And the voice suddenly changed, transformed, distinctly creaked all those metallic syllables.

--_ What did you do with my bag? _

XXIV

LES SUPPLICES COMMENCENT

(_Suite du récit du Persan_)

La voix répéta avec fureur:

--Qu'est-ce que tu as fait de mon sac? Christine Daaé ne devait pas trembler plus que nous.

--C'est pour me prendre mon sac que tu voulais que je te délivre, dis?...

On entendit des pas précipités, la course de Christine qui revenait dans la chambre Louis-Philippe, comme pour chercher un abri devant notre mur.

--Pourquoi fuis-tu? disait la voix rageuse qui avait suivi... Veux-tu bien me rendre mon sac! Tu ne sais donc pas que c'est le sac de la vie et de la mort?

--Écoutez-moi Erik, soupira la jeune femme... puisque désormais il est entendu que nous devons vivre ensemble... qu'est-ce que çà vous fait?... Tout ce qui est à vous m'appartient!...

Cela était dit d'une façon si tremblante que cela faisait pitié. La malheureuse devait employer ce qui lui restait d'énergie à surmonter sa terreur... Mais ce n'était point avec d'aussi enfantines supercheries, dites en claquant des dents, qu'on pouvait surprendre le monstre.

--Vous savez bien qu'il n'y a là-dedans que deux clefs... Qu'est-ce que vous voulez faire? demanda-t-il.

--Je voudrais, fit-elle, visiter cette chambre que je ne connais pas et que vous m'avez toujours cachée... C'est une curiosité de femme! ajouta-t-elle, sur un ton qui voulait se faire enjoué et qui ne dut réussir qu'à augmenter la méfiance d'Erik tant il sonnait faux...

--Je n'aime pas les femmes curieuses! répliqua Erik,

XXIV

SUPPLICES BEGIN

(_Continuation of the Persian's story_)

The voice repeated with fury:

- What did you do with my bag? Christine Daaé shouldn't tremble more than us.

`` It was to take my bag from me that you wanted me to deliver you, say? ...

We heard hurried footsteps, Christine's race coming back to the Louis-Philippe room, as if to seek shelter in front of our wall.

- Why are you running away? said the angry voice that had followed ... Will you give me back my bag! Don't you know it's the sack of life and death?

- Listen to me Erik, sighed the young woman ... since from now on it is understood that we must live together ... what do you do? ... Everything that is yours belongs to me! ...

It was said in such a trembling way that it was pitiful. The unfortunate woman had to use what remained of her energy to overcome her terror ... But it was not with such childish deceptions, said with chattering teeth, that one could surprise the monster.

"You know very well that there are only two keys in there ... What do you want to do?" he asked.

"I would like," she said, "to visit this room which I do not know and which you have always hidden from me. It is a woman's curiosity!" she added, in a tone that wanted to be playful and that must have succeeded only in increasing Erik's mistrust as he sounded false ...

- I don't like curious women! Erik replied, and

et vous devriez vous méfier depuis l'histoire de Barbe-Bleue... Allons! rendez-moi mon sac!... rendez-moi mon sac!... Veux-tu laisser la clef!... Petite curieuse!	you should beware since the Bluebeard story ... Come on! give me back my bag! ... give me back my bag! ... Will you leave the key! ... Little curious!
Et il ricana pendant que Christine poussait un cri de douleur... Erik venait de lui reprendre le sac.	And he sneered while Christine let out a cry of pain ... Erik had just taken the bag from her.
C'est à ce moment que le vicomte, ne pouvant plus se retenir, jeta un cri de rage et d'impuissance, que je parvins bien difficilement à étouffer sur ses lèvres...	It was at this moment that the viscount, unable to restrain himself any longer, uttered a cry of rage and helplessness, which I hardly succeeded in stifling on his lips ...
--Ah mais! fit le monstre... Qu'est-ce que c'est que ça?... Tu n'as pas entendu, Christine?	- Ah, but! said the monster ... What is that? ... Didn't you hear, Christine?
--Non! non! répondait la malheureuse; je n'ai rien entendu!	--No! no! replied the unfortunate woman; I did not hear anything!
--Il me semblait qu'on avait jeté un cri!	--It seemed to me that we had uttered a cry!
--Un cri!... Est-ce que vous devenez fou, Erik?... Qui voulez-vous donc qui crie, au fond de cette demeure?... C'est moi qui ai crié, parce que vous me faisiez mal!... Moi, je n'ai rien entendu!...	`` A cry! ... Are you going mad, Erik? ... Who do you want screaming, at the back of this house? ... It was I who cried, because you did wrong! ... I didn't hear anything! ...
--Comme tu me dis cela!... Tu trembles!... Te voilà bien émue!... Tu mens!... On a crié! on a crié!... Il y a quelqu'un dans la chambre des supplices!... Ah! je comprends maintenant!...	- How you tell me that! ... You tremble! ... You are very moved! ... You lie! ... We shouted! we shouted! ... There is someone in the torture chamber! ... Ah! I understand now!...
--Il n'y a personne, Erik!...	`` There is no one there, Erik! ...
--Je comprends!...	--I understand!...
--Personne!...	--Anybody!...
--Ton fiancé... peut-être!...	--Your fiance ... perhaps! ...
--Eh! je n'ai pas de fiancé!... Vous le savez bien!...	--He! I don't have a fiancé! ... You know that! ...
Encore un ricanement mauvais.	Another bad sneer.
--Du reste, c'est si facile de le savoir... Ma petite Christine, mon amour... on n'a pas besoin d'ouvrir la porte pour voir ce qui se passe dans la chambre des	- Besides, it's so easy to know ... My little Christine, my love ... you don't need to open the door to see what's going on in the torture

supplices... Veux-tu voir? veux-tu voir?... Tiens!... S'il y a quelqu'un... s'il y a vraiment quelqu'un, tu vas voir s'illuminer tout là-haut, près du plafond, la fenêtre invisible... Il suffit d'en tirer le rideau noir et puis d'éteindre ici... Là, c'est fait... Éteignons! Tu n'as pas peur de la nuit, en compagnie de ton petit mari!...

Alors, on entendit la voix agonisante de Christine.

--Non!... J'ai peur!... Je vous dis que j'ai peur dans la nuit!... Cette chambre ne m'intéresse plus du tout!... C'est vous qui me faites tout le temps peur, comme à une enfant, avec cette chambre des supplices!... Alors, j'ai été curieuse, c'est vrai!... Mais elle ne m'intéresse plus du tout... du tout!...

Et ce que je craignais par-dessus tout, commença _automatiquement_... Nous fûmes, tout à coup, inondés de lumière!... Oui, derrière notre mur, ce fut comme un embrasement. Le vicomte de Chagny qui ne s'y attendait pas, en fut tellement surpris qu'il en chancela. Et la voix de colère éclata à côté.

--Je te disais qu'il y avait quelqu'un!... Là vois-tu maintenant, la fenêtre?... la fenêtre lumineuse!... Tout là-haut!... Celui qui est derrière ce mur ne la voit pas lui!... Mais, toi, tu vas monter sur l'échelle double. Elle est là pour cela!... Tu m'as demandé souvent à quoi elle servait... Eh bien! te voilà renseignée maintenant!... Elle sert à regarder par la fenêtre de la chambre des supplices... petite curieuse!...

--Quels supplices?... quels supplices y a-t-il là-dedans?... Erik! Erik! dites-moi que vous voulez me faire peur!... Dites-le-moi, si vous m'aimez, Erik!... N'est-ce pas qu'il n'y a pas de supplices? Ce sont des histoires pour les enfants!...

--Allez voir, ma chérie, à la petite fenêtre!...

Je ne sais si le vicomte, à côté de moi, entendait maintenant la voix défaillante de la jeune femme, tant il était occupé du spectacle inouï qui venait de surgir à son regard éperdu... Quant à moi qui avais vu ce spectacle-là déjà trop souvent, par la petite fenêtre des _Heures roses de Mazenderan_, je n'étais occupé que de ce qui se disait à côté, y

chamber ... Do you want to see? do you want to see? invisible window ... We just have to draw the black curtain and then switch off here ... There, it's done ... Let's turn it off! You are not afraid of the night, in the company of your little husband! ...

Then we heard Christine's dying voice.

- No! ... I am afraid! ... I tell you that I am afraid in the night! ... This room no longer interests me at all! ... It is you who make me all the time afraid, like a child, with this torture chamber! ... So, I was curious, it's true! ... But it no longer interests me at all ... at all! ...

And what I feared above all, began _automatically _ ... We were, suddenly, flooded with light! ... Yes, behind our wall, it was like a conflagration. The Viscount de Chagny, who was not expecting it, was so surprised that he staggered. And the voice of anger erupted beside it.

- I told you that there was someone! ... There you see now, the window? ... the luminous window! ... Up there! ... The one behind this wall he does not see it! ... But, you, you are going to climb on the double ladder. It is there for that! ... You have often asked me what it is for ... Well! Here you are now informed! ... It is used to look out the window of the torture chamber ... curious little one! ...

--What tortures? ... what tortures are there in there? ... Erik! Erik! tell me you want to frighten me! ... Tell me, if you love me, Erik! ... Isn't there no torture? These are stories for children! ...

`` Go and see, my darling, at the little window! ...

I do not know if the viscount, next to me, now heard the faltering voice of the young woman, so much was he occupied with the incredible spectacle which had just arisen in his bewildered gaze ... As for me, who had seen that spectacle. already too often, through the little window of the Pink Hours of Mazenderan, I was only

cherchant une raison d'agir, une résolution à prendre.

--Allez voir, allez voir à la petite fenêtre!... Vous me direz!... Vous me direz après _comment il a le nez fait!_

Nous entendîmes rouler l'échelle que l'on appliqua contre le mur...

--Montez donc!... Non!... Non, je vais monter... moi, ma chérie!...

--Eh bien! oui... je vais voir... laissez-moi!

--Ah! ma petite chérie!... Ma petite chérie!... que vous êtes mignonne... Bien gentil à vous de m'épargner cette peine à mon âge!... Vous me direz comment il a le nez fait!... Si les gens se doutaient du bonheur qu'il y a à avoir un nez... un nez bien à soi... jamais ils ne viendraient se promener dans la chambre des supplices!...

À ce moment, nous entendîmes distinctement au-dessus de nos têtes, ces mots:

--_Mon ami, il n'y a personne!_...

--Personne?... Vous êtes sûre qu'il n'y a personne?...

--Ma foi, non... il n'y a personne...

--Eh bien, tant mieux!... Qu'avez-vous, Christine?... Eh bien, quoi! Vous n'allez pas vous trouver mal!... Puisqu'il n'y a personne!... Là!... descendez!... là!... Remettez-vous! puisqu'il n'y a personne... _Mais comment trouvez-vous le paysage?_...

--Oh! très bien!...

--Allons! ça va mieux!... N'est-ce pas, ça va mieux!... Tant mieux, ça va mieux!... Pas d'émotion!... Et quelle drôle de maison n'est-ce pas où l'on peut voir des paysages pareils?...

occupied with what was being said next door, looking for a reason to act, a resolution to take.

- Go see, go look at the little window!... You will tell me!... You will tell me after _how he has his nose!_

We heard the ladder roll up and we put it against the wall...

- Go up!... No!... No, I will go up ... me, my darling!...

--Well! yes ... I'll see ... let me!

--Ah! my little darling!... My little darling!... how cute you are ... Very kind of you to spare me this trouble at my age!... You will tell me how his nose is!.. If people suspected the happiness that there is in having a nose ... a nose of your own ... they would never come for a walk in the torture chamber!...

At that moment we distinctly heard above our heads these words:

--_ My friend, there is no one! _...

- No one?... Are you sure there is no one there? ...

- My faith, no ... there is no one ...

- Well, so much the better!... What is the matter, Christine?... Well, what! You are not going to be badly!... Since there is no one there! ... There!... get off!... there!... Get over! since there is nobody ... _But how do you find the landscape? _...

--Oh! very well!...

--Let's go! It's getting better!... You know, it's getting better!... So much the better, it's getting better!... No emotion!... And what a strange house it is! where you can see such landscapes? ...

--Oui, on se croirait au Musée Grévin!... Mais, dites-donc, Erik... il n'y a pas de supplices là-dedans!... Savez-vous que vous m'avez fait une peur!...	--Yes, it looks like the Grévin Museum!... But, tell me, Erik ... there is no torture in that!... Do you know that you scared me !...
--Pourquoi, puisqu'il n'y a personne!...	--Why, since there is nobody!...
--C'est vous qui avez fait cette chambre-là, Erik?... Savez-vous que c'est très beau! Décidément, vous êtes un grand artiste, Erik...	"Were you the one who made that room, Erik? ... Do you know that it is very beautiful!" You are definitely a great artist, Erik ...
--Oui, un grand artiste «dans mon genre».	- Yes, a great artist "of my kind".
--Mais, dites-moi, Erik, pourquoi avez-vous appelé cette chambre la chambre des supplices?...	`` But tell me, Erik, why did you call this room the torture chamber? ...
--Oh! c'est bien simple. D'abord, qu'est-ce que vous avez vu?	--Oh! it is very simple. First, what did you see?
--J'ai vu une forêt!...	--I saw a forest!...
--Et qu'est-ce qu'il y a dans une forêt?	--And what's in a forest?
--Des arbres!...	--Trees!...
--Et qu'est-ce qu'il y a dans un arbre?	--And what's in a tree?
--Des oiseaux...	--Birds...
--Tu as vu des oiseaux...	--You saw birds ...
--Non, je n'ai pas vu d'oiseaux.	- No, I didn't see any birds.
--Alors, qu'as-tu vu! cherche!... Tu as vu des branches! Et qu'est-ce qu'il y a dans une branche? dit la voix terrible... Il y a un gibet! Voilà pourquoi j'appelle ma forêt la chambre des supplices!... Tu vois, ce n'est qu'une façon de parler! Tout cela est pour rire!... Moi, je ne m'exprime jamais comme les autres!... Je ne fais rien comme les autres!... Mais j'en suis bien fatigué!... bien fatigué!... J'en ai assez, vois-tu? d'avoir une forêt dans ma maison, et une chambre des supplices!... Et d'être logé comme un charlatan au fond d'une boîte à double fond!... J'en ai assez! j'en ai assez!... Je veux avoir un appartement tranquille, avec des portes et des fenêtres ordinaires	--So, what did you see! look!... You saw branches! And what's in a branch? said the terrible voice ... There is a gallows! That is why I call my forest the torture chamber!... You see, this is only a way of speaking! All this is for laughs!... Me, I never express myself like the others!... I do nothing like the others!... But I am very tired!... very tired !. .. I've had enough, you see? to have a forest in my house, and a torture chamber!... And to be lodged like a charlatan at the bottom of a double-bottomed box!... I've had enough! I've had enough!... I want to have a quiet apartment, with ordinary

et une honnête femme dedans, comme tout le monde!... Tu devrais comprendre cela Christine, et je ne devrais pas avoir besoin de te le répéter à tout bout de champ!... Une femme comme tout le monde!... Une femme que j'aimerais, que je promènerais, le dimanche, et que je ferais rire toute la semaine! Ah! tu ne t'ennuierais pas avec moi! J'ai plus d'un tour dans mon sac, sans compter les tours de cartes!... Tiens! veux-tu que je te fasse des tours de cartes? Cela nous fera toujours passer quelques minutes, en attendant demain soir, onze heures!... Ma petite Christine!... Ma petite Christine!... Tu m'écoutes?... Tu ne me repousses plus!... dis? Tu m'aimes!... Non! tu ne m'aimes pas!... Mais ça ne fait rien! tu m'aimeras! Autrefois, tu ne pouvais pas regarder mon masque à cause que tu savais ce qu'il y a derrière... Et maintenant tu veux bien le regarder et tu oublies ce qu'il y a derrière, et tu veux bien ne plus me repousser!... On s'habitue à tout, quand on veut bien... quand on a la bonne volonté!... Que de jeunes gens qui ne s'aimaient pas avant le mariage se sont adorés après! Ah! je ne sais plus ce que je dis... Mais tu t'amuserais bien avec moi!... Il n'y en a pas un comme moi, par exemple, ça, je le jure devant le bon Dieu qui nous mariera--si tu es raisonnable--il n'y en a pas un comme moi pour faire le ventriloque! Je suis le premier ventriloque du monde!... Tu ris!... Tu ne me crois peut-être pas!... Écoute!

Le misérable (qui était, en effet le premier ventriloque du monde) étourdissait la petite (je m'en rendais parfaitement compte) pour détourner son attention de la chambre des supplices!... Calcul stupide!... Christine ne pensait qu'à nous!... Elle répéta à plusieurs reprises, sur le ton le plus doux qu'elle put trouver et de la plus ardente supplication:

«Éteignez la petite fenêtre!... Erik! éteignez donc la petite fenêtre!...

Car elle pensait bien que cette lumière, soudain apparue à la petite fenêtre, et dont le monstre avait parlé d'une façon si menaçante, avait sa raison terrible d'être... Une seule chose devait momentanément la tranquiliser, c'est qu'elle nous avait vus tous deux, derrière le mur, au centre du magnifique embrasement, debout et bien portants!... Mais elle eût été plus rassurée, certes!...

windows and doors and an honest woman in it, like everyone else!... You should understand that Christine, and I shouldn't need to repeat it to you all the time!... A woman like everyone else!... A woman that I would love, that I would take for a walk on Sundays, and that I would make laugh all week! Ah! you wouldn't be bored with me! I have more than one trick in my bag, not counting the card tricks!... Here! do you want me to do card tricks on you? That will always make us spend a few minutes, while waiting for eleven o'clock tomorrow evening!... My little Christine!... My little Christine!... Are you listening to me?... You are not pushing me away!... say? You love me!... No! you don't love me!... But that doesn't matter! you will love me! Once you couldn't look at my mask because you knew what's behind ... and now you want to look at it and you forget what's behind it, and you don't want to push me away anymore !... You get used to everything, when you want to ... when you have the good will!... How many young people who did not love each other before marriage adored each other afterwards! Ah! I don't know what I'm saying anymore ... But you would have fun with me!... There isn't one like me, for example, that I swear to the good Lord who will marry us- -if you are reasonable - there is not one like me to be the ventriloquist! I am the first ventriloquist in the world!... You laugh!... You may not believe me!... Listen!

The wretch (who was, in fact, the first ventriloquist in the world) stunned the little one (I was perfectly aware of it) to divert her attention from the torture chamber!... Stupid calculation!... Christine only thought of ' over to us!... She repeated several times, in the softest tone she could find and with the most ardent entreaty:

"Turn off the little window!... Erik!" turn off the little window!...

Because she thought that this light, suddenly appeared in the little window, and of which the monster had spoken in such a threatening way, had its terrible reason for being ... 'she had seen us both, behind the wall, in the center of the magnificent conflagration, standing and well!... But she would certainly have been more reassured!... if the light had gone out ...

si la lumière s'était éteinte...

L'autre avait déjà commencé à faire le ventriloque. Il disait:

--Tiens! je soulève un peu mon masque! Oh! un peu seulement... Tu vois mes lèvres? Ce que j'ai de lèvres? Elles ne remuent pas!... Ma bouche est fermée... mon espèce de bouche... et cependant tu entends ma voix!... Je parle avec mon ventre... c'est tout naturel... on appelle ça être ventriloque!... C'est bien connu: écoute ma voix... où veux-tu qu'elle aille? Dans ton oreille gauche? dans ton oreille droite?... dans la table?... dans les petits coffrets d'ébène de la cheminée?... Ah! cela t'étonne... Ma voix est dans les petits coffrets de la cheminée! La veux-tu lointaine?... La veux-tu prochaine?... Retentissante?... Aigüe?... Nasillarde?... Ma voix se promène partout!... partout!... Écoute, ma chérie... dans le petit coffret de droite de la cheminée, et écoute ce qu'elle dit: _Faut-il tourner le scorpion?_... Et maintenant, crac! écoute ce qu'elle dit dans le petit coffret de gauche: _Faut-il tourner la sauterelle?_... Et maintenant, crac!... La voici dans le petit sac en cuir... Qu'est-ce qu'elle dit? «Je suis le petit _sac de la vie et de la mort!_» Et maintenant, crac!... la voici dans la gorge de la Carlotta, au fond de la gorge dorée, de la gorge de cristal de la Carlotta, ma parole!... Qu'est-ce qu'elle dit? Elle dit: «C'est moi, monsieur crapaud! c'est moi qui chante: _J'écoute cette voix solitaire... couac!... qui chante dans mon couac!_...» Et maintenant, crac, elle est arrivée sur une chaise de la loge du fantôme... et elle dit: «Madame Carlotta chante ce soir _à décrocher le lustre!_...» Et maintenant, crac!... Ah! ah! ah! ah!... où est la voix d'Erik?... Écoute, Christine, ma chérie!... Écoute... Elle est derrière la porte de la chambre des supplices!... Écoute-moi!... C'est moi qui suis dans la chambre des supplices!... Et qu'est-ce que je dis? Je dis: «Malheur à ceux qui ont le bonheur d'avoir un nez, un vrai nez à eux et qui viennent se promener dans la chambre des supplices!... Ah! ah! ah!»

Maudite voix du formidable ventriloque! Elle était partout, partout!... Elle passait par la petite fenêtre invisible... à travers les murs... elle courait autour de nous... entre nous... Erik était là!... Il nous parlait!... Nous fîmes un geste comme pour nous jeter sur lui... mais, déjà, plus rapide, plus insaisissable que la voix sonore de l'Écho, la voix d'Erik avait rebondi derrière

The other had already started playing the ventriloquist. He said:

--Take! I lift my mask a little! Oh! just a little ... Do you see my lips? What do I have for lips? They don't move! ... My mouth is closed ... my kind of mouth ... and yet you hear my voice! ... I speak with my belly ... it's quite natural ... we call That being a ventriloquist! ... It is well known: listen to my voice ... where do you want it to go? In your left ear? in your right ear? ... in the table? ... in the small ebony boxes by the fireplace? ... Ah! that surprises you ... My voice is in the small boxes of the fireplace! Do you want it far away? ... Do you want it near? ... Resounding? ... High? ... Nasillarde? ... My voice is wandering everywhere! ... everywhere! ... Listen, my darling ... in the small box on the right of the fireplace, and listen to what she says: _Should we turn the scorpion? _... And now, crack! listen to what she says in the small box on the left: _Should we turn the grasshopper? _... And now, crack! ... Here it is in the little leather bag ... What is it? she says? "I am the little _bag of life and death! _" And now, crack! ... here it is in the throat of the Carlotta, at the bottom of the golden throat, of the crystal throat of the Carlotta, my word! ... What is she saying? She said: "It's me, Mr. Toad!" it's me who sings: _I listen to this lonely voice ... quack! ... which sings in my quack! _... "And now, crack, she arrived on a chair of the phantom's lodge . . . and she said: "Madame Carlotta is singing this evening _to take down the chandelier! _..." And now, crack! ... Ah! ah! ah! ah! ... where is Erik's voice? ... Listen, Christine, my darling! ... Listen ... She is behind the door of the torture chamber! ... Listen to me! .. It is I who am in the torture chamber! ... And what am I saying? I said: "Woe to those who are fortunate enough to have a nose, a real nose of their own, and who come for a walk in the torture chamber! ... Ah! ah! ah! "

Cursed voice of the formidable ventriloquist! She was everywhere, everywhere! ... She went through the small invisible window ... through the walls ... she ran around us ... between us ... Erik was there! ... He was talking to us! ... We made a gesture as if to throw ourselves on him ... but, already, faster, more elusive than the

le mur!...

Bientôt, nous né pûmes plus rien entendre du tout, car voici ce qui se passa:

La voix de Christine:

--Erik! Erik!... Vous me fatiguez avec votre voix... Taisez-vous, Erik!.. Ne trouvez-vous pas qu'il fait chaud ici?...

--Oh! Oui! répond la voix d'Erik, la chaleur devient insupportable!...

Et encore la voix râlante d'angoisse de Christine:

--Qu'est-ce que c'est que ça!... Le mur est tout chaud!... Le mur est brûlant!...

--Je vais vous dire, Christine, ma chérie, c'est à cause de «la forêt d'à côté!...».

--Eh bien!... que voulez-vous dire!... la forêt?...

--_Vous n'avez donc pas vu que c'était une forêt du Congo?_

Et le rire du monstre s'éleva si terrible que nous ne distinguions plus les clameurs suppliantes de Christine!... Le vicomte de Chagny criait et frappait contre les murs comme un fou... Je ne pouvais plus le retenir... Mais on n'entendait que le rire du monstre... et le monstre lui-même ne dut entendre que son rire... Et puis il y eut le bruit d'une rapide lutte, d'un corps qui tombe sur le plancher et que l'on traîne... et l'éclat d'une porte fermée à toute volée... et puis, plus rien, plus rien autour de nous que le silence embrasé de midi... au cœur d'une forêt d'Afrique!...

. . . .

sonorous voice of the Echo, Erik's voice had bounced behind the wall!...

Soon we couldn't hear anything at all, because this is what happened:

Christine's voice:

--Erik! Erik!... You tire me with your voice... Shut up, Erik!... Don't you find it hot here?...

--Oh! Yes! Erik's voice answers, the heat is becoming unbearable!...

And again Christine's voice grieving with anguish:

- What is that!... The wall is very hot!... The wall is hot!...

- I am going to tell you, Christine, my darling, it is because of "the forest next door!...".

--Well!... what do you mean!... the forest?...

--_ So you didn't see that it was a Congo forest?_

And the monster's laughter rose so terrible that we could no longer distinguish Christine's pleading clamors!... Viscount de Chagny was screaming and banging against the walls like a madman... I could no longer hold him back... But you could hear only the laughter of the monster... and the monster itself must have heard only its laughter... And then there was the sound of a rapid struggle, of a body falling to the floor and that we are dragging... and the glare of a fully closed door... and then, nothing, nothing around us but the blazing silence of noon... in the heart of a forest of 'Africa!...

. . . .

XXV

«TONNEAUX TONNEAUX AVEZ-VOUS DES TONNEAUX À VENDRE?»

(_Suite du récit du Persan_)

J'ai dit que cette chambre dans laquelle nous nous trouvions, M. le vicomte de Chagny et moi, était régulièrement hexagonale et garnie entièrement de glaces. On a vu depuis, notamment dans certaines expositions, de ces sortes de chambres absolument disposées ainsi et appelées: «maison des mirages» ou «palais des illusions». Mais l'invention en revient entièrement à Erik, qui construisit, sous mes yeux, la première salle de ce genre lors des _Heures roses de Mazenderan._ Il suffisait de disposer dans les coins quelque motif décoratif, comme une colonne, par exemple, pour avoir instantanément un palais aux mille colonnes, car, par l'effet des glaces, la salle réelle s'augmentait de six salles hexagonales dont chacune se multipliait à l'infini. Jadis, pour amuser «la petite sultane», il avait ainsi disposé un décor qui devenait le «temple innombrable»; mais la petite sultane se fatigua vite d'une aussi enfantine illusion, et alors Erik transforma son invention en chambre des supplices. Au lieu du motif architectural posé dans les coins, il mit au premier tableau un arbre de fer. Pourquoi cet arbre, qui imitait parfaitement la vie, avec ses feuilles peintes, était-il en fer? Parce qu'il devait être assez solide pour résister à toutes les attaques du «patient» que l'on enfermait dans la chambre des supplices. Nous verrons comment, par deux fois, le décor ainsi obtenu se transformait instantanément en deux autres décors successifs, grâce à la rotation automatique des tambours qui se trouvaient dans les coins et qui avaient été divisés par tiers, épousant les angles des glaces et supportant chacun un motif décoratif qui apparaissait tour à tour.

Les murs de cette étrange salle n'offraient aucune prise au patient, puisque, en dehors du motif décoratif d'une solidité à toute épreuve, ils étaient uniquement garnis de glaces et de glaces assez épaisses pour qu'elles n'eussent rien à redouter de la rage du misérable que l'on jetait là, du reste, les mains et les pieds nus.

XXV

"TONELS TONES DO YOU HAVE TONES FOR SALE?"

(_Continuation of the Persian's story_)

I said that this room in which we were, M. le Vicomte de Chagny and I, was regularly hexagonal and entirely lined with mirrors. We have since seen, especially in certain exhibitions, these kinds of rooms absolutely arranged in this way and called: "house of mirages" or "palace of illusions". But the invention is entirely up to Erik, who built, before my eyes, the first room of this kind during the _Hours roses de Mazenderan. instantly have a palace with a thousand columns, for, by the effect of the mirrors, the real room was increased by six hexagonal rooms, each of which multiplied ad infinitum. Formerly, to amuse "the little sultana", he had thus arranged a decoration which became the "innumerable temple"; but the little sultana quickly grew tired of such a childish illusion, and then Erik transformed his invention into a chamber of torture. Instead of the architectural motif placed in the corners, he put an iron tree on the first picture. Why was this tree, which perfectly imitated life, with its painted leaves, made of iron? Because it had to be strong enough to resist all the attacks of the "patient" who was locked in the torture chamber. We will see how, twice, the decoration thus obtained was instantly transformed into two other successive decorations, thanks to the automatic rotation of the drums which were in the corners and which had been divided by thirds, following the angles of the mirrors and supporting each one. a decorative motif that appeared in turn.

The walls of this strange room offered no hold for the patient, since, apart from the decorative motif of an unfailing solidity, they were only lined with mirrors and mirrors thick enough so that they had nothing to fear. of the rage of the wretch who was thrown there, moreover, with bare hands and feet.

No furniture. The ceiling was bright. An ingenious electric heating system, which has since been imitated, made it possible to increase the temperature of the walls at will and thus give the room the desired atmosphere ...

I am trying to enumerate all the precise details of a very natural invention giving this supernatural illusion, with a few painted branches, of an equatorial forest set ablaze by the midday sun, so that no one can doubt the current tranquility of my brain, so that no one has the right to say:

"This man has gone mad" or "this man is lying", or "this man takes us for fools" [11].

If I had simply said it this way: "Having gone down to the bottom of a cellar, we encountered an equatorial forest set ablaze by the midday sun", I would have obtained a beautiful effect of stupid astonishment, but I am not looking for any Indeed, my goal being, in writing these lines, to relate what exactly happened to us Viscount de Chagny and to me during a terrible adventure which, for a moment, occupied the justice of this country.

I will now pick up the facts where I left them.

When the ceiling lit up and the forest around us lit up, the Viscount's amazement was beyond anything imaginable. The appearance of this impenetrable forest, whose innumerable trunks and branches embraced us _to infinity_, plunged him into frightful consternation. He passed his hands over his forehead as if to chase away a dream vision and his eyes blinked like eyes that barely wake up to regain consciousness of the reality of things. For a moment, he forgot _to listen! _

I said that the appearance of the forest did not surprise me. So I listened to what was going on in the next room for both of us. Finally, my attention was specially attracted less by the decoration, which my mind was rid of, than by the mirror itself which produced it. This ice, in

brisée._	places, _was broken._
Oui, elle avait des éraflures; on était parvenu à «l'étoiler», malgré sa solidité et cela me prouvait, à n'en pouvoir douter, que la chambre des supplices dans laquelle nous nous trouvions, _avait déjà servi!_	Yes, she had scratches; we had managed to "star it," in spite of its solidity, and it proved to me, I could not doubt it, that the room of torture in which we found ourselves, had already served!
Un malheureux, dont les pieds et les mains étaient moins nus que les condamnés des _Heures Roses de Mazenderan_ était certainement tombé dans cette «Illusion mortelle», et, fou de rage, avait heurté ces miroirs qui, malgré leurs blessures légères, n'en avaient pas moins continué à refléter son agonie! Et la branche de l'arbre où il avait terminé son supplice était disposée de telle sorte qu'avant de mourir, il avait pu voir gigoter avec lui--consolation suprême-- mille pendus!	An unfortunate man, whose feet and hands were less naked than the condemned of the _Roses Hours of Mazenderan_ had certainly fallen into this "Deadly Illusion," and, mad with rage, had struck these mirrors which, in spite of their slight wounds, did not had no less continued to reflect his agony! And the branch of the tree where he had ended his torture was arranged in such a way that before he died he could see a thousand hanged with him - supreme consolation!
Oui! oui! Joseph Buquet avait passé par là!...	Yes! Yes! Joseph Buquet had been there! ...
Allions-nous mourir comme lui?	Were we going to die like him?
Je ne le pensais pas, car je savais que nous avions quelques heures devant nous et que je pourrais les employer plus utilement que Joseph Buquet n'avait été capable de le faire.	I didn't think so, because I knew we had a few hours ahead of us and that I could use them more usefully than Joseph Buquet had been able to do.
N'avais-je pas une connaissance approfondie de la plupart des «trucs» d'Erik? C'était le cas où jamais de m'en servir.	Didn't I have extensive knowledge of most of Erik's "stuff"? It was the case or never to use it.
D'abord, je ne songeai plus du tout à revenir par le passage qui nous avait conduit dans cette chambre maudite, je ne m'occupai point de la possibilité de refaire jouer la pierre intérieure qui fermait ce passage. La raison en était simple: je n'en avais pas le moyen!... Nous avions sauté de trop haut dans la chambre des supplices et aucun meuble ne nous permettait désormais d'atteindre à ce passage, pas même la branche de l'arbre de fer, pas même les épaules de l'un de nous en guise de marchepied.	First of all, I no longer thought of returning by the passage which had led us to this cursed room, I did not concern myself with the possibility of remaking the interior stone which closed this passage. The reason was simple: I couldn't afford it! ... We had jumped too high into the torture chamber and no piece of furniture now allowed us to reach this passage, not even the branch of the iron tree, not even the shoulders of one of us for a step.
Il n'y avait plus qu'une issue possible, celle qui ouvrait sur la chambre Louis-Philippe, et dans laquelle se trouvaient Erik et Christine Daaé. Mais si cette issue était à l'état ordinaire de porte du côté de Christine, elle était absolument invisible pour nous... Il fallait donc tenter de l'ouvrir sans même	There was only one possible way out, the one that opened onto the Louis-Philippe room, and in which were Erik and Christine Daaé. But if this exit was in the ordinary state of a door on Christine's side, it was absolutely invisible to us ... We therefore had to try to open it without even

savoir où elle prenait sa place, ce qui n'était point une besogne ordinaire.	knowing where it took its place, which was not a problem. ordinary work.
Quand je fus bien sûr qu'il n'y avait plus aucun espoir pour nous, du côté de Christine Daaé, quand j'eus entendu le monstre entraîner ou plutôt traîner la malheureuse jeune fille hors de la chambre Louis-Philippe _pour qu'elle ne dérangeât point notre supplice_, je résolus de me mettre tout de suite à la besogne, c'est-à-dire à la recherche du truc de la porte.	When I was sure that there was no longer any hope for us, on the side of Christine Daaé, when I heard the monster dragging or rather dragging the unfortunate young girl out of the Louis-Philippe room - so that she would not disturb our torment, I resolved to set to work immediately, that is to say, to find the thing for the door.
Mais d'abord il me fallut calmer M. de Chagny, qui déjà se promenait dans la clairière comme un halluciné, en poussant des clameurs incohérentes. Les bribes de la conversation qu'il avait pu surprendre, malgré son émoi, entre Christine et le monstre, n'avaient point peu contribué à le mettre hors de lui; si vous ajoutez à cela le coup de la forêt magique et l'ardente chaleur qui commençait à faire ruisseler la sueur sur ses tempes, vous n'aurez point de peine à comprendre que l'humeur de M. de Chagny commençait à subir une certaine exaltation. Malgré toutes mes recommandations, mon compagnon ne montrait plus aucune prudence.	But first I had to calm M. de Chagny, who was already walking around the clearing like a hallucinator, uttering incoherent cries. The snatches of the conversation which he had been able to overhear, in spite of his excitement, between Christine and the monster, had not done little to put him beside himself; if you add to this the blow of the magical forest and the ardent heat which was beginning to make the sweat trickle down his temples, you will have no difficulty in understanding that M. de Chagny's mood was beginning to suffer a certain exaltation. Despite all my recommendations, my companion no longer showed any caution.
Il allait et venait sans raison, se précipitant vers un espace inexistant, croyant entrer dans une allée qui le conduisait à l'horizon et se heurtant le front, après quelques pas, au reflet même de son illusion de forêt!	He came and went for no reason, rushing to a non-existent space, believing to enter an alley that led him to the horizon and bumping his forehead, after a few steps, into the very reflection of his forest illusion!
Ce faisant, il criait: Christine! Christine!... et il agitait son pistolet, appelant encore de toutes ses forces le monstre, défiant en un duel à mort l'Ange de la Musique, et il injuriait également sa forêt illusoire. C'était le supplice qui produisait son effet sur un esprit non prévenu. J'essayai autant que possible de le combattre, en raisonnant le plus tranquillement du monde ce pauvre vicomte: en lui faisant toucher du doigt les glaces et l'arbre de fer, les branches sur les tambours et en lui expliquant, d'après les lois de l'optique, toute l'imagerie lumineuse dont nous étions enveloppés et dont nous ne pouvions, comme de vulgaires ignorants, être les victimes!	As he did so, he was shouting: Christine! Christine! ... and he waved his pistol, still calling with all his might for the monster, challenging the Angel of Music to a duel to the death, and he also cursed his illusory forest. It was the torment that produced its effect on an untold mind. I tried as much as possible to fight him, reasoning as calmly as possible about this poor viscount: by making him touch the mirrors and the iron tree, the branches on the drums and explaining to him, according to the laws of optics, all the luminous imagery in which we were enveloped and of which we could not, like ordinary ignorant people, be the victims!
--Nous sommes dans une chambre, une petite chambre, voilà ce qu'il faut vous répéter sans cesse... et nous sortirons de cette chambre quand	--We are in a room, a small room, that's what you have to tell you over and over ... and we will leave this room when we find the door. Well! let's look

nous en aurons trouvé la porte. Eh bien! cherchons-la!

Et je lui promis que, s'il me laissait faire, sans m'étourdir de ses cris et de ses promenades de fou, j'aurais trouvé le truc de la porte avant une heure.

Alors, il s'allongea sur le parquet, comme on fait dans les bois, et déclara qu'il attendrait que j'eusse trouvé la porte de la forêt, puisqu'il n'avait rien de mieux à faire! Et il crut devoir ajouter que de l'endroit où il se trouvait, «la vue était splendide». (Le supplice, malgré tout ce que j'avais pu dire, agissait.)

Quant à moi, _oubliant la forêt_, j'entrepris un panneau de glaces et me mis à le tâter en tous sens, _y cherchant le point faible_, sur lequel il fallait appuyer pour faire tourner les portes suivant le système des portes et trappes pivotantes d'Erik. Quelquefois ce point faible pouvait être une simple tache sur la glace, grosse comme un petit pois, et sous laquelle se trouvait le ressort à faire jouer. Je cherchai! Je cherchai! Je tâtai si haut que mes mains pouvaient atteindre. Erik était à peu près de la même taille que moi et je pensais qu'il n'avait point disposé le ressort plus haut qu'il ne fallait pour sa taille--ce n'était du reste qu'une hypothèse, mais mon seul espoir.--J'avais décidé de faire ainsi, sans faiblesse, et minutieusement le tour des six panneaux de glaces et ensuite d'examiner également fort attentivement le parquet.

En même temps que je tâtais les panneaux avec le plus grand soin, je m'efforçais de ne point perdre une minute car la chaleur me gagnait de plus en plus et nous cuisions littéralement dans cette forêt enflammée.

Je travaillais ainsi depuis une demi-heure et j'en avais déjà fini avec trois panneaux quand notre mauvais sort voulut que je me retournasse à une sourde exclamation poussée par le vicomte.

--J'étouffe! disait-il... Toutes ces glaces se renvoient une chaleur infernale!... Est-ce que vous allez bientôt trouver votre ressort?... Pour peu que vous tardiez, nous allons rôtir ici!

for it!

And I promised him that, if he let me do it, without getting dizzy from his cries and his crazy walks, I would have found the door thing before an hour.

So he lay down on the floor, as one does in the woods, and declared that he would wait until I had found the door to the forest, since he had nothing better to do! And he thought he had to add that from where he was, "the view was splendid." (The torture, despite everything I had said, was working.)

As for me, _ forgetting the forest_, I took a glass panel and began to feel it in all directions, _ looking for the weak point_, on which it was necessary to press to make the doors turn according to the system of pivoting doors and hatches. 'Erik. Sometimes this weak point could be a simple spot on the ice, as big as a pea, and under which was the spring to be played. I was looking! I was looking! I felt so high my hands could reach. Erik was about the same height as me and I thought he hadn't placed the spring higher than necessary for his height - it was only a guess, but my only one. hope.

At the same time as I felt the panels with the greatest care, I tried not to waste a minute because the heat gained me more and more and we were literally cooking in this flaming forest.

I had been working like this for half an hour and I was already done with three panels when our bad luck wanted me to turn around at a muffled exclamation from the viscount.

--I am suffocating! he said ... All these ice creams send each other an infernal heat! ... Are you going to find your spring soon? ... If you delay, we are going to roast here!

Je ne fus point mécontent de l'entendre parler ainsi. Il n'avait pas dit un mot de la forêt et j'espérai que la raison de mon compagnon pourrait lutter assez longtemps encore contre le supplice. Mais il ajouta :

--Ce qui me console, c'est que le monstre a donné jusqu'à demain soir onze heures à Christine : si nous ne pouvons sortir de là et lui porter secours, au moins nous serons morts avant elle ! La messe d'Erik pourra servir pour tout le monde !

Et il aspira une bouffée d'air chaud qui le fit presque défaillir...

Comme je n'avais point les mêmes désespérées raisons que M. le vicomte de Chagny pour accepter le trépas, je me retournai, après quelques paroles d'encouragement, vers mon panneau, mais j'avais eu tort, en parlant de faire quelques pas ; si bien que dans l'enchevêtrement inouï de la forêt illusoire, je ne retrouvai plus, à coup sûr, mon panneau ! Je me voyais obligé de tout recommencer, au hasard... Aussi je ne pus m'empêcher de manifester ma déconvenue et le vicomte comprit que tout était à refaire. Cela lui donna un nouveau coup.

--Nous ne sortirons jamais de cette forêt ! gémit-il.

Et son désespoir ne fit plus que grandir. Et, en grandissant, son désespoir lui faisait de plus en plus oublier qu'il n'avait affaire qu'à des glaces et de plus en plus croire qu'il était aux prises avec une forêt véritable.

Moi, je m'étais remis à chercher... à tâter... La fièvre, à mon tour, me gagnait... car je ne trouvais rien... absolument rien... Dans la chambre à côté c'était toujours le même silence. Nous étions bien perdus dans la forêt... sans issue... sans boussole... sans guide... sans rien. Oh ! je savais ce qui nous attendait si personne ne venait à notre secours... ou si je ne trouvais pas le ressort... Mais j'avais beau chercher le ressort, je ne trouvais que des branches... d'admirables belles branches qui se dressaient toutes droites devant moi ou s'arrondissaient précieusement au-dessus de ma tête... Mais elles ne donnaient point d'ombre ! C'était assez naturel, du reste, puisque nous étions dans une forêt équatoriale avec le soleil juste au-dessus de nos têtes... une forêt du Congo...

I was not displeased to hear him speak thus. He had not said a word about the forest, and I hoped that my companion's sanity could struggle long enough against the ordeal. But he added:

"What consoles me is that the monster gave Christine eleven o'clock tomorrow evening: if we can't get out of there and help her, at least we'll be dead before her!" Erik's mass will be useful for everyone!

And he inhaled a breath of hot air that almost made him fail ...

As I did not have the same desperate reasons as M. le Vicomte de Chagny for accepting death, I turned, after a few words of encouragement, to my panel, but I had been wrong, speaking of taking a few steps. ; so much so that in the incredible entanglement of the illusory forest, I certainly no longer found my sign! I saw myself having to start all over again, at random ... So I could not help expressing my disappointment and the viscount understood that everything had to be redone. It gave him another blow.

--We will never leave this forest! he moaned.

And his despair only grew. And as he grew older, his despair made him forget more and more that he was only dealing with ice and more and more to believe that he was struggling with a real forest.

I had gone back to looking ... to feel ... The fever, in my turn, took hold of me ... because I could find nothing ... absolutely nothing ... In the next room it was still the same silence. We were lost in the forest ... with no way out ... without a compass ... without a guide ... without anything. Oh! I knew what awaited us if no one came to our aid ... or if I could not find the spring ... But no matter how much I looked for the spring, I only found branches ... admirable beautiful branches which stood straight up in front of me or rounded off preciously above my head ... But they gave no shade! It was quite natural, moreover, since we were in an equatorial forest with the sun just above our heads ... a forest in the Congo ...

À plusieurs reprises. M. de Chagny et moi, nous avions retiré et remis notre habit, trouvant tantôt qu'il nous donnait plus de chaleur et tantôt qu'il nous garantissait, au contraire, de cette chaleur.	Many times. M. de Chagny and I had taken off and put on our coat, sometimes finding that it gave us more warmth and sometimes that it guaranteed us, on the contrary, that warmth.
Moi, je résistais encore moralement, mais M. de Chagny me parut tout à fait «parti». Il prétendait qu'il y avait bien trois jours et trois nuits qu'il marchait sans s'arrêter dans cette forêt, à la recherche de Christine Daaé. De temps en temps, il croyait l'apercevoir derrière un tronc d'arbre ou glissant à travers les branches, et il l'appelait avec des mots suppliants qui me faisaient venir les larmes aux yeux. «Christine! Christine! disait-il, pourquoi me fuis-tu? ne m'aimes-tu pas?... Ne sommes-nous pas fiancés?... Christine, arrête-toi!... Tu vois bien que je suis épuisé!... Christine, aie pitié!... Je vais mourir dans la forêt... loin de toi!...»	I still resisted morally, but M. de Chagny seemed to me to be quite "gone." He claimed that he had been walking without stopping in this forest for three days and three nights, in search of Christine Daaé. From time to time he thought he saw her behind a tree trunk or sliding through the branches, and he called her with pleading words that brought tears to my eyes. "Christine! Christine! he said, why are you running away from me? Don't you love me? ... Aren't we engaged? ... Christine, stop! ... You see that I'm exhausted! ... Christine, have mercy! ... I I'm going to die in the forest ... far from you! ... "
--Oh! j'ai soif! dit-il enfin avec un accent délirant.	--Oh! I am thirsty! he finally said with a delirious accent.
Moi aussi j'avais soif... j'avais la gorge en feu...	I was thirsty too ... my throat was on fire ...
Et cependant, accroupi maintenant sur le parquet, cela ne m'empêchait pas de chercher... chercher... chercher le ressort de la porte invisible... d'autant plus que le séjour dans la forêt devenait dangereux à rapproche du soir... Déjà l'ombre de la nuit commençait à nous envelopper... cela était venu très vite, comme tombe la nuit dans les pays équatoriaux... subitement, avec à peine de crépuscule...	And yet, squatting now on the floor, that did not prevent me from looking ... looking for ... looking for the spring of the invisible door ... especially as the stay in the forest became dangerous as evening approached. ... Already the shadow of night was beginning to envelop us ... it had come very quickly, like night falls in equatorial countries ... suddenly, with hardly any twilight ...
Or la nuit dans les forêts de l'équateur, est toujours dangereuse, surtout lorsque, comme nous, on n'a pas de quoi allumer du feu pour éloigner les bêtes féroces. J'avais bien tenté, délaissant un instant la recherche de mon ressort, de briser des branches que j'aurais, allumées avec ma lanterne sourde, mais je m'étais heurté, moi aussi, aux fameuses glaces, et cela m'avait rappelé à temps que nous n'avions affaire qu'à des images de branches...	But the night in the forests of the equator is always dangerous, especially when, like us, we do not have enough to light a fire to ward off ferocious beasts. I had indeed tried, abandoning for a moment the search for my spring, to break branches that I would have lit with my dull lantern, but I too had come up against the famous ice cream, and that had reminded me of in time that we were only dealing with images of branches ...
Avec le jour, la chaleur n'était pas partie, au contraire... Il faisait maintenant encore plus chaud sous la lueur bleue de la lune. Je recommandai au vicomte de tenir nos armes prêtes à faire feu et de	With the day, the heat was not gone, on the contrary ... It was now even hotter under the blue glow of the moon. I recommended to the viscount to keep our weapons ready to fire and

ne point s'écarter du lieu de notre campement, cependant que je cherchais toujours mon ressort.	not to depart from the place of our encampment, while I was still looking for my spring.
Tout à coup le rugissement du lion se fit entendre, à quelques pas. Nous en eûmes les oreilles déchirées.	Suddenly the roar of the lion was heard, a few steps away. Our ears were torn.
--Oh! fit le vicomte à voix basse, il n'est pas loin!... Vous ne le voyez pas?... là... à travers les arbres! dans ce fourré... S'il rugit encore, je tire!...	--Oh! said the viscount in a low voice, he's not far away! ... Can't you see him? ... there ... through the trees! in this thicket ... If he roars again, I shoot! ...
Et le rugissement recommença, plus formidable. Et le vicomte tira, mais je ne pense pas qu'il atteignit le lion; seulement, il cassa une glace; je le constatai le lendemain matin à l'aurore. Pendant la nuit, nous avions dû faire un bon chemin, car nous nous trouvâmes soudain au bord du désert, d'un immense désert de sable, de pierres et de rochers. Ce n'était vraiment point la peine de sortir de la forêt pour tomber dans le désert. De guerre lasse, je m'étais étendu à côté du vicomte, personnellement fatigué de chercher des ressorts que je ne trouvais pas.	And the roar began again, more formidable. And the viscount fired, but I don't think he hit the lion; only he broke a mirror; I noticed it the next morning at dawn. During the night we must have made a good journey, for we suddenly found ourselves at the edge of the desert, a vast desert of sand, stones and rocks. There was really no point in leaving the forest to fall into the desert. Tired of war, I lay down beside the viscount, personally tired of looking for springs that I could not find.
J'étais tout à fait étonné (et je le dis au vicomte) que nous n'ayons point fait d'autres mauvaises rencontres, pendant la nuit. Ordinairement, après le lion, il y avait le léopard, et puis quelquefois le bourdonnement de la mouche tsé-tsé. C'étaient là des effets très faciles à obtenir, et j'expliquai à M. de Chagny, pendant que nous nous reposions avant de traverser le désert, qu'Erik obtenait le rugissement du lion avec un long tambourin, terminé par une peau d'âne à une seule de ses extrémités. Sur cette peau est bandée une corde à boyau attachée par son centre à une autre corde du même genre qui traverse le tambour dans toute sa hauteur. Erik n'a alors qu'à frotter cette corde avec un gant enduit de colophane et, par la façon dont il frotte, il imite à s'y méprendre la voix du lion ou du léopard, ou même le bourdonnement de la mouche tsé-tsé.	I was completely astonished (and I tell this to the viscount) that we did not have any other bad encounters during the night. Usually, after the lion, there was the leopard, and then sometimes the buzz of the tsetse fly. These were effects very easy to obtain, and I explained to M. de Chagny, while we were resting before crossing the desert, that Erik obtained the lion's roar with a long tambourine, ending in a skin of donkey at only one end. On this skin is bandaged a gut string attached at its center to another string of the same kind which crosses the drum in all its height. Erik then only has to rub this rope with a glove coated with rosin and, by the way he rubs, he imitates the voice of the lion or the leopard, or even the buzzing of the tsetse fly. tse.
Cette idée qu'Erik pouvait être dans la chambre, à côté, avec ses trucs, me jeta soudain dans la résolution d'entrer en pourparlers avec lui, car, évidemment, il fallait renoncer à l'idée de le surprendre. Et maintenant, il devait savoir à quoi s'en tenir sur les habitants de la chambre des supplices. Je l'appelai: Erik! Erik!... Je criai le plus fort que je pus à travers le désert, mais nul ne répondit à	The idea that Erik could be in the room, next door, with his stuff, suddenly made me resolve to negotiate with him, because, of course, I had to give up the idea of surprising him. And now he had to know what to expect about the inhabitants of the torture chamber. I called him: Erik! Erik! ... I shouted the loudest I could through the desert, but no one answered my voice ... All

ma voix... Partout autour de nous, le silence et l'immensité nue de ce désert _pétré_... Qu'allions-nous devenir au milieu de cette affreuse solitude?...

Littéralement, nous commencions à mourir de chaleur, de faim et de soif... de soif surtout... Enfin, je vis M. de Chagny se soulever sur son coude et me désigner un point de l'horizon... Il venait de découvrir l'oasis!...

Oui, tout là-bas, là-bas, le désert faisait place à l'oasis... une oasis avec de l'eau... de l'eau limpide comme une glace... de l'eau qui reflétait l'arbre de fer!... Ah ça... c'était le tableau du _mirage_... je le reconnus tout de suite... le plus terrible... Aucun n'avait pu y résister... aucun... Je m'efforçais de retenir toute ma raison... _et de ne pas espérer l'eau_... parce que je savais que si l'on espérait l'eau, l'eau qui reflétait l'arbre de fer et que si, après avoir espéré l'eau, on se heurtait à la glace, il n'y avait plus qu'une chose à faire: se pendre à l'arbre de fer!...

Aussi, je criai à M. de Chagny: «C'est le mirage!... c'est le mirage!... ne croyez pas à l'eau!... c'est encore le truc de la glace!...» Alors il m'envoya, comme on dit, carrément promener, avec mon truc de la glace, mes ressorts, mes portes tournantes et mon palais des mirages!... Il affirma, rageur, que j'étais fou ou aveugle pour imaginer que toute cette eau qui coulait là-bas, entre de si beaux innombrables arbres, n'était point de la vraie eau!... Et le désert était vrai! Et la forêt aussi!... Ce n'était pas à lui qu'il fallait «en faire accroire»... il avait assez voyagé... et dans tous les pays...

Et il se traîna, disant:

--De l'eau! De l'eau!...

Et il avait la bouche ouverte comme s'il buvait...

Et moi aussi, j'avais la bouche ouverte comme si je buvais...

Car non seulement nous la voyions, l'eau, mais encore _nous l'entendions!_... Nous l'entendions couler... clapoter!... Comprenez-vous ce mot

around us, the silence and the naked immensity of this _pétré_ desert ... we become in the middle of this dreadful loneliness? ...

Literally, we were beginning to die of heat, hunger and thirst ... especially thirst ... Finally, I saw M. de Chagny rise on his elbow and point to a point on the horizon ... He was coming. to discover the oasis! ...

Yes, all over there, over there, the desert gave way to the oasis ... an oasis with water ... water as clear as ice ... water that reflected the 'iron tree! ... Ah that ... it was the picture of _mirage_ ... I recognized it immediately ... the most terrible ... None had been able to resist it ... none. .. I tried to retain all my sanity ... _and not to hope for water_... because I knew that if one hoped for water, the water that reflected the iron tree and that if, after hoping for water, we ran into ice, there was only one thing left to do: hang ourselves from the iron tree! ...

So I shouted to M. de Chagny: "It's the mirage! ... it's the mirage! ... don't believe in water! ... it's still the ice cream thing!" ... "So he sent me, as they say, downright for a walk, with my thing of ice, my springs, my revolving doors and my palace of mirages! ... He affirmed, angrily, that I was crazy or blind to imagine that all that water that flowed over there, between such beautiful countless trees, was not real water! ... And the desert was real! And the forest too! ... It was not to him that it was necessary to "make believe" ... he had traveled enough ... and in all countries ...

And he dragged himself along, saying:

--Some water! Some water!...

And he had his mouth open like he was drinking ...

And I too had my mouth open as if I was drinking ...

Because not only we saw it, the water, but also _we heard it!_... We heard it flowing ... splashing! ... Do you understand this word

clapoter?... C'est un mot que l'on entend avec la langue!... La langue se tire hors de la bouche pour mieux l'écouter!...	_clapoter? ... It's a word that we hear with the tongue! _... The tongue sticks out of the mouth to listen to it better! ...
Enfin, supplice plus intolérable que tout, nous entendîmes la pluie et il ne pleuvait pas! Cela, c'était l'invention démoniaque... Oh! je savais très bien aussi comment Erik l'obtenait! Il remplissait de petites pierres une boîte très étroite et très longue, coupée par intervalles de vannes de bois et de métal. Les petites pierres, en tombant, rencontraient ces vannes et ricochaient de l'une à l'autre, et il s'ensuivait des sons saccadés qui rappelaient à s'y tromper le grésillement d'une pluie d'orage.	Finally, torture more intolerable than anything, we heard the rain and it was not raining! That was the demonic invention ... Oh! I also knew very well how Erik got it! He filled a very narrow and very long box with small stones, cut at intervals by valves of wood and metal. The small stones, as they fell, encountered these valves and ricocheted from one to the other, and there followed jerky sounds which reminded us of the sizzling of a stormy rain.
... Aussi, il fallait voir comme nous tirions la langue, M. de Chagny et moi, en nous traînant Vers la rive clapotante... _nos yeux et nos oreilles étaient pleins d'eau, mais notre langue restait sèche comme de la corne!_...	... Also, you had to see how we were sticking out our tongues, M. de Chagny and I, dragging ourselves Towards the lapping shore ... _our eyes and our ears were full of water, but our tongue remained dry as water. horn!_...
Arrivé à la glace, M. de Chagny la lécha... et moi aussi... je léchai la glace...	When I got to the ice cream, M. de Chagny licked it ... and I too ... I licked the ice cream ...
Elle était ardente!...	She was ardent! ...
Alors nous roulâmes par terre, avec un râle désespéré. M. de Chagny approcha de sa tempe le dernier pistolet qui était resté chargé et moi je regardai, à mes pieds, le lacet du Pendjab.	So we rolled on the ground, groaning in despair. M. de Chagny brought the last pistol which had remained loaded to his temple, and I looked at the Punjab lace at my feet.
Je savais pourquoi, dans ce troisième décor, était revenu l'arbre de fer!...	I knew why, in this third setting, the iron tree had returned! ...
L'arbre de fer m'attendait!...	The iron tree was waiting for me! ...
Mais comme je regardais le lacet du Pendjab, je vis une chose qui me fit tressaillir si violemment que M. de Chagny en fut arrêté dans son mouvement de suicide. Déjà, il murmurait: «Adieu, Christine!...»	But as I looked at the lace of the Punjab, I saw something which made me tremble so violently that M. de Chagny was arrested in his suicide movement. Already he was murmuring: "Farewell, Christine! ..."
Je lui avais pris le bras. Et puis je lui pris le pistolet... et puis je me traînai à genoux jusqu'à ce que j'avais vu.	I took her arm. And then I took the gun from him ... and then I crawled on my knees until I had seen it.
Je venais de découvrir auprès du lacet du Pendjab,	I had just discovered near the Punjab lace, in the

dans la rainure du parquet, un clou à tête noire dont je n'ignorais par l'usage...	groove of the parquet floor, a black-headed nail of which I was not unaware of the use ...
Enfin! je l'avais trouvé le ressort!... le ressort qui allait faire jouer la porte!... qui allait nous donner la liberté!... qui allait nous livrer Erik.	At last! I had found the spring! ... the spring which was going to make the door play! ... which was going to give us freedom! ... which was going to deliver Erik to us.
Je tâtai le clou... Je montrai à M. de Chagny une figure rayonnante!... Le clou à tête noire cédait sous ma pression...	I felt the nail ... I showed M. de Chagny a radiant face! ... The black-headed nail gave way under my pressure ...
Et alors...	So what...
... Et alors ce ne fut point une porte qui s'ouvrit dans le mur, mais une trappe qui se déclencha dans le plancher.	... And then it was not a door that opened in the wall, but a trap that clicked into the floor.
Aussitôt, de ce trou noir, de l'air frais nous arriva. Nous nous penchâmes sur ce carré d'ombre comme sur une source limpide. Le menton dans l'ombre fraîche, nous la buvions.	Immediately, from this black hole, fresh air came to us. We leaned over this square of shadow as over a limpid spring. With our chin in the cool shade, we drank it.
Et nous nous courbions de plus en plus au-dessus de la trappe. Que pouvait-il bien y avoir dans ce trou, dans cette cave qui venait d'ouvrir mystérieusement sa porte dans le plancher?...	And we bowed more and more over the trapdoor. What could there be in this hole, in this cellar which had just mysteriously opened its door in the floor? ...
Il y avait peut-être, là dedans, de l'eau?...	Was there perhaps water in there? ...
De l'eau pour boire...	Water to drink ...
J'allongeai le bras dans les ténèbres et je rencontrai une pierre, et puis une autre... un escalier... un noir escalier qui descendait à la cave.	I stretched out my arm in the darkness and encountered a stone, and then another ... a staircase ... a black staircase leading down to the cellar.
Le vicomte était déjà prêt à se jeter dans le trou!...	The viscount was already ready to throw himself into the hole! ...
Là-dedans, même si on ne trouvait point d'eau, on pourrait échapper à l'étreinte rayonnante de ces abominables miroirs...	In it, even if there was no water, one could escape the radiant embrace of these abominable mirrors ...
Mais j'arrêtai le vicomte, car je craignais un nouveau tour du monstre et, ma lanterne sourde allumée, je descendis le premier...	But I stopped the viscount, for I feared another turn of the monster and, my dark lantern lit, I got out first ...

L'escalier plongeait dans les ténèbres les plus profondes et tournait sur lui-même. Ah! l'adorable fraîcheur de l'escalier et des ténèbres!...	The staircase plunged into the deepest darkness and turned on itself. Ah! the adorable freshness of the stairs and the darkness!...
Cette fraîcheur devait moins venir du système de ventilation établi nécessairement par Erik que de la fraîcheur même de la terre qui devait être toute saturée d'eau au niveau où nous nous trouvions... Et puis, le lac ne devait pas être loin!...	This freshness had to come less from the ventilation system necessarily established by Erik than from the very freshness of the earth which was to be completely saturated with water at the level where we were ... And then, the lake should not be far !. ..
Nous fûmes bientôt au bas de l'escalier... Nos yeux commençaient à se faire à l'ombre, à distinguer autour de nous, des formes... des formes rondes... sur lesquelles je dirigeai le jet lumineux de ma lanterne...	We were soon at the bottom of the stairs ... Our eyes began to shade, to distinguish around us, shapes ... round shapes ... on which I directed the luminous jet of my lantern ...
Des tonneaux!...	Barrels! ...
Nous étions dans la cave d'Erik!	We were in Erik's cellar!
C'est là qu'il devait enfermer son vin et peut-être son eau potable...	This is where he had to lock up his wine and perhaps his drinking water ...
Je savais qu'Erik était très amateur de bons crus...	I knew that Erik was very fond of good wines ...
Ah! il y avait là de quoi boire!...	Ah! there was plenty to drink there! ...
M. de Chagny caressait les formes rondes et répétait inlassablement:	M. de Chagny caressed the round shapes and repeated tirelessly:
--Des tonneaux! des tonneaux!... Que de tonneaux!...	- Barrels! barrels! ... How many barrels! ...
En fait, il y en avait une certaine quantité alignée fort symétriquement sur deux files entre lesquelles nous nous trouvions...	In fact, there was a certain amount of them aligned very symmetrically on two lines between which we were ...
C'étaient des petits tonneaux et j'imaginai qu'Erik les avait choisis de cette taille pour la facilité du transport dans la maison du Lac!...	They were small barrels and I imagined that Erik had chosen them of this size for the ease of transport in the house of the Lake! ...
Nous les examinions les uns après les autres cherchant si l'un d'entre eux n'avait point quelque chantepleure nous indiquant par cela même qu'on y aurait puisé de temps à autre.	We examined them one after the other, seeking if one of them had not some chantepleure indicating to us by that very fact that one would have drawn there from time to time.

Mais tous les tonneaux étaient fort hermétiquement clos.	But all the barrels were very hermetically sealed.
Alors, après en avoir soulevé un à demi pour constater qu'il était plein, nous nous mîmes à genoux et avec la lame d'un petit couteau que j'avais sur moi, je me mis en mesure de faire sauter la «bonde».	So, after having half-lifted one of them to see that it was full, we knelt down and with the blade of a small knife that I had on me, I put myself in a position to blow up the "bung". .
À ce moment, il me sembla entendre, comme venant de très loin, une sorte de chant monotone dont le rythme m'était connu, car je l'avais entendu très souvent dans les rues de Paris:	At that moment, it seemed to me that I heard, as if coming from a great distance, a sort of monotonous song whose rhythm was familiar to me, because I had heard it very often in the streets of Paris:
«Tonneaux!... Tonneaux!... Avez-vous des tonneaux... à vendre?...»	"Barrels! ... Barrels! ... Do you have barrels ... for sale? ..."
Ma main en fut immobilisée sur la bonde... M. de Chagny aussi avait entendu. Il me dit:	My hand was immobilized on the drain ... M. de Chagny had also heard. He tells me:
--C'est drôle!... on dirait que c'est le tonneau qui chante!...	--It's funny! ... it looks like the barrel is singing! ...
Le chant reprit plus lointainement...	The song resumed more distantly ...
«Tonneaux!... Tonneaux!... Avez-vous des tonneaux à vendre?...»	"Barrels! ... Barrels! ... Do you have barrels for sale? ..."
--Oh! oh! je vous jure, fit le vicomte, que le chant s'éloigne _dans_ le tonneau!...	--Oh! Oh! I swear to you, said the viscount, that the song goes away _in_ the barrel! ...
Nous nous relevâmes et allâmes regarder derrière le tonneau...	We got up and went to look behind the barrel ...
--C'est dedans! faisait M. de Chagny; c'est dedans!...	--It's in it! said M. de Chagny; it's in! ...
Mais nous n'entendions plus rien... et nous en fûmes réduits à accuser le mauvais état, le trouble réel de nos sens...	But we no longer heard anything ... and we were reduced to accusing the bad state, the real disturbance of our senses ...
Et nous revînmes à la bonde. M. de Chagny mit ses deux mains réunies dessous et d'un dernier effort, je fis sauter la bonde.	And we returned to the bung. M. de Chagny put his two hands together under it and with a last effort, I popped the bung.

--Qu'est-ce que c'est que ça? s'écria tout de suite le vicomte... Ce n'est pas de l'eau!

Le vicomte avait approché ses deux mains pleines de ma lanterne... Je me penchai sur les mains du vicomte... et, aussitôt, je rejetai ma lanterne si brusquement loin de nous qu'elle se brisa et s'éteignit... et se perdit pour nous...

Ce que je venais de voir dans les mains de M. de Chagny... c'était de la poudre!

[Note 11: À l'époque où écrivait le Persan, on comprend très bien qu'il ait pris tant de précautions contre l'esprit d'incrédulité; aujourd'hui où tout le monde a pu voir de ces sortes de salles, elles seraient superflues.]

--What is that? the viscount immediately exclaimed... It is not water!

The viscount had brought his two full hands to my lantern ... I leaned over the viscount's hands ... and immediately threw my lantern so abruptly away from us that it broke and went out ... and got lost for us ...

What I had just seen in the hands of M. de Chagny ... it was powder!

[Note 11: At the time when the Persian was writing, it is understandable that he took so many precautions against the spirit of unbelief; today when everyone has seen these kinds of rooms, they would be superfluous.]

XXVI

SHOULD WE TURN THE SCORPION? SHOULD WE TURN THE LOCAL?

(_End of the Persian's story._)

So, by going down to the bottom of the cellar, I had hit the bottom of my mind, dreadful! The wretch had not deceived me with his vague threats addressed to many of the human race! Away from humanity, he had built an underground beast's lair far from men, determined to blow everything up with him in a resounding catastrophe if those above the earth came to hunt him down in the lair where he had taken refuge. its monstrous ugliness.

The discovery that we had just made threw us into a stir which made us forget all our past sorrows, all our present suffering ... Our exceptional situation, even though earlier we had found ourselves on the very edge of suicide , had not yet appeared to us with more precise terror. We now understood everything that the monster had meant and said to Christine Daaé and everything that the abominable sentence meant: "_Yes or not! ... If it's no, everyone is dead and buried! _... "Yes, buried under the debris of what had been the great Paris Opera! ... Could one imagine a more appalling crime to leave the world in an apotheosis of horror? Prepared for the tranquility of his retreat, the catastrophe was going to serve to avenge the loves of the most horrible monster who had yet wandered under the two! ... "Tomorrow evening, at eleven o'clock, last deadline! ..." Ah! he had chosen his hour well! ... There would be many people at the party! ... many of the human race ... up there ... in the flamboyant tops of the music house !. .. What more beautiful procession could he dream of to die? ... He was going to descend into the tomb with the most beautiful shoulders in the world, adorned with all the jewels ... Tomorrow evening, eleven o'clock! ... We had to jump in full performance ... if Christine Daaé said: No! ... Tomorrow evening, eleven o'clock! ... And how would Christine Daaé not say: No? Wouldn't she rather marry death itself than with this living corpse? Was she not unaware that on her refusal depended the

humaine?... Demain soir, onze heures!...

Et, en nous traînant dans les ténèbres, en fuyant la poudre, en essayant de retrouver les marches de pierre... car tout là-haut, au-dessus de nos têtes... la trappe qui conduit dans la chambre des miroirs, à son tour s'est éteinte... nous nous répétons: Demain soir, onze heures!...

... Enfin, je retrouve l'escalier... mais tout à coup, je me redresse tout droit sur la première marche, car une pensée terrible m'embrase soudain le cerveau:

--_Quelle heure est-il?_

Ah! quelle heure est-il? quelle heure!... car enfin demain soir, onze heures, c'est peut-être aujourd'hui, c'est peut-être tout de suite!... qui pourrait nous dire l'heure qu'il est!... Il me semble que nous sommes enfermés dans cet enfer depuis des jours et des jours... depuis des années... depuis le commencement du monde... Tout cela va peut-être sauter à l'instant!... Ah! un bruit!... un craquement!... Avez-vous entendu, monsieur?... Là!... là, dans ce coin... grands dieux!... comme un bruit de mécanique!... Encore!... Ah! de la lumière!... c'est peut-être la mécanique qui va tout faire sauter!... je vous dis: un craquement... vous êtes donc sourd?

M. de Chagny et moi, nous nous mettons à crier comme des fous... la peur nous talonne... nous gravissons l'escalier en roulant sur les marches... La trappe est peut-être fermée là-haut! C'est peut-être cette porte fermée qui fait tout ce noir... Ah! sortir du noir! sortir du noir!... Retrouver la clarté mortelle de la chambre des Miroirs!...

... Mais nous sommes arrivés en haut de l'escalier... non, la trappe n'est pas fermée, mais il fait aussi noir maintenant dans la chambre des miroirs que dans la cave que nous quittons!... Nous sortons tout à fait de la cave... nous nous traînons sur le plancher de la chambre des supplices... le plancher qui nous sépare de cette poudrière... quelle heure est-il?... Nous crions, nous appelons!... M. de Chagny clame, de toutes ses forces renaissantes: «Christine!... Christine!...» Et moi, j'appelle Erik!... je lui rappelle que je lui ai sauvé la vie!... Mais rien ne nous répond!... rien que notre propre désespoir... que

devastating fate of many of the human race? ... Tomorrow evening, eleven o'clock! ...

And, dragging us in the darkness, fleeing the powder, trying to find the stone steps ... because up there, above our heads ... the trap door that leads into the room of mirrors, in its turn is extinguished ... we repeat to ourselves: Tomorrow evening, eleven o'clock! ...

... Finally, I find the stairs ... but suddenly, I stand straight up on the first step, because a terrible thought suddenly sets my brain on fire:

--_What time is it?_

Ah! what time is it? what time! ... because finally tomorrow evening, eleven o'clock, it may be today, it may be right now! ... who could tell us what time it is !. .. It seems to me that we have been locked in this hell for days and days ... for years ... since the beginning of the world ... All of this will maybe jump right now! ... Ah! a noise! ... a cracking! ... Did you hear, sir? ... There! ... there, in this corner ... great gods! ... like a mechanical noise! ... Again! ... Ah! light! ... it is perhaps the mechanics that will blow everything up! ... I tell you: a cracking ... are you therefore deaf?

M. de Chagny and I start screaming like madmen ... fear is behind us ... we climb the stairs rolling up the steps ... The trap door may be closed up there! It is perhaps this closed door which makes everything so dark ... Ah! come out of the dark! come out of the dark! ... Rediscover the deadly clarity of the Chamber of Mirrors! ...

... But we have arrived at the top of the stairs ... no, the hatch is not closed, but it is as dark now in the room of mirrors as in the cellar that we are leaving! ... We are going out. completely from the cellar ... we drag ourselves along the floor of the torture chamber ... the floor that separates us from this powder keg ... what time is it? ... We shout, we call !. .. M. de Chagny proclaims, with all his renewed strength: "Christine! ... Christine! ..." And I call Erik! ... I remind him that I saved his life! .. But nothing answers us! ... nothing but our own despair ...

notre propre folie... quelle heure est-il?... «Demain soir, onze heures!...» Nous discutons... nous nous efforçons de mesurer le temps que nous avons passé ici... mais nous sommes incapables de raisonner... Si on pouvait voir seulement le cadran d'une montre, avec des aiguilles qui marchent!... Ma montre est arrêtée depuis longtemps... mais celle de M. de Chagny marche encore... Il me dit qu'il l'a remontée en procédant à sa toilette de soirée, avant de venir à l'Opéra... Nous essayons de tirer de ce fait quelque conclusion qui nous laisse espérer que nous n'en sommes pas encore arrivés à la minute fatale...

... La moindre sorte de bruit qui nous vient par la trappe que j'ai en vain essayé de refermer, nous rejette dans la plus atroce angoisse... Quelle heure est-il?... Nous n'avons plus une allumette sur nous... Et cependant il faudrait savoir... M. de Chagny imagine de briser le verre de sa montre et de tâter les deux aiguilles... Un silence pendant lequel il tâte, il interroge les aiguilles du bout des doigts. L'anneau de la montre lui sert de point de repère!... Il estime à l'écartement des aiguilles qu'il peut être justement onze heures...

Mais les onze heures qui nous font tressaillir, sont peut-être passées, n'est-ce pas?... Il est peut-être onze heures et dix minutes... et nous aurions au moins encore douze heures devant nous.

Et, tout à coup, je crie:

--Silence!

Il m'a semblé entendre des pas dans la demeure à côté.

Je ne me suis pas trompé! j'entends un bruit de portes, suivi de pas précipités. On frappe contre le mur. La voix de Christine Daaé:

--Raoul! Raoul!

Ah! nous crions tous à la fois, maintenant, de l'un et de l'autre côté du mur. Christine sanglote, elle ne savait point si elle retrouverait M. de Chagny vivant!... Le monstre a été terrible, paraît-il... Il n'a fait que délirer en attendant qu'elle voulût bien prononcer le «oui» qu'elle lui refusait... Et

only our own madness ... what time is it? ... "Tomorrow evening, eleven o'clock! ..." We discuss ... we try to measure the time we have spent here ... but we are unable to reason ... If we could only see the face of a watch, with the hands running! ... My watch has stopped since for a long time ... but that of M. de Chagny goes core ... He tells me that he put it back up while carrying out his evening toilet, before coming to the Opera ... We try to draw some conclusion from this fact which gives us hope that we do not have not yet arrived at the fatal minute ...

... The slightest kind of noise that comes to us through the trap door that I tried in vain to close, throws us back into the most excruciating anguish ... What time is it? ... We no longer have a match. about us ... And yet we should know ... M. de Chagny imagines breaking the glass of his watch and feeling the two hands ... A silence during which he feels, he questions the needles with the tips of his fingers. The watch ring serves as a point of reference! ... He estimates that the distance between the hands is eleven o'clock ...

But the eleven hours that make us tremble, may have passed, haven't they? ... It may be eleven and ten minutes ... and we would have at least twelve more hours ahead of us.

And all of a sudden I shout:

--Silence!

I thought I heard footsteps in the house next door.

I was not mistaken! I hear the sound of doors, followed by hurried footsteps. We knock against the wall. Christine Daaé's voice:

--Raoul! Raoul!

Ah! we're all screaming at once now from either side of the wall. Christine sobs, she did not know if she would find M. de Chagny alive! ... The monster was terrible, it seems ... He only deluded while waiting for her to pronounce the "yes" that she refused him ... And yet, she

cependant, elle lui promettait ce «oui» s'il voulait bien la conduire dans la chambre des supplices!... Mais il s'y était obstinément opposé, avec des menaces atroces à l'adresse de tous ceux de la race humaine... Enfin, après des heures et des heures de cet enfer, il venait de sortir à l'instant... la laissant seule pour réfléchir une dernière fois...

... Des heures et des heures!... Quelle heure est-il? Quelle heure est-il, Christine?...

--Il est onze heures!... onze heures moins cinq minutes!...

--Mais quelles onze heures?...

--Les onze heures qui doivent décider de la vie ou de la mort!... Il vient de me le répéter en partant, reprend la voix râlante de Christine... Il est épouvantable!... Il délire et il a arraché son masque et ses yeux d'or lancent des flammes!... Et il ne fait que rire!... Il m'a dit en riant, comme un démon ivre: «Cinq minutes! Je te laisse seule à cause de ta pudeur bien connue!... Je ne veux pas que tu rougisses devant moi quand tu me diras «oui», comme les timides fiancées!... Que diable! on sait son monde!» Je vous ai dit qu'il était comme un démon ivre!... «Tiens! (et il a puisé dans le petit sac de la vie et de la mort) Tiens! m'a-t-il dit, voilà la petite clef de bronze qui ouvre les coffrets d'ébène qui sont sur la cheminée de la chambre de Louis-Philippe... Dans l'un de ces coffrets, tu trouveras un scorpion et dans l'autre une sauterelle, des animaux très bien imités en bronze du Japon; ce sont des animaux qui disent oui et non! C'est-à-dire que tu n'auras qu'à tourner le scorpion sur son pivot, dans la position contraire à celle où tu l'auras trouvé... cela signifiera à mes yeux, quand je rentrerai dans la chambre Louis-Philippe, dans la chambre des fiançailles: _oui!_... La sauterelle, elle, si tu la tournes, voudra dire: _non!_ à mes yeux, quand, je rentrerai dans la chambre Louis-Philippe, dans la chambre de la mort!... Et il riait comme un démon ivre! Moi, je ne faisais que lui réclamer à genoux la clef de la chambre des supplices, lui promettant d'être à jamais sa femme s'il m'accordait cela... Mais il m'a dit qu'on n'aurait plus besoin jamais de cette clef et qu'il allait la jeter au fond du lac!... Et puis, en riant comme un démon ivre, il m'a laissé en me disant qu'il ne reviendrait que dans cinq minutes, à cause qu'il savait tout ce que l'on doit, quand on est

promised him this "yes" if he would take her to the torture chamber! ... But he had obstinately opposed it, with atrocious threats to her! address of all those of the human race ... Finally, after hours and hours of this hell, he had just come out instantly ... leaving her alone to think one last time ...

... Hours and hours! ... What time is it? What time is it, Christine? ...

`` It's eleven o'clock! ... five minutes to eleven! ...

`` But what eleven o'clock? ...

- The eleven o'clock which must decide life or death! ... He has just repeated it to me when he left, resumes Christine's moaning voice ... He is appalling! ... He is delirious and he has torn off his mask and his golden eyes launch flames! ... And he only laughs! ... He said to me, laughing, like a drunken demon: "Five minutes!" I leave you alone because of your well-known modesty! ... I don't want you to blush in front of me when you say "yes" to me, like shy brides! ... What the devil! we know our world! " I told you he was like a drunken demon! ... "Here! (and he drew on the little bag of life and death) Here! he said to me, here is the small bronze key which opens the ebony boxes which are on the fireplace in Louis-Philippe's room ... In one of these boxes, you will find a scorpion and in the other a grasshopper, animals very well imitated in bronze from Japan; these are animals that say yes and no! That is to say that you will only have to turn the scorpion on its pivot, in the opposite position to that where you will have found it ... this will mean in my eyes, when I return to the Louis room -Philippe, in the engagement room: _yes! _... The grasshopper, if you turn it, will mean: _no! _ In my eyes, when, I return to the Louis-Philippe room, in the room of death! ... And he laughed like a drunken demon! Me, I was only asking him on my knees for the key to the torture chamber, promising him to be his wife forever if he granted me that ... But he told me that we would no longer have never needed this key and that he was going to throw it at the bottom of the lake! ... And then, laughing like a drunken demon, he left me, telling me that he

would not come back for five minutes, that he knew all that one owes, when one is a gallant man, to the modesty of women! ... Ah! yes, again he shouted to me: The grasshopper! ... Beware of the grasshopper! ... It doesn't just turn a grasshopper, it jumps! ... it jumps! ... _ it jumps nicely! _ ...

I am trying here to reproduce with sentences, broken words, exclamations, the meaning of Christine's delirious words! ... Because, during these twenty-four hours, she too must have touched the bottom of human pain. .. and perhaps she had suffered more than us! ... At every moment, Christine stopped and interrupted us to exclaim: "Raoul! Are you in pain? ... "And she felt the walls, which were cold now, and asked why they had been so hot! ... And the five minutes passed and, in my poor brain, it was scratching. all their paws the scorpion and the grasshopper!

However, I had retained enough lucidity to understand that if we turned the grasshopper, the grasshopper would jump ... and with it many of the human race! There was no doubt that the grasshopper commanded some electric current intended to blow up the powder magazine! ... Hastily, M. de Chagny, who now seemed, since he had heard Christine's voice again, to have recovered all his moral strength , explained to the young girl in what a formidable situation we found ourselves, us and the whole Opera ... _It was necessary to turn the scorpion_, immediately ...

This scorpion, which answered the _yes_ so desired by Erik, had to be something that would perhaps prevent the catastrophe from happening.

--Va! ... go then, Christine, my adored wife! ... ordered Raoul.

There was a silence.

`` Christine, '' I cried, `` where are you?

--At the scorpion!

--N'y touchez pas!	- Don't touch it!
L'idée m'était venue--car je connaissais mon Erik--que le monstre avait encore trompé la jeune femme. C'était peut-être le scorpion qui allait tout faire sauter. Car, enfin, pourquoi n'était-il pas là, lui? Il y avait beau temps maintenant que les cinq minutes étaient écoulées... et il n'était pas revenu... Et il s'était sans doute mis à l'abri!... Et il attendait peut-être l'explosion formidable... Il n'attendait plus que ça!... Il ne pouvait pas espérer, en vérité, que Christine consentirait jamais à être sa proie volontaire!... Pourquoi n'était-il pas revenu?... Ne touchez pas au scorpion!...	The idea had occurred to me - because I knew my Erik - that the monster had deceived the young woman again. Maybe it was the scorpion that was going to blow everything up. Because, after all, why wasn't he there? It was fine weather now that the five minutes had elapsed ... and he had not returned ... and he had doubtless taken cover! ... and he was perhaps waiting for the explosion formidable ... He was waiting for nothing more! ... He could not hope, in truth, that Christine would ever consent to be his willful prey! ... Why had he not returned? ... touch the scorpion! ...
--Lui!... s'écria Christine. Je l'entends!... Le voilà!...	"He!" Cried Christine. I hear it! ... Here it is! ...
. . . .	. . . .
Il arrivait, en effet. Nous entendîmes ses pas qui se rapprochaient de la chambre Louis-Philippe. Il avait rejoint Christine. Il n'avait pas prononcé un mot...	It was happening, indeed. We heard his footsteps approaching the Louis-Philippe room. He had joined Christine. He hadn't said a word ...
Alors, j'élevai la voix:	So I raised my voice:
--Erik! c'est moi! Me reconnais-tu?	--Erik! it's me! Do you recognize me
À cet appel, il répondit aussitôt sur un ton extraordinairement pacifique:	To this call he immediately replied in an extraordinarily peaceful tone:
--_Vous n'êtes donc pas morts là dedans?_... Eh bien, tâchez de vous tenir tranquilles.	--_ So you didn't die in there? _... Well, try to keep still.
Je voulus l'interrompre, mais il me dit si froidement, que j'en restai glacé derrière mon mur: «Plus un mot, _daroga_, ou je fais tout sauter!»	I wanted to interrupt him, but he told me so coldly that I was frozen behind my wall: "Not a word, _daroga_, or I'll blow it all up!"
Et aussitôt il ajouta:	And immediately he added:
--L'honneur doit en revenir à mademoiselle!... Mademoiselle n'a pas touché au scorpion (comme il parlait posément!), mademoiselle n'a pas touché à la sauterelle (avec quel effrayant sang-froid!), mais il n'est pas trop tard pour bien faire. Tenez, j'ouvre sans clé, moi, car je suis l'amateur de trappes, et	--The honor must go to mademoiselle! ... Mademoiselle did not touch the scorpion (as he spoke calmly!), Mademoiselle did not touch the grasshopper (with what frightful coolness!), But it is not too late to do well. Here, I open without a key, me, because I am the lover of hatches,

j'ouvre et ferme tout ce que je veux, comme je veux... J'ouvre les petits coffrets d'ébène: regardez-y, mademoiselle, dans les petits coffrets d'ébène... les jolies petites bêtes... Sont-elles assez bien imitées... et comme elles paraissent inoffensives... Mais l'habit ne fait pas le moine! (Tout ceci d'une voix blanche, uniforme...) Si l'on tourne la sauterelle, nous sautons tous, mademoiselle... Il y a sous nos pieds assez de poudre pour faire sauter un quartier de Paris... si l'on tourne le scorpion, toute cette poudre est noyée!... Mademoiselle, à l'occasion de nos noces, vous allez faire un bien joli cadeau à quelques centaines de Parisiens qui applaudissent en ce moment un bien pauvre chef-d'œuvre de Meyerbeer... Vous allez leur faire cadeau de la vie... car vous allez, mademoiselle, de vos jolies mains--quelle voix lasse était cette voix-- vous allez tourner le scorpion!... Et gai, gai, nous nous marierons!

and I open and close whatever I want, as I want ... I open the small ebony boxes: look there , mademoiselle, in the little ebony boxes ... the pretty little animals ... Are they imitated well enough ... and how harmless they appear ... But the dress does not make the monk! (All this in a white, uniform voice ...) If we turn the grasshopper, we all jump, mademoiselle ... There is enough powder under our feet to blow up a district of Paris ... if we turn the scorpion, all this powder is drowned! ... Mademoiselle, on the occasion of our wedding, you are going to make a very nice gift to a few hundred Parisians who are currently applauding a very poor chef-d ' work of Meyerbeer ... You are going to give them the gift of life ... for you are going, mademoiselle, with your pretty hands - what a weary voice was that voice - you are going to turn the scorpion! ... And cheerful, cheerful , We will get married!

Un silence, et puis:

A silence, and then:

--Si, dans deux minutes, mademoiselle, vous n'avez pas tourné le scorpion--j'ai une montre, ajouta la voix d'Erik, une montre qui marche joliment bien...--moi, je tourne la sauterelle... et la sauterelle, _ça saute joliment bien!_...

`` If, in two minutes, miss, you haven't turned the scorpion - I have a watch, '' added Erik's voice, `` a watch that works nicely ... - me, I turn the grasshopper. ... and the grasshopper, _ it jumps nicely! _...

Le silence reprit plus effrayant à lui tout seul que tous les autres effrayants silences. Je savais que lorsque Erik avait pris cette voix pacifique, et tranquille, et lasse, c'est qu'il était à bout de tout, capable du plus titanesque forfait ou du plus forcené dévouement et qu'une syllabe déplaisante à son oreille pourrait déchaîner l'ouragan. M. de Chagny, lui, avait compris qu'il n'y avait plus qu'à prier, et, à genoux, il priait... Quant à moi, mon sang battait si fort que je dus saisir mon cœur dans ma main, de grand'peur qu'il n'éclatât... C'est que, nous pressentions trop horriblement ce qui se passait en ces secondes suprêmes dans la pensée affolée de Christine Daaé... c'est que nous comprenions son hésitation à tourner le scorpion... Encore une fois, si c'était le scorpion qui allait tout faire sauter!... Si Erik avait résolu de nous engloutir tous avec lui!

The silence resumed more frightening on its own than all the other frightening silences. I knew that when Erik took that peaceful, quiet, and weary voice, it was because he was at the end of everything, capable of the most titanic forfeiture or the most frenzied devotion and that an unpleasant syllable in his ear could unleash the hurricane. M. de Chagny, himself, understood that there was nothing more than to pray, and, on his knees, he was praying ... As for me, my blood was beating so hard that I had to grab my heart in my hand. , of great fear that he did not burst ... It is that, we sensed too horribly what was happening in those supreme seconds in the panicked thought of Christine Daaé ... it is that we understood her hesitation to turn the scorpion ... Once again, if it was the scorpion that was going to blow everything up! ... If Erik had resolved to swallow us all up with him!

Enfin, la voix d'Erik, douce cette fois, d'une douceur angélique...

Finally, Erik's voice, soft this time, with an angelic sweetness ...

--Les deux minutes sont écoulées... adieu, mademoiselle!... saute, sauterelle!...	`` The two minutes are up ... goodbye, mademoiselle! ... jump, grasshopper! ...
--Erik, s'écria Christine, qui avait dû se précipiter sur la main du monstre, me jures-tu, monstre, me jures-tu sur ton infernal amour, que c'est le scorpion qu'il faut tourner...	`` Erik, '' cried Christine, who must have rushed to the monster's hand, `` do you swear to me, monster, do you swear to me on your infernal love, that it is the scorpion that must be turned ...
--Oui, pour sauter à nos noces...	--Yes, to jump to our wedding ...
--Ah! tu vois bien! nous allons sauter!	--Ah! you clearly see! we are going to jump!
--À nos noces!... innocente enfant!... Le scorpion ouvre le bal!... Mais en voilà assez!... Tu ne veux pas du scorpion? À moi la sauterelle!	- To our wedding! ... innocent child! ... The scorpion opens the ball! ... But that's enough! ... You don't want the scorpion? Mine the grasshopper!
--Erik!...	--Erik! ...
--Assez!...	--Quite!...
J'avais joint mes cris à ceux de Christine. M. de Chagny, toujours à genoux, continuait à prier...	I had joined my cries to those of Christine. M. de Chagny, still on his knees, continued to pray ...
--Erik! J'ai tourné le scorpion!!...	--Erik! I turned the scorpion !! ...
....	....
Ah! la seconde que nous avons vécue là!	Ah! the second that we lived there!
À attendre!	To wait!
À attendre que nous ne soyons plus rien que des miettes, au milieu du tonnerre et des ruines...	Waiting until we are nothing but crumbs, in the midst of thunder and ruins ...
... À sentir craquer sous nos pieds, dans le gouffre ouvert... des choses... des choses qui pouvaient être le commencement de l'apothéose d'horreur... car, par la trappe ouverte dans les ténèbres, gueule noire dans la nuit noire, un sifflement inquiétant--comme le premier bruit d'une fusée--venait...	... To feel creaking under our feet, in the open abyss ... things ... things that could be the beginning of the apotheosis of horror ... because, through the open trap in the darkness, mouth dark in the dark night, a disturbing whistle - like the first sound of a rocket - came ...
... D'abord tout mince... et puis plus épais... puis très fort...	... First very thin ... and then thicker ... then very strong ...

Mais écoutez! écoutez! et retenez des deux mains votre cœur prêt à sauter avec beaucoup de ceux de la race humaine.	But listen! Listen! and hold your heart ready to jump with both hands with many of the human race.
Ce n'est point là le sifflement du feu.	This is not the hiss of fire.
Ne dirait-on point une fusée d'eau?...	Doesn't it look like a water rocket? ...
À la trappe! à la trappe!	By the way! by the wayside!
Écoutez! écoutez!	Listen! Listen!
Cela fait maintenant glouglou... glouglou...	It's now gurgling ... gurgling ...
À la trappe!... à la trappe!... à la trappe!...	To the trap! ... to the trap! ... to the trap! ...
Quelle fraîcheur!	What freshness!
À la fraîche! à la fraîche! Toute notre soif qui était partie quand était venue l'éprouvante, revient plus forte avec le bruit de l'eau.	In the fresh! in the fresh! All our thirst that was gone when the trying came, comes back stronger with the sound of water.
L'eau! l'eau! l'eau qui monte!...	The water! the water! the rising water! ...
Qui monte dans la cave, par-dessus les tonneaux, tous les tonneaux de poudre (tonneaux! tonneaux!... avez-vous des tonneaux à vendre?) l'eau!... l'eau vers laquelle nous descendons avec des gorges embrasées... l'eau qui monte jusqu'à nos mentons, jusqu'à nos bouches...	Who goes up in the cellar, over the barrels, all the powder barrels (barrels! Barrels! ... do you have barrels to sell?) The water! ... the water towards which we descend with gorges ablaze ... the water that rises to our chins, to our mouths ...
Et nous buvons... Au fond de la cave, nous buvons, à même la cave...	And we drink ... At the bottom of the cellar, we drink, right in the cellar ...
Et nous remontons, dans la nuit noire, l'escalier, marche à marche, l'escalier que nous avions descendu au-devant de l'eau et que nous remontons avec l'eau.	And we go up, in the dark night, the staircase, step by step, the staircase which we had descended in front of the water and which we go up with the water.
Vraiment, voilà bien de la poudre perdue et bien noyée! à grande eau!... C'est de la belle besogne! On ne regarde pas à l'eau, dans la demeure du Lac! Si ça continue, tout le lac va entrer dans la cave...	Really, here is the lost powder and well drowned! with plenty of water! ... It's a fine job! We do not look at the water, in the house of the Lake! If this continues, the whole lake will enter the cellar ...

Car, en vérité, on ne sait plus maintenant où elle va s'arrêter...	Because, in truth, we no longer know where it will stop ...
Nous voici sortis de la cave et l'eau monte toujours...	Here we are out of the cellar and the water is still rising ...
Et l'eau aussi sort de la cave, s'épand sur le plancher... Si cela continue, toute la demeure du Lac va en être inondée. Le plancher de la chambre des miroirs est lui-même un vrai petit lac dans lequel nos pieds barbotent. C'est assez d'eau comme cela! Il faut qu'Erik ferme le robinet: Erik! Erik! Il y a assez d'eau pour la poudre! Tourne le robinet! Ferme le scorpion!	And the water also comes out of the cellar, spreads over the floor ... If this continues, the entire house of the Lake will be flooded. The floor of the mirror chamber is itself a real little lake in which our feet splash around. That's enough water like that! Erik must turn off the tap: Erik! Erik! There is enough water for the powder! Turn on the tap! Shut up the scorpion!
Mais Erik ne répond pas... On n'entend plus rien que l'eau qui monte... nous en avons maintenant jusqu'à mi-jambe!...	But Erik does not answer ... Nothing can be heard except the rising water ... we now have it up to our knee! ...
--Christine! Christine! l'eau monte! monte jusqu'à nos genoux, crie M. de Chagny.	--Christine! Christine! the water rises! climb up to our knees, cries M. de Chagny.
Mais Christine ne répond pas... on n'entend plus rien que l'eau qui monte.	But Christine does not answer ... nothing can be heard but the rising water.
Rien! rien! dans la chambre à côté... Plus personne! personne pour tourner le robinet! personne pour fermer le scorpion!	Nothing! nothing! in the next room ... No one! no one to turn the tap on! no one to close the scorpion!
Nous sommes tout seuls, dans le noir, avec l'eau noire qui nous étreint, qui grimpe, qui nous glace! Erik! Erik! Christine! Christine!	We are all alone, in the dark, with the black water that embraces us, that climbs, that freezes us! Erik! Erik! Christine! Christine!
Maintenant, nous avons perdu pied et nous tournons dans l'eau, emportés dans un mouvement de rotation irrésistible, car l'eau tourne avec nous et nous nous heurtons aux miroirs noirs qui nous repoussent... et nos gorges soulevées au-dessus du tourbillon hurlent...	Now we have lost our footing and we are spinning in the water, carried away in an irresistible spinning motion, as the water spins with us and we collide with the black mirrors pushing us back ... and our throats lifted above the whirlwind howl ...
Est-ce que nous allons mourir ici? noyés dans la chambre des supplices?... Je n'ai jamais vu ça? Erik, au temps des _Heures Roses de Mazenderan_, ne m'a jamais montré cela par la petite fenêtre invisible!... Erik! Erik! Je t'ai sauvé la vie! Souviens-toi!... Tu étais condamné!... Tu allais mourir!... Je t'ai ouvert les portes de la vie!... Erik!...	Are we going to die here? drowned in the torture chamber? ... I never saw that? Erik, at the time of the _Hours Roses de Mazenderan_, never showed me that through the little invisible window! ... Erik! Erik! I saved your life! Remember! ... You were doomed! ... You were going to die! ... I opened the doors of life to you! ... Erik! ...

Ah! nous tournons dans l'eau comme des épaves!...	Ah! we turn in the water like wrecks! ...
Mais j'ai saisi tout à coup de mes mains égarées le tronc de l'arbre de fer!... et j'appelle M. de Chagny... et nous voilà tous les deux suspendus à la branche de l'arbre de fer...	But I suddenly seized the trunk of the iron tree with my lost hands! ... and I called M. de Chagny ... and here we are both hanging from the branch of the tree of iron...
Et l'eau monte toujours!	And the water is still rising!
Ah! ah! rappelez-vous! Combien y a-t-il d'espace entre la branche de l'arbre de fer et le plafond en coupole de la chambre des miroirs?... Tâchez à vous souvenir!... Après tout, l'eau va peut-être s'arrêter... elle trouvera sûrement son niveau... Tenez! il me semble qu'elle s'arrête!... Non! non! horreur!... À la nage! À la nage!... nos bras qui nagent s'enlacent; nous étouffons!... nous nous battons dans l'eau noire!... nous avons déjà peine à respirer l'air noir au-dessus de l'eau noire... l'air qui fuit, que nous entendons fuir au-dessus de nos têtes par je ne sais quel appareil de ventilation... Ah! tournons! tournons! tournons jusqu'à ce que nous ayons trouvé la bouche d'air... nous collerons notre bouche à la bouche d'air... Mais les forces m'abandonnent, j'essaie de me raccrocher aux murs! Ah! comme les parois de glace sont glissantes à mes doigts qui cherchent... Nous tournons encore!... Nous enfonçons... Un dernier effort!... Un dernier cri!... Erik!... Christine!... glou, glou, glou!... dans les oreilles!... glou, glou, glou!... au fond de l'eau noire, nos oreilles font glou-glou!... Et il me semble encore, avant de perdre tout à fait connaissance, entendre entre deux glouglous... «Tonneaux!... tonneaux!... Avez-vous des tonneaux à vendre?»	Ah! ah! remember! How much space is there between the branch of the iron tree and the domed ceiling of the Chamber of Mirrors? ... Try to remember! ... After all, the water may go to be stopped ... it will surely find its level ... Here! it seems to me that it stops! ... No! no! horror! ... Swimming! Swimming! ... our swimming arms are entwined; we are suffocating! ... we are fighting in the black water! ... we can already hardly breathe the black air above the black water ... the leaking air, which we hear fleeing in the above our heads by I do not know what ventilation device ... Ah! let's turn! let's turn! let's turn until we find the air outlet ... we will stick our mouth to the air outlet ... but the forces abandon me, I try to hang on to the walls! Ah! as the walls of ice are slippery to my fingers which seek ... We turn again! ... We sink ... A last effort! ... A last cry! ... Erik! ... Christine! . . glou, glou, glou! ... in the ears! ... glou, glou, glou! ... at the bottom of black water, our ears are gurgling! ... And it still seems to me, before completely losing consciousness, hearing between two gurgles ... "Barrels! ... barrels! ... Do you have any barrels to sell?"

XXVII

LA FIN DES AMOURS DU FANTOME

C'est ici que se termine le récit _écrit_ que m'a laissé le Persan.

Malgré l'horreur d'une situation qui semblait définitivement les vouer à la mort, M. de Chagny et son compagnon furent sauvés par le dévouement sublime de Christine Daaé. Et je tiens tout le reste de l'aventure de la bouche du daroga lui-même.

Quand j'allai le voir, il habitait toujours son petit appartement de la rue de Rivoli, en face des Tuileries. Il était bien malade et il ne fallait rien moins que toute mon ardeur de reporter-historien au service de la vérité pour le décider à revivre avec moi l'incroyable drame. C'était toujours son vieux et fidèle domestique Darius qui le servait et me conduisait auprès de lui. Le daroga me recevait au coin de la fenêtre qui regarde le jardin, assis dans un vaste fauteuil où il essayait de redresser un torse qui n'avait pas dû être sans beauté. Notre Persan avait encore ses yeux magnifiques, mais son pauvre visage était bien fatigué. Il avait fait raser entièrement sa tête qu'il couvrait à l'ordinaire d'un bonnet d'astrakan; il était habillé d'une vaste houppelande très simple dans les manches de laquelle il s'amusait inconsciemment à tourner les pouces, mais son esprit était resté fort lucide.

Il ne pouvait se rappeler les affres anciennes sans être repris d'une certaine fièvre et c'est par bribes que je lui arrachai la fin surprenante de cette étrange histoire. Parfois, il se faisait prier longtemps pour répondre à mes questions, et parfois exalté par ses souvenirs il évoquait spontanément devant moi, avec un relief saisissant, l'image effroyable d'Erik et les terribles heures que M. de Chagny et lui avaient vécues dans la demeure du Lac.

Il fallait voir le frémissement qui l'agitait quand il me dépeignait son réveil dans la pénombre inquiétante de la chambre Louis-Philippe... après le drame des eaux... Et voici la fin de cette terrible histoire, telle qu'il me l'a racontée de façon à

XXVII

THE END OF THE GHOST'S LOVE

This is where the _written_ story that the Persian left me ends.

Despite the horror of a situation which seemed to definitively doom them to death, M. de Chagny and his companion were saved by the sublime devotion of Christine Daaé. And I have all the rest of the adventure from the mouth of the daroga itself.

When I went to see him, he was still living in his little apartment in the rue de Rivoli, opposite the Tuileries. He was very ill and it took nothing less than all my ardor as a reporter-historian in the service of the truth to persuade him to relive the incredible drama with me. It was always his old and faithful servant Darius who served him and led me to him. The daroga greeted me at the corner of the window looking out onto the garden, seated in a large armchair where he tried to straighten a torso which must not have been without beauty. Our Persian still had his magnificent eyes, but his poor face was very tired. He had his head shaved entirely, which he usually covered with an astrakhan cap; he was dressed in a large, very simple houppelande in the sleeves of which he unconsciously amused himself by twiddling his thumbs, but his mind had remained very lucid.

He could not remember the old pangs without being resumed by a certain fever and it was in snatches that I snatched the surprising end of this strange story from him. Sometimes he would ask for a long time to answer my questions, and sometimes elated by his memories he spontaneously evoked in front of me, with a striking relief, the appalling image of Erik and the terrible hours he and M. de Chagny had lived. in the house of the Lake.

You should have seen the shudder that agitated him when he described to me his awakening in the disturbing twilight of the Louis-Philippe room ... after the tragedy of the waters ... And here is the end of this terrible story, as he told me. told it

compléter le récit écrit qu'il avait bien voulu me confier:

En ouvrant les yeux, le _daroga_ s'était vu étendu sur un lit... M. de Chagny était couché sur un canapé, à côté de l'armoire à glace. Un ange et un démon veillaient sur eux...

Après les mirages et illusions de la chambre des supplices, la précision des détails bourgeois de cette petite pièce tranquille, semblait avoir été encore inventée dans le dessein de dérouter l'esprit du mortel assez téméraire pour s'égarer dans ce domaine du cauchemar vivant. Ce lit-bateau, ces chaises d'acajou ciré, cette commode et ces cuivres, le soin avec lequel ces petits carrés de dentelle au crochet étaient placés sur le dos des fauteuils, la pendule et de chaque côté de la cheminée les petits coffrets à l'apparence si inoffensive... enfin, cette étagère garnie de coquillages, de pelotes rouges pour les épingles, de bateaux en nacre et d'un énorme œuf d'autruche... le tout éclairé discrètement par une lampe à abat-jour posée sur un guéridon... tout ce mobilier qui était d'une laideur ménagère touchante, si paisible, si raisonnable «_au fond des caves de l'Opéra_», déconcertait l'imagination plus que toutes les fantasmagories passées.

Et l'ombre de l'homme au masque, dans ce petit cadre vieillot, précis et propret, n'en apparaissait que plus formidable. Elle se courba jusqu'à l'oreille du Persan et lui dit à voix basse:

--Ça va mieux, daroga?... Tu regardes mon mobilier?... C'est tout ce qui me reste de ma pauvre misérable mère...

Il lui dit encore des choses qu'il ne se rappelait plus; mais--et cela lui paraissait bien singulier--le Persan avait le souvenir précis que, pendant cette vision surannée de la chambre Louis-Philippe, seul Erik parlait. Christine Daaé ne disait pas un mot; elle se déplaçait sans bruit et comme une Sœur de charité qui aurait fait vœu de silence... Elle apportait dans une tasse un cordial... ou du thé fumant... L'homme au masque la lui prenait des mains et la tendait au Persan.

in such a way as to complete the written account that he had kindly entrusted to me:

On opening his eyes, the _daroga_ had seen himself stretched out on a bed ... M. de Chagny was lying on a sofa, next to the mirrored cupboard. An angel and a demon watched over them ...

After the mirages and illusions of the torture chamber, the precision of the bourgeois details of this quiet little room seemed to have been invented again with the intention of confusing the mind of the mortal reckless enough to stray into this realm of living nightmare. This sleigh bed, these waxed mahogany chairs, this chest of drawers and these coppers, the care with which these small squares of crochet lace were placed on the backs of the armchairs, the clock and on each side of the fireplace the small boxes. the appearance so harmless ... well, this shelf lined with shells, red balls for pins, mother-of-pearl boats and a huge ostrich egg ... all discreetly lit by a lamp with shade placed on a pedestal table ... all this furniture which was of a touching household ugliness, so peaceful, so reasonable "_ at the bottom of the cellars of the Opera_", disconcerted the imagination more than all the phantasmagorias of the past.

And the shadow of the man in the mask, in this little old-fashioned, precise and neat setting, only appeared all the more formidable. She bent down to the Persian's ear and said to him in a low voice:

--Is it better, daroga? ... Are you looking at my furniture? ... It's all I have left of my poor miserable mother ...

He still said things to her that he no longer remembered; but - and this seemed very strange to him - the Persian had the precise memory that, during this old-fashioned vision of the Louis-Philippe room, only Erik spoke. Christine Daaé did not say a word; she moved noiselessly and like a Sister of Charity who would have taken a vow of silence ... She brought in a cup of cordial ... or steaming tea ... The man in the mask took it from her hands and held it out. in Persian.

Quant à M. de Chagny, il dormait...	As for M. de Chagny, he was sleeping ...
Erik dit en versant un peu de rhum dans la tasse du daroga et en lui montrant le vicomte étendu:	Erik said, pouring some rum into the cup of daroga and showing him the lying viscount:
--Il est revenu à lui bien avant que nous puissions savoir _si vous seriez encore vivant un jour, daroga._ Il va très bien... Il dort... Il ne faut pas le réveiller...	--He came to his senses long before we could know _if you would be alive one day, daroga._ He is very well ... He is sleeping ... He must not be woken up ...
Un instant, Erik quitta la chambre et le Persan, se soulevant sur son coude, regarda autour de lui... Il aperçut, assise au coin de la cheminée, la silhouette blanche de Christine Daaé. Il lui adressa la parole... il l'appela... mais il était encore très faible et il retomba sur l'oreiller... Christine vint à lui, lui posa la main sur le front, puis s'éloigna... Et le Persan se rappela qu'alors, en s'en allant, elle n'eut pas un regard pour M. de Chagny qui, à côté, il est vrai, bien tranquillement dormait... et elle retourna s'asseoir dans son fauteuil, au coin de la cheminée, silencieuse comme une Sœur de charité qui a fait vœu de silence...	For a moment, Erik left the room and the Persian, lifting himself on his elbow, looked around him ... He saw, sitting by the corner of the fireplace, the white silhouette of Christine Daaé. He spoke to him ... he called him ... but he was still very weak and he fell back on the pillow ... Christine came to him, put her hand on his forehead, then walked away .. And the Persian remembered that then, as she went away, she did not glance at M. de Chagny, who, to be sure, was sleeping very quietly next door ... and she went back to sit down in her armchair, at the corner of the fireplace, silent like a Sister of Charity who has taken a vow of silence ...
Erik revint avec de petits flacons qu'il déposa sur la cheminée. Et tout bas encore, pour ne pas éveiller M. de Chagny, il dit au Persan, après s'être assis à son chevet et lui avoir tâté le pouls:	Erik returned with small bottles which he placed on the fireplace. And still whispered, so as not to awaken M. de Chagny, he said to the Persian, after sitting down at his bedside and feeling his pulse:
--Maintenant, vous êtes sauvés tous les deux. Et je vais tantôt vous reconduire sur le dessus de la terre, _pour faire plaisir à ma femme._	--Now you are both saved. And soon I will lead you back to the top of the earth, _to please my wife._
Sur quoi il se leva, sans autre explication, et disparut encore.	Thereupon he got up, without further explanation, and disappeared again.
Le Persan regardait maintenant le profil tranquille de Christine Daaé sous la lampe. Elle lisait dans un tout petit livre à tranche dorée comme on en voit aux livres religieux. _L'Imitation_ a de ces éditions-là. Et le Persan avait encore dans l'oreille le ton naturel avec lequel l'autre avait dit: «Pour faire plaisir à ma femme...»	The Persian was now looking at the quiet profile of Christine Daaé under the lamp. She was reading in a very small book with a golden edge like one sees in religious books. _L'Imitation_ has these editions. And the Persian still had in his ear the natural tone with which the other had said: "To please my wife ..."
Tout doucement, le daroga appela encore, mais Christine devait _lire très loin_, car elle n'entendit pas...	Very slowly, the daroga called again, but Christine had to _read very far_, because she did not hear ...

Erik revint... fit boire au daroga une potion, après lui avoir recommandé de ne plus adresser une parole à «sa femme» ni à personne, _parce que cela pouvait être très dangereux pour la santé de tout le monde._	Erik returned ... made the daroga drink a potion, after having recommended that he not speak to "his wife" or to anyone else, _because it could be very dangerous for everyone's health ._
À partir de ce moment, le Persan se souvient encore de l'ombre noire d'Erik et de la silhouette blanche de Christine qui glissaient toujours en silence à travers la chambre, se penchaient au-dessus de lui et au-dessus de M. de Chagny. Le Persan était encore très faible et le moindre bruit, la porte de l'armoire à glace qui s'ouvrait en grinçant, par exemple, lui faisait mal à la tête... et puis il s'endormit comme M. de Chagny.	From that moment on, the Persian still remembers Erik's black shadow and Christine's white figure still gliding silently across the room, leaning over him and over Mr. by Chagny. The Persian was still very weak and the slightest noise, the door of the mirror cabinet which opened with a creak, for example, gave him a headache ... and then he fell asleep like M. de Chagny.
Cette fois, il ne devait plus se réveiller que chez lui, soigné par son fidèle Darius, qui lui apprit qu'on l'avait, la nuit précédente, trouvé contre la porte de son appartement, où il avait dû être transporté par un inconnu, lequel avait eu soin de sonner avant de s'éloigner.	This time, he was only to wake up at home, cared for by his faithful Darius, who informed him that he had been found the night before against the door of his apartment, where he must have been transported by a stranger. , who had taken care to ring before leaving.
Aussitôt que le daroga eut recouvré ses forces et sa responsabilité, il envoya demander des nouvelles du vicomte au domicile du comte Philippe.	As soon as the daroga had recovered his strength and his responsibility, he sent to inquire about the viscount at the home of Count Philippe.
Il lui fut répondu que le jeune homme n'avait pas reparu et que le comte Philippe était mort. On avait trouvé son cadavre sur la berge du Lac de l'Opéra, du côté de la rue Scribe. Le Persan se rappela la messe funèbre à laquelle il avait assisté derrière le mur de la chambre des miroirs et il ne douta plus du crime ni du criminel. Sans peine, hélas! connaissant Erik, il reconstitua le drame. Après avoir cru que son frère avait enlevé Christine Daaé, Philippe s'était précipité à sa poursuite sur cette route de Bruxelles, où il savait que tout était préparé pour une telle aventure. N'y ayant point rencontré les jeunes gens, il était revenu à l'Opéra, s'était rappelé les étranges confidences de Raoul sur son fantastique rival, avait appris que le vicomte avait tout tenté pour pénétrer dans les dessous du théâtre et enfin qu'il avait disparu, laissant son chapeau dans la loge de la diva, à côté d'une boîte de pistolets. Et le comte, qui ne doutait plus de la folie de son frère, s'était à son tour lancé dans cet infernal labyrinthe souterrain. En fallait-il davantage, aux yeux du Persan, pour que l'on retrouvât le cadavre du comte sur la berge du Lac,	He was told that the young man had not reappeared, and that Count Philip was dead. His body had been found on the shores of Lake Opera, on the side of Scribe Street. The Persian remembered the funeral mass he had attended behind the wall of the mirror room, and he no longer doubted the crime or the criminal. No worries, alas! knowing Erik, he reconstituted the drama. After believing that his brother had abducted Christine Daaé, Philippe had rushed to pursue him on this road to Brussels, where he knew that everything was ready for such an adventure. Having not met the young people there, he had returned to the Opera, had remembered Raoul's strange confidences about his fantastic rival, had learned that the Viscount had tried everything to penetrate the underside of the theater, and finally that he was gone, leaving his hat in the diva's box, next to a box of pistols. And the count, who no longer doubted his brother's madness, had in turn plunged into this infernal underground labyrinth. Did it take more, in the eyes of the Persian, for the corpse of the

où veillait le chant de la sirène, la sirène d'Erik, cette concierge du Lac des Morts?	count to be found on the shore of the Lake, where the singing of the mermaid, the mermaid of Erik, that concierge of the Lake of the Dead, was watched?
Aussi le Persan n'hésita pas. Épouvanté de ce nouveau forfait, ne pouvant rester dans l'incertitude où il se trouvait relativement au sort définitif du vicomte et de Christine Daaé, il se décida à tout dire à la justice.	So the Persian did not hesitate. Terrified of this new crime, not being able to remain in the uncertainty where he found himself in relation to the final fate of the viscount and Christine Daaé, he decided to tell the justice everything.
Or l'instruction de l'affaire avait été confiée à M. le juge Faure et c'est chez lui qu'il s'en alla frapper. On se doute de quelle sorte un esprit sceptique, terre à terre, superficiel (je le dis comme je le pense) et nullement préparé à une telle confidence, reçut la déposition du daroga. Celui-ci fut traité comme un fou.	However, the investigation of the case had been entrusted to Judge Faure and it was at his house that he went to strike. One can imagine what sort of a skeptical, down to earth, superficial (I say it as I think) mind, unprepared for such a confidence, received the deposition of daroga. He was treated like a madman.
Le Persan, désespérant de se faire jamais entendre, s'était mis alors à écrire. Puisque la justice ne voulait pas de son témoignage, la presse s'en emparerait peut-être, et il venait un soir de tracer la dernière ligne du récit que j'ai fidèlement rapporté ici quand son domestique Darius lui annonça un étranger qui n'avait point dit son nom, dont il était impossible de voir le visage et qui avait déclaré simplement qu'il ne quitterait la place qu'après avoir parlé au _daroga._	The Persian, despairing of ever making himself heard, then began to write. Since justice did not want his testimony, the press might seize it, and he had just drawn the last line of the story that I have faithfully reported here one evening when his servant Darius announced to him a stranger who did not had not said his name, whose face it was impossible to see and who had simply declared that he would not leave the place until after speaking to the _daroga._
Le Persan, pressentant immédiatement la personnalité de ce singulier visiteur, ordonna qu'on l'introduisît sur-le-champ.	The Persian, immediately sensing the personality of this singular visitor, ordered that he be introduced immediately.
Le daroga ne s'était pas trompé.	Daroga was not wrong.
C'était le Fantôme! C'était Erik!	It was the Phantom! It was Erik!
Il paraissait d'une faiblesse extrême et se retenait au mur comme s'il craignait de tomber... Ayant enlevé son chapeau, il montra un front d'une pâleur de cire. Le reste du visage était caché par le masque.	He appeared extremely weak and held onto the wall as if he was afraid of falling ... Having taken off his hat, he showed a forehead as pale as wax. The rest of the face was hidden by the mask.
Le Persan s'était dressé devant lui.	The Persian had risen before him.
--Assassin du comte Philippe, qu'as-tu fait de son frère et de Christine Daaé?	- Assassin of Count Philippe, what have you done with his brother and Christine Daaé?

À cette apostrophe formidable, Erik chancela et garda un instant le silence, puis, s'étant traîné jusqu'à un fauteuil, il s'y laissa tomber en poussant un profond soupir. Et là, il dit à petites phrases, à petits mots, à court souffle:	At this formidable apostrophe, Erik staggered and remained silent for a moment, then, having dragged himself to an armchair, he sank into it, heaving a deep sigh. And there he said in short sentences, in short words, short of breath:
--_Daroga_, ne me parle pas du comte Philippe... Il était mort... déjà... quand je suis sorti de ma maison... il était mort... déjà... quand... la sirène a chanté... c'est un accident... un triste... un... lamentablement triste... accident... Il était tombé bien maladroitement et simplement et naturellement dans le Lac!...	--_ Daroga_, don't tell me about Count Philippe ... He was dead ... already ... when I left my house ... he was dead ... already ... when ... the mermaid sang ... it's an accident ... a sad ... a ... lamentably sad ... accident ... He had fallen awkwardly and simply and naturally into the Lake! ...
--Tu mens! s'écria le Persan.	--You lie! cried the Persian.
Alors Erik courba la tête et dit:	So Erik bowed his head and said:
--Je ne viens pas ici... pour te parler du comte Philippe... mais pour te dire que... je vais mourir...	`` I'm not coming here ... to talk to you about Count Philippe ... but to tell you that ... I'm going to die ...
--Où sont Raoul de Chagny et Christine Daaé?...	- Where are Raoul de Chagny and Christine Daaé? ...
--Je vais mourir.	--I will die.
--Raoul de Chagny et Christine Daaé?	--Raoul de Chagny and Christine Daaé?
--... d'amour... daroga... je vais mourir d'amour... c'est comme cela... je l'aimais tant!... Et je l'aime encore, daroga, puisque j'en meurs, je te dis... Si tu savais comme elle était belle quand elle m'a permis de l'embrasser vivante, sur son salut éternel... C'était la première fois, _daroga_, la première fois, tu entends, que j'embrassais une femme... Oui, vivante, je l'ai embrassée vivante et elle était belle comme une morte?...	--... of love ... daroga ... I'm going to die of love ... that's how it is ... I loved her so much! ... And I still love her, daroga, since I'm dying, I'm telling you ... If you only knew how beautiful she was when she allowed me to kiss her alive, on her eternal salvation ... It was the first time, _daroga_, the first time , you hear, that I was kissing a woman ... Yes, alive, I kissed her alive and she was as beautiful as a dead woman? ...
Le Persan s'était levé et il avait osé toucher Erik. Il lui secoua le bras.	The Persian had stood up and dared to touch Erik. He shook her arm.
--Me diras-tu enfin si elle est morte ou vivante?...	`` Will you finally tell me if she's dead or alive? ...
--Pourquoi me secoues-tu ainsi? répondit, Erik avec effort... Je te dis que c'est moi qui vais mourir... oui,	--Why are you shaking me like this? replied, Erik with an effort ... I tell you that it is I who will die ...

je l'ai embrassée vivante...	yes, I kissed her alive ...
--Et maintenant, elle est morte?	--And now she's dead?
--Je te dis que je l'ai embrassée comme ça sur le front... et elle n'a point retiré son front de ma bouche!... Ah! c'est une honnête fille! Quant à être morte, je ne le pense pas, bien que cela ne me regarde plus... Non! non! elle n'est pas morte! Et il ne faudrait pas que j'apprenne que quelqu'un a touché un cheveu de sa tête! C'est une brave et honnête fille qui t'a sauvé la vie, par-dessus le marché, daroga, dans un moment où je n'aurais pas donné deux sous de ta peau de Persan. Au fond, personne ne s'occupait de toi. Pourquoi étais-tu là avec ce petit jeune homme? Tu allais mourir par-dessus le marché! Ma parole, elle me suppliait pour son petit jeune homme, mais je lui avais répondu que, puisqu'elle avait tourné le scorpion, j'étais devenu par cela même, et de sa bonne volonté, son fiancé et qu'elle n'avait pas besoin de deux fiancés, ce qui était assez juste; quant à toi, tu n'existais pas, tu n'existais déjà plus, je te le répète, et tu allais mourir avec l'autre fiancé!	--I tell you that I kissed her like that on the forehead ... and she did not withdraw her forehead from my mouth! ... Ah! she is an honest girl! As for being dead, I don't think so, although that doesn't concern me anymore ... No! no! she is not dead! And I shouldn't learn that someone has touched a hair on their head! She's a brave and honest girl who saved your life, on top of that, daroga, at a time when I wouldn't have given two cents of your Persian skin. Basically, nobody cared about you. Why were you there with this little young man? You were going to die on top of that! My word, she begged me for her little young man, but I told her that, since she had turned the scorpion, I had become by that very, and of her good will, her fiancé and that she had not. no need for two fiancés, which was fair enough; as for you, you did not exist, you already did not exist any more, I repeat it to you, and you were going to die with the other fiancé!
Seulement, écoute bien, daroga, comme vous criiez comme des possédés à cause de l'eau, Christine est venue à moi, ses beaux grands yeux bleus ouverts et elle m'a juré, sur son salut éternel, qu'elle consentait _à être ma femme vivante!_ Jusqu'alors, dans le fond de ses yeux, daroga, j'avais toujours vu ma femme morte; c'était la première fois que j'y voyais _ma femme vivante._ Elle était sincère, sur son salut éternel. Elle ne se tuerait point. Marché conclu. Une demi-minute plus tard, toutes les eaux étaient retournées au Lac, et je tirais ta langue, daroga, car j'ai bien cru, ma parole, que tu y resterais!... Enfin!... Voilà! C'était entendu! je devais vous reporter chez vous sur le dessus de la terre. Enfin, quand vous m'avez eu débarrassé le plancher de la chambre Louis-Philippe, j'y suis revenu, moi, tout seul.	Only, listen carefully, daroga, as you shouted like the possessed because of the water, Christine came to me, her beautiful big blue eyes open and she swore to me, on her eternal salvation, that she consented _to be my living wife! _ Until then, in the depths of his eyes, daroga, I had always seen my dead wife; it was the first time that I had seen _ my living wife ._ She was sincere, on her eternal salvation. She would not kill herself. Bargain. Half a minute later, all the waters had returned to the Lake, and I stuck out your tongue, daroga, because I really believed, my word, that you would stay there! ... Finally! ... There you go! It was understood! I had to bring you home on top of the earth. Finally, when you had cleared the floor of the Louis-Philippe room for me, I returned there, myself.
--Qu'avais-tu fait du vicomte de Chagny? interrompit le Persan.	"What had you done with Viscount de Chagny?" interrupted the Persian.
--Ah! tu comprends... celui-là, daroga, je n'allais pas comme ça le reporter tout de suite sur le dessus de la terre... C'était un otage... Mais je ne pouvais pas non plus le conserver dans la demeure du lac, à cause de Christine; alors je l'ai enfermé bien	--Ah! you understand ... that one, daroga, I was not going to put it immediately on the top of the earth ... it was a hostage ... but I could not keep it in either the home of the lake, because of Christine; so I locked him up very comfortably, I

confortablement, je l'ai enchaîné proprement (le parfum de Mazenderan l'avait rendu mou comme une chiffe) dans le caveau des communards qui est dans la partie la plus déserte de la plus lointaine cave de l'Opéra, plus bas que le cinquième dessous, là où personne ne va jamais et d'où l'on ne peut se faire entendre de personne. J'étais bien tranquille et je suis revenu auprès de Christine. Elle m'attendait...

À cet endroit de son récit, il paraît que le Fantôme se leva si solennellement que le Persan qui avait repris sa place dans son fauteuil dut se lever, lui aussi, comme obéissant au même mouvement et sentant qu'il était impossible de rester assis dans un moment aussi solennel et même (m'a dit le Persan lui-même) il ôta, bien qu'il eût la tête rase, son bonnet d'astrakan.

--Oui! Elle m'attendait, reprit Erik, qui se prit à trembler comme une feuille, mais à trembler d'une vraie émotion solennelle... elle m'attendait toute droite, vivante, comme une vraie fiancée vivante, sur son salut éternel... Et quand je me suis avancé, plus timide qu'un petit enfant, elle ne s'est point sauvée... non, non... elle est restée... elle m'a attendu... je crois bien même, daroga, qu'elle a un peu... oh! pas beaucoup... mais un peu, comme une fiancée vivante, tendu son front... Et... et... je l'ai... embrassée!... Moi!... moi!... moi!... Et elle n'est pas morte!... Et elle est restée tout naturellement à côté de moi, après que je l'ai eu embrassée, comme ça... sur le front... Ab! que c'est bon, daroga, d'embrasser quelqu'un!... Tu ne peux pas savoir, toi!... Mais moi! moi!... Ma mère, daroga, ma pauvre misérable mère n'a jamais voulu que je l'embrasse... Elle se sauvait... en me jetant mon masque!... ni aucune femme!... jamais!... jamais!... Ah! ah! ah! Alors, n'est-ce pas?... d'un pareil bonheur, n'est-ce pas, j'ai pleuré. Et je suis tombé en pleurant à ses pieds... et j'ai embrassé ses pieds... ses petits pieds, en pleurant... Toi aussi tu pleures, daroga; et elle aussi pleurait... l'ange a pleuré!...

Comme il racontait ces choses, Erik sanglotait et le Persan, en effet, n'avait pu retenir ses larmes devant cet homme masqué qui, les épaules secouées, les mains à la poitrine, tantôt râlait de douleur et tantôt d'attendrissement.

chained him neatly (the perfume of Mazenderan had made him soft as a rag) in the communards' cellar which is in the most deserted part of the most distant cellar of the Opera, lower than the fifth below, where no one ever goes and where no one can be heard. I was very quiet and returned to Christine. She was waiting for me ...

At this point in his story, it seems that the Phantom rose so solemnly that the Persian who had resumed his place in his chair had to get up, too, as if obeying the same movement and feeling that it was impossible to remain seated in such a solemn moment and even (the Persian himself told me) he took off, although his head was shaved, his astrakhan cap.

--Yes! She was waiting for me, resumed Erik, who began to tremble like a leaf, but to tremble with a real solemn emotion ... she was waiting for me upright, alive, like a real living bride, on her eternal salvation. And when I came forward, more timid than a little child, she did not run away ... no, no ... she stayed ... she waited for me ... I even think so. , daroga, that she has a little ... oh! not much ... but a little, like a living bride, stretched out her forehead ... And ... and ... I ... kissed her! ... Me! ... me! ... me! ... And she is not dead! ... And she remained quite naturally next to me, after I had kissed her, like that ... on the forehead ... Ab! how good it is, daroga, to kiss someone! ... You cannot know, you! ... But me! me! ... My mother, daroga, my poor miserable mother never wanted me to kiss her ... She ran away ... by throwing my mask at me! ... nor any woman! ... never ! ... never! ... Ah! ah! ah! So, isn't it? ... so happy, didn't I, I cried. And I fell crying at his feet ... and I kissed his feet ... his little feet, crying ... You too are crying, daroga; and she too was crying ... the angel cried! ...

As he related these things, Erik sobbed and the Persian, in fact, could not hold back his tears in front of this masked man who, with his shoulders shaken, his hands to his chest, sometimes moaned with pain and sometimes with emotion.

--... Oh! daroga, j'ai senti ses larmes couler sur mon front à moi! à moi! à moi! Elles étaient chaudes... elles étaient douces! elles allaient partout sous mon masque, ses larmes! elles allaient se mêler à mes larmes dans mes yeux!... elles coulaient jusque dans ma bouche... Ah! ses larmes à elle, sur moi! Écoute, daroga, écoute, ce que j'ai fait... J'ai arraché mon masque pour ne pas perdre une seule de ses larmes... Et elle ne s'est pas enfuie!... Et elle n'est pas morte! Elle est restée vivante, à pleurer... sur moi... avec moi... Nous avons pleuré ensemble!... Seigneur du ciel! vous m'avez donné tout le bonheur du monde!...

--... Oh! daroga, I felt his tears run down my forehead! to me! to me! They were hot ... they were soft! they went everywhere under my mask, her tears! they were going to mingle with my tears in my eyes! ... they flowed into my mouth ... Ah! her tears over me! Listen, daroga, listen, what I did ... I tore off my mask so as not to lose a single one of her tears ... And she didn't run away! ... And she isn't not dead! She stayed alive, crying ... over me ... with me ... We cried together! ... Lord of heaven! you have given me all the happiness in the world! ...

Et Erik s'était effondré, râlant sur le fauteuil.

And Erik had collapsed, groaning in the chair.

--Ah! Je ne vais pas encore mourir... tout de suite... mais laisse-moi pleurer! avait-il dit au Persan.

--Ah! I'm not going to die yet ... right now ... but let me cry! he had told the Persian.

Au bout d'un instant, l'Homme au masque avait repris:

After a moment, the Man in the Mask resumed:

--Écoute, daroga... écoute bien cela... pendant que j'étais à ses pieds ...j'ai entendu qu'elle disait, «_Pauvre malheureux Erik!_» _et elle a pris ma main!_... Moi, je n'ai plus été, tu comprends, qu'un pauvre chien prêt à mourir pour elle... comme je te le dis, daroga!

- Listen, daroga ... listen carefully to this ... while I was at her feet ... I heard her say, "_Poor unfortunate Erik! _" _And she took my hand! _. .. Me, I was no longer, you understand, a poor dog ready to die for her ... as I tell you, daroga!

«Figure-toi que j'avais dans la main un anneau, un anneau d'or que je lui avais donné... qu'elle avait perdu... et que j'ai retrouvé... une alliance, quoi!... Je le lui ai glissé dans sa petite main et je lui ai dit: Tiens!... prends ça!... prends ça pour toi... et pour lui... Ce sera mon cadeau de noces... le cadeau du _pauvre malheureux Erik_... Je sais que tu l'aimes, le jeune homme... ne pleure plus!... Elle m'a demandé, d'une voix bien douce, ce que je voulais dire; alors, je lui ai fait comprendre, et elle a compris tout de suite que je n'étais pour elle qu'un pauvre chien prêt à mourir... mais qu'elle, elle pourrait se marier avec le jeune homme quand elle voudrait, parce qu'elle avait pleuré avec moi... Ah! daroga... tu penses... que... lorsque je lui disais cela, c'était comme si je découpais bien tranquillement mon cœur en quatre, mais elle avait pleuré avec moi... et elle avait dit: «Pauvre malheureux Erik!...»

"Imagine that I had a ring in my hand, a gold ring that I had given her ... that she had lost ... and that I found ... a wedding ring, what !. .. I slipped it into his little hand and I said: Here! ... take this! ... take this for you ... and for him ... It will be my wedding present ... the present of _poor unhappy Erik _... I know that you love him, the young man ... do not cry any more! ... She asked me, in a very soft voice, what I wanted to say; then, I made her understand, and she understood immediately that I was for her only a poor dog ready to die ... but that she, she could marry the young man when she wanted, because she had cried with me ... Ah! daroga ... you think ... that ... when I told her that, it was as if I was quietly cutting my heart in four, but she had cried with me ... and she had said: "Poor unhappy man Erik! ... "

L'émotion d'Erik était telle qu'il dut avertir le Persan de ne point le regarder, car il étouffait et il était

Erik's emotion was such that he had to warn the Persian not to look at him, for he was suffocating

dans la nécessité d'ôter son masque. À ce propos le daroga m'a raconté qu'il était allé lui-même à la fenêtre et qu'il l'avait ouverte le cœur soulevé de pitié, mais en prenant grand soin de fixer la cime des arbres du jardin des Tuileries pour ne point rencontrer le visage du monstre.

--Je suis allé, avait continué Erik, délivrer le jeune homme et je lui ai dit de me suivre auprès de Christine... Ils se sont embrassés devant moi dans la chambre Louis-Philippe... Christine avait mon anneau... J'ai fait jurer à Christine que lorsque je serais mort elle viendrait une nuit, en passant par le Lac de la rue Scribe, m'enterrer en grand secret avec l'anneau d'or qu'elle aurait porté jusqu'à cette minute-là... je lui ai dit comment elle trouverait mon corps et ce qu'il fallait en faire... Alors, Christine m'a embrassé pour la première fois, à son tour, là, sur le front... (ne regarde pas, daroga!) là, sur le front... sur mon front à moi!... (ne regarde pas, daroga!) et ils sont partis tous les deux... Christine ne pleurait plus..., moi seul, je pleurais... daroga, daroga... si Christine tient son serment, elle reviendra bientôt!...

Et Erik s'était tu. Le Persan ne lui avait plus posé aucune question. Il était rassuré tout à fait sur le sort de Raoul de Chagny et de Christine Daaé, et aucun de ceux de la race humaine n'aurait pu, après l'avoir entendue cette nuit-là, mettre en doute la parole d'Erik qui pleurait.

Le monstre avait remis son masque et rassemblé ses forces pour quitter le daroga. Il lui avait annoncé que, lorsqu'il sentirait sa fin très prochaine, il lui enverrait, pour le remercier du bien que celui-ci lui avait voulu autrefois, ce qu'il avait de plus cher au monde: tous les papiers de Christine Daaé, qu'elle avait écrits dans le moment même de cette aventure à l'intention de Raoul, et qu'elle avait laissés à Erik, et quelques objets qui lui venaient d'elle, deux mouchoirs, une paire de gants et un nœud de soulier. Sur une question du Persan, Erik lui apprit que les deux jeunes gens aussitôt qu'ils s'étaient vus libres, avaient résolu d'aller chercher un prêtre au fond de quelque solitude où ils cacheraient leur bonheur et qu'ils avaient pris, dans ce dessein, «la gare du Nord du; Monde». Enfin Erik comptait sur le Persan pour, aussitôt que celui-ci aurait reçu les reliques et les papiers promis, il annonçât sa mort aux deux jeunes gens. Il devrait pour cela payer une ligne aux annonces

and in need of removing his mask. In this connection the daroga told me that he had gone to the window himself and that he had opened it with a pitying heart, but taking great care to fix the tops of the trees in the Tuileries Garden for do not meet the monster's face.

--I went, Erik continued, to deliver the young man and I told him to follow me to Christine ... They kissed in front of me in the Louis-Philippe room ... Christine had my ring on ... I made Christine swear that when I was dead she would come one night, passing by the Lake of the rue Scribe, to bury me in great secrecy with the golden ring that she would have worn until this minute. -there ... I told her how she would find my body and what to do with it ... So Christine kissed me for the first time, in her turn, there, on the forehead ... (don't look, daroga!) there, on my forehead ... on my own forehead! ... (don't look, daroga!) and they both left ... Christine was no longer crying ..., I alone, I was crying ... daroga, daroga ... if Christine keeps her oath, she will come back soon! ...

And Erik was silent. The Persian hadn't asked him any more questions. He was completely reassured about the fate of Raoul de Chagny and Christine Daaé, and none of the human race could, after having heard it that night, question the words of Erik who was crying.

The monster had put on his mask and gathered his strength to leave the daroga. He had told her that when he felt his end was very near, he would send him, to thank him for the good he had once wished him, what he loved most in the world: all the papers of Christine Daaé , which she had written at the very moment of this adventure for Raoul, and which she had left to Erik, and a few objects which came to her from her, two handkerchiefs, a pair of gloves, and a knot of shoe. On a question from the Persian, Erik told him that the two young men, as soon as they were free, resolved to go and fetch a priest in the midst of some loneliness where they would hide their happiness and take, in this purpose, "the station of the North of; World ». Finally Erik relied on the Persian so that, as soon as he had received the promised relics and papers, he announced his death to the two young men. He would have to pay a line for the obituary of the newspaper

nécrologiques du journal l'_Époque._ l'_Époque._

C'était tout. That was all.

Le Persan avait reconduit Erik jusqu'à la porte de son appartement et Darius l'avait accompagné jusque sur le trottoir, en le soutenant. Un fiacre attendait. Erik y monta. Le Persan, qui était revenu à la fenêtre, l'entendit dire au cocher: «Terre-plein de l'Opéra».

The Persian had led Erik back to the door of his apartment and Darius had accompanied him to the sidewalk, supporting him. A cab was waiting. Erik and Monta. The Persian, who had returned to the window, heard him say to the coachman, "Landfill of the Opera."

Et puis, le fiacre s'était enfoncé dans la nuit. Le Persan avait, pour la dernière fois, vu le pauvre malheureux Erik.

And then the cab had sunk into the night. The Persian had seen poor unhappy Erik for the last time.

Trois semaines plus tard, le journal l'_Époque_ avait publié cette annonce nécrologique:

Three weeks later, the newspaper l'_Époque_ published this obituary:

«ERIK EST MORT.» "ERIK IS DEAD."

ÉPILOGUE

Telle est la véridique histoire du Fantôme de l'Opéra. Comme je l'annonçais au début de cet ouvrage, on ne saurait douter maintenant qu'Erik ait réellement vécu. Trop de preuves de cette existence sont mises aujourd'hui à la portée de chacun pour qu'on ne puisse suivre, _raisonnablement_, les faits et les gestes d'Erik à travers tout le drame des Chagny.

Il n'est point besoin de répéter ici combien cette affaire passionna la capitale. Cette artiste enlevée, le comte de Chagny mort dans des conditions si exceptionnelles, son frère disparu et le triple sommeil des employés de l'éclairage à l'Opéra!... Quels drames! quelles passions! quels crimes s'étaient déroulés autour de l'idylle de Raoul et de la douce et charmante Christine!... Qu'était devenue la sublime et mystérieuse cantatrice dont la terre ne devait plus jamais, jamais entendre parler?... On la représenta comme la victime de la rivalité des deux frères, et nul n'imagina ce qui s'était passé; nul ne comprit que puisque Raoul et Christine avaient disparu tous deux, les deux fiancés s'étaient retirés loin du monde pour goûter un bonheur qu'ils n'eussent point voulu public après la mort inexpliquée du comte Philippe... Ils avaient pris un jour un train à la gare du Nord du Monde... Moi aussi, peut-être, un jour, je prendrai le train à cette gare-là et j'irai chercher autour de tes lacs, ô Norvège! ô silencieuse Scandinavie! les traces peut-être encore vivantes de Raoul et de Christine, et aussi de la maman Valérius, qui disparut également dans le même temps!... Peut-être un jour, entendrai-je de mes oreilles l'Écho solitaire du Nord du Monde, répéter le chant de celle qui a connu l'Ange de la Musique?...

Bien après que l'affaire, par les soins inintelligents de M. le juge d'instruction Faure, fut classée, la presse, de temps à autre, cherchait encore à pénétrer le mystère... et continuait à se demander où était la main monstrueuse qui avait préparé et exécuté tant d'inouïes catastrophes! (Crime et disparition.)

Un journal du boulevard, qui était au courant de tous les potins de coulisses, avait été le seul à écrire:

EPILOGUE

This is the true story of the Phantom of the Opera. As I announced at the beginning of this book, there can be no doubt now that Erik really lived. Too much proof of this existence is now available to everyone for us not to be able _reasonably_ to follow Erik's actions and actions throughout the Chagny drama.

There is no need to repeat here how much this affair fascinated the capital. This kidnapped artist, the Comte de Chagny died in such exceptional conditions, his brother disappeared and the triple sleep of the lighting employees at the Opera! ... What tragedies! what passions! what crimes had taken place around the idyll of Raoul and the sweet and charming Christine! ... What had become of the sublime and mysterious singer of whom the earth should never, never hear about? ... represented as the victim of the rivalry of the two brothers, and no one imagined what had happened; no one understood that since Raoul and Christine had both disappeared, the two fiancés had retired far from the world to taste a happiness they would not have wanted public after the unexplained death of Count Philippe ... They had taken a One day a train at the North of the World station ... I too, perhaps, one day, will take the train to that station and I will look around your lakes, O Norway! O silent Scandinavia! traces perhaps still alive of Raoul and Christine, and also of the mother Valérius, who also disappeared at the same time! ... Perhaps one day, I will hear with my ears the solitary Echo of the North of the World, repeat the song of the one who knew the Angel of Music? ...

Long after the case, by the unintelligent care of Mr. Investigating Judge Faure, was closed, the press, from time to time, still sought to penetrate the mystery ... and continued to wonder where the hand was. monstrous woman who had prepared and executed so many unheard-of catastrophes! (Crime and disappearance.)

A boulevard newspaper, which was aware of all the backstage gossip, had been the only one to write:

--Cette main est celle du Fantôme de l'Opéra.	--This hand is that of the Phantom of the Opera.
Et encore il l'avait fait naturellement sur le mode ironique.	And yet he had done it naturally in an ironic fashion.
Seul le Persan qu'on n'avait pas voulu entendre et qui ne renouvela point, après la visite d'Erik, sa première tentative auprès de la Justice, possédait toute la vérité.	Only the Persian whom they had not wanted to hear and who did not renew, after Erik's visit, his first attempt at justice, possessed all the truth.
Et il en détenait les preuves principales qui lui étaient venues avec les pieuses reliques annoncées par le Fantôme...	And he held the main proofs that had come to him with the pious relics announced by the Phantom ...
Ces preuves, il m'appartenait de les compléter, avec l'aide du daroga lui-même. Je le mettais au jour le jour, au courant de mes recherches et il les guidait. Depuis des années et des années il n'était point retourné à l'Opéra, mais il avait conservé du monument le souvenir le plus précis et il n'était point de meilleur guide pour m'en faire découvrir les coins les plus cachés. C'est encore lui qui m'indiquait les sources où je pouvais puiser, les personnages à interroger; c'est lui qui me poussa à frapper à la porte de M. Poligny, dans le moment que le pauvre homme était quasi à l'agonie. Je ne le savais point si bas et je n'oublierai jamais l'effet que produisirent sur lui mes questions relatives au fantôme. Il me regarda, comme s'il voyait le diable et ne me répondit que par quelques phrases sans suite, mais qui attestaient (c'était là l'essentiel) combien F. de l'O. avait, dans son temps, jeté la perturbation dans cette vie déjà très agitée (M. Poligny était ce que l'on est convenu d'appeler un viveur).	These proofs, it was up to me to complete them, with the help of daroga itself. I brought him up to date, aware of my research and he guided them. For years and years he had not returned to the Opera, but he had preserved the most precise memory of the monument and there was no better guide to show me the most hidden corners. It was again he who indicated to me the sources from which I could draw, the characters to question; it was he who urged me to knock on M. Poligny's door, when the poor man was almost in agony. I did not know he was so low, and I will never forget the effect my questions about the ghost had on him. He looked at me, as if he saw the devil and only answered me with a few sentences without continuation, but which attested (this was the essential) how much F. of the O. had, in his time, thrown the disturbance in this already very agitated life (M. Poligny was what one has agreed to call a viveur).
Quand je rapportai au Persan le mince résultat de ma visite à M. Poligny, le _daroga_ eut un vague sourire et me dit: «Jamais Poligny n'a su combien cette extraordinaire crapule d'Erik (tantôt le Persan parlait d'Erik comme d'un dieu, tantôt comme d'une vile canaille) l'a fait «marcher». Poligny était superstitieux et Erik le savait. Erik savait aussi beaucoup de choses sur les affaires publiques et privées de l'Opéra.	When I reported to the Persian the slight result of my visit to M. Poligny, the _daroga_ gave a vague smile and said to me: "Poligny never knew how much this extraordinary scoundrel of Erik (sometimes the Persian spoke of Erik as (a god, sometimes like a vile scoundrel) made him "walk". Poligny was superstitious and Erik knew it. Erik also knew a lot about the public and private affairs of the Opera.
Quand M. Poligny entendit une voix mystérieuse lui raconter, dans la loge n° 5, l'emploi qu'il faisait de son temps et de la confiance de son associé, il ne demanda pas son reste. Frappé d'abord comme par une voix du ciel, il se crut damné, et puis, comme la	When M. Poligny heard a mysterious voice recounting to him, in box n ° 5, the use he made of his time and of the confidence of his associate, he did not ask for his remainder. Struck at first as by a voice from heaven, he believed himself

voix lui demandait de l'argent, il vit bien à la fin qu'il était joué par un maître chanteur dont Debienne lui-même fut victime. Tous deux, las déjà de leur direction pour de nombreuses raisons, s'en allèrent, sans essayer de connaître plus à fond la personnalité de cet étrange F. de l'O., qui leur avait fait parvenir un si singulier cahier des charges. Ils léguèrent tout le mystère à la direction suivante en poussant un gros soupir de satisfaction, bien débarrassés d'une histoire qui les avait fort intrigués sans les faire rire ni l'un ni l'autre.

Ainsi s'exprima le Persan sur le compte de MM. Debienne et Poligny. À ce propos, je lui parlai de leurs successeurs et je m'étonnai que dans les _Mémoires d'un Directeur_, de M. Moncharmin, on parlât d'une façon si complète des faits et gestes de F. de l'O. dans la première partie, pour en arriver à ne plus rien en dire ou à peu près dans la seconde. À quoi le Persan, qui connaissait ces Mémoires comme s'il les avait écrits, me fit observer que je trouverais l'explication de toute l'affaire si je prenais la peine de réfléchir aux quelques lignes que, dans la seconde partie précisément de ces Mémoires, Moncharmin a bien voulu consacrer encore au Fantôme. Voici ces lignes, qui nous intéressent, du reste, tout particulièrement, puisqu'on y trouve relatée la manière fort simple dont se termina la fameuse histoire des vingt mille francs :

«À propos de F. de l'O. (c'est M. Moncharmin qui parle), dont j'ai narré ici même, au commencement de mes Mémoires, quelques-unes des singulières fantaisies, je ne veux plus dire qu'une chose, c'est qu'il racheta par un beau geste tous les tracas qu'il avait causés à mon cher collaborateur et, je dois bien l'avouer, à moi-même. Il jugea sans doute qu'il y avait des limites à toute plaisanterie, surtout quand elle coûte aussi cher et quand le commissaire de police est «saisi», car, à la minute même où nous avions donné rendez-vous dans notre cabinet à M. Mifroid pour lui conter toute l'histoire, quelques jours après la disparition de Christine Daaé, nous trouvâmes sur le bureau de Richard, dans une belle enveloppe sur laquelle on lisait à l'encre rouge : _De la part de F. de l'O._, les sommes assez importantes qu'il avait réussi à faire sortir momentanément, et dans une manière de jeu, de la caisse directoriale. Richard fut aussitôt d'avis qu'on devait s'en tenir là

damned, and then, as the voice asked him for money, he saw clearly at the end that he was played by a blackmailer of whom Debienne himself was. victim. Both, already weary of their leadership for many reasons, left, without trying to get to know more in depth the personality of this strange F. de l'O., who had sent them such a unique set of specifications. They bequeathed all the mystery to the next direction, heaving a big sigh of satisfaction, well rid of a story that had intrigued them without making either of them laugh.

Thus spoke the Persian on behalf of MM. Debienne and Poligny. In this connection, I spoke to him about their successors and I was astonished that in the _Memoires d'un Directeur_, of M. Moncharmin, one spoke in such a complete way of the deeds and gestures of F. de l'O. in the first part, so as to say nothing more about it or almost in the second. To which the Persian, who knew these Memoirs as if he had written them, pointed out to me that I would find the explanation of the whole affair if I took the trouble to reflect on the few lines which, in the second part precisely of these Memoirs, Moncharmin was kind enough to devote more to the Phantom. Here are these lines, which interest us, moreover, in particular, since we find there related the very simple manner in which the famous story of the twenty thousand francs ended:

"About F. de l'O. (it is M. Moncharmin who speaks), of which I narrated here, at the beginning of my Memoirs, some of the singular fantasies, I want to say only one thing, and that is that he redeemed by a nice gesture all the trouble he had caused to my dear colleague and, I must admit, to myself. He doubtless thought that there were limits to any joke, especially when it was so expensive and when the police commissioner was "seized", for, the very minute we had made an appointment in our office for Mr. Mifroid to tell him the whole story, a few days after Christine Daaé's disappearance, we found on Richard's desk, in a beautiful envelope on which we read in red ink: _From F. de l ' O._, the fairly large sums that he had managed to get momentarily, and in a playful manner, from the managerial cash register. Richard was immediately of the opinion that we should stop

et ne point pousser l'affaire. Je consentis à être de l'avis de Richard. Et tout est bien qui finit bien. N'est-ce pas, mon cher F. de l'O.?»

Évidemment, Moncharmin, surtout après cette restitution, continuait à croire qu'il avait été un moment le jouet de l'imagination burlesque de Richard, comme, de son côté, Richard ne cessa point de croire que Moncharmin s'était, pour se venger de quelques plaisanteries, amusé à inventer toute l'affaire du F. de l'O.

N'était-ce point le moment de demander au Persan de m'apprendre par quel artifice le Fantôme faisait disparaître vingt mille francs dans la poche de Richard, malgré l'épingle de nourrice. Il me répondit qu'il n'avait point approfondi ce léger détail, mais que, si je voulais bien «travailler» sur les lieux moi-même, je devais certainement trouver la clef de l'énigme dans le bureau directorial lui-même, en me souvenant qu'Erik n'avait pas été surnommé pour rien _l'amateur de trappes._ Et je promis au Persan de me livrer, aussitôt que j'en aurais le temps, à d'utiles investigations de ce côté. Je dirai tout de suite au lecteur que les résultats de ces investigations furent parfaitement satisfaisants. Je ne croyais point, en vérité, découvrir tant de preuves indéniables de l'authenticité des phénomènes attribués au Fantôme.

Et il est bon que l'on sache que les papiers du Persan, ceux de Christine Daaé, les déclarations qui me furent faites par les anciens collaborateurs de MM. Richard et Moncharmin et par la petite Meg elle-même (cette excellente madame Giry étant, hélas! trépassée) et par la Sorelli, qui est retraitée maintenant à Louveciennes--il est bon, dis-je, que l'on sache que tout cela, qui constitue les pièces documentaires de l'existence du Fantôme, pièces que je vais déposer aux archives de l'Opéra, se trouve contrôlé par plusieurs découvertes importantes dont je puis tirer justement quelque fierté.

Si je n'ai pu retrouver la demeure du Lac, Erik en ayant définitivement condamné toutes les entrées secrètes (et encore je suis sûr qu'il serait facile d'y pénétrer si l'on procédait au dessèchement du Lac, comme je l'ai plusieurs fois demandé à l'administration des beaux-arts)[12], je n'en ai pas

there and not push the matter further. I agreed to agree with Richard. And all's well that ends well. Isn't it, my dear F. de l'O.?"

Obviously, Moncharmin, especially after this restitution, continued to believe that he had for a moment been the toy of Richard's burlesque imagination, as, for his part, Richard did not cease to believe that Moncharmin had, to avenge himself. of a few jokes, amused at inventing the whole affair of the F. de l'O.

Wasn't this the moment to ask the Persian to tell me by what artifice the Phantom made twenty thousand francs disappear from Richard's pocket, despite the safety pin? He replied that he had not gone into this slight detail, but that, if I wanted to "work" on the premises myself, I would certainly have to find the key to the riddle in the directorial office itself, remembering that Erik had not been nicknamed for nothing _the trap lover._ And I promised the Persian to indulge me, as soon as I had time, to useful investigations on this side. I will tell the reader right away that the results of these investigations were perfectly satisfactory. I did not believe, in truth, to discover so much undeniable proof of the authenticity of the phenomena attributed to the Phantom.

And it is good that we know that the papers of the Persian, those of Christine Daaé, the declarations which were made to me by the former collaborators of MM. Richard and Moncharmin and by little Meg herself (this excellent Madame Giry being, alas! Passed away) and by Sorelli, who is now retired in Louveciennes - it is good, I say, that we know that everything This, which constitutes the documentary pieces of the existence of the Phantom, pieces that I am going to deposit in the archives of the Opera, is controlled by several important discoveries of which I can precisely take some pride.

If I could not find the house of the Lake, Erik having definitively condemned all the secret entrances (and again I am sure that it would be easy to enter if one proceeded to the drying up of the Lake, as I did. I have asked the administration of fine arts several times) [12], I

moins découvert le couloir secret des communards, dont la paroi de planches tombe par endroits en ruines; et, de même, j'ai mis à jour la trappe par laquelle le Persan et Raoul descendirent dans les dessous du théâtre. J'ai relevé, dans le cachot des communards, beaucoup d'initiales tracées sur les murs par les malheureux qui furent enfermés là et, parmi ces initiales, un R et un C.--R C? Ceci n'est-il point significatif? Raoul de Chagny! Les lettres sont encore aujourd'hui très visibles. Je ne me suis pas, bien entendu, arrêté là. Dans le premier et le troisième dessous, j'ai fait jouer deux frappes d'un système pivotant, tout à fait inconnues aux machinistes, qui n'usent que de trappes à glissade horizontale.

Enfin, je puis dire, en toute connaissance de cause, au lecteur: «Visitez un jour l'Opéra, demandez à vous y promener en paix sans cicérone stupide, entrez dans la loge n° 5 et frappez sur l'énorme colonne qui sépare cette loge de l'avant-scène; frappez avec votre canne ou avec votre poing et écoutez... jusqu'à hauteur de votre tête: _la colonne sonne le creux!_ Et après cela, ne vous étonnez point qu'elle ait pu être habitée par la voix du Fantôme; il y a, dans cette colonne, de la place pour deux hommes. Que si vous vous étonnez que lors des phénomènes de la loge n°5 nul ne se soit retourné vers cette colonne, n'oubliez pas qu'elle offre l'aspect du marbre massif et que la voix qui était enfermée semblait plutôt venir du côté opposé (car la voix du fantôme ventriloque venait d'où il voulait). La colonne est travaillée, sculptée, fouillée et trifouillée par le ciseau de l'artiste. Je ne désespère pas de découvrir un jour le morceau de sculpture qui devait s'abaisser et se relever à volonté, pour laisser un libre et mystérieux passage à la correspondance du Fantôme avec Mme Giry et à ses générosités. Certes, tout cela, que j'ai vu, senti, palpé, n'est rien à côté de ce qu'en réalité un être énorme et fabuleux comme Erik a dû créer dans le mystère d'un monument comme celui de l'Opéra, mais je donnerais toutes ces découvertes pour celle qu'il m'a été donné de faire, devant l'administrateur lui-même, dans le bureau du directeur, à quelques centimètres du fauteuil: une trappe, de la largeur de la lame du parquet, de la longueur d'un avant-bras, pas plus... une trappe qui se rabat comme le couvercle d'un coffret, une trappe par où je vois sortir une main qui travaille avec dextérité dans le pan d'un habit à queue-de-morue qui traîne...

have nonetheless discovered the secret corridor of the Communards, whose plank wall falls in places in ruins; and, in the same way, I uncovered the trap door by which the Persian and Raoul descended into the bottom of the theater. I noticed, in the dungeon of the Communards, many initials traced on the walls by the unfortunate people who were locked up there and, among these initials, an R and a C. - R C? Is this not significant? Raoul de Chagny! The letters are still very visible today. I did not, of course, stop there. In the first and third below, I played two strikes of a pivoting system, completely unknown to the machinists, who only use horizontal sliding hatches.

Finally, I can say, knowingly, to the reader: "One day visit the Opera, ask to walk there in peace without stupid cicerone, enter box 5 and knock on the enormous column which separates this lodge in the foreground; strike with your cane or with your fist and listen ... up to your head: _the column sounds the hollow! _ And after that, do not be surprised that it may have been inhabited by the voice of the Phantom; there is room for two men in this column. If you are surprised that during the phenomena of lodge n ° 5 no one has turned towards this column, do not forget that it offers the appearance of solid marble and that the voice that was locked up seemed to come rather from the side. opposite (because the voice of the ventriloquist ghost was coming from where he wanted). The column is worked, sculpted, excavated and tampered with by the artist's chisel. I do not despair of discovering one day the piece of sculpture which had to be lowered and raised at will, to leave a free and mysterious passage to the Phantom's correspondence with Mme Giry and to her generosities. Certainly, all this, which I saw, felt, palpated, is nothing compared to what in reality an enormous and fabulous being like Erik must have created in the mystery of a monument like that of the Opera. , but I would give all these discoveries for the one I have been given to make, in front of the administrator himself, in the director's office, a few inches from the armchair: a trapdoor, the width of the blade of the parquet, the length of a forearm, no more ... a hatch that folds down like the lid of a box, a hatch through which I see a hand coming out, working with dexterity in the side of a garment cod tail dragging ...

C'est par là qu'étaient partis les quarante mille francs!... C'était aussi par là que, grâce à quelque truchement, ils étaient revenus...	It was there that the forty thousand francs had gone! ... It was also through there that, thanks to some intermediary, they had returned ...
Quand j'en parlai avec une émotion bien compréhensible au Persan, je lui dis:	When I spoke about it with emotion that was understandable to the Persian, I said to him:
--Erik s'amusait donc simplement--puisque les quarante mille francs sont revenus--à faire le facétieux avec son cahier des charges?...	`` So Erik was just having fun - since the forty thousand francs came back - playing jokes with his specifications? ...
Il me répondit:	He answered me:
--Ne le croyez point!... Erik avait besoin d'argent.. Se croyant hors de l'humanité, il n'était point gêné par le scrupule et il se servait des dons extraordinaires d'adresse et d'imagination qu'il avait reçus de la nature en compensation de l'atroce laideur dont elle l'avait doté, pour exploiter les humains, et cela quelquefois de la façon la plus artistique du monde, car le tour valait souvent son pesant d'or. S'il a rendu les quarante mille francs, de son propre mouvement, à MM. Richard et Moncharmin, c'est qu'au moment de la restitution _il n'en avait plus besoin!_ Il avait renoncé à son mariage avec Christine Daaé. Il avait renoncé à toutes les choses du dessus de la terre.	- Do not believe it! ... Erik needed money. Believing himself outside humanity, he was not hampered by scruple and he made use of the extraordinary gifts of skill and imagination which 'he had received from nature in compensation for the atrocious ugliness with which she had endowed him, to exploit humans, and that sometimes in the most artistic way in the world, for the trick was often worth its weight in gold. If he returned the forty thousand francs, of his own accord, to MM. Richard and Moncharmin is that at the time of the restitution _he no longer needed it! _ He had given up on his marriage to Christine Daaé. He had given up all things above the earth.
D'après le Persan, Erik était originaire d'une petite ville aux environs de Rouen. C'était le fils d'un entrepreneur de maçonnerie. Il avait fui de bonne heure le domicile paternel, où sa laideur était un objet d'horreur et d'épouvante pour ses parents. Quelque temps, il s'était exhibé dans les foires, où son imprésario le montrait comme «mort vivant». Il avait dû traverser l'Europe de foire en foire et compléter son étrange éducation d'artiste et de magicien à la source même de l'art et de la magie, chez les Bohémiens. Toute une période de l'existence d'Erik était assez obscure. On le retrouve à la foire de Nijni-Novgorod, où alors il se produisait dans toute son affreuse gloire. Déjà il chantait comme personne au monde n'a jamais chanté; il faisait le ventriloque et se livrait à des jongleries extraordinaires dont les caravanes, à leur retour en Asie, parlaient encore, tout le long du chemin. C'est ainsi que sa réputation passa les murs du palais de Mazenderan, où la petite sultane, favorite du sha-	According to the Persian, Erik was from a small town near Rouen. He was the son of a masonry contractor. He had fled his father's home early, where his ugliness was an object of horror and terror to his parents. For some time he had exhibited himself at fairs, where his manager showed him as "living dead". He must have crossed Europe from fair to fair and complete his strange education as an artist and magician at the very source of art and magic, among the Bohemians. A whole period of Erik's existence was pretty dark. We find him at the Nizhny Novgorod fair, where he performed in all his awful glory. He was already singing like no one in the world has ever sung; he played the ventriloquist and indulged in extraordinary juggling which the caravans, on their return to Asia, were still talking about all along the way. Thus his reputation passed the walls of the palace of Mazenderan, where the little sultana,

en-shah, s'ennuyait. Un marchand de fourrures, qui se rendait à Samarkand et qui revenait de Nijni-Novgorod, raconta les miracles qu'il avait vus sous la tente d'Erik. On fit venir le marchand au Palais, et le daroga de Mazenderan dut l'interroger. Puis, le daroga fut chargé de se mettre à la recherche d'Erik. Il le ramena en Perse, où pendant quelques mois il fit, comme on dit en Europe, la pluie et le beau temps. Il commit ainsi pas mal d'horreurs, car il semblait ne connaître ni le bien ni le mal, et il coopéra à quelques beaux assassinats politiques aussi tranquillement qu'il combattit, avec des inventions diaboliques, l'émir d'Afghanistan, en guerre avec l'Empire. Le sha-en-shah le prit en amitié. C'est à ce moment que se placent les _Heures roses de Mazenderan_, dont le récit du daroga nous a donné un aperçu. Comme Erik avait, en architecture, des idées tout à fait personnelles et qu'il concevait un palais comme un prestidigitateur peut imaginer un coffret à combinaisons, le sha-en-shah lui commanda une construction de ce genre, qu'il mena à bien et qui était, paraît-il, si ingénieuse que Sa Majesté pouvait se promener partout sans qu'on l'aperçût et disparaître sans qu'il fût possible de découvrir par quel artifice. Quand le sha-en-shah se vit le maître d'un pareil joyau, il ordonna, ainsi que l'avait fait certain Tsar à l'égard du génial architecte d'une église de la place Rouge, à Moscou, qu'on crevât à Erik ses yeux d'or. Mais il réfléchit que, même aveugle, Erik pourrait construire encore, pour un autre souverain, une aussi inouïe demeure, et puis, enfin, que, Erik vivant, quelqu'un avait le secret du merveilleux palais. La mort d'Erik fut décidée, ainsi que celle de tous les ouvriers qui avaient travaillé sous ses ordres. Le daroga de Mazenderan fut chargé de l'exécution de cet ordre abominable. Erik lui avait rendu quelques services et l'avait bien fait rire. Il le sauva en lui procurant les moyens de s'enfuir. Mais il faillit payer de sa tête cette faiblesse généreuse. Heureusement pour le daroga, on trouva, sur la rive de la mer Caspienne, un cadavre à moitié mangé par les oiseaux de mer et qui passa pour celui d'Erik, à cause que des amis du daroga avaient revêtu cette dépouille d'effets ayant appartenu à Erik lui-même. Le daroga en fut quitte pour la perte de sa faveur, de ses biens, et pour l'exil. Le Trésor persan continua cependant, car le daroga était issu de race royale, de lui faire une petite rente de quelques centaines de francs par mois, et c'est alors qu'il vint se réfugier à Paris.

favorite of the sha-en-shah, was bored. A fur trader, who was on his way to Samarkand and coming back from Nizhny Novgorod, told of the miracles he had seen in Erik's tent. The merchant was called to the Palace, and Mazenderan's daroga had to question him. Then, the daroga was given the task of finding Erik. He brought him back to Persia, where for a few months he made, as they say in Europe, rain and shine. He thus committed a lot of horrors, for he seemed to know neither good nor evil, and he cooperated in some fine political assassinations as quietly as he fought, with diabolical inventions, the emir of Afghanistan, at war. with the Empire. The sha-en-shah befriended him. It is at this moment that the _Hours roses de Mazenderan_ are placed, of which the story of daroga has given us a glimpse. As Erik had very personal ideas in architecture and he designed a palace as a conjurer can imagine a combination box, the sha-en-shah commissioned him to construct such a construction, which he carried out successfully. and which was, it seems, so ingenious that His Majesty could walk everywhere without being noticed and disappear without it being possible to discover by what artifice. When the sha-en-shah saw himself the master of such a jewel, he ordered, as certain Tsar had done with regard to the brilliant architect of a church in Red Square, in Moscow, that gouged out his golden eyes at Erik. But he reflected that, even blind, Erik could still build, for another sovereign, such an incredible abode, and then, finally, that, Erik alive, someone had the secret of the marvelous palace. The death of Erik was decided, as well as that of all the workers who had worked under his orders. The daroga of Mazenderan was charged with the execution of this abominable order. Erik had done him a few favors and made him laugh. He saved him by providing him with the means to escape. But he almost paid with his head for this generous weakness. Fortunately for the daroga, a corpse was found on the shore of the Caspian Sea, half eaten by sea birds and which passed for that of Erik, because friends of the daroga had clothed this corpse with effects having belonged to Erik himself. Daroga was released for the loss of its favor, its property, and for exile. The Persian Treasury continued, however, because the daroga came from the royal race, to make him a small income of a few hundred francs a month, and it was then that he came to take

	refuge in Paris.
Quant à Erik, il avait passé en Asie-Mineure, puis était allé à Constantinople où il était entré au service du sultan. J'aurai fait comprendre les services qu'il put rendre à un souverain que hantaient toutes les terreurs, quand j'aurai dit que ce fut Erik qui construisit toutes les fameuses, trappes et chambres secrètes et coffre-forts mystérieux que l'on trouva à Yildiz-Kiosk, après la dernière révolution turque. C'est encore lui[13] qui eut cette imagination de fabriquer des automates habillés comme le prince et ressemblant à s'y méprendre au prince lui-même, automates qui faisaient croire que le chef des croyants se tenait dans un endroit, éveillé, quand il reposait dans un autre.	As for Erik, he had spent in Asia Minor, then had gone to Constantinople where he had entered the service of the Sultan. I will have made it clear the services he was able to render to a sovereign haunted by all terrors, when I said that it was Erik who built all the famous, secret traps and chambers and mysterious safes that were found in Yildiz-Kiosk, after the last Turkish revolution. It was again he [13] who had this imagination of making automatons dressed like the prince and resembling the prince himself, automatons which made believe that the chief of believers was standing in a place, awake, when he was resting in another.
Naturellement, il dut quitter le service du sultan pour les mêmes raisons qu'il avait dû s'enfuir de Perse. Il savait trop de choses. Alors, très fatigué de son aventureuse et formidable et monstrueuse vie, il souhaita de devenir quelqu'un _comme tout le monde._ Et il se fit entrepreneur, comme un entrepreneur ordinaire qui construit des maisons à tout le monde, avec des briques ordinaires! Il soumissionna certains travaux de fondation à l'Opéra. Quand il se vit dans les dessous d'un aussi vaste théâtre, son naturel artiste, fantaisiste et _magique_, reprit le dessus. Et puis, n'était-il pas toujours aussi laid? Il rêva de se créer une demeure inconnue du reste de la terre et qui le cacherait à jamais au regard des hommes.	Of course, he had to leave the service of the Sultan for the same reasons he had to flee Persia. He knew too much. So, very tired of his adventurous and formidable and monstrous life, he wished to become someone _ like everyone else._ And he became an entrepreneur, like an ordinary entrepreneur who builds houses for everyone, with ordinary bricks! He submitted some foundation work to the Opera. When he saw himself in the underside of such a vast theater, his natural artist, fanciful and _magical_, gained the upper hand. Besides, wasn't he always so ugly? He dreamed of creating for himself a home unknown to the rest of the earth and which would hide him forever from the eyes of men.
On sait et l'on devine la suite. Elle est tout au long, de cette incroyable et pourtant véridique aventure. Pauvre malheureux Erik! Faut-il le plaindre? Faut-il le maudire? Il ne demandait qu'à être quelqu'un, comme tout le monde! Mais il était trop laid! Et il dut cacher son génie ou _faire des tours avec_, quand, avec un visage ordinaire, il eût été l'un des plus nobles de la race humaine! Il avait un cœur à contenir l'empire du monde, et il dut finalement, se contenter d'une cave. Décidément il faut plaindre le Fantôme de l'Opéra!	We know and we can guess the rest. It is throughout this incredible and yet true adventure. Poor unhappy Erik! Should we pity him? Should we curse him? He only wanted to be someone, like everyone else! But he was too ugly! And he had to hide his genius or _take tricks with_, when, with an ordinary face, he would have been one of the noblest of the human race! He had a heart to contain the empire of the world, and he finally had to settle for a cellar. Definitely we must pity the Phantom of the Opera!
J'ai prié, malgré ses crimes, sur sa dépouille et que Dieu l'ait décidément en pitié! Pourquoi Dieu a-t-il fait un homme aussi laid que celui-là?	I prayed, in spite of his crimes, for his remains and that God would definitely have pity on him! Why did God make a man so ugly like this?

Je suis sûr, bien sûr, d'avoir prié sur son cadavre, l'autre jour quand on l'a sorti de la terre, à l'endroit même où l'on enterrait les voix vivantes; c'était son squelette. Ce n'est point à la laideur de la tête que je l'ai reconnu, car lorsqu'ils sont morts depuis si longtemps, tous les hommes sont laids, mais à l'anneau d'or qu'il portait et que Christine Daaé était certainement venue lui glisser au doigt, avant de l'ensevelir, comme elle le lui avait promis.

Le squelette se trouvait tout près de la petite fontaine, à cet endroit où pour la première fois, quand il l'entraîna dans les dessous du théâtre, l'Ange de la Musique avait tenu dans ses bras tremblants Christine Daaé évanouie.

Et, maintenant, que va-t-on faire de ce squelette? On ne va pas le jeter à la fosse commune?... Moi, je dis: la place du squelette du Fantôme de l'Opéra est aux archives de l'Académie nationale de musique; ce n'est pas un squelette ordinaire.

[Note 12: J'en parlais encore quarante-huit heures avant l'apparition de cet ouvrage, à M. Dujardin-Beaumetz, notre si sympathique sous-secrétaire d'État aux beaux-arts, qui m'a laissé quelque espoir, et je lui disais qu'il était du devoir de l'État d'en finir avec la légende du Fantôme pour rétablir sur des bases indiscutables l'histoire si curieuse d'Erik. Pour cela, il est nécessaire, et ce serait le couronnement de mes travaux personnels, de retrouver la Demeure du Lac, dans laquelle se trouvent peut-être encore des trésors pour l'art musical. On ne doute plus qu'Erik fût un artiste incomparable. Qui nous dit que nous ne trouverons point dans la Demeure du Lac, la fameuse partition de son _Don Juan triomphant?_]

[Note 13: Interview de Mohamed-Ali bey, au lendemain de l'entrée des troupes de Salonique, à Constantinople, par l'envoyé spécial du _Matin._]

I am sure, of course, that I prayed over his corpse the other day when he was brought out of the earth, to the very place where the living voices were buried; it was his skeleton. It was not in the ugliness of his head that I recognized him, for when they have been dead for so long, all men are ugly, but in the gold ring he wore and which Christine Daaé had certainly come to slip it to her finger, before burying it, as she had promised.

The skeleton was very close to the small fountain, at this place where for the first time, when he dragged it into the bottom of the theater, the Angel of Music had held in his trembling arms Christine Daaé, unconscious.

And, now, what are we going to do with this skeleton? Are we not going to throw it in the mass grave? ... Me, I say: the place of the skeleton of the Phantom of the Opera is in the archives of the National Academy of Music; it is not an ordinary skeleton.

[Note 12: I was still talking about it forty-eight hours before the appearance of this book, to M. Dujardin-Beaumetz, our so sympathetic Under-Secretary of State for Fine Arts, who left me some hope, and I told him that it was the duty of the State to put an end to the legend of the Phantom in order to reestablish the so curious history of Erik on an indisputable basis. For that, it is necessary, and this would be the crowning of my personal works, to find the Demeure du Lac, in which there are perhaps still treasures for musical art. We no longer doubt that Erik was an incomparable artist. Who tells us that we will not find in the Abode of the Lake, the famous score of his _Don Juan triomphant? _]

[Note 13: Interview with Mohamed-Ali Bey, the day after the troops entered Salonika, Constantinople, by the special envoy of the _Matin._]

Manufactured by Amazon.ca
Bolton, ON